죄와 벌 1

이 도서의 국립중앙도서관 출판예정도서목록(CIP)은 서지정보유통지원시스템 홈페이지(http://seoji.nl.go.kr)와
국가자료종합목록 구축시스템(http://kolis-net.nl.go.kr)에서 이용하실 수 있습니다.
(CIP제어번호: CIP2020016999)

세계문학전집
188

Фёдор Достоевский : Преступление и Наказание

죄와 벌 1

표도르 도스토옙스키 장편소설

이문영 옮김

문학동네

일러두기

1. 번역 대본으로는 1972~1990년 소련과학아카데미의 레닌그라드 나우카 출판사에서 발간한 도스토옙스키 전집 30권 중 1973년에 발간된 6권을 사용했다. Преступление и Наказание, Фёдор Михайлович Достоевский, Полное собрание сочинений в тридцати томах, Издательство Наука(Ленинградское отделение), 1973.
2. 주석은 모두 옮긴이주이다.
3. 원서에서 러시아어가 아닌 다른 언어는 이탤릭체로 처리했고, 강조 부분은 고딕체로 처리했다.
4. 외래어 표기는 국립국어원 외래어 표기법을 참고하되 일부는 원지음과 관용에 따랐다.
5. 성서 인용은 공동번역성서에 따랐다.

차례

주요 등장인물

로디온 로마노비치 라스콜니코프(로쟈, 로젠카) … 휴학중인 법학 전공 대학생
아브도티야 로마노브나 라스콜니코바(두냐, 두네치카) … 라스콜니코프의 동생
풀헤리야 알렉산드로브나 라스콜니코바 … 라스콜니코프의 어머니

소피야 세묘노브나 마르멜라도바(소냐, 소네치카) … 마르멜라도프의 딸
카테리나 이바노브나 … 소냐의 계모
세묜 자하로비치 마르멜라도프 … 소냐의 친아버지

알료나 이바노브나 … 고리대금업을 하는 노파
리자베타 이바노브나 … 알료나의 동생

드미트리 프로코피치 브라주미힌(라주미힌) … 라스콜니코프의 친구
포르피리 페트로비치 … 라주미힌의 친척형, 예심판사

표트르 페트로비치 루진 … 두냐의 약혼자
안드레이 세묘노비치 레베쟈트니코프 … 루진의 옛 피후견인
아르카디 이바노비치 스비드리가일로프 … 두냐가 가정교사로 일했던 집의 가장

조시모프 … 라주미힌의 친구, 의사
알렉산드르 그리고리예비치 자메토프 … 경찰서 서기관
일리야 페트로비치 … 경찰부서장, '화약중위'
니코딤 포미치 … 경찰서장

나스타시야 페트로바(나스텐카) … 라스콜니코프 집 하녀
프라스코비야 파블로브나 자르니치나(파셴카) … 라스콜니코프의 집주인
아말리야 이바노브나 립페베흐젤 … 마르멜라도프 가족의 집주인
니콜라이(미콜라이, 미콜카) … 칠장이
드미트리(미트레이, 미티카) … 칠장이

제1부

1

7월 초 몹시 무더운 저녁 무렵, 한 청년이 S골목의 세입자에게 빌려 살고 있는 골방에서 거리로 나와 망설이듯 천천히 K다리로 향했다.

다행히도 그는 계단에서 주인여자와 마주치지 않을 수 있었다. 그의 골방은 5층짜리 높은 건물의 지붕 바로 밑이었고, 방이라기보다 벽장에 가까웠다. 한편 식사와 시중 들어줄 하녀를 포함해 이 골방을 세놓은 집주인은 한 층 아래 따로 떨어진 집에 살고 있어서, 밖으로 나갈 때마다 그는 계단 쪽으로 거의 항상 활짝 열린 주인집 부엌을 반드시 지나가야 했다. 그곳을 지날 때마다 청년은 병적일 정도로 겁이 나는 걸 느꼈고, 그게 또 부끄러워 얼굴을 찌푸렸다. 방세가 잔뜩 밀려 있어서 주인여자와 마주칠까 두려웠던 것이다.

그가 그 정도로 겁이 많거나 쉽게 주눅드는 성격이라서는 아니고,

오히려 정반대였다. 하지만 언제부턴가 그는 우울증 비슷하게 성마르고 긴장된 상태에 놓여 있었다. 주인여자뿐 아니라 그 누구든 만나는 일 자체가 두려울 정도로 그는 자기 자신에 깊이 빠져 모두를 멀리했다. 그는 가난에 짓눌려 있었다. 하지만 최근엔 궁색한 상황조차 괴롭지 않았다. 꼭 해야 할 일도 전혀 하지 않았고, 하고 싶어하지도 않았다. 설령 주인여자가 그를 두고 무슨 나쁜 짓을 꾸민다 한들 사실 그는 집주인 따위는 두렵지 않았다. 하지만 계단에 멈춰 서서 자신과는 아무 상관 없는 시시껄렁한 일상에 대한 온갖 헛소리를 듣거나, 성가시게 들러붙어 돈 내라고 협박하고 푸념하는 걸 듣는 것보다야, 거기에 더해 자기 역시 핑계를 대고 용서를 구하며 거짓말을 둘러대는 것보다야, 어떻게든 고양이처럼 계단을 몰래 빠져나가 아무도 모르게 도망가는 게 상책이었다.

하지만 거리로 나오자 이번엔 자신이 빚쟁이를 만날까 무서워했다는 사실에 큰 충격을 받았다.

'그런 일을 저지르려 하면서 이토록 하찮은 걸 두려워하다니!' 그는 묘한 미소를 지으며 생각했다. '음…… 그래…… 모든 건 사람 손에 달렸어, 모든 걸 망치는 이유는 단 하나, 겁을 먹기 때문이지…… 이건 이미 자명한 이치야…… 궁금하군, 사람들이 제일 두려워하는 게 뭘까? 새로운 한 걸음, 자신의 새로운 말을 무엇보다 두려워하지…… 그건 그렇고 난 지나치게 많이도 지껄여대는군. 지껄이느라 아무것도 하지 않아. 아니 어쩌면 아무것도 하지 않으니 지껄이게 되는지도 모르지. 최근 한 달 동안 종일 방구석에 누워…… 차르 고로흐*나 생각하느라 지껄이는 버릇만 들어버렸어. 그런데 지금은 뭘 하러 가고 있는 거지?

정말 내가 그 일을 할 수 있을까? 정말 그걸 진짜로? 절대 그럴 리 없어. 그저 스스로를 위안하는 몽상일 뿐이야. 장난감 말이야! 그래, 장난감 같은 거야!'

거리는 끔찍하게 더운데다 숨막히게 후텁지근하고 사람들로 북적였으며, 도처에 석회, 목재, 벽돌, 먼지가 널려 있었고, 별장을 빌리는 건 꿈도 못 꿀 페테르부르크 사람이라면 누구나 알 만한 독특한 여름의 악취로 가득했는데, 이 모든 것이 그러잖아도 이미 헝클어진 청년의 신경을 단숨에 불쾌하게 뒤흔들어놓았다. 도시의 이 구역에 유독 많은 선술집에서 뿜어져나오는 참을 수 없는 악취와, 평일 낮시간인데도 끊임없이 마주치게 되는 술 취한 사람들이 이 혐오스럽고도 슬픈 풍경을 완성시켰다. 한순간, 너무나 깊은 혐오감이 청년의 섬세한 이목구비를 스쳐지나갔다. 말이 나온 김에 이야기하자면, 그는 어두운 색의 아름다운 눈과 짙은 황갈색 머리카락, 평균보다 큰 키에 호리호리하고 날씬한 몸매를 지닌 빼어나게 잘생긴 청년이었다. 하지만 곧 그는 깊은 상념에 빠진 듯, 더 정확히 말하자면 어떤 망각 상태에라도 빠진 듯, 더는 주위를 의식하지도, 의식하려 들지도 않으며 계속 걸어갔다. 방금 스스로 인정했듯이 습관처럼 가끔 혼잣말로 뭐라 중얼거릴 뿐이었다. 생각이 때로 두서없이 엉키는데다 기운이 너무 없다는 걸 지금 그 스스로도 잘 알고 있었다. 이미 이틀째 거의 아무것도 먹지 않았던 것이다.

그의 옷차림은 너무 형편없어서, 다른 사람이라면 설령 남루한 옷차림에 익숙하다 한들 그런 누더기를 걸치고 벌건 대낮에 거리를 나다니

---

* 러시아 민담에 나오는 인물. '이야기에나 나올 법한 일' '있을 수 없는 일'이라는 의미로도 사용한다.

기 부끄러울 정도였다. 하긴 이 구역은 옷차림으로 누군가를 놀라게 하기 어려운 곳이긴 했다. 페테르부르크 한복판에 위치한 이 거리들과 골목들은 센나야 광장과 가깝고, 그렇고 그런 알 만한 집들도 많은데다가, 특히 공장노동자와 수공업자로 북적이며 가지각색의 사람들로 종종 장관을 이루는지라, 특이한 모습을 보고 놀라는 게 오히려 이상한 곳이긴 했다. 하지만 악의에 찬 경멸의 감정이 청년의 마음에 이미 차곡차곡 쌓여 있어, 원래도 까탈이 심했고 때로는 젊은이들이 그러듯 유달리 까다롭게 굴기도 했지만, 그럼에도 불구하고 그는 누더기 차림으로 거리를 나다니는 것이 조금도 부끄럽지 않았다. 결코 마주치고 싶지 않은 지인이나 옛 친구를 만난다면 얘기가 다르지만 말이다…… 하지만 길거리에서 이런 시간에 어디로 왜 실려가는지도 모를 주정뱅이 하나가 우람한 말이 끄는 커다란 짐마차를 타고 가다가 갑자기 "어이, 너, 독일 모자 쓴 놈!" 하고 외치고선 손으로 그를 가리키며 목청껏 고함을 질렀을 때, 청년은 돌연 걸음을 멈추고 경련하듯 자신의 모자를 꽉 움켜쥐었다. 모자는 높고 둥근 치머만*제製였지만, 진작에 다 해져 완전히 불그죽죽한데다 온통 구멍에 얼룩투성이였고, 챙도 떨어져나간 채 한쪽으로 볼썽사납게 찌그러져 있었다. 하지만 그를 사로잡은 건 창피함이라기보다는 차라리 경악에 가까운 전혀 다른 감정이었다.

"내 이럴 줄 알았어!" 그는 당황해 중얼거렸다. "이럴 줄 알았어! 너무나 꺼림칙한 일이야! 이런 어리석음이, 이렇게 아주 하찮고 사소한 게 계획을 전부 망쳐버릴 수 있어! 그래, 너무 눈에 띄는 모자야……

---

* 당시 페테르부르크에서 유명했던 모자 공장주. 상점은 페테르부르크 중심가인 넵스키 거리에 있었고, 도스토옙스키도 이곳에서 모자를 구입했다.

우스꽝스럽고 그래서 눈에 띄는…… 내 누더기에는 낡아빠진 빵모자 같은 거라도 학생모가 딱이지, 이런 괴상망측한 건 아니라고. 이런 건 아무도 안 쓰잖아, 1베르스타* 밖에서도 눈에 띄어 기억에 남지…… 중요한 건 나중에 기억난다는 것, 그래서 증거가 된다는 거다. 가능한 한 눈에 띄지 않아야 해…… 사소한 것, 사소한 것이 중요하다!…… 이런 사소한 것들이 늘 모든 것을 망치기 마련이야……"

조금만 가면 됐다. 심지어 그곳이 자기 집 정문에서 몇 걸음인지도 그는 알고 있었다. 정확히 730걸음이다. 언젠가 그 몽상에 깊이 사로잡혀 세어본 적이 있었다. 그땐 아직 스스로도 자신의 몽상을 믿지 못했고, 그저 추악하지만 유혹적인 대담함에 자극받았을 뿐이다. 반면 한 달여가 지난 지금 이미 그는 다르게 보기 시작했고, 자신의 무력함과 우유부단함을 혼잣말로 계속 조롱하고 또 여전히 스스로를 믿지 못하면서도, 자기도 모르게 '추악한' 몽상을 어떤 계획으로 여기는 데 이미 익숙해졌다. 심지어 지금 그는 자기 계획을 시험해보러 가는 길이었고, 걸음을 옮길 때마다 흥분은 점점 더 커져만 갔다.

심장이 멎을 듯한 초조함에 떨며, 그는 한쪽 벽면은 운하를, 다른 쪽은 ○○거리를 향하고 있는 아주 커다란 건물로 다가갔다. 작은 셋집들로 이루어진 이 건물에는 온갖 일에 종사하는 사람들, 재봉사, 철물공, 요리사, 가지각색의 독일인, 몸을 파는 여자, 하급관리 같은 사람들이 세들어 살고 있었다. 사람들이 건물의 양쪽 문과 양 마당을 이리저리 오가며 드나들었다. 수위 서너 명이 건물을 지키고 있었다. 청년은 그

* 미터법 시행 전 러시아의 거리 단위. 1베르스타는 1.067킬로미터.

들 중 누구와도 마주치지 않은 데 매우 만족하며 문 오른쪽으로 난 계단으로 눈에 띄지 않게 막 숨어들어간 터였다. 계단은 어둡고 좁고 '뒤쪽으로' 나 있었는데, 그는 미리 이 모든 걸 알아두고 익혀두었으며, 이 모든 조건이 마음에 들었다. 이런 어둠 속에서는 호기심에 가득찬 시선이라도 위험하지 않을 것이다. '지금도 이렇게 무서워하면서, 정말 어쩌다 그 일까지 벌어지면 대체 어떻게 될까?……' 4층을 지나며 무심결에 이런 생각을 했다. 퇴역군인인 듯한 짐꾼들이 한 셋집에서 가구를 꺼내 나르며 그의 길을 가로막았다. 그 집에 어떤 독일인 관리 가족이 산다는 것도 이미 진작부터 알고 있었다. '그러니까 이제 이 독일인이 이사를 가면 4층, 이 계단과 층계참 쪽엔 당분간 노파 집만 남는 셈이군. 어쨌든…… 좋은 일이다……' 다시 한번 이런 생각을 하며 그는 노파의 집 종을 울렸다. 종은 구리가 아니라 양철인지 약하게 쨍강거렸다. 이런 건물의 이런 작은 셋집에는 거의 다 이런 종이 달려 있다. 그는 이 종소리를 진작에 잊고 있었지만, 지금은 이 독특한 소리가 불현듯 무언가를 상기시켜 생생하게 보여주는 듯했다…… 그는 몸을 떨었고, 이번엔 지나치게 예민해졌다. 잠시 후 문이 빠끔히 열렸다. 세든 여자가 문틈을 통해 의심 가득한 눈길로 방문객을 살펴보았고, 어둠 속에선 그녀의 번득이는 눈동자만이 보였다. 하지만 층계참에 사람이 많은 걸 보고 힘을 얻은 그녀는 문을 완전히 열어젖혔다. 청년은 문지방을 넘어 어두운 현관으로 들어섰는데, 칸막이로 나뉜 그 뒤편에는 아주 작은 부엌이 있었다. 노파는 그 앞에 잠자코 서서 미심쩍다는 눈초리로 그를 쳐다보았다. 아주 왜소하고 바싹 마른, 예순 살가량 된 노파는 눈이 날카롭고 심술궂게 생겼고, 코는 작고 뾰족했으며, 머리엔 아무것도 쓰고 있지 않았다. 살짝 센 옅은 은발엔 기름이 덕지덕지 발려 있었다. 닭발을 닮은 가늘고 긴 목에는 플란넬로 된 넝마쪼가리가 감겨 있고, 날이 더운데도 어깨에 걸친, 완전히 해져 누렇게 바랜 털 윗도리가 흔들거리고 있었다. 노파는 쉴새없이 기침을 하고 갸르릉거렸다. 아무래도 청년이 그녀를 뭔가 남다른 시선으로 바라본 모양인지, 갑자기 그녀의 눈 속에 조금 전의 의심이 다시 번득였다.

"라스콜니코프라고 합니다, 대학생이고요, 한 달쯤 전에 온 적이 있습니다." 좀더 상냥해야겠다는 생각에 청년은 몸을 반쯤 숙여 인사하며 서둘러 이렇게 중얼거렸다.

"기억하지, 젊은이, 자네가 왔었다는 걸 아주 잘 기억하고말고." 여전히 의심의 눈초리를 그의 얼굴에서 거두지 않은 채 노파가 분명하게 말했다.

"저기, 여기…… 다시 같은 일로……" 노파의 의심에 조금 당황하고 놀란 라스콜니코프가 말을 이었다.

'하지만 어쩌면 이 노파는 늘 이러는지도 몰라, 그래, 그때는 내가 알아차리지 못한 거야.' 불쾌한 감정을 느끼며 그는 생각했다.

노파는 생각에 잠긴 듯 잠시 침묵하다가, 옆으로 비켜서서 방문을 가리켜 손님을 안으로 들이며 말했다.

"들어오구려, 젊은이."

청년이 들어간 크지 않은 방은 노란 벽지를 발랐고, 제라늄 화분이 놓인 창문에 모슬린 커튼이 드리워 있었으며, 마침 지는 해로 환했다. '그때도 이렇게 해가 비치겠지!……' 라스콜니코프의 머릿속에 문득 이런 생각이 어른거렸고, 그는 방안의 배치를 가능한 한 눈에 익혀 기억해두려고 모든 것을 재빨리 훑어보았다. 그러나 방안엔 특별할 것이 없었다. 가구라 해봐야 하나같이 아주 낡고 누런 나무로 만든 것들로, 커다랗고 굽은 나무등받이가 달린 소파와 그 앞에 놓인 타원형 탁자, 창과 창 사이에 자리잡은 거울 달린 화장대, 벽을 따라 놓인 의자들, 새를 손에 올려둔 독일 귀족 아가씨들이 그려진 싸구려 그림을 끼운 노란 액자 두세 개가 가구의 전부였다. 구석에 놓인 작은 성상 앞에는 램프가 타고 있었다. 모든 게 너무나 깨끗했다. 가구도 바닥도 반들반들 광이 날 만큼 잘 닦여 있었다. 모든 것이 윤이 났다. '리자베타가 했겠지.' 청년은 생각했다. 집안 어디서도 작은 먼지 하나 찾을 수 없었다. '못되고 늙은 과부들이 깔끔을 떨기 마련이거든.' 라스콜니코프는 혼자만의 생각을 계속하며 호기심에 차서 두번째 작은 방 쪽 문 앞에 드리워진 옥양목 커튼을 곁눈질로 바라보았는데, 그가 아직 한 번도 들여다본 적 없는 그 방에는 노파의 침대와 서랍장이 놓여 있었다. 집에는 이렇게 두 개의 방이 있었다.

"무슨 일로 오셨나?" 방으로 들어선 노파는 그의 얼굴을 똑바로 쳐다보기 위해 좀전처럼 그의 정면에 서서는 엄한 목소리로 물었다.

"전당 잡힐 물건을 가져왔어요, 여기!" 그는 주머니에서 낡고 납작한 은시계를 꺼냈다. 뒷면에는 지구의가 그려져 있었다. 줄은 쇠줄이었다.

"저번에 맡긴 물건도 기한이 다 됐구먼. 기한이 지난 지 벌써 한 달하고도 사흘째야."

"한 달 치 이자를 더 드릴게요. 조금만 기다려주세요."

"이봐, 기다리든 자네 물건을 당장 팔아버리든 그야 내 맘이지."

"시곗값을 좀 넉넉히 쳐주실 수 있을까요, 알료나 이바노브나?"

"형편없는 걸 갖고 다니는구먼, 자네, 별 값어치도 없는 걸 말이야. 저번에 가져온 반지도 지폐를 두 장이나 내줬지만, 그런 건 새것도 1루블 반이면 보석상에서 살 수 있다고."

"4루블 정도 쳐주세요, 다시 찾으러 올게요, 아버지 시계거든요. 곧 돈을 받을 거예요."

"정 그렇다면 1루블 반에 이자는 선불."

"1루블 반이라니!" 청년이 비명을 질렀다.

"좋을 대로 하시든가." 노파는 팔을 뻗어 그에게 시계를 돌려주었다. 시계를 받아든 청년은 너무 화가 나 이미 뛰쳐나가고 싶은 심정이었다. 하지만 더는 갈 데도 없을뿐더러, 여기 온 데는 다른 목적도 있다는 걸 떠올리고는 바로 마음을 고쳐먹었다.

"그렇게 하죠!" 그가 거칠게 말했다.

노파는 열쇠를 꺼내려고 주머니에 손을 넣고서 커튼 뒤편 다른 방으로 들어갔다. 방 한가운데 홀로 남은 청년은 호기심에 차서 귀를 기울이며 헤아려보았다. 서랍장을 여는 듯한 소리가 들렸다. '위쪽 서랍이 분명해.' 그는 가늠해보았다. '그러니까 열쇠를 오른쪽 주머니에 넣고 다니는군…… 쇠고리 하나에 열쇠들을 죄다 꿰어서…… 거기 다른 거 세 배쯤 되는 제일 큰 열쇠, 톱니 모양 날이 달린 그 열쇠는 당연히 서랍장 열쇠가 아닐 테고…… 그러니까 다른 보관함이나 궤짝이 더 있다는 건데…… 알고 싶은 게 바로 그건데 말이지. 궤짝은 다 저런 열쇠를 쓰거든…… 하지만 이 모든 게 너무나 비열하다……'

노파가 돌아왔다.

"자, 보세나. 한 달 이자가 1루블당 10코페이카니까 1루블 반에 한 달치 이자 15코페이카 미리 제하고. 거기다 저번에 빌린 2루블도 똑같은 셈으로 20코페이카를 미리 제해야지. 그럼 다 합쳐서 35코페이카가 되겠구먼. 그러니까 이제 자네가 시곗값으로 받을 돈은 다해서 1루블 15코페이카가 되는 게야. 여기 받아."

"세상에! 그러니까 지금 정말로 1루블 15코페이카를 받으란 말씀인가요!"

"정확히 그렇지."

청년은 다투려 하지 않고 돈을 받았다. 노파를 바라보며 뭔가 더 하고 싶은 말이나 일이 있는 사람처럼 머뭇거렸지만, 그게 대체 뭔지는 자신도 알지 못하는 것 같았다……

"제가요, 알료나 이바노브나, 조만간 물건을 하나 더 가져올지 모르겠어요…… 은으로 된…… 괜찮은…… 담뱃갑이에요…… 친구가 돌려주면 바로……" 그는 당황해서 순간 입을 다물었다.

"이봐, 그건 그때 얘기하자고."

"안녕히 계세요…… 그런데 집에 내내 혼자 계시네요, 동생분은 안 계시나요?" 현관으로 나가며 그는 가능한 한 아무 일도 아닌 양 물었다.

"자네, 그애한테 무슨 볼일이라도 있는 게야?"

"별거 아니에요. 그냥 여쭤봤어요. 당신은 이제…… 안녕히 계세요, 알료나 이바노브나!"

라스콜니코프는 완전히 당황해서 밖으로 나왔다. 당혹감은 점점 더 커져만 갔다. 계단을 내려오며 뭔가에 갑자기 충격을 받은 사람처럼 몇 번이나 멈춰 서기까지 했다. 거리로 나온 그는 결국 탄식을 터뜨렸다.

'오, 세상에! 이 모든 것이 얼마나 혐오스러운가! 정말, 정말, 나는……

아니야, 이건 말도 안 돼, 이건 어리석은 짓이야!' 그는 단호하게 덧붙였다. '정말 그렇게 끔찍한 생각이 내 머릿속에 떠올랐단 말인가? 내 마음이 그렇게 더러운 걸 감당할 수 있단 말인가! 무엇보다도 더럽고 지저분하고 추악하다, 추악해! 그런데도 나는, 한 달 내내……'

그렇지만 그는 자신의 흥분을 말이나 탄식으로는 표현할 수 없었다. 노파에게 간 바로 그 순간부터 이미 그의 심장을 짓누르고 휘젓기 시작한 한없는 혐오의 감정이 이제 너무나 크고 선명해져, 그 고통을 피해 어디에 몸을 두어야 할지 모를 정도였다. 행인들을 의식하지도 못한 채 그들과 부딪치며 술 취한 사람처럼 인도를 따라 걷던 그는 다음 거리에 와서야 정신을 차렸다. 주위를 둘러본 그는 자신이 인도에서 계단을 따라 지하로 내려가면 입구가 있는 선술집 옆에 서 있는 것을 깨달았다. 때마침 취객 두 명이 서로에게 기댄 채 욕설을 내뱉으며 술집 문에서 나와 거리로 기어오르고 있었다. 오래 생각할 것도 없이 라스콜니코프는 곧장 아래로 내려갔다. 지금까지 한 번도 선술집에 가본 적이 없었는데, 지금은 머리가 빙빙 도는데다 타는 듯한 갈증이 그를 괴롭혔다. 차가운 맥주를 마시고 싶었고, 이렇게 갑자기 기운이 쭉 빠지는 것이 굶주린 탓이라는 생각도 들었다. 그는 어둡고 지저분한 구석자리, 끈적거리는 탁자에 앉아 맥주를 주문해서는 첫잔을 허겁지겁 들이켰다. 금세 모든 것이 가라앉고 생각이 맑아졌다. '다 별거 아냐.' 희망을 품고 그는 말했다. '당황할 이유가 없었어! 그냥 육체적으로 혼란스러웠을 뿐이야! 맥주 한 잔과 말린 빵 한 조각에 이렇게 순식간에 정신이 강건해지고, 생각이 명료해지고, 의지가 굳건해지는데! 제길, 모든 게 정말 하찮기 짝이 없구나!……' 하지만 경멸하듯 뱉어내는 이런 말들에도 불구하고, 그는 갑자기 지독한 중압감에서 벗어나기라도 한 듯 이미 즐거워 보였고, 선술집 안의 사람들에게 정다운 눈길을 던지기도 했다. 그렇지만 이 순간조차도 이렇게 모든 걸 긍정적으로 받아들이는 것 역시 병적이라는 느낌이 어렴풋이 들었다.

그 시각 선술집에는 사람이 별로 없었다. 계단에서 마주친 취객 두 명 말고도 그들 뒤를 따라 한 무리의 사람들, 그러니까 다섯 명쯤 되는 남자들이 여자 하나를 데리고 아코디언을 울리며 한꺼번에 나가버렸다. 그러고 나니 휑하니 조용해졌다. 소시민처럼 보이는 한 사내가 남아 있었는데, 약간 취한 채 맥주를 앞에 두고 앉아 있었다. 또 뚱뚱하고 우람한 체격에 턱수염이 희끗하고 짧은 외투를 입은 그의 친구도 있었는데, 그는 몹시 취해서 의자에 앉아 졸다가는 잠에 취해 가끔 느닷없이 손가락을 뚝뚝 꺾었다가 양팔을 쫙 벌리기도 하고, 의자에서 일어서지도 않은 채 상체를 들썩거렸고, 가사를 기억해내려 애쓰며 뭔가 말도 안 되는 걸 흥얼거렸다.

> 일 년 내내 아내를 어루만졌지,
> 일 년 내-내 아-내를 어루-만졌지……

그러다가 갑자기 정신을 차리고는 다시 흥얼거렸다.

> 포디야체스카야 거리를 걸었지,
> 옛사랑을 찾았다네……*

하지만 아무도 장단을 맞춰주지 않았다. 말이 없는 그의 친구조차 그의 주정이 통 못마땅한 듯 불신에 찬 눈초리로 쳐다보았다. 그곳에는 한 사람이 더 있었는데 은퇴한 관리처럼 보였다. 그는 혼자 떨어져 앉아, 술병을 앞에 두고 간간이 한 모금씩 들이켜면서 주위를 둘러보고 있었다. 그 역시 좀 흥분한 듯 보였다.

2

라스콜니코프는 사람들과 어울리는 데 익숙하지 않았고, 이미 말했듯이 특히 최근에는 어떤 만남도 기피했다. 그런데 지금 갑자기 무언가가 그를 사람들에게로 끌어당겼다. 마음속에 어떤 새로운 감정이 생겨나 사람에 대한 갈증을 느끼게 된 것이다. 한 달 내내 집중적으로 지속된 우울과 어두운 흥분 상태에 지칠 대로 지친 그는, 한순간이라도, 그게 어디든 다른 세계에서 숨쉬고 싶었고, 그래서 선술집이 몹시 더러웠는데도 지금 기꺼이 여기 남았다.

술집 주인은 다른 방에 있었지만, 어딘가에서 계단으로 내려와 종종 가게에 드나들었는데, 그럴 때면 붉은 안감을 바깥으로 넓게 접고 기름을 먹여 멋을 낸 장화가 제일 먼저 눈에 띄었다. 반코트와 기름때에 잔뜩 전 검은 공단 조끼를 입고 넥타이는 매지 않았는데, 얼굴은 온통 번들번들 기름칠을 한 철제 자물통 같았다. 판매대 뒤에는 열네 살쯤 되

---

* 당시 유행하던 로망스의 한 구절.

어 보이는 소년이 있었고, 그보다 더 어려 보이는 다른 한 소년이 주문을 받고 음식을 날랐다. 작은 오이 조각, 말린 흑빵, 썰어둔 생선토막들이 놓여 있었다. 이 모든 것에서 아주 나쁜 냄새가 났다. 앉아 있기 힘들 정도로 후텁지근한데다 온통 술냄새에 절어, 공기만으로도 오 분이면 취해버릴 것 같았다.

전혀 모르는 사람인데도 말을 붙이기도 전에 왠지 첫눈에, 갑자기, 불현듯 관심이 가는 그런 색다른 만남이 있기 마련이다. 외따로 앉은 퇴역 관리 같은 손님이 라스콜니코프에게 불러일으킨 인상이 꼭 그랬다. 청년은 이 첫인상을 나중에 여러 번 떠올렸고, 어떤 예감마저 느꼈다. 그는 끊임없이 관리에게 시선을 던졌는데, 물론 그건 그 사람도 그를 집요하게 바라보았기 때문이고, 보아하니 무척이나 그에게 말을 걸고 싶은 모양이었다. 반면 관리는 주인을 포함해서 선술집의 나머지 사람들을 말조차 섞을 가치 없는 비천한 신분의 교양 없는 사람들을 대하듯이, 익숙하다 못해 권태롭게, 동시에 오만하고 경멸에 찬 태도로 바라보았다. 이미 오십 줄은 넘겼을 이 사람은 보통 키에 몸집이 다부지고, 희끗희끗하게 센 머리는 넓게 벗어졌고, 얼굴은 내내 술독에 빠져 지내 누렇다 못해 푸르딩딩하게 부었으며, 푸석푸석한 눈두덩 너머로는 가느다란 틈처럼 작고 불그레한 눈이 생기 있게 빛났다. 그렇지만 그에겐 뭔가 매우 기묘한 게 있었다. 그의 눈길에서는 어쩌면 분별력이나 이성일지도 모르는 환희 같은 것이 빛나고 있었고, 동시에 광기 같은 것도 어른거렸다. 그는 완전히 누더기처럼 낡고 단추가 떨어져나간 검은 연미복을 입고 있었다. 하나 남은 단추가 아직 간신히 매달려 있었는데 예의에 벗어나지 않으려는 듯 꼭 잠가놓았다. 무명 조끼 아래로 온통 구겨지고 더러워지고 얼룩진 셔츠 가슴판이 삐죽 튀어나와 있었다. 얼굴은 관리들이 하듯 면도를 했지만, 그것도 이미 오래전이라 억센 비둘기색 수염이 벌써 무성하게 자라나오기 시작했다. 그래도 태도에는 정말이지 진짜 관리 같은 뭔가가 있긴 했다. 하지만 그는 불안해 보였고, 가끔씩 고통스러워하며 머리카락을 헝클어뜨리거나, 구멍난 팔꿈치를 얼룩지고 끈적끈적한 탁자에 얹은 채 두 팔로 머리를 감싸곤 했다. 마침내 그는 라스콜니코프를 똑바로 쳐다보며 큰 소리로 단호히 말을 시작했다.

"선생, 감히 정중한 대화를 청해도 될까요? 비록 대단하게 차려입진 않았지만, 당신이 교양 있는 사람이고, 술을 즐기지 않는 사람이라는 걸 경험으로 알 수 있거든요. 나 자신, 늘 진실한 감정과 하나가 된 교양을 존중해왔습니다, 게다가 9등문관이기도 하고요. 마르멜라도프라고 합니다, 성이 그렇다고요. 9등문관이지요. 감히 여쭙습니다만, 관리로 일한 적이 있으신지요?"

"아닙니다, 학생입니다……" 유난히도 수사적인 말투와 그렇게 곧장 단도직입적으로 말을 걸어오는 태도에 조금 놀라며 청년이 대답했다. 방금 전 누구든 사람과 소통하길 순간 원했으면서도 막상 실제로 말을 걸어오자마자 돌연 그는 불쾌하고 짜증스러운 혐오감을 느꼈는데, 그건 그라는 사람을 건드리거나 그러고 싶어했던 모든 낯선 사람에게 느껴왔던 익숙한 감정이었다.

"그러니까 대학생이군요, 아니면 대학을 다녔거나!" 관리가 외쳤다. "나도 그럴 거라 생각했다니까요! 경험으로요, 선생, 여러 번의 경험으로 말입니다!" 우쭐하며 그는 손가락을 이마에 갖다댔다. "대학생이었거나 교육 과정을 거쳤을 거라 생각했지요! 잠깐만요……" 그는 몸을 조금 일으키다 잠시 비틀거렸고, 자기 술병과 잔을 들고 청년에게 다가와 조금 비스듬히 비껴 앉았다. 그는 취했지만 달변에 활기찼으며, 단지 가끔 주제에서 조금 벗어나거나 말을 길게 끄는 정도였다. 그 역시 한 달 동안 누구와도 말을 나누지 못한 사람처럼 허겁지겁 라스콜니코프에게 달려들었다.

"선생." 그는 거의 엄숙하다 할 정도의 어조로 말을 시작했다. "가난은 죄가 아니지요, 그건 진리예요. 취하는 게 미덕이 아니란 것도 알아요, 그건 더더욱 그렇지요. 하지만 극빈은, 선생, 극빈은 죄입니다. 가난 속에서는 타고난 고귀한 감정을 여전히 유지할 수 있지만, 극빈 속에서는 누구도 절대 그럴 수 없지요. 사람들은 극빈 상태에 이른 사람을 지팡이로 내쫓는 게 아니라, 인간이라는 무리에서 빗자루로 아예 쓸어내 버려요, 모욕을 더 심하게 느끼라고요. 옳은 일이에요, 왜냐면 극빈 속에서는 자기가 먼저 자기를 모욕할 준비가 되어 있으니까요. 그래서 술집이 있는 거지요! 선생, 한 달쯤 전에 레베쟈트니코프 씨가 내 집사람을 두들겨팼어요, 하지만 내 집사람은 나 같은 사람이 아닙니다! 이해하시겠어요? 단순한 호기심처럼 보인다 해도 역시 당신에게 묻고 싶군요. 네바강 건초운반선*에서 밤을 지내본 적 있습니까?"

"아니, 없습니다." 라스콜니코프는 대답했다. "그런데 왜 그러시지요?"

"저기, 난 거기서 오는 길이랍니다, 이미 닷새 밤을……"

그는 잔을 채워 단숨에 들이켠 후 잠시 생각에 잠겼다. 실제로 그의

* 1860년대 페테르부르크에서는 거지나 부랑자들이 건초운반선에서 밤을 보내곤 했다.

옷은 물론 머리카락 여기저기에도 건초줄기가 엉겨붙어 있었다. 닷새 동안 옷을 갈아입지도 씻지도 못한 게 분명했다. 특히 손이 더러웠는데, 기름때가 끼고 불그죽죽한데다 손톱 밑이 까맸다.

귀담아듣는 정도는 아니지만, 그의 이야기가 주위 사람들의 관심을 끈 것 같았다. 판매대 뒤 소년들이 키득거리기 시작했다. 주인은 이 '웃기는 사람' 얘기를 들으려 일부러 위층 방에서 내려온 듯, 느릿하면서도 거만한 자세로 하품을 해가며 조금 떨어져 앉았다. 아무래도 마르멜라도프는 여기서 오래전부터 유명인인 모양이었다. 수사적인 말투도 술집에서 여러 부류의 낯선 사람들과 자주 대화를 나누면서 생긴 버릇 같았다. 그런 습관은 어떤 술꾼들, 특히 집에서 심한 취급을 받거나 홀대받는 사람에게서 주로 나타나기 마련이다. 그러다보니 그들은 술 마시는 자리에서라도 늘 자신을 정당화하는 데 열심이고, 가능하다면 존경까지도 얻으려 애쓴다.

"웃기는 사람이군!" 주인이 큰 소리로 말했다. "관리라면서 왜 일을 안 해, 근무는 왜 안 하느냐고?"

"왜 근무를 안 하느냐고요, 선생." 마르멜라도프는 말을 받았지만, 마치 라스콜니코프가 물어보기라도 한 양 오직 그를 향해서만 말했다. "왜 내가 일을 안 하느냐고요? 정말이지 쓸모없이 납작 엎어져 있다고 내 마음인들 아프지 않은 줄 아십니까? 한 달 전쯤 레베쟈트니코프 씨가 내 집사람을 두들겨팼을 때 내가 취해서 누워 있었다고 해서 과연 고통스럽지 않았을까요? 저기, 젊은 양반, 당신은…… 음…… 아무 희망도 없이 돈을 빌리러 가본 적이 있습니까?"

"빌리러 가본 적은 있었죠…… 근데 아무 희망이 없다뇨?"

"그러니까 아예 가망이 없다는 거죠, 그 사람한테서 아무것도 나오지 않으리라는 걸 이미 알고 있는 겁니다. 예를 들어서 말이죠, 그 사람이, 그 너무나 건전하고 유익한 시민이 절대 당신에게 돈을 꿔주지 않으리라는 걸 당신이 이미 확실히 아는 겁니다, 왜냐, 자, 물어봅시다, 도대체 왜 돈을 주겠어요? 내가 갚지 않으리라는 걸 그 사람도 너무나 잘 아는데요. 동정 때문에? 하지만 새로운 사상을 추종하는 레베쟈트니코프 씨가 얼마 전에 설명해주기를, 오늘날 동정은 학문으로도 금지되었고, 정치경제학의 나라 영국에서는 이미 그런 추세를 보이고 있다는군요. 그러니 자, 물어봅시다, 그 사람이 대체 왜 돈을 내주겠어요. 그렇게 주지 않을 걸 이미 알면서도 길을 나서는 겁니다, 그리고……"

"그럼 도대체 왜 가는 거죠?" 라스콜니코프가 질문을 보탰다.

"찾아갈 사람이 없으니까, 더이상 갈 데가 없으니까요! 사람이란 어디든 갈 데가 필요한 법이지요. 왜냐면 어디라도 반드시 가야만 할 때가 있기 마련이거든요! 하나뿐인 내 딸이 처음으로 노란 딱지*를 받아 거리로 나섰을 때, 나도 나갔지요……(내 딸은 노란 딱지로 먹고살거든요……)" 마지막 말을 덧붙이며 그는 뭔가 불안한 시선으로 청년을 바라보았다. "괜찮아요, 선생, 별거 아니에요!" 판매대 뒤 두 소년이 킥킥거리며 웃고 주인도 히죽 웃자, 그는 겉보기에는 침착한 태도로 서둘러 말했다. "괜찮다고요! 그렇게 당신들이 머리를 흔들며 비웃어도 난 당황하지 않아요, 왜냐면 이미 모두 다 알고 있고, 비밀은 다 밝혀지기 마련이니까요. 그러니까 나는 경멸이 아니라 겸손함으로 여기에 응하

* 당시 매춘업에 종사하려면 등록을 하고 신분증 겸 증명서류를 발급받아야 했는데, 그 서류가 노란색이었다.

겠습니다. 그러라지요! 그러라고 해요! '자, 이 사람이다!'*라고요. 젊은 양반, 당신은 그럴 수 있나요…… 아니야, 더 강하게, 더 묘사적으로 설명해야겠군. 그럴 수 있나요가 아니라, 당신은 감히 그럴 수 있나요, 지금 나를 보면서 내가 돼지가 아니라고 단호하게 말할 수 있겠습니까?"

청년은 아무 대답도 하지 않았다.

"음." 가게 안에 다시 이어진 키득거림이 멎길 기다렸다가, 웅변가는 단호하게, 심지어 이번엔 한층 더 품위 있게 말을 계속했다. "그래요, 난 돼지라고 칩시다, 하지만 내 아내는 귀부인이에요! 나는 짐승같이 생겨먹었지만, 내 집사람, 카테리나 이바노브나는 교양 있는 부인인데다 참모장교의 딸로 태어났지요. 난 비열한 놈이라 쳐요, 그렇다고 칩시다, 하지만 아내는 고귀한 심성에, 교양으로 다진 고상한 감정으로 충만하다고요. 그런데도…… 오, 아내가 날 불쌍히 여겨준다면! 선생, 선생, 누구든 자기를 불쌍히 여겨주는 곳이 단 한 군데라도 있어야 하지 않습니까! 그런데 카테리나 이바노브나는 관대한 귀부인이긴 해도, 공정하진 않아요…… 아내가 내 머리끄덩이를 잡아당길 때 그건 마음속 연민 때문이지 다른 이유가 아니란 걸 나도 이해는 하지만요("거듭 말한다 해도 민망할 것도 없지만, 아내가 내 머리끄덩이를 잡곤 하거든요, 젊은 양반." 다시 키득거리는 소리를 듣더니 그는 한층 더 품위 있는 태도로 분명히 말했다), 그렇지만 신이시여, 아내가 한 번만이라도…… 아니, 아닙니다! 아니에요! 전부 다 부질없어요, 말할 필요가 없어요! 말할 필요 없다니까요!…… 왜냐면 바라던 일이 이미 여러 번 있었으니까

* 「요한의 복음서」 19장 5절, 빌라도가 예수를 가리키며 한 말.

요, 날 가엾이 여겨준 것도 이미 한두 번이 아니었고요, 그렇지만…… 내 생긴 꼴이 이 모양이니, 난 짐승 같은 천성을 타고났단 말입니다!"

"물론이지!" 하품을 하면서 주인이 동의했다.

마르멜라도프는 단호하게 주먹으로 탁자를 탕 내리쳤다.

"난 그렇게 생겨먹었다고요! 아십니까, 선생, 내가 집사람 양말까지 팔아 마셔버렸다는 걸 아세요? 신발도 아닙니다, 그거였다면 조금은 그럴 만하겠건만, 양말이라고요, 마누라 양말까지 팔아 마셔버렸단 말입니다! 염소털로 만든 스카프도 팔아 마셔버렸지요, 선물받아서 예전부터 갖고 있던 건데, 아내 건데, 내 것도 아닌데. 우린 차디찬 방구석에 살아요, 그래서 올겨울에 아내는 감기가 들어서 기침을 달고 다니며 피까지 쏟고 있어요. 어린 자식이 셋이라 카테리나 이바노브나는 아침부터 밤까지 일을 해요, 어릴 때부터 깨끗한 데 익숙해놔서 쓸고 닦고 아이들을 씻기고, 하지만 폐가 약해서 결핵에 걸리기 쉬운 체질이고, 그쯤이야 나도 느낌으로 압니다. 못 느낄까봐서요? 마시면 마실수록 더 느끼게 됩니다. 그래서 마시는 거예요, 술을 마시며 거기서 연민과 감정을 찾곤 하지요. 즐거움이 아니라 오로지 슬픔을 말입니다…… 순전히 고통받고 싶어 마신다고요!" 절망한 듯 그는 탁자에 고개를 떨궜다.

"젊은 양반." 다시 자세를 바로 하며 그는 말을 이었다. "당신 얼굴에선 어떤 슬픔 같은 게 느껴져요. 당신이 들어오는 순간 난 그걸 읽어냈고, 그래서 바로 당신에게 말을 건넨 겁니다. 당신에게 내 인생 이야기를 한 건, 그러지 않아도 모든 걸 꿰고 있는 이 놀기 좋아하는 사람들 앞에서 나 자신을 구경거리로 만들고 싶어서가 아니라, 섬세하고 교양 있는 사람을 찾고 있기 때문이죠. 아시나요, 내 집사람은 지방 현縣의

고상한 귀족 학교에서 교육을 받았고, 졸업할 때는 현지사와 다른 인사들 앞에서 숄을 들고 춤을 췄답니다.* 그걸로 금메달과 상장도 받았고요. 메달은…… 저, 그 메달은 팔았지만…… 이미 오래전에…… 음…… 상장은 아직도 아내 가방에 있어요, 바로 얼마 전에도 주인여자에게 그걸 보여주더군요. 주인여자와는 정말 끊임없이 다투긴 하지만, 누구에게라도 행복했던 지난날을 자랑도 하고 알리고도 싶은 거지요. 나는 뭐라고 안 해요, 뭐라고 안 하죠. 왜냐면 그게 아내에게 남은 마지막 기억이고, 다른 건 모두 먼지처럼 사라졌으니까요! 그래요, 그래. 성미가 불같고 자존심 강하고 꼿꼿한 여자예요. 직접 마루를 닦고 흑빵으로 연명하면서도, 멸시받는 걸 용납하지 않지요. 그래서 레베쟈트니코프 씨의 무례함도 용납하지 못했고, 그래서 레베쟈트니코프 씨에게 맞았을 때도 맞아서가 아니라 분을 못 이겨 몸져누웠지요. 내가 아내로 맞아들였을 때 이미 고만고만한 아이 셋이 딸린 과부였어요. 첫 남편은 보병장교였는데, 그자와 사랑에 빠져서 부모 집에서 함께 도망쳤답니다. 남편을 무척 사랑했지만, 그 작자는 카드 노름에 빠져서 재판까지 갔고 그러다 결국 죽었어요. 막판엔 손찌검도 했더군요. 아내도 호락호락하진 않았고, 거기 대해선 확실한데다 서류상으로도 알 수 있는데도, 아내는 지금까지도 그자를 떠올릴 때면 눈물을 흘리며 나를 책망해요, 하지만 난 기쁩니다, 기뻐요, 왜냐면 아내가 상상 속에서나마 언젠가 행복했던 자신을 볼 수 있으니까요…… 남편이 죽은 후 아내는 어린 자식 셋과 외지고 험한 깡촌에 남겨졌는데, 그때 내가 거기 있었

---

* 당시 귀족 학교에서 가장 뛰어난 학생에게 주어진 명예로운 특권.

던 거지요, 정말이지 절망적일 정도로 찢어지게 가난해서 이런저런 험한 꼴을 많이 본 나조차도 말로 표현하기 힘들 지경이었어요. 친척들과도 모두 등을 졌고요. 그래요, 자존심이 세서, 너무 세서…… 그때, 선생, 그때 나 역시 홀아비였고, 전처 사이에서 난 열네 살짜리 딸이 있었는데, 내가 아내에게 손을 내밀었어요, 그런 고통을 차마 바라만 볼 수는 없었으니까요. 아내가, 교양 있고 교육도 잘 받고 유명한 가문 출신인 아내가 나에게 시집오는 데 동의했다면, 그 가난이 어느 정도였는지 짐작이 되겠지요! 하지만 시집을 왔어요! 울며불며 통곡하고 손을 쥐어짜면서도 시집을 왔지요! 갈 데가 없었으니까요. 이해하겠어요, 선생, 더는 갈 데가 없다는 게 무슨 뜻인지 이해하겠느냐고요? 아니요! 당신은 아직 이해 못해요…… 일 년 동안 나는 내 의무를 경건하고 신성하게 수행했고, 이건 입에 대지도 않았습니다(그는 손가락으로 술병을 툭 쳤다), 왜냐면 감정이 살아 있었으니까요. 하지만 그걸로 아내를 만족시킬 순 없었죠. 그때 일자리를 잃었거든요, 그것도 내가 뭘 잘못해서가 아니라 정원에 변동이 생겨서, 그리고 그때 술에 손을 댔어요!…… 여기저기 떠돌고 헤아릴 수 없이 고생한 끝에 우리가 마침내 이 웅장하고 수많은 기념비로 장식된 수도에 온 지 벌써 일 년 반이 됐군요. 여기서 일자리를 얻었습니다…… 얻었다가 다시 잃었지요. 이해하겠어요? 이번엔 내가 잘못해서 쫓겨났으니, 내 본성이 드러난 거죠…… 지금 우리는 아말리야 표도로브나* 립페베흐젤이라는 여자 집

---

* 집주인 아말리야는 자신의 부칭이 이바노브나라고 주장하고 카테리나는 그녀의 독일 혈통을 강조하기 위해 류드비고브나라고 부르는데, 여기서 마르멜라도프는 표도로브나라고 한다. 이는 마르멜라도프의 착각으로 보인다.

방구석에 세들어 삽니다, 그렇지만 어떻게 먹고살고 어떻게 방세를 내는지 난 몰라요. 거긴 우리 말고도 많은 사람들이 삽니다…… 추악하기 짝이 없는, 소돔 같은 곳이지요…… 음…… 그래요…… 그러는 동안 첫번째 결혼으로 얻은 내 딸이 다 컸지요, 그애가, 내 딸이 자라면서 계모에게서 어떤 걸 견뎌야 했는지는 입을 다물겠습니다. 카테리나 이바노브나는 관대한 감정으로 충만한 부인이긴 해도, 성질이 불같고 화를 잘 내고 걸핏하면 폭발하니까요…… 그래요! 뭐, 그런 걸 떠올릴 건 없지요! 짐작하겠지만 소냐는 교육을 받지 못했어요. 사 년 전쯤 그애와 지리와 세계사를 훑어보려 했지요. 하지만 나도 그 방면으론 별로 아는 게 없는데다 쓸 만한 교과서도 없었어요, 책이래봤자 뭐가 있었겠습니까…… 음!…… 뭐, 그 책들도 지금은 이미 없고요, 교육은 그렇게 다 끝나버렸지요. 페르시아의 키루스대왕*에서 멈췄어요. 얘가 나중에 성인이 되고 나서 소설류의 책을 몇 권 읽더니 바로 얼마 전에는 레베쟈트니코프 씨에게 책 한 권을 받아서, 루이스의 『생리학』**이라고 아십니까? 아주 재미있게 읽더군요, 우리에게 군데군데 소리내어 읽어주기도 했어요. 그애가 받은 교육은 그게 답니다. 선생, 이제 당신에게 개인적인 질문을 하나 하지요. 당신 생각엔 가난하지만 정직한 처녀가 정직한 노동으로 벌 수 있는 돈이 얼마나 될 것 같나요?…… 하루에 15코페이카도 못 벌어요, 선생, 정직해도 특별한 재능이 없는 한 손을

---

* 키루스 2세. 아케메네스왕조의 시조로 페르시아제국을 건설했다.

** 영국의 실증주의 철학자인 조지 헨리 루이스의 『공동생활의 생리학』을 말한다. 1861년 러시아어로 번역되어 당시 유물론이나 니힐리즘에 경도된 젊은이들 사이에서 필독서로 꼽힐 정도로 인기를 끌었다.

잠시도 놀리지 않고 일을 해봤자 그렇단 말입니다! 게다가 5등문관인 이반 이바노비치 클롭시토크라는 작자는, 들어본 적 있나요? 네덜란드 셔츠 여섯 벌 바느질 삯을 아직도 안 줬을 뿐 아니라, 심지어 셔츠 깃이 치수대로 되지 않고 비뚤어졌다고 트집을 잡으며 발을 구르고 욕을 퍼붓고 모욕까지 줘서 그애를 쫓아냈습니다. 집에서는 아이들이 배를 곯고 있지요…… 카테리나 이바노브나는 그 병에 걸리면 늘 그렇듯이 뺨에 반점이 울긋불긋 돋은 채로 손을 쥐어짜며 방을 서성이고요. 아내는 '이 식충아, 우리집에서 공짜로 먹고 마시고 따뜻하게 사는구나'라고 그애에게 말하는데, 아이들이 사흘 동안 빵 껍데기 하나 구경도 못하고 있는데 도대체 뭘 먹고 마신다는 건지! 그때 난 누워 있었어요…… 음, 그래요! 취해서 누워 있었어요, 그리고 우리 소냐가 말하는 걸 들었습니다. (말대답 한번 하지 않는 그 아이, 목소리는 또 얼마나 온순한지…… 옅은 금발에 얼굴은 늘 창백한데다 야위었지요.) '그럼 어떻게 해요, 카테리나 이바노브나, 정말 제가 그 일을 나가야 하나요?'라고 말이지요. 이미 다리야 프란체브나라고, 경찰서에도 여러 번 들락거린 사악한 여자가 세 번쯤인가 주인여자를 통해 물어왔거든요. 카테리나 이바노브나는 빈정거리며 대답하더군요, '왜, 뭘 그렇게 아끼는데? 무슨 보물이라도 된다든!' 하지만 욕하지 마세요, 욕하지 마세요, 선생, 그러지 마세요! 제정신으로 한 말이 아니라 감정이 격해져서, 병이 나서, 더구나 아이들이 배를 주린 채 울고 있으니까요, 정말 그런 뜻이 아니라 홧김에 한 말이지요…… 왜냐면 카테리나 이바노브나는 원래 그런 성격이니까요, 아이들이 울면, 배가 고파서 그런 거라도 앞뒤 안 가리고 때리기 시작해요. 그렇게 다섯시쯤 되니 소네치카가 일어나 스카프를 쓰고 외투를 입고는 방에서 나가더군요, 그러고는 여덟시가 넘어서 돌아왔습니다. 와서는 곧장 카테리나 이바노브나에게 가, 앞쪽 탁자에 은화 30루블을 아무 말 없이 꺼내놓더군요. 아무 말도 하지 않았어요, 그냥 한번 바라볼 뿐이었어요, 그러더니 커다란 녹색 모직 숄을 들고 (우리집엔 다 같이 쓰는 얇은 모직 숄이 있어요) 얼굴과 머리에 온통 그걸 뒤집어쓰고는 침대에 눕더군요, 얼굴을 벽 쪽으로 돌리고, 그저 어깨와 온몸을 떨면서…… 나는 여전히 같은 꼬락서니로 누워 있었어요…… 그때 봤지요, 젊은 양반, 난 봤어요, 카테리나 이바노브나 역시 아무 말도 없이 소네치카의 침대로 다가가 저녁 내내 그애 발치에 무릎을 꿇고 앉아 그애 발에 입을 맞추는 걸요, 일어날 생각도 않더군요, 그러더니 그렇게 둘이 함께 서로 껴안고 잠들었습니다…… 둘이서…… 둘이서…… 그래요…… 그런데도 나는…… 취한 채 누워 있었지요."

마르멜라도프는 마치 목소리가 끊긴 듯 입을 다물었다. 그러더니 갑자기 서둘러 술을 따라 단숨에 들이켜고는 끅끅거렸다.

"그때 이후, 선생." 잠깐 침묵한 뒤 그는 말을 이었다. "그때 이후 좋지 못한 사건이 하나 터졌고, 누군가 나쁜 맘을 먹고 고발을 하는 바람에, 특히 다리야 프란체브나가 부추겼어요, 제대로 대접을 못 받았다고 생각했거든요, 그때부터 내 딸 소피야 세묘노브나는 노란 딱지를 받아야 했고, 그 일로 우리와 함께 살 수 없게 되었습니다. 집주인인 아말리야 표도로브나도 용납하지 않았거든요. (얼마 전까지 자기도 다리야 프란체브나를 거들었으면서 말입니다.) 그리고 레베쟈트니코프 씨도요…… 음…… 그러니까 그자와 카테리나 이바노브나 사이의 사건도 소냐 때문에 일어난 거예요. 처음엔 소네치카를 어떻게 해보려 하더니 갑자기 자존심을 내세우더군요. '나처럼 계몽된 사람 보고 어떻게 저런 여자랑 한집에 살라는 거지?'라면서요. 카테리나 이바노브나가 못 참고 따지고 들었다가…… 그렇게 소동이 벌어진 겁니다…… 이제 소냐는 해가 지고 한참 후에야 집에 들르곤 해요, 카테리나 이바노브나를 도와주고, 힘닿는 대로 돈을 가져다줍니다……그애는 재봉사 카페르나우모프 집에 세들어 사는데, 카페르나우모프는 절름발이에 말더듬이고, 식구가 많은데, 모두 다 말을 더듬어요. 그 마누라도 말더듬이고요…… 온 가족이 한방에 사는데, 소냐는 칸막이로 분리된 자기 방을 따로 갖고 있어요…… 음, 그래요…… 정말 가난하고, 말을 더듬는 사람들이에요…… 그래요…… 그래서 난 이른 아침 일어나자마자 누더기를 걸치고 팔을 하늘로 치켜들고서 이반 아파나시예비치 각하께로 향했지요. 이반 아파나시예비치 각하를 아십니까?…… 모르세요? 저런, 그런 하느님의 사람을 모르다니요! 그분은 초와 같아요…… 하느님의 얼굴 앞에 밝혀놓은 초. 그렇게 초처럼 녹아내리듯 하시지요!…… 모든 것을 들으시고 눈물까지 흘리셨답니다. '흠, 마르멜라도프, 자네는 이미 한 번 내 기대를 저버렸지…… 하지만 내가 개인적으로 책임을 지고 자네를 다시 한번 거두어주겠네, 그러니 명심하고 나가보게!' 이렇게 말씀하셨어요. 그분 발의 먼지에까지 키스를 퍼부었지요, 비록 마음속으로였지만요, 왜냐면 고위관리셨고 국가적으로나 교육적으로나 새로운 사상을 지닌 분이니, 정말이지 허락 안 하실 수도 있었거든요. 집에 돌아와서 다시 일을 하게 됐고, 월급도 받게 될 거라고 설명하자, 세상에, 어떤 일이 벌어진 줄 아십니까!……"

마르멜라도프는 심하게 흥분해서 다시 말을 멈췄다. 이때 거리에서 안 그래도 이미 잔뜩 취한 한 무리의 사람들이 술집으로 들어왔고, 입구에는 악사들의 샤르만카* 소리와 일곱 살 먹은 어린아이가 떨리는 목소리로 부르는 〈작은 시골 마을〉이라는 노랫소리가 울려퍼졌다. 소란스러워졌다. 주인과 종업원들은 들어온 사람들을 상대하느라 분주해졌다. 마르멜라도프는 그들에게 신경쓰지 않고 이야기를 이어가기 시작했다. 이미 심하게 기력이 빠진 듯했지만, 취할수록 더 말하고 싶어지는 모양이었다. 얼마 전 직장을 다시 얻은 기억 덕분에 생기가 도는 것 같았고, 얼굴에는 광채까지 어렸다. 라스콜니코프는 주의깊게 그의 말을 들었다.

"그 일은, 선생, 5주쯤 전에 일어났어요. 그래요…… 카테리나 이바노브나와 소네치카 두 사람이 알게 되자마자, 세상에, 나는 천국에라도 온 듯했어요. 예전엔 짐승처럼 누워서 욕만 얻어먹곤 했거든요! 하지만 이제는 발끝으로 걸어다니며, '쉿! 세묜 자하리치가 일하시느라 피곤해 쉬고 계시잖니'라며 아이들을 조용히 시키더군요. 출근하기 전엔 커피를 준비해주고요, 크림을 끓여서요! 듣고 있나요, 진짜 크림을 구해오기 시작했다고요! 어디서 돈을 긁어모아 11루블 50코페이카나 하는 번듯한 제복을 마련해주었는지 도대체 알 수가 없다니까요? 진짜 번듯한 장화, 옥양목으로 된 셔츠 가슴판, 제복, 이 모든 걸 11루블 반에 정말 근사하게 마련해낸 겁니다. 출근 첫날 이른 아침 일하고 돌아와보니 카테리나 이바노브나가 요리 두 가지, 수프와 고추냉이 소스를 뿌린 쇠고기 요리를 만들어놓았더군요, 아직도 이해가 안 돼요. 아내에

* 당시 거리의 악사들이 흔히 연주하던, 손잡이를 돌려 소리를 내는 악기.

겐 그런 드레스가 없는데…… 정말 없는데, 갑자기 초대라도 받은 사람처럼 차려입었더라고요, 뭐가 있어서가 아니라, 그렇게 아무것도 없는 상태에서 모든 걸 만들어낼 수가 있더군요. 머리를 단정히 빗고, 어디서 났는지 깃도 깨끗하고, 덧소매도 그렇고, 아무튼 정말 완전히 다른 귀부인이 나타난 거죠, 젊어지고 예뻐져서요. 나의 사랑스러운 소네치카는 돈만 보태줬어요, 당분간 자기가 아버지 집에 자주 나타나는 게 보기 안 좋을 테니 아무도 못 보게 해가 지면 오겠다고 하더군요. 듣고 있나요, 듣고 있어요? 식사를 마친 후 잠을 청하러 갔는데, 당신이 상상이나 하실 수 있겠습니까마는, 카테리나 이바노브나가 결국 참지를 못하더군요. 바로 일주일 전에 집주인 아말리야 표도로브나하고 다신 안 볼 듯이 또 싸워놓고는 커피 마시러 오라고 부르더라니까요. 두 시간 동안 앉아서 계속 속닥거렸어요. '있잖아요, 이제 세묜 자하리치가 취직해서 월급을 받는답니다, 각하를 직접 찾아뵀더니, 그분이 몸소 나오셔서 모두에게 기다리라 하시고는 세묜 자하리치 손을 잡고 모두를 지나쳐 서재로 데려가셨다네요.' 듣고 있나요, 듣고 있냐고요? '그러곤 말씀하시기를, 세묜 자하리치, 난 자네 공을 물론 기억하네, 비록 자네가 그런 경솔한 면이 있긴 하지만, 이미 자네가 약속도 했고, 자네가 없으니 우리도 엉망이었거든. (듣고 있나요, 듣고 있어요!) 그러니 이제 자네의 고귀한 약속에 기대를 가져보겠네, 이렇게 말씀하셨답니다.' 그러니까 이 모든 것은, 말씀드리자면, 아내가 다 갖다 꾸며댄 것이지요, 경박해서가 아니라 자랑 한번 하려고요! 아니, 자기도 모든 걸 사실로 믿고 있어요, 자신이 만들어낸 상상에 스스로 위로받는 거지요, 틀림없어요! 뭐라 하려는 게 아닙니다, 아니, 그걸 뭐라 할 순 없지요!…… 엿새 전 첫 월급으로 23루블 40코페이카를 고스란히 가져다주었더니, 날 귀엽다고 합디다. '이런 귀염둥이 같으니!'라고요. 단둘이 있을 때요, 아시겠어요? 아니, 나한테 무슨 이쁜 구석이 있다고, 이까짓 게 무슨 남편이란 말입니까? 그런데도 볼을 꼬집으며 '이런 귀염둥이 같으니!'라고 하더군요."

마르멜라도프는 말을 멈추고 미소를 지으려 했지만, 갑자기 그의 턱이 씰룩이기 시작했다. 하지만 그는 참아냈다. 이 술집, 타락한 모습, 건초운반선에서 보냈다는 닷새 밤과 술, 이에 더해 아내와 가족에 대한 저 병적인 애정이 듣는 사람의 마음을 혼란스럽게 했다. 라스콜니코프는 집중해서, 그러나 병적인 느낌을 받으면서 이야기를 들었다. 여기 들른 것에 화가 났다.

"선생, 선생!" 정신을 추스른 마르멜라도프가 외쳤다. "오, 선생, 다른 사람들도 그렇듯이 아마 당신도 이 모든 게 우습겠지요, 어리석게도 난 이 비참한 가정사를 모조리 세세하게 들춰내 당신을 괴롭히고 있을 뿐이지만, 그래도 내게는 우습지 않아요! 왜냐면 난 이 모든 걸 느낄 수 있으니까요…… 내 인생에 천국 같던 그날 내내, 그날 저녁 내내 난 온통 하늘을 나는 듯한 공상으로 보냈지요. 그러니까 내가 모든 걸 꾸려나가고, 아이들을 입히고, 아내를 편안하게 해주고, 하나뿐인 내 딸을 치욕으로부터 가정의 품으로 되돌리겠다고…… 그 외에도 많은 것을, 많은 것을 꿈꾸었어요…… 날 이해하나요, 선생. 음, 선생. (마르멜라도프는 갑자기 몸을 떠는가 싶더니 고개를 들고 상대방을 정면으로 바라보았다.) 흐음, 그 모든 공상을 펼친 바로 다음날(그러니까 정확히 닷새 전이 되겠군요) 저녁 무렵, 나는 한밤의 도둑처럼 교활한 속임수로 카테리나 이바노브나의 가방 열쇠를 훔쳐서 가져온 봉급 중 남은 돈을 모두 꺼냈어요, 전부 얼마였는지는 이미 기억도 나질 않지만, 여기 날 좀 보세요, 이게 답니다! 집에서 나온 지 닷새째, 가족은 날 찾고 있고, 직장은 끝장났고, 제복은 이집트 다리 근처 선술집에 있어요, 그걸 맡기고 이 옷을 얻었어요…… 그렇게 모든 게 끝난 겁니다!"

마르멜라도프는 주먹으로 자기 이마를 치고는 이를 악물고 눈을 감더니 탁자에 팔꿈치를 단단히 괴었다. 하지만 잠시 후 그의 표정이 갑자기 변하더니, 어딘가 부자연스럽게 교활하고 꾸민 듯 뻔뻔하게 라스콜니코프를 바라보며 한바탕 웃은 후 말을 시작했다.

"오늘 소냐에게 갔었어요, 술값이나 얻어보려고 갔다 왔지요! 헤헤헤!"

"그래서, 정말 주던가?" 새로 들어온 사람 중 하나가 구석자리에서 이렇게 외치고는 목청껏 웃어댔다.

"여기 이 보드카 반병이 그애 돈으로 산 겁니다." 오직 라스콜니코프만을 향해 마르멜라도프가 말했다. "30코페이카를 가져옵디다, 마지막 남은 전부를 손수 말이에요. 내가 봤어요…… 아무 말도 하지 않고 그저 조용히 나를 바라보기만 했지요…… 그렇게 이 세상이 아니라, 저 세상에서인 듯…… 거기선 사람들 때문에 슬퍼하고 울지만, 비난하지 않지요, 비난하지 않습니다! 그게 더 아파요, 욕하지 않으니까 더 아프다고요!…… 30코페이카, 그래요. 지금 그애에게도 이 돈이 정말 필요할 겁니다, 그렇지요? 친애하는 선생, 당신은 어떻게 생각하세요? 지금 그애는 깨끗함을 지켜야 해요. 그런 깨끗함엔 돈이 들지요, 특별한 거니까요, 이해하겠어요? 이해하냐고요? 음, 거기선 입술연지도 사야 해요, 그거 없이는 안 되니까요. 풀 먹인 치마도 사야 하고, 웅덩이를 건너야 할 때 발이 좀더 예뻐 보이게 해줄 구두도 사야 한다고요. 이해하겠어요, 이해하겠어요, 선생, 그 깨끗함이 뭘 의미하는지 이해하시냐고요? 음, 그런데 친아비라는 작자가 그 30코페이카를 술값으로 쓱싹한 거죠! 그러고는 마셔버립니다! 이미 다 마셔치웠어요!…… 자, 도대체 누가, 어떻게, 나 같은 놈을 동정하겠어요? 네? 당신은 지금 내가 불쌍한가요, 선생, 그런가요? 말해보세요, 선생, 불쌍해요, 아니에요? 헤헤헤헤!"

그는 술을 따르려 했지만, 이미 아무것도 없었다. 술병은 비어 있었다.

"근데 왜 널 동정해야 하지?" 다시 근처에 나타난 술집 주인이 소리쳤다.

웃음소리가 울렸고, 욕설도 들렸다. 이야기를 들은 사람이든 아니든 은퇴한 관리의 모습만 보고도 그렇게 웃고 욕을 해댔다.

"동정이라고! 왜 나를 동정해야 하느냐고!" 이 말이 나오기만을 기다렸다는 듯, 마르멜라도프가 뭔가에 결정적으로 고무되어서는 손을 앞으로 뻗으며 일어나 갑자기 울부짖기 시작했다. "왜 동정해야 하느냐고 말했겠다? 그래! 나 같은 놈은 동정할 건덕지가 없어! 나 같은 건 십자가에 매달아야 해, 십자가에 매달아도 불쌍하지 않아! 십자가에 못박아라, 심판관아, 못박아라, 못박은 다음 불쌍히 여겨라! 그러면 나 스스로 십자가에 매달리기 위해 너희에게 가리니, 나는 즐거움이 아니라 슬픔과 눈물을 갈구하기 때문이다!…… 주인장, 네가 판 이 보드카 반병이 나에게 쾌락을 주었다고 생각하나? 난 그 바닥에서 슬픔, 슬픔을 찾았지, 슬픔과 눈물을 맛보고 얻었지. 모든 사람을 가엾이 여긴 분, 모두를, 모든 것을 이해하신 분이 우리를 불쌍히 여기시네, 그분은 단 한 분이시고 그분이 심판관이시지. 그날이 오면 물으시리라. '폐병에 걸린 사악한 계모와 친형제도 아닌 어린것들을 위해 자신을 바친 딸은 어디에 있는가? 지상의 아비, 쓸모없는 술주정꾼, 짐승 같은 그를 두려워 않고 가엾이 여긴 딸은 어디에 있는가?' 그리고 말씀하시리라. '이리 오라! 나는 이미 너를 한 번 용서하였다…… 너를 한 번 용서하였다…… 이제 너는 그 많은 죄를 용서받았다, 네가 극진한 사랑을 보였기 때문이다*……' 그러곤 우리 소냐를 용서하시겠지, 용서하실 거야, 용서하시리라는 걸 나는 이미 알고 있어…… 방금 전 그애 집에 갔을 때 그걸 마음으로 느꼈지!…… 모든 이를 심판하고 용서하실 것이다, 선한 자나 악한 자나, 지혜로운 자나 온유한 자나…… 모든 것에 종말이 올 때 우리에게 선포하시리니. '너희도 나오너라! 주정뱅이들아, 나와라, 나약한 자들아, 나와라, 부끄러움을 모르는 자들아, 나오너라!' 그러면 우리 모두는 부끄러움을 모르고 나가 설 테지. 그러면 말씀하시기를, '너희 돼지 같은 자들! 짐승 같은 몰골에 낙인찍힌 자들. 그러나 너희도 오너라!' 그러면 현명한 자들이 말하고, 지혜로운 자들이 말하겠지, '주여! 어찌하여 이자들을 받아들이시나이까?' 그러면 답하시리니, '현명한 자들이여, 이들을 받아들이노라, 지혜로운 자들이여, 이들을 받아들이노라, 이들 중 어느 하나도 자신을 이에 합당하다 여기는 자가 없기 때문이니라……' 그리고 우리에게 손을 뻗으시니, 우리는 쓰러져…… 울며…… 모든 것을 이해하게 되리라! 그때 모든 것을 이해하게 되리

* 「루가의 복음서」 7장 47~48절을 변용한 것.

라!…… 모두가 이해하리라…… 카테리나 이바노브나도…… 그녀도 이해하게 될 테지…… 주여, 당신의 왕국이 오게 하소서!"

완전히 녹초가 되어 지칠 대로 지친 그는 누구도 쳐다보지 않고 주위를 잊어버린 듯 깊은 생각에 잠긴 채 의자에 털썩 주저앉았다. 그의 말엔 감동적인 데가 있었다. 잠시 정적이 흘렀지만, 곧 전처럼 웃음과 욕설이 울려퍼졌다.

"심판을 내리셨어!"

"뻥치시네!"

"관리라 다르군!"

기타 등등, 기타 등등.

"갑시다, 선생," 마르멜라도프가 고개를 들고는 라스콜니코프에게 불쑥 말했다. "날 좀 데려다줘요…… 코젤네 건물, 셋집으로. 가야 할 시간이에요…… 카테리나 이바노브나에게로……"

라스콜니코프는 이미 오래전부터 자리를 떠나고 싶었다. 한편 그를 도와야겠다고도 생각하고 있었다. 마르멜라도프는 말할 때보다 훨씬 더 다리에 힘이 빠져 청년에게 몸을 깊이 의지했다. 이삼백 걸음 정도 가야 했다. 집에 가까워질수록 당혹감과 공포가 이 술 취한 사람을 더욱더 강하게 사로잡았다.

"난 지금 카테리나 이바노브나가 무서운 게 아니에요." 그는 흥분해서 중얼거렸다. "아내가 내 머리끄덩이를 잡을까봐 무서운 게 아니라고요. 머리카락이 뭐라고!…… 아무것도 아니지! 내 말은 이거요! 머리끄덩이를 잡는다면, 차라리 그게 더 낫지, 무서운 건 그게 아니에요…… 나는…… 아내의 눈이 무서워요…… 그래요…… 눈이…… 볼의 붉은 반점도 무서워요…… 또 숨소리도 무섭고요…… 그 병에 걸린 사람이…… 흥분했을 때 어떻게 숨쉬는지 본 적 있나요? 애들 울음소리도 무섭죠…… 소냐가 먹여 살리지 않는다면, 그러면…… 정말 어떻게 될지 난 모르겠어요! 모른다고요! 두들겨맞는 건 두렵지 않아요…… 선생, 알아줘요, 그렇게 맞는 건 아프지도 않을뿐더러, 내게 쾌감을 줍니다…… 왜냐면 그거라도 없다면 나 스스로도 어떻게 할 수가 없으니까요. 그게 더 나아요. 때리라지요, 그럼 마음은 가벼워지거든요…… 그게 더 나아요…… 집에 다 왔네요. 코젤네 집. 돈 많은 독일인 철물공…… 데려다주세요!"

그들은 마당에서 건물 안으로 들어가 4층으로 올라갔다. 계단은 위로 올라갈수록 어두워졌다. 이미 열한시가 다 되었고, 이 계절의 페테르부르크엔 밤다운 밤이 없긴 하지만,* 그래도 계단 위쪽은 아주 어두웠다.

맨 꼭대기 층 계단 끝에 그을음투성이인 작은 문이 열려 있었다. 크기가 열 걸음 정도밖에 안 되는 아주 초라한 방을 양초토막이 비추고 있었다. 현관에서 방 전체가 다 보였다. 온통 엉망진창 어질러져 있었고, 특히 온갖 넝마 같은 아이들 옷가지가 널브러져 있었다. 뒤쪽 구석에는 구멍이 숭숭 뚫린 홑이불이 둘러쳐져 있었다. 아마 그 뒤에 침대가 있나보다. 방안에는 다해봐야 달랑 의자 두 개와 방수포를 씌운 닳아빠진 소파가 있었고, 그 앞에 아무 칠도 안 하고 아무것도 덮지 않은 낡은 소나무 식탁이 놓여 있었다. 식탁 끝에는 거의 다 타들어간 수지

* 페테르부르크의 여름은 백야 현상 때문에 새벽까지 환하다.

양초 토막이 철제촛대에 꽂혀 있었다. 마르멜라도프는 방 한구석이 아니라 독립된 방에 사는 셈이었지만, 통로로 쓰이는 방이었다. 아말리야 립페베흐젤의 집은 여러 개의 새장 같은 쪽방으로 나뉘어 있었는데, 그다음 쪽방들로 향하는 문은 조금 열려 있었다. 그곳은 소란스럽고 떠들썩했다. 크게 웃는 소리도 들렸다. 카드놀이를 하거나 차를 마시는 모양이었다. 가끔 아주 상스러운 말들도 들렸다.

라스콜니코프는 카테리나 이바노브나를 바로 알아보았다. 여자는 지독하게 말랐고, 호리호리하고 키가 꽤 크고 늘씬한데다 짙은 황갈색 머리카락은 여전히 아름다웠고, 정말 반점처럼 보일 정도로 뺨이 울긋불긋했다. 그녀는 손으로 가슴을 꽉 누른 채 크지 않은 방을 오락가락 서성이면서, 바싹 마른 입술 사이로 고르지 못한 숨을 거칠게 몰아쉬고 있었다. 눈동자는 열병에 걸린 듯 번쩍였지만, 시선은 날카롭고 흔들림이 없었으며, 거의 다 타버린 양초의 마지막 불빛이 그녀의 얼굴을 어른거리며 비출 때면 폐병 걸린 그 흥분한 얼굴은 병적인 인상을 자아냈다. 라스콜니코프가 보기에 서른 살쯤 되어 보였고, 정말이지 마르멜라도프의 짝은 아니었다…… 그녀는 그들이 들어오는 소리를 듣지도, 기척을 느끼지도 못했다. 어떤 망각 상태에 빠져 듣지도 보지도 못한 것 같았다. 방은 후덥지근했지만, 그녀는 창문을 열지 않았다. 계단에서 악취가 올라오는데도 계단 쪽 문은 열려 있었다. 열린 문을 통해 안쪽 집에서 담배 연기가 넘실대며 몰려오는 탓에 기침을 하면서도, 그녀는 그 문을 닫지 않았다. 여섯 살쯤 돼 보이는 제일 어린 계집아이가 바닥에 앉아 몸을 웅크리고 소파에 머리를 묻은 채 자고 있었다. 그보다 한 살쯤 많아 보이는 소년은 구석에서 온몸을 떨면서 울고 있었다. 아마 방금 전에 맞은 모양이다. 아홉 살쯤 된 제일 나이 많은 소녀는 키가 크고 성냥개비처럼 말랐는데, 해지고 여기저기 찢어진 윗옷 하나만 입고서, 길이가 이미 무릎까지도 안 오게 된 걸로 봐서 지어준 지 이 년은 됐음직한 낡고 얇은 모직 외투를 맨 어깨에 걸친 채, 방구석의 동생 옆에 서서 성냥개비처럼 바싹 마른 긴 팔로 동생의 목을 감싸고 있었다. 소녀는 달래고 속삭이며, 갖은 수를 써 어떻게든 다시 울지 않게 동생을 진정시키는 듯했고, 동시에 원래도 크지만 여위고 놀란 얼굴 탓에 한층 더 커 보이는 겁먹은 검은 눈으로 엄마의 뒷모습을 살폈다. 마르멜라도프는 방으로 들어가지 않고 문 바로 앞에 무릎을 꿇고 앉아 라스콜니코프를 앞으로 밀었다. 여자는 낯선 사람을 발견하자 방심한 듯 그 앞에 멈춰 섰다가 이내 정신을 차리고, 이 사람이 왜 왔을까? 하고 생각하는 듯했다. 하지만 자기 방이 통로니까 이내 그가 다른 방에 가는 길이려니 여긴 모양이다. 그렇게 생각했는지 더이상 그에게 관심을 두지 않고 현관문을 닫으려 다가가다가, 거기 문턱에 무릎을 꿇고 있는 남편을 발견하고는 갑자기 비명을 질렀다.

"아!" 격분한 그녀가 소리쳤다. "돌아왔군! 도둑놈! 악당!…… 돈은 어디 있어? 주머니에 뭐가 있지, 어디 봐! 그 옷이 아니잖아! 옷은 어디 있어? 돈은 어디 있냐고? 말해!……"

그녀는 그에게 달려들어 뒤지기 시작했다. 마르멜라도프는 바로 고분고분 온순히 팔을 양쪽으로 벌려 주머니를 뒤지기 쉽게 해주었다. 돈은 한푼도 없었다.

"도대체 돈은 어딨지?" 그녀가 소리질렀다. "오, 맙소사, 정말 다 마셔버렸군! 가방엔 12루블이나 남아 있었는데!……" 그러더니 갑자기 미쳐 날뛰며 그의 머리카락을 움켜쥐고 방으로 질질 끌고 갔다. 마르멜라도프는 순순히 무릎으로 기어 뒤를 따라가며 그녀의 수고를 덜어주었다.

"이건 내게 쾌감을 줘요! 고통이 아니라 쾌-감-을요, 서-어-언-생." 머리카락을 잡힌 채 휘둘려 이마로 바닥을 한번 쿵 찧기까지 하고서도 그는 이렇게 외쳤다. 바닥에서 자던 아이가 깨어나 울기 시작했다. 구석의 소년도 못 견디고 벌벌 떨며 소리를 지르고는 너무 놀라 거의 발작하듯이 누나에게 달려들었다. 맏이인 소녀는 꿈결인 양 사시나무처럼 바들바들 떨고 있었다.

"마셔버렸어! 전부, 전부 마셔버렸어!" 가엾은 여인이 절망에 빠져 비명을 질렀다. "옷도 그 옷이 아니야! 아이들이 굶고 있는데, 굶고 있는데! (손을 쥐어짜며 그녀는 아이들을 가리켰다.) 오, 저주받은 인생! 당신, 당신은 부끄럽지도 않아." 갑자기 그녀가 라스콜니코프에게 덤벼들었다. "술집에서 왔군! 네가 저 인간이랑 마셨어? 너도 같이 마셨구나! 꺼져버려!"

청년은 아무 말 없이 서둘러 나가려 했다. 그때 안쪽 문이 활짝 열리더니 몇 명이 호기심어린 표정으로 밖을 내다보았다. 입담배나 파이프를 물고 유대인 모자를 쓴 사람들이 대놓고 웃으며 얼굴을 쑥 내밀었다. 실내용 가운을 완전히 풀어헤친 사람들, 민망한 여름옷을 입은 사람들이 보였고, 손에 카드를 쥔 사람들도 보였다. 그들은 머리채를 잡혀 질질 끌려가던 마르멜라도프가 이게 쾌감을 준다고 소리쳤을 때 특히 재미나다는 듯 웃어댔다. 몇몇은 방으로 들어오기까지 했다. 마침내 불길하게 째지는 듯한 소리가 들려왔다. 자기식으로 난리를 수습하고,

이미 수백 번 그랬듯이 욕설을 섞어가며 내일 당장 방을 비우라고 명령해 가엾은 여인을 겁주려고, 아말리야 립페베흐젤이 사람들을 헤치고 앞으로 나온 것이다. 라스콜니코프는 떠나면서 주머니에 손을 넣어, 술집에서 1루블을 내고 잔돈으로 받은 동전을 되는대로 그러모아 아무도 모르게 창가에 놓아둘 수 있었다. 하지만 계단에 이르자 이미 마음이 바뀌어 되돌아가고 싶어졌다.

'정말 말도 안 되는 짓을 했군.' 그는 생각했다. '저들에겐 소냐가 있지만, 내게도 돈이 필요하지 않은가.' 하지만 다시 가져오는 건 이미 불가능할뿐더러, 설사 가능하다 해도 자기가 그러진 않을 거라는 생각에, 그는 손을 한번 내젓고는 집으로 향했다. '소냐에겐 입술연지도 필요하다.' 거리를 따라 발을 옮기며 그는 생각을 계속했고, 냉소적으로 웃었다. '그런 유의 깨끗함엔 돈이 필요하지…… 흠! 어쩌면 소냐는 오늘이라도 파산할지 몰라, 그 일은 고급 모피용 동물을 사냥하거나 노다지를 캐는 거나 마찬가지인 모험이니까…… 그네들 모두, 어쩌면 내 돈 없이는 내일 변변한 먹을거리 하나 못 구할지도 모르겠군…… 아, 가엾은 소냐! 그래도 저들은 좋은 샘을 팠군! 그러고는 이용해! 그야말로 등쳐먹는 거야! 게다가 익숙해졌고. 좀 울다가 익숙해진 거지. 인간이란 비열한지라 모든 것에 익숙해지기 마련이니까!'

그는 생각에 잠겼다.

"하지만 만일 내가 틀렸다면," 갑자기 그가 자기도 모르게 소리 높여 외쳤다. "만일 정말 인간이, 인간 일반이, 그러니까 인류라는 종 자체가 비열한 게 아니라면, 그건 나머지 모든 건 다 편견이고 헛된 두려움일 뿐, 어떤 장애물도 없고, 또 그래야만 한다는 뜻인데!……"

3

다음날 그는 꽤 늦게 일어났지만, 어지러운 꿈에 시달린 탓에 잠을 잤는데도 기운이 회복되지 않았다. 그는 짜증스럽고 신경질적이고 심기가 사나운 상태로 잠에서 깨어서는 자신의 골방을 증오스럽게 노려보았다. 작은 새장이나 다름없는, 여섯 걸음 정도 길이의 정말 초라한 방이었는데, 누렇고 먼지투성이인 벽지가 벽 여기저기에서 떨어져나왔고, 키가 조금이라도 큰 사람이 들어서면 머리가 닿을락 말락 할 정도로 천장이 끔찍이도 낮았다. 가구 역시 방에 딱이었다. 낡은 의자 세 개가 아무렇게나 놓여 있었고, 구석에는 노트 몇 권과 책을 올려둔, 칠을 한 책상이 있었다. 먼지에 뒤덮인 것만 봐도 이미 오랫동안 누구의 손길도 닿지 않은 게 분명했다. 마지막으로 볼품없는 커다란 소파 하나가 한쪽 벽 거의 전체와 방 절반을 차지하고 있었고, 예전에야 사라사 천을 씌워두었겠지만 지금은 누더기처럼 해진 채 라스콜니코프의 침대로 쓰이고 있었다. 그는 종종 옷도 벗지 않고, 시트도 깔지 않고, 낡고 오래된 학생복 외투만 덮은 채, 깨끗한 것이든 다 해진 것이든 가지고 있는 온갖 속옷을 밑에 쑤셔넣어 높게 만든 작은 베개 하나만 베고 그 위에서 자곤 했다. 소파 앞에는 작은 탁자가 놓여 있었다.

이보다 더 바닥까지 떨어지거나 지저분하기도 힘들었다. 하지만 라스콜니코프의 지금 정신 상태로는 이런 게 유쾌하기까지 했다. 그는 마치 거북이가 자기 등껍질로 들어가듯 모든 것에서 단호히 떠났기에, 자기를 챙겨주기로 해서 가끔 방에 들르는 하녀의 얼굴만 봐도 짜증이 나고 경기가 일었다. 그건 뭔가에 지나치게 몰두한 다른 편집증 환자들에게도 흔히 있는 일이다. 주인여자가 이미 2주째 그에게 음식을 못 주게 하고 있지만, 지금까지도 그는 굶고 앉아 있을지언정 그 일을 해결하러 여자에게 들러볼 생각조차 하지 않았다. 주인여자의 유일한 하녀이자 요리사인 나스타시야는 세입자의 이런 상태를 어느 정도 기꺼워하며 그의 방을 정리하고 청소하는 일을 완전히 중단해버렸고, 그저 가끔, 일주일에 한 번쯤 느닷없이 빗자루를 들고 나타나곤 했다. 지금 그를 깨운 사람도 바로 그녀였다.

"일어나요, 왜 이렇게 잠만 주무시나!" 그녀가 그에게 몸을 굽히며 소리를 질렀다. "아홉시가 넘었어요. 차를 가져왔는데. 좀 마실래요? 세상에, 저 살 빠진 것 좀 봐?"

세입자는 눈을 뜨고 몸을 떨더니 나스타시야를 알아봤다.

"차는 주인이 보낸 건가?" 병색이 완연한 모습으로 소파에서 천천히 몸을 일으키며 그가 물었다.

"주인은 무슨!"

그녀는 이미 여러 번 우려내 멀건 차가 담긴, 자기 소유의 금간 찻주전자를 그 앞에 내려두고는 누런 설탕 두 개를 올려놓았다.

"여기, 나스타시야, 받아." 주머니를 뒤져 (그는 그렇게 옷을 입은 채로 잔 것이다) 동전을 한 움큼 꺼낸 후 그가 말했다. "가서 흰빵 좀 사다 줘. 소시지 가게에서 소시지도 좀 사오고, 되도록 싼 걸로."

"흰빵은 내가 지금 갖다줄게요, 근데 소시지 대신 양배추수프는 싫어요? 어제 끓인 건데 맛있거든요. 어제 당신 몫으로 떼놨는데 늦게 들어왔잖아요. 맛있어요."

날라온 수프를 그가 먹기 시작하자 나스타시야는 소파 위 그의 옆에 자리를 잡고 앉아 수다를 떨기 시작했다. 시골 출신 아낙으로 말이 아주 많은 여자였다.

"프라스코비야 파블로브나가 당신을 경찰에 고발하려고 해요." 그녀가 말했다.

그는 얼굴을 잔뜩 찌푸렸다.

"경찰에? 뭣 때문에?"

"돈도 안 내고 방도 안 비우니까요. 이유야 뻔하지."

"이런, 제길, 야단났군," 그는 이를 갈며 웅얼거렸다. "안 돼, 하필…… 지금 이럴 때…… 그 여잔 바보야." 그는 큰 소리로 덧붙였다. "오늘 그 여자한테 들러서 말을 해봐야겠군."

"그 여자는 바보예요, 나처럼 바보죠, 근데 당신은 뭐예요, 똑똑한 사람이 부대자루처럼 퍼질러져서는 아무것도 안 하잖아요? 전에는 애들을 가르치러 다닌다더니, 지금은 왜 아무것도 안 해요?"

"하고 있어……" 라스콜니코프는 마지못해 퉁명스럽게 말했다.

"뭘 하는데요?"

"일……"

"무슨 일?"

"생각하는 일." 그는 잠시 입을 다물었다가 진지하게 대답했다.

그러자 나스타시야가 배를 잡고 웃어댔다. 그녀는 웃음이 많아서, 사람들이 웃길 때면 온몸을 흔들고 떨면서 속이 메슥거릴 때까지 소리도 안 내고 웃어대곤 했다.

"생각을 잔뜩 하니 돈이 많이 벌리던가요?" 그녀가 간신히 한마디했다.

"장화도 없이 아이들을 가르치러 다닐 수는 없잖아. 게다가 그따위

침이나 뱉어주라지."

"우물에 침을 뱉으면* 안 되는 법이에요."

"애들 가르치는 건 푼돈벌이밖에 안 돼. 그런 푼돈으로 뭘 하겠어?" 자신의 생각에 대답이라도 하듯 그는 마지못해 말을 이었다.

"그럼 단번에 큰돈을 쥐시겠다?"

그는 묘한 표정으로 그녀를 바라보았다.

"그럼, 큰돈이어야지." 그가 잠시 입을 다물었다가 단호하게 대답했다.

"이런, 좀 살살 말해요, 사람 놀라잖아요. 진짜 무섭네. 흰빵 가지러 가요, 마요?"

"맘대로 해."

"맞다, 깜빡했네! 어제 없을 때 당신 앞으로 편지가 왔는데."

"편지라고! 나한테! 누가 보냈지?"

"누군지는 몰라요. 우체부한테 내 돈 3코페이카를 줬어요. 갚을 거죠?"

"당장 가져다줘, 세상에, 당장!" 라스콜니코프는 완전히 흥분해서 외쳤다. "세상에!"

잠시 후 편지를 받았다. 그랬다. R현에 사는 어머니가 보낸 편지였다. 편지를 건네받으며 그는 창백해지기까지 했다. 벌써 오랫동안 편지를 받지 못한 것이다. 하지만 지금은 다른 뭔가가 불현듯 그의 심장을 짓눌렀다.

"나스타시야, 나가봐, 제발. 여기 당신 돈 3코페이카야, 부디, 제발, 어

* '우물에 침을 뱉으면 마실 일이 생긴다'라는 러시아 속담을 빗댄 말이다.

서 나가줘!"

편지를 든 그의 손이 떨렸다. 그녀가 있는 곳에서 편지를 뜯고 싶지는 않았다. 이 편지와 단둘이 남고 싶었다. 나스타시야가 나간 후 그는 재빨리 편지를 들어올려 입을 맞췄다. 그러고도 한참을 더 주소의 필체를, 언젠가 그에게 읽고 쓰는 법을 가르쳐준 어머니의 익숙하고 정겨운, 작고 비스듬히 누운 필체를 뚫어지게 바라보았다. 그는 시간을 끌었다. 뭔가 두려워하는 것 같기도 했다. 마침내 봉투를 열었다. 편지는 크고 두툼해서 2로트*는 되는 것 같았다. 커다란 편지지 두 장이 아주 작은 글씨로 가득 채워져 있었다.

어머니는 이렇게 썼다. 사랑하는 나의 로쟈, 너와 편지로 얘기를 나눈 지도 벌써 두 달이 넘었구나, 그 때문에 괴로워 생각에 잠기다 보니 때로 밤에 잠도 못 이뤘단다. 하지만 어쩔 수 없이 내가 침묵한 일로 날 비난하지는 않겠지. 내가 널 얼마나 사랑하는지 알 테니까. 넌 우리에게, 나와 두냐에게 하나뿐인 사람이고, 우리의 전부이자 바람이고 희망이란다. 네가 먹고살 돈이 없어 이미 몇 달 동안 학교도 안 가고, 과외나 다른 수입마저 끊겼다는 걸 알고서 내 마음이 어땠는지! 일 년에 120루블의 연금으로 내가 네게 무슨 도움을 줄 수 있었겠니? 너도 알다시피 넉 달 전에 네게 보내준 15루블도, 여기 우리 동네 상인 아파나시 이바노비치 바흐루신에게 연금을 담보로 빌린 거란다. 좋은 사람인데다 네 아버지 친구였지. 그렇지만 나 대신 연

* 미터법 시행 전 러시아에서 사용한 무게 단위. 1로트는 약 12.8그램.

금을 받을 권리를 그분께 양도한 터라 빚을 갚을 때까지 기다려야만 했고 이제야 다 갚아서, 그동안은 내내 네게 아무것도 보내주지 못했구나. 하지만 다행히도 이제는 네게 돈을 다시 보내줄 수 있을 듯한데다, 지금 우리에게도 운이 트인 것 같아서 네게 알려주려고 이렇게 서둘러 편지를 쓰는 거란다. 첫째로, 사랑하는 로쟈, 짐작할 수 있겠니, 네 동생이 나와 함께 살게 된 지 벌써 한 달 반이 되었고, 앞으로도 이제 더는 헤어지지 않을 수 있게 되었단다. 그 아이의 고생이 끝나 하느님께 정말 감사할 따름이지만, 무슨 일이 있었는지, 우리가 지금까지 무엇을 숨기고 있었는지 알 수 있도록 모두 차근차근 얘기해주마. 두어 달쯤 전, 두냐가 스비드리가일로프 씨네 집에서 험한 일을 많이 겪고 있다는 말을 네가 누군가에게 듣고서는 정확히 설명해달라고 내게 편지를 썼을 때만 해도 말이다, 내가 뭐라고 답장을 해줄 수 있었겠니? 만일 내가 사실대로 다 말했다면, 아마도 넌 모든 것을 내팽개치고 걸어서라도 우리에게 왔겠지, 네 성격과 기질을 내가 잘 아는데, 넌 동생이 모욕받는 걸 보고만 있지는 않았을 테니 말이다. 나 자신도 절망스러웠지만, 내가 무얼 할 수 있었겠니? 그땐 나도 사실을 다 알진 못했단다. 제일 힘들었던 건, 작년에 두네치카가 그 집에 가정교사로 들어가면서 매달 월급에서 제하는 조건으로 백 루블을 선금으로 받았기 때문에, 빚을 다 갚지 않고는 일을 그만둘 수 없었다는 거야. 그 돈을 받은 건 무엇보다(이제는 네게 모든 걸 설명할 수 있겠구나, 소중한 로쟈), 작년에 네가 꼭 필요하다고 해서 받은 60루블 있잖니, 그 돈을 보내주기 위해서였단다. 그때 우리는 그 돈이 두냐가 예전에 모아둔 돈 중 일부라고 널 속였지만, 사실은 그렇지 않았어, 하지만 이제는 사실대로 다 말해주마, 왜냐면 이제 신의 가호로 모든 게 갑자기 최상의 상태가 되었기 때문이고, 또 두냐가 너를 얼마나 사랑하는지, 그 아이가 얼마나 고귀한 마음을 가지고 있는지 네가 알았으면 하거든. 처음에는 스비드리가일로프 씨가 정말이지 두냐를 아주 심하게 대했단다, 온갖 무례를 저지르고 식탁에서 비웃기도 했다더구나…… 하지만 그 모든 괴로운 일을 자세히 얘기해 괜히 널 흥분시키고 싶지는 않구나, 이제는 이미 다 끝난 일인걸. 간략히 말하자면, 스비드리가일로프 씨의 부인인 마르파 페트로브나 그리고 그 집 사람들 모두 선량하고 고상한 태도로 두냐를 대했음에도 불구하고, 두네치카는 아주 힘들었단다, 특히 스비드리가일로프 씨가 옛날 군대 시절 버릇이 발동해 바쿠스*에 휘둘릴 때면 더욱 그랬지. 그다음엔 어떻게 됐는 줄 아니? 상상해보렴, 이 미치광이가 이미 오래전부터 두냐에게 흑심을 품었으면서도 그 모든 걸 그애에 대한 무례함과 경멸 아래 감춰왔던 거야. 아마 스스로도 부끄럽고 두려웠나보지, 나이도 이미 지긋한데다, 한 가정의 가장이 그런 경박한 바람을 품고 있으니, 그래서 두냐에게 자기도 모르게 못되게 굴었나봐. 어쩌면 그 작자는 무례한 태도와 비웃음으로 다른 사람에게 모든 진실을 감추고 싶었는지도 모르겠다. 하지만 결국 참지 못하고 감히 두냐에게 노골적이고 추잡한 제안을 했단다, 그애에게 온갖 보상을 약속하면서, 한술 더 떠서 모든 걸 버리고 같이 어디 시골이나 외국으로라도 떠나자고 말이야. 그애가 얼마나 괴

* 로마신화에 나오는 술의 신.

로웠을지 상상이 되니! 당장은 일을 그만둘 수도 없었지, 단지 빚 때문만이 아니라 마르파 페트로브나를 아끼는 마음 때문에, 부인이 갑자기 의심을 품어 가정에 불화가 생기지나 않을까 해서였단다. 그렇게 되면 두네치카에게도 엄청난 추문이 될 테고 말이야. 이미 그런 식으로 피할 수 있는 일이 아니었던 거야. 그렇게 이러저러 많은 이유로 두냐는 6주 동안이나 그 끔찍한 집에서 벗어날 엄두조차 내지 못했단다. 물론 넌 두냐를 잘 알지, 그애가 얼마나 지혜롭고 강직한 성품인지 말이야. 두네치카는 많은 것을 견딜 줄 알고, 가장 극단적인 경우에조차 지조를 잃지 않을 만큼 담대함을 간직한 아이잖니. 서로 편지로 소식을 자주 나누었는데도 그애는 내가 상심할까봐 나에게조차 일절 말하지 않았단다. 그런데 예기치 않은 방향으로 일이 풀려나간 거야. 마르파 페트로브나가 정원에서 남편이 두네치카에게 애원하는 말을 우연히 엿듣고서는, 두냐가 모든 것의 원인이며 다 그애 잘못이라고 완전히 오해를 해버렸단다. 그래서 그 집 정원에서 끔찍한 광경이 벌어진 거야. 마르파 페트로브나는 두냐에게 손찌검까지 하고, 아무 말도 들으려 하지 않고 한 시간 내내 비명을 지르다가 결국 두냐를 농부가 끄는 짐마차에 태워 도시에 있는 내게 당장 보내버리라고 명령하고서는, 그애 물건을 죄다, 속옷이고 옷이고, 묶거나 꾸리지도 않은 것들을 닥치는 대로 짐마차에 집어던졌다지 뭐니. 그때 억수 같은 비가 쏟아지기 시작했고, 모욕과 창피를 당한 두냐는 덮개도 없는 농부의 짐마차를 타고 꼬박 17베르스타를 달려야만 했단다. 이제 생각해보렴, 두 달 전 네가 보낸 편지에 내가 어떻게 답장을 할 수 있었겠니, 뭐라고 쓸 수 있었겠니? 나도 절망했단다. 네가 너무나 불행해하고 상심하고 격분할 테니 사실대로 쓸 순 없었고, 또 그런들 네가 뭘 할 수 있었겠니? 어쩌면 너까지 망쳤겠지, 그래서 두네치카도 그러지 못하게 했단다. 그렇다고 마음에 그런 슬픔이 가득한데 쓸데없는 다른 얘기들로 편지를 채울 수는 없었단다. 한 달 내내 우리가 사는 도시 전체에 이 사건에 대한 소문이 퍼져서 사람들이 경멸어린 눈길로 우리를 보며 수군거렸고, 심지어 우리 면전에서 대놓고 말하기도 하는 바람에 두냐와는 성당조차 다닐 수 없을 지경이었어. 잘 알고 지내던 사람들도 다 우릴 외면하고, 인사조차 안 하게 됐고, 내 확실히 알아냈다마는, 어떤 상점 점원들, 사무원들이 야비하게도 모욕을 주려고 우리집 정문에 석탄칠을 해서 집주인이 우리더러 방을 비우라고 성화를 해대기 시작했고. 그 모든 일은 마르파 페트로브나 때문에 일어났어, 부인이 집집마다 돌아다니며 두냐를 비난하고 그애 얼굴에 먹칠을 했거든. 부인이 우리 동네 모두와 아는 사이여서 그 한 달 동안 동네를 뻔질나게 드나들었단다, 다소 수다스러운데다 자기 가정사를 떠벌리길 좋아하고, 특히 남편에 대해 아주 나쁜 사람이라며 만나는 사람한테 다 신나게 불평해댔기 때문에, 모든 사연이 순식간에 도시는 물론 군郡 전체에 퍼졌지. 나는 병이 났지만, 두네치카는 나보다 강하더구나, 그애가 어떻게 모든 걸 견디며 되레 날 위로하고 힘을 주었는지 네가 보았다면! 그애는 천사야! 하지만 신의 은총으로 우리의 고통은 오래가지 않았단다. 스비드리가일로프 씨가 마음을 고쳐먹고 잘못을 뉘우치고는, 아마도 두냐가 가여워서였겠지만, 마르파 페트로브나에게 두네치카가 완전히 결백하다는 걸 충분히 그리고 확실히 보여주는 증거를 들이민 거지, 바로 편지 말이다. 마르파 페트로브나가 정원에서 그들을 발견하기 전에, 그가 사적인 대화도 나누고 비밀스러운 만남도 가지자고 고집스레 요구하는 걸 거부하려고 두냐가 어쩔 수 없이 그에게 써 보냈던 편지인데, 두네치카가 떠날 때 스비드리가일로프 씨가 그걸 가지고 있었거든. 그 편지에서 그애는, 특히 그가 마르파 페트로브나에 대해 점잖지 못하게 행동한다고 몹시 분노해서 격렬히 그를 비난했고, 그가 아버지이며 가정이 있는 사람이라는 사실을, 그리고 마지막으로 그러지 않아도 이미 불행하고 의지할 곳 없는 처자를 괴롭히고 불행하게 만드는 것이 얼마나 추악한 일인지를 지적했더라. 사랑스러운 로쟈, 한마디로, 그 편지는 몹시도 고결하고 감동적이어서 그걸 읽으며 난 흐느껴 울었고, 지금도 눈물 없이는 그 편지를 읽을 수가 없단다. 그 외에도 두냐를 옹호하는 하인들의 증언이 속속 나타났지, 늘 그렇듯이 그들은 스비드리가일로프 씨가 짐작하는 것보다 훨씬 더 많이 보고 알고 있더구나. 마르파 페트로브나는 완전히 충격을 받아 본인이 우리에게 고백한 것처럼 '다시 한번 초주검이 되었지만', 대신 두네치카나의 결백을 전적으로 확신하고는, 바로 다음날인 일요일 곧장 성당으로 가 무릎을 꿇고 눈물을 흘리며, 이 새로운 시련을 견디고 자신의 의무를 다할 힘을 달라고 성모님께 기도드렸다는구나. 그러고 나서 아무에게도 들르지 않고 성당에서 곧장 우리에게 와서 모든 것을 말해주며 몹시 울었고, 진심으로 참회하며 두냐를 껴안고 용서해달라고 빌었단다. 바로 그날 아침, 부인은 우리집에서 나가자마자 조금도 지체하지 않고 도시 온갖 곳을 집집마다 돌아다니며 눈물을 흘리고 최상의 표현으로 두냐를 칭송함으로써 그애의 결백함, 그 감정과 행동의 고결함을 원상복구시켰단다. 그러고도 모자라 두네치키나가 스비드리가일로프 씨에게 쓴 자필 편지를 모두에게 보여주고, 소리내어 읽어주고, 심지어 사본까지 만들라고 했다지 뭐니. (그럴 것까진 없어 보였다만.) 다른 사람들만 편애한다고 기분 나빠하는 사람들이 생겨나기 시작해, 그렇게 부인은 며칠을 연달아 시내에 사는 모두에게 들러야 했고, 그런 식으로 순서가 정해지면서 어느 날 어디에서 마르파 페트로브나가 편지를 읽을 거라는 걸 집집마다 알고서 미리 기다렸고, 순서에 따라 자기 집이나 다른 아는 사람 집에서 이미 여러 번 들은 사람들까지도 편지를 읽는 곳에 매번 다시 모여들었단다. 내 생각엔 많은 것이, 아주 많은 것이 지나친 것 같더라. 하지만 마르파 페트로브나가 그런 성격인 걸 어쩌겠니. 최소한 부인이 두네치카의 명예를 완전히 회복시켰고, 모든 오명은 이 일의 주범인 남편의 지워지지 않을 치욕으로 남았기에, 심지어 난 그 사람이 가엾기도 해. 사람들이 그 미치광이를 지나치게 가혹하게 대하기 시작했거든. 반면 두냐에겐 곧바로 여러 집에서 수업을 청하기 시작했는데, 두냐가 거절했단다. 대부분의 사람들이 갑자기 그애를 특별한 존경심을 품고서 대하기 시작했지. 이 모든 게 우리의 운명 전체를 바꾸어놓았달 수 있는, 예기치 않은 그 사건이 일어나는 데 큰 역할을 했단다. 사랑하는 로쟈, 두냐에게 어떤 신랑감이 구혼을 했고 그애도 이미 승낙했다는 걸 네게 빨리 알려주고 싶어 서둘러 편지를 쓰는 거야. 너의 조언도 없이 일이 이렇게 되어버렸다만, 네 대답을 받을 때까지 기다리거나 미뤄두는 게 불가능했다는 걸 너도 알게 될 테니, 아마 네가 나나 네 동생에게 불만을 가지는 일은 없을 게다. 더구나 네가 모든 걸 정확히 판단할 수도 없었을 테고 말이야. 일은 이렇게 된 거란다. 표트르 페트로비치 루진이라는 사람인데 벌써 7등문관이고, 마르파 페트로브나의 먼 친척이라서 부인이 이 일에 여러모로 도움을 주었단다. 그 사람이 부인을 통해 우리와 알고 지내고 싶다는 뜻을 전해온 게 시작이 돼서, 으레 그러듯 우리 초대를 받고 와서 커피를 마셨고, 다음날 편지를 보내서는 아주 정중하게 청혼의 뜻을 밝히면서 서둘러 확답을 달라고 청하더구나. 실무적인 사람이고 바쁜데다가 곧 페테르부르크로 서둘러 가야 하니 일분일초가 아까웠던 게지. 모든 일이 너무 빠르고 갑작스레 진행돼서 물론 처음에는 우리도 아주 놀랐다. 그날 하루종일 우리 둘이 생각하고 또 생각했지. 그 사람은 믿을 만한 사람이고 앞날도 보장된데다, 직장도 두 군데나 있고, 이미 재산도 상당하다는구나. 사실 나이가 벌써 마흔다섯이긴 하지만, 여전히 여자들 마음에 들 정도로 외모도 꽤 괜찮고, 대체로 아주 건실하고 예의 바른 사람이야, 단지 약간 음울하고 거만해 보일 수는 있겠다만. 하지만 그저 첫인상만 그런지도 모르지. 그러니까, 사랑하는 로쟈, 네게 미리 일러둔다만, 아주 빠른 시일 내에 그리되겠지만, 그 사람을 페테르부르크에서 만나게 되면 첫인상이 별로 좋지 않더라도 네 성미대로 발끈해서 너무 섣불리 판단하지는 말거라. 그 사람이 네게 좋은 인상을 줄 거라 확신한다만, 혹시나 해서 말해두는 거란다. 그게 아니더라도 어떤 사람이든 제대로 알기 위해서는 천천히, 신중하게 대해야 한단다, 그래야 나중에 바로잡고 고치기에 너무 힘든 실수를 저지르거나 편견에 빠지지 않을 수 있거든. 적어도 표트르 페트로비치는 많은 특징으로 미루어보건대 아주 존경할 만한 사람이란다. 처음 방문했을 때, 자기가 실증적인 사람이고, 본인 표현에 따르면 '가장 새로운 우리 세대의 신념'과 많은 점을 공유하고 있으며, 모든 편견의 적이라고 밝히더구나. 이것 말고도 말을 많이 했는데, 자부심이 좀 강한 탓인지 사람들이 자기 말에 귀기울이는 걸 아주 좋아하긴 한다만, 사실 이게 그다지 흠은 아니잖니. 물론 나야 대부분 이해하지 못했지만, 두냐는 비록 그 사람이 교육을 많이 받지는 못했어도 똑똑하고 착해 보인다고 하더구나. 로쟈, 너는 네 동생의 성격을 알지 않니. 강직하고 사려 깊고 참을성 있고 관대한 처녀야, 격한 데가 있긴 하지만, 내가 그 성격을 잘 알지. 물론 그애나 그 사람이나 아직 특별한 애정은 없다만, 두냐는 똑똑한 아가씨인데다 천사처럼 고귀한 아이니까 남편을 행복하게 하는 것을 자기 의무로 여길 것이고, 그럼 남편 쪽에서도 아내를 행복하게 보살필 테니, 설사 일이 좀 빨리 진행되었다 해도, 이건 나도 인정한다만, 결국 우리가 크게 의심할 이유는 아직 없는 게지. 게다가 셈이 아주 빠른 사람이니, 두냐가 자기와 결혼해서 행복하면 할수록 자기 결혼생활도 분명 더 행복해질 거라는 사실을 당연히 스스로도 알게 되겠지. 그러니까 성격이 변덕스러운 데가 있거나, 고질적인 버릇이 있거나, 견해가 좀 다르더라도(이건 아무리 행복한 부부라도 피해갈 수 없는 거란다), 이 부분에서는 스스로를 믿는다고 두냐가 직접 내게 말하더구나. 즉 관계가 정직하고 온당하게 이어지기만 한다면 아무것도 걱정할 게 없고, 자기는 많은 것을 견딜 수 있다고 말이다. 예를 들어, 처음엔 내 눈에도 그 사람이 날카로워 보이더구나. 하지만 그건 그 사람이 직설적인 사람이라 그런 거겠지, 분명 그럴 거다. 또 예를 들어, 이미 결혼 승낙을 받고 두번째 방문했을 때 대화를 나누며 그 사람이 말하기를, 두냐를 알기 전에도 자기는 진작부터 반드시 정직하지만 지참금이 없는 아가씨, 그러니까 이미 가난을 겪어본 아가씨를 아내로 맞아들이겠다고 생각해왔다는 거야. 그러면 남편은 아내에게 어떤 의무도 질 필요가 없고, 게다가 아내가 남편을 자기 은인으로 여긴다면 한층 더 좋지 않겠느냐고 설명하더구나. 덧붙이자면 그 사람은 내가 쓴 것보단 좀더 부드럽고 상냥한 표현을 썼지만, 내가 원래 표현은 잊어버리고 내용만 기억이 나서 말이다, 더구나 이 말을 결코 작정하고 한 게 아니라, 대화에 열중하다 실수로 불쑥 내뱉은 게 분명한 것이, 말하고 나서 수습하면서 누그러뜨리려 애쓰기도 했거든. 하지만 그렇더라도 난 이 말이 좀 심한 것 같아 나중에 두냐에게 물어봤다. 하지만 두냐는 짜증까지 내며, "말이 곧 행동인 건 아니잖아요"라고 대답하더구나, 그래, 물론 맞는 말이다. 결정을 내리기 전 두네치카는 날이 새도록 잠을 이루지 못하고, 내가 이미 잠든 줄 알고 침대에서 몸을 일으키고는 밤새 오락가락 방을 서성이더구나. 결국 성상 앞에 무릎을 꿇고 오래도록 열심히 기도를 드리더니, 아침에 결정을 내렸다고 내게 말했단다.

표트르 페트로비치가 곧 페테르부르크로 떠날 거라고 내가 말했지. 거기 중요한 볼일도 있고 페테르부르크에서 변호사 사무실을 열고 싶어하거든. 벌써 오래전부터 이런저런 소송이나 송사로 돌아다녔고, 최근에는 중요한 소송 하나에 승소했다더라. 페테르부르크에 가야 하는 것도 그 일 때문인데, 거기 원로원에 중요한 볼일이 하나 있다는구나. 그러니까 사랑하는 로쟈, 그 사람은 어느 모로 보나 네게도 정말 도움이 될 테고, 그래서 나도 두냐도 이미 그렇게 생각한다만, 너는 이제부터라도 장래의 경력이 확고히 쌓이기 시작하고 자신의 천명이 이미 확실히 정해진 거라 여기면 될 게야. 오, 정말 그게 이루어진다면! 이건 몹시 이로운 일이라 전능하신 분의 은총이 온전히 우리에게 내린 거라고밖에 달리 받아들일 수가 없구나. 두냐도 그것만 꿈꾸고 있어. 우린 이미 그 부분에 대해 표트르 페트로비치에게 조심스럽게 몇 마디 해보았단다. 그는 신중한 태도로, 물론 자기도 비서 없이 일할 수는 없으니까, 업무에 유능하기만 하다면(네가 능력이 없다니, 당치도 않은 말이지!) 모르는 사람보다야 친척에게 월급을 주는 게 당연히 낫지 않겠느냐며, 하지만 대학 수업 때문에 네가 사무실에서 일할 시간이 날지 모르겠다고 하더구나. 이번엔 그 정도로 얘기가 끝났지만, 두냐는 이제 그거 말고는 아무것도 생각하지 않아. 지금 그애는 벌써 며칠 동안 온통 들떠서는 나중에 네가 표트르 페트로비치와 소송 일을 함께하는 친구이자 동료가 될 계획을 다 세워놓았단다, 더구나 넌 법학부에 다니고 있잖니. 나는 말이다, 로쟈, 그애 생각에 완전히 동의하고 그애의 모든 계획과 희망을 함께 나누며, 정말 그렇게 될 거라고 본다. 표트르 페트로비치의 태도가 지금은 애매하지만 그거야 이해할 수 있는 일이고(그 사람은 아직 널 모르잖니), 두냐는 자기가 미래의 남편에게 좋은 영향을 끼쳐 모든 것을 이룰 수 있다고 굳게 믿고 있어, 그렇게 확신하고 있지. 물론 우리가 세운 장래의 꿈에 대해서, 특히 네가 그 사람 동료가 될 일에 대해 표트르 페트로비치에게 조금이라도 말실수를 할까봐 몹시 조심했단다. 실증적인 사람이라 이 모든 걸 그저 몽상으로 여기고 아주 냉정하게 받아들일 수도 있으니까. 네가 대학에 다니는 동안 돈을 보태줄 수 있게 우리를 도와주기를 간절히 바란다만, 거기에 대해서는 나나 두냐나 똑같이 아직 한 마디도 하지 않았단다. 왜 말을 안 했느냐면, 첫째, 나중에 자연히 그렇게 될 테고, 아마 군말 없이도 그 사람이 직접 제안하게 될 것이며(두냐의 청을 설마 거부하겠니), 그리고 무엇보다 네가 직접 사무실에서 그 사람 오른팔이 되어 일할 수 있다면, 은혜를 입는 게 아니라 합당한 월급의 형태로 그 도움을 받는 셈이니까 말이다. 두네치카는 그렇게 되기를 바라고, 나도 그애와 전적으로 같은 생각이야. 말을 안 한 두번째 이유는 곧 우리가 만날 때 네가 그 사람과 동등한 위치에 서길 이 어미가 특히 원했기 때문이란다. 두냐가 감격에 겨워 네 이야기를 했을 때, 모든 사람은 먼저 직접 가까이서 살펴보고 판단해야 하니, 너와 사귀면서 본인이 직접 알아보겠다고 그 사람이 대답하더구나. 나의 소중한 로자, 이런저런 생각을 해보니 (그렇지만 절대 표트르 페트로비치 때문이 아니라 내 개인적인 생각으로, 아니 어쩌면 나이든 할멈의 변덕인지도 모르겠구나) 어쩌면 나는 그애들이 결혼한 후에도 따로, 지금처럼 같이 살지 않는 편이 더 나을 것 같다. 그 사람이 직접 나를 불러서 더이상 딸과 헤어져 살지 말라고 권할 만큼 선량하고 섬세한 사람이란 건 믿어 의심치 않는단다, 지금까지 그런 말이 없었던 건 말하지 않아도 당연히 그렇게 될 일이라 그런 거겠지. 하지만 난 거절할 생각이야. 장모가 사위랑 그다지 잘 지내지 못하는 걸 살면서 한두 번 본 게 아니거든, 그리고 나는 누구에게든 조금이라도 짐이 되고 싶지 않을뿐더러, 뭐라도 먹고살 게 있고 너나 두네치카 같은 자식이 있는 한 완전히 자유롭게 살고 싶거든. 가능하면 너희 둘 근처에서 살고 싶고, 그래서 말인데 로쟈, 제일 기쁜 소식은 편지 마지막에 아껴두었단다. 들어보렴, 사랑스러운 내 아들, 거의 삼 년의 이별 끝에 아주 가까운 시일 안에 어쩌면 우리 모두 다시 만나 셋이 서로 부둥켜안게 될 게야! 나와 두냐가 페테르부르크로 가는 건 이미 확실히 결정되었단다, 정확히 언제일지는 모르지만, 어쨌든 아주, 아주 곧, 어쩌면 일주일 후가 될지도 몰라. 모든 건 표트르 페트로비치 재량에 달렸어, 페테르부르크를 돌아보고는 바로 우리에게 알려준다고 했거든. 그 사람은 이런저런 걸 감안해 가능한 한 빨리 결혼식을 올리고 싶어한단다, 가능하면 다가오는 육식 기간에라도, 시간이 빠듯해 그렇게 안 되면 성모승천대축일 직후에라도* 식을 올리고 싶어해. 오, 너를 내 품에 꼭 안으면 얼마나 행복할까! 두냐도 널 만날 생각에 기쁨으로 온통 들떠서, 한번은 농담삼아 단지 이것 하나 때문에라도 표트르 페트로비치와 결혼했을 거라고 하더라. 그애는 천사야! 그애는 지금 네게 덧붙일 말은 없고, 그저 이렇게만 써달라고 부탁하는구나, 너와 나눠야 할 이야기가 너무나, 너무나 많아서 지금은 손에 펜을 들 수가 없다고, 편지 몇 줄로는 뭐 하나 제대로 전할 수 없어 혼란스러워지기만 할 거라고. 네게 깊은 포옹과 헤아릴 수

* 당시 러시아에서는 결혼식을 주로 정교회 규정에서 육식이 허용된 기간에 올렸다. 성모승천대축일인 8월 15일을 기준으로 8월 1일부터 15일까지는 성모마리아의 승천을 기리는 금육 기간이고, 그 이전인 6월 30일부터 7월 31일까지가 여름 육식 기간, 그 이후인 8월 16일부터 11월 14일까지가 가을 육식 기간이다.

없는 키스를 보낸다는구나. 이제 곧 직접 얼굴을 보게 되겠지만, 그래도 조만간 네게 돈을, 형편 되는 대로 가능한 한 많이 보내주마. 두네치카가 표트르 페트로비치에게 시집갈 거라는 사실을 모두가 알게 된 덕에 지금 내 신용이 갑자기 올라가서, 어쩌면 이제는 아파나시 이바노비치 씨가 연금을 담보로 75루블까지도 빌려줄 것 같거든, 그럼 네게 아마 25루블쯤, 어쩌면 30루블까지도 보내줄 수 있을 게야. 좀더 보내줬으면 싶지만, 우리 여비가 걱정이라서 말이다. 표트르 페트로비치가 사람이 좋아서 페테르부르크로 가는 우리 여비를 일부 부담해주었고, 실제로도 우리 짐과 큰 트렁크 하나를 자기 돈으로 부치겠다고 자청했지만(그쪽에 있는 자기 아는 사람을 통해서 말이다), 그래도 페테르부르크로 가는 비용을 계산해봐야 한단다, 처음 며칠이라도 대비를 해야지, 돈 한푼 없이 거기 갈 수는 없지 않겠니. 그렇지만 두네치카와 함께 미리 꼼꼼하게 모든 걸 계산해보니 여비가 그리 많이 들 것 같지는 않더라. 집에서 기차역까지는 다 해봐야 고작 90베르스타 정도고, 혹시 몰라 마부 일도 하는, 잘 알고 지내는 농부와도 약속을 해놓았단다. 거기서부터는 두네치카와 함께 삼등칸을 타고 아주 느긋하게 가면 돼. 그러니까 어쩌면 네게 25루블이 아니라, 잘하면 30루블도 보내줄 수 있을 거야. 자, 이만하면 된 것 같구나. 두 장 빼곡히 쓴데다, 더이상 남은 칸도 없으니 말이다. 이게 우리 사연의 전부란다. 정말 많은 일이 있었지! 그럼, 나의 소중한 로쟈, 곧 만나겠지만, 너를 미리 안고 어미의 축복의 말을 보낸다. 네 누이 두냐를 사랑하거라, 로쟈. 그애가 널 사랑하는 만큼 너도 그애를 사랑하렴, 그리고 그애가 널 한없이 사랑한다는 걸, 자기 자신보다 더 사랑한다는 걸 알았으면 싶구나. 그앤 천사고, 로쟈, 너는 우리의 전부란다. 우리의 모든 바람이고 모든 희망이야. 네가 행복하기만 하다면 우리도 행복할 거야. 로쟈, 하느님께 기도드리고 있니, 창조주이자 우리를 대신해 속죄하신 그분의 자비로움을 여전히 믿고 있니? 요즘 유행하는 무신론에 사로잡히진 않았는지 진심으로 걱정되는구나. 만일 그렇다면 내가 널 위해 기도하마. 아가, 네가 아직 어리고 아버지가 살아계셨을 때, 내 무릎 위에서 네가 옹알거리며 기도했던 일을, 그리고 그때 우리 모두 얼마나 행복했었는지를 기억하렴! 잘 있거라, 아니, 곧 만나자고 하는 게 더 낫겠구나! 너를 꼬옥 껴안고 수없이 입을 맞춘다.

죽을 때까지 너의 어미인

풀헤리야 라스콜니코바

처음 편지를 펼친 순간부터 읽는 내내 라스콜니코프의 얼굴은 거의 눈물로 젖어 있었다. 하지만 다 읽고 난 후 그의 얼굴은 창백하게 질린 채 경련으로 일그러졌고, 신경질적이고 사나운 미소를 띤 입술은 고통으로 꿈틀거렸다. 그는 납작하고 해진 베개에 머리를 얹고는 오래도록 생각하고, 또 생각했다. 심장이 세차게 뛰고, 생각도 심하게 소용돌이쳤다. 벽장이나 궤짝과 다름없는 이 누런 골방이 마침내 숨막히게 답답해졌다. 탁 트인 곳을 보면서 생각하고 싶었다. 그는 모자를 집어들고 밖으로 나갔고, 이번에는 누군가와 계단에서 마주치지 않을까 걱정하지도 않았다. 그런 건 잊어버렸다. 그는 V거리를 지나 바실리옙스키섬 쪽으로 길을 잡았고, 마치 거기 일이 있어 서두르는 듯, 하지만 늘 그렇듯이 어디를 지나는지도 모른 채 혼잣말로 속삭이고 심지어는 자기 자신과 소리내어 말하기도 하며 걸어갔고, 그 모습에 지나가는 사람들은 화들짝 놀랐다. 그가 취했다고 여긴 사람도 많았다.

4

어머니의 편지는 그를 고통스럽게 했다. 하지만 가장 중요하고 근본적인 부분에서는 단 한 순간도, 편지를 읽고 있던 동안에조차 의심의 여지가 없었다. 머릿속에서 그는 사태의 가장 중요한 본질을 파악했고, 완전히 결론을 내렸다. '내가 살아 있는 한 이 결혼은 있을 수 없어, 루진 따위, 악마에게나 꺼져버려!'

'너무나 명백한 일 아닌가.' 자기 결정대로 될 것을 미리 자축하듯 득의만면하니 심술궂게 웃으며 그는 혼자 중얼거렸다. '안 돼요, 어머니, 아니야, 두냐, 두 사람은 날 속일 수 없어!…… 더구나 내게 조언도 구하지 않고 나 없이 결정했다고 미안해하시면서! 당연히 그러셔야지! 이제 이미 이 결혼은 깰 수 없는 거라고 생각하시겠지. 하지만 그럴 수 있을지 없을지 두고보자고요! '표트르 페트로비치는 너무나 실무적인 사람이라, 너무나 실무적인 사람이라 역마차나 철로 위에서라도 결혼을 해야지 달리 방법이 없단다'라니 얼마나 굉장한 구실인지. 아니, 두네치카, 네가 나와 나누려는 많은 이야기가 무언지 훤히 보인다, 다 알겠다고. 방을 서성이며 밤새 네가 무얼 생각했는지, 어머니 침대 옆에 놓인 카잔의 성모 앞에서 무얼 기도했는지도 알 수 있어. 골고다언덕에 오르려니 고통스러운 게지. 흠…… 그렇게 이미 완전히 결정했다는 거로군. 아브도티야 로마노브나가 실무적이고 이성적인 사람에게 시집간단 말이지, 상당한 재산이 있고(벌써 재산이 상당하다니, 더더욱이나 믿음직하고 인상적이군), 직장도 두 군데나 되고, 가장 새로운 우리 세대의 신념을 공유하는 사람인데다(어머니가 그렇게 쓰셨지), 두네치카 본인의 말대로라면 '착해 보이는' 사람에게 말이야. 이 보이는이 가장 멋지군! 우리 두네치카가 이 그래 보이는 사람에게 시집을 간단 말이지!…… 대단하군! 대단해!……

……그런데 궁금하군, 대체 어머니는 '가장 새로운 세대'에 대해선 왜 쓰신 걸까? 단지 그 사람 성격을 묘사하려고? 아니면 이후의 목적, 그러니까 루진 씨를 우호적으로 보도록 날 구슬리려고 그러신 걸까? 오, 꾀를 내셨구나! 상황을 하나 더 분명히 알았으면 좋겠다. 과연 저 두 사람은 그날과 그날 밤, 그리고 그 이후 쭉 서로에게 얼마나 솔직했을까? 모든 말들이 둘 사이에 직접 오간 걸까, 아니면 서로 마음도, 생각도 꼭 같아서 소리내 말할 것도, 공연히 터놓고 얘기할 것도 없다고 각자 이해해버린 걸까. 아마 어느 정도는 그랬겠지. 편지를 보면 알 수 있어. 어머니에겐 그 사람이 약간 심한 듯 여겨졌고, 그래서 순진한 어머니가 자기 생각으로 두냐를 성가시게 했겠지. 물론 두냐는 화를 내고, '짜증까지 내면서 대답'한 거고. 당연한 거지! 순진하게 물을 것도 없이 사정이 뻔하고, 말할 것도 없이 확실한데, 누군들 화가 나지 않을까. 또 '두냐를 사랑하거라, 로쟈, 그애는 자기 자신보다 널 더 사랑한단다'라니, 이런 말은 왜 쓰셨겠어. 아들을 위해 딸을 희생하는 데 동의하셨으니 어머니 스스로도 남몰래 양심의 가책을 느껴 괴롭기 때문이겠

지. '너는 우리의 희망이고, 우리의 전부란다!'라니, 오 어머니!……' 그의 마음속에 적의가 점점 더 세차게 끓어올라, 만약 지금 루진 씨를 만났다면 아마 그를 죽여버렸을 것이다!

'음, 그건 사실이야.' 머릿속에서 회오리치는 상념의 소용돌이를 따라 그는 생각을 계속했다. '사람을 제대로 알려면 천천히, 신중하게 다가가야 한다'는 건 사실이야. 하지만 루진 씨의 경우는 명백하다. 중요한 건 '실무적이고 착해 보이는 사람이라는' 거지. 짐을 자청해서 맡아 커다란 트렁크를 자기 돈으로 부치겠다니, 장난해! 그래, 어찌 착하지 않다 하겠어? 그 두 사람, 약혼녀와 그 어머니가 농부가 모는 거적이 깔린 짐마차를 빌려 타고 온다니! (나도 그렇게 왔는데.) 거참 아무것도 아니로군! 고작 90베르스타라고, '거기서부터는 아주 느긋하게 삼등칸을 타고 온다'라고, 천 베르스타를 말이지. 그것참 말 되는군. 옷에 맞춰 다리를 뻗으라* 이건가, 루진 씨, 당신 대체 뭐야? 그 사람은 당신 약혼녀 아닌가…… 어머니가 연금을 담보로 맡겨 여비를 빌릴 거라는 사실을 도대체가 당신이 모를 리 없잖아? 물론 거기엔 당신의 공동상거래라는 게 작용했겠지, 서로에게 이익이 되고, 몫도 똑같이 나누는 사업, 그러니까 비용도 반반씩 나눠야겠지. 속담대로 빵과 소금은 함께, 담배는 따로라** 이건가. 그래, 그 실무에 능한 작자가 두 사람에게 사기를 좀 쳤군. 짐이야 둘 여비보다 쌀 테고, 어쩌면 공짜로도 되겠지. 도대체가 어머니와 두냐 모두 이걸 모르는 걸까, 아니면 일부러 모르는 척하는 걸까? 그런데도 만족한다고, 만족한단 말이지! 그런데도 어떻게 이

* '분수를 알라' '형편에 맞춰 살라'라는 뜻의 러시아 속담.

** '아무리 친해도 나눌 수 없는 것이 있다'라는 뜻의 러시아 속담.

건 꽃봉오리에 불과하다고, 진짜 과실은 나중에 거두게 될 거라고 생각할 수 있단 말인가! 여기서 중요한 건 인색함이나 쩨쩨함이 아니라, 이 모든 것을 대하는 태도다. 결혼한 후 앞으로 드러날 태도, 그걸 미리 보여주는 거라고…… 그런데도 어머니는 도대체 왜 쓸데없는 돈을 쓰시려는 걸까? 무슨 돈으로 페테르부르크에 오신다는 거지? 루블 은화 세 개를 가지고, 아니면 그…… 노파가…… 말했듯이 '지폐' 두 장 들고…… 흠! 페테르부르크에서 앞으로 어떻게 먹고살 생각이신 걸까? 이유는 모르겠지만 두냐가 결혼한 후 처음 얼마간조차도 그애와 함께 살 수 없다는 걸 어머니도 이미 짐작하셨으면서? 분명 그 사랑스러운 양반이 어떻게든 무심코 흘려 알게 했겠지, 비록 어머니는 그게 아니라고 손사래를 치며 '내 쪽에서 거절할 생각이란다'라고 말씀하시지만. 도대체 어머니는 어디에 기대를 거시는 걸까. 아파나시 이바노비치한테 진 빚을 제해야 하는 연금 120루블에? 거기서도 겨울용 머릿수건을 뜨고, 옷소매에 수를 놓으며 나이든 눈을 망치고 계시면서. 일 년 내내 머릿수건을 짜봐야 120루블에 20루블을 보태는 게 고작이라는 건 나도 잘 알지. 그렇다면 결국 루진 씨의 고결한 감정을 기대하시는 거군. '그 사람 스스로 그걸 제안하고 간청하게 될 거'라니. 바랄 걸 바라시죠! 이 실러 유의 아름다운 영혼들이란* 늘 이런 식이지. 마지막 순간까지 사람을 공작 깃으로 장식하고, 마지막 순간까지 좋은 것만 기대하면서 나쁜 것은 생각하지 않아. 동전의 다른 면을 예감하고도, 절대 자신에게조차 먼저 본심을 털어놓는 법이 없지. 생각만으로도 몸서리가 쳐

* 독일 극작가인 프리드리히 실러는 도스토옙스키의 작품에서 주로 도덕적 이상주의를 상징한다.

지니까. 자신이 치장해준 사람이 직접 자신을 조롱하는 바로 그 순간까지 두 팔을 내저으며 진실을 회피하는 거야. 루진 씨가 훈장을 받은 게 있는지 궁금하군. 있다면 그는 안나 훈장*을 단춧구멍에 꽂고, 의뢰인들이나 상인들하고 식사를 할 때도 그걸 달고 있을 사람이라 내 장담하지. 어쩌면 결혼식에도 달고 나올지 모르겠군! 어쨌거나 그런 놈은 지옥에나 가버리라지!……

……그래, 어머니는 그렇다 치자, 내버려둘밖에, 그분은 원래 그런 분이니까, 하지만 두냐는 뭐란 말이야? 사랑스런 두네치카, 난 댁을 잘 압니다요! 우리가 마지막으로 보았을 때 자네는 이미 스무 살이었지. 자네 성격을 난 이미 알고 있다고. '두네치카는 많은 걸 견딜 줄 안다'라고 어머니는 편지에 쓰셨지. 나도 알아. 이 년 반 전에 이미 알았고, 그때부터 이 년 반 동안 거기에 대해, '두네치카는 많은 걸 견딜 줄 안다'라는 바로 그 점에 대해서 생각해왔어. 스비드리가일로프 씨와 그 이후에 일어난 모든 일을 견뎌낼 수 있었다는 것은 정말로 많은 것을 견딜 수 있다는 뜻이지. 그러니 이제 루진 씨도 참을 수 있다고, 찢어지게 가난한 집에서 시집와 남편에게 은혜를 입은 아내가 좋다는 이론이나 늘어놓는, 그것도 거의 처음 만난 자리에서 그런 걸 늘어놓는 사람마저 참을 수 있다고 어머니와 함께 상상하고 있구나. 그래, 이성적인 사람인데도 '실수로 내뱉은' 말이라 치자(실수로 내뱉기는커녕, 오히려 확실히 해둘 의도였겠지), 하지만 두냐는, 두냐는? 정말이지 어떤 사람인지 뻔한데도, 그 사람이랑 살겠다니. 두냐는 흑빵만 먹고 물만

* 성 안나 훈장. 제정러시아 시기의 훈장으로, 무공을 세우거나 경제활동으로 나라에 기여한 사람들에게 수여했다.

마시고 사는 한이 있어도 자기 영혼을 팔 사람이 아니야, 안락을 위해 도덕적 자유를 내어줄 사람이 절대 아니라고. 슐레스비히-홀슈타인 공국 전체*와도 바꾸지 않을 텐데, 루진 씨 따위야 말해 뭐하겠어. 아니야, 내가 아는 한 두냐는 그런 애가 아니었어, 그리고…… 그래, 지금도 물론 변하지 않았어!…… 말도 안 돼! 스비드리가일로프 집에서 힘들었겠지! 2백 루블 때문에 한평생 가정교사로 여러 지방을 고단하게 떠돌아다니고 있지만, 그래도 난 알아, 내 동생은 자기 개인의 이익을 위해 존경할 수도, 뭔가를 함께할 수도 없는 사람과 영원히 엮여 자신의 영혼과 도덕심을 더럽히느니, 차라리 대농장에 흑인 노예로 가거나 발트해 독일인에게 착취당하는 라트비아인이 될 사람이야! 심지어 루진 씨가 순금 중의 순금이거나 완전무결한 다이아몬드로 된 존재라 해도, 루진 씨의 합법적인 정부情婦가 되는 걸 승낙하지 않을 애라고! 그럼 도대체 지금은 왜 승낙한 걸까? 뭐가 문제지? 도대체 해답은 어디에 있는 걸까? 사태는 명백하다. 자신을 위해서라면, 자신의 안락을 위해서라면, 심지어 죽음을 피하기 위해서라 할지라도 자신을 팔지 않는다, 그러나 다른 사람을 위해서라면 그럴 수 있다! 사랑하는 사람, 숭배하는 사람을 위해서라면 팔 수 있어! 우리의 모든 문제의 핵심은 여기에 있다. 오빠를 위해서, 어머니를 위해서 자신을 파는 거야! 모든 것을 팔 수 있지! 오, 이럴 때 우리는 우리의 도덕적인 감정을 눌러버린다. 자유와 평안, 심지어 양심까지 모든 것, 모든 것을 고물 시장에 내놓는 거지. 삶을 끝장내면서! 우리가 사랑하는 그 존재들이 행복할 수만 있다

---

* 1864년 프러시아, 오스트리아, 덴마크는 슐레스비히와 홀슈타인을 두고 격렬한 영토 분쟁을 벌인 바 있다.

면. 그걸로도 모자라 예수회교도들에게 배운 자신만의 궤변을 고안해내 그게 필요하다고, 선한 목적을 위해 정말 필요한 일이라고 잠시나마 스스로를 안심시키고 설득하지. 우리는 그런 사람들이고, 모든 게 대낮처럼 명백하다. 여기서 다른 누구도 아닌 로디온 로마노비치 라스콜니코프가 가장 문제고 제일선에 서 있다는 건 분명해. 그래, 어떻게든 그를 행복하게 해주고, 대학에 다니게 해주고, 사무실 동료가 되게 해주고, 그의 운명 전체를 보장해줄 수 있다는 거야. 아마도 나중에 부자가 되고 명예롭고 존경받는 사람이 되어, 어쩌면 영예로운 사람으로 생을 마칠 수도 있겠지! 하지만 어머니는? 그래, 여기 이 로쟈, 소중한 로쟈는 장남이다! 그러니 그런 장남을 위해서 그런 딸일지라도 어떻게 희생시키지 않을 수 있단 말인가! 오, 지극하고도 부당한 마음이여! 그래, 어쩌면 여기 우리도 소네치카의 운명을 거부할 수 없을지 모르겠구나! 소네치카, 소네치카 마르멜라도바, 세상이 존재하는 한 영원할 소네치카! 당신들 두 사람은 희생을, 희생을 온전히 가늠할 수 있었나요? 그런가요? 가능하던가요? 이익이 되겠던가요? 사리에 맞던가요? 소네치카의 운명이 모든 점에서 루진 씨와 함께할 운명보다는 추악하지 않다는 걸, 두네치카, 자네는 알고 있나? '여기 애정 같은 건 있을 수 없다'라고 어머니는 쓰셨지. 만약 애정 말고도 존경마저 있을 수 없다면, 아니 반대로 혐오와 경멸과 증오가 이미 자리한다면 그땐 어쩌겠니? 그땐 그러니까 '깨끗함을 지켜야 한다'라는 말이 다시 나오겠지. 그렇지 않니? 이 깨끗함이 무엇을 의미하는지 자네는 이해하나, 이해하냐고? 루진과 연관된 깨끗함도 소네치카의 깨끗함과 마찬가지라는 걸, 어쩌면 한층 더 나쁘고 추악하고 비열한 거라는 걸 이해하겠냐고, 왜냐면 두네치카, 자네 경우엔 안락함까지 덤으로 계산한 거지만, 그쪽은 오로지 굶어죽느냐 아니냐의 문제거든! '두네치카, 이 깨끗함은 정말 비싸디비싼 거란다!' 그러다 나중에 힘에 겨우면 그때 후회하려고? 남들 눈을 피해 얼마나 많은 슬픔과 비애와 탄식의 눈물을 흘리게 될까, 자네는 마르파 페트로브나가 아니잖아? 그땐 어머니는 어떻게 되실까? 어머니는 이미 지금도 불안해하며 힘들어하시는데. 모든 것을 확실히 아시게 되면 그땐? 그리고 나는?…… 도대체 자네는 나에 대해 정말이지 무얼 생각했다는 거냐? 난 자네의 희생을 바라지 않아, 두네치카, 원하지 않는다고요, 어머니! 내가 살아 있는 한 그건 있을 수 없어, 있을 수 없어, 있을 수 없다고! 용납하지 않겠어!'

그는 갑자기 정신을 차리고 멈춰 섰다.

'있을 수 없다고? 그럼 그런 일이 일어나지 않도록 넌 대체 뭘 할 거지? 못하게 한다고? 무슨 권리로? 그런 권리에 합당할 만한 뭔가를 네 쪽에서 그들에게 약속해줄 수 있나? 학교를 마치고 일자리를 얻으면 네 모든 운명과 미래를 그들에게 바칠 건가? 그런 말은 벌써 했지, 허나 그건 불확실한 미래일 뿐, 지금은? 무언가를 해야 하는 건 바로 지금이야, 그걸 알고는 있는 거냐? 한데 넌 지금 무얼 하고 있지? 오히려 그들을 벗겨먹고 있잖아. 백 루블의 연금과 스비드리가일로프 씨네서 저당 잡힌 돈이지! 미래의 백만장자이자 그들의 운명을 손에 쥔 제우스여, 너는 무엇으로 스비드리가일로프 씨네로부터, 아파나시 이바노비치 바흐루신으로부터 그들을 보호할 텐가? 십 년 후에? 그래, 그 십 년 동안 어머니는 삯바느질로, 아니 어쩌면 눈물로 눈이 머실지 몰라. 제대로 못 먹어 쇠약해지시겠지. 동생은? 자, 십 년 후, 아니 이 십 년 안에

동생에게 무슨 일이 있을지 생각해보라고? 짐작이 되셨나?'

이런 질문들로 스스로를 괴롭히고 조롱하면서 그는 어떤 쾌감마저 느꼈다. 하지만 이 모든 질문은 새롭지도 갑작스럽지도 않은, 옛날부터 있어온 아프고 오래된 것들이었다. 그것들은 이미 오래전부터 그를 괴롭혀왔고 그의 마음을 갈기갈기 찢어놓았다. 지금 그가 느끼는 이 모든 서글픔은 아주 오래전에 마음속에 생겨나 점점 자라면서 차곡차곡 쌓였고, 최근에는 끔찍하고 기괴하며 환상적인 질문의 형태로 무르익고 응축되어서는 끈질기게 해답을 요구하며 그의 마음과 머리를 괴롭혔다. 그러던 차에 어머니의 편지가 벼락처럼 갑자기 그를 내리친 것이다. 지금은 문제가 해결될 수 없다는 생각만으로 슬퍼하거나 무기력하게 고통스러워할 때가 아니라, 당장이라도, 가능한 한 빨리, 뭐라도 반드시 해야만 할 때라는 사실은 확실했다. 무엇이건, 무슨 결단이라도 내려야만 한다, 아니면……

"아니면 삶을 완전히 포기하든가!" 갑자기 극도로 흥분하여 그가 소리쳤다. "운명을 있는 그대로 단번에 순순히 받아들이고, 행동하고 살고 사랑할 모든 권리를 포기하고, 내 안의 모든 것을 억누르든가!"

'더는 갈 데가 없다는 게 무슨 뜻인지 이해하겠어요, 이해하느냐고요, 친절한 양반?' 불현듯 어제 마르멜라도프의 질문이 생각났다. '왜냐면 사람이란 어디든 갈 데가 필요한 법이거든요……'

갑자기 그는 몸을 떨었다. 마찬가지로 어제 했던 생각 하나가 다시금 머릿속을 스쳐갔다. 하지만 그 생각이 떠올라서 몸을 떤 것은 아니었다. 그 생각이 반드시 '떠오를' 거라는 사실을 그는 알고 있었고, 예감했으며, 이미 기다리고 있었다. 그 생각은 어제와는 전혀 달랐다. 한 달

전 그리고 심지어 어제까지만 해도 몽상에 불과했던 생각이, 지금은…… 지금은 몽상이 아니라 돌연 뭔가 새롭고 무섭고 완전히 낯선 모습으로 나타났으며, 스스로도 문득 이것을 의식했던 것이다…… 그는 머리를 얻어맞은 듯 눈앞이 캄캄해졌다.

그는 서둘러 주위를 둘러보며 뭔가를 찾았다. 앉고 싶어 벤치를 찾은 것이다. 그때 그는 K산책로를 지나던 참이었다. 백 걸음쯤 앞쪽에 벤치가 보였다. 그는 가능한 한 빨리 걸었다. 하지만 가는 도중에 작은 사건이 생겨 몇 분간 그의 시선을 온통 사로잡았다.

벤치를 찾다가 그는 스무 걸음쯤 앞에서 걸어가는 여자를 보았지만, 그때까지 자기 앞에 어른거린 모든 사물에 그러했듯이 처음에는 그녀에게 어떤 관심도 기울이지 않았다. 예를 들어 그는 자신이 어떤 길로 왔는지 전혀 기억하지 못한 채 집으로 간 적이 이미 여러 번 있었고, 그렇게 걷는 데 이미 익숙했다. 하지만 걷고 있는 여자에게는 눈에 확 들어오는 이상한 점이 있어서, 차츰 그의 관심이 그녀에게 집중되기 시작했다. 처음에는 마지못해서였고, 짜증까지 느꼈지만, 관심은 점점 더 강해졌다. 도대체 이 여자가 왜 이렇게 이상해 보일까? 그는 갑자기 알고 싶어졌다. 일단, 틀림없이 아주 어린 아가씨였는데, 이런 폭염에도 머리에 아무것도 쓰지 않고 양산도 장갑도 없이 어딘가 우스꽝스럽게 팔을 휘두르며 걷고 있었다. 실크 같은 가벼운 재질의 ('천으로 만든') 드레스를 입고 있었는데 마찬가지로 어딘가 아주 이상한 모양새인 것이, 허리는 간신히 잠겨 있었고 치마는 뒤쪽 허릿단 부분부터 쭉 찢겨 있었다. 찢어진 치맛자락이 뒤로 늘어져 달랑거리며 매달려 있었다. 훤히 드러난 목에 작은 머릿수건을 둘렀는데, 어째 비뚜름하게 옆으로 삐

쳐 있었다. 한술 더 떠 아가씨는 여기저기 걸려넘어질 듯 사방으로 휘청거리며 비틀비틀 걷기까지 했다. 이 만남은 결국 라스콜니코프의 주의를 완전히 끌어버렸다. 그는 바로 그 벤치에서 아가씨와 마주쳤고, 벤치에 이르자 그녀는 구석자리에 허물어지듯 쓰러져 등받이에 머리를 던지고는 눈을 감았는데, 너무나 지친 듯 보였다. 자세히 들여다보고서 그녀가 완전히 취했다는 걸 바로 알아차렸다. 이런 광경을 목격하다니 이상하고 기묘하게 느껴졌다. 자기가 착각한 게 아닐까 하는 생각이 잠깐 들기도 했다. 굉장히 앳된 얼굴, 열여섯 살 정도, 아니 어쩌면 열다섯밖에 안 돼 보이는, 금발에다 작고 예쁘지만 온통 발개지고 약간 부은 듯한 얼굴이 눈앞에 있었다. 아가씨는 상황을 거의 이해하지 못하는 것 같았다. 한 다리를 다른 다리 위에 포개고, 더구나 보통 그러는 것보다 훨씬 많이 다리를 드러낸 채였고, 모든 점으로 보아 자기가 거리에 있다는 것도 잘 모르는 듯했다.

라스콜니코프는 앉지도 그렇다고 떠나려 들지도 않고, 어찌할 바를 모른 채 그녀 앞에 서 있었다. 이 산책로는 늘 한산한데다, 오후 한시가 넘은 지금, 이런 폭염에는 거의 아무도 없었다. 하지만 열다섯 걸음쯤 떨어진 산책로 끝에 한 신사가 멈춰 서 있었는데, 뭘로 보나 어떤 목적이 있어 소녀에게 접근하려 안달이 난 것처럼 보였다. 아마 그도 멀리서부터 소녀를 발견하고 쫓아왔는데, 라스콜니코프가 방해한 모양이다. 그는 라스콜니코프가 눈치채지 못하게 애쓰며 악의에 찬 시선을 던졌고, 이 짜증나는 거렁뱅이가 꺼져 자기 차례가 오기를 조바심치며 기다리고 있었다. 뻔한 일이었다. 서른 살쯤 돼 보이는 이 신사는 건장하고 퉁퉁하고 혈색이 좋고, 장밋빛 입술에 콧수염을 길렀고, 몹시 멋을

낸 차림이었다. 라스콜니코프는 지독하게 화가 났다. 이 느끼한 멋쟁이 놈을 어떻게든 망신 주고 싶은 생각이 불쑥 들었다. 그는 잠시 소녀를 내버려두고 신사에게 다가갔다.

"어이, 당신, 스비드리가일로프! 여긴 무슨 볼일이신가?" 그는 주먹을 움켜쥐고, 적의로 거품을 문 입술에 비웃음을 띤 채 소리를 질렀다.

"그게 무슨 말이오?" 남자는 놀라 눈썹을 찌푸리고는 거만한 표정으로 딱딱하게 물었다.

"꺼지란 말이오!"

"이 불한당 같은 놈이, 어딜 감히!……"

그러고는 남자는 지팡이를 휘둘렀다. 이런 건장한 신사라면 라스콜니코프 정도야 두 명이라도 해치울 수 있을 테지만, 그는 그런 사실조차 헤아리지 못한 채 주먹을 쥐고 신사에게 덤벼들었다. 하지만 그 순간 누군가 그를 뒤에서 꽉 잡았고, 둘 사이에 순경이 끼어들었다.

"그만하세요, 여러분, 공공장소에서 싸우면 안 됩니다. 이봐요, 무슨 일입니까? 당신 누구요?" 라스콜니코프의 남루한 행색을 살피며 순경이 엄하게 물었다.

라스콜니코프는 순경을 주의깊게 살폈다. 그는 군인처럼 씩씩한 얼굴에 회색 콧수염과 구레나룻을 길렀고 눈빛이 총명했다.

"마침 잘 오셨습니다." 라스콜니코프가 순경의 손을 잡으며 외쳤다. "나는 대학생이었던 라스콜니코프라고 합니다…… 그건 댁도 알아두라고." 그는 신사를 향해서도 말했다. "갑시다, 보여드릴 게 있거든요……"

라스콜니코프는 순경의 팔을 잡고 벤치로 끌고 갔다.

"자, 보세요, 이 아가씨가 완전히 취해서 방금 산책로를 걸어왔어요.

어떤 여자인지 누가 알겠습니까만, 몸을 파는 여자 같지는 않아요. 아마 틀림없이 어디선가 술을 잔뜩 먹여서 속였겠지요…… 생전 처음으로요…… 아시겠어요? 그러고는 저런 상태로 거리로 나가게 내버려둔 겁니다. 찢어진 옷을 보세요, 어떻게 입고 있는지도요. 직접 입은 게 아니라, 다른 사람이 입힌 게 분명해요, 그것도 서투른 남자의 손으로요. 빤하잖아요. 이제 여길 보세요. 내가 방금 싸우려 했던 멋쟁이 양반을요, 나도 모르는 사람이에요, 처음 봅니다. 그렇지만 저 작자도 방금 이 아가씨를 거리에서 발견한 거죠, 취한데다 제정신이 아닌 여자를요, 그리고 와서 낚아채고 싶어 안달이 난 겁니다, 왜냐면 저런 상태니까요, 어디로 데려가려는 거지요…… 분명해요. 내가 착각한 게 아니란 걸 믿어주십시오. 저 작자가 아가씨 뒤를 살피며 쫓아오는 걸 내가 직접 봤는데, 내가 방해가 되니까 꺼져주길 쭉 기다린 거죠. 저기 저 작자가 지금 담배를 마는 척 조금 떨어져 서 있는 거 보이지요…… 어떻게 하면 우리가 저놈에게 이 아가씨를 내주지 않을 수 있을까요? 어떻게 하면 아가씨를 집으로 보낼 수 있을까요, 생각 좀 해보십시오!"

순경은 단숨에 모든 걸 이해하고 납득했다. 통통한 신사 쪽은 물론 빤했고, 문제는 소녀였다. 순경은 좀더 가까이서 살펴보기 위해 그녀 위로 몸을 숙였고, 진심어린 동정이 얼굴에 떠올랐다.

"아이고, 가엾기도 하지!" 고개를 저으며 그가 말했다. "아직 완전히 어린애잖아. 속은 게 분명하구먼. 이봐요, 아가씨." 그는 그녀를 깨우기 시작했다. "어디 삽니까?" 아가씨는 피곤하니 흐리멍덩한 눈을 떠 묻고 있는 사람을 멍하니 바라보다가 손을 내저었다.

"저기요." 라스콜니코프가 말했다. "여기, (그는 주머니를 뒤져 20코페이카를 꺼냈다. 마침 갖고 있었다.) 자, 여기요, 마차를 잡아서 마부에게 아가씨가 사는 곳에 데려다주라고 하세요. 주소만 알면 되는데!"

"아가씨, 아가씨?" 순경은 돈을 받은 다음 다시 깨우기 시작했다. "지금 마차를 잡아 내가 직접 집에 데려다줄게요. 어디로 가라고 할까요? 네? 집이 어딥니까?"

"저리 가!…… 추근대기는!……" 소녀는 중얼거리면서 다시 손을 내저었다.

"아이고, 아이고, 정말 엉망이로군! 아이고, 창피하지도 않아요, 아가씨, 이게 무슨 망신입니까!" 나무라기도 하고, 안쓰러워하기도 하고, 분개하기도 하면서 그는 다시 고개를 내저었다. "정말 문제로구먼!" 그는 라스콜니코프에게 말을 걸며 다시 한번 그를 머리에서 발끝까지 얼른 훑어보았다. 아마 그에게도 라스콜니코프가 이상해 보였을 것이다. 이런 누더기를 걸치고서 돈을 내주다니!

"선생은 이 사람들을 여기서 먼 데서 발견했나요?" 그가 라스콜니코프에게 물었다.

"말씀드리죠. 내 앞에서 비틀거리며 걸어가고 있었어요, 바로 여기 산책로에서. 벤치에 와서는 저렇게 쓰러졌지요."

"아, 맙소사, 요즘 세상엔 정말 부끄러운 줄들을 몰라요! 아무것도 모르는 이런 애가 취하기까지! 그야말로 속았군! 옷도 찢어졌고…… 아, 요즘엔 정말 너무들 타락했어요!…… 가난하긴 해도 귀족 출신 같은데…… 요즘엔 이런 사람이 많지요. 보기엔 진짜 귀족 아가씨처럼 곱게 자란 것 같은데." 그는 다시 여자 위로 몸을 굽혔다.

어쩌면 그에게도 그런 딸들이 있는지 모른다, '귀족 아가씨처럼 곱게 자라' 예의범절을 흉내내며 벌써 온갖 유행을 좇는 딸들이……

"중요한 건," 라스콜니코프가 거들었다. "어떻게 하면 저 파렴치한에게 내주지 않을 수 있느냐는 겁니다! 저런, 저 작자는 아직도 아가씨를 욕보이려 하는군요! 저놈이 뭘 원하는지는 아주 그냥 뻔해요. 보세요, 저 파렴치한이 떠나질 않잖아요!"

라스콜니코프는 큰 소리로 말하며 남자를 손으로 똑바로 가리켰다. 이 말을 듣고 남자는 다시 화를 내려다, 마음을 고쳐먹고 그저 경멸의 눈초리로 바라보기만 했다. 그러고는 열 걸음쯤 천천히 물러났다가 다시 멈춰 섰다.

"저런 작자들에게 내주지 않을 수야 있겠지요." 하사관이 생각에 잠겨 대답했다. "어디로 데려다줘야 할지 말이라도 해주면 좋겠는데, 아니면…… 아가씨, 아가씨!" 그가 다시 몸을 굽혔다.

그녀가 갑자기 눈을 반짝 뜨고는 유심히 쳐다보더니 무슨 일인지 이해했다는 듯 벤치에서 일어나 왔던 길로 다시 걸어갔다.

"흥, 창피한 줄도 모르는 양반들, 추근대기는!" 그녀는 다시 한번 손을 내저으며 말했다. 그녀는 빠르게 걸었지만, 좀전처럼 심하게 비틀거렸다. 멋부린 사내가 그녀에게서 눈을 떼지 않은 채 다른 쪽 오솔길로 뒤를 쫓았다.

"걱정 마세요, 넘겨주지 않을 테니." 콧수염 순경이 단호히 말하고는 그들 뒤를 따라 발길을 옮겼다.

"에이, 요즘은 너무들 타락했다니까!" 그는 한숨을 내쉬며 같은 말을 소리내어 되풀이했다.

그 순간 라스콜니코프는 무언가에 쿡 찔린 듯한 느낌이 들었다. 한

순간 마음이 확 바뀌어버린 것 같았다.

"이거 보세요, 어이!" 그는 콧수염 순경 뒤에 대고 외쳤다.

그가 돌아보았다.

"내버려둬요! 당신이 무슨 상관이오? 내버려두라고요! 저자가 재미 보게 놔두란 말이오. (그는 멋부린 사내를 가리켰다.) 당신이 뭔데 그래요?"

순경은 상황을 이해 못하고 눈이 휘둥그레져서 그를 바라보았다. 라스콜니코프는 웃어대기 시작했다.

"아이고!" 순경은 손을 내젓고는 이렇게 읊조리더니 멋부린 사내와 소녀 뒤를 따라갔는데, 분명 라스콜니코프를 미쳤거나 그보다 훨씬 더 나쁜 상태로 이해한 듯했다.

"내 돈 20코페이카를 가져가버렸어." 혼자 남은 라스콜니코프가 화가 나서 말했다. "뭐, 저 작자한테도 돈을 뜯어내고는 소녀를 넘겨주라지, 그렇게 끝나겠지…… 뭐하러 돕는답시고 이 일에 말려들었을까! 내가 돕는다고? 내게 도울 권리가 있기나 한가? 서로를 산 채로 꿀꺽 집어삼키라고 내버려둘 일이지, 내가 뭐라고? 어떻게 감히 그 20코페이카를 내줄 생각을 했을까? 그게 내 돈이기나 한가?"

이런 이상한 말들이 맴도는데도 마음은 몹시 무거워졌다. 그는 남겨진 벤치에 앉았다. 생각들이 흩어졌다…… 하긴 어떤 일이건 지금 그에게는 생각하는 것 자체가 힘들었다. 완전히 잊고 싶었다, 모든 것을 잊고 다시 깨어나 완전히 새롭게 시작하고 싶었다……

"가엾은 소녀!……" 텅 빈 벤치 구석을 바라보며 그가 되뇌었다. "정신을 차리고는 울겠지, 그러다 어머니가 알게 될 테고…… 처음엔 손으로 때리다가 나중엔 몽둥이로 호되게 창피를 주며 때리다가 아마 쫓아내겠지…… 쫓아내지 않는다 해도 다리야 프란체브나 같은 여자가 냄새를 맡아 소녀는 여기저기 떠돌게 될 거야…… 그러고는 병원으로 직행이지(늘 이런 일은 아주 정직한 엄마와 살다 조용히 사고를 치는 애들에게 일어나기 마련이다), 거기서…… 거기서 다시 다른 병원으로…… 술과…… 술집을 전전하다…… 또다시 병원으로…… 이삼 년 쯤 지나면 태어나서 고작 열아홉, 아니면 열여덟쯤까지 산 결과 다 망가진 몸뚱이만 남겠지…… 그런 여자들을 한두 번 봤나? 그 여자들이 어떻게 되었나? 그래, 다들 그렇게 됐어…… 제기랄! 그러라지 뭐! 마땅히 그래야 한다고들 말하잖아. 남은 사람들이 쾌적하게, 방해받지 않도록 매년 그 비율만큼 반드시 떠나줘야 한다고 말이야…… 어디로든…… 지옥으로라도. 비율이라! 그들에겐, 그래, 이 멋진 말이 있지. 너무나 안심되는 과학적인 말이로군. 그러니 비율은 걱정할 게 없다고들 하지. 다른 단어라면 그땐…… 아마 더 불안할 수도 있겠지…… 하지만 두네치카마저 어쩌다 이 비율에 낀다면!…… 그게 아닌 다른 비율에라도 낀다면?……"*

'그런데 대체 난 어디로 가고 있는 거지?' 갑자기 이런 생각이 들었다. '이상하군. 분명히 무슨 일이 있어서 가고 있었는데. 편지를 읽자마자 나왔고…… 맞아, 바실리옙스키섬에, 라주미힌에게 가고 있었지, 이제야…… 기억난다. 그렇지만 왜? 그리고 어쩌다가 하필 지금 라주미힌에게 갈 생각이 났을까? 이상하군.'

그는 스스로에게 놀랐다. 라주미힌은 예전 대학 친구 중 하나였다.

---

* 당시 러시아에는 범죄나 매춘에 빠질 운명을 가진 사람들의 비율, 즉 인간 행동의 통계학적 합법칙성에 대한 이론이 유행했다.

주목할 것은 라스콜니코프는 대학에 다닐 때 친구가 거의 없었고, 모두를 멀리했으며, 누구 집에 간 적도 없고, 누구를 자기 집에 들이기도 힘들어했다는 점이다. 곧 다른 사람들도 모두 그를 멀리했다. 다들 모이는 자리나 대화, 노는 자리 어디에도 그는 낀 적이 없었다. 몸을 아끼지 않고 열심히 공부했고, 그래서 모두가 그를 존경했지만, 누구도 그를 좋아하지는 않았다. 그는 아주 가난했고, 오만할 정도로 자존심이 강했고, 사교적이지도 않았다. 자신에 대해서 뭔가를 숨기는 듯도 했다. 다른 친구들에겐 마치 그가 발전 정도나 지식, 신념 면에서 모두를 능가한 사람처럼, 모두를 어린애 보듯 깔보고 자신들의 신념이나 관심을 뭔가 저급한 것으로 보는 듯 느껴졌다.

하지만 왜 그런지 라주미힌과는 잘 맞았는데, 다시 말해 친한 건 아니지만, 그에게는 좀더 마음을 터놓고 솔직할 수 있었다. 하긴 라주미힌과는 그러지 않기가 불가능했고, 지금도 그렇다. 그는 보기 드물게 쾌활하고 붙임성이 좋은 청년으로, 순박할 정도로 착했다. 하지만 이 순박함 아래 깊이와 품위가 숨어 있었다. 그의 가장 친한 친구들은 그걸 알았고, 모두들 그를 사랑했다. 이따금 정말 단순하게 굴 때도 있었지만, 절대 멍청하지는 않았다. 키가 크고 마른데다 늘 서투르게 면도를 하고 머리카락이 검은 그의 외모는 인상적이었다. 가끔 그는 소란을 피우기도 했고, 힘이 세기로도 유명했다. 어느 날 밤엔가 어떤 모임에서 그는 키가 12베르쇼크* 정도 되는 경찰관을 한 방에 때려눕혔다. 그

* 미터법 시행 전 러시아의 길이 단위. 1베르쇼크는 약 4.5센티미터. 당시 러시아에서는 성인 남자의 키가 2아르신(1아르신은 약 71센티미터)이 안 되는 경우가 드물다고 보고, 2아르신을 제외한 키만 베르쇼크로 계산했다. 따라서 12베르쇼크는 약 196센티미터다.

는 무한정 마실 수도 있었지만, 한 방울도 마시지 않을 수도 있었다. 때로는 해서는 안 될 짓궂은 장난을 치기도 했지만, 아예 장난을 치지 않을 줄도 알았다. 라주미힌이 더욱 비범한 점은 어떤 실패에도 절대로 당황하지 않고, 아무리 나쁜 상황에도 굴하지 않는 듯 보인다는 것이었다. 그는 지붕 위에서라도 살 수 있는 사람이었고, 지옥 같은 배고픔과 엄청난 추위를 견딜 줄 알았다. 아주 가난했지만, 이런저런 돈벌이를 하며 의연히 혼자 힘으로 먹고살았다. 그는 퍼올릴 수 있는 샘물, 즉 돈을 벌 방법을 무궁무진하게 알고 있었다. 어느 해인가 그는 겨울 내내 방에 불을 전혀 때지 않았고, 추운 데서 잠이 더 잘 오기 때문에 그게 더 좋다고까지 주장했다. 그 역시 지금은 학업을 중단해야 할 형편에 놓였지만 그건 잠깐일 뿐, 그는 학업을 계속할 수 있도록 상황을 빨리 해결하기 위해 온 힘을 다했다. 라스콜니코프는 이미 넉 달 정도 그의 집에 가지 않았고, 라주미힌은 라스콜니코프의 집이 어딘지조차 몰랐다. 두어 달쯤 전 길에서 한번 마주칠 뻔했지만, 라스콜니코프는 그를 외면하고 자기를 못 보게 다른 쪽으로 건너가버리기까지 했다. 라주미힌도 그걸 눈치챘지만, 친구를 괴롭히고 싶지 않아 그냥 지나쳤다.

5

'사실 얼마 전까지도 라주미힌에게 과외 자리든 뭐든 일자리를 얻어달라고 부탁하려 했었지……' 라스콜니코프는 이런 생각에 이르렀다. '하지만 지금 그 친구가 무슨 도움이 될 수 있을까? 과외를 구해주거나, 그 녀석한테 푼돈이 있어 마지막 동전이라도 나누어준다 치자, 그럼 과외에 다니게 장화라도 사고, 양복을 수선할 수도 있겠지…… 음…… 자, 그다음엔? 그깟 푼돈으로 뭘 할 수 있지? 그게 과연 지금 내게 필요한 걸까? 그래, 라주미힌에게 가는 건 웃기는 짓이야……'

지금 자신이 왜 라주미힌에게 가고 있는가, 하는 의문 때문에 그는 생각했던 것보다 더 많이 심란해졌다. 그는 불안에 떨면서, 어쩌면 아주 평범할 수도 있는 이 행동에 어떤 불길한 의미가 숨어 있는 건 아닌지 찾아보려 했다.

'대체 뭐지, 정말로 나는 모든 일을 라주미힌 하나로 해결하려 하고, 모든 출구를 라주미힌에게서 찾았던 것인가?' 그는 놀라서 스스로에게 물었다.

이런 생각을 하며 그는 이마를 문질렀고, 그러자 기이하게도, 예기치 않게, 갑자기, 거의 자동적으로 정말 이상한 생각 하나가 아주 긴 상념 끝에 머릿속에 떠올랐다.

"음…… 라주미힌에게," 최종 결론을 내린 듯 그는 갑자기 매우 침착해져서 말했다. "라주미힌에게 갈 거야, 물론 그럴 거야…… 하지만 지금은 아니야…… 그 친구에게는…… 다음날, 그 일이 끝난 후에 가자, 이미 그 일이 끝나고 모든 것이 새로 시작될 때……"

그러자 갑자기 정신이 번쩍 들었다.

"그 일이 끝난 후라니." 벤치에서 벌떡 일어나며 그가 소리질렀다. "그럼 정말 그 일이 있을 거라고? 정말로 그럴 거란 말인가?"

그는 벤치를 버리고 거의 뛰듯이 걸었다. 집으로 돌아갈 생각이었지만, 갑자기 집으로 가는 것이 끔찍하게 혐오스러워졌다. 거기, 그 끔찍한 벽장 구석에서 벌써 한 달 이상 이 모든 것이 무르익었으니까, 그래서 그는 발길 닿는 대로 걸어갔다.

신경질적인 떨림은 열병 같은 것으로 변해갔다. 오한까지 느껴졌다. 이런 무더위에도 점점 추워졌다. 억지로 주의를 돌리려는 듯, 거의 무의식적으로, 어떤 내적인 요구를 따라 그는 마주치는 모든 사물을 애써 주의깊게 살펴보려 했지만, 딱히 성공하지는 못한 채 매번 깊은 상념에 빠져들었다. 그러다 흠칫 떨며 다시 고개를 들어 주위를 둘러보았지만, 방금 무슨 생각을 했는지, 어디를 지나쳤는지도 이내 잊어버렸다. 그렇게 그는 바실리옙스키섬을 통과해 말라야 네바로 나온 다음 다리를 건너 다른 섬들 쪽으로 방향을 틀었다. 도시의 먼지, 석회, 내리누르듯 거대하고 빽빽한 건물들만 봐온 터라 처음 녹음과 신선함을 대했을 때는 그의 피로한 눈이 즐거워졌다. 여기엔 후텁지근한 공기도, 악취도, 술집도 없었다. 하지만 이 새롭고 기분좋은 감각은 곧 병적이고 짜증스러운 것으로 변해버렸다. 이따금 그는 녹음이 우거진 별장 앞에 멈춰 서서 울타리를 쳐다보고, 발코니와 테라스로 나온 잘 차려입은 여인들과 정원에서 뛰어노는 아이들을 멀리서 바라보았다. 특히 꽃이 그를 사로잡았다. 그는 다른 것보다 꽃들을 오래도록 바라보았다. 호사스러운 마차들, 말을 탄 남자와 여자 들과도 마주쳤다. 그는 호기심어린 눈길로 그들을 배웅했으나, 그들이 눈에서 채 사라지기도 전에 잊어버렸다. 한번은 멈춰 서서 가진 돈을 헤아려보았다. 30코페이카쯤 있었다. '20코페이카는 순경에게 주었고, 3코페이카는 편지 때문에 나스타시야에게 줬으니까, 그럼 어제 마르멜라도프네선 47코페이카나 50코페이카를 줬단 말이구나.' 뭔가 계산하며 이런 생각을 했지만, 왜 돈을 주머니에서 꺼냈는지도 곧 잊어버렸다. 싸구려 술집처럼 보이는 한 식당 건물을 지나치면서야 왜 돈을 셌는지 기억해내고, 허기를 느꼈다. 그는 술집으로 들어가 보드카 한 잔을 마시고 뭔가로 속을 채운 피로그*를 먹었다. 다시 거리에 나와서 피로그를 다 먹어치웠다. 아주 오랫동안 보드카를 마시지 않은지라, 기껏해야 한 잔 마셨을 뿐인데 순식간에 술기운이 돌았다. 갑자기 다리가 무거워지고 심하게 잠이 쏟아졌다. 그는 집으로 향했다. 하지만 페트롭스키섬에 도착했을 때는 이미 완전히 기진맥진해져, 걸음을 멈추고는 길에서 벗어나 관목숲으로 들어가서, 풀밭에 쓰러져 바로 잠이 들어버렸다.

병적인 상태에서 꾸는 꿈은 평상시와 달리 유난히 선명하고 생생하며 현실과 극도로 닮아 있기 마련이다. 때로 기괴한 장면이 펼쳐지기도 하지만, 재현되는 모든 상황과 과정이 무척 그럴듯하고 섬세한데다, 의외의 것이라 해도 장면 전체와 예술적으로 어우러지는 세밀함을 동반하기에, 꿈을 꾼 사람이 설령 푸시킨이나 투르게네프 같은 예술가라 할지라도, 멀쩡한 정신으로는 도저히 꾸며낼 수 없는 법이다. 그런 꿈들, 병적인 꿈들은 늘 오래도록 기억에 남아, 이미 자극을 받아 헝클어진 인간의 몸에 강렬한 인상을 남긴다.

라스콜니코프는 무서운 꿈을 꾸었다. 아직 고향 도시에 살고 있던 어린 시절이 꿈에 보였다. 일곱 살쯤 된 그가 축제일 저녁 무렵 아버지와 함께 교외를 거닐고 있다. 흐린 날, 후텁지근한 날씨와 장소는 그의 기억에 남아 있는 것과 완전히 똑같았다. 심지어 기억에 남아 있는 모습

* 야채, 고기, 잼 등 다양한 재료로 속을 채워 구운 러시아식 빵.

이 지금 꿈에 나타난 장면보다 훨씬 더 희미할 정도였다. 작은 도시는 손바닥 위에 놓인 것처럼 탁 트여 있고, 주위에는 나무 한 그루 없다. 어딘가 아주 멀리, 하늘 저 끝으로 거무스름하니 숲이 보인다. 도시 변두리 끝 채소밭에서 몇 걸음 떨어진 곳에는 술집이, 커다란 술집이 있었는데, 아버지와 산책하며 그 옆을 지날 때마다 몹시 불쾌한 인상에 공포마저 느끼곤 했다. 그곳은 항상 북적였으며, 사람들은 고함을 질러대고, 큰 소리로 웃고, 욕설을 내뱉고, 꼴사납게 쉰 목소리로 노래를 부르거나, 걸핏하면 주먹다짐을 벌이곤 했다. 술집 주위엔 항상 술 취한 사람들, 인상이 험악한 사람들이 어슬렁거리며 돌아다녔다…… 그들과 마주치면 그는 아버지에게 찰싹 달라붙은 채 온몸을 떨곤 했다. 술집 주위로 난 길, 그 샛길은 늘 먼지투성이였고, 거기 쌓인 먼지는 여지없이 까맸다. 구불구불 뻗은 이 길은 삼백 걸음쯤 간 곳에서 도시의 묘지를 오른쪽으로 감싸고 돈다. 묘지 한가운데 둥근 녹색 지붕을 올린 석조 성당이 있고, 그는 일 년에 두 번 정도 아버지, 어머니와 함께 할머니 추도 미사에 참석하기 위해 그곳에 다녀오곤 했는데, 할머니는 이미 오래전에 돌아가셔서 한 번도 뵌 적은 없었다. 그럴 때면 늘, 달달한 쌀죽에 건포도를 십자가 모양으로 박아넣은 음식인 쿠티야를 하얀 접시에 담아 냅킨에 싸서 가져갔다. 그는 이 성당과 성당 안에 있는, 대부분 틀에 끼우지 않은 오래된 성화들과 체머리를 앓는 나이든 성직자들을 사랑했다. 판석을 올린 할머니의 무덤 근처에는 여섯 달 만에 죽은 남동생의 작은 무덤도 있었지만, 그는 동생을 전혀 알지도, 기억하지도 못했다. 하지만 남동생이 있었다고는 들었기에, 묘지를 방문할 때마다 매번 경건하고 공손하게 무덤 앞에서 성호를 긋고, 절을 하고, 비석에 입을 맞췄다. 꿈속에서 그는 아버지와 함께 묘지로 가는 길에 술집 옆을 지나는 중이다. 그는 아버지 손을 잡고 무서워하며 술집을 곁눈질한다. 진기한 광경이 그의 관심을 끈다. 잔치라도 벌어진 듯 한껏 차려입은 소시민과 아낙, 그 남편에다 온갖 어중이떠중이가 지금 거기 무리지어 모여 있다. 모두가 취해 노래를 부르고 있고, 술집 입구 근처에는 짐마차가 서 있는데, 좀 이상하다. 커다란 짐말을 매어 물품이나 술통을 나르는 대형 짐마차 종류다. 긴 갈기에 육중한 다리로 안정감 있고 율동적으로 걸으며, 산더미 같은 짐을 나르면서도, 마치 짐이 없는 것보다 있는 게 낫다는 듯, 조금도 낑낑대지 않는 이 커다란 짐말들을 바라보는 게 그는 늘 좋았다. 그런데 지금은 이상하게도 이 커다란 짐마차에 농사일에나 쓰는 작고 비쩍 마른 갈색 암말이 매여 있었는데, 이런 말들이 때로 산더미처럼 쌓아올린 장작이나 건초 같은 짐 때문에 낑낑대는 걸, 특히 진창이나 바큇자국에 빠지는 바람에 낑낑대는 걸 그는 자주 보았고, 그럴 때마다 농부가 정말 호되게, 정말 호되게 채찍으로 때리는데다가 심지어 어떤 때는 면상이나 눈을 갈기기도 해서, 지켜보던 그가 너무 가엾고 불쌍해 울음을 터뜨릴 지경이 되면, 어머니가 항상 그를 창가에서 떼어놓곤 했다. 그런데 갑자기 아주 소란스러워진다. 술집에서 고함소리, 노랫소리, 발랄라이카* 소리와 함께 울긋불긋한 셔츠를 입고 외투를 어깨에 걸친 건장한 사내들이 잔뜩 취해 밖으로 나온다. "타라고, 모두들 타!" 아직 젊고, 목이 굵고 얼굴이 당근처럼 붉고 살집 좋은 사내가 외친다. "모두 태워다주지, 타!" 하지만 곧바로 웃음과

* 러시아 전통 현악기.

고함이 울려퍼진다.

"이런 비쩍 마른 말로 태워다준다고!"

"미콜카, 너 제정신이냐, 이런 짐마차에 저런 암말을 매다니!"

"저 갈색 말은 누가 봐도 스무 살도 넘었겠구먼, 이 사람아!"

"타, 다 데려다준다니까!" 미콜카는 앞장서 마차에 뛰어오르며 다시 한번 외치고는, 고삐를 쥐고서 마차 앞좌석에 몸을 쭉 펴고 선다. "갈색 수말은 아까 마트베이가 몰고 가버렸어." 마차에서 그가 외친다. "여봐, 이 암말 때문에 내 속이 푹푹 썩는다니까. 그냥 죽여버릴까보다, 쓸데없이 여물이나 축내고 말이지. 타라니까! 신나게 달리게 해주지! 신나게 달려보자고!" 쾌감에 차서 말을 내리칠 준비를 하며 그가 손에 채찍을 쥔다.

"자, 타라고, 뭐하고 있어!" 사람들 사이에서 웃음이 터져나온다. "들었나, 신나게 달릴 거라네!"

"신나게 못 달린 지 벌써 십 년은 됐겠구먼."

"달릴 거라니까!"

"여봐들, 불쌍해할 거 없어, 각자 채찍이나 들고 준비하라고!"

"그래! 후려쳐!"

모두들 웃고 농지거리를 하며, 미콜카의 짐마차에 오른다. 여섯 명쯤 올라탔고, 아직도 더 태울 수 있다. 사람들이 살집이 좋고, 뺨에 분칠을 한 아낙 하나를 데리고 탄다. 붉은 무명옷을 입고, 구슬이 달린 머릿수건을 쓰고, 발에는 모피 신을 신은 그 여자는 딱딱 소리내 견과류를 깨물며 깔깔거린다. 주위 사람들도 웃는데, 정말이지 웃지 않을 수가 없다. 이런 말라비틀어진 암말이 이렇게 무거운 사람들을 태우고 신나게 달릴 거라니! 마차에 탄 청년 둘이 미콜카를 거들기 위해 곧장 채찍을 든다. "이랴!" 소리가 울려퍼지고, 말은 온 힘을 다해 끌어보지만, 신나게 달리기는커녕 한 발짝도 어찌하지 못하고, 종종거리고 끙끙대며, 마치 콩처럼 쏟아지는 세 개의 채찍을 피해 몸을 웅크릴 뿐이다. 마차에 탄 사람들과 주위 사람들의 웃음은 더 커지고, 미콜카는 미친 듯이 화가 나서, 정말 말이 신나게 달릴 거라고 생각하는지 더 빠르게 말을 후려친다.

"이봐, 나도 태워줘!" 구미가 당긴 젊은이가 사람들 사이에서 외친다.

"타! 모두 타!" 미콜카가 소리친다. "다 태워다주지. 후려치면 돼!" 그러고선 채찍을 후려치고 또 후려치는데, 미친 듯이 화가 나서 무엇으로 때리는지조차 이미 알지 못한다.

"아빠, 아빠." 그는 아버지에게 외친다. "아빠, 저 사람들 뭐하는 거예요? 아빠, 불쌍한 말을 때려요!"

"가자, 가!" 아버지가 말한다. "술에 취해 몹쓸 짓을 하는구나, 한심한 놈들. 가자, 보지 말고!" 그러고는 아들을 데려가려 하지만, 그는 아버지의 손을 뿌리치고 정신없이 말에게 달려간다. 하지만 가엾은 말은 이미 상태가 좋지 않다. 암말은 숨을 헐떡이며 잠깐 멈췄고, 다시 마차를 끌려다 쓰러질 뻔한다.

"뒈질 때까지 갈겨!" 미콜카가 소리친다. "그래야겠어. 갈길 테다!"

"하늘이 무섭지도 않으냐, 지독한 놈 같으니!" 군중 속에서 한 노인이 외친다.

"저런 말이 저리 무거운 걸 어찌 끌겠어……" 다른 사람이 덧붙인다.

"저러다 죽이겠군!" 세번째 사람이 외친다.

"상관 마! 내 거야! 내가 하고 싶으면 하는 거지. 더 타! 다들 타라고! 내 꼭 신나게 달리게 하고 말 거야!……"

갑자기 커다란 웃음이 일제히 터져나와 모든 것을 덮어버린다. 암말이 더욱 심해진 매질을 견디지 못해 무력하게 발길질을 하기 시작한 것이다. 심지어 노인도 참지 못하고 웃음을 터뜨렸다. 정말이지 그럴 만하다. 이런 비실비실한 암말이 발길질까지 하다니!

군중 속에서 젊은이 두 명이 또 채찍을 잡더니, 말의 옆구리를 치러 달려간다. 제각각 자기가 있던 방향에서 달려든다.

"낯짝하고 눈깔을 쳐, 눈깔을!" 미콜카가 소리친다.

"여봐, 노래나 부르자고!" 짐마차에서 누군가가 외치자 마차 안에 있는 모두가 그 말을 받아 노래를 부른다. 질펀한 노래가 울려퍼지고, 손북이 짤랑거리고, 후렴으로 휘파람이 울린다. 아낙은 견과류를 깨물며 깔깔거린다.

……말 근처로 뛰어가 앞으로 달려나간 그는 말의 눈을, 눈을 정통으로 후려치는 걸 본다! 그는 운다. 울컥하는 마음에 눈물이 흐른다. 내리갈기는 채찍 하나가 그의 얼굴을 건드린다. 그는 그것을 느끼지도 못한 채, 손을 쥐어짜고 비명을 지르며 턱수염이 희끗희끗한 백발의 노인에게 달려드는데, 고개를 저으며 이 모든 일을 꾸짖던 사람이다. 한 아주머니가 그의 손을 잡고 데려가려 한다. 하지만 그는 손을 뿌리치고 다시 말에게 달려간다. 말은 이미 마지막 힘만 남아 있는데도 다시 한 번 뒷발질을 하기 시작한다.

"이런 망할 것!" 격노한 미콜카가 고함을 친다. 그는 채찍을 내팽개치고는 몸을 굽혀 마차 바닥에서 길고 두툼한 끌채를 끄집어내 양손으로 그 끝을 잡고, 있는 힘껏 말 위로 휘두른다.

"박살을 내겠군!" 주위에서 외친다.

"죽이겠는데!"

"내 거야!" 미콜카는 이렇게 외치고, 맹렬한 기세로 끌채를 내려친다. 둔중한 소리가 울린다.

"쳐, 치라니까! 왜 멈춘 거야!" 사람들 사이에서 외침이 들린다.

미콜카는 다시 한번 끌채를 휘둘러 맹렬한 기세로 한 번 더 불쌍한 말의 등을 가격한다. 말은 궁둥이로 털썩 주저앉았다가 펄쩍 뛰어올라, 수레를 움직이려 마지막 힘을 다해 이리저리 끌어본다. 하지만 여섯 개의 채찍이 사방에서 퍼부어지고, 끌채는 다시 올라가 박자를 맞추듯 세 번째로, 곧이어 네번째로 맹렬한 기세로 떨어져내린다. 단번에 죽이지 못한 미콜카가 미쳐 날뛴다.

"질기네!" 주위에서 외친다.

"이제 틀림없이 나가떨어질 거야, 봐, 이제 끝장이라고!" 이 광경을 즐기던 한 사람이 군중 속에서 고함친다.

"도끼로 쳐야지, 뭐하는 거야! 한 방에 보내버려." 세번째 사람이 외친다.

"에잇, 모기떼처럼 앵앵들대기는! 저리 비켜!" 미콜카는 미친 듯이 고함을 지르면서 끌채를 내던져버리고는, 다시 짐마차로 몸을 굽혀 쇠지렛대를 끄집어낸다. "다들 조심해!" 그는 소리치고는 가엾은 말을 있는 힘껏 세게 내리친다. 쿵 하고 일격이 가해졌다. 말은 비틀거리며 주저앉았다가, 다시 한번 마차를 끌어보려 하지만, 지렛대가 다시 세차게 등에 떨어지자 마치 네 다리가 모두 한 번에 잘린 듯 땅바닥에 풀썩 쓰러진다.

"끝장을 내버려!" 미콜카는 이렇게 외치고는 제정신이 아닌 듯 마차에서 껑충 뛰어내린다. 역시 취해 벌게진 젊은이 몇 명이 채찍이나 막대기, 끌채를 닥치는 대로 움켜쥐고는 숨이 멎어가는 말에게 달려든다. 미콜카는 옆에 서서 쇠지렛대로 아무렇게나 말의 등을 내려치기 시작한다. 말은 얼굴을 앞으로 뻗고 힘겹게 숨을 몰아쉬다 죽는다.

"숨통을 끊어놨군!" 군중 속에서 사람들이 외친다.

"그러게 왜 신나게 달리지 않은 거야!"

"내 거라고!" 쇠지렛대를 손에 쥐고 핏발 선 눈으로 미콜카가 고함을 친다. 더이상 때릴 게 없어서 아쉽다는 듯 서 있다.

"저런, 정말로 하늘 무서운 줄 모르는 작자로군!" 군중 속에서 이미 많은 목소리가 이렇게 외친다.

하지만 불쌍한 소년은 이미 제정신이 아니다. 비명을 지르면서 사람들을 헤치고 죽어버린 말에게 달려가 피투성이가 된 얼굴을 끌어안고 입을 맞추고 눈과 주둥이에도 입을 맞춘다…… 그러다가 극도로 흥분해서는 갑자기 벌떡 일어나 작은 주먹을 불끈 쥐고 미콜카에게 덤벼든다. 그 순간 아까부터 그의 뒤를 쫓던 아버지가 마침내 그를 붙잡아서 사람들 밖으로 끌고 나간다.

"가자! 가자니까!" 아버지가 그에게 말한다. "집에 가자꾸나!"

"아빠! 저 사람들은 왜…… 불쌍한 말을…… 죽였나요!" 흐느껴 울다 숨이 막힌 소년의 짓눌린 가슴에서 말이 비명이 되어 터져나온다.

"취해서 몹쓸 짓을 하는 거란다, 우리가 상관할 일이 아니야, 가자!" 아버지가 말한다. 그는 두 팔로 아버지를 껴안지만, 가슴이 짓눌린듯

답답하다. 그는 숨을 크게 몰아쉬며 비명을 지르려다 잠에서 깨어난다.

온몸이 땀에 젖고 머리카락까지 땀으로 흠뻑 젖은 채 잠에서 깨어난 그는 숨을 헐떡이며 공포 속에 몸을 일으켰다.

"다행이다, 그냥 꿈이구나!" 나무 아래 앉아 깊이 숨을 고르며 그는 말했다. "하지만 이게 뭐지? 열병이 시작된 건 아닐까. 정말 흉측한 꿈이다!"

온몸이 부서질 듯 아팠다. 마음이 혼란스럽고 어둡다. 그는 팔꿈치를 무릎에 올리고 두 팔로 머리를 감쌌다.

"세상에!" 그는 절규했다. "정말, 정말로 내가 진짜 도끼를 들고 노파의 머리를 내리쳐 두개골을 부수려는 건가…… 끈적끈적하고 더운 핏속을 빠져나가 자물쇠를 부수고, 도둑질을 하고, 벌벌 떨면서. 온통 피투성이가 되어 숨으려는 건가…… 도끼를 들고…… 맙소사, 정말?"

이렇게 말하며 그는 사시나무 떨듯 몸을 떨었다.

"대체 나란 놈은 뭐지!" 다시 몸을 일으키며 너무나 놀란 듯 그는 말을 이었다. "그걸 견뎌내지 못하리라는 걸 뻔히 알면서, 도대체 무엇 때문에 지금까지 나는 스스로를 괴롭힌 걸까? 바로 어제도, 어제도, 그걸…… 시험해보러 갔던 어제도 난 내가 견뎌내지 못하리란 걸 너무나 잘 알게 되었지…… 그런데도 지금 난 왜 이러는 걸까? 지금까지도 난 대체 뭘 의심하는 걸까? 바로 어제 계단을 내려오면서 이건 비열하고 추악하고 천하디천한 일이라고 스스로 말하지 않았던가…… 생각만으로도 실제로 구토가 나고 공포에 빠져들었지……

아니, 난 견딜 수 없어, 견딜 수 없다고! 그 모든 계산에 어떤 의심도 있을 수 없다고 치자, 이 한 달 동안 결심한 그 모든 것이 대낮처럼 훤

하고, 산술처럼 보편타당한 것이라 치자. 맙소사! 그렇더라도 나는 결단을 내릴 수 없을 거야! 난 견딜 수 없어, 견뎌낼 수 없다!…… 그런데도 왜, 왜, 지금까지도……"

그는 몸을 일으키더니 여기로 온 것이 이상하다는 듯 놀라서 주위를 둘러보고는 T다리를 향해 걷기 시작했다. 얼굴은 창백했고, 눈동자는 타오르는 듯했으며, 기진맥진해 사지에 힘이 풀렸지만, 갑자기 숨쉬는 게 한결 편해진 느낌이었다. 그토록 오랫동안 자신을 짓누르던 끔찍한 짐을 벗어버린 듯 느껴져 갑자기 마음이 가볍고 평온해졌다. '신이시여!' 그는 기도했다. '저의 길을 보여주소서, 그럼 저는 그 저주받을…… 몽상을 버리겠나이다!'

다리를 건너면서 그는 네바강과 강렬한 붉은 태양이 지는 선명한 노을을 조용하고 차분한 심정으로 바라보았다. 기운은 없었지만 피곤함도 느끼지 못했다. 한 달 내내 그의 심장에서 곪아온 종기가 갑자기 터진 것 같았다. 자유, 자유다! 이제 저 주술에서, 마법과 미혹과 환영에서 자유로워진 것이다!

나중에 그가 이 시간과 그즈음 자신에게 일어난 모든 일을 순간순간 하나하나 세세히 떠올릴 때마다, 어떤 한 상황이 늘 미신에 가까울 정도로 충격을 주었는데, 그 상황은 본질적으로는 그리 특별할 게 없었지만, 이후 그에게는 늘 자신의 운명을 미리 결정지은 무언가로 여겨졌다.

사정은 이러했다. 피곤하고 지쳤으니 집으로 곧장 가는 가장 빠른 길을 택하는 게 여러모로 좋았을 텐데도, 왜 쓸데없이 센나야 광장을 거쳐서 빙 돌아 집으로 돌아왔는지 그는 도저히 이해할 수도, 자신에게 설명할 수도 없었다. 아주 멀리 돈 건 아니었지만, 전혀 불필요한 일이었다는 것도 명백했다. 물론 자기가 어떤 길로 갔는지 기억도 못한 채 집으로 돌아온 것도 수십 번이었다. 하지만 도대체 왜, 도대체 왜 그렇게 중요하고, 그렇게 결정적이며, 동시에 그렇게 순전히 우연한 만남이 센나야 광장에서(더구나 그 길로 갈 필요도 없었는데), 하필 바로 그 시간에, 인생의 그런 순간에, 다시 말해 운명 전체에 너무나 결정적이고 너무나 최종적인 영향을 미칠 수밖에 없는 그런 기분과 그런 상황에 자신이 놓여 있을 때 그것이, 그 만남이 다가왔을까?라고 그는 항상 묻곤 했다. 꼭 일부러 거기서 그를 기다리기나 한 듯이 말이다!

그가 센나야 광장을 지난 건 아홉시쯤이었다. 행상이나 노점상, 크고 작은 가게의 상인들이 가게문을 닫거나 물건을 치우고 정리한 다음 집으로 흩어졌고, 물건을 사러 온 사람들도 마찬가지였다. 센나야 광장의 건물들이 서 있는 더럽고 냄새나는 거리, 낮은 층에 위치한 싸구려 음식점 근처, 특히 술집 부근은 온갖 부류 가지각색의 노동자들과 거지들로 북적였다. 정처 없이 길을 나설 때면 라스콜니코프는 이곳과 이 부근의 골목 하나하나가 특히 마음에 들었다. 여기서는 그의 남루한 복장에 거만하게 주목하는 시선도 없었고, 누구에게도 민망해할 일 없이 아무렇게나 편하게 다닐 수 있었다. K골목 구석에 한 소시민과 그의 부인인 아낙이 매대 두 개 위에 실과 무명끈, 사라사 수건 등의 물건을 놓고 팔고 있었다. 그들도 집에 가려 했으나, 아는 사람이 다가와 이야기를 나누느라 시간이 지체되었다. 아는 사람이란 어제 라스콜니코프가 시계를 맡기며 시험해보러 찾아갔던 14등문관의 과부이자 고리대금업자인 바로 그 노파 알료나 이바노브나의 동생이자, 모두들 그냥 리자베타라고 부르는 리자베타 이바노브나였다…… 리자베타에 대해 그는 이미 오래전부터 모조리 알고 있었고, 그녀도 그를 조금 알았다. 그녀는 키가 크고 못생기고, 겁이 많고, 천치 같을 정도로 온순한 서른다섯 살 처녀로, 자기 언니 집에서 그야말로 노예처럼 살며 언니를 위해 밤낮으로 일하고, 언니 앞에서는 덜덜 떨면서 매질까지 견디며 살았다. 그녀는 소시민과 아낙 앞에 보따리를 들고 서서 망설이며 그들의 말을 열심히 듣고 있었다. 그들은 유난히 열을 내며 그녀에게 뭔가 설명하고 있었다. 갑자기 그녀를 발견하자, 이 만남에 놀랄 만한 점이 전혀 없었는데도, 그는 섬뜩함에 가까운 기묘한 느낌에 사로잡혔다.

"리자베타 이바노브나, 당신이 직접 결정하면 돼요." 소시민이 커다란 목소리로 말했다. "내일 여섯시 넘어서 와요. 그쪽에서도 와 있을 거요."

"내일요?" 결정을 내리지 못한 듯, 리자베타가 생각에 잠겨 말꼬리를 길게 끌며 말했다.

"에휴, 알료나 이바노브나가 잔뜩 겁을 줬구려!" 상인의 아내인 괄괄한 아낙네가 조잘거리기 시작했다. "내가 보니 당신, 완전히 어린애네요. 게다가 그 여자는 당신 친언니도 아니고 배다른 언니라면서, 막 부려먹고."

"그래요, 이번에는 알료나 이바노브나한테 아무 말도 하지 마요." 남편이 끼어들었다. "내 충고하는데 언니한테 묻지 말고 우리한테 들러요. 남는 장사라니까. 나중에 언니도 그러려니 할 거요."

"그럼 그럴까요?"

"내일 여섯시 넘어서요. 그쪽에서도 와 있을 거요. 알아서 좀 결정해요."

"사모바르*를 준비해놓을게요." 아내가 덧붙였다.

"알겠어요, 갈게요." 여전히 망설이면서도 리자베타는 그렇게 말했고, 천천히 자리에서 움직이기 시작했다.

라스콜니코프는 이미 그곳을 지나쳤기에 더는 듣지 못했다. 한 마디도 놓치지 않으려 애쓰며, 그는 조용히 눈에 띄지 않게 지나쳤다. 처음의 놀람이 차츰 두려움으로 변하면서 마치 냉기가 등을 타고 지나가는 듯했다. 그는 알고 말았다, 내일, 정확히 저녁 일곱시,** 노파의 동생이자 유일한 동거인인 리자베타가 집에 없을 거라는 사실을, 따라서 노파가 정확히 저녁 일곱시, 집에 혼자 남을 거라는 사실을 갑자기, 불현듯, 전혀 예기치 않게 알게 된 것이다.

집까지는 몇 걸음밖에 남지 않았다. 그는 사형선고라도 받은 사람처럼 자기 방으로 들어갔다. 아무것도 판단하지 않았고, 전혀 판단할 수도 없었다. 하지만 자신에게는 이제 더는 판단의 자유도, 의지도 없음을, 모든 것이 갑자기 최종적으로 결정되었음을 불현듯 온 존재로 느끼게 되었다.

그가 가진 계획을 성사시키려 심지어 앞으로 수년 동안 적당한 때를 기다린다 해도, 지금 갑자기 눈앞에 나타난 것보다 더 확실한 한 걸음을 기대하기란 아마 당연히 불가능할 것이다. 어떤 경우든 그렇게 정확

* 안에 숯을 넣어 물이나 차를 끓이는 러시아 전통 찻주전자.

** 러시아어로 '여섯시 넘어서(в семом часу)'와 '일곱시에(в семь часов)'는 발음이 매우 유사하다. 상인이 리자베타에게 여섯시 넘어서 오라고 한 말을 라스콜니코프가 저녁 일곱시에 노파가 집에 혼자 있을 거라 해석한 것은 불안정한 정신상태로 인한 그의 착각이거나, 도스토옙스키의 실수로 보인다.

히, 위험부담도 거의 없고, 미심쩍게 캐묻거나 알아보고 다닐 일도 일절 없이, 내일 그 시간에 자기가 노리는 그 노파가 집에 오롯이 혼자 있을 거라는 사실을 바로 그 전날 알아내기란 아마도 어려운 일이리라.

6

나중에 라스콜니코프는 소시민과 아낙이 왜 리자베타더러 오라고 했는지 우연히 알게 되었다. 너무나 평범해서 특별할 게 전혀 없는 일이었다. 외지에서 온 어떤 가족이 형편이 궁색해지자 물건과 옷가지 등을 팔았는데, 모두 여성용이었다. 시장에 내다팔자니 남는 게 별로 없어서 여자 상인을 찾았고, 리자베타가 그런 일을 하고 있었다. 그녀는 수수료를 받고 일을 다녔는데, 아주 정직해서 항상 요금을 아주 적게 불렀기에 단골이 많았다. 다들 그녀가 부르는 가격대로 값을 쳐주었다. 그녀는 대체로 말수가 적었고, 이미 말한 것처럼 너무나 온순하고, 겁이 많았다……

그런데 라스콜니코프는 최근 들어 미신에 사로잡혔다. 미신의 영향은 꽤 오랜 시간이 흐른 후에도 거의 지워지지 않고 마음속에 남았다. 그래서 일이 일어난 후에, 늘 그는 그 모든 일에 특별한 영향이나 우연의 일치가 있다고 여기며, 기이하고 신비스럽게 보곤 했다. 지난겨울만 해도 말인데, 알고 지내던 포코레프라는 대학생이 하리코프로 떠나면서, 그와 이야기를 나누다 혹시 전당 잡힐 일이 있으면 찾아가보라고 노파 알료나 이바노브나의 주소를 알려주었다. 과외 수업도 있고 그럭저럭 겨우 살 만은 해서 한동안은 노파에게 갈 일이 없었다. 한 달 반쯤 전 그는 그 주소를 떠올렸다. 전당을 잡힐 만한 물건이 두 개 있었다. 아버지의 오래된 은시계와 동생이 헤어질 때 기념으로 선물해준, 뭔지 모를 붉은 보석이 세 개 박힌 작은 금반지였다. 그는 반지를 가져가기로 결정했다. 노파를 찾아갔을 때 아직 그 여자에 대해 딱히 아는 것이 없었는데도 첫눈에 견딜 수 없는 혐오감을 느꼈고, 노파에게 '지폐' 두 장을 받아들고 돌아오는 길에 형편없는 선술집에 들렀다. 그는 차를 주문하고 앉아 깊은 생각에 잠겼다. 병아리가 알을 쪼듯 이상한 생각이 그의 머릿속에 자꾸 떠올라 그를 온통, 온통 사로잡았다.

그와 거의 나란히 놓인 다른 탁자에 그가 전혀 알지도, 기억하지도 못하는 대학생 하나와 젊은 장교가 앉아 있었다. 그들은 당구를 치고 나서 차를 마시기 시작한 참이었다. 학생이 장교에게 고리대금업자이자 14등문관의 과부인 알료나 이바노브나 얘기를 하며 그 집 주소를 알려주는 것이 문득 귀에 들어왔다. 이것 하나만으로도 라스콜니코프에게는 이미 어쩐지 이상하게 여겨졌다. 방금 거기서 오는 길인데 여기서 바로 노파에 대해 듣다니. 물론 우연이었지만, 몹시도 특이한 노파의 인상에서 헤어나지 못하는 바로 지금, 마치 누가 거들기라도 하듯 갑자기 대학생이 친구에게 알료나 이바노브나에 대해 여러 이야기를 자세히 들려주기 시작한 것이다.

"명성이 자자해." 그가 말했다. "노파에게서는 언제든 돈을 얻을 수 있대. 유대인처럼 부자라 5천 루블도 당장 내줄 수 있으면서 1루블짜리 담보도 마다하지 않는다더군. 우리 쪽 사람들이 노파에게 많이 갔었어. 정말 지독한 인사야……"

그러고 나서 그는 그녀가 얼마나 심술궂고 변덕스러운지, 기한을 하루만 넘겨도 담보물을 자기 걸로 만들어버린다는 이야기를 하기 시작했다. 물건값의 4분의 1도 안 쳐주면서, 이자는 한 달에 5부에서 심지어 7부까지 받는다는 등. 대학생은 수다스럽게 지껄여대며, 그 외에도 이 노파에게 리자베타라는 동생이 있는데 그렇게 작고 추한 노파가 키가 최소한 8베르쇼크*는 되는 리자베타를 걸핏하면 때리고 어린애 다루듯 하면서 완전히 종처럼 부려먹는다고 알려줬다……

"정말이지 볼만한 광경 아니겠어!" 대학생은 이렇게 외치고 껄껄거렸다.

그들은 리자베타 이야기를 하기 시작했다. 대학생은 유달리 만족스러운 얼굴로 시종일관 히죽거리며 그녀 이야기를 했고, 장교는 바짝 구미가 당기는지 귀를 기울이더니 옷 수선을 맡기게 리자베타를 자기에게 보내달라고 대학생에게 부탁했다. 라스콜니코프는 한 마디도 놓치지 않았고, 단번에 모든 것을 알게 되었다. 리자베타는 노파의 (어머니가 다른) 이복동생이고, 벌써 서른다섯 살이었다. 그녀는 언니를 위해 밤낮으로 일하고, 집에서 요리와 세탁을 도맡을 뿐만 아니라, 삯바느질을 하고, 심지어 마루를 닦아 품삯을 벌어서는, 돈을 죄다 언니에게 갖다바쳤다. 노파의 허락 없이 자기를 위해서는 어떤 주문이나 일거리도 감히 맡지 못했다. 노파는 이미 유언장을 작성해놓았는데, 거기에 따르면 자신은 의자 같은 동산動産을 제외하면 땡전 한푼 받을 수 없다는 것을 리자베타도 알고 있었다. 돈은 전부 노파가 죽은 후 쭉 추도를 맡아

---

* 약 178센티미터.

줄 N현의 한 수도원에 가게끔 되어 있었다. 리자베타는 관직이 없는 소시민 출신이었고, 미혼이고, 지지리도 못생기고 눈에 띄게 키가 큰데다, 밖으로 휜 듯한 긴 다리에 항상 뒤축이 해진 염소가죽 반장화를 신고 다녔지만, 깔끔했다. 대학생이 놀라워하며 웃음을 터뜨린 제일 큰 이유는 리자베타가 걸핏하면 임신을 한다는 것이었다……

"하지만 추녀라면서?" 장교가 지적했다.

"그렇지, 얼굴도 거무튀튀한 것이 꼭 변장한 군인 같아, 하지만 절대 추녀는 아니야. 얼굴과 눈이 아주 착하게 생겼지. 그것도 무척이나. 많은 사람들이 좋아한다는 게 그 증거야. 아주 조용하고 온순하고 말 대답도 안 하고 다 받아주는, 뭐든 다 받아주는 여자야. 게다가 웃는 게 아주 예쁘다네."

"보아하니 너도 그 여자가 마음에 드나보지?" 장교가 웃음을 터뜨렸다.

"신기해서 그러지. 아니, 내가 말하고 싶은 건 이거야. 그 몹쓸 할망구를 죽이고 물건을 강탈한대도 장담컨대 난 어떤 양심의 가책도 받지 않을 거야." 대학생이 열을 내며 덧붙였다.

장교는 다시 껄껄 웃었고, 라스콜니코프는 전율했다. 이건 정말 이상하지 않은가!

"한번 진지하게 물어보자." 대학생이 열을 올렸다. "물론 방금 내가 한 말은 농담이야, 하지만 봐봐. 한쪽에는 멍청하고, 아무 의미 없고, 하찮고, 심술궂고, 병든 노파가 있어, 아무에게도 쓸모없을뿐더러 오히려 모두에게 해를 끼치고, 왜 사는지 스스로도 모르는데다 내일이면 저절로 죽어버릴 수도 있어. 알겠어? 알겠냐고?"

"뭐, 알겠어." 열을 내는 동료를 빤히 쳐다보며 장교가 대답했다.

"더 들어봐. 또다른 한쪽에는 젊고 싱싱한 사람들이 도움을 받지 못해 헛되이 망가지고 있어, 이런 사람들이 수천은 된다고, 도처에 널렸지! 수도원으로 가게 될 노파의 돈으로 도모하고 개선할 수 있는 좋은 일이나 사업이 백 개, 천 개는 돼! 수백 수천의 존재가 자기 길을 찾게 되지. 수십 개의 가정이 극빈과 붕괴와 파멸과 타락과 성병진료소에서 구원될 수 있어. 이 모든 게 그 할멈 돈으로 가능하다고. 노파를 죽이고 돈을 취한 다음, 그 돈의 도움으로 온 인류와 공공을 위한 일에 봉사하면서 헌신하는 거야. 네 생각은 어때, 하나의 작은 범죄가 수천 가지 선행으로 씻길 수는 없을까? 하나의 목숨으로 수천의 생명이 부패와 붕괴에서 구원되는 거야. 하나의 죽음과 백 개의 생명을 맞바꾸는 것, 이게 진짜 산술 아니겠어! 그래, 그런 멍청하고 심술궂은 폐병쟁이 할망구의 목숨이 전체 무게를 놓고 볼 때 무슨 의미가 있겠냐고? 머릿니나 바퀴벌레의 목숨보다 나을 게 없어, 그래, 그것보다도 못하지, 왜냐면 노파는 해를 끼치니까. 노파는 다른 생명을 갉아먹어. 얼마 전에도 심술을 부리면서 리자베타의 손가락을 깨물었다는군. 거의 잘릴 뻔했다지!"

"물론 노파는 살 가치가 없어." 장교는 지적했다. "하지만 자연의 섭리라는 게 원래 그런 거야."

"어휴, 친구, 그 자연의 섭리라는 걸 바로잡고 조정해줘야지, 그러지 않으면 분명 편견에 풍덩 빠질 거야. 그렇게 하지 않았다면 단 한 명의 위인도 없었을걸. '의무와 양심'을 이야기들 하지, 난 의무와 양심에 반대할 생각은 전혀 없어. 하지만 도대체 우리가 그것들을 어떻게 이해하면 되지? 잠깐만, 하나만 더 물어보자. 들어봐!"

"아니, 너나 잠깐 있어봐. 내가 하나 물어보자. 들어봐!"

"해봐!"

"지금 넌 일장연설을 하고 있는데, 그럼 말해봐. 네가 직접 노파를 죽이겠다는 거야, 아니야?"

"물론 아니지! 난 정의를 위해서…… 그게 내 문제라는 게 아니라……"

"내 생각에는 만약 너 스스로 결심하지 못한다면 거기엔 어떤 정의도 없는 거야! 당구나 한 판 더 하자고!"

라스콜니코프는 극도로 흥분했다. 물론 이 모든 것은 아주 일상적이고 흔한 일로, 단지 형식과 주제가 다를 뿐 젊은이들의 그런 대화와 생각을 들은 게 한두 번이 아니었다. 하지만 왜 하필 지금, 그의 머릿속에도 정확히 똑같은 생각이 막 싹트기 시작한 지금, 하필 이런 대화와 생각을 들어야만 했을까? 왜 하필 지금, 그가 노파로부터 자기 생각의 단초를 얻자마자 노파에 대한 대화를 듣게 된 걸까?…… 이 우연의 일치가 그에게 늘 이상하게 여겨지곤 했다. 술집에서의 이 별것 아닌 대화는 이후 사건이 발전하면서 그에게 엄청난 영향을 미쳤다. 정말로 여기엔 어떤 숙명이, 계시가 있는 것만 같았다……

……………………………………………………………………

센나야 광장에서 돌아온 그는 소파에 몸을 던지고 한 시간 내내 미동도 없이 앉아 있었다. 그러는 사이 어두워졌다. 양초도 없었지만 켜야겠다는 생각도 떠오르지 않았다. 자신이 그때 뭔가 생각하기나 했는지도 전혀 기억해낼 수 없었다. 이윽고 얼마 전 같은 오한과 한기가 느꺼지자 그는 소파에 누울 수도 있겠다는 생각에 기뻤다. 이내 납덩이처럼 깊은 잠이 그를 누르듯이 덮쳤다.

여느 때와 달리 오래도록, 꿈도 없이 잠을 잤다. 이튿날 아침 열시, 나스타시야가 방에 들어와 간신히 그를 흔들어 깨웠다. 차와 빵을 가져온 것이다. 역시 여러 번 우려내 멀건 차였고, 역시 그녀 소유의 찻주전자에 담겨 있었다.

"아이고, 여태 자네!" 그녀는 화를 내며 소리를 질렀다. "만날 자기만 하고!"

그는 힘겹게 몸을 일으켰다. 머리가 아팠다. 두 발로 일어서려고 좁은 방에서 몸을 돌려보았지만, 다시 소파에 쓰러지고 말았다.

"또 자려고!" 나스타시야가 외쳤다. "뭐예요, 아픈 거예요?"

그는 아무 대답도 하지 않았다.

"차 마실래요?"

"나중에." 그는 다시 눈을 감고 벽 쪽으로 돌아누우며 힘겹게 말했다. 나스타시야는 잠시 그를 내려다보며 서 있었다.

"정말 아픈가보네." 그녀는 이렇게 말하고 몸을 돌려 밖으로 나갔다.

나스타시야는 두시에 수프를 들고 다시 들어왔다. 그는 아까처럼 누워 있었다. 차는 건드리지도 않은 채였다. 나스타시야는 기분이 상해서 심술궂게 그를 찔러대기 시작했다.

"왜 이렇게 잠만 잘까!" 그녀는 보기 싫다는 듯 그를 쳐다보며 소리쳤다. 그는 몸을 조금 일으켜 앉았지만, 아무 말도 하지 않고 바닥만 쳐다보았다.

"아픈 거 아니에요?" 나스타시야가 물었지만 이번에도 대답을 얻지 못했다.

"밖에라도 나가보든가." 잠깐 입을 다물었다가 그녀가 말했다. "바람이라도 쐬라고요. 먹긴 할 거예요?"

"나중에." 그는 기운 없이 말하고는 "나가봐!" 하며 손을 내저었다.

그녀는 조금 더 서서 딱하다는 듯 그를 바라보다가 나가버렸다.

몇 분 후 그는 눈을 들어 차와 수프를 오래도록 바라보았다. 그러다가 빵을 들고 숟가락을 쥐고는 먹기 시작했다.

식욕이 없어 서너 숟가락 정도를 기계적으로 떴을 뿐 많이 먹지는 못했다. 머리가 아픈 건 덜했다. 식사를 하고 다시 소파에 몸을 뉘었지만 이미 잠은 다 달아나 얼굴을 베개에 묻고 꼼짝없이 엎드려 있었다. 온갖 헛것이 보였고, 모든 게 아주 이상했다. 무엇보다 자주 보인 것은 아프리카나 이집트 어딘가 오아시스에 있는 자신의 모습이었다. 카라반이 휴식을 취하고, 낙타들이 얌전히 누워 있다. 주위에는 종려나무가 빙 둘러 자라고 있다. 모두 밥을 먹는다. 그는 옆에서 졸졸 흐르는 샘물에 바로 입을 대고 한껏 물을 들이켠다. 무척 시원하고 도저히 믿을 수 없을 정도로 파랗고 차가운 물이, 알록달록한 색깔의 돌과 금빛으로 반짝이는 아주 깨끗한 모래를 따라 흐른다…… 갑자기 시계 종 치는 소리가 선명히 들렸다. 그는 몸을 부르르 떨며 정신을 차리고는 고개를 들어올려 창문을 내다보며 시간을 가늠하다가, 완전히 제정신으로 돌아와 누가 소파에서 떼어내기라도 한 듯 갑자기 벌떡 일어났다. 그는 발끝으로 살금살금 걸어 문으로 다가간 다음, 문을 살짝 열고 계단 아래로 귀를 기울이기 시작했다. 심장이 무서울 정도로 뛰었다. 하지만 계단은 아주 조용했고, 모두 자는 듯했다…… 여태 아무것도 안 하고,

아무것도 준비해두지 않고도, 어제부터 그렇게 까맣게 잊고 잘 수 있었다는 게 이상하고 놀랍게 느껴졌다…… 그러는 동안 시계가 여섯시를 친 모양이다…… 잠이 덜 깨어 멍하니 있다가 그는 갑자기 몹시 조급해져 어찌할 바를 모르며 안달하게 되었다. 하지만 준비할 게 많진 않았다. 그는 모든 것을 고려해서 무엇 하나 잊지 않으려 온 힘을 집중했다. 심장은 여전히 뛰었고, 숨쉬기 힘들 정도로 요동쳤다. 일단 고리를 만들어 외투에 꿰매두어야 했다. 잠깐이면 될 일이다. 그는 베개 아래로 손을 넣어, 거기 쑤셔박힌 옷가지 사이에서 완전히 낡아 너덜너덜해진데다 빨지도 않은 셔츠 하나를 찾아냈다. 그 넝마에서 폭 1베르쇼크, 길이 8베르쇼크 정도를 끈 모양으로 뜯어냈다. 이 끈을 둘로 접은 다음, 두툼한 목면으로 된 헐렁하고 뻣뻣한 여름 외투(그의 유일한 겉옷이었다)를 벗어서 끈의 양끝을 외투의 왼쪽 겨드랑이 아랫부분 안감에 대고 꿰매기 시작했다. 바느질을 하는 손이 부들부들 떨렸지만 잘 이겨낸 덕에 다시 외투를 입었을 때는 겉에서 아무것도 보이지 않았다. 바늘과 실은 이미 오래전에 준비해 종이에 싸서 탁자에 놓아두었다. 고리로 말하자면 그가 직접 고안해낸 아주 교묘한 방법이었다. 도끼를 위해 만든 것이다. 도끼를 손에 들고 길거리를 다닐 수는 없었다. 외투 아래 감춘다 한들 여전히 한 손으로 쥐고 있어야 하니 눈에 띌 수도 있었다. 반면 이제 고리를 달았으니 도끼날을 거기 걸어두기만 하면 길을 가는 내내 안쪽 겨드랑이 아래 차분히 매달려 있을 것이다. 한 손을 외투 옆주머니에 넣으면 도끼가 흔들거리지 않게 도낏자루 끝을 잡을 수도 있었다. 외투가 그야말로 부대자루처럼 아주 헐렁했기 때문에, 주머니에 손을 넣어 뭔가 쥐고 있어도 겉으로는 표가 나지 않을 것이다. 이 고리도 벌써 이 주 전에 고안해낸 것이었다.

이 일을 끝낸 후 그는 '터키식' 소파와 마루 사이에 난 작은 틈으로 손가락을 집어넣고 왼쪽 구석 부근을 더듬어 이미 오래전에 준비해 거기 숨겨둔 전당품을 끄집어냈다. 하지만 사실 그건 전당품이 아니라, 크기와 두께가 딱 은색 담뱃갑 정도 되는, 매끈하게 대패질된 그냥 나무판이었다. 어느 날 산책을 하다 어느 작업장의 곁채 마당에서 우연히 이 판을 발견했다. 나중에 이 판에 아마도 뭔가의 파편인 듯한 평평하고 얇은 철판을 덧댔는데, 그것 역시 같은 날 길에서 발견한 것이다. 철판이 나무판보다 작기는 했지만, 판 두 개를 겹친 다음 실을 가지고 두 개를 함께 열십자로 단단히 묶었다. 그러고 나서 깨끗한 흰 종이로 단정하고 모양새 나게 감싸, 가는 끈으로 다시 한번 열십자로 묶고, 풀기 어렵게 단단히 매듭을 지었다. 노파가 매듭에 매달리기 시작하면 잠시 그런 식으로 노파의 주의를 돌려 시간을 벌기 위해서였다. 철판을 덧댄 것은 무게 때문이었는데, 이 '물건'이 나무라는 걸 노파가 바로 알아차리지 못하게 하기 위해서였다. 이 모든 것을 때가 될 때까지 방 소파 아래에 보관해왔다. 그가 전당품을 집어든 순간, 갑자기 바깥 어딘가에서 누군가 외치는 소리가 울렸다.

"여섯시가 지난 지 한참 됐는걸!"

"한참이라고! 맙소사!"

그는 문으로 달려가 귀를 기울였다가 모자를 움켜쥐고는 열세 개의 계단을 고양이처럼 살그머니 소리내지 않고 내려가기 시작했다. 가장 중요한 일을 할 차례였다. 부엌에서 도끼를 훔치는 것 말이다. 이 일은 도끼로 해치워야 한다고 이미 오래전에 결정해놓았다. 그에게는 정원용

접이식 칼이 있긴 했다. 하지만 칼을, 그리고 특히 자신의 힘을 믿지 못했기에 결국 도끼로 낙착됐다. 말이 난 김에 이 일에서 그가 이미 최종적으로 결정을 내린 모든 일과 관련해 한 가지 특이한 점을 지적해두자. 그 결정들에는 한 가지 이상한 특성이 있었다. 결정이 최종적인 것이 되면 될수록 그 즉시 그의 눈에는 점점 더 추하고 어리석게 여겨졌다는 것이다. 온갖 고통스러운 내면의 싸움에도 불구하고, 그 과정 내내 그는 결코 단 한 순간도 자기 계획을 실현할 수 있으리라 믿지 못했다.

이미 모든 것을, 마지막 하나까지 파고들어 최종적으로 결정해 더이상 어떤 의심도 남지 않을 때가 언젠가 온다 한들, 아마 그때도 그는 어리석음이나 기괴함, 불가능함을 이유로 모든 것을 포기할 수 있었을 것이다. 하지만 해결되지 못한 것들, 미심쩍은 것들은 아직 끝도 없이 남아 있었다. 어디서 도끼를 구할지에 관해서라면, 그보다 더 쉬운 일은 없었기에 그런 사소한 것쯤이야 조금도 걱정되지 않았다. 나스타시야는, 특히 저녁 무렵에, 걸핏하면 집을 비웠다. 항상 문을 활짝 열어두고 이웃집이나 가게에 달려가곤 했다. 그것 때문에 집주인과 다투기도 했다. 그러니까 때가 되면 조용히 부엌에 들어가서 도끼를 들고 나왔다가, 한 시간 후(모든 것이 다 끝났을 때) 들어가 도로 놓아두기만 하면 되었다. 하지만 그가 한 시간 후 돌아온다 쳐도, 도끼를 다시 놓아두려는데 마침 나스타시야가 돌아와 거기 있으면 어쩌나 하는 의문은 생겼다. 그럴 경우엔 물론 부엌을 그냥 지나친 다음 그녀가 다시 나갈 때까지 기다려야 한다. 하지만 그러는 동안 도끼가 없어진 걸 눈치채고 찾기 시작하다 큰 소리로 외치기라도 하면, 그럼 의심받거나 최소한 의심받을 가능성이 생긴다.

하지만 이건 그가 생각해보려고도 하지 않았고, 그럴 겨를도 없었던 사소한 것에 불과했다. 그는 중요한 것에 대해서만 생각했고, 사소한 것들은 스스로 모든 점에서 확신이 들 때까지 미뤄두었다. 그러나 스스로 확신이 드는 일은 절대 일어나지 않을 것 같았다. 최소한 그 자신에겐 그렇게 여겨졌다. 예를 들어 언젠가는 생각을 끝내고 일어나 그냥 그리로 가게 되리라고는 도저히 상상할 수 없었다…… 심지어 얼마 전에 해본 시험(즉, 장소를 최종적으로 봐두려고 방문한 것)조차도 단지 시험해본 것일 뿐, 결코 진심은 아니었으며, '자, 가서 몽상을 시험이나 해보자!'라는 식에 지나지 않았고, 그러고도 이내 참지 못했고 스스로에게 미칠 듯 화가 나 침을 뱉고 도망쳤던 것이다. 하지만 사실 문제의 도덕적인 해결이라는 의미에서라면 모든 분석을 이미 끝낸 것이나 마찬가지였다. 마치 면도하듯 빈틈없이 궤변을 갈고닦아, 이미 자기 내부에서는 의식적인 반론을 찾을 수 없었다. 그런데도 마지막 순간에는 자신을 전혀 믿지 못했고, 마치 누군가 그 일을 하라고 강요하고 부추기기라도 한 양 고집스럽고 맹목적으로 반론의 근거를 사방에서 더듬어 찾곤 했다. 반면 예기치 않게 닥쳐와 모든 것을 단숨에 결정해버린 마지막날의 경우는 거의 완전히 기계적으로 그에게 작용했다. 마치 누군가가 물리칠 수 없이 맹목적이며 반박할 수 없는 초자연적 힘으로 그의 팔을 잡아 자기 쪽으로 끌어당기는 듯했다. 옷자락이 기계 바퀴에 끼어 그도 함께 그 속으로 빨려들어가는 형국이었다.

이미 오래전이지만, 처음에는 한 가지 의문이 그를 사로잡았다. 왜 거의 모든 범죄가 그렇게 쉽게 발각되고 드러나며, 왜 거의 모든 범죄자가 그렇게 선명하게 흔적을 남기는 걸까? 그는 차츰 다양하고 흥미로운 결론에 이르렀는데, 그의 견해에 따르면 가장 중요한 원인은 범죄를 은폐하는 게 물리적으로 불가능해서가 아니라 범죄자 자신에게 문제가 있어서다. 범죄자들은, 게다가 거의 모두가, 범죄를 저지르는 순간, 즉 이성과 신중함이 그 어느 때보다 필요한 그 순간에 오히려 의지나 이성이 감퇴하고, 대신 어린애처럼 놀랄 만큼 경솔해진다. 그의 주장에 따르면, 이 이성의 혼란과 의지력의 감퇴는 질병처럼 인간을 사로잡고서 차츰 발전해가다 범죄를 저지르기 직전 최고조에 달한다. 그런 상태가 개인에 따라서는 범죄를 저지르는 순간에 이어 그 얼마 후까지 유지된다. 그후 모든 질병이 그러하듯 그렇게 지나가버린다. 그렇다면 문제는 이러하다. 병이 범죄를 낳는가, 아니면 범죄 자체가 자신의 특이한 본성 탓에 질병과 흡사한 뭔가를 항상 동반하는 것인가? 그는 자신에게는 이 문제를 풀 능력이 아직 없다고 느꼈다.

그런 결론에 이르자 그는 자기만은 그 일을 하는 동안 그런 병적인 변화가 일어나지 않을 거라고, 생각한 일을 실행하는 내내 이성과 의지가 자신과 분리되지 않고 남아 있을 거라 단언했는데, 이유는 단 한 가지, 자기가 생각해낸 일은 '범죄가 아니기' 때문이다…… 그가 이런 최종적인 결론에 이르게 된 과정 전체는 생략하자. 그렇지 않아도 우리는 지나치게 앞서나갔으니까…… 단지 실제적이고 순수하게 물질적인 차원의 난관들은 그의 머릿속에서 대체로 아주 부차적인 역할을 했을 뿐이라는 점만을 덧붙이고자 한다. '그런 것들은 최대한 의지와 이성을 유지하기만 하면 되고, 그러면 일의 모든 세부 사항을 아주 사소한 것까지 알아야만 할 때, 그런 때가 되면 그런 것들은 다 극복할 수 있을 거다……' 하지만 일은 시작되지도 않았다. 여전히 그는 자신의 최종적인 결정을 거의 믿지 못했고, 그러다 시간이 닥치자 우연인 듯 예기치 못한 방식으로 모든 일이 전혀 다르게 굴러가버렸다.

계단을 미처 다 내려오기도 전에 사소하기 짝이 없는 상황으로 그는 곤경에 처했다. 언제나처럼 활짝 열린 주인집 부엌 옆까지 와서 그는 미리 상황을 살펴보기 위해 조심스럽게 부엌을 곁눈질했다. 나스타시야가 없는 동안 정작 주인여자가 거기 있는 것은 아닐까, 그게 아니더라도 도끼를 가지러 들어갈 때 혹시라도 주인여자가 자기 방에서 내다보지 않게 방문은 잘 닫혀 있을까? 하지만 그 순간 뜻밖에도 나스타시야가 집에, 부엌에 있을 뿐만 아니라, 아직도 일을 하고 있는 것을 발견하고 그는 너무나 놀랐다. 그녀가 바구니에서 빨래를 꺼내 줄에 널고 있었던 것이다! 그를 발견하자 그녀는 빨래를 널다 말고 그를 향해 몸을 돌린 채 그가 지나가는 내내 죽 지켜보았다. 그는 아무것도 보지 못한 듯 외면하며 지나쳤다. 하지만 끝장이다. 도끼가 없는 것이다! 그는 지독하게 충격을 받았다.

'무슨 근거로,' 정문 아래로 내려가며 그는 생각했다. '무슨 근거로 나는 이 시간에 그 여자가 분명 집에 없을 거라고 생각했을까? 왜, 왜, 왜 그렇게 확실하게 단정했을까?' 짓밟히고, 심지어 모욕당한 느낌이었다. 악의에 차서 자신을 비웃고 싶어졌다…… 뭔지 모를 맹렬한 적의가 안에서 들끓었다.

그는 망설이며 정문 아래에 멈춰 섰다. 산책 가는 것처럼 보이려고 거리로 나서고 싶진 않았다. 방으로 돌아가는 건 더더욱 싫었다. '기회를 이렇게 날린 것인가!' 정문 아래, 역시나 활짝 열린 좁고 어두운 수위실 바로 맞은편에 목적을 잃고 서서 그는 중얼거렸다. 갑자기 몸이 부르르 떨렸다. 그에게서 두 발짝 떨어진 수위실 장의자 오른쪽 아래에서 뭔가 번쩍이는 것이 눈에 들어온 것이다…… 그는 주위를 둘러보았다. 아무도 없었다. 그는 발끝으로 수위실에 다가가서는 계단 두 개를 내려가 낮은 목소리로 수위를 불렀다. '역시 그렇군, 방에 없어! 하지만 문이 활짝 열린 걸 보니 어딘가 가까이, 마당에라도 나갔나보군.' 그는 쏜살같이 몸을 던져 도끼(그것은 도끼였다)를, 장의자 아래, 장작 두 개 사이에 놓인 그 물건을 끄집어냈다. 그리고 나가기 전에 도끼를 고리에 고정시키고는 두 손을 주머니에 넣고 수위실에서 나왔다. 아무도 보지 못했다! '이성이 안 되니 악마가 도와주는군!' 묘한 웃음을 지으며 그는 생각했다. 이 우연한 일이 그의 기운을 엄청나게 북돋아주었다.

어떤 의심도 받지 않으려고 그는 서두르지 않고, 조용히, 차분하게 길을 걸었다. 지나가는 사람들을 거의 쳐다보지 않았고, 얼굴조차 절대 마주치지 않으려, 가능한 한 눈에 띄지 않으려 애썼다. 이때 자신의 모자가 생각났다. '맙소사! 그저께부터 돈이 있었는데도 모자를 바꾸지 못했구나!' 마음속에서 욕설이 터져나왔다.

우연히 한 가게 안을 힐끔 들여다봤다가 거기 벽시계가 이미 일곱시 십분을 가리키는 걸 보았다. 서두르기도 해야 했지만, 동시에 돌아서 가야 했다. 다른 쪽으로 빙 둘러가야 한다……

전에 이 모든 일을 상상 속에서 떠올릴 때면, 몹시 무서울 거라 이따금 생각하곤 했다. 하지만 지금은 별로 무섭지 않았다, 아니 조금도 무섭지 않았다. 지금 이 순간 그를 사로잡은 것은 심지어 이 일과 관계없는 생각들이었고, 그것도 잠시뿐이었다. 유수포프 공원을 지나면서는, 높이 솟는 분수를 설치하면 광장 전체의 공기가 상쾌해질 거라는 생각에 완전히 몰두하기도 했다. 만일 여름 공원을 마르소보 광장 전체로 확장해 미하일롭스키 궁전 공원과 연결한다면, 도시에서 가장 유익하고 멋진 곳이 될 거라고 차츰 확신하게 되었다. 갑자기 그는 궁금해졌다. 어째서 모든 대도시 사람들은, 꼭 그래야 하는 것도 아닌데, 하필이면 정원도 분수도 없고 더럽고 악취 나고 온갖 추악한 것이 넘쳐나는, 꼭 그런 데서 살거나 정착하려 할까. 그러자 자기가 센나야 광장을 따라 산책했던 일이 떠올랐고, 그러다 순간 정신이 퍼뜩 들었다. '정말이지 말도 안 되는 생각을 하고 있군,' 그는 생각했다. '아니, 차라리 아무 생각도 안 하는 게 좋겠어!'

'아마 사형장에 끌려가는 사람들도 길에서 마주치는 온갖 것들에 대해 생각하며 이런 식으로 집착하겠지.'* 머릿속에 이런 생각이 어른거렸지만, 번개처럼 스쳐갈 뿐이었다. 스스로 서둘러 이런 생각을 지워버렸다…… 하지만 이미 거의 다 왔다, 저기 건물이 보이고, 정문이다. 갑자기 어디선가 시계 소리가 한 번 울렸다. '뭐야, 정말 일곱시 반이야? 그럴 리 없어, 아마 빨리 가는 시계일 거야!'

다행히 이번에도 정문을 무사히 통과할 수 있었다. 더구나 바로 그 순간 건초를 실은 커다란 짐수레가 그보다 한발 앞서 때마침 정문을 들어서서는 입구를 통과하는 내내 그를 완전히 가려주었고, 수레가 정문에서 마당으로 들어가는 순간 그는 재빨리 오른쪽으로 숨어들었다.

---

* 1849년 도스토옙스키는 비밀모임에서 급진적 비평가 벨린스키의 편지를 낭독했다는 혐의로 사형을 선고받았다. 모임을 주도했던 이의 이름을 따 보통 '페트라솁스키 사건'이라 부른다. 이 경험은 도스토옙스키의 인생과 문학에 커다란 영향을 미쳤으며, 그후 그의 여러 작품에서 사형수의 심리가 상세히 묘사된다.

거기 짐수레 뒤쪽에서 몇 사람이 소리치며 싸우는 소리가 들렸지만, 아무도 그를 보지 못했고, 누구와도 마주치지 않았다. 그 시각 이 커다란 사각형 마당 쪽으로 난 많은 창문이 열려 있었지만, 그는 고개를 들지 않았다. 그럴 힘이 없었다. 노파 집으로 가는 계단은 가까워서, 문에서 오른쪽으로 돌면 바로였다. 그는 이미 계단에 와 있었다……

숨을 고르고 쿵쾅거리는 가슴을 손으로 누르며, 도끼를 더듬어 다시 한번 바로잡은 후, 그는 끊임없이 귀를 기울여가면서 조심조심 조용하게 계단을 오르기 시작했다. 하지만 그 시각 계단은 완전히 텅 비어 있었다. 문도 모두 닫혀 있었다. 아무도 마주치지 않았다. 사실 2층에는 빈 셋집이 하나 있었는데, 문을 활짝 열어젖힌 채 안에서 칠장이들이 일을 하고 있었지만, 그들은 그를 보지 못했다. 그는 서서 잠깐 생각하다가 다시 걸었다. '물론 저 사람들이 여기 아예 없었다면 더 좋았겠지만, 그래도…… 두 층이나 더 위에 있으니까.'

이제 4층, 문이 보이고, 맞은편 집이 보인다. 그 집도 비어 있다. 모든 것으로 미루어 보아 노파네 집 바로 아래 3층 집도 비어 있는 게 틀림없다. 문에 못박아놓은 문패를 뗐다. 이사를 간 것이다!…… 그는 숨이 막혔다. '그냥 가버릴까?' 하는 생각이 순간 머릿속을 스쳐지나갔다. 하지만 스스로에게 답을 주지 않은 채, 노파의 집에 귀를 기울이기 시작했다. 죽은듯이 조용하다. 이어 그는 다시 한번 계단 아래로 귀를 기울여 오랫동안 주의깊게 들었다…… 그러고는 마지막으로 주위를 둘러본 다음 옷매무새를 가다듬고 몸가짐을 바로 하고 나서, 다시 한번 고리에 매달린 도끼를 점검해보았다. '너무…… 창백하진 않을까?' 그런 생각이 들었다. '내가 너무 흥분한 건 아닐까? 노파는 의심이 많은

데…… 마음이 진정될 때까지…… 좀더 기다려야 하나?……'

하지만 심장은 가라앉지 않았다. 오히려 일부러 그러는 양 더 세게, 더 세게, 더 세게 뛰었다…… 그는 참지 못하고 천천히 손을 뻗어 종을 울렸다. 삼십 초 후 다시 더 크게 울렸다.

대답이 없다. 쓸데없이 종을 울릴 필요도 없고, 더군다나 그럴 상황도 아니었다. 물론 노파는 집에 있겠지만, 의심이 많은데다 혼자다. 그는 노파의 습관을 조금은 알고 있었다…… 다시 한번 귀를 문에 바짝 가져다댔다. 감각이 너무 예민해진 건지(보통은 그렇다고 가정하긴 어렵겠지만), 아니면 실제로 소리가 잘 들린 건지, 갑자기 자물쇠 손잡이에 조심스럽게 손이 와닿는 듯한 소리와 옷이 문에 스쳐 사각거리는 듯한 소리를 감지해냈다. 그가 여기 밖에서 그러고 있는 것과 똑같이, 안에서도 누군가가 눈치채지 못하게 자물쇠에 딱 붙어서서 역시 귀를 문에 바싹 대고는 숨죽이며 귀 기울이고 있는 것 같았다……

숨어 있는 것처럼 보이지 않으려고 그는 일부러 몸을 움직이며 큰 소리로 뭐라 중얼거렸다. 그러고는 이번에는 조용하고 단호하게, 전혀 서두르지 않으면서, 세번째로 종을 울렸다. 이 순간은 그에게 영원히 각인되었는데, 나중에 이때가 선명하고 또렷이 떠오를 때마다 이성이 순간적으로 흐려진 듯 몸뚱이가 제자리에 붙어 있는지조차 느낄 수 없었으면서도, 그런 교활함이 어디서 나왔는지 도무지 이해가 되지 않았다…… 잠시 후 빗장 벗기는 소리가 들렸다.

7

그때처럼 빠끔히 문이 열렸고, 다시 한번 매섭고 의심 많은 두 눈이 어둠 속에서 그를 응시했다. 이때 라스콜니코프는 당황해 중대한 실수를 저지를 뻔했다.

노파가 그들 둘밖에 없다는 데 겁을 먹을까 염려되기도 하고, 자기 모습을 보고 의심을 풀 것 같지도 않았기에, 노파가 다시 문을 닫을 생각을 못하도록 문을 잡아 자기 쪽으로 확 끌어당긴 것이다. 이걸 본 노파가 문을 자기 쪽으로 다시 잡아당기지는 않았지만 자물쇠 손잡이를 놓지 않아서, 하마터면 문과 함께 계단 쪽으로 질질 끌려나올 뻔했다. 그가 들어가지 못하게 노파가 문을 가로막고 선 걸 보고, 그는 노파의 정면으로 다가갔다. 노파는 놀라서 펄쩍 뛰어 비켜나며 뭔가 말하려 했지만, 말문이 막혔는지 눈을 휘둥그레 뜨고 그를 바라보았다.

"안녕하세요, 알료나 이바노브나." 그는 가능한 한 허물없이 말하려 했지만, 목소리가 말을 듣지 않아 마구 끊기고 떨렸다. "저…… 물건을 가져왔어요…… 저기…… 환한 곳으로 가는 게 좋겠군요……" 그는 노파를 내버려두고 허락도 없이 곧장 방으로 들어갔다. 노파가 그 뒤를 따라 달려들어왔다. 그녀의 혀가 풀렸다.

"맙소사! 당신 뭐야?…… 대체 누구야? 필요한 게 뭐냐고?"

"아니 이런, 알료나 이바노브나…… 저 아시잖아요…… 라스콜니코프라고…… 여기, 얼마 전에 약속드린 대로 전당품을 가져왔어요……" 그는 노파에게 전당품을 내밀었다.

노파는 전당품을 힐끗 쳐다보았을 뿐, 곧바로 다시 이 불청객의 눈을 똑바로 응시했다. 그녀는 심술궂고 의심에 찬 눈으로 그를 빤히 노려보았다. 일 분 정도가 지났다. 마치 이미 모든 걸 짐작했다는 듯 노파의 눈에서는 비웃음 같은 것마저 느껴졌다. 당황한 나머지 그는 거의 공포까지 느꼈는데, 어찌나 무서웠던지, 노파가 아무 말 없이 삼십 초만 더 그렇게 노려본다면 도망쳐버릴 것 같았다.

"뭘 그렇게 보시죠, 절 잘 못 알아보시겠어요?" 그는 마찬가지로 불쑥 심술궂게 이런 말을 했다. "괜찮다 싶으면 잡아주시고, 아니면 다른 데로 가볼게요, 시간이 없거든요."

이런 말은 생각해보지도 않았는데, 갑자기 말이 덜컥 튀어나왔다.

노파는 퍼뜩 정신을 차렸는데, 손님의 단호한 말투에 용기를 얻은 것 같았다.

"아니, 자네, 뭘 그리 갑자기 그러나…… 뭘 가지고 왔는데?" 전당품을 바라보며 노파가 물었다.

"은으로 된 담뱃갑이에요. 저번에 말씀드렸잖아요."

노파는 손을 내밀었다.

"그런데 자네, 안색은 왜 그리 창백한가? 이런, 손까지 덜덜 떨고! 목욕이라도 한 것 같구먼?"

"오한이 나서요." 그가 띄엄띄엄 대답했다. "창백하지 않을 도리가 있나요…… 먹을 게 없는데." 간신히 소리를 내어 덧붙였다. 기운이 다시 빠져나갔다. 하지만 대답이 그럴듯했나보다. 노파가 전당품을 받았다.

"그래, 뭔데?" 라스콜니코프를 다시 한번 뚫어지게 바라보고 전당품의 무게를 손으로 가늠하며 노파가 물었다.

"물건은…… 담뱃갑이에요…… 은으로 된 거죠…… 한번 보세요."

"거 뭐, 은으로 된 거 같지도 않구먼…… 이런, 꽁꽁 싼 것 좀 보게."

노파는 매듭을 풀려고 애쓰면서, 환한 창문 쪽(후덥지근한데도 방의 창문은 모두 닫혀 있었다)으로 몸을 돌리고 등을 보인 채 몇 분간 그를 완전히 내버려두었다. 그는 외투 단추를 풀고 고리에서 도끼를 벗겨냈지만, 아직 완전히 꺼내지는 않고 옷 밑으로 오른손에 꽉 쥐고만 있었다. 팔에는 지독하게 힘이 없었다. 시간이 갈수록 팔이 점점 더 마비되어 무감각해지는 것처럼 느껴졌다. 도끼를 놓쳐 떨어뜨릴까 두려웠다…… 갑자기 머리가 빙빙 도는 것 같았다.

"뭘 이렇게 꽁꽁 쌌을까!" 노파가 짜증을 내며 소리를 지르고는 그를 향해 몸을 움직였다.

더이상 한순간도 흘려보낼 수 없었다. 그는 도끼를 완전히 꺼내 양손으로 치켜들고, 거의 정신을 놓은 듯, 거의 힘도 들이지 않고, 거의 기계적으로 노파의 머리를 도끼뿔로 내리쳤다. 그럴만한 힘이 없을 줄 알았다. 하지만 일단 도끼를 내리치자 힘이 생겼다.

노파는 늘 그렇듯이 머리에 아무것도 쓰고 있지 않았다. 백발이 섞인 밝은색의 성긴 머리카락을 늘상 하듯 기름을 덕지덕지 발라 쥐꼬리같이 땋아내린 다음 뿔로 만든 빗조각으로 뒷덜미에 불룩하게 여며놓았다. 작은 키 덕분에 도끼는 정수리 한가운데를 쳤다. 그녀는 비명을 질렀지만 소리는 몹시 약했고, 바닥에 털썩 주저앉긴 했어도 아직 두 손을 머리로 들어올릴 수는 있었다. 한 손으로는 여전히 '전당품'을 쥐고 있었다. 그는 온 힘을 다해 한 번, 그리고 또 한 번 역시 도끼뿔로, 역시 정수리를 내리쳤다. 컵이 엎어진 것처럼 피가 콸콸 쏟아져나왔고, 몸뚱이는 뒤로 발랑 나자빠졌다. 그는 노파가 쓰러지도록 잠깐 뒤로 물러났다가 곧바로 그녀의 얼굴 위로 몸을 숙였다. 노파는 이미 죽어 있었다. 튀어나올 듯 부릅뜬 두 눈에, 이마와 얼굴은 경련으로 온통 주름진 채 일그러져 있었다.

그는 도끼를 죽은 노파 옆, 바닥에 내려놓고, 흐르는 피가 묻지 않도록 애쓰면서 곧장 노파 주머니에 손을 집어넣었다. 지난번에 노파가 열쇠를 꺼낸 바로 그 오른쪽 주머니였다. 그는 완전히 이성을 되찾았고, 이제는 머리가 흐리거나 어지럽지도 않았지만, 그래도 여전히 손은 떨리고 있었다. 나중에 그는 자신이 아주 신중하고 조심스러웠고, 피로 더러워지지 않으려 줄곧 애썼다는 것을 떠올렸다…… 곧바로 열쇠를 꺼냈다. 그때처럼 모든 열쇠가 한 줄에 꿰여, 쇠고리 하나에 걸려 있었다. 그걸 들고 그는 곧장 침실로 달려갔다. 커다란 성상갑聖像匣이 놓인 아주 작은 방이었다. 다른 쪽 벽에는 커다랗고 아주 깨끗한 침대가 있고 비단조각을 덧대어 만든 솜이불이 덮여 있었다. 또다른 쪽 벽에는 서랍장이 서 있었다. 이상한 일이다. 열쇠를 서랍장에 맞춰보느라 열쇠가 달그락거리는 소리를 듣자마자, 경련이 온몸을 스쳐지나가는 듯했다. 문득 모든 것을 던져버리고 다시 도망치고 싶어졌다. 하지만 그건 한순간에 불과했다. 도망치기에는 늦었다. 그는 자신을 비웃기까지 했지만, 갑자기 또다른 불안한 생각이 머리를 때렸다. 어쩌면 노파가 아직 살아 있어 다시 정신을 차릴지도 모른다는 생각이 문득 든 것이다. 그는 열쇠와 서랍장을 내버려두고 시체가 있는 곳으로 도로 달려가, 도끼를 움켜쥐고 다시 한번 노파 위로 번쩍 치켜들었지만 내려치지는 않았다. 노파가 죽었다는 것은 의심의 여지가 없었다. 몸을 굽혀 한 번 더 가까이에서 살펴보자, 노파의 두개골이 쪼개져 옆으로 살짝 돌아간 것까지 똑똑히 보였다. 그는 손가락으로 만져보려다가 움찔하며 손을 뺐다. 그러지 않아도 확실했다. 정수리에서 피가 흘러 웅덩이처럼 이미 흥건하게 고였다. 문득 노파의 목에 끈이 보여 잡아당겼으나, 끈은 질겨서 끊어지지 않았다. 더구나 피에 젖어 있었다. 잡아당겨 노파의 품에서 빼보려 했지만, 뭔가에 걸려 빠지지 않았다. 조바심이 난 그는 시체 위에 걸린 채로 끈을 잘라내려고 다시 도끼를 휘두르려다가 차마 그러지 못하고, 손과 도끼를 더럽혀가며 어렵사리 이 분쯤 성가신 작업을 한 끝에, 시체에 도끼를 대지 않고 끈을 잘라 벗겨냈다. 그의 생각이 맞았다. 지갑이었다. 끈에는 삼나무 십자가와 청동 십자가 두 개에다, 에나멜을 칠한 작은 성상이 걸려 있었다. 또 철 테두리에 고리가 달린, 기름때에 찌든 작은 양피지갑이 함께 매달려 있었다. 지갑은 아주 불룩했다. 라스콜니코프는 지갑을 살펴보지도 않고 주머니에 쑤셔넣고서 십자가들은 노파 가슴에 던져버린 후, 이번에는 도끼도 챙겨 다시 침실로 서둘러 돌아갔다.

그는 지독하게 서두르며 열쇠뭉치를 움켜쥐고는 다시 거기에 매달리기 시작했다. 하지만 왠지 계속 어긋났다. 열쇠들이 자물쇠에 맞지 않았다. 그 정도로 손이 떨린 건 아니었는데도 계속 실수를 했다. 가령 그 열쇠가 아니라 안 맞는 걸 알면서도 계속 찔러댄다든가. 갑자기 어떤 기억이 떠올랐고, 여기 다른 작은 열쇠들과 함께 매달려 달랑거리는, 톱니 같은 날이 달린 이 큰 열쇠는 필시 서랍장 열쇠가 아니라 (전에도 그런 생각이 들었는데) 어떤 궤짝의 열쇠고, 아마도 그 궤짝 안에 모든 걸 숨겨놓았을 거란 생각이 들었다. 보통 노파들은 침대 아래에 궤짝을 넣어둔다는 걸 알기에, 그는 서랍장을 내버려두고 곧장 침대 밑으로 기어들어갔다. 역시 그랬다. 불룩한 뚜껑에 붉은 염소가죽을 씌우고 그 주위에 작은 쇠못을 촘촘히 박은, 길이가 1아르신을 넘는 상당히 큰 궤짝이 놓여 있었다. 톱니 모양 열쇠는 딱 맞았고, 그는 궤짝을 열었다. 맨 위 하얀 시트 아래 붉은 안감을 씌운 토끼털 외투가 놓여 있었다. 그 밑에는 비단옷이, 그다음에는 숄이 있었고, 더 깊숙한 곳에는 온갖 넝마조각뿐인 것 같았다. 처음에 그는 피로 더럽혀진 손을 붉은 안감에 닦으려 했다. '붉은색이니까, 그래, 붉은 천에 묻은 피는 눈에 덜 띄겠지'라고 생각했다가, 갑자기 정신이 번쩍 들었다. 너무 놀라서 '맙소사! 내가 미쳐가고 있는 건 아닐까?' 하는 생각이 들었다.

하지만 그 넝마들을 살짝 치우자, 외투 아래서 금시계가 불쑥 튀어나왔다. 그는 달려들어 몽땅 헤집어보았다. 정말로 넝마 사이에 팔찌, 목걸이, 귀고리, 장식핀 등 금으로 된 물건들이 뒤섞여 있었다. 아마 모두 기한을 넘겨 노파가 되샀거나, 아직 찾아가지 않은 전당품일 것이다. 어떤 것은 상자에 담아놓았고, 어떤 것은 그냥 신문지에 싸놓았지만 깔끔하고 세심하게 두 겹으로 싸 끈으로 둘레를 묶어놓았다. 그는 조금도 머뭇거리지 않고, 뭔지 확인해보지도, 꾸러미나 상자를 열어보지도 않은 채, 물건들을 닥치는 대로 바지와 외투 주머니에 쑤셔넣기 시작했다. 하지만 많이 넣을 수는 없었다……

갑자기 노파가 있는 방에서 발걸음소리가 들렸다. 그는 움직임을 멈추고 죽은듯이 숨을 죽였다. 하지만 사방은 조용했다, 아마도 잘못 들은 모양이다. 그런데 갑자기 희미한 비명소리 혹은 누군가 나지막하니 띄엄띄엄 신음을 하다 입을 다문 것 같은 소리가 분명히 들렸다. 그리고 다시 일이 분가량 죽은듯이 조용하다. 그는 궤짝 옆에 웅크리고 앉아 간신히 숨을 고르며 기다리다가, 갑자기 벌떡 일어나 도끼를 움켜쥐고 침실에서 달려나갔다.

리자베타가 커다란 보퉁이를 손에 들고 방 한가운데 서서, 백지장처럼 온통 하얗게 질린 채 비명 지를 힘도 없는 듯 망연자실해서는 살해당한 언니를 바라보고 있었다. 달려나온 그를 발견하고 그녀는 사시나무처럼 가늘게 떨기 시작했고, 얼굴 전체에는 경련이 일었다. 손을 조금 들어올리고 입을 벌리려 했지만 비명은 지르지 못했고, 뚫어질 듯 정면으로 그를 응시하며, 그러나 비명을 지르기에는 숨이 모자란 듯 끝내 소리치지는 못한 채 그를 피해 구석으로 천천히 뒷걸음치기 시작했다. 그는 도끼를 들고 그녀에게 달려들었다. 마치 아주 어린 아이가 뭔가에 놀라 자신을 겁주는 대상을 뚫어져라 쳐다보다 막 비명을 지르려 할 때처럼, 그녀의 입술이 애처롭게 일그러졌다. 게다가 이 불쌍한 리자베타는 어수룩한데다 지금까지 학대를 받아 늘 겁에 질려 있었기에, 도끼가 바로 자기 얼굴 위로 들린 이 순간에도, 얼굴을 보호하기 위해 손을 들어올리는, 너무나 당연하고 자연스러운 동작조차 취하지 못했다. 단지 아무것도 들지 않은 왼쪽 팔을 얼굴에 전혀 닿지 않을 정도로만 살짝 들어올려서, 그를 밀치려는 듯 그가 있는 앞쪽으로 천천히 뻗었을 뿐이다. 도끼날이 두개골을 바로 타격해, 이마 윗부분을 거의 정수리까지 단번에 베어버렸다. 그녀는 그렇게 허물어졌다. 라스콜니코프는 완전히 제정신을 잃고 그녀의 보따리를 움켜쥐었다가 다시 던져버린 다음 현관으로 내달렸다.

공포가 그를 점점 더 사로잡았고, 특히 전혀 예기치 않은 이 두번째 살인 이후로는 더욱 그랬다. 가능한 한 빨리 여기서 도망치고 싶었다.

만일 이 순간 그가 더 정확하게 보고 판단할 수 있었다면, 만일 그가 처한 상황이 얼마나 힘들고 절망적이고 추악하고 어리석은지 가늠할 수만 있었다면, 또 여기서 뛰쳐나가 집에 도착하기 위해 얼마나 더 많은 어려움과 어쩌면 악행까지를 극복하고 해치워야 하는지 이해할 수 있었다면, 분명 그는 모든 것을 포기하고 바로 자수하러 갔을 것이며, 그건 자기 자신에 대한 걱정 때문이 아니라, 순전히 자기가 행한 일에 대한 끔찍함과 혐오감 때문이었을 것이다. 특히 혐오감이 그의 마음속에 들고일어나, 시간이 갈수록 커져갔다. 이제는 하늘이 두 쪽 나도 궤짝 은커녕 방으로 들어가지도 못할 것 같았다.

하지만 그는 생각에 깊이 잠길 때와 유사한 어떤 방심 상태에 조금씩 빠져들기 시작했다. 시간이 지날수록 제정신을 잃어가는 듯, 아니 더 정확히 말하자면 중요한 것은 잊고 사소한 것에 집착하는 듯 보였다. 그는 부엌을 힐끗 쳐다봤다가, 물이 반쯤 차 있는 양동이가 긴 의자에 놓인 걸 발견하고는 손과 도끼를 씻을 수 있겠다고 생각했다. 손이 피로 끈적거렸다. 그는 도끼날을 곧장 물에 담근 다음, 창가의 깨진 잔받침에 놓인 비누 조각을 집어 양동이에 바로 손을 넣고 씻기 시작했다. 손을 씻고는 도끼도 꺼내서 쇠 부분을 닦아내고, 피가 남아 있는지 확인하면서 피투성이가 된 나무 부분을 비누까지 써가며 삼 분 정도 오래도록 닦았다. 그러고는 부엌을 가로지르는 빨랫줄에 널려 있던 마른 빨랫감으로 전부 닦은 다음, 창문 옆에서 도끼를 오랫동안 유심히 살펴보았다. 도낏자루가 아직 축축할 뿐 아무 흔적도 없었다. 그는 도끼를 외투 아래 고리에 꼼꼼히 끼워넣었다. 그러고서 어슴푸레한 부엌에서 빛이 허락하는 만큼 외투와 바지와 장화를 찬찬히 살펴보았다. 겉으로 얼핏 보기에는 아무것도 없는 것 같았다. 단지 장화에 얼룩이 있을 뿐이었다. 그는 걸레를 물에 적셔 장화를 닦았다. 하지만 잘 살피지 못해 자신은 발견하지 못하더라도, 다른 사람 눈에는 확 들어올 뭔가가 있을 수도 있다는 것을 그는 알고 있었다. 망설이며 그는 방 한가운데 서 있었다. 괴롭고 암울한 생각이 마음속에 일었다. 자신이 미쳐버려 이 순간 제대로 판단하거나 스스로를 보호할 능력이 없는데다, 어쩌면 지금 완전히 쓸데없는 짓을 하고 있는지도 모른다는 생각이었다……

"맙소사! 도망가야 해, 도망가야 해!" 그는 중얼거리며 현관으로 몸을 던졌다. 그런데 그곳에는 끔찍한 일이, 당연히 아직 한 번도 경험해보지 못한 그런 일이 그를 기다리고 있었다.

그는 우뚝 서서 바라보면서도 자기 눈을 믿을 수가 없었다. 문이, 현관에서 계단으로 나가는 바깥문이, 그가 조금 전 종을 울리고 들어온 바로 그 문이 열려 있었다, 심지어 한 뼘이나. 자물쇠도, 빗장도 걸리지 않고, 그 일이 벌어지는 내내 계속해서 열려 있었던 것이다! 그를 따라 들어온 후 노파는 아마도 조심하느라 문을 잠그지 않았던 모양이다. 하지만 맙소사! 나중에 리자베타를 보지 않았던가! 그녀가 어디로 들어왔을지 어떻게, 어떻게 알아차리지 못할 수 있단 말인가! 벽을 뚫고 들어왔을 리는 없지 않은가.

그는 문으로 달려들어 빗장을 걸었다.

'아냐, 이것도 아냐! 가야 해, 가야 한다고……'

그는 빗장을 벗기고, 문을 연 다음 계단 쪽으로 귀를 기울이기 시작했다.

오래도록 귀를 기울였다. 아마도 정문 근처인 듯, 어딘가 멀리 아래

쪽에서 누군가 두 사람이 시끄럽고 째지는 목소리로 고함을 치며 말다툼을 하고 욕설을 퍼붓고 있었다. '저자들은 뭐지?……' 그는 참을성 있게 기다렸다. 마침내 마치 잘라낸 듯, 순식간에 사방이 조용해졌다. 헤어진 모양이다. 그는 즉시 나가려 했지만, 갑자기 한 층 아래서 문이 계단 쪽으로 시끄럽게 열리더니 누군가가 어떤 가락을 흥얼거리며 아래로 내려가기 시작했다. '왜들 이렇게 계속 소란을 떠는 거지!' 하는 생각이 머릿속을 스쳐갔다. 그는 다시 등뒤로 문을 살짝 닫고 때를 기다렸다. 마침내 사방이 잠잠해졌고, 사람들도 사라졌다. 그가 이미 계단 쪽으로 한 걸음 막 내디뎠을 때, 갑자기 다시 누군가의 발소리가 새로 들렸다.

그 소리는 아주 멀리, 계단이 처음 시작되는 곳에서 들려왔지만, 소리를 듣자마자 왠지 분명 여기, 4층 노파에게 오는 거라 여겼던 걸 그는 아주 잘 그리고 똑똑히 기억하고 있었다. 왜일까? 소리가 뭔가 그렇게 독특하고 표가 났을까? 발걸음은 육중하고 규칙적이며, 서두르는 기색이 없었다. 벌써 그는 1층을 지나 더 위로 오르고 있었다. 점점 더, 더 잘 들려온다! 방문자의 헐떡이는 숨소리가 들렸다. 벌써 3층으로 올라오기 시작했고…… 이리로 오고 있다! 갑자기 그는 뭔가가 자기를 바싹 쫓아와 죽이려 하는데도 자리에 못박힌 듯 손 하나 까딱할 수 없는 꿈을 꿀 때처럼 온몸이 굳어지는 것을 느꼈다.

이윽고 손님이 이미 4층으로 오르기 시작했을 때야, 비로소 그는 갑자기 온몸을 부르르 떨고는 빠르고 민첩하게 현관에서 집안으로 숨어들어가 등뒤로 문을 닫을 수 있었다. 그러고는 빗장을 잡고 조용히 소리나지 않게 걸쇠에 걸었다. 본능적인 움직임이었다. 모든 일을 마치자 그는 숨도 쉬지 않고 문에 딱 붙어 숨어 있었다. 불청객도 이미 문 앞에 와 있었다. 조금 전에 그가 노파와 그랬듯이, 지금 그들 두 사람은 문을 사이에 두고 서로를 마주보고 서 있었고, 그는 귀를 기울였다.

손님은 여러 차례 힘겹게 숨을 몰아쉬었다. '분명 뚱뚱하고 덩치가 큰 사람이로군.' 도끼를 손에 꼭 쥐고 라스콜니코프는 생각했다. 정말로 이 모든 게 꿈을 꾸는 것 같았다. 손님은 종을 잡고 세게 울렸다.

현관종이 양철소리를 내며 쨍강거리던 바로 그때, 갑자기 방안에서 움직이는 소리가 들리는 것 같았다. 그는 몇 초 동안 열심히 귀를 기울이기까지 했다. 누군지 모를 방문객은 다시 한번 종을 울려댔고, 잠시 기다리는가 싶더니 더는 참지 못하고 갑자기 문손잡이를 있는 힘껏 잡아당기기 시작했다. 라스콜니코프는 걸쇠 위에서 빗장 고리가 위아래로 뛰노는 장면을 공포에 차 바라보았고, 당장이라도 빗장이 벗겨질까, 극심한 두려움 속에 기다렸다. 정말로 그런 일이 일어날 것 같았다. 그만큼 세게 잡아당겼던 것이다. 빗장을 손으로 누르고 있을까 생각도 했지만, 그러면 그 사람이 알아챌 것 같았다. 다시 한번 머리가 빙빙 도는 것처럼 어지러워졌다. '이러다 쓰러지겠군!' 그런 생각이 어렴풋이 들다가, 방문객이 말하기 시작하자 퍼뜩 정신이 들었다.

"대체 안에서 뭣들 하는 거야, 늘어지게 자는 거야, 아니면 누가 목이라도 졸라 죽였나? 마앙하-알 것들!" 그는 통 속에서 울리는 것 같은 목소리로 아우성치기 시작했다…… "어이, 알료나 이바노브나, 마귀할멈! 리자베타 이바노브나, 우리 이쁜이! 문 좀 열라고! 이런, 망할 것들, 자는 거야, 뭐야?"

그러고는 잔뜩 화가 나서 다시 열 번쯤 연달아 있는 힘껏 종을 잡아당겼다. 하는 행동을 보니 분명 이 집 사람들에게 영향력을 가진 가까운 사람인 듯했다.

바로 그 순간 갑자기 계단에서 멀지 않은 곳에서 서두르듯 잰 발걸음 소리가 들렸다. 또 누군가 다가오는 것이다. 라스콜니코프는 처음에는 소리를 듣지도 못했다.

"정말 아무도 없어요?" 다가온 사람은 여전히 종을 잡아당기고 있는 첫번째 방문객을 향해 곧장 낭랑한 목소리로 쾌활하게 외쳤다. "안녕하세요, 코흐 씨!"

'목소리로 봐서 분명 아주 젊은 사람이군.' 라스콜니코프는 문득 이렇게 생각했다.

"알게 뭐야, 하마터면 자물통을 부술 뻔했다니까." 코흐가 대답했다. "근데 댁은 날 어떻게 아쇼?"

"나 참! 그저께 제가 '감브리누스'에서 그쪽한테 당구 세 판을 연달아 땄잖아요!"

"아, 그렇군……"

"근데 이 여자들 없어요? 이상하네, 그럴 리가 없는데. 노파가 갈 데가 있나? 볼일이 있어서 왔는데."

"형씨, 나도 그래!"

"그럼 어쩌죠? 돌아가야 하나. 제길! 돈 좀 얻어볼까 했더니!" 젊은이가 외쳤다.

"물론 돌아가야지, 근데 이럴 거면 약속은 왜 한 거야? 그 할망구가 직접 나한테 시간을 정해줬거든. 헛걸음만 했네. 대체 어딜 어슬렁거리는지, 내 참, 알다가도 모르겠군. 이놈의 마귀할멈은 일 년 내내 다리가 쑤시네 어쩌네 꼼짝도 않고 틀어박혀 앉았더니만 갑자기 콧바람이라도 쐬러 간 거야, 뭐야!"

"수위한테라도 물어볼까요?"

"뭘?"

"어딜 갔는지, 그리고 언제 오는지요."

"흐음…… 제기랄…… 물어보자고…… 하긴 도통 어딜 나다니는 사람이 아니니까……" 그는 다시 한번 자물쇠 손잡이를 잡아당겼다. "제기랄, 할 수 없지, 가지!"

"잠깐만요!" 갑자기 젊은이가 외쳤다. "보세요, 당기면 문이 뒤로 밀리는 거 보이세요?"

"그래서?"

"그건 문을 잠근 게 아니라 빗장으로 고리만 걸어놨다는 얘기잖아요! 빗장이 덜그럭거리는 소리 들리시죠?"

"그런데?"

"어떻게 아직도 이해를 못하시나? 그건 두 사람 중 누구든 집에 있다는 얘기잖아요. 만약 다 나갔다면 밖에서 열쇠로 잠그지 안에서 빗장을 지르진 못할 거 아니에요. 자, 여기, 빗장이 덜그럭거리는 소리 들리시죠? 안에서 빗장을 걸려면 집에 누가 있어야 한다고요, 아시겠어요? 분명 집에 있으면서도 안 열어주는 거라고요."

"아뿔싸! 정말 그렇군!" 코흐가 놀라서 소리를 질렀다. "그럼 안에 있단 말이지!" 그는 격렬하게 문을 잡아당기기 시작했다.

"잠깐만요!" 다시 젊은이가 외쳤다. "당기지 마세요! 이거 뭔가 수상한데요…… 댁이 그렇게 종을 울리고 잡아당기고 했는데도 문을 안 열다니. 그건 둘 다 기절이라도 했거나, 아니면……"

"아니면?"

"이렇게 하죠. 수위를 데리러 갑시다. 수위한테 두 사람을 직접 깨우라고 해요."

"좋은 생각이군!" 두 사람이 아래로 움직였다.

"잠깐만요! 댁은 여기 남아 계세요, 제가 아래로 달려내려가 수위를 데려올게요."

"왜 남으라는 거야?"

"혹시 모르잖아요?……"

"그건 그렇군……"

"전 예심판사가 될 준비를 하고 있어요! 분명해요, 뭔가 잘못된 게 분-명-하다고요!" 젊은이가 흥분해서 외치고는 계단을 따라 아래로 뛰어내려갔다.

코흐가 혼자 남아 다시 한번 가만히 종을 움직이자 종이 쨍강거리며 한 번 울렸다. 그다음엔 곰곰이 생각하며 살피듯, 문이 빗장만 질려 있다는 걸 다시 한번 확인하려고 손잡이를 당겼다 내리면서 가만히 움직여보았다. 그러고 나서는 숨을 몰아쉬면서 몸을 숙이고 자물쇠 구멍을 들여다보기 시작했다. 하지만 안에서 열쇠가 꽂혀 있으니 아마 아무것도 보이지 않았을 것이다.

라스콜니코프는 서서 도끼를 꽉 움켜쥐었다. 제정신이 아닌 것 같았다. 그들이 들어오면 몸싸움이라도 벌일 태세를 갖췄다. 그들이 문을 두드리고 얘기를 나눌 때, 단숨에 모든 것을 끝내버리고 문 뒤에서 고함을 치고 싶다는 생각이 몇 번이나 불쑥불쑥 들었다. 그들이 문을 열

때까지 욕설을 퍼부으며 그들을 조롱하고 싶은 생각도 이따금 들었다. '차라리 어서 빨리!' 이런 생각이 머리를 스쳐지나갔다.

"그런데 이 사람이, 제기랄……"

시간이 흘러 일 분이 지나고, 다시 일 분이 지났지만, 아무도 오지 않았다. 코흐는 동요하기 시작했다.

"이런 제길!……" 갑자기 그는 안달내며 소리를 지르고는, 감시하기로 한 자신의 임무를 내팽개치고서 계단을 구둣발로 쿵쾅거리며 역시 아래층으로 급히 내려가기 시작했다. 발걸음소리가 잦아들었다.

"맙소사, 도대체 어쩌면 좋지!"

라스콜니코프는 빗장을 벗기고 문을 살짝 열었다. 아무 소리도 들리지 않았고, 이미 아무 생각도 할 수 없게 된 그는 불쑥 밖으로 나와 등 뒤로 문을 가능한 한 꽉 닫은 다음 아래로 내려갔다.

그가 벌써 계단 세 개를 내려갔을 때, 갑자기 밑에서 요란한 소음이 들렸다. 어디로 숨어야 하나! 어디로도 몸을 숨길 데가 없었다. 다시 노파의 집으로 돌아갈까도 생각했다.

"에이, 저런 나쁜 놈! 저놈 잡아라!"

이렇게 외치며 누군가가 아래층 어느 셋집에서 튀어나와서는, 목청껏 소리를 지르며 뛴다기보다 아래로 곤두박질치듯이 계단을 따라 내려갔다.

"미티카! 미티카! 미티카! 미티카! 미티카! 뒈-져-버려라!"

고함은 쇳소리가 되어 끝났다. 마지막 소리는 이미 마당에서 들렸다. 주위가 조용해졌다. 하지만 바로 그 순간 사람들 몇 명이 큰 소리로 줄곧 이야기를 나누며 소란스럽게 계단을 오르기 시작했다. 서너 명쯤 되

는 것 같았다. 젊은이의 낭랑한 목소리를 알아들을 수 있었다. '그자들이다!'

완전히 절망한 그는 그들이 오는 방향으로 똑바로 걸어갔다. 될 대로 돼라! 그들이 멈춰 세워도 만사 끝장이고, 그냥 지나가게 해줘도 마찬가지로 만사 끝장이다. 나를 기억할 테니까. 그들은 이미 가까워졌다. 양쪽 사이엔 기껏 계단 한 층 정도가 남아 있을 뿐이다. 그런데 갑자기 구원의 길이 열렸다! 몇 계단 가서 오른쪽, 사람이 살지 않는 셋집의 문이 활짝 열려 있었는데, 아까 일꾼들이 칠을 하던 바로 그 2층 셋집이었고, 마침 다들 떠나 거기에는 아무도 없었다. 아까 막 소리를 지르며 달려나간 그 사람들인가보다. 바닥은 방금 칠해놨고 물감과 솔을 담아둔 나무통과 사기그릇 조각이 방 한가운데 놓여 있었다. 그는 순식간에 열린 문으로 뛰어들어가 벽 뒤에 몸을 숨겼고, 그래야 할 순간이기도 했다. 사람들이 이미 바로 층계참에 서 있었던 것이다. 이어 그들은 위로 방향을 틀어 큰 소리로 대화를 나누면서 그를 지나쳐 4층으로 향했다. 그는 때를 기다렸다가 발끝으로 걸어나와 아래로 달려내려갔다.

계단에는 아무도 없다! 정문 근처도 그렇다. 그는 재빨리 정문 입구를 거쳐 거리 왼편으로 방향을 틀었다.

지금쯤 그들이 이미 집에 들어가 있을 것이고, 방금까지 잠겨 있던 문이 열린 것을 보고 몹시 놀랐을 것이며, 이미 시체들을 보았을 것이고, 좀전까지 여기 살인자가 있었고 그자가 어디론가 몸을 숨겼다가 몰래 빠져나가 도망쳤을 거라고 추측해, 완전한 판단을 내리는 데 시간이 별로 걸리지 않을 거라는 사실을 그는 아주 잘 알고 있었다, 너무나 잘 알고 있었다. 어쩌면 그들이 위로 올라갈 때 그가 빈집에 숨어 있었으리라는 것도 짐작했을지 모른다. 첫번째 모퉁이까지는 백 걸음 남짓 남았지만, 어떤 상황이라 해도 그는 걸음을 마구 재촉할 용기가 나지 않았다. '아무 통로로나 몰래 빠져나가 모르는 집 계단에서라도 기다려야 하는 것 아닐까? 아니야, 낭패로구나! 도끼를 어디다 버려야 하지 않을까? 마차라도 잡아타야 하나? 큰일이다! 큰일이야!'

마침내 골목에 도착했다. 그는 초주검 상태로 모퉁이를 돌았다. 여기까지 왔으면 이미 반쯤 구원받은 셈이며, 그도 그걸 알고 있었다. 의심받을 가능성도 줄어든데다, 많은 사람들이 왕래하는 곳이라 그는 모래알처럼 사람들 속으로 스며들었다. 하지만 지금까지 겪은 온갖 고초가 기운을 모두 앗아가 움직이기도 힘들었다. 땀이 방울져 흘러내렸다. 목이 온통 젖었다. "아이고, 고주망태가 됐구먼!" 운하 쪽으로 나왔을 때 누군가 그에게 외쳤다.

그때 그는 거의 제정신이 아니었다. 갈수록 상태는 더 나빠졌다. 하지만 운하로 나왔을 때, 여긴 사람이 적어 더 눈에 띄기 쉽겠구나, 하는 생각에 돌연 겁이 나 골목으로 되돌아갈까 고민한 것은 기억에 남아 있다. 거의 쓰러질 지경이었지만, 그래도 멀리 돌아 전혀 다른 방향으로 집에 돌아왔다.

의식이 온전치 않은 채로 그는 자기 집 정문을 통과했다. 계단을 한참 오르고 나서야 겨우 도끼 생각이 났다. 아직 아주 중대한 과제가 남아 있는 것이다. 도끼를 도로 가져다놓는 것, 그것도 될 수 있는 한 눈에 띄지 않게 말이다. 물론 도끼를 원래 있던 곳에 가져다두느니 나중에라도 어디 다른 집 마당에 던져버리는 게 훨씬 더 나을 수도 있다고 판단할 힘은 이미 없었다.

하지만 모든 일이 순조롭게 흘러갔다. 수위실 문은 닫혀 있었지만 잠겨 있지는 않았는데, 그렇다면 수위가 방에 있을 가능성이 아주 높다는 얘기였다. 하지만 그는 이미 판단 능력을 상실했기에, 곧장 수위실로 다가가 문을 열어젖혔다. 만일 수위가 "왜 그러시죠?" 하고 물었다면, 아마도 그는 곧바로 도끼를 내주었을 것이다. 하지만 이번에도 수위는 없었고, 그는 도끼를 장의자 아래 원래 있던 곳에 놔두 수 있었다. 아까처럼 장작으로 덮어두기까지 했다. 그후 자기 방으로 오는 동안 아무도, 단 한 사람도 마주치지 않았다. 집주인네 방문은 닫혀 있었다. 방에 들어서자, 그 상태 그대로 소파에 몸을 던졌다. 잠이 들지는 않았지만, 제정신이 아니었다. 만일 그때 누군가 그의 방에 들어왔다면, 그는 곧바로 벌떡 일어나 비명을 질렀을 것이다. 어떤 생각의 조각들과 파편들이 머릿속에 들끓었다. 그렇지만 그렇게 애를 썼음에도 어느 하나도 붙잡을 수 없었고, 어느 하나에도 머무르지 못했다……

제2부

1

그렇게 그는 아주 오래도록 누워 있었다. 얼핏 잠에서 깰 때도 있었고, 그럴 때면 이미 밤이 깊었다는 걸 알 수 있었지만, 일어날 생각은 들지 않았다. 이윽고 벌써 대낮처럼 환해졌다는 걸 깨달았다. 얼마 전까지 제정신이 아니었던 탓에 여전히 꼼짝 못한 채 소파에 등을 대고 누워 있었다. 매일 밤 두시가 지날 즈음에 그의 방 창문 아래로 들리는 끔찍하고 절망적인 통곡소리가 날카롭게 들려왔다. 지금 그를 깨운 것도 그 소리였다. '아! 취한 사람들이 벌써 술집에서 나오는구나.' 그는 생각했다. '두시가 지난 거야.' 그러고는 누가 소파에서 떼어내기라도 한 듯 갑자기 벌떡 일어났다. '어쩌지! 벌써 두시가 지났다고!' 그는 소파에 앉았다. 그리고 모든 것을 기억해냈다! 갑자기 한순간 모든 것이 기억난 것이다!

처음에는 미칠 것 같았다. 지독한 한기가 몸을 감쌌다. 하지만 그 한기는 이미 한참 전 잠들어 있을 때부터 열이 오르기 시작한 탓도 있었다. 그런데 지금은 이가 딱딱 부딪칠 정도의 오한이 갑자기 몰아쳐 온몸이 덜덜 떨렸다. 그는 문을 열고 귀를 기울이기 시작했다. 건물 전체가 완전히 곯아떨어진 듯했다. 소스라치게 놀라 자신을 살펴보고 방 전체를 둘러보면서도 이해할 수가 없었다. 어떻게 어제 방에 들어와서, 문에 고리도 채우지 않고, 옷도 벗지 않고 모자까지 쓴 채 소파에 몸을 던질 수 있었을까. 모자는 바닥에 굴러떨어져 베개 근처에서 뒹굴고 있었다. '만일 누군가 들어왔다면 어떻게 생각했을까? 내가 취했다고 생각했을까, 하지만……' 그는 급히 창문 쪽으로 다가갔다. 충분히 밝았기에 서둘러 자기 몸과 옷을 머리부터 발끝까지 샅샅이 살펴보기 시작했다. 흔적이 남아 있지는 않을까? 하지만 옷을 입은 채로는 제대로 살펴볼 수 없었다. 오한으로 떨면서도 그는 옷을 다 벗고 다시 샅샅이 살펴보기 시작했다. 전부 다, 실오라기 하나, 천쪼가리 하나까지 다 뒤집어보았고, 그러고도 스스로를 믿지 못해 그렇게 세 번 정도 되풀이해 살펴보았다. 하지만 아무것도, 아무 흔적도 없는 것 같았다. 단지 바지 아래쪽에 풀린 올이 술처럼 매달린 곳에, 그 풀린 올에 피가 진득하게 말라붙은 흔적이 남아 있었다. 그는 커다란 접이식 칼을 집어 올을 잘라냈다. 더는 아무것도 없는 듯했다. 문득 노파의 지갑과 궤짝에서 꺼내온 물건이 아직까지도 전부 주머니에 들어 있다는 사실이 기억났다! 지금까지 그걸 꺼내 숨길 생각도 안 하고 있었던 것이다! 방금 옷을 살펴볼 때조차 그걸 기억 못하다니! 도대체 뭐하자는 짓인가? 당장 그는 허겁지겁 물건을 꺼내어 탁자 위에 내던졌다. 모조리 꺼내고도 뭔가 더 남아 있지는 않은지 확인하려고 주머니까지 뒤집어본 후, 그는 물건 더미를 몽땅 구석으로 가지고 갔다. 방안 제일 구석 아래쪽에 벽에서 떨어져나온 벽지가 너덜거리고 있었다. 곧바로 그는 이 벽지 뒤 구멍으로 모두 다 쑤셔넣기 시작했다. '들어갔다! 전부 다 눈앞에서 사라졌다, 지갑도!' 몸을 조금 일으켜 아까보다 훨씬 더 불룩 튀어나온 구석을 멍하니 쳐다보며 그는 기뻐했다. 그러다가 갑자기 공포로 온몸을 부르르 떨었다. "맙소사." 그는 절망에 빠져 속삭였다. "내가 왜 이러지? 대체 이게 숨긴 거냐? 이런 식으로 숨기는 사람이 대체 어디 있냐고?"

사실 물건에 대해서는 고민하지도 않았다. 돈만 있을 거라 생각해서 숨길 자리를 미리 마련해두지 않았던 것이다. '그러고도 지금, 지금 뭐가 좋다고?' 그는 생각했다. '이런 식으로 숨기는 사람도 있냐고? 내가 진짜 정신이 나갔구나!' 그는 힘이 쑥 빠져 소파에 주저앉았고, 다시 견디기 힘든 오한이 단숨에 그를 뒤흔들었다. 반사적으로 그는 근처 의자에 놓인, 따뜻하지만 이제는 거의 누더기나 다름없어진 예전 학생용 겨울 외투를 끌어당겨 덮었고, 순식간에 잠과 흐릿한 무의식 상태가 그를 덮쳤다. 그는 혼미한 상태에 빠져들었다.

오 분도 지나지 않아 그는 다시 벌떡 일어나 발작하듯 곧장 자기 옷에 다시 덤벼들었다. "아무것도 안 해놓고 어떻게 또 잠들 수가 있지! 그렇군, 정말 그래. 아직까지 겨드랑이 아래 고리도 안 뜯어냈어! 그런 일을 잊다니, 잊어버리다니! 그런 증거를!" 그는 고리를 뜯어내 서둘러 갈기갈기 찢은 다음 베개 아래 옷가지 속에 쑤셔넣기 시작했다. "찢어진 천조각 따위야 어떤 경우든 의심을 사진 않겠지. 그럴 거야, 그렇고말고!" 그는 같은 말을 되풀이하며 방 한가운데 서서 또 뭔가 잊은 건 아닐까 고통스러울 정도로 집중해서 주위를, 바닥과 사방을 다시 샅샅이 살피기 시작했다. 모든 것이, 심지어 기억력이나 단순한 판단력조차 자신을 저버렸다는 확신이 견딜 수 없이 그를 괴롭히기 시작했다. "뭐지, 정말 이미 시작된 건가, 정말로 형벌이 이미 닥쳐온 건가? 저봐, 저봐, 정말로 그렇군!" 실제로 그가 바지에서 잘라냈던 오라기들이 누구라도 바로 볼 수 있게 방바닥 한가운데서 뒹굴고 있었다! "대체 내가 왜 이러지!" 당혹감에 빠져 그는 다시 한번 크게 외쳤다.

그때 이상한 생각이 머릿속에 떠올랐다. 그의 옷이 온통 피투성이일 수도 있고, 핏자국이 잔뜩 있을 수도 있는데, 자신의 판단력이 약해지고, 분열되고…… 이성이 흐려져서…… 보지도, 알아채지도 못하고 있는 건 아닐까 하는 생각이었다. 문득 지갑에도 피가 묻어 있었던 것이 생각났다. '아차! 그럼 분명 주머니 안쪽에도 피가 묻어 있겠구나, 그때 내가 아직 피가 마르지 않은 지갑을 주머니에 넣었으니까!' 단숨에 주머니를 뒤집어보았다. 역시 그랬다. 주머니 안감에 흔적이, 얼룩이 있다! '그러고 보면 아직 완전히 정신이 나가진 않았나보군, 스스로 생각해내고 알아차리는 걸 보니 판단력과 기억력이 아직은 남아 있는 모양이야!' 그는 이런 생각에 의기양양해져 기쁜 마음으로 깊이 심호흡을 했다. '그냥 열이 나서 힘이 없고, 잠시 의식이 흐려진 거야.' 그러고는 바지 왼쪽 주머니에서 안감을 몽땅 뜯어냈다. 이때 햇빛이 그의 왼쪽 장화를 비췄다. 장화 밖으로 삐죽이 튀어나온 양말에 무슨 자국 같은 게 보였다. 그는 장화를 벗어던졌다. '정말로 자국이 있군! 양말 끝에 온통 피가 배어 있구나.' 분명 그때 피가 고인 곳을 부주의하게 밟은 모양이다…… '그나저나 이걸 이제 어떻게 하나? 이 양말과 풀린 올과 주

머니를 어디다 숨기지?'

그는 그것들을 모두 손에 그러쥐고 방 한가운데 서 있었다. "페치카* 에 던져버릴까? 하지만 제일 먼저 페치카부터 뒤지기 시작할 거야. 태워버릴까? 근데 뭘로 태우지? 성냥도 없는데. 아니, 어디든 가서 전부 내버리는 게 좋겠다. 그래! 버리는 게 좋겠어!" 다시 소파에 앉아 그는 같은 말을 되풀이했다. "지금, 바로, 머뭇거리지 말고!……" 하지만 나가는 대신 그의 머리는 다시 베개 위로 기울어졌다. 견딜 수 없는 오한이 다시 그를 마비시켰다. 그는 외투를 다시 끌어당겼다. 그러고도 오래도록, 몇 시간이나 계속 발작적으로 '지금이라도 꾸물거리지 말고 어디로든 가서 전부 내버려야 해, 눈에 보이지 않게, 어서, 어서!' 하는 생각이 들었다. 그는 몇 번이나 소파에서 몸을 떼고 일어나고 싶었지만, 이미 그럴 수가 없었다. 결국 그를 깨운 건 세차게 문을 두드리는 소리였다.

"문 좀 열어요, 살아 있는 거야, 죽은 거야? 정말 늘어지게도 자네!" 주먹으로 문을 두드리며 나스타시야가 소리질렀다. "종일 개처럼 퍼질러 잘 거예요! 정말이지 개하고 뭐가 달라! 문 열어요. 열시가 넘었다고요."

"집에 없을 수도 있잖아!" 남자 목소리가 들렸다.

'아니! 이건 수위 목소린데…… 수위가 무슨 일이지?'

그는 벌떡 일어나 소파에 앉았다. 아플 정도로 심장이 뛰었다.

"그럼 문고리는 누가 걸었겠어요?" 나스타시야가 반박했다. "이제 방문까지 잠그고! 누가 업어라도 갈까봐? 문 열어봐요, 멍청이, 일어나라

* 방을 덥히거나 음식을 조리하는 데 쓰는 러시아식 난로.

고요!"

'저 사람들이 무슨 일이지? 수위는 왜? 알만하군. 버텨볼까, 아니면 열어줄까? 될 대로 되라지……'

그는 몸을 조금 일으켜 앞으로 굽히고는 문고리를 벗겼다.

방은 침대에서 일어나지 않고도 문고리를 벗길 수 있을 만한 크기였다.

역시 그랬다. 수위와 나스타시야가 서 있다.

나스타시야는 어쩐지 이상한 눈길로 그를 살펴보았다. 그는 도전적이면서도 필사적인 표정으로 수위를 쳐다보았다. 수위는 두 겹으로 접어 봉랍으로 봉한 회색 종이를 잠자코 그에게 내밀었다.

"관청에서 온 소환장이오." 종이를 건네며 그가 말했다.

"관청이라니, 무슨?……"

"경찰서 말이오, 다들 관청이라 부르잖소. 무슨 관청인지야 뻔하지."

"경찰서요!…… 왜요?……"

"난들 어찌 알겠소. 오라니 가보슈." 그는 유심히 그를 살펴보다가 주위를 쓱 둘러보고는 나가려고 몸을 돌렸다.

"단단히 병이 났군요?" 그에게서 눈을 떼지 않은 채 나스타시야가 말했다. 수위 역시 잠깐 고개를 돌렸다. "어제부터 열이 나더라니." 그녀가 덧붙였다.

그는 아무 대답도 없이 종이를 뜯지도 않은 채 손에 들고만 있었다.

"그냥 누워 있어요." 그가 소파에서 다리를 내리는 걸 보고 측은해하며 나스타시야가 말을 이었다. "아프면 가지 마요. 급한 것도 아닌데. 근데 손에 그건 뭐예요?"

그는 자기 손을 쳐다보았다. 잘라낸 올 조각과 양말, 주머니에서 뜯어낸 안감쪼가리를 오른손에 쥐고 있었다. 그렇게 꼭 쥐고 잔 것이다. 나중에 이 일을 헤아려보며, 그는 자신이 열이 올라 반쯤 깨서는 그것들을 전부 손에 꽉 움켜쥐고 그렇게 다시 잠들었던 일을 기억해냈다.

"아이고, 그런 넝마쪼가리들을 모아서는 보물이나 되는 양 품고 자다니……" 그러고선 나스타시야는 특유의 병적이고 히스테릭한 웃음을 터뜨렸다. 그는 전부 다 후다닥 외투 아래로 쑤셔넣고는 그녀의 눈을 뚫어지게 쳐다보았다. 그 순간 상황을 아주 명료하게 판단하기는 무척 힘들었지만, 그래도 자기를 잡으러 왔다면 사람을 이렇게 대하진 않을 거란 느낌이 들었다. '그런데…… 경찰서라니?'

"차 마실래요? 줘요? 가져올게요. 남은 게 있어요……"

"아니…… 나갈 거야. 지금 가봐야겠어." 그가 두 다리로 서며 중얼거렸다.

"가시든가, 그러다 계단에서 구르지나 마시지?"

"갈 거야……"

"그러시든가."

그녀는 수위를 뒤따라 나갔다. 그는 즉시 양말과 오라기들을 살펴보기 위해 밝은 곳으로 몸을 내던졌다. '얼룩은 있지만 눈에 확 띄지는 않는군. 온통 더러워졌고, 여기저기 쓸려서 이미 색이 바랬어. 미리 알고 있는 게 아니라면 아무것도 구별할 수 없을 거야. 나스타시야는 멀리 떨어져 있어서 아무것도 눈치 못 챘을 거고, 다행이다!' 그러고는 떨리는 손으로 소환장을 뜯어 읽기 시작했다. 한참을 들여다보고서야 마침내 이해했다. 오늘 아홉시 반에 서장실로 출두하라고 구 경찰서에서 보낸 평범한 소환장이었다.

'대체 이게 무슨 일이지? 경찰서에 갈 일이라곤 전혀 없는데! 그리고 왜 하필 오늘이지?' 의혹에 사로잡혀 괴로워하며 그는 생각했다. '신이시여, 어서 끝나게 해주소서!' 그는 무릎을 꿇고 기도를 드리려다가 그만 크게 웃고 말았다. 기도에 대해서가 아니라 자기 자신에 대한 비웃음이었다. 그는 서둘러 옷을 입기 시작했다. '될 대로 되라지, 상관없어! 이 양말을 신자!' 문득 이런 생각이 들었다. '먼지에 좀더 쓸리면 핏자국도 사라지겠지.' 하지만 신자마자 혐오스럽고 끔찍해져서 바로 벗어버렸다. 그러나 벗고 나니 다른 양말이 없다는 게 떠올라 다시 주워 신었다. 그러고는 다시 크게 웃어댔다. '모든 게 조건적이고, 모든 게 상대적이며, 이 모든 게 그저 하나의 형식일 뿐이야.' 스치듯 지나가는 생각의 작은 편린일 뿐이었지만, 그는 온몸을 떨고 있었다. '자, 어쨌거나 신었다! 결국 신고야 말았어!' 하지만 웃음은 곧 절망으로 바뀌었다. '아니, 난 감당 못해……' 그런 생각이 들었다. 다리가 덜덜 떨렸다. "두려운 거지." 그는 혼자 중얼거렸다. 열 때문에 머리가 어지럽고 아팠다. "이건 계략이야! 교활하게 날 꾀어내서 갑자기 전부 헷갈리게 하려는 거야." 계단으로 나서며 그는 혼잣말을 계속했다. "내가 거의 제정신이 아니라는 게 꺼림칙하군…… 무슨 바보 같은 말을 할지 몰라……"

계단에 이르러 물건들을 다 벽지 구멍 속에 그냥 놔두고 나왔다는 사실이 떠올랐다. '어쩌면 나 없을 때 수색하려고 일부러 이러는지도 몰라.' 이런 생각에 그는 발길을 멈췄다. 하지만 말하자면 파멸에 대한 냉소라 할 수 있을 절망감이 돌연 그를 사로잡았고, 그는 손을 한번 내젓고는 가던 길을 갔다.

'그저 어서 끝났으면!……'

거리는 여전히 견디기 힘들 만큼 무더웠다. 이런 날 비라도 한 방울 내려준다면 좋을 텐데. 여전히 먼지, 벽돌, 석회가 뒹굴고, 여전히 상점과 술집에서는 악취가 풍기고, 여전히 술 취한 사람들, 핀란드인 행상들, 반쯤 부서진 마차들이 끊임없이 지나다니고 있었다. 강렬한 햇빛에 눈이 부셔 앞을 보는 게 고통스러웠고 머리가 빙빙 돌았다. 햇빛이 강하게 내리쬐는 날 열병 환자가 갑자기 거리로 나서면 흔히 겪곤 하는 그런 느낌이었다.

어제의 그 거리로 향하는 모퉁이에 이르자, 그는 괴로울 정도로 불안해하며, 그 거리, 그 건물을 힐끗 바라보았다가…… 바로 눈길을 거두었다.

'누가 물어보면 다 불어버릴지도 몰라.' 경찰서로 다가가며 그는 생각했다.

집에서 경찰서까지는 4분의 1베르스타쯤이었다. 경찰서는 신축 건물 4층의 새 사무실로 이제 막 이사한 참이었다. 예전 사무실에는 언젠가 잠깐 가본 적이 있었지만, 아주 오래전 일이었다. 정문으로 들어서니 오른쪽 계단을 따라 한 사내가 손에 장부를 들고 내려오는 것이 보였다. '수위로구나. 그러니까 여기 경찰서도 있다는 거군.' 그는 무턱대고 위로 올라가기 시작했다. 누구에게도 뭐 하나 물어볼 생각이 들지 않았다.

'들어가서 무릎을 꿇고 다 털어놓자……' 4층에 들어서며 그는 생각했다.

계단은 비좁고 가파르고 구정물이 흥건했다. 4층에 있는 모든 셋집의 부엌문이 이 계단 쪽으로 거의 하루종일 열려 있었다. 그래서 끔찍하게 후덥지근했다. 겨드랑이에 장부를 낀 수위, 순경, 온갖 부류의 남녀 방문객 들이 위아래로 오르내리고 있었다. 경찰서 문 역시 활짝 열려 있었다. 그는 들어가 현관에 멈춰 섰다. 어떤 사내들이 거기 서서 줄곧 기다리고 있었다. 그곳 역시 지독하게 후덥지근할 뿐 아니라, 새로 칠한 방에서 퀴퀴한 바니시 냄새와 그 위에 덧칠해 아직 마르지 않은 페인트 냄새가 진동해 토할 지경이었다. 그는 잠시 기다렸다가 좀더 앞쪽, 다음 방으로 가봐야겠다고 생각했다. 방은 모두 작고, 천장이 낮은 편이었다. 지독한 조바심이 그를 자꾸 앞으로, 앞으로 끌어당겼다. 아무도 그에게 신경쓰지 않았다. 두번째 방에서는 서기로 보이는 사람들이 앉아서 뭔가 쓰고 있었는데, 그보다 입성이 좀 낫다고나 할까, 하나같이 이상한 족속처럼 보였다. 그는 그중 한 사람에게 말을 걸었다.

"무슨 일이지?"

그는 경찰서에서 보낸 소환장을 보여주었다.

"대학생인가요?" 소환장을 힐끗 본 후 상대가 물었다.

"네, 예전에 그랬죠."

서기는 그를 훑어보긴 했지만 관심은 전혀 없어 보였다. 머리카락이 마구 헝클어져 있었고, 눈빛에서는 강한 고정관념이 느껴졌다.

'이 사람한테서는 아무것도 알아낼 수가 없겠군, 뭐든 상관없을 테니까.' 라스콜니코프는 생각했다.

"저기 저 서기관에게 가봐요." 서기는 이렇게 말하고 손가락을 앞으로 내밀어 맨 끝 방을 가리켰다.

그는 좁고 사람으로 꽉 찬 그 방(순서대로 하면 네번째 방)으로 들어갔는데, 그들은 앞쪽 방에 있던 사람들보다는 입성이 좀더 멀끔한 축에 속했다. 방문객 사이에 부인 두 명이 있었다. 초라한 상복을 입은 한 여자는 서기관 맞은편 탁자에 앉아 그가 불러주는 대로 뭔가를 쓰고 있었다. 또다른 부인은 아주 포동포동하고 얼굴에 불그스레한 얼룩이 있지만 눈에 띄는 외모를 지닌 여자로, 아주 화려하게 차려입고 찻잔받침만한 브로치를 가슴에 달고 한켠에 비켜서서 뭔가를 기다리고 있었다. 라스콜니코프는 서기관에게 소환장을 내밀었다. 그는 소환장을 힐끗 쳐다보더니 "기다리세요"라고 말하고는 상복 입은 부인과 하던 일을 계속했다.

그는 한결 가벼운 마음으로 숨을 돌릴 수 있었다. '분명 그 일은 아닌 거야!' 차츰 기운을 회복했고, 힘을 내야 한다고, 정신을 차려야 한다고 온 힘을 다해 자신을 타일렀다.

'어떤 어리석은 짓이나 아주 사소한 부주의에도 모든 게 들통날 수 있어! 흠…… 유감스럽게도 여긴 공기가 너무 부족하군.' 그는 덧붙였다. '숨이 막혀…… 머리도 훨씬 더 어지럽고…… 정신도……'

마음속이 온통 끔찍하도록 엉망진창인 게 느껴졌다. 자신을 제어하지 못할까 두려웠다. 뭔가에 매달려보려, 전혀 상관없는 뭐라도 생각해보려 애썼지만, 도통 효과가 없었다. 그 와중에 서기관이 그의 흥미를 강하게 끌었다. 그는 서기관의 얼굴에서 뭐든 읽어내서 알아내고 싶었다. 스물두 살쯤 된 아주 젊은 청년으로, 나이보다 들어 보이는 까무잡잡하고 민첩한 인상에다 유행하는 옷을 멋지게 차려입었고, 머리는 뒤통수까지 가르마를 타서 포마드를 발라 빗어내렸으며, 솔로 깨끗이 손질한 하얀 손가락에 보석반지와 가락지를 여러 개 끼고, 금줄 달린 조끼를 입었다. 아까 여기 있던 한 외국인과는 프랑스어로 두어 마디 말을 나누기도 했는데 나무랄 데가 없었다.

"루이자 이바노브나, 앉으시지요." 그는 곱게 차려입고 얼굴이 불그스레한 부인에게 가볍게 말을 건넸는데, 그녀는 의자가 옆에 놓여 있는데도 감히 앉을 생각을 못하겠다는 듯 계속 서 있었다.

"*감사합니다.*" 그녀는 이렇게 말하고 비단 옷자락을 사각거리며 살며시 의자에 앉았다. 하얀 레이스 장식이 달린 밝은 하늘색 드레스가 풍선처럼 의자 주위에 퍼지면서 거의 방의 절반을 차지해버렸다. 향수 냄새가 풍겼다. 부인은 겁먹은 듯하면서도 동시에 뻔뻔스러운 미소를 짓고 있었지만 불안한 기색이 역력했는데, 필시 드레스가 방의 절반이나 차지한데다 자기한테서 향수 냄새가 나는 것 때문에 겁을 집어먹은 모양이다.

상복을 입은 부인이 마침내 일을 마치고 일어섰다. 갑자기 조금 소란스러워지더니, 장교 하나가 걸을 때마다 아주 기운차고도 독특한 모양새로 어깨를 들썩거리며 걸어들어와, 휘장이 달린 제모를 탁자에 던지고는 안락의자에 앉았다. 화려하게 차려입은 부인이 그를 알아보고는 유난히 반색하며 자리에서 튕기듯 일어나 무릎을 살짝 굽히고 인사했다. 하지만 장교는 그녀에게 조금도 관심을 보이지 않았고, 그녀는 그가 있는 데서 감히 더는 앉을 생각을 하지 못했다. 그는 육군 중위이자, 이 구역 경찰서 부서장으로, 붉은 콧수염이 양쪽으로 똑바로 뻗쳤고 이목구비가 자잘한 그의 얼굴에는 일종의 뻔뻔함을 제외하면 딱히 어떤 것도 드러나 있지 않았다. 그는 조금 화가 나서 라스콜니코프를 노려보았다. 입성은 너무나 형편없었지만, 그렇게 비참한 몰골에도 불구하고 옷차림에 어울리지 않는 당당함이 느껴졌기 때문이다. 라스콜니코프가 조심성 없이 너무 오랫동안 자신을 빤히 쳐다보았기에, 그는 모욕감마저 느꼈다.

"넌 뭐야?" 그가 버럭 소리를 질렀는데, 이런 누추한 작자가 자신의 날카로운 시선에도 전혀 위축되지 않아 놀란 것 같았다.

"오라고 해서요…… 소환장을 받아서……" 라스콜니코프가 어찌어찌 대답했다.

"대학생에게서 돈을 돌려받게 해달라는 독촉장 건입니다." 서류에서 눈을 떼며 서기관이 서둘러 말했다. "자, 여기!" 그는 라스콜니코프에게 서류철에서 한곳을 가리킨 후 넘겨주었다. "읽어보시오!"

'돈이라고? 무슨 돈?' 라스콜니코프는 생각했다. '하지만…… 그러니까, 분명 그 일은 아니로구나!' 그는 기쁨으로 전율했다. 갑자기 지독하게, 이루 말할 수 없이 마음이 가벼워졌다. 어깨 위의 모든 짐이 날아가 버린 것 같았다.

"근데 몇시에 출석하라고 쓰여 있소, 선생?" 중위는 왠지 모르게 점점 더 화가 나 소리를 질렀다. "아홉시에 오라고 쓰여 있는데, 지금 벌써 열한시가 넘었잖소!"

"겨우 십오 분 전에 소환장을 받았습니다." 라스콜니코프 역시 갑자기 자기도 모르게 화가 치밀었고, 거기에 어떤 만족까지 느끼며 어깨 너머로 큰 소리로 대꾸했다. "더구나 열이 나서 아픈데도 이렇게 왔으면 그걸로 충분하지 않습니까."

"소리치지 마시오!"

"난 소리치는 게 아닐뿐더러 아주 차분하게 말하고 있어요, 소리라면 당신이 나한테 지르고 있잖습니까. 난 대학생이고, 내게 소리치는 건 용납할 수 없어요."

부서장은 너무나 열에 받쳐 처음엔 아무 말도 못하고 입에 거품만 물었다. 그는 자리에서 벌떡 일어났다.

"입 다-무-시-오! 당신은 관공서에 있소. 무-례-하-게 굴지 말란 말이오, 선생!"

"그러는 당신도 관공서에 있고요." 라스콜니코프가 고함을 쳤다. "소리칠 뿐만 아니라 담배도 피우면서, 우리 모두에게 무례를 범하고 있는 거 아닙니까." 이렇게 말하고 나자 라스콜니코프는 형언할 수 없을 만큼 쾌감을 느꼈다.

서기관이 씩 웃으며 그들을 보고 있었다. 흥분한 중위는 당황한 것 같았다.

"그건 당신이 상관할 바 아니오!" 마침내 그가 부자연스러울 정도로 큰 목소리로 외쳤다. "당신이 요구받은 답변서나 제출하시오. 이 사람에게 보여주시오, 알렉산드르 그리고리예비치. 당신에게 소송이 들어왔다고. 돈을 안 내셨군! 참 대단한 양반이 납셨군그래!"

하지만 라스콜니코프는 이미 듣고 있지 않았고, 무슨 일인지 빨리 알고 싶어 허겁지겁 종이를 낚아챘다. 한 번 그리고 또 한 번 읽었지만 이해할 수가 없었다.

"대체 이게 뭡니까?" 그는 서기관에게 물었다.

"차용증에 따라 당신에게 돈을 요구하는 독촉장이죠. 당신은 모든 비용과 벌금 등을 지불하거나 아니면 언제 지불할 수 있는지 서면으로 답변서를 제출해야 하며, 동시에 돈을 지불할 때까지 수도를 떠나서는 안 되고, 재산을 팔거나 은닉해서도 안 됩니다. 채권자는 당신 재산을 팔 수 있고, 당신 문제를 법적으로 처리할 권리가 있어요."

"근데 난…… 누구에게도 빚을 진 적이 없어요!"

"그건 우리 알 바 아니고요. 우리 앞으로 기한이 지나 합법적으로 이의신청이 제기된 115루블짜리 차용증이 지불독촉용으로 접수됐는데, 당신이 아홉 달쯤 전 8등문관의 미망인 자르니치나에게 넘겨준 걸 자르니치나가 7등문관 체바로브에게 지불금 대신 건내준 거고, 그 일로 우리가 답변서를 쓰라고 당신을 소환한 거요."

"그러니까 우리 집주인인 그 여자요?"

"집주인인 게 뭐 어쨌다는 거요?"

서기관은 동정어린 관대한 미소를 띠고 그를 바라보았는데, 그 미소에는 이제 막 포격을 받기 시작한 풋내기를 보고 '그래, 지금 기분이 어떠신가?'라고 묻는 듯한 모종의 승리감도 섞여 있었다. 하지만 차용증이니 독촉장이니 하는 게 지금 그에게 무슨, 무슨 상관이 있겠는가! 지금 그의 입장에서 이런 일들이 조금이라도 그를 불안하게 하거나, 하다못해 조금이라도 그가 관심 가질 만한 일이 되겠는가! 그는 서서 읽고, 듣고, 대답하고, 먼저 질문을 던지기도 했지만, 이 모든 행동은 기계적이었다. 자기를 지켜냈다는 승리감, 덮쳐오던 위험에서 구제되었다는 사실이 어떤 예견도, 분석도, 미래에 대한 수수께끼나 그 해답도, 어떤 의혹이나 의문도 없이 이 순간 온 존재를 가득 채웠다. 충만하고, 본능적이고, 순수하게 동물적인 기쁨의 순간이었다. 그런데 바로 그때 경찰서에 청천벽력 같은 소리가 울렸다. 그의 불손함에 여전히 잔뜩 흥분해 있던 중위가 몹시 열이 받아서는, 필시 상처 입은 자존심을 지키려는 마음이었을 텐데, 그가 들어온 순간부터 천치 같은 미소를 흘리며 그를 바라보던 운수 사나운 '화려한 부인'에게 펄펄 뛰며 달려든 것이다.

"너, 이런 몹쓸 계집." 갑자기 그가 목청껏 소리를 질렀다(상복 입은 부인은 이미 나가고 없었다). "너희 집에서 어젯밤 무슨 일이 벌어진 거냐? 엉? 또 거리가 떠나가도록 낯뜨거운 소동이나 벌이고. 또 주먹질에 술판에. 그렇게 감방에 가고 싶나! 진작에 말했지, 열한번째엔 용서하지 않겠다고 이미 열 번이나 경고했잖아! 그런데 네년이 또, 또, 이런 몹쓸 계집 같으니!"

라스콜니코프는 놀란 나머지 심지어 손에서 종이까지 놓치고는, 무례한 욕설을 바가지로 얻어먹고 있는 화려한 부인을 쳐다보았다. 하지만 곧 무슨 일인지 파악했고, 그러자 곧 이 모든 소란이 썩 마음에 차기까지 했다. 그는 기꺼운 마음이 들었을 뿐 아니라 큰 소리로 웃고, 웃고, 또 웃고 싶은 기분이 되기도 했다…… 온 신경이 그렇게 널뛰듯 했던 것이다.

"일리야 페트로비치!" 서기관은 걱정이 되어 말을 시작하려다가, 완력이라도 쓰지 않는 한 펄펄 뛰는 중위를 제어할 수 없다는 걸 경험으로 알고 있었기에, 때를 기다리며 입을 다물었다.

한편 화려한 부인의 경우 처음엔 천둥벼락 같은 소리에 그야말로 벌벌 떨었다. 하지만 이상한 노릇이었다. 욕설이 늘어나고 심해질수록 그녀의 모습은 더 다정해지고, 을러대는 중위를 향한 미소는 더 매혹적으로 변했다. 그녀는 자신이 끼어들 기회가 허락되기를 안절부절 기다리면서, 자리에서 종종거리고 쉴새없이 무릎을 굽혀 절을 하다가, 드디어

틈을 얻었다.

"저희 집에선 어떤 소란이나 싸움도 없었답니다, 대위님." 유창하긴 하지만 마치 콩이 뿌려진 듯 독일식 억양이 강하게 섞인 러시아어로 갑자기 그녀가 빠르게 종알거리기 시작했다. "어떤, 그 어떤 추태도 없었어요, 그 사람들은 들어올 때부터 취해 있었다니까요, 제가 다 말씀드릴게요, 대위님, 전 잘못이 없어요…… 저희 집은 점잖은 곳이에요, 대위님, 점잖게 교제하는 곳이라니까요, 대위님, 전 항상, 항상 어떤 말썽도 바란 적이 없답니다. 근데 그 사람들이 완전히 고주망태가 되어 와서는 술 세 병을 더 시키더니, 그중 한 사람이 다리를 들어서 피아노를 발로 치지 뭐예요, 점잖은 집에서 진짜 꼴불견이죠, 그러더니 피아노를 망가뜨려놨어요, 그래서 제가 예의라곤 정말, 정말 쥐꼬리만큼도 없군요, 하고 말했죠. 그랬더니 그 사람이 술병을 움켜쥐고는 그걸로 뒤에서 사람들을 다 막 치기 시작한 거예요. 그래서 제가 바로 경비원을 불렀죠, 그래서 카를이 오니까 그 사람이 카를을 잡고는 눈을 치더라고요, 겐리예트 눈도 때리고, 제 뺨도 다섯 대나 때렸답니다. 점잖은 집에서 이 무슨 무지막지한 짓일까요, 대위님, 그래서 제가 비명을 질렀죠. 그랬더니 그 사람이 운하 쪽으로 난 창문을 열더니 거기 대고 돼지새끼처럼 꽥꽥거리지 뭐예요. 창피한 일이죠. 어떻게 창문에 대고 길거리에다 돼지새끼처럼 그렇게 꽥꽥거릴 수가 있죠. 창피한 줄도 모르고. 쯧쯧쯧! 카를이 뒤에서 그 사람 양복을 잡아 창문에서 끌어내렸고요, 정말이에요, 대위님, 그러다 그 사람 양복이 뜯어졌어요. 그랬더니 그 사람이 벌금으로 15루블을 내야 한다고 고래고래 소리를 질렀답니다. 그래서 대위님, 제가 직접 양복값으로 그치에게 5루블을 줬어요. 그랬더니 대위님, 그 천박한 작자가 온갖 난동을 부리는 거예요! 너희를 풍자하는 글이 대문짝만하게 날 거다, 온갖 신문에다 너희에 대해 낱낱이 까발려줄 테다, 이러면서요."

"그러니까 글쟁이였군?"

"맞아요, 대위님, 세상에 그런 천박한 작자가, 대위님, 점잖은 집에서……"

"자, 자, 자! 그만! 내가 진작 말한 적 있었지, 말했잖아, 말했잖냐고……"

"일리야 페트로비치!" 서기관이 의미심장한 표정으로 다시 입을 열었다. 중위가 힐끗 그를 쳐다보았다. 서기관이 가볍게 고개를 끄덕였다.

"……그러니까 존경해 마지않는 라비자* 이바노브나, 내 마지막으로 한마디하지, 정말로 이게 마지막이야." 중위가 말을 이었다. "만일 너희 집에서, 네 그 점잖은 집에서 단 한 번이라도 또 말썽이 생기면 그땐 네게 모든 책임을 묻겠다, 그것도 고상하게 말해서 그렇다는 거야. 알아들었나? 그러니까 작가, 글쟁이라는 자가 '점잖은 집'에서 양복 소맷자락을 핑계로 5루블을 받아갔단 말이지? 글쟁이라는 것들이 그렇지!" 그는 라스콜니코프에게 경멸어린 시선을 던졌다. "엊그제 술집에서도 사건이 있었지. 어떤 자가 밥을 먹고는 돈을 안 내려다가 '내가 이 일로 너희를 풍자하는 글을 써주마'라고 했다더군. 지난주에도 증기선에서 어떤 작가가 존경받는 5등문관의 가족을, 그 부인과 딸을 비열하기 짝이 없는 말로 모욕했다고 하고, 얼마 전에는 어떤 과자점에서 그런 자

* 루이자의 러시아식 발음.

를 밀쳐서 내쫓았다고 하던데. 그들이 어떤 작자들이냐, 바로 작가에, 문인에, 대학생에, 선각자라는 것들이지…… 쳇! 넌 가봐! 내가 직접 들러볼 거야…… 그러니 조심해! 알아들었어?"

루이자 이바노브나는 서둘러 사방으로 살짝 무릎을 굽혀 상냥하게 인사를 하고는 무릎을 굽힌 채 문까지 뒷걸음질쳤다. 그러다 문에서, 호감이 가는 생기 있는 얼굴에 금색 구레나룻을 무성하니 멋지게 기른 출중한 외모의 장교에게 엉덩이를 부딪치고 말았다. 바로 경찰서장인 니코딤 포미치였다. 루이자 이바노브나는 거의 바닥에 닿을 정도로 무릎을 굽혀 서둘러 인사하고는, 종종걸음으로 뛰어 날듯이 경찰서를 빠져나갔다.

"또 천둥번개와 벼락이 쳤구먼, 한바탕 회오리에 폭풍이 불고 말이지!" 니코딤 포미치가 일리야 페트로비치에게 상냥하고 다정하게 말을 걸었다. "누가 또 속을 뒤집어놓으셨군, 또 잔뜩 열받은 걸 보니! 계단에서도 들리던걸."

"아니, 뭐가요!" 일리야 페트로비치는 걸을 때마다 발을 내딛는 쪽으로 어깨를 보기 좋게 틀면서 서류 뭉치를 들고 다른 책상 쪽으로 가며 점잖고 태연하게 말했다(그는 '뭐가요'가 아니라 '아아-니, 뭐어가-요!' 그 비슷하게 발음했다). "여기 보시죠. 이 작가 양반이, 거, 대학생이라나 뭐라나, 아무튼 예전에 대학생이었다는 양반이 돈도 안 내고, 어음을 남발하고, 집은 비워주지 않으니 끊임없이 고소가 들어오는데도, 내가 자기 있는 데서 담배 좀 피웠다고 불평을 합디다! 자기는 비-열-한 짓을 하면서 말입니다, 저기 저 사람 좀 보세요. 지금 저 모습, 정말 끝내주지 않습니까!"

"가난은 죄가 아닐세, 이 친구야, 뭘 그러나! 알만하군, 뻔하지, 화약씨가 모욕을 참지 못했구먼. 분명 선생도 저 사람에게 뭔가로 화가 나서 못 참은 모양이군요." 니코딤 포미치가 라스콜니코프를 향해 다정하게 말을 이었다. "그렇지만 괜한 짓을 했어요. 말씀드리자면 저 사람, 저-엉-말 좋은 사람입니다, 다만 화약 같아요, 화약 말입니다! 열이 확 오르면 부글부글 끓어올라 다 타버리지요. 하지만 그게 끝이에요! 뒤끝은 전혀 없어요! 결국엔 황금 같은 마음만 남아요! 오죽하면 군대에서 저 사람 별명이 '화약중위'였다니까요……"

"무슨 구-운-대 얘기까지 하고 그러세요!" 일리야 페트로비치는 자기를 그렇게 유쾌하게 띄워주는 말에 아주 흡족해하면서도, 여전히 분은 풀리지 않은지라 목소리를 높였다.

라스콜니코프는 갑자기 그들 모두에게 뭔가 아주 유쾌한 얘기를 해주고 싶어졌다.

"죄송합니다, 서장님." 그가 불쑥 니코딤 포미치를 향해 아주 허물없는 태도로 말하기 시작했다. "제 상황도 깊이 헤아려주십시오…… 제 편에서 뭔가 무례를 범한 거라면 용서를 구할 준비도 되어 있습니다. 저는 가난하고 몸도 성치 않은 대학생입니다, 가난 때문에 주눅들어 있지요(그는 '주눅들었다'라고 말했다). 지금 대학을 다니지 않는 것도 생계를 잇기가 힘들어서지만, 돈을 받을 겁니다…… 제게는 ○○현에 어머니와 동생이 있어서…… 돈을 보내줄 거고, 그럼…… 돈을 낼 거예요. 집주인은 착한 여자지만, 제가 과외 자리를 잃고 넉 달째 돈을 못 내니 화가 나서 밥도 안 보내줍니다…… 게다가 이게 무슨 어음인지 전 도통 알 수가 없네요! 집주인은 지금 이 차용증에 따라 제게 돈을 지불하라고 요구하고 있는데, 대체 무슨 돈을 내란 말입니까, 직접 판단해주십시오!"

"하지만 그건 우리가 상관할 바 아니에요……" 서기관이 다시 지적하려 했다……

"잠깐만요, 잠깐만요, 전적으로 옳으신 말씀입니다만, 저도 자세히 설명할 수 있게 허락해주시지요." 라스콜니코프는 여전히 서기관이 아니라 니코딤 포미치만 상대하면서도, 일리야 페트로비치의 관심 역시 끌어보려고 온 힘을 다해 애썼지만, 그는 고집스럽게 서류를 뒤적거리면서 경멸스럽다는 양 무시하는 척했다. "제 입장도 자세히 설명할 수 있게 해주세요, 저는 이미 삼 년 가까이 주인여자네 집에서 살고 있습니다, 시골에서 올라와서부터요, 그리고 진작부터…… 진작부터…… 하긴 제 입으로 고백하지 않을 이유도 없지요, 처음부터 저는 집주인의 딸과 결혼하겠다고 약속했습니다, 구두로 한 약속이고, 완전히 자유로운 약속이었어요…… 그 아가씨는…… 하지만, 그 아가씨가 마음에 들기도 했고요…… 사랑에 빠진 건 아니지만…… 한마디로 젊음 때문이라고 할까요, 그러니까 말씀드리려는 건, 그랬더니 집주인이 제게 돈을 많이 빌려줬고, 어느 정도는 그렇게 생활을 해나갔다는 겁니다…… 제가 너무 경솔했지요…… "

"그렇게 사적인 얘기는 전혀 하실 필요가 없소, 선생, 게다가 시간도 없고." 일리야 페트로비치가 의기양양해하며 거칠게 말을 자르려 했지만, 라스콜니코프는 말을 잇기가 갑자기 너무나 힘들어졌는데도 흥분하며 그를 제지했다.

"하지만 어느 정도라도 자세히 설명할 수 있게 해주세요, 부탁입니다…… 일이 어떻게 된 건지…… 제 입장에서요…… 당신 말씀대로입니다, 이런 걸 자세히 늘어놔봤자 쓸데없을지도 모르지요. 그렇지만 일 년 전 그 아가씨가 티푸스에 걸려 죽었고, 저는 예전처럼 그 집 세입자로 남아 있었는데, 집주인이 지금 집으로 옮겨와서는 제게 말했습니다…… 다정하게 말했어요…… 저를 전적으로 믿고 있고 그걸로 충분하지만…… 그래도 제가 빚진 걸로 되어 있는 도합 115루블에 대한 차용증을 써주면 안 되겠느냐고요. 들어보세요. 집주인이 한 말 그대로인데, 제가 그 차용증을 써주기만 하면 얼마가 됐든 원하는 대로 또 빌려주고, 먼저 돈을 갚기 전에는 절대로, 절대로 자기 쪽에서 이 차용증을 이용하지 않겠다고 바로 그렇게 말했단 말입니다…… 그래놓고 이제 와서 과외 자리도 없어지고 먹고살 것도 하나 없는데 집주인까지 독촉장을 보내다니요…… 이러니 대체 제가 지금 무슨 말을 할 수 있겠습니까?"

"선생, 그렇게 하나같이 감상적이고 시시콜콜한 일들은 우리와 상관이 없단 말이오." 일리야 페트로비치가 대놓고 말을 잘랐다. "댁은 답변서와 약정서를 제출해야 하며, 그쪽이 사랑에 빠지고 어쩌고 하는 그 모든 비극적인 대목들은 우리와 아무 상관이 없다고요."

"참, 사람도…… 인정머리하고는……" 책상에 앉아 마찬가지로 서류에 서명을 하기 시작하며 니코딤 포미치가 중얼거렸다. 어쩐지 부끄러워진 듯했다.

"쓰시죠." 서기관이 라스콜니코프에게 말했다.

"뭘 쓰란 말입니까?" 라스콜니코프는 몹시 퉁명스럽게 물었다.

"내가 불러드리죠."

라스콜니코프는 서기관이 자신의 고백을 들은 후 아까보다 더 성의 없고 무시하는 듯한 태도로 자신을 대하는 것 같았지만, 이상하게도 누가 무슨 생각을 하든 자기에겐 다 마찬가지라는 생각이 불쑥 들었는데, 이런 변화는 한순간 순식간에 일어났다. 물론 그가 조금이라도 생각을 하고자 했다면, 몇 분 전 어떻게 그들에게 그런 얘기를 할 수 있었을까, 어떻게 자신의 감정을 강요하기까지 했을까? 싶어 놀랐을 것이다. 더구나 느닷없이 어디서 그런 감정이 생겨났을까? 아까와는 반대로 지금 그의 마음은, 갑자기 이 방이 경찰서 관계자가 아니라 가장 친한 친구들로 가득찬다 해도 그들에게 해줄 어떤 인간적인 말도 찾을 수 없을 만큼 문득 공허해졌다. 괴롭고 끝없는 고독과 소외가 불러일으킨 암울한 감각이 갑자기 그의 마음에 의식할 수 있을 정도로 뚜렷이 느껴졌다. 그의 마음을 그렇게 갑작스레 바꾸어놓은 것은 일리야 페트로비치 앞에서 감정을 털어놓은 자기 행동의 비굴함도, 그에게 승리감을 느끼는 중위의 비열함도 아니었다. 오, 자신의 비굴함이니 중위나 독일 여자의 자존심이니 독촉장이나 경찰서니 하는 따위가 도대체 지금 그에게 다 무슨 상관이란 말인가! 지금 이 순간 그에게 화형을 선고한다 해도 그는 눈 하나 꿈쩍하지 않을 것이며, 선고에 귀기울이는 일조차 없을 것이다. 전혀 알 수 없고 한 번도 경험해보지 못한 새롭고 돌연한 무언가가 그의 마음에 생겨난 것이다. 조금 전처럼 감상적인 심경을 토로하는 것뿐만 아니라, 어떤 일로든 경찰서에 있는 이 사람들을 더이상 상대해선 안 된다는 것을, 그들 모두가 경찰서 중위가 아니라 그와 피를 나눈 형제자매라 한들, 사는 동안 어떤 경우에도 그들을 상대할 이유가 전혀 없다는 것을 그는 머리로 이해한 게 아니라 감각이 지닌 모든 힘으로 선명하게 느꼈다. 이런 기묘하고 무서운 감각은 지금까지 단 한 번도 경험해본 적이 없었다. 무엇보다 괴로운 것은, 이것이 의식이나 관념이 아니라 감각이라는 점이었다. 직접적인 감각, 지금까지 살면서 경험한 감각 중 가장 고통스러운 감각이었다.

서기관은 이런 경우 통상적으로 쓰는 답변서 형식, 다시 말해 돈을 지불할 수 없으니 어느어느 때(언제쯤) 갚을 것을 약속하며, 도시를 떠나지 않을 것이고, 재산을 팔지도 증여하지도 않겠다 등의 내용을 불러주기 시작했다.

"근데 제대로 쓰지를 못 하시네요, 손에서 펜이 굴러떨어지겠어요." 서기관이 호기심어린 눈으로 라스콜니코프를 살펴보며 지적했다. "어디 아프세요?"

"네…… 머리가 어지러워서요…… 계속하세요!"

"이제 됐습니다. 서명하세요."

서기관은 서류를 접수한 다음 다른 일을 보기 시작했다.

라스콜니코프는 펜을 돌려주었으나, 일어나 가는 대신 양 팔꿈치를 탁자에 올리고 양손으로 머리를 꽉 눌렀다. 정수리에 못을 박아넣는 것 같았다. 문득 이상한 생각이 들었다. 당장 일어나 니코딤 포미치에게 가서 어제 일어난 일을 아주 상세하게 다 말하고, 그들과 함께 자기 방으로 가서 방구석 구멍에 숨긴 물건들을 보여주자는 생각이었다. 이 욕망이 너무도 강렬한 나머지, 그는 그걸 실행하기 위해 이미 자리에서 일어선 참이었다. '잠깐이라도 좀더 생각해봐야 하는 건 아닐까?' 하는 생각이 들었다. '아니야, 생각 같은 건 안 하는 게 나아, 어깨에서 짐을 내려놓자!' 하지만 갑자기 그는 못박힌 듯 우뚝 멈춰 서버렸다. 니코딤 포미치가 흥분해서 일리야 페트로비치에게 하는 말이 그에게까지 들려온 것이다.

"그럴 리가 없네, 두 사람 다 풀어줘야 해! 첫째로 모든 것이 모순되지 않는가. 생각해보게. 만일 그자들이 한 짓이라면 왜 수위를 불렀겠나? 스스로를 고발하려고, 응? 아니면 교활해서? 아니야, 그랬다면 지나치게 교활했던 거지! 마지막으로 대학생 페스트랴코프가 정문으로 들어서던 순간, 마침 수위 두 명과 소시민 출신 여자 하나가 바로 그 정문에서 그를 봤다더군. 그자는 친구 세 명과 함께 왔다가 바로 그 정문에서 헤어졌는데, 수위들에게 노파 집에 대해 이것저것 캐물어본 건 아직 친구들과 같이 있을 때였지. 자, 그런 의도로 갔다면 그런 식으로 캐물어보겠나? 코흐도 그렇지, 그자는 노파에게 가기 전에 아래층 은세공업자 집에 삼십 분 정도 앉아 있다가 정확히 여덟시 십오 분 전에 거기서 노파네로 올라갔다는 거야. 이제 생각해보게……"

"하지만 잠깐만요, 그럼 이런 모순은 도대체 어떻게 생긴 걸까요. 자기들이 두드렸을 때는 잠겨 있었다는데, 삼 분 후 수위와 함께 갔을 때는 문이 열려 있더라 우긴다지 않습니까, 네?"

"문제는 바로 거기 있는 걸세. 분명 살인자가 빗장을 지르고 거기 박혀 있었던 거야. 만일 코흐가 직접 수위를 데리러 가는 바보짓만 안 했다면, 분명 거기서 그놈을 덮쳤을 텐데. 그자는 바로 그 틈을 이용해 계단을 내려가 용케 사람들을 피해 달아나는 데 성공한 거지. 코흐는 양손으로 성호를 그으며 '만일 제가 거기 남아 있었다면 그자가 뛰쳐나와 날 도끼로 죽였을 겁니다'라고 하더군. 러시아식 감사 기도라도 올리고 싶었겠지, 하하!……"

"그럼 살인자는 아무도 못 본 겁니까?"

"대체 어디서 보겠습니까? 집이 노아의 방주 같던데." 자기 자리에서 귀를 기울이던 서기관이 지적했다.

"사건은 명확해, 명확한 사건이라고!" 니코딤 포미치가 흥분해서 되풀이했다.

"아니요, 전혀 명확하지 않습니다." 일리야 페트로비치가 확신에 차 말했다.

라스콜니코프는 모자를 집어들고 문 쪽으로 걸어갔지만, 문에 이르지 못했다……

정신을 차렸을 때 그는 자신이 의자에 앉아 있고, 오른쪽에서 누군가가 그를 부축하고 있으며, 왼쪽에는 또다른 사람이 노란색 액체가 가득 담긴 노란 컵을 들고 서 있고, 앞에서는 니코딤 포미치가 자신을 뚫어지게 쳐다보며 서 있는 걸 발견했다. 그는 의자에서 일어났다.

"왜 그러시오, 아픈 겁니까?" 니코딤 포미치가 다분히 날카로운 어조로 물었다.

"서명을 할 때도 펜을 못 놀리던걸요." 자기 자리에 앉아 다시 서류일에 착수하며 서기관이 지적했다.

"오래전부터 아팠소?" 역시 서류를 뒤적이며 일리야 페트로비치가 자기 자리에서 소리쳤다. 라스콜니코프가 기절했을 때 물론 그도 아픈 사람을 살펴보았지만, 라스콜니코프가 정신을 차리자마자 자리를 뜬 것이다.

"어제부터요……" 라스콜니코프가 중얼거리며 대답했다.

"어제 밖에 나갔소?"

"나갔습니다."

"아픈데도?"

"아픈데도요."

"그게 몇시요?"

"저녁 일곱시가 넘어섭니다."

"어디에 갔는지 물어봐도 되겠소?"

"거리를 헤맸습니다."

"간단명료하구먼."

라스콜니코프는 백지장처럼 온통 하얗게 질린 얼굴로 타는 듯한 검은 눈을 일리야 페트로비치의 시선에서 거두지 않은 채 거칠게 툭툭 내뱉듯 대답했다.

"간신히 서 있는 사람한테, 자네는……" 니코딤 포미치가 질책하려 했다.

"그-게-뭐요!" 일리야 페트로비치는 어쩐지 별나게 굴었다. 니코딤 포미치는 뭔가 더 말을 보태려 했지만, 역시 그를 뚫어져라 바라보고 있는 서기관을 보고는 입을 다물었다. 갑자기 모두가 침묵했다. 이상했다.

"흠, 좋소." 일리야 페트로비치가 결론을 내렸다. "가보셔도 좋소."

라스콜니코프는 밖으로 나왔다. 그가 나오자마자 열띤 대화가 시작되는 것이 그에게도 들렸고, 그중에서도 니코딤 포미치의 의문에 찬 목소리가 가장 잘 들렸다…… 거리로 나와 그는 완전히 정신을 차렸다.

"수색이, 수색이, 곧 수색이 있겠구나!" 그는 집으로 가는 걸음을 재촉하며 혼잣말을 되풀이했다. "날강도 같은 놈들! 의심하고 있어!" 아까와 같은 공포가 다시금 머리에서 발끝까지 온통 그를 사로잡았다.

2

'벌써 수색을 했으면 어쩌지? 내 방에서 그자들과 딱 마주치면 어쩌지?'

하지만 그는 이미 방에 와 있었다. 아무 일도, 아무도 없다. 누구도 들여다보지 않았다. 나스타시야조차 건드리지 않았다. 하지만 맙소사! 아까는 어떻게 저 물건들을 전부 저 구멍 속에 내버려두고 나갈 수 있었을까?

그는 구석으로 돌진해서는 벽지 아래에 손을 넣고 물건을 끄집어내 주머니에 넣기 시작했다. 전부 여덟 개였다. 자세히 보진 않았지만, 귀고리거나 그 비슷한 것이 담긴 작은 상자가 두 개 있었다. 그다음 염소 가죽으로 된 자그마한 상자도 네 개 있었다. 목걸이 하나는 그냥 신문지에 싸여 있었다. 신문지로 싸인 것이 또하나 있었는데, 훈장 같았다……

가능한 한 표가 나지 않게 하려 애쓰며, 그는 모든 물건을 주머니 여기저기, 즉 외투 주머니와 아직 남아 있는 오른쪽 바지 주머니에 넣었다. 지갑도 물건과 함께 챙겼다. 그러고는 이번엔 문을 활짝 열어놓고 방에서 나왔다.

그는 굳건한 발걸음으로 빠르게 걸었고, 온몸이 만신창이가 된 느낌이었지만 그래도 의식은 남아 있었다. 그는 추적이 두려웠고, 반시간이나, 당장 십오 분 후에라도 그를 감시하라는 명령이 내려질까 두려웠다. 그러니 무슨 일이 있어도 때가 되기 전에 증거를 없애버려야 했다. 조금이라도 아직 힘이 남아 있고 조금이라도 판단력이 남아 있는 동안 처리해야만 했다…… 그런데 어디로 가야 하나?

이 문제는 이미 오래전에 결정해놓았다. '전부 운하에다 버리는 거야, 증거물을 물에 던져버리면 일은 끝난다.' '어서, 어서, 전부 내버려야 해'라며 일어나 나가야 한다고 몇 번이나 발작적으로 허우적대던 그 밤, 제정신이 아니던 바로 그 순간 그렇게 하기로 결정했고, 그는 그걸 기억하고 있었다, 하지만 해보니 버리는 것도 결코 쉽지 않았다.

그는 예카테린스키 운하 기슭을 벌써 삼십 분이나, 어쩌면 그보다 더 오래 서성이고 있었고, 운하로 내려가는 길과 마주칠 때마다 몇 번이나 그곳을 살펴보곤 했다. 하지만 계획을 실행할 엄두조차 나지 않았다. 운하로 내려가는 길에는 뗏목이 놓여 있고 거기서 세탁부들이 빨래를 하는가 하면, 작은 배들을 대놓기도 해서 사방에 사람들이 바글거렸고, 기슭 어디서든지, 사방에서 사람들이 보거나 눈치챌 수 있었다. 작정하고 내려가 멈춰 서서 뭔가 물에 던져 넣는다면 의심받을 수도 있다. 더구나 상자들이 가라앉지 않고 떠내려가면 어쩔 것인가? 그래, 물론 그럴 것이다. 그럼 모두 보게 되겠지. 그러잖아도 이미 마주치는 사람들 모두 오직 그에게만 볼일이 있다는 듯 그를 유심히 살펴보고 있다. '왜들 이러는 걸까, 아니면 혹시 나만 그렇게 느끼는 걸까'라고 그는 생각했다.

이윽고 차라리 어디든 네바강 쪽으로 가보는 게 낫지 않을까? 하는 생각이 머릿속에 떠올랐다. 거기는 사람도 적고 눈에도 덜 띄니까 어쨌든 더 편할 테고, 중요한 건 여기서 멀다는 점이다. 문득 그는 놀랐다. 반 시간 내내 근심과 불안에 떨며 위험한 곳을 서성여놓고는 어떻게 좀더 일찍 이런 생각을 하지 못했을까! 이렇게 무분별한 일에 반 시간을 통째로 허비하다니, 그것도 비몽사몽간에 의식이 흐릿한 가운데 무턱대고 결정한 일로! 그는 극도로 정신이 산란해지고 기억이 흐려졌으며, 그렇다는 걸 스스로도 알고 있었다. 결단코 서둘러야만 했다!

그는 V대로를 따라 네바강으로 갔다. 하지만 가는 도중에 문득 또다른 생각이 들었다. '왜 하필 네바강이지? 왜 꼭 물에 버려야 하나? 다시 섬으로 가더라도 어디 아주 먼 곳으로 가서, 거기 숲속 외딴 곳 어딘가 관목 아래에 전부 파묻어버리고 나무에 표시를 해두는 게 더 낫지 않을까?' 비록 이 순간 자신이 모든 것을 명확하게 제대로 판단할 수 있는 상태가 아니라는 건 느꼈지만, 그래도 이 생각은 틀리지 않은 것 같았다.

하지만 섬으로 갈 운명도 아니었는지 다른 일이 일어났다. V대로에서 나와 광장 쪽으로 가던 그는 우연히 왼편에서 창문 하나 없이 벽으로만 둘러싸인 어떤 마당으로 들어가는 입구를 발견한 것이다. 정문 입구로 들어서자 바로 오른편에 창도 없고 회칠도 하지 않은 4층 옆 건물의 벽이 마당 안쪽으로 길게 뻗어 있었다. 마찬가지로 정문 바로 왼편에는 창이 없는 벽과 나란히 나무로 된 담장이 마당 깊숙이 스무 걸음쯤 이어지다 이내 왼쪽으로 굽어졌다. 자재 같은 게 놓인, 인적이 드물고 사방이 꽉 막힌 장소였다. 좀더 들어가니 마당 깊숙한 곳 담장 뒤편으로 분명 어떤 작업장의 일부인 듯한, 낮고 연기에 그을린 석조 창고의 한 귀퉁이가 보였다. 아마도 마차를 만드는 곳이거나 철공소, 또는 그 비슷한 종류의 시설인 듯했다. 문 바로 앞쪽부터 사방이 자욱한 석탄재에 뒤덮여 시꺼멨다. '여기다 슬쩍 버리고 가면 되겠다!' 갑자기 그런 생각이 들었다. 마당에 아무도 없는 걸 깨닫고는 그는 문으로 걸음을 옮겼고, 들어서자마자 바로 문 근처 담장에 홈통이 덧대진 걸 발견했는데(공장노동자나 조합원, 마부 같은 사람들이 많은 건물엔 보통 그렇게 설치되어 있다), 홈통 위 담장에는 이런 데 보통 적어두는 "요기 멈처 스지마 시오"*라는 익살스러운 글귀가 분필로 적혀 있었다. 따라서 잠깐 들러 걸음을 멈춘다 한들 아무도 의심하지 않을 테니 정말 좋은 일이다. '여기 어디다가 한꺼번에 몽땅 버리고 뜨자!'

다시 한번 주위를 찬찬히 둘러본 후 이미 손을 주머니에 집어넣은 바로 그때, 갑자기 정문과 홈통 사이, 전체 폭이 1아르신 정도 되는 외벽 공간에 무게가 대략 1푸트 반**은 나갈 만한 가공하지 않은 커다란 돌덩이가 거리 쪽 돌벽에 딱 붙어 있는 게 보였다. 그 벽 뒤로 거리와 보도가 있어 행인들이 돌아다니는 소리가 들렸는데, 항상 적지 않은 사람이 오가는 곳이었다. 하지만 거리에서 일부러 이쪽으로 온다면 모를까 문 너머로는 아무도 그를 볼 수 없긴 했는데, 그렇다 해도 그런 일은 충분히 있을 수 있으므로 서둘러야 했다.

그는 몸을 굽혀 양손으로 돌 윗부분을 꽉 잡고는 온 힘을 다해 돌을 뒤집었다. 돌 아래에 구덩이가 약간 움푹하게 파였다. 곧장 그리로 주머니에 있는 걸 전부 다 던져넣기 시작했다. 지갑이 맨 위에 놓였는데, 그래도 패인 구덩이에는 아직 공간이 남아 있었다. 그다음 다시 돌을

---

* '노상방뇨 금지'라는 뜻. 철자와 띄어쓰기가 틀려 있다.

** 제정 러시아의 무게 단위. 1푸트는 약 16.4킬로그램.

잡고 한 번 굴려 원래 있던 쪽으로 뒤집자, 조금, 아주 살짝 전보다 위로 뜬 것 같기는 했지만, 돌은 예전 위치에 딱 맞게 놓였다. 그는 흙을 그러모아 가장자리를 발로 다졌다. 감쪽같았다.

그러고서 그는 밖으로 나와 광장 쪽으로 방향을 잡았다. 조금 전 경찰서에서처럼 견딜 수 없을 정도로 강렬한 기쁨이 다시 한번 순식간에 그를 사로잡았다. '증거를 없앴다! 저런 돌덩이 밑을 찾아볼 생각을 누가, 대체 누가 할 수 있겠어? 돌은 아마도 건물이 지어졌을 때부터 거기 있었을 테고, 앞으로도 그만큼 오랫동안 거기 놓여 있을 거야. 설사 찾아낸다 해도 누가 나라고 생각하겠어? 모든 건 끝났다! 증거는 없어!' 그는 웃기 시작했다. 그랬다, 나중에도 기억해냈지만, 그는 신경질적으로 밭은 웃음을 소리 죽여 오래도록 내뱉었고, 광장을 지나는 내내 계속 그렇게 웃어댔다. 하지만 엊그제 소녀를 만났던 K산책로에 접어들자 갑자기 웃음이 멎었다. 다른 생각들이 머릿속에 떠오른 것이다. 역시나 갑자기, 그때 소녀가 떠난 후 자신이 앉아 생각에 잠겼던 그 벤치 옆을 지나는 것이 지금은 끔찍이도 혐오스럽게 여겨졌고, 또 그때 20코페이카를 주었던 콧수염 난 순경을 다시 만나면 지독하게 괴로울 것 같았다. '빌어먹을 놈!'

적의에 찬 시선으로 산만하게 이리저리 주위를 바라보며 그는 걸었다. 지금 그의 모든 생각은 어떤 중요한 지점 주위를 맴돌고 있었다. 이것이야말로 정말로 중요한 사항이고, 지금, 바로 지금, 자신이 이 중요한 문제와 일대일로 마주보게 되었으며, 심지어 이런 일은 최근 두 달 만에 처음 있는 일이라는 걸 스스로 느낄 수 있었다.

'다 빌어먹을 것들이야!' 문득 발작적으로 한없는 적의를 느끼며 그는 생각했다. '그래, 시작됐어, 이렇게 시작돼버렸어, 노파니, 새로운 삶이니, 다 빌어먹을 것들이야! 맙소사, 어쩌면 이렇게 어리석은지!…… 오늘 나는 얼마나 많은 거짓말을 하고, 얼마나 많은 비열한 짓을 저질렀던가! 방금 전 얼마나 혐오스럽게 아첨을 하며, 추악하기 짝이 없는 일리야 페트로비치와 시시덕거렸나! 하긴 이것도 다 헛소리야! 그자들 모두, 그리고 아첨하고 시시덕거린 행동 따위, 침이나 뱉어주면 되지! 문제는 결코 그게 아니다! 결코 그게 아니야!……'

갑자기 그는 멈춰 섰다. 새롭고 전혀 예상치 못한, 너무나 단순한 의문이 한순간 그를 혼란스럽게 했고, 아프도록 그를 놀라게 했다.

'만일 정말로 이 모든 것이 멍청해서가 아니라 의식적으로 한 일이라면, 네게 정말로 명확하고 확고한 목표가 있었다면, 너는 왜 심지어 지금까지 지갑을 들여다보지도 않고, 네가 손에 넣은 것이 무엇인지도 모르고 있는 거지, 그것 때문에 온갖 고통을 감수하며 그렇게 비열하고 추악하고 천한 일을 의식적으로 저지르고도? 실제로 방금 넌 지갑을, 마찬가지로 아직 확인해보지도 않은 다른 물건들과 함께 모조리 강물에 던져버리려 했어…… 대체 어떻게 그럴 수 있지?'

그렇다, 그건 사실이다. 모든 게 사실이다. 하긴 그건 전부터 알고 있었고, 그에겐 전혀 새로운 질문이 아니다. 간밤에 물에 던져버리기로 결정했을 때도, 조금의 동요도, 반대도 없이 마치 당연히 그래야 하는 것처럼, 다른 방법은 불가능한 것처럼, 그렇게 결정되었다…… 그랬다, 그는 이 모든 걸 알고, 모든 걸 기억하고 있었다. 어쩌면 그건 어제 그가 궤짝 앞에 쭈그리고 앉아 거기서 상자들을 끄집어내던 바로 그 순간 이미 그렇게 결정된 것인지도 모른다…… 정말 그렇다!……

'몸이 너무 아파서 그래.' 결국 그는 우울하게 이런 결론을 내렸다. '스스로를 못살게 괴롭혀서 무슨 짓을 하는지도 모르는 거야…… 어제도, 그제도, 요 근래 계속 나 자신을 괴롭혔어…… 몸이 나으면…… 스스로를 괴롭히진 않겠지…… 하지만 전혀 회복되지 않으면 어쩌지? 맙소사! 이 모든 게 정말 지긋지긋하다!……' 그는 멈추지 않고 걸었다. 어떻게든 기분을 바꿔보고 싶은 마음이 간절했지만, 무엇을 해야 할지, 어디서부터 시작해야 할지 알 수 없었다. 떨치기 힘든 새로운 감각 하나가 거의 매 순간 점점 더 그를 사로잡았다. 그건 바로 마주치는 모든 사람과 주변을 향한, 집요하고 적의와 증오로 가득찬, 거의 육체적으로 느껴질 정도의 한없는 혐오감이었다. 마주치는 사람마다 다 혐오스럽고, 그들의 얼굴, 걸음걸이, 행동거지가 혐오스러웠다. 누군가 그에게 말을 걸었다면, 그게 누구든 그냥 침을 뱉고 깨물어버렸을 것이다……

말라야 네바 강변으로 나와 바실리옙스키섬 다리 근처에서 그는 문득 걸음을 멈췄다. '여기 이 건물에 그 녀석이 살고 있지.' 그는 생각했다. '이건 또 뭐야, 어쩌다가 내 발로 라주미힌에게 오게 된 거지! 또 그때랑 똑같군…… 그런데 정말 궁금하다. 내 의지로 온 걸까, 아니면 그냥 걷다보니 이리로 오게 된 걸까? 아무렴 어때. 그저께…… 그 일이 끝난 다음날 그 녀석에게 가겠다고…… 하지 않았나, 자, 그러니 가자! 이제 못 갈 것도 없는데, 뭐……'

그는 5층 라주미힌의 방으로 올라갔다.

마침 그는 집에 있었고, 자신의 골방에서 뭔가 몰두해서 쓰다가 직접 문을 열어주었다. 서로 못 본 지 넉 달쯤 되었다. 라주미힌은 누더기처럼 낡은 실내용 가운을 입고서 맨발에 슬리퍼를 신고, 마구 헝클어진 머리에 수염도 깎지 않고 씻지도 않은 채 자기 방에 틀어박혀 있었다. 얼굴에는 놀란 표정이 역력했다.

"네가 어쩐 일이냐?" 그는 들어온 친구를 머리에서 발끝까지 훑어보며 소리를 질렀다. 그리고 잠시 입을 다물었다가 휘파람을 휙 불었다.

"정말 그렇게 형편이 안 좋은 거야? 이 친구, 행색이 우리 패거리보다도 심하잖아." 라스콜니코프의 누더기 같은 옷을 바라보며 그가 덧붙였다. "자, 앉아, 많이 지쳐 보인다!" 라스콜니코프가 자기 침대보다 훨씬 더 상태가 안 좋은, 방수포를 깐 터키식 소파에 무너지듯 주저앉자, 라주미힌은 문득 자기를 찾아온 손님이 아프다는 걸 알아차렸다.

"너 단단히 병이 났구나, 알고는 있는 거냐?" 그는 친구의 맥을 짚기 시작했다. 라스콜니코프는 팔을 잡아뺐다.

"됐어." 라스콜니코프가 말했다. "내가 온 건…… 뭐 때문이냐면, 과외 자리가 하나도 없어서…… 좀 했으면 했는데…… 하지만 과외 같은 건 전혀 필요 없어……"

"그거 알아? 네가 지금 헛소리하고 있다는 거!" 그를 뚫어져라 살피던 라주미힌이 말했다.

"아니, 헛소리하는 거 아니야……" 라스콜니코프는 소파에서 일어났다. 라주미힌의 방으로 올라오면서 그는 친구와, 그러니까 이렇게 얼굴과 얼굴을 맞대야 한다는 생각은 미처 못했다. 지금 이 순간 온 세상을 통틀어 누구와도 얼굴을 맞댈 기분이 전혀 아니라는 걸 그는 이미 경험으로 단번에 알 수 있었다. 속에서 짜증이 잔뜩 치밀었다. 라주미힌의 방 문지방을 넘자마자 자기 자신에 대한 증오심으로 그는 거의 숨이 막힐 지경이었다.

“잘 있어!” 불쑥 그는 이렇게 말하고 문 쪽으로 걸어갔다.

“잠깐 기다려, 기다리라고, 괴짜 같으니!”

“됐어!……” 다시 손을 빼내며 그가 되풀이해서 말했다.

“이럴 거면, 빌어먹을, 뭐하러 온 거야! 정신 나갔어, 엉? 정말, 이건…… 거의 모욕적이군. 이렇게는 못 보내지.”

“그럼, 들어봐. 너한테 찾아온 건, 시작할 수 있도록…… 도와줄 수 있는 사람을 너 말고는 모르기 때문이야…… 넌 그 누구보다 착하고, 그러니까, 더 똑똑하고 판단할 줄 아니까…… 하지만 내겐 아무것도 필요 없다는 걸 이제 알겠어, 듣고 있니, 정말 아무것도…… 누구의 도움도, 관심도…… 나 스스로…… 혼자서…… 자, 그만하자! 날 가만 내버려둬!”

“잠깐만 기다려봐, 이 굴뚝청소부*야! 진짜 미친놈 아냐! 너 하고 싶은 대로 해라. 이봐, 과외 자리는 나도 없어, 그래도 상관없는 게 톨쿠치 시장에서 책을 파는 헤루비모프라는 사람이 있거든, 근데 이 사람 자체가 일종의 과외 자리 같은 거란 말이지. 이제 나는 상인 집에서 수업 다섯 개를 시켜준대도 그 사람하고 안 바꿀 거야. 그 사람은 출판일인가를 해서 자연과학 서적을 내는데, 이게 얼마나 잘 팔리는지 몰라! 제목 하나만 해도 돈이 얼만지! 넌 항상 내가 멍청하다고 했지. 근데 이 친구야, 다행인 게 나보다 더 멍청한 사람도 있더라니까! 지금은 경향성 있는 책들도 다루고 있어. 정작 자기는 쥐뿔도 이해를 못하면서 말

---

* 러시아에서 비밀이 많은 사람을 가리키는 표현. 재로 얼굴도 가려지고, 굴뚝 안에서 무슨 일을 하는지 아무도 볼 수 없는 데서 유래했다.

야, 나야 뭐, 물론, 치켜세워주고 있지만. 여기 두 장*이 좀 넘는 독일어 원문이 있어. 내 생각에는 박식한 척하지만 정말 한심한 소리만 늘어놓고 있어. 한마디로 여자가 인간인지 아닌지 고찰하고 있다니까? 뭐, 물론 인간이라고 엄숙히 증명하고 있긴 하지만. 헤루비모프는 이걸 여성문제와 관련해서 준비하고 있어. 번역은 내가 하고 있고. 그 사람은 이 두 장 반을 여섯 장쯤으로 늘릴 생각이고, 우리는 제목을 반 쪽쯤 되게 아주 멋들어지게 달아서 50코페이카에 내놓으려고 해. 잘될 거야! 번역료가 장당 6루블이니까 모두 해서 15루블이 되고, 6루블은 선불로 받았지. 이걸 끝내면 고래에 대한 번역을 시작할 거고, 그다음엔 『고백록』** 2장에 나오는 하품이 쩍쩍 나는 장광설도 번역하기로 찍어두었으니 그걸 하게 될 거야. 누가 헤루비모프에게 루소가 라디셰프***와 비슷하다고 했다나. 물론 나는 반박할 생각 없어, 아무러면 어떠냐! 어때, 『여자는 인간인가?』 두번째 장을 한번 번역해볼래? 원한다면 당장 원문을 가져가, 펜과 종이도 가져가고. 다 그쪽에서 대주는 거야. 그리고 3루블도 받아가고. 내가 번역을 다 하는 조건으로 첫번째와 두번째 장 번역료를 미리 좀 받아두었거든, 그러니까 3루블은 바로 네 몫인 셈이지. 한 장 다 끝내면 3루블을 더 받게 될 거야. 그리고 하나 더, 제발 내가 뭔가 베푸는 거라고는 생각하지 마라. 오히려 반대야, 네가 들어오

---

* 당시 원고의 기준은 전지 한 장으로, 전지 한 장은 책 16페이지다.

** 장자크 루소의 『고백록』.

*** 러시아의 계몽주의 사상가이자 작가. 러시아 농노의 비참한 현실을 고발한 작품 『페테르부르크에서 모스크바로의 여행』을 써서 체포되었고, 책은 소각령이 내려졌다. 사상도 유사할 뿐더러 루소 역시 『에밀』을 썼다가 체포되고 책이 소각된 적이 있어, 당대 러시아의 급진적인 작가나 비평가 들은 라디셰프와 루소를 자주 비교하곤 했다.

자마자 널 어디 써먹을 데가 없을까 먼저 계산해봤거든. 첫째로 난 철자법에 서툴고, 둘째로 독일어가 영 서툴러서 어떨 때는 자꾸만 맘대로 지어내곤 하거든, 그렇게 해서 훨씬 더 나은 결과가 나올 수도 있다고 위안이나 할 뿐이지. 하지만 누가 알겠어, 나아지기는커녕 더 엉망이 될지…… 가져갈래, 말래?"

라스콜니코프는 잠자코 독일어 논문을 들고 3루블을 집더니, 아무 말 없이 밖으로 나가버렸다. 라주미힌은 놀라서 그 뒷모습을 쳐다보았다. 하지만 라스콜니코프는 1번가까지 갔다가 갑자기 발길을 돌려 라주미힌에게 다시 올라와 독일어 논문과 3루블을 책상에 놓고는 역시 아무 말도 하지 않고 나가버렸다.

"너 돌았냐, 엉!" 결국 격노한 라주미힌이 울부짖었다. "무슨 코미디 하는 거냐고! 나까지 돌겠네…… 제기랄, 이럴 거면 도대체 왜 온 거야?"

"필요 없어…… 번역 따위……" 벌써 계단을 내려가며 라스콜니코프가 중얼거렸다.

"그럼 대체 무슨 빌어먹을 게 필요한데?" 라주미힌이 위에서 소리를 질렀다. 라스콜니코프는 아무 말 없이 계속 계단을 내려갔다.

"야, 인마! 너 사는 데는 어디야?"

대답이 없었다.

"제기랄, 네 맘-대-로 해!……"

하지만 라스콜니코프는 이미 거리로 나왔다. 니콜라옙스키 다리에서 아주 불쾌한 일을 당한 후에야 다시 한번 정신이 번쩍 들었다. 마부가 서너 번 소리를 질렀는데도 하마터면 그가 말에 깔릴 뻔했기 때문에, 마차를 몰던 마부가 그의 등을 채찍으로 세게 내리친 것이다. 그는 채찍을 맞아 너무나 화가 난 나머지, 난간 쪽으로 펄쩍 뛰어올라 (왜 사람이 아니라 마차가 다니는 다리 한복판을 걸어갔는지는 알 수 없다) 증오심에 소리가 나도록 이를 부득부득 갈았다. 주위에는 물론 웃음소리가 퍼졌다.

"꼴좋다!"

"사기꾼 같으니."

"뻔하지, 취한 척하고 일부러 바퀴 밑으로 기어들어가는 거야. 그러고는 책임지라고 하는 거지."

"저렇게 먹고사는 거야, 대단도 하지, 저렇게 먹고산다고……"

하지만 난간에 기대서 등을 문지르며, 멀어져가는 마차 뒤를 온통 얼이 빠진 채, 그러나 증오스럽게 계속 바라보고 있던 그때, 문득 누군가 그의 손에 가만히 돈을 쥐여주는 것이 느껴졌다. 그는 그쪽을 쳐다보았다. 머리에 스카프를 두르고 염소가죽 단화를 신은 중년의 여자 상인이, 모자를 쓰고 초록색 양산을 든 딸로 보이는 소녀를 데리고 있었다. "받으세요, 아저씨, 주님의 축복이 있기를." 그가 돈을 받자 그들은 지나갔다. 20코페이카짜리 은화였다. 그의 옷차림이나 행색은 거지로, 길에서 푼돈이나 동냥하는 진짜 거지로 보이기에 충분했고, 아마도 채찍질당하는 걸 보고 가엾어서 20코페이카를 적선한 모양이다.

그는 20코페이카짜리 은화를 손에 꼭 쥐고 열 걸음쯤 가다 네바강, 궁전 쪽으로 고개를 돌렸다. 하늘에는 작은 구름 한 점 없고, 물빛은 네바강에서 좀처럼 보기 힘든 하늘색에 가까웠다. 성당의 둥근 지붕은 예배당에서 스무 걸음도 채 되지 않는 여기 다리에서 바라볼 때 가장 아름답게 보이는데, 깨끗한 공기 사이로 장식 하나하나까지 선명히 구별할 수 있을 정도로 빛나고 있었다. 채찍에 맞은 통증이 가라앉았고, 라스콜니코프는 맞았다는 사실도 잊었다. 불안하고 분명치 않은 상념 하나가 지금 그를 유난히도 사로잡았다. 그는 우두커니 서서 먼 곳을 오래도록 물끄러미 바라보았다. 이곳은 그에게 특별히 익숙한 곳이었다. 대학을 다닐 때 보통, 주로 집으로 돌아오는 길에 자주 있었던 일인데, 아마도 백 번쯤 바로 이 자리에 멈춰 서서 몹시도 장엄한 이곳 풍광을 물끄러미 바라보곤 했고, 그럴 때면 늘 풀리지 않는 어떤 어렴풋한 인상에 놀라곤 했다. 이 장엄한 풍광은 항상 그에게 설명할 수 없는 냉기를 불러일으켰다. 그에게는 이 화려한 풍경이 말 못하고 귀먹은 영혼으로 가득찬 것 같았다…… 매번 자신이 받은 음울하고 수수께끼 같은 인상에 놀라 스스로를 믿지 못한 채 수수께끼 푸는 일을 미래로 미루어두곤 했다. 그런데 지금 문득 예전에 품었던 의문과 의혹이 강렬하게 떠올랐고, 지금 그것을 떠올린 게 우연이 아닌 것 같았다. 예전과 똑같은 자리에 멈춰 섰다는 한 가지 사실이 그에게 놀랍고 기이하게 여겨졌는데, 지금도 예전과 똑같은 것을 생각하고, 바로 얼마 전 일인 양…… 예전과 똑같은 주제와 풍경에 관심을 가질 수 있다고 정말로 상상한 듯 싶었다. 우스꽝스럽게 느껴지기도 했지만, 동시에 심장이 아프도록 조여왔다. 지금 그에게는 그 모든 지나간 과거, 예전의 생각들, 예전의 과제들, 예전의 주제들, 예전의 인상들, 그 모든 풍광과 자기 자신, 그 모든 것, 모든 것이 저 아래 어딘가 깊은 곳, 발아래 잘 보이지 않는 곳에 숨어 있는 것 같았다…… 그가 어딘가로 날아올라 눈앞에서 모든 게 사라진 것 같았다…… 그는 무심코 팔을 움직이다가, 문득 주먹에 쥐고 있던 20코페이카짜리 은화의 감촉을 느꼈다. 그는 손을 펴고 은화를 물끄러미 바라보다 팔을 휘둘러 강물 속에 던져버렸다. 그리고 몸을 돌려 집을 향해 걸어갔다. 이 순간 스스로를 모든 사람, 모든 것으로부터 가위로 도려낸 것처럼 느껴졌다.

집에 돌아온 건 이미 저녁 무렵이 되어서였고, 그러니까 도합 여섯 시간쯤 헤맨 모양이다. 어디로 어떻게 돌아왔는지 아무것도 기억하지 못했다. 그는 옷을 벗고, 몹시 달려 지친 말처럼 온몸을 떨면서 소파에 누워 외투를 끌어당겨 덮고는 금세 얕은 잠에 빠져들었다……

완전히 땅거미가 졌을 때 끔찍한 비명소리에 그는 잠에서 깨어났다. 세상에, 이게 무슨 비명이란 말인가! 이렇게 부자연스러운 소리, 이런 울부짖음과 통곡, 부드득 이를 가는 소리, 울고 때리고 욕하는 소리는 그가 아직까지 한 번도 듣지도 보지도 못한 것이었다. 그토록 흥분해 짐승처럼 날뛰는 것은 상상조차 해본 일이 없었다. 그는 매 순간 숨이 멎을 정도로 괴로워하며, 공포에 사로잡힌 채 몸을 일으켜 침대에 걸터앉았다. 하지만 싸움과 울부짖음, 욕설은 점점 더 심해졌다. 그리고 너무나 놀랍게도 그는 문득 거기서 집주인의 목소리를 알아들을 수 있었다. 그녀는 울부짖고, 비명을 지르고, 흐느끼고, 허겁지겁 황급히 말을 내뱉으며 뭔가 애원하고 있었는데, 정확히 알 수는 없었지만, 계단에서 무자비하게 맞고 있는 걸로 보아 분명 때리지 말라고 애걸하는 것 같았다. 때리는 사람은 증오로 미쳐 날뛰다 이미 목이 쉬어 목소리가 끔찍하게 변해버렸지만, 그럼에도 불구하고 마찬가지로 서두르고 숨을 헐떡이면서 알아들을 수 없는 말을 빠르게 뱉어냈다. 갑자기 라스콜니코프는 사시나무처럼 몸을 떨었다. 그 목소리를 알아들을 수 있었다.

일리야 페트로비치의 목소리였다. 일리야 페트로비치가 여기 와서, 주인여자를 때리고 있는 것이다! 그녀를 발로 차고, 그녀의 머리를 계단에 짓찧고 있다. 분명하다, 소리와 울부짖음과 때리는 소리로 알 수 있다! 이게 무슨 일인가, 세상이 뒤집히기라도 한 건가? 층층마다, 계단마다 사람들이 모여 있다는 것을 소리로 알 수 있었고, 웅성거리는 소리, 탄식소리, 올라가고, 문을 두드리고, 문을 쾅 닫고, 우르르 몰려드는 소리가 들렸다. '하지만 도대체 왜, 무엇 때문에, 그리고 어떻게 이런 일이 가능한 거지!' 자기가 아예 미쳐버린 건 아닐까 심각하게 생각하며 그는 같은 말을 반복했다. 하지만 아니다, 너무나 선명히 들린다!…… 그렇다면 이제 그에게도 올 것이며 만일 그렇다면, '분명…… 이 모든 것은 그 일 때문이다…… 어제 일 때문에…… 맙소사!' 그는 문을 잠그고 싶었지만, 손을 들어올릴 수가 없었다…… 그래봐야 소용없는 일이기도 했다! 얼음장 같은 공포가 영혼을 휘감아 그를 고통스럽게 했고, 온몸이 굳었다…… 하지만 이 모든 소동은 정확히 십 분간 이어지다 이윽고 점차 가라앉기 시작했다. 주인여자는 신음하며 한숨을 토해냈고, 일리야 페트로비치는 여전히 위협하며 욕을 퍼부었다…… 하지만 마침내 그도 진정된 것 같았다. 그의 목소리도 이제는 들리지 않는다. '정말 가버린 걸까! 맙소사!' 주인여자도 여전히 신음하고 울면서 자리를 뜬다…… 그녀의 방문이 쾅 소리를 내며 닫혔다…… 계단에 모인 사람들도 자기 집으로 흩어진다. 고함에 가깝게 말소리를 높였다가 속삭이듯 목소리를 낮춰가며, 한숨을 쉬고, 언쟁을 하고, 서로 부르기도 한다. 사람들이 많이 모였던 게 분명하다. 건물 안 사람들이 거의 다 모였나보다. '세상에, 어떻게 이런 일이 가능할까! 그자가 여길 왜, 왜 온

걸까!'

라스콜니코프는 힘없이 소파에 쓰러졌지만, 이미 눈을 감을 수도 없었다. 아직 한 번도 경험해보지 못한 괴로움 속에서 견딜 수 없이 한없는 공포를 느끼며 그는 삼십 분가량 누워 있었다. 갑자기 환한 빛이 그의 방을 비췄다. 나스타시야가 양초와 수프가 담긴 접시를 들고 들어온 것이다. 그녀는 그를 유심히 살펴보더니, 그가 자지 않는다는 걸 알아채고, 양초를 탁자에 세워놓고 가져온 것들을 차리기 시작했다. 빵과 소금, 접시와 숟가락이었다.

"어제부터 아무것도 안 먹은 게 분명해. 열병에 걸려 아프다면서 하루종일 싸돌아다니기나 하고."

"나스타시야…… 주인여자를 왜 때린 거지?"

그녀가 그를 뚫어져라 쳐다보았다.

"누가 주인아주머니를 때려요?"

"방금…… 삼십 분 전에, 부서장 일리야 페트로비치가 계단에서…… 그 사람이 왜 그렇게 심하게 그 여자를 때린 거야? 그리고…… 왜 온 거지?……"

나스타시야는 아무 말 없이 얼굴을 찌푸린 채 그를 살펴보았고, 그렇게 오랫동안 쳐다보았다. 그는 그렇게 쳐다보는 게 너무 불쾌했고 무섭기까지 했다.

"나스타시야, 왜 아무 말도 안 하는 거야?" 이윽고 그는 겁먹은 듯한 힘없는 목소리로 말했다.

"피 때문이야." 마침내 그녀가 혼잣말하듯 조용히 대답했다.

"피라고!…… 무슨 피?……" 하얗게 질려 벽으로 물러나며 그가 중얼거렸다. 나스타시야는 계속해서 말없이 그를 쳐다보았다.

"아무도 아주머니를 안 때렸어요." 엄격하고 단호한 목소리로 그녀가 다시 입을 열었다. 그는 거의 숨도 쉬지 못하고 그녀를 바라보았다.

"내가 직접 들었어…… 안 자고 있었거든…… 앉아 있었어." 한층 더 겁먹은 목소리로 그가 말했다. "내가 오랫동안 듣고 있었다고…… 부서장이 왔었잖아…… 다들 계단으로 우르르 모여들었지, 모두 방에서 나와서……"

"아무도 안 왔어요. 당신 몸속에서 피가 그렇게 외치는 거예요. 피가 빠져나갈 곳이 없어 간이 타들어가니까 헛것이 보이기 시작하는 거죠…… 먹을 거예요, 말 거예요?"

그는 대답하지 않았다. 나스타시야는 그를 계속 뚫어지게 쳐다보며 앞에 버티고 서서 나갈 생각을 하지 않았다.

"마실 걸 좀 줘…… 나스타시유시카."

그녀는 아래로 내려갔다가 이 분쯤 후 손잡이가 달린 하얀 도자기컵에 물을 담아 돌아왔다. 하지만 그는 이미 더는 아무것도 기억할 수 없었다. 차가운 물을 한 모금 마시고 가슴에 물을 엎지른 것만 기억났다. 그러고는 의식을 잃었다.

3

하지만 그가 앓는 내내 완전히 의식이 없었던 것은 아니다. 헛소리를 하다, 반쯤 정신이 들다 하는 열병 상태였다. 나중에 많은 것이 기억났다. 주변에 많은 사람들이 모여 그를 들어올려서는 어딘가로 실어가려고도 하고, 그의 상태에 대해 옥신각신 열심히 논쟁을 벌이기도 한 것 같았다. 갑자기 그 혼자 방에 남아 있고, 다들 밖으로 나가서는 그가 두려워 고작해야 가끔 문을 살짝 열어 상태가 어떤지 살피는 것 같기도 하고, 그를 으르거나, 자기들끼리 뭔가 쑥덕대고, 웃고, 그를 조롱하는 것 같기도 했다. 나스타시야가 자주 옆에 있었던 건 기억났다. 그가 아주 잘 아는 듯한 한 사람이 더 있었는데 그게 누군지는 아무리 해도 알아낼 수 없었고, 그게 속상해서 울기도 했다. 어떤 때는 벌써 한 달가량 누워 있는 것 같았다. 또 어떤 때는 모두 같은 날 일어난 일 같기도 했다. 하지만 그 일에 대해서는, 그 일에 대해서는 완전히 잊어버렸다. 대신 잊지 말아야 할 것을 잊었다는 생각이 끊임없이 떠올라 괴롭고 고통스러웠으며, 그걸 기억해내려 신음하다가 광란 상태나 끔찍하고 견디기 힘든 공포에 빠져들곤 했다. 그럴 때면 자리에서 벌떡 일어나 도망치려 했지만, 늘 누군가 힘으로 그를 제지했고, 그러면 다시 무기력해져 정신을 잃었다. 마침내 그는 완전히 의식을 회복했다.

그 일은 아침 열시에 일어났다. 맑은 날 아침 이 시각에는 언제나 햇살이 긴 띠를 이루며 그의 방 오른쪽 벽을 지나 문 근처 구석을 환하게 비췄다. 그의 침대 옆에는 나스타시야가 서 있었고 한 사람이 더 있었는데, 아주 흥미롭다는 듯 그를 들여다보고 있는 그 남자는 전혀 모르는 사람이었다. 카프탄*을 입고 턱수염을 기른 젊은 청년은 겉보기에는 조합원 같았다. 반쯤 열린 문틈으로 주인여자가 방을 엿보고 있었다.

---

* 농민들이 주로 입는 옷자락이 긴 러시아 전통 외투.

라스콜니코프는 몸을 일으켰다.

"이 사람은 누구지, 나스타시야?" 청년을 가리키며 그가 물었다.

"어머나, 깨어났군요." 그녀가 말했다.

"깨어나셨군요." 조합원이 맞장구를 쳤다. 문틈으로 몰래 들여다보던 주인여자는 그가 깨어난 걸 알아차리자마자 문을 닫고 숨어버렸다. 그녀는 늘 수줍음을 타서 대화나 의견을 나누는 걸 어려워했다. 나이는 마흔 살쯤 되었고, 뚱뚱하게 살이 찌고, 눈썹과 눈이 검었고, 뚱뚱하고 게으른 사람이 그렇듯 성격이 좋았다. 게다가 꽤 예쁘기도 했다. 그런데도 필요 이상으로 부끄러움을 많이 탔다.

"당신은…… 누굽니까?" 계속해서 그는 직접 조합원에게 대고 캐물었다. 하지만 이때 또다시 문이 활짝 열리더니, 큰 키 때문에 몸을 조금 숙이며 라주미힌이 방으로 들어왔다.

"무슨 선실 같네." 그가 들어오며 외쳤다. "늘 이마를 부딪친다니까. 이런 것도 집이라고 부르는구먼! 어이 친구, 정신을 차렸다고? 파셴카에게 방금 들었어."

"방금 깨어났어요." 나스타시야가 말했다.

"방금 깨어나셨어요." 조합원이 미소를 지으며 다시 한번 맞장구를 쳤다.

"근데 댁은 누구신지요?" 갑자기 조합원을 향해 라주미힌이 물었다. "아, 저는 브라주미힌이라고 합니다. 다들 라주미힌이라고 부릅니다만, 그게 아니라 브라주미힌이에요, 귀족 출신이고 대학생인데, 이 사람은 제 친구지요. 자, 그런데 당신은 누구십니까?"

"저는 여기 사무소 조합원이고, 상인 셸로파예프 씨 분부로 볼일이 있어 여기 왔습니다."

"여기 의자에 앉으시지요." 라주미힌은 탁자 반대편에 놓인 다른 의자에 앉았다. "이 친구야, 정신을 차려서 다행이군." 라스콜니코프를 향해 그가 말을 이었다. "넌 나흘 동안이나 거의 먹지도 마시지도 않았어. 사실 숟가락으로 차를 떠먹이긴 했지. 내가 너희 집에 조시모프를 두 번 데려왔었어. 조시모프 기억나? 널 유심히 살펴보더니, 바로 별일 아니라고 하더군. 머리에 무슨 충격을 받았다나 뭐라나. 무슨 신경성으로 헛소리하는 거라는데, 영양 상태가 나쁘고 맥주와 고추냉이를 별로 안 먹어서 병이 난 거지만, 별거 아니니까 금방 지나가고 씻은듯이 나을 거래. 대단한 조시모프! 시작하는 거치고는 치료가 훌륭하더군. 흠, 제가 선생님을 이렇게 기다리게 해서는 안 되겠지요." 그는 다시 조합원을 향해 말했다. "괜찮으시면 무슨 일인지 설명해주시겠어요? 잘 들어, 로쟈, 이분들은 사무소에서 벌써 두 번이나 왔다 가셨어. 단지 저번엔 이분이 아니라 다른 분이 오셨고, 우리가 그분한테 설명해드렸지. 선생님 전에 여기 오셨던 분은 누구시죠?"

"아마도 그게 그저께였을 거예요, 분명합니다. 알렉세이 세묘노비치가 다녀갔고요. 마찬가지로 우리 사무소 사람이죠."

"그럼 그분이 선생님보다 좀더 이해가 빠를 것 같은데, 어떻게 생각하세요?"

"그렇죠. 확실히 더 믿음직한 사람이죠."

"굉장하시네요. 자, 그럼 계속하시죠."

"아파나시 이바노비치 바흐루신 씨를 통해, 그분에 대해서는 여러 번 들으셨을 줄로 압니다만, 당신 어머니께 부탁을 받아서 우리 사무소에서 당신에게 돈을 전하고자 합니다." 라스콜니코프를 정면으로 쳐다보며 조합원이 말을 시작했다. "당신이 의식을 회복하게 되면 35루블을 드릴 텐데요, 왜냐면 세묜 세묘노비치 씨가 당신 어머니 부탁으로 아파나시 이바노비치 씨로부터 전과 같은 방식으로 통지를 받았거든요. 아시겠어요?"

"네…… 기억해요…… 바흐루신……" 라스콜니코프가 생각에 잠기며 말했다.

"들으셨지요, 상인 바흐루신을 안다네요!" 라주미힌이 외쳤다. "이러니 어떻게 의식이 없다고 하겠어요? 그건 그렇고 선생님도 이해가 빠른 분인 걸 이제 알겠군요. 흠! 똑똑한 말은 듣기도 좋지요."

"바로 그분이지요, 아파나시 이바노비치 바흐루신 씨요, 이미 전에도 한 번 당신 어머니 부탁을 받아 그분이 같은 방법으로 당신에게 돈을 부쳤는데, 이번에도 그분이 거절하지 않고 당신에게 35루블을 전해주라고, 만사가 잘 풀리기를 바란다고, 얼마 전 자기 사무실에서 세묜 세묘노비치에게 통지해주었어요."

"하신 말 중에 '만사가 잘 풀리기를 바란다'가 그중 최고로군요. '당신 어머니'에 대한 것도 역시 나쁘지 않고요. 저기, 근데 선생님 생각엔 이 친구가 정신이 멀쩡한 것 같나요, 아닌가요, 네?"

"제 생각이 뭐가 중요하겠습니까. 영수증만 써주신다면야."

"쓸 겁니다, 대충이라도! 거, 뭐냐, 장부는 가져오셨나요?"

"장부, 여기 있습니다."

"이리 주세요. 자, 로쟈, 일어나봐. 내가 부축해줄게. 라스콜니코프라고 휘갈겨주면 되는 거야, 펜을 쥐고 말야, 친구, 지금 우리한텐 돈이

꿀보다 더 달콤하잖아."

"됐어." 펜을 밀쳐내며 라스콜니코프가 말했다.

"되긴 뭐가 돼?"

"서명 안 할 거야."

"이런 제길, 그래, 서명을 안 하면 대체 어쩔 건데?"

"필요 없어…… 돈 같은 거……"

"돈이 필요 없다고! 이봐, 이 녀석, 웬 거짓말이야, 내가 증인인데! 걱정하지 마시고, 부디, 이 친구가 그러니까 단지…… 다시 오락가락하나 본데. 하지만 이 친구는 멀쩡한 정신으로도 자주 그러거든요…… 당신은 사려 깊은 분이니, 우리가 이 친구를 좀 도와줍시다, 그러니까 그냥 이 친구 팔을 잡아서 서명할 수 있게요. 자, 해보죠……"

"뭐, 제가 다음번에 들러도 됩니다."

"아니, 아닙니다. 뭐하러 그런 고생을 하십니까. 선생님은 사려 깊은 분이니…… 자, 로자, 손님을 붙잡아두면 쓰나…… 봐, 기다리시잖아." 그는 진짜로 라스콜니코프의 팔을 잡고 움직일 태세였다.

"그냥 둬, 내가 직접 할게……" 이렇게 말하고 그는 펜을 들어 장부에 서명했다. 조합원은 돈을 내어주고 사라졌다.

"브라보! 자, 친구, 이제 뭐라도 좀 먹을래?"

"그래." 라스콜니코프가 말했다.

"수프 있어?"

"어제 끓인 게 있어요." 그동안 내내 같은 자리에 서 있던 나스타시야가 대답했다.

"감자랑 쌀을 넣은 거?"

"감자랑 쌀을 넣은 거요."

"그럴 줄 알았지. 수프를 갖다줘, 차도 주고."

"알았어요."

라스콜니코프는 깊은 놀라움과 이해하기 힘든 어렴풋한 공포를 느끼며 모든 것을 바라보았다. 그는 앞으로 무슨 일이 벌어질지 입을 다물고 기다리기로 결심했다. 앞으로 무슨 일이 일어날까? '꿈은 아닌 것 같아.' 그는 생각했다. '이건 정말로……'

이 분 후 나스타시야가 수프를 들고 돌아왔고, 차도 금방 가져오겠다고 알려주었다. 수프에 숟가락 두 개와 접시 두 개 그리고 소금, 후추, 소고기에 곁들일 겨자 등등 일습이 갖춰졌는데, 이렇게 격식에 맞는 식사는 무척 오랜만이었다. 식탁보도 깨끗했다.

"나스타시유시카, 프라스코비야 파블로브나가 맥주 두 병쯤 보내준대도 나쁘지 않겠는데. 우리가 마시자고."

"하여간 넉살도 좋으셔!" 나스타시야가 중얼거리고는 시키는 대로 시행하러 갔다.

라스콜니코프는 놀라고 긴장한 채로 계속해서 상황을 유심히 살폈다. 그러는 사이 라주미힌이 그의 소파로 옮겨 앉아, 라스콜니코프 혼자서 일어날 수 있는데도 곰처럼 굼뜬 동작으로 왼쪽 팔로 그의 머리를 받치고, 오른손으로는 수프를 한 숟가락 떠서 데지 않도록 몇 차례 미리 후후 불고 나서 그의 입으로 가져갔다. 수프는 그냥 따뜻한 정도였는데도 말이다. 라스콜니코프는 허겁지겁 한 숟가락을 삼키고, 다시 두번째, 세번째를 받아먹었다. 하지만 라주미힌은 그렇게 몇 숟가락 떠먹이다가 갑자기 멈추고는 그 이상은 조시모프와 상의해봐야 한다고 말했다.

나스타시야가 맥주 두 병을 들고 들어왔다.

"차 마실래?"

"응."

"어서 가서 차도 좀 가져다줘, 나스타시야, 차는 처방 없이도 괜찮을 테니까. 자, 맥주도 있구나!" 그는 자기 의자로 옮겨 앉아 수프와 소고기를 자기 앞에 당겨놓고 사흘은 굶은 사람처럼 맛있게 먹기 시작했다.

"로쟈, 이 친구야, 요즘 난 여기 너희 집에서 매일 이렇게 먹고 있어." 그가 소고기를 욱여넣어 터질 듯한 입을 최대한 놀리며 우물거렸다. "이게 다 네 집주인 파셴카가 대접해주는 거지, 진심으로 나를 존중해주거든. 물론 내가 그래달라고 요구한 건 아니지만, 그렇다고 사양할 것도 아니지. 자, 여기 나스타시야가 차를 가지고 왔군. 빠르기도 하지! 나스텐카, 맥주 마실래?"

"맥주는 무슨, 장난치지 마세요!"

"그럼 차는 어때?"

"차야 괜찮죠."

"따라 마셔. 아니 잠깐, 내가 직접 따라주지. 탁자에 앉아봐."

그는 바로 행동에 들어가 그녀에게 차를 따라주고 한 잔을 더 따른 다음, 자기 아침식사를 내버려둔 채 다시 소파로 옮겨 앉았다. 좀전처럼 왼팔로 환자의 머리를 감싸안아 몸을 일으킨 다음, 아까와 마찬가지로 쉴새없이 그리고 아주 열심히 숟가락을 후후 불어가며 찻숟가락으로 차를 떠먹이기 시작했는데, 마치 이렇게 후후 부는 과정에 건강을 회복하는 가장 중요하고 구원이 될 만한 요소가 있기라도 한 듯했다.

라스콜니코프는 다른 사람의 도움 없이도 일어나 소파에 앉아 숟가락이나 찻잔을 쥘 정도로는 손을 쓸 수 있을뿐아니라, 어쩌면 걸을 수도 있을 만큼 충분한 힘이 있다고 느꼈지만, 아무 말 없이 순순히 따랐다. 어떤 이상한, 거의 동물적인 교활함에 따라, 때가 될 때까지 자신의 힘을 감추고, 자신을 숨기고, 필요하다면 아직도 다는 이해 못하는 척하면서, 지금 여기서 무슨 일이 일어나는지 끝까지 듣고 모조리 알아내야 한다는 생각이 문득 들었던 것이다. 하지만 혐오감은 어쩌지 못했다. 차를 열 숟가락쯤 받아 마시다가 갑자기 머리를 빼내 변덕스럽게 숟가락을 밀쳐버리고 다시 베개 위로 쓰러졌다. 지금 그의 머리맡에는 그야말로 진짜 베개가 놓여 있었다. 푹신하고 베갯잇도 깨끗했다. 그는 이것 또한 알아채고 머릿속에 새겨두었다.

"파셴카가 오늘 우리한테 산딸기잼을 보내주면 좋겠는데, 저 친구한테 마실 걸 만들어주게 말이야." 라주미힌이 자기 자리에 앉아 다시 수프와 맥주를 먹기 시작하며 말했다.

"아주머니가 어디서 산딸기를 구해다주겠어요?" 다섯 손가락을 펼쳐서 잔 받침을 받치고는 '설탕을 입에 물고 차로 녹여 마시며' 나스타시야가 물었다.

"이 사람아, 산딸기야 가게에서 구하면 되지. 이봐, 로자, 네가 정신을 잃은 사이 여기서 한바탕 사건이 일어났어. 네가 사기꾼처럼 그렇게 어디 사는지도 말 안 해주고 우리집에서 도망갔을 때 말야, 갑자기 분통이 터져서, 널 찾아내서 혼내줘야겠다, 그랬거든. 바로 그날 착수했지. 정말이지 여기저기 헤매고 다니며 묻고 또 물었다니까! 여기 지금 사는 집이 기억이 안 났거든. 아니지, 아예 몰랐으니까 애초에 기억할 수도 없었지. 옛날 살던 집만 기억하거든, 거기 파티우글로프에 있는 하를라모프네 집 말이야. 그 하를라모프 집을 찾다가 찾다가, 나중에야 안 거야, 그 집이 하를라모프네 집이 아니라, 부흐네 집이라는 걸 말이야. 가끔 발음이 헷갈리기도 하잖아! 화가 나더라고. 화가 나서 다음날 혹시나 하고 주소안내소에 가봤는데, 상상이 되냐, 이 분 만에 널 찾아주더라. 거기 네가 등록되어 있더라고."

"등록되어 있다고!"

"물론이지. 근데 가서 보니까 코벨레프 장군은 아무리 해도 못 찾더라. 뭐, 얘기하면 길고. 여기 들이닥치자마자 바로 너에 대해 모조리 알게 됐어. 모든 걸 말이야, 친구, 모조리 전부 다 알고 있다고. 여기 이 여자가 다 봤어. 니코딤 포미치와도 알게 됐고, 일리야 페트로비치도 소개받았지, 수위도, 여기 경찰서 서기관인 알렉산드르 그리고리예비치 자메토프 씨도, 그러다 결국 파셴카랑도 알게 된 거고. 그게 가장 영광스러운 일이지. 여기 이 여자도 알고 있어……"

"잔뜩 사탕발림을 하더라니까요." 능청스럽게 웃으며 나스타시야가 중얼거렸다.

"그럼 당신도 설탕을 더 치지 그래, 나스타시야 니키포로브나."

"뭐예요, 이 수캐 같은 사람!" 갑자기 나스타시야가 소리를 지르며 웃음을 터뜨렸다. "그리고 나는 니키포로브나가 아니라 페트로바라고요." 웃음이 멎자 그녀가 불쑥 그렇게 덧붙였다.

"알아 모시겠습니다. 어쨌든 친구, 쓸데없는 말은 그만하고, 처음에 난 이 지역의 온갖 편견을 단숨에 뿌리뽑기 위해 여기서 사방에 전류라도 쏘려고 했지. 그런데 그만 파셴카에게 당하고 말았어. 친구, 난 그 여자가 그렇게…… 매력적일 줄은…… 꿈에도 생각 못했어…… 안 그래? 넌 어떻게 생각하냐?"

불안한 시선을 한순간도 그에게서 떼지 못하면서도 라스콜니코프는 침묵했고, 여전히 고집스럽게 계속해서 그를 바라보았다.

"그것도 심지어 아주 매력적이야." 침묵에 조금도 당황하지 않고서 마치 대답을 얻어냈고 거기 맞장구라도 치듯 라주미힌이 말을 이어갔다. "게다가 아주 잘돼가고 있기도 해, 모든 점에서 말이야."

"이런 몹쓸 종자 같으니!" 나스타시야가 다시 소리를 질렀는데, 이 대화가 형언할 수 없는 행복을 주는 것처럼 보였다.

"친구야, 네가 처음부터 일을 제대로 처리하지 못한 게 잘못이야. 그 여자하고는 그렇게 해서는 안 되는 거였어. 그 여자는, 말하자면, 전혀 예측할 수 없는 성격이거든! 뭐, 성격에 대해서는 나중에 말하기로 하고…… 다만, 예를 들어 어쩌다 그 여자가 감히 네게 식사도 보내주지 않을 지경까지 만든 거야? 또 예를 들어 그 어음은? 어음에 서명을 하다니, 정말 미친 거 아냐! 아니면, 또 예를 들어, 그 여자 딸인 나탈리야 예고로브나가 살아 있을 때 결혼을 약속한 것도 그래…… 난 다 알고 있다고! 하긴 그건 민감한 문제고, 그쪽 방면으론 내가 천치나 다름없다는 건 알고 있어. 미안하다. 근데 천치라는 말이 나왔으니 말인데, 네 생각엔 어때, 프라스코비야 파블로브나가 절대로 첫인상만큼 그렇게 멍청하지는 않지, 안 그래?"

"그래……" 눈을 돌리고 있었지만, 대화를 이어나가는 것이 더 유리하겠다고 생각하고 라스콜니코프는 우물거리며 대답했다.

"그렇지?" 라주미힌이 소리쳤다. 대답을 들어 기쁜 모양이다. "하지만 그렇다고 똑똑한 것도 아냐, 그렇지? 전혀, 전혀 예측 불가능한 성격이라니까! 친구, 나도 때로는 당황스럽다고, 정말이야…… 분명 마흔살쯤 됐을 거야. 자기 말로는 서른여섯 살이라고 하고, 충분히 그렇게 주장할 만도 하지만 말이야. 그렇긴 해도 네게 맹세컨대 나는 그 여자에 대해 보다 지적으로, 오로지 형이상학적으로 판단하고 있다고. 친구, 지금 우리 사이엔 너의 대수학 같은 그런 상징적인 게 시작됐거든. 아무것도 모르겠어! 뭐, 이건 다 엉터리 같은 얘기고, 단지 그 여자는 네가 이미 대학생도 아니고, 과외도 입을 옷도 없는데다, 딸이 죽어버려 이미 너를 친척 관계로 잡아둘 건덕지가 없어진 걸 깨닫고 갑자기 덜컥 겁이 난 거야. 너도 그렇지, 방구석에 틀어박혀서는 예전만큼 하는 게 아무것도 없으니, 그 여자가 집에서 쫓아내야겠다는 생각까지 한 거잖아. 오래전부터 그런 계획을 품어왔는데, 그러고 보니 어음이 아까워진 거야. 게다가 어머니가 내주실 거라고 네 입으로 장담을 하니까……"

"그렇게 말한 건 내가 비열하기 때문이야…… 우리 어머니 당신도 간신히 구걸을 면하는 형편이셔…… 난 이 집에 계속 있으려고…… 밥을 얻어먹으려고 거짓말을 한 거야." 라스콜니코프가 큰 소리로 또박또박 말했다.

"그래, 그건 네가 현명하게 대처한 거야. 단지 수완 좋은 7등문관 체바로프 씨가 이 일에 끼어들었다는 게 문제지. 그 사람이 없었다면 파셴카는 아무것도 생각해내지 못했을 거야, 부끄러움이 아주 많잖아. 근데 이 수완가는 부끄러움을 모르니까 당연히 제일 먼저 이런 의문을 제기한 거지. 어음으로 돈을 받을 희망이 있느냐? 대답은 있다였고. 왜냐면 125루블의 연금을 받는 어머니가 있으니 설사 자기는 굶더라도 로젠카는 구해줄 것이고, 게다가 오빠를 위해서라면 노예라도 될 동생도 있다 이거지. 그자는 이걸 믿고…… 너 왜 움찔거리냐? 친구, 이제 나는 네 모든 숨은 진실을 알게 됐어, 아직 인척 관계로 지낼 때 네가 파셴카를 솔직하게 대한 데는 다 이유가 있었던 거지, 이제 와서, 너를 좋아하니까 하는 말이지만…… 그러니까 이런 거야. 정직하고 감수성이 예민한 사람은 솔직히 터놓고 말하기 마련이지만, 수완 좋은 사람은 그걸 듣고서는 옳다구나 하고 잡아먹으려 한다고. 그 여자는 빚을 갚는 대신 그 어음을 이 체바로프라는 사람에게 양도했고, 그 사람은 주저하지 않고 형식을 갖춰 청구한 거야. 이 모든 걸 알고 나서 내가 그 사람 양심을 좀 씻어주려고 마찬가지로 전류를 쏘려고 했는데, 그때 마침 나와 파셴카 사이에 합의가 이뤄진 거지. 네가 돈을 지불할 거라고 내가 보증을 설 테니 이 모든 걸 중단하라고, 그러니까 근원적으로 말이지, 그렇게 요구했어. 친구, 내가 네 보증을 섰다고, 듣고 있어? 체바로프를 불러서 10루블을 찔러주고 서류를 돌려받았는데, 그건 이제 말만으로도 널 믿는단 뜻이지, 자, 여기 영광스럽게도 당신께 서류를 바치나이다, 여기 받으시옵소서, 다들 하듯이 한 귀퉁이를 내가 찢어놨어."

라주미힌은 탁자에 차용증을 꺼내놓았다. 라스콜니코프는 힐끗 쳐다보더니, 한 마디 말도 없이 벽 쪽으로 돌아누웠다. 라주미힌마저도 기분이 확 상했다.

"알겠어, 친구." 잠시 후 그가 말했다. "내가 또 바보짓을 한 거지. 기분 전환이라도 하라고 수다를 떨어 즐겁게 해주려 했는데 짜증만 나게 한 것 같군."

"내가 정신을 못 차릴 때 알아보지 못한 게 너였어?" 다시 잠깐 침묵했다가 고개도 돌리지 않고 라스콜니코프가 물었다.

"나 맞아. 그리고 한 번은 내가 자메토프를 데려왔는데, 그때는 특히 미쳐 날뛰더군."

"자메토프라고?…… 서기관 말이야?…… 그 사람이 왜?" 라스콜니코프는 황급히 돌아누워 라주미힌을 뚫어지게 쳐다보았다.

"아니, 왜 그래, 너…… 뭘 그렇게 놀라고 그러냐? 너랑 알고 지내고 싶다더라. 너에 대해서 그 사람하고 많은 얘기를 나눴거든, 그랬더니 그러더라고…… 그 사람 아니었으면 대체 내가 누구한테서 너에 대해 그렇게 알아냈겠냐? 훌륭한 사람이던걸, 친구. 아주 멋진 녀석이야…… 물론 자기 나름대로 말이야. 이제 우린 친구가 됐어. 거의 매일 만나고 있지. 그리고 나 이 부근으로 이사왔다. 아직 모르지? 막 이사했어. 그 친구랑 같이 라비자네도 두 번쯤 갔다 왔고. 라비자 기억해, 라비자 이바노브나 말야?"

"내가 무슨 헛소리라도 했어?"

"말이라고! 진짜 제정신이 아니셨습죠."

"뭐라고 헛소리를 했는데?"

"맙소사! 뭐라고 했냐고? 헛소리야 뻔하지…… 자, 친구, 이제 시간 낭비 그만하고 일 좀 처리하러 가야겠다."

그는 의자에서 일어나 모자를 집어들었다.

"뭐라고 헛소리를 했냐니까?"

"아이고, 또 그 소리야! 혹시 무슨 비밀이라도 있어서 겁먹은 거냐? 걱정 마라. 백작부인에 대해선 아무 말도 안 했으니까. 무슨 불도그에,

귀고리에, 목걸이가 어쩌고저쩌고, 크레스톱스키섬이랑 수위라나 뭐라나, 그리고 니코딤 포미치와 부서장 일리야 페트로비치가 어쩌고 하면서 많이도 지껄이더군. 그거 말고도 양말에 굉장히 관심이 많았어, 엄청! 제발 좀 주세요, 하면서 통사정을 하고. 자메토프가 직접 구석구석 뒤져서, 향수를 뿌리고 보석반지를 낀 손으로 그 허섭스레기를 몸소 네게 줬다니까. 그제야 간신히 진정이 되는가 싶더니, 하루종일 그 허섭스레기를 손에 꼭 쥐고 있더라. 빼낼 수도 없을 정도로 꽉. 분명 지금도 네 이불 아래 어디에 뒹굴고 있을걸. 그러더니 또 해진 바짓단 오라기를 찾는 거야, 눈물까지 흘리면서 말이야! 무슨 바짓단이냐고 우리가 열심히 물어봤는데. 아무것도 알아낼 수가 없었지, 뭐…… 자, 이제 볼일 좀 보자! 여기 35루블이 있지. 이중에서 10루블을 가져갈게, 두 시간쯤 후에 어디다 썼는지 보고해주지. 그사이 조시모프에게도 알려주고, 안 그래도 열한시가 넘었으니 그 친구가 진작 여기 왔어야 하는데 말야. 나스텐카, 당신은 나 없는 동안 좀더 자주 들러서, 마실 거나 다른 뭐든 원하는 게 있는지 물어봐줘…… 파셴카에게는 내가 지금 직접 가서 뭐가 필요한지 말해둘게. 안녕!"

"파셴카라고 부르다니! 아유, 정말 능청스러운 양반이야!" 그의 뒤에 대고 나스타시야가 말했다. 그러고는 문을 열고 엿듣기 시작하다가 못 참겠는지 직접 아래로 달려내려갔다. 그가 거기서 집주인과 무슨 얘기를 하는지 궁금해죽을 지경이었던 것이다. 라주미힌에게 홀딱 반한 게 분명했다.

그녀 뒤로 문이 닫히는 것과 거의 동시에, 환자는 이불을 확 젖히고 반쯤 정신이 나간 사람처럼 침대에서 벌떡 일어났다. 아무도 없을 때 당장 일에 착수할 수 있도록, 그들이 어서 빨리 나가주기만을 애가 타서 안절부절못하며 조급하게 기다렸던 것이다. 하지만 대체 무엇을, 무슨 일을 하려고 했던가? 지금 그는 마치 일부러 그러기라도 한 양 싹 잊어버렸다. '신이시여! 제게 단지 하나만 말해주소서. 그들이 모든 것을 알고 있습니까, 아니면 아직 모르는 겁니까? 저들이 이미 알면서도 내가 누워 있으니까 그냥 모르는 척하며 놀리는 거라면, 그러다 갑자기 들이닥쳐서는 이미 오래전부터 다 알고 있었으며, 그냥 모르는 척했다고 말한다면…… 대체 지금 뭘 해야 하나? 일부러 그런 것처럼 또 잊어버렸어. 갑자기 잊어버렸어, 방금 기억이 났었는데!……'

그는 방 가운데 서서 고통스러운 의혹에 빠져 주위를 둘러보았다. 문으로 다가가 문을 열고 귀를 기울였다. 하지만 이건 아니었다. 문득 기억이 난 듯, 방구석, 구멍난 벽지로 내달려가 모든 걸 꼼꼼히 살펴보기 시작했고, 구멍에 손을 넣어 더듬어보기도 했지만, 이것도 아니었다. 페치카로 가 뚜껑을 열고, 타다 남은 재를 뒤적이기 시작했다. 해진 바짓단 올조각들과 뜯어낸 주머니 쪼가리들이 그가 던져넣었을 때와 똑같은 모양으로 뒹굴고 있었다, 그러니까 아무도 보지 않았다는 것이다! 그러다 라주미힌이 방금 말해준 양말을 떠올렸다. 정말로 양말은 소파 위 이불 아래 놓여 있었지만, 그때 이후로 너무 문대어 더러워졌으니 자메토프는 물론 아무것도 알아채지 못했을 것이다.

"아차, 자메토프!…… 경찰서!…… 경찰서에서 나를 왜 부르지? 소환장은 어디 있는 거야? 이런!…… 내가 헷갈렸구나. 지난번에 불렀지! 그때도 양말을 살펴보았고, 지금은…… 지금은 병이 났고. 그나저나 자메토프는 왜 왔다 간 걸까? 라주미힌은 뭐하러 그를 데려왔지?……"

그는 다시 소파에 앉으며 힘없이 중얼거렸다. “도대체 이건 뭐지? 여전히 환각이 계속되는 건가, 아니면 현실인가? 현실인 거 같아…… 아, 기억났다. 도망쳐야 해! 어서 도망가자, 반드시, 반드시 도망쳐야 해! 그래…… 하지만 어디로? 내 옷은 어디 있지? 장화가 없다! 가져갔구나! 감춰버렸어! 알만하군! 아, 여기 외투가 있네. 이건 못 봤구나! 탁자에 돈이 있다, 다행이야! 차용증도 있고…… 돈을 들고 나가서 다른 셋집을 구해보자, 그럼 못 찾겠지!…… 그래, 근데 주소안내소는? 찾아내겠구나! 라주미힌이 찾아내겠지. 아예 도망가는 게 좋겠다…… 멀리…… 미국으로, 그러고선 그들에게 침이나 뱉어주자! 어음도 가져가자…… 거기서 쓸모가 있을 거야. 뭘 더 가져가지? 그들은 내가 아프다고 생각한다! 내가 걸을 수 있다는 것도 모를 거다, 하하하!…… 그들이 다 알고 있다는 걸 눈을 보고 짐작했지! 계단만 잘 통과하면 되는데! 근데 거기 경찰놈들이 보초를 서고 있으면 어쩌지! 이건 뭐야, 차인가? 아, 여기 맥주가 반병 남아 있구나, 차갑다!”

그는 아직 한 잔은 꽉 채울 정도로 맥주가 남아 있는 병을 움켜쥐고, 마치 가슴의 불을 끄듯 단숨에 달게 마셨다. 하지만 얼마 지나지 않아 술기운이 머리끝까지 오르고, 상쾌하기까지 한 가벼운 한기가 등을 타고 지나갔다. 그는 누워서 이불을 끌어당겨 덮었다. 안 그래도 병적이고 두서없던 생각들이 더욱더 뒤죽박죽 엉켜버렸고, 그는 이내 가볍고 기분좋은 잠에 빠져들었다. 만족스러운 기분으로 머리를 움직여 베개에 자리를 고르고, 다 해진 옛날 외투 대신 지금 그의 몸을 덮고 있는 부드러운 솜이불로 단단히 몸을 감싼 다음, 조용히 숨을 내쉬면서 치료에 도움이 될 숙면에 깊이 빠져들었다.

누군가 방에 들어오는 소리에 잠에서 깨어 눈을 떠보니, 라주미힌이 문을 활짝 열어젖힌 채 문지방에 서서 들어갈까 말까 망설이는 게 보였다. 라스콜니코프는 재빨리 소파에서 일어나, 무언가 기억해내려 애쓰는 듯 그를 바라보았다.

"아, 안 자는구나, 나 왔어! 나스타시야, 보따리 좀 이리 가져와봐!" 라주미힌이 아래를 향해 외쳤다. "금방 보고해주지……"

"몇시야?" 불안하게 둘러보며 라스콜니코프가 물었다.

"녀석, 세상모르고 자던걸. 밖은 저녁이야, 여섯시쯤 될 거야. 여섯 시간 넘게 잔 거지……"

"맙소사! 대체 내가 왜 이러지!……"

"왜 그래? 건강에 좋은 일인데! 어딜 급히 가려고? 데이트라도 가려는 거야, 뭐야? 널린 게 시간이라고. 널 벌써 세 시간쯤 기다렸어. 두 번 정도 와봤는데 자고 있더라고. 조시모프한테도 두 번 들렀는데, 집에 없더군, 없더라니까! 뭐, 괜찮아, 올 테니까!…… 역시 일 때문에 집을 비웠겠지. 근데 나 오늘 이사했다, 삼촌이랑 같이 완전히 이사했어. 지금 우리집에 삼촌이 와 계시거든…… 뭐, 쓸데없는 얘긴 집어치우고 할 일이나 하자!…… 보따리 좀 이리 줘봐, 나스텐카. 자, 이제 우리는…… 근데, 참, 몸은 어때?"

"난 건강해. 안 아파…… 라주미힌, 여기 온 지 오래됐어?"

"말했잖아, 세 시간쯤 기다렸다고."

"아니, 그전에는?"

"그전이라니 무슨 소리야?"

"언제부터 여기 드나들기 시작했냐고?"

"내가 좀전에 다 이야기해줬잖아. 기억 안 나냐?"

라스콜니코프는 생각에 잠겼다. 꿈인 듯 조금 전의 일이 어른거렸다. 혼자는 기억을 못하겠는지 그는 묻듯이 라주미힌을 바라보았다.

"흠!" 그가 말했다. "잊어버렸군! 아까도 아직 정상이 아닌 거 같긴 하더라만…… 이제 잘 자고 일어났으니 회복이 됐겠지…… 사실 한결 좋아 보여. 훌륭해! 자, 이제 일을 해볼까! 슬슬 기억이 날 거야. 여기 좀 봐봐, 사랑하는 친구."

그는 보따리를 풀기 시작했는데, 거기 아주 열중한 것 같아 보였다.

"믿을지 모르겠지만, 친구, 그게 영 마음에 걸렸어. 그러니까 널 사람 꼴로 만들어줘야 한다는 거지. 시작해보자. 위에서부터 시작해볼까. 이 모자 보이냐?" 보따리에서 꽤 괜찮은, 하지만 동시에 아주 평범하고 값싸 보이는 학생모를 꺼내며 그가 시작했다. "맞나 써볼까?"

"다음에, 좀 나중에." 라스콜니코프가 불만스러운 얼굴로 손을 뿌리치며 말했다.

"안 돼, 로쟈, 반항할 생각 마, 나중은 늦어. 그럼 난 밤새 잠도 못 잘 거야, 치수도 안 재보고 어림짐작으로 산 거니까. 딱 맞네!" 그는 모자를 씌워보고는 의기양양해서 탄성을 질렀다. "치수가 딱 맞는걸! 머리에 쓰는 건 말이야, 친구, 옷차림 중에 제일 중요한 거야, 일종의 추천장 같은 거랄까. 톨스탸코프라고 내 친구는 어디 공공장소에라도 들어갈라치면 매번 뚜껑을 벗어, 다른 사람들은 다 모자나 학생모를 그냥 쓰고 있는데도 말이야. 모두들 그가 노예근성 때문에 그런다고 생각하지만, 그 친구는 단지 새둥지 같은 자기 모자가 창피해서 그럴 뿐이야. 그 정도로 부끄러움이 많은 친구거든! 자, 나스텐카, 여기 모자가 두 개 있어. 이 파머스턴*(그는 라스콜니코프의 찌그러진 둥근 모자를 구석에서 가져왔고, 이유는 모르겠지만 그걸 파머스턴이라 불렀다)이야, 아니면 이 보석 같은 모자야? 감정 좀 해봐, 로쟈, 얼마 줬을 거 같냐? 나스타시유시카는?" 라주미힌은 라스콜니코프가 침묵하는 걸 보고 그녀를 향해 말했다.

"한 20코페이카쯤 줬겠죠." 나스타시야가 대답했다.

"20코페이카라고, 바보 아냐!" 기분이 상해서 그가 외쳤다. "요즘 20코페이카로는 당신도 못 산다고. 80코페이카 줬지! 그것도 중고라 그런 거야. 사실 조건이 하나 달려 있긴 하지. 이게 다 해지면 내년에 다른 걸 공짜로 주겠대, 정말이야! 자, 이제 미합중국에 착수해볼까, 중학교 때 우리가 이걸 그렇게 불렀잖아.** 미리 말해두겠는데 난 이 바지가 자랑스러워!" 그러고서 그는 라스콜니코프 앞에 가벼운 여름용 울소재로 만든 회색 바지를 가지런히 펼쳐놓았다. "구멍난 데도 없고, 얼룩도 없고, 입던 거긴 해도 아주 쓸 만하지, 게다가 유행에 따라 같은 색으로 맞춘 조끼도 있어. 중고라 좀 그렇긴 해도, 사실 더 좋은 점도 있어. 더 보들보들 부드러우니까…… 이봐, 로쟈, 내 생각에는 말이야, 출세를 하려면 항상 계절에 따라야 해, 그걸로 충분하지. 1월에 아스파라거스를 바라지 않으면, 지갑에 몇 루블쯤은 남아 있기 마련이거든. 이번에 산 옷도 마찬가지야. 지금은 여름이니까 여름옷을 산 거고, 가을이 되

* 19세기 중반 영국 수상을 지낸 H. J. T. 파머스턴. 러시아에 적대적이었으며 업무 수행 방식이 거칠다는 평을 받곤 했다.

** 미국 공식 명칭(Соединенные Американские Штаты)의 러시아어 표기에는 바지(штаны)와 발음이 비슷한 단어가 들어 있다.

면 이것 말고 더 따뜻한 옷감이 필요할 테니 그럼 이걸 버려야겠지…… 더구나 그땐 이것들이 다 알아서 상할 수도 있어, 사치가 심해서가 아니라 옷 안감이 해질 테니까. 자, 값을 매겨봐! 네 생각엔 얼마일 거 같아? 2루블 25코페이카! 그리고 역시 아까와 같은 조건이 붙었다는 걸 기억해둬. 이게 다 낡으면 내년에 다른 걸 공짜로 받을 수 있다고! 페댜예프 가게에서는 항상 이렇게 장사를 하지. 한번 돈을 낸 걸로 평생 충분하고, 그러니 다음번에는 직접 갈 필요도 없고. 자, 이제 장화 차례야. 어때? 보다시피 신던 거지만, 두 달쯤은 너끈할 거야. 왜냐면 외국에서 만든 외제거든. 지난주에 영국 대사관 비서가 톨쿠치 시장에 내놓았다는군. 겨우 엿새 신고는 돈이 몹시 필요해서 그랬다나. 값은 1루블 50코페이카고. 잘 골랐지?"

"근데 안 맞으면 어떡해요!" 나스타시야가 지적했다.

"안 맞다니! 자, 이게 뭘까?" 그러곤 그는 주머니에서 낡고 구식에다 진흙이 덕지덕지 말라붙은 라스콜니코프의 구멍투성이 장화 한 짝을 꺼냈다. "혹시 몰라서 가지고 가봤는데, 이 괴물 같은 걸로 실제 치수를 알아내더라고. 모든 일을 정성껏 했단 말씀이야. 안에 입을 옷은 주인 여자랑 상의했어. 첫째로 여기 셔츠 세 벌은 리넨으로 만들었지만 요즘 유행하는 깃이 달렸지…… 자, 그러니까 모자 80코페이카에, 다른 옷이 2루블 25코페이카, 합이 3루블 5코페이카네. 장화가 1루블 50코페이카니까, 왜냐면 정말로 아주 쓸 만하잖아, 도합 4루블 55코페이카에, 안에 입는 옷이 다해서 5루블이니까. 도맷값으로 깎은 거야. 총합이 정확히 9루블 55코페이카지. 여기 5코페이카짜리 동전으로 잔돈 45코페이카 받아. 이렇게 해서 로쟈, 이제 옷 한 벌이 마련된 거야, 왜냐면 내 생각에 네 외투는 아직 입을 만한데다, 그걸 입으면 특별히 고상해 보이기까지 하니까. 샤르메르*한테 주문하는 데는 다 이유가 있어! 양말이나, 기타 나머지 것들은 네게 맡길게. 남은 돈은 25루블이고, 파셴카나 집세에 대해서는 걱정하지 마. 무한 신용이라고 내가 말했지. 그럼 이제, 친구, 셔츠 좀 갈아입자, 지금 병이 그 셔츠 안에 웅크리고 있는 것만 같아서 말이야……"

"내버려둬! 싫다고!" 장난을 섞어가며 사온 옷가지를 열심히 보고하는 라주미힌의 말을 혐오스럽게 듣고 있던 라스콜니코프가 손을 뿌리쳤다……

"친구야, 그럴 순 없어. 대체 내가 왜 발품을 팔았는데!" 라주미힌이 고집을 부렸다. "나스타시유시카, 쑥쓰러워하지 말고 도와줘, 그래, 그렇지!" 라스콜니코프의 저항에도 불구하고, 그는 결국 셔츠를 갈아입혔다. 라스콜니코프는 베개 위로 쓰러져 이 분쯤 아무 말도 하지 않았다.

'잠시도 내버려두질 않는구나!' 그는 생각했다. "무슨 돈으로 이걸 다 산 거야?" 벽을 보며 그가 마침내 물었다.

"무슨 돈이냐고? 어이가 없군! 당연히 네 돈으로 샀지. 아까 바흐루신이 보내서 조합원이 다녀갔잖아, 어머니가 돈을 부치셨다면서. 그것도 잊은 거야?"

"이제 기억나……" 한참을 우울하니 생각에 잠겼다가 라스콜니코프가 말했다. 라주미힌은 얼굴을 찌푸린 채 걱정된다는 듯 그를 바라보았다.

문이 열리고, 키가 크고 건장한 체격의 남자가 들어왔는데, 라스콜니

* 당시 페테르부르크에서 유명했던 재봉사. 도스토옙스키도 그에게 옷을 주문해 입었다.

코프도 이미 어느 정도 아는 사람인 것 같았다.

"조시모프! 드디어 오셨군!" 라주미힌이 기뻐하며 소리를 질렀다.

4

조시모프는 키가 크고 뚱뚱한 사람으로, 부석부석하고 핏기 없이 창백한 얼굴은 말끔하게 면도를 했고, 머리카락은 연한 금발에 뻣뻣했으며, 안경을 썼고, 살이 쪄 부은 손가락에 커다란 금반지를 끼고 있었다. 스물일곱 살쯤 되어 보였다. 통이 크고 가벼운 세련된 외투에 밝은색 여름 바지를 입고 있었는데, 그가 걸친 모든 게 대체로 넉넉하고 세련되고 갓 지은 새것이었다. 셔츠는 나무랄 데가 없었고, 시계에 달린 줄은 묵직했다. 태도는 시들한 듯 느긋했고, 동시에 익숙한 사이인 양 허물없게 굴었다. 하지만 애써 숨겨둔 자부심 같은 것이 끊임없이 내비쳤다. 그를 아는 사람들은 모두 그를 두고 대하기 힘든 사람이지만 자기 일에는 능통하다고들 말했다.

"친구, 내가 두 번이나 들렀는데…… 보라고, 깨어났어!" 라주미힌이 외쳤다.

"알아, 알아. 자, 지금 기분은 어떠신가요, 네?" 조시모프는 라스콜니코프를 유심히 살피며 소파 위 그의 발치에 자리를 잡았다가 이내 한껏 퍼질러 앉으며 이렇게 말을 걸었다.

"여전히 우울해해." 라주미힌이 말을 이었다. "우리가 방금 셔츠를 갈아입혔는데 거의 울 뻔하더라니까."

"그럴 수도 있지. 본인이 싫다면 셔츠는 나중에 갈아입혀도 괜찮았을 텐데…… 맥박은 아주 좋군요. 머리는 여전히 좀 아픈가요, 어떤가요?"

"난 건강해요, 아주 건강하다고요!" 갑자기 라스콜니코프가 소파에서 몸을 일으키고는 눈을 번뜩이며 고집스럽고 신경질적으로 말했지만, 금방 다시 베개 위로 쓰러져 벽 쪽으로 몸을 돌렸다. 조시모프는 그를 유심히 관찰했다.

"아주 좋아요…… 모든 게 정상입니다." 그가 심드렁하게 말했다. "뭘 좀 드셨나?"

다른 사람들이 그에게 말해주었고, 무얼 주면 되는지 물었다.

"뭐든지 줘도 돼…… 수프든 차든…… 물론 버섯이나 오이는 주지 말고, 소고기도 안 돼, 그리고…… 뭐, 이런 건 이것저것 떠들 필요 없겠지!……" 그는 라주미힌과 서로 눈짓을 주고받았다. "물약은 치워도 되겠어, 전부 다 말이야. 내일 보러 올게…… 오늘일 수도 있고…… 뭐, 그렇지……"

"내일 저녁에 산책을 좀 데려갈까 하는데!" 라주미힌이 이렇게 결정했다. "유수포프 공원에, 그러고 나서는 '수정궁'*에도 들를 거야."

"내일은 안 움직이는 게 좋을 거 같은데, 하지만…… 조금이라면…… 뭐, 그때 보고 결정하지."

"에이, 아쉽다, 마침 오늘 집들이를 할 건데, 두 발짝이면 되는 곳이거든. 이 친구도 있으면 좋을 텐데 말이야. 같이 껴서 소파에라도 누워

* 당시 페테르부르크 중심가에 있던 호텔. 급진적 사상가 체르니솁스키의 소설 『무엇을 할 것인가』에 등장하는, 사회주의 공동체를 상징하는 건축물이기도 하다. 도스토옙스키는 수정궁이 대표하는 사회주의적 이상에 비판적이었다.

있으면 좋잖아! 넌 올 거지?" 라주미힌이 불쑥 조시모프를 향해 말했다. "약속했으니까, 잊지 마."

"어쩌면 좀 늦을지도 몰라. 뭘 차렸는데?"

"별거 아냐, 차랑 보드카랑 청어 정도. 피로그도 있을 거고. 우리끼리만 모일 거니까."

"그래서 누구?"

"다 여기 사는 사람들이고, 사실 나이드신 삼촌만 빼면 거의 다 새로 만난 사람이야, 뭐 삼촌이야말로 새로 온 사람인가. 일이 있어서 어제 막 페테르부르크에 도착하셨으니까. 오 년에 한 번쯤 만나나."

"어떤 분인데?"

"평생을 군郡 우체국장으로 평범하게 지내셨어…… 연금을 받고 계시고, 나이는 예순다섯에 내세울 것도 별로 없고…… 그렇지만 난 그 분을 사랑해. 포르피리 페트로비치 형도 올 거야. 여기 예심판사지…… 법률가고. 그래, 너도 분명 알 텐데……"

"그 사람도 너랑 무슨 친척이야?"

"아주 먼 친척뻘이야. 근데 얼굴은 왜 찌푸려? 한번 대판 싸운 적이라도 있나보네, 그래서 뭐 안 오겠다는 거야?"

"그런 작자 따위 상관 안 해……"

"그럼 아주 좋고. 아무튼 대학생들, 선생님, 관리 하나, 음악가 한 명, 장교 그리고 자메토프도 올 거야……"

"근데 말 좀 해봐, 너나 저기 저분이나," 조시모프가 라스콜니코프 쪽을 고갯짓했다. "그 자메토프인가 뭔가 하고 무슨 공통의 관심사가 있을 수 있는데?"

"어이구, 정말 까다롭기는! 원칙을 따지시는군!…… 넌 꼭 용수철 위에 있는 것처럼 원칙을 따지더라. 자기 맘대로 방향을 바꾸지도 못하면서 말이야. 내 생각엔 사람이 좋으면 그게 바로 원칙이야, 다른 건 알고 싶지도 않아. 자메토프는 아주 멋진 친구라고."

"그러면서 자기 욕심만 채우지."

"자기 욕심을 채운다 해도 그게 무슨 상관이냐! 욕심을 채우는 게 뭐 어떻다고!" 라주미힌이 왠지 부자연스러울 정도로 발끈하며 버럭 소리를 질렀다. "그 사람이 자기 욕심을 채운다고 내가 칭찬이라도 했냐? 그냥 그 사람이 나름대로 좋은 사람이라고 했을 뿐이잖아! 모든 걸 곧이곧대로 따지면 좋은 사람이 몇이나 남을 거 같아? 장담하는데, 내 오장육부를 다 합쳐도, 그래, 너까지 덤으로 얹어준다 해도…… 기껏해야 구운 양파 대가리 하나로나 쳐줄걸!"

"그건 좀 적은데. 내가 두 개 쳐주지……"

"난 너를 하나밖에 못 쳐주겠다! 말장난 더 쳐보시지! 자메토프는 아직 풋내기야, 난 그 녀석 머리채라도 잡아서 끌어올 거야, 그런 녀석은 밀쳐내기보다는 품어줘야 하거든. 밀쳐내는 걸로는 사람을 바꿀 수 없어, 풋내기는 더더욱 그렇지. 풋내기는 두 배로 신중하게 대해야 해. 휴, 너처럼 진보적입네 하는 멍청이는 아무것도 모른다니까! 인간을 존중하질 않아, 자신을 모욕하고…… 하지만 정 알고 싶다면 말해주지, 어쩌면 우리 사이에 공통의 관심사가 하나 생긴 거 같긴 하다."

"궁금한걸."

"그게 다 칠장이, 그러니까 도장공이랑 관련된 거지…… 우리가 그 자를 꺼내줄 거야! 게다가 이제는 문제될 것도 없어. 사태가 이제 완전히, 완전히 명백하거든! 후, 한번 불어주기만 하면 되지."

"여기서 칠장이가 왜 나와?"

"이런, 내가 얘기 안 했나? 그래? 참, 그랬지, 내가 앞부분만 얘기해줬지…… 관리의 과부인 전당포 노파 살인 사건 말인데…… 그러니까 현재 이 사건에 칠장이가 엮여 들어갔거든……"

"그 살인 사건에 대해서라면 너한테 듣기 전부터 알고 있었고, 그 일엔 얼마간은…… 관심도 있고…… 어떤 일 때문에…… 신문에서도 읽었어! 그러니까……"

"리자베타도 죽였다니까요!" 나스타시야가 라스콜니코프를 향해 불쑥 말을 걸었다. 그녀는 여전히 방에 남아 문 옆에 바짝 붙은 채 듣고 있었다.

"리자베타를?" 들릴락 말락 한 목소리로 라스콜니코프가 중얼거렸다.

"행상하는 리자베타요, 몰라요? 우리 아래층에도 왔었잖아요. 당신 셔츠도 수선해줬는데."

라스콜니코프는 벽으로 몸을 돌리고는 하얀 꽃송이들이 그려진 누렇게 바랜 더러운 벽지 위에서 갈색 선을 두른 볼품없는 흰색 꽃 한 송이를 골라, 잎사귀가 몇 개인지, 잎사귀 가장자리 톱니는 어떤 모양인지, 선은 몇 개인지 유심히 살펴보기 시작했다. 팔과 다리가 마비되어 꼭 감각이 사라진 것 같았지만, 움직여볼 생각도 못한 채 꽃송이만 고집스레 쳐다보고 있다.

"그래서 칠장이가 어쨌다는 거야?" 왠지 유별나게 불만스러운 어조로 조시모프가 나스타시야의 수다를 잘라버렸다. 그녀는 푹 한숨을 내쉬고는 입을 다물었다.

"그 사람 역시 살인 혐의를 받고 있어!" 라주미힌이 열을 내며 말을 이었다.

"무슨 증거라도 있나?"

"빌어먹을, 증거는 무슨! 하긴, 증거에 따라 혐의를 뒀다고 하는데, 그 증거라는 게 증거가 아냐, 증명할 필요가 있다고! 그게 그자들이 처음에, 거 이름이 뭐라더라…… 그래, 코흐하고 페스트랴코프를 붙잡아 혐의를 씌웠던 꼭 그대로라는군. 쳇! 어쩌면 모든 걸 그렇게 멍청하게 처리하는지, 남의 일이지만 혐오스러워지더군! 페스트랴코프는 어쩌면 오늘 우리집에 들를지도 몰라…… 그건 그렇고 로쟈, 너도 이 사건을 알고 있겠구나, 병이 나기 전 네가 경찰서에서 기절해서 쓰러진 바로 그 전날 일어난 일이거든, 네가 쓰러질 때 거기서 이 사건에 대해 이야기를 나누고 있었다던데……"

조시모프는 호기심어린 얼굴로, 호기심어린 표정으로 라스콜니코프를 바라보았다. 그는 꿈쩍도 하지 않았다.

"그거 알아, 라주미힌? 보면 넌 남의 일에 나서길 참 좋아해." 조시모프가 지적했다.

"그럴지도 모르지, 하지만 그래도 꼭 구해줄 거야!" 주먹으로 탁자를 탕 내리치며 라주미힌이 소리를 질렀다. "이 일에서 제일 화가 나는 게 뭔지 알아? 그자들이 거짓말을 한다는 게 아니야. 거짓말은 언제든 용서할 수 있어. 거짓말은 사랑스러운 일이기도 하지, 진실로 인도해주니까. 화가 나는 건 그게 아니라, 거짓말을 하고는 한술 더 떠 자신의 거짓말에 절을 한다는 거야. 포르피리 형을 존경하긴 하지만…… 예를 들어, 제일 처음 그네들을 헷갈리게 만든 게 뭔 줄 알아? 문이 잠겨 있었는데 수위와 돌아와보니 열려 있더라 이거야. 그러니 코흐와 페스트랴코프가 죽였다는 거지! 바로 이게 그 작자들의 논리야."

"열내지 말고. 그냥 잡아뒀을 뿐이잖아. 안 그럴 수도 없는 노릇이고…… 참, 나도 그 코흐란 사람을 만난 적이 있어. 노파한테서 기한 지난 물건을 사는 일을 했다면서? 맞지?"

"그래, 순 사기꾼이야! 어음도 산다더라. 전문적으로 말이야. 지옥으로나 꺼져버리라지! 내가 정말 화가 나는 게 뭔지 알아? 그 인간들의 구태의연하고 비열하기 짝이 없는 구시대적 관습에 울화통이 터져…… 이 사건 하나만 가지고도 완전히 새로운 길을 열 수 있는데 말이야. 심리적인 단서 하나만으로도 진짜 증거를 찾아내는 방법을 보여줄 수 있단 말이야. '우리에겐 사실이 있단 말이오!'라고들 하지. 하지만 절대 사실이 전부는 아니라고. 최소한 사건의 반은 그 사실들을 어떻게 다루느냐에 달려 있거든!"

"그럼 넌 사실들을 다룰 줄 안다는 거야?"

"그래, 사건에 도움이 될 수 있다고 느끼는데, 그것도 손으로 만지는 것처럼 느끼는데, 침묵해선 안 되는 법이지…… 만일 말이야…… 아차!…… 너 사건을 자세히 알고는 있냐?"

"그래서 지금 칠장이에 대해 얘기해주길 기다리고 있잖아."

"참, 그렇지! 자, 이야기를 들어봐. 살인 사건이 일어나고 딱 사흘째 되던 날 아침, 그 작자들이 경찰서에서 여전히 코흐하고 페스트랴코프를 어르고 있을 때, 그 둘이 자기 행동 하나하나를 죄다 증명해서 무죄가 확실한데도 말이지! 갑자기 전혀 예상치 못한 사실이 드러난 거야. 사건이 일어난 바로 그 건물 맞은편에서 선술집을 하는 농부 출신의 두시킨인가 하는 자가 금귀고리가 든 보석함을 들고 경찰서에 나타나 한바탕 이야기를 늘어놓은 거지. '그저께 저녁 무렵, 여덟시가 좀 넘어서 칠장이 미콜라이가 저한테 달려왔습죠.' 날짜랑 시간 좀 봐! 이해가 가지? '그전에도 낮에 저희 집에 들르곤 했는데, 금귀고리와 보석이 든 이 상자를 주더니, 그걸 저당할 테니까 대신 2루블을 달라고 하기에, 어디서 난 거냐고 물었더니 길에서 주웠다고 하더만요. 거기에 대해선 더이상 캐묻지 않았습죠.' 이건 두시킨이 한 말이야. '그놈에게 지폐 한 장을 줬습니다요, 그러니까 1루블을요, 제가 아니면 다른 사람한테라도 저당 잡힐 테고, 어차피 전부 다 마셔 없애버릴 테니, 제가 물건을 갖고 있는 게 더 낫겠다 생각했거든요, 오래 쥐고 있으려면 멀리 두란 말도 있고, 무슨 낌새가 드러나거나 소문이라도 돌면 경찰서에 갖다 내려고 했습니다요.' 뭐, 물론 허황된 얘기야, 말馬처럼 거짓말을 한 거지. 내가 이 두시킨을 좀 알거든. 애초에 그 인간이 고리대금업자에 장물아비야, '갖다 내려고' 한 게 아니라 30루블짜리 물건을 미콜라이를 속여 뺏은 거지. 그러곤 잔뜩 겁을 먹은 거야. 쳇, 빌어먹을, 그건 그렇고 들어봐. 두시킨이 계속해서 이렇게 말했지. '농부 출신인 이 미콜라이 데멘티예프는 어려서부터 아는 사입니다요, 자라이스키라고 같은 현, 같은 군에 살았거든요, 그러니까 저희는 랴잔 출신입죠. 미콜라이는 술주정뱅이는 아니지만, 자주 마셔대는데요, 미트레이랑 같이 바로 그 집에서 칠장이 일을 하는 건 저희도 알고 있었습죠, 미트레이도 같은 곳 출신이고요.* 지폐를 받더니 바로 잔돈으로 바꿔서는 두 잔을 단숨에 마

* 미콜라이와 미콜카는 니콜라이를 편하게 부르는 이름, 미트레이와 미티카는 드미트리를 편하게 부르는 이름에 해당하며, 교양이나 교육 수준이 낮은 사람들이 주로 쓴다.

시고 거스름돈을 받아 나갔는뎁쇼, 미트레이는 그때 같이 안 와서 못 봤습죠. 다음날 알료나 이바노브나와 동생 리자베타 이바노브나가 도끼로 살해됐다는 말을 들으니까, 그 여자들이랑은 알고 지내는 사이라 귀고리랑 관련해서 의심이 들더구먼요, 죽은 여편네가 물건을 담보로 잡고 돈을 내준다는 걸 알고 있었거든요. 그래, 그 건물에 그놈들이 있는 데로 가서 혼자 조심조심 살금살금 살펴보고는, 제일 먼저 미콜라이가 여기 있냐고 물어봤습죠. 미트레이 말이, 미콜라이가 진탕 놀다가 동틀녘에야 취한 채 돌아와 한 십 분 정도 집에 있다가 다시 나가버렸다고 하데요, 그러고 나서는 통 못 봤고, 일도 혼자 마무리하고 있다고요. 그 인간들이 일하던 곳은 살해당한 사람들과 같은 계단을 쓰는 2층에 있습니다요. 이 얘길 다 듣고 그때는 아무한테도 입도 뻥긋 안 했습죠.' 두시킨이 이렇게 말했어. '살인 사건에 대해서 알아낼 수 있는 건 몽땅 알아내서 집으로 돌아오는데 여전히 같은 의심이 들잖습니까요. 그런데 오늘 아침 여덟시에,' 그러니까 이게 살인이 벌어진 지 사흘째 되는 날이야, 이해 됐어? '보니까 미콜라이가 저희 가게에 들어오는데, 좀 취하긴 했는데 아주 고주망태인 건 아니고, 그래도 말귀는 알아먹겠다 싶더만요. 의자에 앉더니 입을 다물고 있더라굽쇼. 그때 술집엔 그 사람 말고, 낯선 사람이 하나 있었고, 아는 사람 하나가 긴 의자에서 자고 있었습니다요, 저희 집에서 일하는 애들 둘이 더 있었고요. '미트레이 봤냐?' 하고 제가 물었더니 '아니, 못 봤어요' 하더라굽쇼. '그럼, 넌 여기 없었단 소리냐?' 하고 물어보니 '그저께부터 여기 없었는데요'라고 대답하는 겁니다요. '그럼 요즘엔 어디서 잤는데?' 그랬더니 '페스키에서, 콜롬나의 친구들 집에서요'라고 했습죠. '근데 그때 귀고리는 어디서 난 거냐?' 그랬더니, '길에서 주웠어요'라고 하는데, 죄지은 사람 모냥 눈도 못 쳐다보고 말하더만요. 그래서 제가 '바로 그날 저녁, 그 시각, 그 계단에서 무슨 일이 벌어졌는지는 들었냐?'라고 물었더니 '아니요, 못 들었는데요'라고 대답하는데, 눈을 휘둥그레 뜨고, 갑자기 얼굴이 꼭 백묵 모냥 하얗게 질려서 제 얘길 듣는 겁니다요. 그 얘기를 해주다가 보니까 모자를 쥐고 일어서려 하겠지요. 여기 잡아두어야겠다 싶어 '기다려봐, 미콜라이, 한잔 안 할 테야?' 하고 제가 말했습죠. 그러고는 우리집 애한테 문을 꽉 잡으라고 눈짓을 하면서 판매대 뒤에서 나왔거든요. 그랬더니 절 확 밀치고 거리로 뛰쳐나가서는 뒷골목으로 순식간에 사라져버리겠지요. 제 의심에도 딱 답이 나온 겁니다. 그러니까 역시 저놈이 한 짓이다, 이겁니다요……'"

"당연하지!……" 조시모프가 말했다.

"잠깐! 끝까지 들어봐! 당연히 미콜라이를 찾는 일에 급히 착수했지. 두시킨을 잡아두고서 수색을 하고, 미트레이도 마찬가지였고. 콜롬나의 친구들도 수색했어. 그저께가 돼서 돌연 미콜라이가 잡혀온 거야. ○○관문 근처 여인숙에서 잡았다더군. 그놈이 거기 와서는 은십자가를 풀어 그걸 맡기고 보드카를 청하더래. 그래서 주었다지. 몇 분 지나 어떤 아낙이 외양간에 갔다가 문틈으로 봤다는군. 외양간 옆의 헛간에서 그 녀석이 들보에 허리띠를 묶어 올가미를 만들더래. 그러고는 자른 통나무 위에 올라서서 올가미에 목을 매려고 했다는 거야. 아낙이 목청껏 비명을 지르니 사람들이 모여들었지. '이런 짓을 하다니!'라고 따지니까, '어느어느 관할 경찰서에 절 데려다주십시오, 다 자백하겠습니다' 이랬다는군. 필요한 걸 대충 갖춘 다음 그놈을 어느어느 관할 경찰서, 즉 여기로 넘겨준 거지. 그런저런 이야기들, 그러니까 넌 누구냐, 어떻게 된 거냐, 몇 살이냐 물어보니까, '스물두 살입니다' 기타 등등, 기타 등등 대답을 한 거고. '이러이러한 날, 이러이러한 시간에 미트레이와 일할 때 계단에서 누군가 보지 못했나?' 하고 물었다지. '사람들이 다니는 거야 알았지만, 어떤 사람들인지는 몰랐습니다'라고 대답했고. '무슨 소리는 못 들었나, 소란이라든가 그런 거?' '특별한 건 못 들었는데요.' '미콜라이, 너 바로 그날 그 시각에 이러저러한 과부가 동생이랑 살해되고 강도당한 걸 알고 있었나?' '그런 일은 전혀 몰랐습니다. 사흘째 되던 날 술집에서 아파나시 파블리치에게 처음 들었어요.' '그럼 귀고리는 어디서 났지?' '길에서 주웠어요.' '그다음날 미트레이와 일하는 곳엔 왜 안 나타났지?' '술 마시고 노느라고요.' '어디서 놀았는데?' '이러이러한 곳에서요.' '왜 두시킨네서 도망갔지?' '그땐 너무 겁이 났어요.' '뭐가 겁이 났지?' '벌받을까봐요.' 그랬다는군. 그랬더니 '네가 아무 죄가 없다고 느낀다면 대체 왜 겁이 나는데?……'라고 한 거지. 자, 조시모프, 믿든 안 믿든 이런 질문이 제기된 거야, 문자 그대로, 저 표현 그대로 말이야, 난 잘 알아, 나한테 정확하게 전해줬거든! 어때? 어떻게 생각해?"

"글쎄, 아닐 수도 있지만 증거가 있잖아."

"난 지금 증거에 대해서 말하는 게 아니라, 그들이 사태의 본질을 어떻게 이해하느냐, 그 문제에 대해 말하는 거야! 제기랄!…… 아무튼 그를 어떻게나 쥐어짜댔는지, 쥐어짜고 쥐어짜고 쥐어짜서 결국 자백을 받아냈지. '길에서가 아니라, 미트레이랑 페인트칠했던 집에서 주웠어요'라고 말이야. '어떻게?' 하고 물으니, '어떻게 된 거냐면요, 미트레이랑 하루종일, 여덟시까지 칠을 하고 집에 갈 준비를 하는데, 미트레이가 붓을 잡더니 제 상판에다 페인트를 처바르잖아요, 제 얼굴에 칠을 하고 도망가길래, 저도 뒤를 쫓았지요. 그 녀석 뒤를 따라 달려가며 목이 터져라 소리를 질렀어요. 계단에서 현관으로 달려나가다 수위랑 쾅 부딪치고, 어떤 나리랑도 부딪쳤고, 그 나리랑 몇 명이 더 있었는데, 기억은 잘 안 나고요, 수위가 제 뒤에 대고 욕을 퍼부었고, 다른 수위도 그랬어요, 수위 여편네까지 나와서 마찬가지로 우리한테 욕을 했어요, 어떤 나리가 부인이랑 현관으로 들어서다가 그분들도 욕을 했고요, 저랑 미티카가 길을 가로막고 뒹굴었거든요. 제가 미티카 머리채를 잡고 뒹굴며 주먹을 날렸고, 미티카도 제 밑에 깔려서 제 머리끄덩이를 잡고 주먹질을 했어요, 악의로 그런 게 아니라, 다 좋아서 장난으로 그런 거지요. 그러고 나서 미티카가 빠져나가서는 거리로 달려가길래 쫓아갔는데 잡을 수가 없어서 혼자 일하던 곳으로 돌아왔어요, 뒷정리를 해야 했으니까요. 미트레이가 곧 오겠거니 기다리며 집에 갈 채비를 하는데, 현관문 옆 벽 뒤쪽 구석에서 상자가 밟히더라고요. 보니까 종이에 싸인 채 놓여 있었어요. 종이를 벗겨보니 작은 고리 같은 게 있고, 그 고리를 풀었더니 글쎄 상자 안에 귀고리가 있는 거예요……'"

"문 뒤에? 문 뒤에 있었다고? 문 뒤에 말이야?" 흐릿하면서도 놀란 눈길로 라주미힌을 바라보며 라스콜니코프가 갑자기 이렇게 외치고는, 팔을 짚고 천천히 소파에서 일어나 앉았다.

"그래…… 근데, 왜? 무슨 일이야? 너 왜 그래?" 라주미힌 역시 자리에서 조금 몸을 일으켰다.

"아무것도 아냐!……" 라스콜니코프가 다시 베개로 머리를 떨구고는 벽 쪽으로 다시 몸을 돌리며 들릴 듯 말 듯 한 목소리로 대답했다. 모두들 잠시 침묵했다.

"잠시 졸았나보네, 분명 잠에 취해 저러는 거야." 이윽고 라주미힌이 의아하다는 듯한 얼굴로 조시모프를 바라보며 말했다. 조시모프는 아닐 거라는 뜻으로 가볍게 고갯짓을 했다.

"하여튼 계속해봐." 조시모프가 말했다. "그래서 어떻게 됐어?"

"어떻게 됐냐고? 귀고리를 발견하자마자, 당장 칠하던 집이고 미티카고 다 잊어버리고, 모자를 덥석 쥐고 두시킨에게 달려가서는, 알다시피 길에서 주웠다고 거짓말을 하고 1루블을 받아서는 바로 진탕 마셔 없앤 거야. 그런데 살인에 대해서는 여전히 같은 주장을 하고 있어. '전혀 몰랐습니다, 사흘째 되던 날에야 들었다니까요'라고 말이야. '그럼 왜 지금까지 나타나지 않았지?' '무서워서요.' '그럼 왜 목을 매려 한 거야?' '생각다 못해서요.' '무슨 생각?' '벌받을지도 모른다는 생각요.' 자, 이게 이야기의 전모야. 자, 그들이 여기서 어떤 결론을 내렸을 거라고 생각해?"

"생각할 게 뭐가 있어, 뭐가 됐든 증거가 있는데. 사실 말이야. 그런 칠장이를 그냥 보내줄 순 없잖아?"

"그래, 정말이지 놈들은 이제 그 녀석을 대놓고 살인자 취급이야! 추호의 의심도 없이 말이야……"

"바보 같은 소리. 너 너무 흥분했어. 그럼 귀고리는? 바로 그날, 그 시각, 노파 궤짝에 있던 귀고리가 니콜라이 손에 들어갔단 말이야, 그건 너도 동의하겠지. 그럼 대체 그게 어쩌다가 그 녀석 손에 들어갈 수 있었는지, 그것도 인정해야지? 이런 사건심리에서 그건 작은 일이 아니라고."

"어떻게 손에 들어갔느냐! 어떻게 손에 들어갔느냐고?" 라주미힌이 외쳤다. "너 정말 의사 맞냐, 무엇보다 우선 인간을 연구해야 할 의무가 있고, 다른 누구보다 먼저 인간의 본성을 연구할 기회를 가진 사람 맞냐 이 말이다. 그런 네가 이 모든 정황으로 미루어 본성이란 게 뭔지, 이 니콜라이라는 녀석이 어떤 사람인지 정말 모른다고? 심문을 받으면서 그 녀석이 진술한 것들이 다 너무나 신성한 진실이라는 걸 척 보면 모르겠냐? 정확히 녀석이 진술한 그 말 그대로 녀석 손에 들어온 거야. 상자를 밟아 주워든 거라고!"

"너무나 신성한 진실이라고! 하지만 처음에 거짓말을 한 건 자기도 인정했잖아?"

"내 말 들어봐, 잘 들어보라고. 수위도 코흐도 페스트랴코프도, 또 다른 수위 하나도, 그리고 첫번째 수위의 아내와 그때 그 여자랑 수위실에 앉아 있었던 소시민 여자도, 거기다 바로 그때 마차에서 내려 어떤 부인의 손을 잡고 현관으로 들어온 7등문관 크류코프까지 모두, 그러니까 여덟 명에서 열 명이나 되는 증인 모두가 한목소리로 진술하고 있어. 니콜라이가 드미트리를 땅에 누르고 그 위에 올라타 주먹을 휘둘렀고, 드미트리는 니콜라이의 머리채를 잡고 역시 주먹질을 하고 있었다고 말이야. 길을 가로막고 누워서 사람들이 지나다니는 걸 방해했지. 사방에서 그자에게 욕을 퍼부었지만, 놈들은 '마치 어린애들처럼' (증인들의 표현 그대로야) 서로를 올라타고 앉아 소리를 꽥꽥 지르며 치고받고 낄낄거린 거야, 정말 우스꽝스러운 몰골로 서로 질세라 낄낄거리며 한 사람이 다른 사람을 쫓아 거리로 달려나갔다고, 정말 애들처럼 말이야. 알겠어? 이제 엄밀히 따져봐. 위에는 아직 식지도 않은 시체가 누워 있어, 알겠냐고, 아직 식지도 않은 채로 발견했다고! 그 둘이 같이 죽였든 아니면 니콜라이 혼자 했든, 게다가 궤짝을 부숴 강도짓을 한 거라면, 그것까진 아니어도 어떻게든 강도짓에 끼기만 했다고 쳐도 말이야, 한 가지만 물어보자. 만일 그런 거라면 그런 정신 상태가, 그러니까 꽥꽥거리고 낄낄거리며 문 근처에서 애들처럼 싸우는 게, 도끼와 피, 사악한 교활함과 신중함, 강도짓과 어울린다고 생각하냐? 방금, 기껏해야 오 분이나 십 분 전에 살인을 하고서는 시체가 채 식기도 전에 그렇게 밖으로 나와서, 갑자기 시체고 뭐고 문도 활짝 열어둔 채 지금 그리로 사람들이 올라간 걸 뻔히 알면서도, 강도질한 물건까지 나 몰라라 하며, 어린애처럼 길바닥에서 뒹굴고, 낄낄대고, 모두의 관심이 자기들에게 쏠리게 하겠느냔 말이지, 열 명의 증인들이 모두 똑같이 그렇게 진술했다고."

"물론 이상하지! 당연히 그건 불가능해, 하지만……"

"아니, 친구, 하지만이 아니야, 만일 그날 그 시각 니콜라이 손에 갑자기 나타난 그 귀고리가 정말로 그자에게 불리한 사실상의 주요 증거라면 말이지, 심리審理상으로는 여전히 논쟁의 여지가 있는 증거라는 걸 그의 진술이 바로 설명해주기는 하지만 말이야, 그렇다면 무죄를 입증할 만한 사실들 역시 고려되어야 해, 그것들이 반박할 수 없는 사실이라면 더욱 그렇지. 네 생각은 어때, 우리 법률의 성격상 저들이 그런 사실, 오로지 심리상의 불가능성 하나에만, 단지 정신 상태에만 근거한 그런 사실을 반박할 수 없는 사실로, 그게 뭐든 기소를 가능하게 한 모든 물적 사실들을 뒤집어엎을 만한 것으로 받아들이거나, 받아들일 만한 능력이 있을까? 아니, 그 사람들은 받아들이지 않을 거야, 절대 그러지 않을 거라고, 왜냐면 상자가 발견되었고, 사람이 목을 매 죽으려 했으니까, '죄가 있다고 느끼지 않는다면 그런 일은 있을 수 없지 않느냐!'라는 거지. 이게 바로 근본적인 문제고, 그래서 내가 흥분하는 거야! 생각해보라고!"

"그래, 흥분한 건 나도 알겠다. 잠깐, 이걸 물어보는 걸 깜빡했네. 귀고리 상자가 정말 노파 궤짝에서 나왔다는 건 어떻게 증명된 거야?"

"그건 말이지." 내키지 않는 듯 얼굴을 찌푸리며 라주미힌이 대답했다. "코흐가 물건을 알아보고는 맡긴 사람을 가르쳐줬고, 그 사람이 분명 자기 거라고 확실히 증언했어."

"상황이 좋지 않군. 그럼 하나 더. 코흐와 페스트랴코프가 위층으로 올라가고 있을 때, 그때 누구라도 니콜라이를 보지 못했나, 그걸 어떻게든 증명할 수는 없는 거야?"

"바로 그게 문제야, 아무도 못 봤다는군." 라주미힌이 분통을 터뜨리며 대답했다. "바로 그래서 일이 더럽게 된 거지. 코흐와 페스트랴코프조차도 위층으로 올라가면서 그네들을 못 봤다는군, 비록 그 두 사람의 증언이 현재로선 별 의미가 없지만 말이야. '셋집이 열려 있었고 그 안에서 누군가 일을 하고 있는 건 확실했지만, 별 관심 없이 지나치며 본 거라, 그때 일꾼들이 거기 있었는지 없었는지 정확히 기억을 못하겠네요'라고 했다는군."

"흠. 그러니까 무죄를 입증할 만한 건 고작 그 작자들이 서로 치고받으며 낄낄거렸다는 것뿐이군. 그게 강력한 증거라 쳐도, 그래도…… 그럼, 이제 넌 모든 사실을 어떻게 설명할 수 있는데? 만일 그 사람이 진술한 대로 진짜 그런 방식으로 귀고리를 발견한 거라면, 귀고리를 주운 건 어떻게 설명할 수 있지?"

"어떻게 설명하냐고? 여기 설명할 게 뭐가 있어. 뻔한 거지! 최소한 사건을 어떻게 다뤄야 할지는 명백히 입증됐어, 바로 상자가 그걸 증명해주지. 진짜 살인범이 그 귀고리를 떨어뜨린 거야. 코흐와 페스트랴코프가 문을 두드릴 때 살인범은 위에 있었어, 문을 걸어 잠그고 있었던 거지. 근데 코흐가 바보같이 아래로 내려가버린 거야. 그러자 살인범은 밖으로 튀어나와 역시 아래로 달려간 거고, 그놈에게 다른 방법이라곤 없었으니까. 니콜라이와 드미트리가 일하던 집에서 달려나간 바로 그 때, 살인범은 계단에서 코흐와 페스트랴코프 그리고 수위를 피해 텅 빈 집에 몸을 숨기고, 수위와 사람들이 위로 올라갈 때 문 뒤에 서서 발걸음이 잦아들 때까지 기다렸다가 최대한 침착하게 아래로 내려간 거야, 니콜라이하고 드미트리가 거리로 뛰쳐나간 바로 그때지, 모두 흩어져서 정문 근처엔 아무도 안 남아 있던 거고. 어쩌면 봤을지도 모르지만 눈치채지는 못한 거야. 지나다니는 사람이 한둘이었겠어? 문 뒤에 서 있을 때 주머니에서 상자를 떨어뜨리고는 알아차리지 못한 거야, 그럴 정신이 없었겠지. 그가 바로 거기 서 있었다는 걸 상자가 확실히 증명해주고 있어. 이게 사건의 전말이야!"

"교묘하군! 아니, 친구, 이건 교묘한 문제야. 너무나 교묘해!"

"대체 왜, 대체 뭐가?"

"왜냐면 모든 게 지나치게 잘 맞아떨어지니까…… 잘 짜여 있어…… 한 편의 연극처럼 말이야."

"나, 참!" 라주미힌이 소리를 지르려는데 그 순간 문이 열리더니 방에 있는 사람 중 누구도 알지 못하는 낯선 사람이 들어왔다.

5

그는 이미 젊지 않은 나이의 신사로, 신중하고 까다로운 인상에, 지나치게 격식을 차리며 유세를 부렸고, 들어서자마자 무례할 정도로 놀라움을 감추지 않은 채 사방을 둘러보며, '뭐, 이런 데가 다 있어?'라고 묻는 듯한 눈길로 문간에 멈춰 섰다. 믿을 수 없다는 양 모욕적일 만큼 놀라움을 가장한 아니꼬운 태도로, 그는 라스콜니코프의 좁고 낮은 '선실'을 이리저리 둘러보았다. 그러고는 눈길을 돌려, 옷도 제대로 안 입고 헝클어진 머리에 세수도 안 한 채, 초라하고 더러운 소파에 누워 미동도 않고 자신을 살피는 라스콜니코프를 마찬가지로 놀라워하며 바라보았다. 그런 다음 여전히 느릿하게, 너절한 옷에 면도도 안 하고 머리도 빗지 않은 라주미힌의 몰골을 찬찬히 살펴보기 시작했는데, 라주미힌 역시 자리에서 움직이지 않고, 의혹에 찬 대담한 눈길로 그의 눈을 똑바로 쳐다보았다. 몇 분간 긴장된 침묵이 이어졌고, 이런 상황에서 늘 그렇듯이 마침내 작은 변화가 일어났다. 들어온 신사는 몇 가지, 그러나 몹시 강력한 근거에 기반해 여기 이 '선실'에선 과장된 엄격함과 위엄으로는 결코 아무것도 얻을 수 없다고 판단했는지 어느 정도 태도를 누그러뜨려, 엄격함이 전혀 없다곤 할 수 없지만 어쨌든 정중하게 조시모프를 향해 한 음절 한 음절 딱딱 끊어가며 질문했다.

"대학생 혹은 대학생이었던 로디온 로마니치 라스콜니코프 씨인가요?"

조시모프는 천천히 몸을 움직였고, 아마도 방문자가 전혀 상대도 안 한 라주미힌이 곧장 자신을 앞질러 말하지 않았다면, 그가 대답했을 것이다.

"소파에 누워 있는 사람이 그 사람이에요! 그런데 무슨 일이세요?"

'그런데 무슨 일이세요?'라는 이 허물없는 말이 지나치게 격식을 따지는 신사를 꼼짝 못하게 했다. 그는 하마터면 라주미힌 쪽으로 몸을 돌릴 뻔했지만, 그래도 제때 자신을 제어해, 서둘러 다시 조시모프에게로 몸을 돌렸다.

"이 사람이 라스콜니코프입니다!" 조시모프가 환자를 고갯짓으로 가리키며 우물거리고는 하품을 했는데, 왠지 유별나게 입을 크게 벌렸고, 유별나게 오래도록 그렇게 있었다. 그러고선 조끼 주머니에 느릿느릿 손을 넣어 소리가 안 나는 아주 커다랗고 볼록한 금시계를 꺼내 열어 보더니, 역시 느릿느릿 게으르게 다시 집어넣었다.

정작 라스콜니코프는 계속 아무 말 없이 똑바로 누워, 아무 생각도 하지 않으면서 들어온 사람을 뚫어져라 쳐다보았다. 관심을 가졌던 벽지 위 꽃무늬로부터 막 몸을 돌린 그의 얼굴은 극도로 창백했고, 마치 고통스러운 수술을 막 마쳤거나 고문에서 방금 풀려난 사람처럼 몹시 괴롭다는 표정을 짓고 있었다. 하지만 들어온 신사가 점차 그에게 점점 더 큰 관심을, 그다음엔 의혹을, 그다음엔 의심과 심지어 두려움 같은 것을 불러일으키기 시작했다. 조시모프가 그를 가리키며 "이 사람이 라스콜니코프입니다"라고 말하자 그는 갑자기 튀어오르듯 재빨리 몸을 일으키고는 침대에 앉아 거의 도전적인 하지만 힘없는 목소리로 띄엄

띄엄 말을 내뱉었다.

"그렇습니다! 내가 라스콜니코프요! 무슨 일입니까?"

손님은 그를 유심히 바라보다가 근엄하게 말했다.

"표트르 페트로비치 루진이라고 합니다. 제 이름이 이미 당신에게 아주 낯설지는 않기를 몹시도 바랍니다만."

하지만 전혀 다른 것을 예상했던 라스콜니코프는 멍하니 생각에 잠겨 그를 바라보면서, 마치 표트르 페트로비치란 이름을 난생처음 들은 것처럼 아무 대답도 하지 않았다.

"아니, 이럴 수가? 정말 지금까지 아무 소식도 못 받으신 겁니까?" 표트르 페트로비치가 조금 당황한 표정으로 물었다.

이 질문에 대한 답으로 라스콜니코프는 천천히 베개 쪽으로 몸을 눕히고 두 팔을 머리 뒤로 집어넣은 다음 천장을 쳐다보기 시작했다. 루진의 얼굴에 난감한 기색이 내비쳤다. 한층 더 호기심이 발동해 조시모프와 라주미힌이 그를 유심히 살피기 시작하자, 결국 당황한 것 같았다.

"전 연락을 받았을 거라 생각했고, 그렇게 예상했는데요." 그가 우물거리며 말했다. "열흘도 훨씬 전에, 아니 자그마치 거의 2주 전에 발송한 편지가……"

"잠깐만요, 계속 그렇게 문 옆에 서 계실 겁니까?" 라주미힌이 불쑥 말을 가로챘다. "설명할 게 있다면 앉으시지요, 나스타시야와 당신, 둘 다 계시기에 거긴 좁아요. 나스타시유시카, 좀 비켜봐, 지나가시게! 이리 오세요, 여기 의자가 있어요! 비집고 지나가시지요!"

그는 자기 의자를 탁자에서 밀어내 탁자와 자기 무릎 사이에 공간을 조금 만들고는, 그 틈으로 손님이 '비집고 지나가기'를 다소 옹색한 자세로 기다렸다. 권유받은 순간이 아주 적절해 도저히 거절할 수 없었던 지라, 손님은 서두르다 걸려 넘어질 뻔하며 좁은 공간을 빠져나갔다. 간신히 의자에 와 앉은 그는 의심스럽게 라주미힌을 바라보았다.

"저, 당황하지 마세요." 라주미힌이 불쑥 말했다. "로쟈는 이미 닷새째 앓고 있고 사흘 동안 의식이 없다가 이제야 깨어났어요, 식욕이 돌아와 먹기도 했고요. 여기 앉아 있는 분이 의사 양반이고, 방금 이 친구를 진찰했지요, 전 로디카 친군데 역시 대학생이었고, 지금은 이렇게 환자를 돌보고 있습니다. 그러니 저희는 신경쓰지 마시고, 하실 얘기가 있으면 괘념치 말고 계속하시지요."

"감사합니다. 그렇지만 제가 와서 말을 시키면 환자를 괴롭히는 게 되진 않을지요?" 표트르 페트로비치가 조시모프를 향해 말했다.

"아-아닙니다." 조시모프가 우물거렸다. "오히려 기분전환이 될 수도 있지요." 그러고는 다시 하품을 했다.

"오, 이 친구는 이미 한참 전에 의식이 돌아왔어요, 아침부터요!" 라주미힌이 말을 이어갔고, 그 허물없는 태도에는 꾸며낼 수 없는 순박함이 있어서 표트르 페르토비치는 잠시 생각한 후 기운을 되찾았는데, 어느 정도는 이 넝마 차림의 넉살 좋은 사람이 적절한 때 자기를 대학생이라 소개한 탓도 있었을 것이다.

"당신 어머님께서……" 루진이 말을 시작했다.

"흠!" 라주미힌이 큰 소리를 냈다. 루진이 묻듯이 그를 바라보았다.

"아무것도 아닙니다, 저는 그냥. 계속하세요……"

루진은 어깨를 으쓱했다.

"……당신 어머님께서는 제가 아직 그분들 계신 곳에 있을 때 당신에게 보낼 편지를 쓰기 시작하셨지요. 여기 도착해서도 당신이 모든 걸 알게 됐으리라 완전히 확신이 들 때까지 일부러 며칠을 그냥 보내며 오지 않았습니다. 그런데 놀랍게도 지금……"

"알아요, 알아!" 라스콜니코프가 갑자기 도저히 못 참겠다는 듯 짜증을 내며 말했다. "그게 당신이오? 약혼자라는 사람이? 글쎄, 안다고요!…… 그러니 그만하세요!"

표트르 페트로비치는 기분이 확 상했지만 입을 다물었다. 그는 이게 다 무엇을 의미하는지 서둘러 파악하려 애썼다. 잠시 침묵이 이어졌다.

그러는 동안, 대답하면서 루진을 향해 약간 몸을 돌린 라스콜니코프는, 마치 방금 전에는 그를 미처 다 살펴보지 못했거나, 그의 어떤 새로운 점에 충격이라도 받은 듯, 갑자기 다시 한번 각별한 호기심을 가지고 그를 뚫어져라 살피기 시작했다. 그러느라 일부러 베개에서 몸을 일으키기까지 했다. 사실 표트르 페트로비치의 전체적인 모습에는 뭔가 독특한 점이, 그러니까 방금 그에게 아주 무례하게 붙여진 '약혼자'라는 호칭에 어울리는 매우 인상적인 점이 있었다. 첫째로 표트르 페트로비치가 수도에 도착한 후 며칠 동안 약혼녀를 기다리며 서둘러 몸치장을 하고 꾸미려 애썼다는 걸 알 수 있었는데, 그 점이 지나치게 눈에 띄긴 했지만, 그건 결코 비난할 일이 아니라 용인될 수 있는 일이었다. 지나치게 자기만족적일 수도 있지만, 한결 나아진 유쾌한 변화에 대한 자의식조차 용서받을 수 있는 것은 표트르 페트로비치가 약혼자라는 반열에 서 있기 때문이다. 그의 옷은 전부 재봉사에게서 막 받아온 것으로, 전부 다 훌륭했으나 다만 모두 지나치게 새것이고 어떤 목적을 지나치게 드러낸다는 것만이 흠이었다. 심지어 갓 지은 세련된 둥근 모자에서도 이 목적이 드러나 보였다. 표트르 페트로비치는 모자를 지나치게 소중히 다루며 지나치게 조심스럽게 손에 들고 있었다. 주뱅*이 직접 만든 황홀한 연보라색 장갑 한 켤레를 과시하기 위해 끼지 않고 그냥 손에 들고 있다는 사실 하나만 봐도 같은 목적을 알 수 있었다. 한편 표트르 페트로비치의 옷은 주로 젊은이들에게 어울릴 밝은색이었다. 보기 좋은 밝은 갈색 여름용 양복 상의에, 밝은색의 얇은 바지, 같은 색 조끼, 방금 산 세련된 셔츠를 입고, 속이 반쯤 비칠 정도로 아주 얇은 마직으로 만든 분홍색 줄무늬 넥타이를 매고 있었는데, 무엇보다 훌륭한 점은 이 모든 것이 표트르 페트로비치의 얼굴과 잘 어울린다는 사실이었다. 그의 얼굴은 아주 생기 있고 아름답기까지 했으며, 그러잖아도 마흔다섯인 자기 나이보다 젊어 보였다. 짙은색 구레나룻이 두 개의 커틀릿처럼 얼굴 양쪽을 기분좋게 덮고서, 말끔히 면도해 윤이 나는 턱 근처에 아주 보기 좋고 무성하게 나 있었다. 곱슬곱슬하게 머리를 말면 보통은 결혼식에 가는 독일인 얼굴과 비슷해져버려 다들 우스꽝스럽거나 바보처럼 보이기 마련인데, 새치가 조금 있고 이발소에서 곱슬곱슬하게 말아 빗어 넘긴 그의 머리카락마저도 그런 인상을 전혀 주지 않았다. 그럼에도 이 충분히 아름답고 견실한 외모에 사람을 밀어내는 정말 불쾌한 뭔가가 함께 존재한다면 그건 다른 이유 때문이었다. 라스콜니코프는 루진 씨를 무례하게 찬찬히 뜯어본 후 신랄한 미소를 짓더니 다시 베개 위로 쓰러져 좀전처럼 천장을 바라보기 시작했다.

하지만 루진 씨는 마음을 단단히 먹고 때가 될 때까지 이 이상한 일

---

* 당시 페테르부르크에서 장갑 장인으로 유명했던 프랑스인.

들에 일체 개의치 않기로 작정한 것 같았다.

"당신이 이런 상태일 때 만나게 되어 정말 대단히 유감입니다." 힘들여 침묵을 깨며 그가 다시 말을 시작했다. "편찮으신 줄 알았다면 좀더 일찍 왔을 텐데요. 아시겠지만 워낙 성가신 일들이 많아서요!…… 게다가 제 변호사 업무와 관련해서 원로원에 아주 중요한 볼일이 있고요. 당신도 짐작하고 계실 걱정거리들이야 이미 언급할 필요도 없겠지요. 당신 가족, 그러니까 어머님과 동생분을 이제나저제나 하며 기다리고 있습니다……"

라스콜니코프가 몸을 조금 움직이며 뭔가 말하려 했다. 그의 얼굴에 무언가 흥분한 기색이 비쳤다. 표트르 페트로비치는 잠깐 말을 멈추고 기다렸지만 아무 말도 뒤따르지 않았기에 계속 말을 이었다.

"……이제나저제나요. 도착하시면 일단 묵을 적당한 집도 구해놓았습니다……"

"어디에 말이오?" 라스콜니코프가 약한 목소리로 말했다.

"여기서 아주 가깝습니다, 바칼레예프 건물이지요……"

"보즈네센스키 거리에 있어." 라주미힌이 끼어들었다. "거기 두 층에 여관방들이 있거든. 유신이라는 상인이 운영하는 곳이지. 나도 가본 적 있어."

"맞습니다, 여관이지요……"

"정말 끔찍하게 추잡스러운 곳이야. 더럽고 냄새나고 게다가 수상쩍은 곳이라고. 온갖 사건이 일어나지. 누가 사는지 알 게 뭐야!…… 소동이 일어나서 내가 직접 가본 적이 있거든. 대신 싸긴 하지."

"저는 여기 온 지 얼마 안 돼서 당연히 그런 정보를 모으질 못했습니다." 표트르 페트로비치가 발끈하며 반박했다. "하지만 정말, 정말 깨끗한 방을 두 개 얻어놓았고, 여관엔 아주 잠깐만 머물 거니까요…… 이미 진짜 집을, 그러니까 앞으로 우리가 살 집을 구해놓았습니다." 그가 라스콜니코프에게로 몸을 돌렸다. "지금 집을 단장하고 있지요. 그동안은 저도 비좁은 여관방 같은 데서 지내고 있어요. 여기서 두 걸음 떨어진 립페베흐젤 부인 댁인데, 안드레이 세묘니치 레베쟈트니코프*라고 젊은 제 친구 하나가 세들어 사는 집입니다. 바칼레예프 건물도 그 친구가 알려준 거지요……"

"레베쟈트니코프라고요?" 무언가 기억나는 듯 라스콜니코프가 천천히 말했다.

"그렇습니다, 안드레이 세묘니치 레베쟈트니코프라고, 관청에서 근무하지요. 아십니까?"

"네…… 아니요……" 라스콜니코프가 대답했다.

"실례했습니다, 물어보시길래 아시는 줄 알았어요. 저는 한때 그의 후견인이었지요…… 아주 사랑스러운 청년입니다…… 새로운 사상을 따르는…… 저는 젊은 사람을 만나는 게 즐겁습니다. 그들을 통해 새로운 걸 알게 되지요." 표트르 페트로비치가 기대에 차 방안에 있는 사람들 모두를 둘러보았다.

"어떤 점에서 그렇습니까?" 라주미힌이 물었다.

"가장 중요한 점에서, 말하자면 가장 본질적인 점에서 그렇습니다." 질문이 반갑다는 듯 표트르 페트로비치가 말을 받았다. "아실지 모르겠

---

* 레베쟈트니코프는 '아첨하다, 추종하다'라는 뜻의 단어 '레베지티'에서 유래한 이름으로, 그는 당시 유행하던 유물론과 사회주의를 추종하는 사람들을 희화화한 인물이다.

습니다만, 전 이미 십 년이나 페테르부르크를 방문하지 못했습니다. 우리의 새로운 모든 것들, 개혁과 사상, 그 모든 것을 지방에 사는 저희도 접할 수는 있습니다. 하지만 더 확실히 보고 또 모든 것을 보기 위해서는 페테르부르크에 있어야 하지요. 뭐, 그러니까 제 생각은 우리 젊은 세대를 관찰하다보면 보다 많이 깨닫고 알게 된다, 바로 그런 거죠. 고백하자면 그래서 기뻤습니다……"

"정확히 뭐가요?"

"질문이 너무 포괄적이네요. 제가 잘못 생각하고 있을 수도 있지만, 저는 젊은 세대에게서 더 뚜렷한 주관, 그러니까 더 비판적인 의식을 발견할 수 있다고 봅니다. 실무 능력도 더 뛰어나고요……"

"그건 맞아요." 조시모프가 우물거렸다.

"너 무슨 헛소리야, 실무 능력 같은 건 없어." 라주미힌이 물고늘어졌다. "실무 능력은 힘들게 얻어지는 거야, 하늘에서 거저 뚝 떨어지는 게 아니라고. 우린 거의 이백 년 동안 어떤 일도 제대로 해보지 못했어……* 사상이라면 떠돌아다닐지 모르지만." 그는 표트르 페트로비치를 향해 말했다. "선善에 대한 소망도 있습니다, 유치한 수준일지라도 말이죠. 정직함도 존재할 거예요, 사기꾼들이 엄청나게 몰려다닌다 해도요. 하지만 그래도 실무 능력 같은 건 없습니다! 발로 뛰어다녀야 실무 능력이 생길 거 아닙니까."

"당신 의견에 동의할 수가 없네요." 표트르 페트로비치가 눈에 띄게

---

* 급진적 서구화 정책을 폈던 표트르 대제의 개혁 이후를 말한다. 도스토옙스키는 표트르 대제의 서구화가 지식인과 민중을 분열시켰고, 이후 러시아의 모든 불행의 근원이 되었다고 주장했다.

즐거워하며 반박했다. "물론 지나치게 몰두하거나 잘못을 저지르는 일도 있지만, 관대할 필요도 있습니다. 지나치게 몰두한다는 건 일에 대한 열정은 있되 일이 처한 외적 상황이 잘못되었다는 것을 증명해줍니다. 이루어진 일이 얼마 없다 해도, 시간도 별로 없었잖아요. 방법에 대해서는 말하지도 않겠습니다. 제 개인적 견해를 듣기 원하신다면, 그래도 뭔가 이루어진 일도 있어요. 새롭고 유익한 사상이 널리 퍼졌고, 예전의 몽상적이고 낭만적인 글 대신 새롭고 유용한 저작이 널리 보급됐고요. 문학도 좀더 성숙한 느낌을 주지요. 해로운 편견들이 많이 근절되고 비웃음의 대상이 되었고요…… 한마디로 우리는 과거와 돌이킬 수 없이 결별했고, 제 생각에는 이게 바로 이루어낸 일인 거지요……"

"줄줄 외워대는군! 으스대는 꼴이라니." 라스콜니코프가 불쑥 말했다.

"뭐라고요?" 잘 알아듣지 못해 표트르 페트로비치가 되물었지만, 대답을 얻지 못했다.

"모두 지당한 말씀이에요." 조시모프가 서둘러 끼어들었다.

"그렇죠?" 표트르 페트로비치가 기분좋게 조시모프를 바라보며 말을 이어갔다. 그러고는 "당신도 동의하시죠?"라며 라주미힌을 향해 말을 계속했는데, 이미 어떤 승리감과 우월감에 취해 하마터면 그에게 '젊은이'라고 덧붙일 뻔했다. "대성공이라거나, 요즘 말로 하자면 진보라는 게 있는 거죠. 하다못해 과학이나 경제적 진리의 이름으로라도요……"

"다 아는 얘깁니다!"

"아니, 다 아는 얘기가 아닙니다! 예를 들어, 지금까지 '이웃을 사랑하라'라고 들어왔는데 그 말대로 이웃을 사랑했다면 결과가 어땠을까요?" 표트르 페트로비치는 말을 계속 이어갔지만 지나치게 서두르는 것 같았다. "제 외투를 반으로 찢어 가까운 이와 나누다 결국 둘 다 반벌거숭이로 남았겠지요. '여러 마리 토끼를 한 번에 쫓으면 한 마리도 잡지 못한다'라는 러시아 속담대로요. 반면 과학은 누구보다 먼저 자신만을 사랑하라고 말합니다, 왜냐면 세상만사는 개인의 이해에 기반하니까요. 자기 자신만을 사랑하면 자기 일도 합당하게 처리할 거고, 외투도 온전히 남겠지요. 경제적 진리는 하나를 더 덧붙입니다, 사회에서 개인적 일을 더 성공적으로 이루어낼수록, 그러니까 온전한 외투가 더 많아질수록, 사회기반이 더 굳건해지고, 그 속에서 공적인 일도 더 성공적으로 이루어진다고 말입니다. 그러니까 오직 자기만 챙기는 것이 바로 모두를 챙기는 셈이 되고, 가까운 이들이 찢어진 외투 이상의 것을 얻도록 해주는 셈이 되지요, 그것도 이미 혼자서 개인적으로 하는 자선이 아니라, 사회 전체가 대성공을 이룬 결과로요. 간단한 사상인데 불행하게도 너무 오랫동안 생각해내질 못했지요, 쉽게 열광하는 성격과 몽상적인 기질에 가려서요, 이걸 알아내려면 약간의 재치가 필요한 거 같긴 합니다만……"

"죄송합니다만, 저도 재치가 없어서요." 라주미힌이 단호하게 말을 잘랐다. "그러니 그만하시죠. 저는 목적을 가지고 이야기를 시작했는데, 그런 자기위안의 장광설을 잔뜩 늘어놓으시니, 그 모든 장황하고 그칠 줄 모르는 진부한 얘기들, 그렇고 그런 뻔한 얘기들은, 저 자신이 아닌 다른 사람이 제 앞에서 한다 해도 맹세코 얼굴이 빨개질 정도로 지난 삼 년간 정말 지긋지긋하게 들었습니다. 물론 당신은 자신이 아는 걸 보여주려고 서두르셨을 테죠, 충분히 이해할 만한 일입니다, 비난하고 싶지 않아요. 다만 지금 저는 단지 당신이 누군지 알고 싶을 뿐이에요, 왜냐면 아시다시피 최근에 별별 사업가들이 다 공공사업에 들러붙어, 손대는 족족 자기의 이해관계에 맞게 완전히 아작나도록 죄다 왜곡시켜놓았기 때문입니다. 그러니 이제 그만하시죠!"

"귀하께서는," 루진 씨는 당황해 움찔하면서도 극도의 품위를 유지하며 말을 시작하려 했다. "설명해주시겠습니까, 그렇게 무례하게 말씀하시니, 저도 그런 부류에……"

"오, 무슨 그런 말씀을, 당치도 않습니다…… 제가 어찌 감히!…… 그러니 그만하죠!" 라주미힌은 딱 잘라 말하고는 조시모프와 아까 나누던 대화를 계속하기 위해 거칠게 몸을 돌렸다.

표트르 페트로비치는 방금 그 해명을 그대로 믿어줄 만큼은 현명했다. 하지만 그는 이 분 후에 떠나기로 결심했다.

"지금 시작된 우리의 친분이," 그는 라스콜니코프를 향해 말했다. "당신의 건강이 회복된 후에, 그리고 당신도 아실 상황도 있으니 한층 더 굳건해지길 바랍니다…… 특히 건강에 유의하십시오……"

라스콜니코프는 고개조차 돌리지 않았다. 표트르 페트로비치는 의자에서 일어서려 했다.

"분명 전당 잡힌 사람이 살해한 거야!" 조시모프가 단정적으로 말했다.

"전당 잡힌 사람이 틀림없어!" 라주미힌이 맞장구를 쳤다. "포르피리 형이 자기 생각을 내보이진 않지만, 그래도 전당 잡힌 사람들을 심문하고 있어……"

"전당 잡힌 사람들을 심문한다고?" 라스콜니코프가 큰 소리로 물었다.

"그래, 근데 왜?"

"아무것도 아냐."

"그 사람들을 어떻게 알아내지?" 조시모프가 물었다.

"코흐가 몇 사람 알려줬대. 물건을 싼 포장지에 이름이 적힌 사람들도 있고, 또 이야기를 듣고 자기 발로 찾아온 사람들도 있고……"

"어쨌든 분명 교활하고 경험이 많은 악당일 거야! 무척 대담해! 아주 과감하고!"

"바로 그 점이야, 그게 아니라고!" 라주미힌이 말을 끊었다. "바로 그 점 때문에 모두 헤매는 거야. 내 말인즉슨, 그자는 교활하지도 경험이 많지도 않을뿐더러, 분명 이게 처음일 거야! 치밀하게 계산하는 교활한 악당이라고 가정해봐, 그럼 뭔가 안 맞을걸. 반면 경험이 없는 놈이라고 가정해봐, 그럼 결론은 오직 하나, 우연이 그자를 재난에서 구해준 거야, 우연이 못할 게 뭐가 있겠어? 아니, 어쩌면 그자는 장애물조차 예상 못했을지도 몰라! 그자가 일을 어떻게 처리했지? 10루블이나 20루블짜리 물건들을 챙겨 주머니에 잔뜩 쑤셔넣고, 노파 궤짝, 넝마 속이나 뒤지고 있었다고. 서랍장 윗서랍 보석함에 수표 말고도 현금만 1천5백 루블이나 있었는데 말이야! 훔칠 줄은 모르고 죽일 줄만 안 거지! 처음이라고, 말인즉슨 처음 저지른 일이야. 완전히 당황한 거라고! 계산을 해둬서가 아니라 우연 덕분에 용케 빠져나갈 수 있었던 거야!"

"최근에 일어난 관리 미망인 노파 살인 사건에 대해 말씀하시는 것 같군요." 조시모프를 향해 표트르 페트로비치가 끼어들었는데, 모자와 장갑을 손에 쥐고 이미 일어나 있었지만, 떠나기 전에 그럴듯한 말 몇 마디라도 더 던지고 싶었던 것이다. 그는 자기에게 유리한 인상을 남기기 위해 신경을 쓰는 듯했고, 허영심이 분별력을 눌러버렸다.

"그렇습니다, 들으셨나요?"

"물론이죠, 가까운 데 사니까요……"

"자세히 아세요?"

"그렇다고 할 수는 없지요. 하지만 이 사건 말고도 또다른 상황이 저의 관심을 끕니다, 말하자면 사회 전반의 문제랄까요. 최근 오 년간 하층계급의 범죄가 늘어났다는 사실은 이미 말할 것도 없지요. 어디서나 끊임없이 일어나는 절도와 화재도 마찬가지고요. 제가 보기에 가장 이상한 점은 상류계급의 범죄도 똑같이, 그러니까 나란히 늘어나고 있다는 겁니다. 어떤 곳에서는 대학생이었던 사람이 대로변 우체국을 털었다는 얘기가 들립니다. 또 어떤 곳에서는 사회적인 지위로 미루어 진보적이라 할 만한 사람들이 위조지폐를 만들었다죠. 모스크바에서는 최근 발행된 복권식 채권을 위조한 일당이 잡혔는데, 거기 주범 중 하나가 세계사를 가르치는 강사라더군요. 또 외국에서 돈 문제에다 알 수 없는 다른 이유로 우리 나라 서기관이 살해됐다고도 하고…… 지금 이 고리대금업자 노파를 살해한 사람이 전당을 잡힌 사람들 중 하나라면, 그 사람은 아마도 좀더 상류층 출신일 겁니다, 농부들은 금붙이를 전당 잡히지 않으니까요, 그렇다면 우리 사회의 문명화된 계층이 보이는 이 타락은 대체 어떻게 설명할 수 있을까요?"

"경제적으로 많은 변화가 있었으니까요……" 조시모프가 응수했다.

"어떻게 설명하냐고요?" 라주미힌이 트집을 잡았다. "바로 그 고질적인 실무 능력 결핍으로 설명할 수 있을지도 모르죠."

"그러니까 어떻게요?"

"당신이 말한 바로 그 모스크바의 강사라는 사람에게 왜 복권을 위조했는지 물으니 '다들 갖가지 방법으로 부자가 되니까, 나도 그렇게 해서 빨리 부자가 되고 싶었다'라고 대답했답니다. 정확한 단어는 기억이 안 나지만 어쨌든 공짜로, 더 빨리, 힘들이지 않고, 라는 의미였죠! 다 준비된 걸로 살고, 남의 도움에 기대 살고, 씹어놓은 걸 먹는 데 익숙해진 겁니다. 뭐, 그러다 위대한 시간*이 도래하자, 모두 자기 본색이 드러난 거죠."

"하지만 그럼 도덕성은요? 그리고 소위 규범은……"

"대체 뭐가 걱정이오?" 느닷없이 라스콜니코프가 끼어들었다. "당신 이론대로 됐잖소!"

"제 이론대로라니 뭐가 말입니까?"

"당신이 아까 설교한 걸 끝까지 밀고 가봅시다, 그럼 사람을 도살해도 된다는 결론이 나오게 되지……"

"무슨 그런 당치도 않은 말씀을!" 루진이 소리를 질렀다.

"아니, 그건 아니야!" 조시모프가 맞장구를 쳤다.

라스콜니코프는 창백한 얼굴로 누워 윗입술을 떨며 힘겹게 숨을 쉬고 있었다.

"모든 일에는 정도가 있는 법입니다." 루진이 거만하게 말을 이었다. "경제적 사상만으로는 살인을 부추길 수 없고, 단지 가정만 해본대도……"

"당신, 그게 사실이오," 라스콜니코프가 갑자기 그의 말을 다시 가로챘는데, 증오로 떨리는 목소리에는 모욕하는 데서 오는 기쁨이 담겨 있었다. "당신이 당신 약혼녀에게…… 그애 승낙을 얻어낸 바로 그 순간,

---

* 1861년 공포된 농노해방령.

그애가 거지여서…… 무엇보다 기쁘다고…… 왜냐면 나중에 그 위에 군림하고…… 은혜를 입었다고 윽박지르려면 찢어지게 가난한 집 딸을 아내로 얻는 게 더 유리하다고…… 그렇게 말한 게 사실이오?……"

"이보십시오!" 루진은 온통 벌겋게 달아올라 어찌할 바를 모르며 증오에 가득차 짜증스럽게 고함을 질렀다. "이보세요…… 생각을 그렇게 왜곡하다니요! 죄송합니다만, 난 당신에게 해명해야겠습니다, 당신이 들은 소문이, 아니 더 정확히는 당신에게 전달된 그 얘기가 합리적인 근거라고는 조금도 없다는 것을 말입니다, 그리고 난…… 누군가가 의심스럽군요…… 한마디로…… 이 화살은…… 그러니까, 당신 어머니가…… 그분은 이 일이 아니더라도, 너무나 훌륭한 모든 자질에도 불구하고, 다소 쉽게 열광하시거나 낭만적으로 생각하시는 경향이 있는 듯했어요…… 하지만 아무리 그래도 난 그분이 말도 안 되는 공상으로 일을 이렇게 왜곡된 형태로 이해해서 전하실 줄은 정말이지 꿈에도 생각 못했습니다…… 그리고 마지막으로…… 마지막으로……"

"당신, 그거 아시오?" 라스콜니코프가 베개에서 몸을 일으켜 찌를 듯 번뜩이는 시선으로 그를 뚫어지게 노려보며 외쳤다. "아냔 말이오?"

"뭘 말입니까?" 루진이 말을 멈추고 모욕당해 도전적인 모습으로 대답을 기다렸다. 몇 분간 침묵이 흘렀다.

"만일 한 번만 더…… 단 한 마디라도 감히…… 우리 어머니에 대해 언급한다면…… 내가 댁을 계단에서 거꾸로 밀어버릴 거라는 걸 말이오!"

"너 왜 이래!" 라주미힌이 외쳤다.

"아, 바로 그거였군!" 루진이 하얗게 질려 입술을 깨물었다. "내 말을 들어보시오." 온 힘을 다해 자제하려고는 했지만, 그래도 숨을 헐떡이며 그가 띄엄띄엄 말하기 시작했다. "아까 처음 이 방에 발을 들여놓은 순간부터 당신의 적의를 눈치챘지만 좀더 알고 싶어 일부러 여기 남아 있었던 겁니다. 아픈데다 친척이기도 하니 웬만하면 그냥 넘어갈 수도 있었겠지만, 이제는…… 당신을…… 절대……"

"난 아프지 않아!" 라스콜니코프가 고함쳤다.

"그렇다면 더더욱……"

"꺼져버려!"

하지만 이미 루진 스스로 말을 끝맺지도 않은 채 탁자와 의자 사이로 다시 비집고 빠져나가 방을 나가고 있었다. 라주미힌은 이번에는 그가 지나가도록 자리에서 일어섰다. 아무도 쳐다보지 않고, 심지어 환자를 편히 내버려두라고 아까부터 그에게 눈치를 주던 조시모프에게조차 고개 한번 까딱하지 않고서, 루진은 조심스럽게 자기 모자를 어깨까지 치켜들고 몸을 조금 숙여 문을 통과해 방을 나가버렸다. 이때 굽힌 그의 등마저 그가 받은 끔찍한 모욕을 말해주는 것 같았다.

"이럴 수가, 어떻게 이럴 수가 있나?" 어안이 벙벙해진 라주미힌이 고개를 설레설레 저으며 말했다.

"내버려둬, 모두 날 내버려두라고!" 라스콜니코프가 발작하듯 흥분해 고함쳤다. "그래, 이 박해자들아, 날 그만 내버려둬! 난 너희가 두렵지 않아! 난 이제 누구도, 누구도 두렵지 않아! 저리 가! 혼자 있고 싶어, 혼자, 혼자, 혼자!"

"가자!" 조시모프가 라주미힌에게 고갯짓을 하며 말했다.

"아니, 정말 저 친구를 저렇게 내버려둬도 되나."

"가자고!" 조시모프가 고집스럽게 되풀이 말하고 밖으로 나갔다. 라주미힌은 잠깐 생각하더니 그를 쫓아 달려나갔다.

"말을 안 들어주면 더 나빠질 수도 있어." 이미 계단을 내려가며 조시모프가 말했다. "자극해선 안 되지……"

"쟤가 왜 저러지?"

"저 친구한테 뭔가 좋은 자극이라도 있었으면 좋겠는데, 바로 그게 필요하단 말야! 아까까지는 기운이 있었는데…… 있잖아, 저 친구 머릿속엔 뭔가가 있어! 움직이지 않고 무겁게 내리누르는 뭔가가……난 그게 진짜 걱정이다. 틀림없어!"

"그게 바로 그 신사, 표트르 페트로비치인지도 모르지! 얘기하는 걸 들어보니 그 사람이 로쟈 동생과 결혼하는데, 병이 나기 직전에 거기에 대해 쓴 편지를 받은 모양이야……"

"그래. 하필 이럴 때 와가지고는. 어쩌면 일을 다 망쳐놓았는지도 몰라. 그런데 너 눈치챘냐, 그 친구는 모든 일에 무관심하고 모든 일에 침묵하더군, 하나만 빼고 말이지, 그 얘기만 나오면 정신을 못 차리던걸. 살인 사건 말이야……"

"그래, 맞아!" 라주미힌이 말을 받았다. "눈에 딱 띄던걸! 관심을 갖다가 겁을 먹기도 하고. 병이 난 바로 그날도 그것 때문에 놀랐지, 경찰서 서장실에서 말이야. 기절해서 쓰러졌다니까."

"저녁에 그 일에 대해서 좀더 자세히 말해줘, 듣고 나서 나도 뭘 좀 말해줄 테니. 흥미로운 친구야, 정말! 삼십 분 후에 보러 올게…… 하지만 염증 같은 건 없을 거야……"

"고마워! 그동안 나는 파셴카 방에서 기다리면서 나스타시야를 통해 살피고 있을게……"

혼자 남은 라스콜니코프는 초조하고 애처롭게 나스타시야를 바라보았다. 하지만 그녀는 나가지 않고 여전히 꾸물거렸다.

"이제 차 마실래요?" 그녀가 물었다.

"나중에! 자고 싶어! 나 좀 내버려둬……"

그가 경련하듯 벽 쪽으로 휙 돌아누웠다. 나스타시야는 방에서 나갔다.

6

하지만 그녀가 나가자마자 그는 일어나 문고리를 채우고는 라주미힌이 방금 전에 가져왔다가 다시 묶어둔 옷보따리를 풀고 옷을 입기 시작했다. 이상한 일이었다. 갑자기 완전히 평온을 되찾은 것 같았다. 조금 전처럼 반쯤 정신이 나가 헛소리를 지껄이지도 않았고, 최근 늘 느낀 공포스러운 두려움도 느끼지 않았다. 기이하고도 갑작스레 처음 찾아온 평온한 순간이었다. 그의 움직임은 정확하고 분명했고, 거기에는 확고한 의도가 엿보였다. "오늘이야, 오늘!……" 그는 속으로 중얼거렸다. 아직 쇠약하긴 하지만, 침착함과 단단한 사고를 가능하게 해주는 아주 강한 정신적 긴장이 자신에게 힘과 자기확신을 주었다는 것을 그는 알 수 있었다. 그래도 길에서 쓰러지지는 않기를 바랐다. 새 옷으로 모조리 다 갈아입은 후, 그는 탁자에 놓인 돈을 보고 잠깐 생각하더니 주머니에 넣었다. 25루블이었다. 라주미힌이 옷을 사느라 10루블을 주고 거슬러 받은 5코페이카짜리 동전도 다 챙겼다. 그러고 나서 조용히 고리를 벗기고 방에서 나와 계단을 내려가면서 활짝 열린 부엌을 힐끔 들여다보았다. 나스타시야가 등을 보이고 서서 몸을 굽힌 채 주인여자의 사모바르에 숯불을 후후 불어 피우고 있었다. 그녀는 아무것도 듣지 못했다. 하긴 그가 나갈 거라고 누가 예상할 수 있겠는가? 잠시 후 그는 이미 거리에 있었다.

여덟시쯤 된 시각, 해가 지고 있었다. 무더위는 여전했다. 하지만 그는 이 먼지투성이의 냄새나고 오염된 도시의 공기를 탐욕스럽게 들이켰다. 머리가 약간 어지러워졌다. 그의 충혈된 눈과 창백하고 누렇게 뜬 핼쑥한 얼굴에서 갑자기 어떤 야성적인 에너지가 빛났다. 어디로 가야 할지 몰랐고, 생각하지도 않았다. 그가 아는 것은 오직 한 가지였다. '이 모든 것을 오늘, 단번에, 지금 끝내야 한다. 그러지 않으면 집에 돌아가지 않을 것이다, 그렇게 살고 싶지는 않으니까.' 어떻게 끝내야 하나? 무엇으로 끝내나? 그것에 대해선 알 수 없었고, 생각하고 싶지도 않았다. 그는 생각을 쫓아버렸다. 생각이 그를 고통스럽게 했다. 어떤 식으로든 모든 것이 변해야 할 필요가 있음을 그는 오직 느낌으로 알았으며, 필사적이고 확고한 자기 확신과 결단력을 갖고서 "어떻게 해서든"이라는 말을 곱씹었다.

그는 오랜 습관에 따라 예전에 산책할 때마다 늘 가던 길을 따라 곧장 센나야 광장으로 향했다. 센나야 광장에 못 미친 잡화점 앞 포장도로에 검은 머리의 젊은 샤르만카 악사가 서서 몹시 감상적인 로망스를 연주하고 있었다. 그는 자기 앞쪽 인도에 서 있는 아가씨에게 반주를 해주고 있었는데, 열다섯 살쯤 되어 보이는 그녀는 마치 귀족 아가씨처럼 부풀린 넓은 드레스에 짧은 망토를 걸치고, 장갑을 끼고, 새빨간 깃털이 달린 밀짚모자를 쓰고 있었다. 하지만 모두 낡고 해진 것이었다. 그녀는 상점에서 2코페이카라도 던져주지 않을까 기대하며, 거리의 가수가 흔히 그렇듯 갈라진, 그러나 제법 듣기 좋고 힘찬 목소리로 로망스를 부르고 있었다. 라스콜니코프는 잠깐 멈춰 서서 두세 명의 청중과 나란히 노래를 듣다가 5코페이카를 꺼내어 아가씨의 손에 놓았다. 그녀는 가장 감상적이고 음이 높은 부분에서 갑자기 끊어내듯이 노래를 멈추더니, 날카로운 목소리로 샤르만카 악사에게 "됐어요!"라고 소리를 질렀고, 둘은 느릿느릿 다음 상점으로 걸음을 옮겼다.

"거리의 노래를 좋아하시나요?" 라스콜니코프는 샤르만카 악사 옆에 자기와 나란히 서 있던, 이미 젊다고는 할 수 없고, 산책하러 나온 것처럼 보이는 한 행인에게 불쑥 물었다. 그는 깜짝 놀라며 라스콜니코프를 이상하다는 듯 쳐다보았다. "전 좋아합니다." 라스콜니코프는 말을 이었지만, 그 모습은 전혀 거리의 노래에 대해 이야기하는 것 같지 않았다. "저는 춥고 어둡고 습기 찬 가을 저녁, 샤르만카에 맞춰 부르는 노래를 좋아해요, 반드시 습기 찬 날이어야 해요, 지나가는 사람들 모두 파랗게 질려 병자 같은 얼굴을 하게 되는 그런 날 말입니다. 아니면 젖은 눈이 바람에 흔들리지 않고 바로 수직으로 떨어지는 날이면 더 좋겠죠, 아세요? 그럼 눈 사이로 가스등이 반짝이거든요……"

"모르겠는데요…… 죄송합니다……" 신사는 라스콜니코프의 질문과 이상한 모습에 놀라 중얼거리고는 길 반대편으로 건너가버렸다.

라스콜니코프는 계속 걷다가 센나야 광장의 한 모퉁이, 그때 리자베타와 대화를 나눈 소시민과 아낙이 장사를 하던 그곳으로 나오게 되었다. 하지만 그들은 지금은 없었다. 그는 그곳을 알아보고 멈춰 서서 둘러보고는 밀가루 상점 입구에서 하품을 하는 붉은 셔츠를 입은 청년에게로 몸을 돌렸다.

"여기 이 모퉁이에서 한 소시민이 부인인 아주머니와 장사를 하지 않나?"

"온갖 사람들이 다 장사를 하지요." 청년이 라스콜니코프를 이리저리 깔보듯 뜯어보며 대답했다.

"그 사람 이름이 뭐지?"

"세례 받은 대로 불리겠지요."

"자네도 자라이스키 출신인가? 어느 현이지?"

청년이 다시 라스콜니코프를 쳐다보았다.

"저희는, 나리, 현이 아니라 군입지요, 제 형이야 왔다갔다했지만, 전 집에만 앉아 있어서 잘 모릅니다요…… 그러니 나리, 너그럽게 좀 봐주십쇼."

"위에는 음식점인가?"

"술집입니다요, 당구대도 있고요. 공주님들도 있고요…… 끝내주는 곳이죠!"

라스콜니코프는 광장을 가로질러 걸어갔다. 거기 한쪽 모퉁이에 사람들이 빽빽이 모여 있었는데 모두 농부였다. 그는 사람들의 얼굴을 힐끗힐끗 쳐다보며 사람이 가장 많이 모인 곳으로 밀치고 들어갔다. 왠지 모두에게 말을 걸고 싶어졌다. 하지만 농부들은 그에게 관심이 없었고, 무리지어 자기들끼리 뭐라 다들 떠들어대고 있었다. 그는 잠깐 서서 생각하다가 V거리를 향해 보도를 끼고 오른쪽으로 돌았다. 광장을 지나

골목에 닿았다……

그는 광장에서 사도바야 거리로 이어지는 이 구불구불한 짧은 골목길을 전에도 자주 지나가곤 했다. 최근에는 구역질이 날 때면 '더 구역질이 나도록' 여기 구석구석을 서성이고 싶은 마음마저 들곤 했다. 반면 지금은 아무 생각 없이 이 골목으로 들어섰다. 그곳에는 커다란 건물이 있었는데, 전체가 선술집과 먹고 마시는 이런저런 가게들로 이루어져 있었다. '이웃집에 마실 가듯' 머리에 아무것도 쓰지 않고 달랑 드레스만 걸친 여자들이 그 건물에서 쉴새없이 달려나왔다. 여자들은 인도 위 두세 곳, 특히 두 계단만 내려가면 온갖 유흥업소가 즐비한 아래층 입구 옆에 무리지어 모여 있었다. 바로 그 순간 업소 중 어딘가에서 거리 전체가 울리도록 쿵쾅거리며 왁자지껄 떠드는 소리가 흘러나왔는데, 기타를 퉁기고 노래를 부르며 아주 흥겨운 모양이었다. 입구 근처에 여자들이 많이 모여 있었다. 어떤 여자들은 계단에, 또 어떤 여자들은 인도에 앉아 있었고, 또다른 여자들은 서서 잡담을 하고 있었다. 술 취한 군인이 담배를 물고 큰 소리로 욕을 지껄이며 근처 포장도로를 어슬렁거리는 것이, 어딘가 들어가고는 싶은데 어디로 가야 할지 모르겠는 모양이다. 부랑자 하나가 다른 부랑자와 서로 욕하며 싸우고 있었고, 시체가 되도록 퍼마신 어떤 사람이 길에 가로로 뻗어 있었다. 라스콜니코프는 여자들이 많이 모인 곳에 멈춰 섰다. 그녀들은 쉰 목소리로 잡담하고 있었다. 모두들 사라사 드레스를 입고, 염소가죽 반장화를 신고, 머리에는 아무것도 쓰지 않았다. 마흔 살쯤 되어 보이는 여자도 있었지만, 열일곱쯤 되어 보이는 여자들도 있었고, 거의 대부분 맞아서 눈이 퍼렜다.

아래층에서 들려오는 노랫소리와 두드리는 소리, 왁자하게 떠드는 그 모든 소리가 어쩐지 그를 사로잡았다…… 껄껄대는 소리, 꺅꺅 째지는 소리 사이로 대담한 선율의 가냘픈 가성과 기타 소리에 맞춰 누군가 구두 뒤축으로 박자를 맞추며 필사적으로 춤을 추는 소리가 그곳에서 들렸다. 그는 입구 옆 인도에 몸을 굽히고 서서 호기심어린 눈길로 현관을 기웃거리며 음울하게 생각에 잠겨 집중해서 들었다.

그대는 나의 멋진 파수꾼
공연히 나를 때리지 마요!

가수의 가냘픈 목소리가 흘러나왔다. 라스콜니코프는 마치 거기에 모든 게 달리기라도 한 듯, 노래를 듣고 싶은 마음이 간절해졌다.

'잠깐 들어가볼까?' 그는 생각했다. '웃어대는군! 술에 취한 거야. 좋아, 나도 정신없이 마셔볼까?'

"잠깐 들어오지 않을래요, 사랑스러운 나리?" 여자들 중 한 명이 꽤 낭랑하고 아직 완전히 쉬지 않은 목소리로 물었다. 그녀는 젊었고, 혐오스럽지도 않았다. 모여 있는 여자 중 하나였다.

"야, 이쁜걸!" 그가 몸을 바로 세워 그녀를 쳐다보고는 대답했다.

그녀가 미소 지었다. 칭찬이 몹시 마음에 든 것이다.

"나리도 아주 미남이세요." 그녀가 말했다.

"비쩍 말랐구먼!" 다른 여자가 낮은 목소리로 지적했다. "병원에서 막 나오기라도 한 거야, 뭐야?"

"장군님네 따님들 같은데, 코는 죄다 들창코구먼!" 한 농부가 거나하게 취해서 외투를 풀어헤친 채 능청스럽게 웃으며 불쑥 다가와 끼어들었다. "거참, 흥이 나는걸!"

"왔으면 들어오세요!"

"들어가야지! 귀여운 것!"

그러고는 농부는 아래로 곤두박질쳤다.

라스콜니코프는 앞으로 움직이기 시작했다.

"저기요, 나리!" 아가씨가 그의 뒤에 대고 외쳤다.

"왜?"

그녀는 당황했다.

"사랑스러운 나리, 나리와는 언제나 기쁘게 시간을 보내겠지만, 지금은 왠지 엄두가 나질 않네요. 유쾌한 기사님, 한잔하게 6코페이카만 선물해주세요!"

라스콜니코프는 꺼낼 수 있는 만큼 꺼내놓았다. 5코페이카짜리 동전 세 개였다.

"아, 정말 착한 양반이셔!"

"이름이 뭐지?"

"두클리다를 찾으세요."

"아니, 저게 대체 뭐하는 짓이야." 모여 있던 여자들 중 하나가 두클리다를 향해 고개를 절레절레 내저으며 불쑥 말했다. "어쩜 저렇게 돈을 밝히는지 모르겠네! 나라면 그저 양심 때문에라도 저렇게 못할 텐데……"

라스콜니코프는 그렇게 말한 여자가 궁금해서 쳐다보았다. 서른 살 정도 된 곰보였는데, 얼굴은 온통 퍼렇게 멍이 들고 윗입술은 퉁퉁 부어 있었다. 그녀는 차분하고 진지하게 비난조로 말했다.

'이걸 어디서,' 라스콜니코프는 더 걸어가며 생각했다. '이걸 어디서 읽었더라. 사형선고를 받은 사람이 죽기 한 시간 전 이렇게 말했던가 생각했던가 했지. 만일 절벽 높은 곳, 두 발로 간신히 설 수 있을 정도로 비좁은 공간에서, 더구나 사방이 낭떠러지와 대양, 영원한 어둠, 영원한 고독, 영원한 폭풍으로 둘러싸인 그런 곳에서 살아야 한대도, 1아르신의 공간에 서서 평생을, 천년을, 영원을 살도록 내버려진대도, 그렇게 사는 게 지금 죽는 것보다 낫다고! 살 수만 있다면, 살 수만, 살 수만 있다면 말이지! 어떻게 살건, 단지 살 수만 있다면 말이야!……* 이게 진실이지! 세상에, 이만한 진실이 또 어디 있나! 인간은 비열하다! 또 그렇다고 해서 인간을 비열한이라 부르는 사람도 비열해.' 잠시 후 그는 이렇게 덧붙였다.

그는 다른 거리로 나왔다. '아, '수정궁'이다! 아까 라주미힌이 '수정궁'에 대해 말했지. 근데 방금 내가 뭘 하려 했지? 아, 읽는 거!…… 조시모프가 신문에서 읽었다고 했는데……'

"신문 있습니까?" 그는 이렇게 물으며 선술집으로 들어섰는데, 가게 내부는 아주 넓은데다 산뜻하기까지 했고 방이 몇 개 있었지만 거의 텅 비어 있었다. 손님 두세 명이 차를 마시고 있었고, 멀리 떨어진 다른 방에 네 명쯤 되는 일행이 앉아 샴페인을 마시고 있었다. 라스콜니코프가 보니 그들 중에 자메토프가 있는 것 같았다. 하지만 멀어서 잘 알아볼 수 없었다.

---

* 도스토옙스키가 형 미하일과 함께 발행한 잡지 『시대』에서 1862년에 번역·소개된 위고의 소설 『파리의 노트르담』에 이와 유사한 대목이 나온다.

'그러든지 말든지!' 그는 생각했다.

"보드카를 주문하시겠어요?" 종업원이 물었다.

"차를 주게. 그리고 신문도 좀 가져다주고, 지난 닷새 치 모두, 그럼 술값을 팁으로 주지."

"알겠습니다, 오늘 신문들은 여기 있고요. 보드카도 주문하시겠어요?"

지난 신문들과 차가 나왔다. 라스콜니코프는 자리에 앉아 신문을 뒤적이기 시작했다. '이즐레르-이즐레르-아즈텍인-아즈텍인-이즐레르-바르톨로-마시모-아즈텍인-이즐레르*…… 휴, 제기랄! 아, 사건사고 기사가 여기 있구나. 계단에서 굴렀고, 소시민이 술 먹다 죽었고, 페스키에 화재, 페테르부르크스카야 구에 화재가 났고, 페테르부르스카야 구에서 또 화재가 났고, 페테르부르스카야 구에서 또 화재가 났고, 이즐레르, 이즐레르, 이즐레르, 이즐레르, 마시모…… 아, 여기 있군……'

그는 마침내 원하던 걸 찾아내 읽기 시작했다. 문장들이 눈에서 겉돌았지만, 그는 모든 '기사'를 끝까지 읽고 나서 허겁지겁 다음 일자 신문에 달려들어 가장 최근에 추가된 것들을 찾기 시작했다. 초조하고 조급해서 신문을 넘기는 손이 덜덜 떨렸다. 갑자기 누군가 다가와 탁자에 앉았다. 그는 힐끗 쳐다보았다. 자메토프, 바로 그 자메토프가, 보석반지 여러 개를 끼고, 금줄장식을 치렁치렁 늘어뜨리고, 곱슬거리는 검은 머리는 포마드를 발라 가르마를 타서 넘기고, 세련된 조끼를 입고, 조금 낡은 프록코트에 입던 셔츠를 그대로 받쳐 입고, 바로 그 모습 그대

---

* 이즐레르는 페테르부르크 근교의 유명 공원 '광천수'의 주인, 바르톨로와 마시모는 멕시코 아즈텍인의 후예라 알려진 난쟁이 남녀로, 이들은 당시 신문의 단골 기삿거리였다.

로 앉아 있었다. 그는 기분이 좋아 보였고, 적어도 아주 기분좋은 듯한 선량한 미소를 짓고 있었다. 샴페인을 마셔 까무잡잡한 얼굴이 조금 달아올라 있었다.

"아니! 당신이 여기는 어쩐 일로?" 그는 의아한 듯, 그러면서도 마치 오래 알고 지낸 것 같은 말투로 말을 시작했다. "어제까지만 해도 라주미힌이 당신이 전혀 의식이 없다고 했는데. 거참 이상한데요! 제가 당신 집에 갔었거든요……"

라스콜니코프는 그가 다가올 거라는 걸 알고 있었다. 그는 신문을 밀쳐두고 자메토프에게 몸을 돌렸다. 그의 입술엔 비웃음이 어렸는데, 이 비웃음에는 새롭고 성마른 조급함이 엿보였다.

"당신이 왔던 건 알고 있습니다." 그가 대답했다. "들었거든요. 양말을 찾아주셨다고요…… 라주미힌은 당신이 좋아죽으려 하던데, 알고 있나요, 당신이 그 친구하고 라비자 이바노브나에게 갔다고 하더군요, 왜 당신이 그때 화약중위에게 눈짓을 해가며 애를 써줬던 여자 말입니다, 그런데도 그 사람은 전혀 눈치를 못 챕디다, 기억나세요? 정말 어쩌면 그렇게 눈치를 못 채던지, 뻔한 일을……그렇죠?"

"진짜 무지막지한 사람이에요!"

"화약중위요?"

"아니, 당신 친구 라주미힌 말이에요……"

"그건 그렇고 잘 지내시네요, 자메토프 씨. 이렇게 유쾌한 곳에 공짜로 드나드시니 말입니다! 방금 당신에게 샴페인을 잔뜩 접대해준 사람은 누굽니까?"

"그냥 우리끼리…… 마신 거예요…… 접대라뇨?!"

"사례금이로군! 당신은 다 이용하니까!" 라스콜니코프가 웃음을 터뜨렸다. "괜찮아요, 착한 젊은이, 괜찮아!" 그가 자메토프의 어깨를 두드리며 덧붙였다. "악의로 이러는 게 아니라 '다 좋아서 장난치는 거'라고 말하고 싶군요. 노파 사건과 관련해서 당신네 칠장이가 미티카에게 주먹질한 걸 그렇게 말했다죠."

"당신이 그걸 어떻게 아세요?"

"어쩌면 내가 당신보다 더 많이 알고 있는지도 모르지."

"당신 참 이상하네요…… 분명 아직도 많이 아프신가봐요. 괜히 나오셨어요……"

"내가 이상해 보입니까?"

"네. 읽고 계신 게 신문인가요?"

"신문이에요."

"화재 기사가 많이 났지요……"

"아니, 난 화재에 대해서 읽은 게 아니에요." 그는 수수께끼를 담은 듯한 얼굴로 자메토프를 바라보았다. 그의 입술이 조롱하는 듯한 미소로 다시 비틀렸다. "아니요, 화재에 대해서가 아니에요." 자메토프에게 눈을 찡긋하며 그가 계속 말했다. "인정하시죠, 사랑스러운 젊은 양반, 내가 뭘 읽었는지 지독하게 궁금하지요?"

"전혀 그렇지 않아요. 그냥 물어본 거예요. 물어보면 안 되나요? 왜 자꾸 그러세요……"

"이거 봐요, 당신은 배운 사람이고 문학적인 소양이 풍부한 사람이에요, 아닌가요?"

"김나지움을 6학년까지 다녔습니다." 자메토프가 의젓한 태도로 대답했다.

"6학년까지라고! 아휴, 이 참새 같은 친구! 가르마를 타고, 보석반지들을 끼고, 부자로군! 휴, 정말 사랑스러운 녀석이야!" 이 대목에서 라스콜니코프는 자메토프의 정면에 대고 신경질적인 웃음을 터뜨렸다. 자메토프는 몸을 뒤로 확 뺐는데, 기분이 상해서가 아니라 너무 놀라서였다.

"휴, 정말 이상하시군요!" 자메토프가 아주 심각한 말투로 되풀이했다. "아직도 계속 헛소리를 하고 계신다는 생각이 드네요."

"헛소리를 한다고? 바보 같은 소릴 하네, 이 참새 같은 친구가. 내가 그렇게 이상한가? 하긴, 내가 궁금할 테지, 안 그런가? 궁금하신가?"

"궁금해요."

"그러니까 내가 뭘 읽었는지, 뭘 찾았는지 말이오? 아니, 저렇게 많은 신문을 가져오라고 명령하다니! 의심스럽지, 안 그러신가?"

"그럼 말씀해보세요."

"귀가 정수리에 걸리셨나?"*

"정수리라니 무슨 말씀이세요?"

"무슨 정수리인지는 나중에 말해드리고, 지금은, 내 사랑스러운 친구, 당신에게 알려드리지…… 아니, '자백한다'가 더 낫겠군…… 아니, 그것도 아니야. '진술할 테니 받아 적으시오.' 그래, 바로 이거야! 그럼 진술하지요, 내가 뭘 읽었는지, 뭐가 궁금했는지…… 뭘 찾았고…… 찾아냈는지……" 라스콜니코프는 눈을 가늘게 뜨고 잠시 기다렸다. "그

* 러시아어로 '귀가 정수리에 걸리다'는 '열심히 듣다' '귀를 쫑긋 세우다'라는 의미의 관용구다.

러려고 여기 들른 것이기도 하니까, 찾아낸 건 관리 미망인 노파 살인 사건에 대한 거요." 이윽고 그는 자신의 얼굴을 자메토프의 얼굴에 닿을 만큼 바짝 가져다대고 거의 속삭이듯 말했다. 자메토프는 꼼짝 못하고, 자신의 얼굴을 그의 얼굴에서 떼내지도 못한 채, 그를 똑바로 뚫어지게 쳐다보았다. 나중에 자메토프가 가장 이상하게 여긴 것은, 정확히 일 분 내내 그들 사이에 침묵이 이어졌고, 정확히 일 분 내내 서로가 서로를 그렇게 바라보고 있었다는 점이다.

"그래서 대체 뭘 읽으셨는데요?" 갑자기 그는 의혹에 싸여 참지 못하고 소리를 질렀다. "그게 저랑 무슨 상관이에요! 대체 거기 뭐가 있는데요?"

"바로 그 노파요." 자메토프의 외침에도 아랑곳하지 않고 여전히 속삭이며 라스콜니코프가 말을 이었다. "기억하실 텐데, 경찰서에서 바로 그 노파 얘기가 나오자 내가 기절해서 쓰러졌지. 이제 이해가 가시오?"

"그래서 뭐요? '이해가 가시오'라니 뭘 말입니까?" 자메토프가 불안에 떨며 말했다.

미동 없이 진지하던 라스콜니코프의 얼굴이 한순간 확 변하더니, 자신을 제어할 힘이 전혀 없는 사람처럼 다시 한번 방금 전 같은 신경질적인 웃음을 터뜨렸다. 바로 그때 얼마 전 경험했던 한순간의 느낌이 극도로 선명하게 떠올랐는데, 그건 그가 도끼를 들고 문 뒤에 서 있고, 빗장 고리가 벗겨질 듯 뛰놀고, 그들이 문밖에서 욕을 하며 밀고 들어오려던 순간, 불현듯 그들에게 소리치고, 욕하고, 혀를 쑥 내밀며 조롱하고, 비웃고, 하하거리며 웃고 또 웃고 싶어졌던 바로 그때의 느낌이었다!

"당신은 미쳤거나, 아니면……" 자메토프가 말을 시작했다가 갑작스레 머릿속에 떠오른 생각에 갑자기 충격을 받은 듯 말을 멈췄다.

"아니면? '아니면' 뭐요? 과연, 뭘까? 자, 말해보시지!"

"아무것도 아닙니다!" 자메토프가 화를 내며 대답했다. "다 말도 안 되는 생각이에요!"

둘 다 침묵했다. 갑작스럽게 발작적으로 웃음을 쏟아낸 후, 라스콜니코프는 돌연 생각에 잠겨 침울해졌다. 그는 탁자에 팔꿈치를 괴고 손으로 머리를 받쳤다. 자메토프에 대해선 완전히 잊은 것 같았다. 침묵은 아주 오랫동안 이어졌다.

"왜 차를 안 드세요? 다 식겠어요." 자메토프가 말했다.

"네? 뭐라고요? 차요?…… 그럴까요……" 라스콜니코프는 찻잔 속 차를 한 모금 삼키고, 빵을 한 조각 입에 넣더니, 문득 자메토프를 쳐다보고는 모든 것이 기억난 듯 몸을 부르르 떠는 것 같았다. 그 순간 그의 얼굴은 처음처럼 냉소적인 표정을 짓고 있었다. 그는 계속해서 차를 마셨다.

"요즘엔 이런 사기 사건이 많아졌어요." 자메토프가 말했다. "얼마 전 『모스크바 통보』에서 모스크바에서 화폐위조범 일당을 잡았다는 기사를 또 읽었지요. 웬만한 단체 정도는 되겠더군요. 지폐를 위조했답니다."

"오, 그건 벌써 오래전 일이에요! 난 벌써 한 달 전에 읽었는데." 라스콜니코프가 평온하게 대답했다. "그러니까 당신 생각엔 그 사람들이 사기꾼이라는 거로군?" 그가 비웃으며 덧붙였다.

"그럼 사기꾼이 아니라는 겁니까?"

"그 사람들이? 그자들은 어린애고 풋내기지, 사기꾼이 아니오! 그런 목적을 위해 오십 명이나 되는 사람이 모이다니! 대체 그게 가당키나 한 일인가? 그런 일엔 셋도 많아요, 게다가 각자 서로를 자신보다 더 신뢰할 수 있어야 하고! 취해서 한 사람이라도 입을 잘못 놀리면 다 허사가 되니까! 풋내기들인 거지! 믿지도 못할 사람을 고용해 은행 영업소에서 돈을 바꾸게 하다니. 그런 일을 처음 만나는 사람에게 맡긴다고요? 자, 이 풋내기들이 성공했다고 가정해봅시다, 각자 백만 루블씩 바꿔 챙겼다고 가정해보자고요, 그럼 그다음에는? 남은 평생은? 각자 평생 다른 사람에게 매여 있을 거요! 차라리 목을 매는 게 낫지! 그들은 돈을 바꿀 줄도 몰랐어요. 영업소에서 돈을 바꿔 5천 루블을 받아 쥐자 손이 덜덜 떨린 거지. 4천 루블까지는 하나하나 셌는데, 그냥 주머니에 집어넣고 얼른 도망가고 싶어서, 5천부터는 세지도 않고 주는 대로 믿고 받아버린 거요. 그러니 의심을 받은 거고. 멍청한 놈 하나 때문에 모든 게 수포로 돌아갔어! 대체 이게 가능한 일입니까?"

"손을 떤 게 어때서요?" 자메토프가 말을 받았다. "아니, 그건 있을 수 있는 일입니다. 아니, 그럴 수 있다고 전 완전히 확신합니다. 견디지 못할 때도 있는 법이죠."

"그걸 견디지 못한다고요?"

"그럼 당신이라면 견딜 수 있겠어요? 아니, 저라면 견디지 못할 겁니다! 백 루블을 대가로 그런 끔찍한 일을 하러 가다니요! 위조지폐를 들고 가다니. 더구나 가는 곳이 어딥니까. 그런 일엔 이골이 난 은행 영업소 아닙니까. 아니, 저라면 당황했을 겁니다. 당신이라면 당황하지 않겠어요?"

라스콜니코프는 갑자기 다시 '혀를 내밀고' 싶은 마음이 간절해졌다. 오한이 시시각각 등을 타고 지나갔다.

"나라면 그렇게 하지 않았을 겁니다." 그가 에둘러 말을 시작했다. "나라면 이렇게 돈을 바꿨을 거요. 처음 천 루블 다발은 하나하나, 지폐 한 장 한 장 꼼꼼히 살피며 세어보지요, 그렇게 한 네 번쯤 끝까지 세보고, 다음 천 루블 다발에 착수하는 거요. 그걸 세기 시작해서 중간쯤 셌을 때, 아무거나 50루블짜리 지폐 하나를 뽑아 위조된 건 아닌가 빛에 비춰보고, 뒤집어서 다시 한번 비춰보고요. '걱정이 돼서요. 얼마 전 친척 한 분이 25루블을 이런 식으로 손해봤거든요'라고 말하면서. 그러고는 거기서 그 사연을 얘기해주는 겁니다. 그러고 나서 세번째 천 루블 다발을 세기 시작하다가, 아니, 잠깐, 제가 두번째 천 루블을 셀 때 7백 루블부터 잘못 센 거 같아요, 좀 미심쩍네요, 이렇게 말하고는 세번째 천 루블 다발을 내버려두고, 두번째 천 루블 다발부터 다시 세기 시작하는 거요. 그런 식으로 다섯 다발을 전부 세어보는 거죠. 다 세고서, 다섯번째 천 루블 다발과 두번째 천 루블 다발에서 지폐를 뽑아내 다시 한번 빛에 비춰보고는 역시 의심스럽다는 듯이 '다른 걸로 바꿔주세요'라고 하는 거예요. 그렇게 은행원의 진을 빼놓으면, 그 사람은 어떻게 하면 이 귀찮은 놈을 쫓아버릴 수 있을까 안달을 낼 거요! 마침내 다 마치고 걸어가 문을 열려다가, 아니지, 죄송합니다만, 이러면서 다시 돌아와 또 뭘 물어보고 설명을 듣고, 나라면 그렇게 했을 거라고요!"

"휴, 무슨 그런 끔찍한 말씀을 하십니까!" 자메토프가 웃으며 말했다. "다 그저 말이니 그렇지, 실제 상황이라면 분명 실수를 하셨을 거예요.

제 생각을 말씀드리죠, 그런 상황에서는 당신과 저뿐 아니라, 닳고 닳은 사람이나 갈 데까지 간 사람조차 자신을 장담할 수 없습니다. 멀리 갈 거 뭐 있나요, 바로 여기 예가 있는데요. 우리 구역에서 노파를 살해한 자 말이에요. 정말이지 갈 데까지 간 놈 같아요. 벌건 대낮에 온갖 모험을 감행하고, 기적 하나로 살아났으니까요. 그래도 손은 덜덜 떨었어요. 훔칠 줄도 몰랐고, 견디지도 못했죠. 그자가 한 짓을 보면 알 수 있거든요……"

라스콜니코프는 모욕당한 듯했다.

"알 수 있다고? 그럼 그자를 잡아보시지, 해보시오, 당장!" 그가 고약하게 자메토프를 부추기며 소리질렀다.

"뭐, 곧 잡을 겁니다."

"누가? 당신이? 당신이 잡는다고? 그전에 지쳐 나가떨어질걸! 사실 당신들에게 중요한 건 이거 아니오. 놈이 돈을 쓰느냐, 안 쓰느냐? 돈이 없던 사람이 갑자기 돈을 쓰기 시작하면 어떻게 그놈이 범인이 아닐 수 있겠는가? 이거지. 그러니 그런 애송이도 맘만 먹으면 당신네를 속여넘길 수 있는 거라고!"

"바로 그겁니다, 그자들은 다 그렇게 행동한다니까요." 자메토프가 대답했다. "교활하게 죽이고는 목숨을 걸고 바로 술집에 가서 거기서 걸리거든요. 그렇게 돈을 쓰다 붙잡히지요. 모두 당신처럼 교활하진 않으니까요. 당신이라면 물론 술집에는 가지 않겠지요?"

라스콜니코프는 눈썹을 찌푸리며 자메토프를 뚫어지게 쳐다보았다.

"구미가 바짝 당기셨나본데, 나라면 어떻게 행동했을지 알고 싶은 게로군?" 그가 불만스럽게 물었다.

"알고 싶습니다." 자메토프가 단호하고 심각하게 대답했다. 말투도, 시선도 어딘가 지나치게 심각해졌다.

"많이요?"

"네, 많이요."

"좋아. 나라면 이렇게 했을 거요." 갑자기 그는 다시 한번 자신의 얼굴을 자메토프의 얼굴에 바싹 갖다대고, 다시 한번 그를 집요하게 바라보며, 다시 한번 속삭이는 목소리로 말하기 시작했고, 이번에는 자메토프도 몸을 부르르 떨었다. "나라면 이렇게 했을 거요. 돈과 물건을 챙겨 거기서 나오자마자, 곧장 아무데도 들르지 않고 어딘가 외진 곳, 울타리 말고는 거의 아무것도 없는 텃밭이나 그 비슷한 곳으로 갔을 거요. 그전에 미리 점찍어두었겠지, 마당 구석 어딘가 울타리 근처, 어쩌면 건물이 지어질 때부터 놓여 있었을, 무게가 1푸트나 1푸트 반 정도 나가는 그런 돌덩이를 말이오. 돌 밑엔 분명 구덩이가 있을 테니, 그 돌을 들어올려 그 구덩이에 물건과 돈을 몽땅 쓸어넣는 겁니다. 넣고 나서 돌을 있던 그대로 제자리에 굴려놓고, 발로 주위를 다진 다음 사라지는 거요. 일 년이든, 이 년이든, 꺼내지 않아요, 삼 년이 되더라도 꺼내지 않아요. 자, 이제 범인을 찾아보시지! 왔다가 흔적도 없이 사라져버린 거라고!"

"당신 미쳤군요." 왠지 자메토프도 속삭이다시피 말하고는 갑자기 라스콜니코프에게서 확 물러났다. 라스콜니코프의 눈이 번뜩이기 시작했다. 그는 지독하게 창백해졌다. 윗입술이 떨리며 위아래로 실룩거렸다. 그는 자메토프에게 가능한 한 가까이 몸을 기울이고는 아무 소리도 내지 않고 입술을 달싹거리기 시작했다. 그렇게 삼십 초가량이 흘렀다. 그는 자신이 무슨 짓을 하는지 알고 있었지만, 자제할 수가 없었다. 그때 문에 걸려 있던 빗장처럼, 무서운 말이 입술에 걸려 뛰놀았다. 당장이라도 튀어나올 것만 같았다. 말을 뱉기만 하면, 소리를 내기만 하면!

"만일 노파와 리자베타를 죽인 게 나라면 어쩌시겠소?" 그는 불쑥 이렇게 말하고는 곧 정신을 차렸다.

자메토프는 놀라서 그를 쳐다보았고, 백지장처럼 하얗게 질렸다. 그의 얼굴이 미소로 일그러졌다.

"설마 그럴 리가요?" 그가 들릴 듯 말 듯 한 목소리로 말했다.

라스콜니코프는 증오스럽게 그를 쳐다보았다.

"인정하시지, 그렇게 믿고 있었잖소? 그렇지? 그렇지 않아요?"

"절대로 아닙니다! 지금은 그 어느 때보다 더 못 믿겠고요!" 자메토프가 황급히 말했다.

"마침내 걸려드셨군! 참새를 잡았어. '지금은 그 어느 때보다 더 못 믿겠다'라니, 그러니까 전에는 믿었단 말씀이로군?"

"절대 아니라니까요!" 자메토프는 비명을 질렀고, 당황한 것 같았다. "겁을 줘서 그쪽으로 몰아간 건 당신이잖습니까?"

"그러니까 믿지 않으신다? 그럼 그때 내가 경찰서에서 나간 뒤 나 없는 데서 무슨 이야기를 한 거요? 화약중위는 왜 기절했다 깨어난 날 심문한 거지? 어이, 자네," 그는 모자를 쥐고 일어서면서 종업원에게 소리쳤다. "여기 얼마야?"

"전부 30코페이카입니다." 종업원이 달려오며 대답했다.

"자, 여기 자네에게 술값으로 20코페이카를 더 주지. 이런, 돈이 얼마나 많은지!" 그는 지폐를 쥔 손을 떨며 자메토프에게 뻗었다. "붉은 거, 푸른 거, 다 해서 25루블이오. 어디서 났을까? 새옷은 어디서 났고? 한 푼도 없었다는 걸 아실 텐데! 분명 주인여자도 벌써 심문하셨을 테니 말이오…… 뭐, 그만합시다! *수다는 이제 그만!* 다음에 또 보지요…… 즐거운 시간 되시오!……"

그는 견딜 수 없을 정도의 쾌감이 섞인 히스테릭하고 사나운 감각에 온몸을 떨며 밖으로 나갔지만, 우울하고 지독하게 피곤했다. 무슨 발작이라도 일어난 후처럼 얼굴은 일그러져 있었다. 피로가 빠르게 커져갔다. 처음의 충격, 처음에 자신을 자극했던 감각에 흥분해 갑자기 기력을 회복했지만, 이제 그 감각이 약해지면서 기력도 빠르게 쇠잔해졌다.

한편 혼자 남겨진 자메토프는 생각에 잠긴 채 같은 자리에 한참을 더 앉아 있었다. 뜻밖에도 라스콜니코프가 어떤 지점과 관련된 그의 생각을 모조리 뒤집어엎어, 그의 견해를 최종적으로 결정해버린 것이다.

'일리야 페트로비치는 머저리야!' 그는 최종적인 결론을 내렸다.

라스콜니코프는 거리로 향한 문을 열자마자, 뜻밖에도 안으로 들어오는 라주미힌과 현관 계단에서 바로 맞닥뜨렸다. 둘 다 서로를 미처 보지 못해 한 발짝만 더 갔으면 머리를 부딪칠 뻔했다. 얼마간 그들은 서로를 눈으로 살폈다. 라주미힌은 무척이나 놀랐지만, 갑자기 분노가, 진정한 분노가 그의 눈에 무섭게 번뜩이기 시작했다……

"여기 있었군!" 그가 목청껏 고함을 질렀다. "침대에서 빠져나가다니! 침대 밑까지 뒤져봤는데! 진짜 다락까지 뒤지고 다녔어! 너 때문에 나스타시야를 때릴 뻔했다고…… 근데 여기 있다니! 로디카! 이게 대체 무슨 의미야? 사실대로 말해봐! 솔직히 말해보라고! 듣고 있어?"

"그건 너희 모두 죽도록 지긋지긋하단 뜻이야, 난 혼자 있고 싶어." 라스콜니코프가 차분하게 대답했다.

"혼자? 아직 잘 걷지도 못하면서, 낯짝도 여태 백지장처럼 창백해가지고 숨도 헐떡거리는 주제에! 이 멍청아!…… '수정궁'에선 뭘 한 거야? 당장 털어놓으라고!"

"가게 해줘!" 라스콜니코프는 이렇게 말하고 지나가려 했다. 이 행동이 라주미힌을 완전히 돌게 만들었다. 그는 라스콜니코프의 어깨를 억세게 움켜잡았다.

"가게 해달라고? 감히 '가게 해줘'라고 말한단 말이지? 그래, 이제 내가 너한테 무슨 짓을 할지 알겠냐? 번쩍 안아 꽁꽁 묶어서 겨드랑이 밑에 끼고 집에 데려다놓은 다음 문을 잠가버릴 테다!"

"이봐, 라주미힌." 라스콜니코프는 조용히, 그리고 겉으로 보기에는 완전히 차분하게 말을 시작했다. "내가 네 친절을 바라지 않는다는 걸 정말 모르겠어? 호의에 침이나 뱉는 인간에게…… 왜 넌 친절을 베풀고 싶어 난리지? 심지어 그게 괴로워서 못 견디겠다는 사람에게 말이야. 내가 병이 나기 시작했을 때 대체 뭐하러 날 찾았지? 어쩌면 난 죽는 게 더 기뻤을지도 모르는데? 오늘 네게 보여준 걸로는 정말 모자란 거냐, 너는 날 괴롭히고 있어, 너한테…… 진절머리가 난다고! 그런 열의가 실제로는 사람을 괴롭힌단 말이야! 이 모든 게 내 회복을 심각하게 방해한다고 장담할 수 있어, 왜냐면 날 끊임없이 자극하니까! 아까 조시모프도 날 자극하지 않으려고 떠났잖아! 제발이지, 너도 저리 떨어져! 게다가 마지막으로, 네가 무슨 권리로 날 힘으로 잡아두겠다는 건데? 내가 지금 완전히 제정신으로 말하고 있다는 걸 정말 모르겠어?

말 좀 해봐, 네가 나한테 들러붙어 친절을 베풀지 않게 하려면 도대체 어떻게, 어떻게 애원해야 하는 거지? 날 은혜도 모르는 놈이라 해도 좋고, 비열한 놈이라 해도 좋아, 그저 너희 모두 그만 좀 떨어져, 제발 떨어져달라고! 떨어져! 떨어지라고!"

처음에 그는 독설을 퍼부을 만반의 준비가 된 걸 미리 기뻐하며 차분하게 말을 시작했지만, 말을 끝마칠 때는 아까 루진과 얘기할 때처럼 몹시 흥분해 숨을 헐떡였다.

라주미힌은 잠시 서서 생각하더니 그의 팔을 놓아주었다.

"그럼 꺼져버려!" 그는 생각에 잠긴 듯 조용히 말했다. "잠깐!" 라스콜니코프가 자리에서 움직이려는데 갑자기 그가 소리치기 시작했다. "내 말 잘 들어. 분명히 말하겠는데, 너희 같은 놈들은 하나같이 요설가에 허풍쟁이야! 괴로운 일이 생기면 암탉이 알을 품듯이 그걸 품고 다니지! 심지어 다른 작가들의 생각을 도용하기도 하고. 너희 같은 놈들에게선 독립적인 삶이라곤 흔적조차 찾을 수 없어! 고래기름으로 만들어져 피 대신 우유찌꺼기가 흐르지! 난 너희 같은 놈들은 아무도 안 믿어! 어떤 상황에서건 네놈들 최고의 관심사는 어떻게 하면 사람처럼 안 보일까, 그거잖아! 기-다-려!" 그는 라스콜니코프가 다시 떠나려는 걸 보고는 두 배로 광분해서 소리쳤다. "끝까지 들어! 오늘 우리집에 집들이하러 사람들이 모인다는 건 알지, 어쩌면 지금쯤 벌써 다 와 있을지도 몰라, 손님을 맞으시라고 삼촌을 거기 남겨두고 왔거든, 방금 들렀다 왔지. 그러니 네가 바보가 아니라면, 속물스러운 바보가 아니라면, 바보천치가 아니라면, 외국 거나 그대로 베껴대는 바보가 아니라면⋯⋯ 이봐, 로쟈, 네가 똑똑한 녀석이라는 건 내 인정하지, 하지만 그래도 넌 바보야! 그러니 네가 바보가 아니라면, 공연히 장화나 닳게 쏘다니지 말고 오늘 우리집에 와서 저녁을 보내는 게 더 좋을 거야. 이미 나왔으니, 별수없잖아. 너를 위해 주인집에 있는 아주 푹신한 소파를 대령하지…… 차도 마시고 사람들과 어울리기도 하고…… 아니, 내가 베개 달린 소파침대에 눕게 해줄게. 어쨌든 우리 사이에 섞여 누워 있으면 돼…… 조시모프도 올 거야. 너도 올 거지, 그렇지?"

"아니."

"거-짓-말!" 라주미힌이 초조해서 소리를 질렀다. "네가 어떻게 알아? 스스로를 책임지지도 못하면서! 게다가 이런 방면으론 하나도 모르면서…… 나로 말하자면 사람들이랑 절교했다가 다시 돌아 달려간 게 정확히 천 번은 된다고…… 부끄러워져서 사람에게 돌아오게 되는 거야! 그러니 기억해둬, 포친코프 건물 3층이야……"

"라주미힌 씨, 정말이지 당신은 선행이 주는 만족감을 위해서라면 한 대 친대도 허락할 사람이로군."

"누굴 쳐? 나를! 그런 말도 안 되는 생각을 하는 놈은, 누구든 코를 비틀어주마! 포친코프 건물 47호, 관리 바부시킨네 집이야……"

"안 갈 거야, 라주미힌!" 라스콜니코프가 몸을 돌리고 멀어져갔다.

"오는 쪽에 내기를 걸지!" 라주미힌이 그의 뒤에 대고 소리를 질렀다. "안 오면…… 안 오면 다시는 아는 체 안 할 테다! 어이, 잠깐! 자메토프 저기 있어?"

"있어."

"봤어?"

"봤어."

"얘기도 했고?"

"했어."

"무슨 얘기? 에이, 빌어먹을 놈, 말하든지 말든지. 포친코프 47호, 바부시킨네야, 기억해!"

라스콜니코프는 사도바야 거리까지 가서 모퉁이를 돌았다. 라주미힌은 생각에 잠겨 그의 뒷모습을 바라보았다. 이윽고 손을 내젓고 건물로 들어가다 계단 중간에서 멈춰 섰다.

"제기랄!" 그는 소리가 거의 들릴 정도로 웅얼거렸다. '말은 조리 있게 하던데, 마치…… 나도 정말 바보다! 미친 사람이라고 조리 있게 말하지 말란 법 있나? 조시모프도 그걸 두려워하는 것 같았지!' 그는 손가락으로 이마를 탁 쳤다. '근데 혹시…… 어떻게 지금 저 친구를 혼자 내버려둔단 말이냐? 강에 몸이라도 던지면…… 어휴, 내가 실수했군! 그럼 안 되지!' 그는 오던 길로 달려가 라스콜니코프의 뒤를 쫓았지만, 이미 흔적조차 없었다. 그는 침을 탁 뱉고는 한시라도 빨리 자메토프에게 물어보기 위해 잰걸음으로 '수정궁'으로 돌아갔다.

라스콜니코프는 곧장 ○○다리로 가, 다리 한가운데 난간에 기대고는 그 위에 양 팔꿈치를 괴고서 먼 곳을 바라보기 시작했다. 라주미힌과 헤어진 후 너무 기운이 빠져, 여기까지도 간신히 걸어왔다. 거리 어디에든 주저앉거나 드러눕고 싶었다. 그는 강물 위로 몸을 기울여, 막 저물며 장밋빛으로 반사되는 석양과 짙어가는 어둠 속에 거뭇하게 보이는 무수한 집들과, 강변 왼쪽 어딘가 멀리서 순간 내리비친 마지막 태양빛을 받아 타는 듯 빛나는 다락방 창문 하나와, 어두워져가는 운하의 강물을 무심히 바라보았는데, 특히 강물을 유심히 바라보는 것 같았다. 마침내 그의 눈앞에 붉은 원 같은 것들이 빙글빙글 돌기 시작하더니, 집들이 물러나고, 지나가는 사람들, 강변과 마차들, 그 모든 것이 빙글빙글 선회하며 사방에서 춤을 추기 시작했다. 갑자기 몸이 떨리며 다시 기절할 것 같았지만, 기이하고 추악한 장면을 목격하는 바람에 버티게 되었다. 누군가 그의 오른편 옆에 나란히 서 있는 것이 느껴졌다. 쳐다보니, 키가 크고 머릿수건을 쓰고, 여위고 누렇게 뜬 조금 긴 얼굴에 불그스름한 눈이 푹 꺼진 여자가 서 있었다. 그녀의 눈은 바로 그에게 향해 있었지만, 분명 아무것도 보고 있지 않았고 누구도 분별하지 못하는 듯했다. 갑자기 그녀가 오른팔을 난간에 걸치더니, 오른발을 들어 난간 격자 너머로 휙 넘기고 이어 왼발을 넘긴 다음 운하로 몸을 던졌다. 더러운 물이 갈라지며 순식간에 희생자를 삼켜버렸지만, 잠시 후 물에 빠진 몸이 떠올라, 머리와 다리는 물에 잠기고, 등은 위로 향하고, 말려올라간 치마가 베개처럼 물 위로 부푼 채 물결을 따라 조용히 아래로 흘러갔다.

"여자가 물에 뛰어들었다! 물에 뛰어들었다!" 수십 명의 사람들이 소리를 질렀다. 사람들이 달려왔고, 강변 양편은 구경꾼으로 가득해졌으며, 다리 위 라스콜니코프 주변으로도 그를 뒤에서 밀치고 누르며 사람들이 모여들었다.

"세상에, 저건 우리 아프로시니유시카잖아!" 멀지 않은 곳 어딘가에서 여인의 울먹이는 비명이 들렸다. "이보세요, 구해주세요! 이보세요들, 건져주세요!"

"배를 가져와! 배를!" 군중 속에서 사람들이 외쳐댔다.

하지만 이미 배는 필요 없었다. 순경이 운하로 내려가는 계단을 달려내려가 외투와 장화를 벗어던지고 물속으로 뛰어든 것이다. 할일은 많지 않았다. 물에 빠진 여자는 계단 끝에서 두 발짝 정도 떨어진 곳에서 물에 떠내려가고 있었고, 순경은 오른손으로 그녀의 옷을 움켜쥐고 왼손으로는 동료가 뻗어준 장대를 용케 붙잡아 바로 그녀를 물 밖으로 끌어냈다. 그녀를 계단참 화강암 판석 위에 뉘었다. 그녀는 곧 정신을 차렸고, 몸을 일으키고 멍하니 앉아 젖은 드레스를 양손으로 문지르며 재채기를 하고 코를 훌쩍거리기 시작했다. 말은 전혀 하지 않았다.

"고주망태가 되도록 마셨어요, 세상에, 고주망태가 되도록요." 좀전의 그 여자 목소리가 울부짖었는데, 이미 아프로시니유시카 옆에 와 있었다. "얼마 전에는 목을 매려고도 했어요, 밧줄에서 풀어냈지요. 방금 가게에 가면서 애 좀 잘 지키라고 계집애 하나를 붙여놓고 갔는데, 그런데도 또 이런 죄를 짓다니. 소시민 여자예요, 여러분, 소시민이요, 근처에 살아요, 바로 저기 끝에서 두번째 집이죠……"

사람들이 흩어졌고, 경찰들은 여전히 물에 빠졌던 여자에게 매달려 있었고, 누군가 경찰서가 어쩌고 하며 외쳐댔다…… 라스콜니코프는 이 모든 것을 이상할 정도로 무관심하고 냉담하게 바라보았다. 역겨워졌다. "아니야, 혐오스러워…… 물은…… 안 돼." 그는 혼잣말로 중얼거렸다. "아무 일도 없을 거야." 그는 덧붙였다. "기다릴 게 뭐가 있어. 경찰서가 뭐라고…… 그런데 자메토프는 경찰서에 있질 않고 뭐하는 거야? 경찰서는 아홉시 넘어서도 열려 있는데……" 그는 난간을 등지고 주변을 둘러보았다.

"그래서 뭐 어쨌다고! 그래, 좋아!" 그는 결연하게 말하고, 다리에서 움직여 경찰서 쪽으로 방향을 잡았다. 그의 마음은 텅 비어 황량했다.

생각하고 싶지 않았다. 우울함도 사라졌고, 조금 전 '모든 것을 끝내자!'라며 집을 나설 때의 기운도 흔적도 없이 사라졌다. 대신 완전한 냉담 상태가 찾아들었다.

'그래, 이게 끝이야!' 그는 축 늘어져서 조용히 강변 운하를 따라 걸으며 생각했다. '어쨌든 끝낼 거야, 그러고 싶으니까…… 하지만 이게 끝일까? 상관없어! 1아르신쯤 공간은 남겠지. 쳇! 하지만 끝이 이런 거라니! 정말 끝일까? 저들에게 말하게 될까, 아닐까? 아…… 제길! 너무 피곤해. 어서 빨리 어디에든 눕거나 앉을 수 있다면! 제일 부끄러운 건 너무나 멍청하다는 거다. 하지만 그것도 상관없어. 휴, 정말이지 멍청한 생각들만 떠오르는군……'

경찰서까지는 계속 직진하다가 두번째 모퉁이에서 왼쪽으로 돌면 되었다. 거기서 두 발짝 남짓한 곳에 경찰서가 있었다. 하지만 첫번째 모퉁이에 이르자 그는 멈춰서 잠깐 생각하더니 골목으로 꺾어들어가서는 거리 두 개를 빙 돌아 걸어갔다. 아무 목적 없이 그랬을 수도 있고, 일 분이라도 더 끌어 시간을 벌기 위해 그랬을 수도 있다. 그는 땅을 보며 걸었다. 불현듯 누군가 그의 귀에 뭔가 속삭인 것 같았다. 고개를 든 그는 자신이 그 건물, 바로 그 정문에 서 있는 걸 발견했다. 그날 저녁 이후 그는 여기 와본 적도, 지나친 적도 없었다.

뿌리칠 수도, 설명할 수도 없는 욕망이 그를 사로잡았다. 그는 건물로 들어가서 현관을 지나 오른쪽 첫번째 출입구로 들어갔고 낯익은 계단을 따라 4층으로 올라가기 시작했다. 좁고 가파른 계단은 몹시 어두웠다. 그는 층계참마다 멈춰 서서 호기심어린 눈으로 둘러보았다. 1층 층계참 창문틀이 완전히 떨어져나가 있었다. '그땐 이렇지 않았는데.'

그는 생각했다. 니콜라시카와 미티카가 일하던 2층 셋집도 보였다. '잠겨 있네. 문도 새로 칠했구나. 세를 내놓은 모양이군.' 이제 3층…… 그리고 4층…… '여기다!' 의혹이 그를 사로잡았다. 그 집 문이 활짝 열려 있고 안에 사람들이 있고 말소리가 들렸다. 전혀 예상하지 못한 일이었다. 잠시 망설이다가 그는 마지막 계단을 올라 집으로 들어갔다.

이 집 역시 새로 단장하고 있었다. 안에 일꾼들이 있었다. 이것이 그에게 충격을 준 것 같았다. 무슨 이유에서인지 그는 그때 자신이 떠났을 때와 모두 똑같은 상태일 거라고, 어쩌면 바닥에 시체들까지 같은 자리에 놓여 있을지 모른다고 예상했던 것이다. 하지만 지금 벽은 텅 비었고, 가구도 없다. 어쩐지 이상하다! 그는 창가로 가 창문턱에 걸터앉았다.

일꾼은 전부 두 명이었는데, 둘 다 젊은 청년으로 한 명이 좀더 나이가 많고, 다른 한 명은 훨씬 어려 보였다. 그들은 누렇게 닳아 해진 예전 벽지 대신 연보라색 꽃이 그려진 흰색 새 벽지를 벽에 바르고 있었다. 라스콜니코프는 어쩐지 그게 지독하게 마음에 들지 않았다. 모든 게 이렇게 변해서 안타깝다는 듯, 그는 적개심을 품고 새 벽지를 바라보았다.

일꾼들은 꾸물거리다 늦은 게 분명했고, 지금은 서둘러 종이를 둘둘 말면서 집에 갈 준비를 하고 있었다. 그들은 라스콜니코프의 출현에는 별 관심이 없었다. 무언가 이야기를 나누고 있었다. 라스콜니코프는 팔짱을 끼고 귀기울여 듣기 시작했다.

"그 여자가 아침에 나한테 왔었어." 나이 많은 쪽이 어린 쪽에게 말했다. "그것도 꼭두새벽에 아주 이쁘게 차려입고 말이지. '뭐야, 너, 왜 내

앞에서 아양을 떨고 알랑거리는 거야?'라고 말했지. 그랬더니 '티트 바실리치, 전 지금부터 쭉 완전히 당신 거였으면 좋겠어요' 하더군. 바로 그렇게 된 거지! 정말이지 얼마나 이쁘게 빼입었던지. 잡지더라니까, 잡지에 나온 그대로였어!"

"근데 아저씨, 잡지가 뭐예요?" 어린 쪽이 물었다. 분명 그는 '아저씨'에게 한 수 배우고 있는 모양이었다.

"잡지라는 건 말이지, 꼬맹아, 색칠한 그림 같은 거야, 토요일마다 외국에서 우편으로 여기 재봉사들에게 배달되는데, 그러니까 누가 어떻게 입는지 담겨 있지, 여자가 입는 법이랑, 마찬가지로 남자가 입는 법도. 말하자면 그림이야. 남자들이야 옷자락이 긴 가죽외투를 입은 게 고작이지만, 여자들 나오는 부분은, 꼬맹아, 네 전 재산을 다 준다 해도 모자랄 정도야!"

"이놈의 피테르*엔 정말 없는 게 없네요!" 어린 청년이 온통 마음을 빼앗겨 소리를 질렀다. "아버지, 어머니 빼고는 다 있어요!"

"그것 빼고는, 꼬맹아, 모든 게 다 있지." 나이 많은 청년이 훈계하듯 결론을 내렸다.

라스콜니코프는 일어나 전에 궤짝과 침대, 서랍장이 놓여 있던 다른 방으로 갔다. 가구가 없으니 지독하게 작아 보였다. 벽지는 그때와 같았다. 벽지 한쪽 구석에 성상갑이 놓였던 자리가 뚜렷하게 표가 났다. 그는 잠시 둘러보고 조금 전 창문 자리로 되돌아왔다. 연장자인 일꾼이 곁눈질로 그를 힐끔 쳐다보았다.

---

* 페테르부르크의 약칭.

"당신 뭐요?" 라스콜니코프를 향해 그가 불쑥 물었다.

라스콜니코프는 대답하는 대신 일어나 현관으로 나가서는 줄을 잡고 잡아당겼다. 똑같은 종이고, 똑같은 양철소리가 난다! 그는 두 번, 세 번 잡아당겼다. 귀를 기울이자 기억이 떠올랐다. 그때 그 괴롭고 끔찍하고 추악한 감각이 갈수록 선명하고 생생하게 떠오르기 시작해, 종을 칠 때마다 매번 그는 몸을 부르르 떨었고, 기분은 점점 더, 점점 더 유쾌해졌다.

"대체 필요한 게 뭐요? 당신 누구요?" 일꾼이 그가 있는 곳으로 나와 소리를 질렀다. 라스콜니코프는 다시 집안으로 들어갔다.

"집을 빌리려고," 그가 말했다. "둘러보고 있소."

"누가 밤에 집을 보러 다닌답니까. 더구나 그럼 수위와 함께 와야지요."

"바닥을 닦았네. 칠할 거요?" 라스콜니코프가 계속 말했다. "피는 없네요?"

"피라뇨?"

"여기서 노파와 그 동생이 살해됐소. 피가 여기 흥건히 고여 있었는데."

"대체 너 뭐야?" 일꾼이 불안에 떨며 소리쳤다.

"나?"

"그래."

"알고 싶은가?…… 그럼 경찰서로 가자고, 거기서 말해주지."

일꾼들은 의혹에 싸여 그를 쳐다보았다.

"가야겠다, 너무 꾸물거렸어. 가자, 알료시카. 문을 잠가야겠다." 나이가 더 많은 일꾼이 말했다.

"그럼, 갑시다!" 라스콜니코프가 무심하게 대답하고는 앞장서 집을 나와 천천히 계단을 내려갔다. "어이, 수위 양반!" 정문 근처로 나와 그가 소리를 질렀다.

거리에서 건물로 들어가는 입구에 몇 사람이 오가는 사람들을 바라보며 서 있었다. 수위 두 명과 아낙 한 명, 실내용 가운을 입은 소시민과 몇 사람이 더 있었다. 라스콜니코프는 곧장 그들에게로 갔다.

"뭡니까?" 수위들 중 하나가 부르는 소리에 대꾸했다.

"경찰서에 다녀왔소?"

"방금 다녀왔어요. 무슨 일입니까?"

"거기 사람들이 있던가요?"

"있습디다."

"부서장도 있던가요?"

"그땐 있었어요. 근데 무슨 일인데요?"

라스콜니코프는 대답을 하지 않고 생각에 잠긴 채 그들과 나란히 서 있었다.

"집을 보러 왔대요." 연장자인 일꾼이 다가와 말했다.

"무슨 집?"

"우리가 일하는 집 말이에요. '피를 왜 닦아냈지? 여기서 살인 사건이 일어났어, 그런데 난 집을 빌리러 왔다'라고 하던걸요. 그러더니 종을 치기 시작했어요, 줄이 끊어질 뻔했다니까요. 그러고선 경찰서에 가자, 가서 다 증언하지, 그러고요. 막 들러붙더라니까요."

수위는 의심스러운 눈길로 얼굴을 찌푸리며 라스콜니코프를 찬찬히 살폈다.

"당신 대체 누구요?" 그가 한층 더 엄격하게 소리질렀다.

"난 로디온 로마니치 라스콜니코프요, 대학생이었고, 여기서 그리 멀지 않은 저기 저 골목, 실네 건물 14호에 살고 있소. 수위에게 물어보시오…… 날 알 거요." 라스콜니코프는 몸도 돌리지 않고 어두워져가는 거리를 물끄러미 바라보며 이 모든 말을 생각에 잠긴 채 느릿느릿 늘어놓았다.

"그럼 그 집에는 왜 간 거요?"

"그냥 좀 보려고."

"거기 뭐 볼 게 있다고?"

"그냥 잡아서 경찰서로 끌고 갈까?" 소시민이 불쑥 끼어들었다가 입을 다물었다.

라스콜니코프는 어깨 너머로 비스듬히 눈길을 던져 그를 유심히 쳐다보고는 역시 조용히, 그리고 느릿느릿 말했다.

"가지요!"

"그래, 끌고 가자고!" 용기를 되찾은 소시민이 말을 받았다. "저자가 거기서 왜 어슬렁거린 거야, 무슨 꿍꿍이야, 엉?"

"취한 건지 알 게 뭐야." 일꾼이 중얼거렸다.

"대체 당신 뭐요?" 진짜로 화가 나기 시작한 수위가 다시 소리쳤다. "뭣 때문에 귀찮게 구는 거야?"

"경찰서에 가는 게 겁나나?" 라스콜니코프가 비웃으며 그에게 말했다.

"겁나긴 뭐가 겁난단 말이야? 너 왜 이렇게 귀찮게 구는 거야?"

"사기꾼!" 아낙이 외쳤다.

"이런 작자랑 뭔 말이 필요해." 또다른 수위가 고함을 쳤는데, 농민 외투를 풀어헤치고 허리춤에 열쇠 꾸러미를 단, 몸집이 우람한 사내였다. "썩 꺼져버려!…… 사기꾼 같으니…… 꺼지라고!"

그러고는 라스콜니코프의 어깨를 움켜쥐고 거리로 내동댕이쳤다. 라스콜니코프는 곤두박질칠 뻔했지만 넘어지지는 않았고, 몸을 바로 세운 다음 말없이 구경꾼 모두를 바라보다 앞으로 걸어갔다.

"괴상한 놈이야." 일꾼이 말했다.

"요즘엔 괴상한 사람이 많아졌어요." 아낙이 말했다.

"그래도 경찰서로 끌고 갔어야 했는데." 소시민이 덧붙였다.

"엮일 필요 없어." 우람한 수위가 결론을 내렸다. "진짜 사기꾼이야! 자기가 먼저 기어오르는 걸 보면 뻔하지, 한번 엮이면 빠져나올 수가 없다니까…… 그렇고말고!"

'가야 하나, 말아야 하나.' 라스콜니코프는 교차로 포장도로 한가운데 멈춰 서서 누군가가 최후의 말을 해주길 기대하듯 주위를 둘러보며 생각했다. 하지만 어디서도, 어떤 것도 응답해주지 않았다. 모든 것이 귀먹고 죽어버려, 그가 밟고 있는 돌들처럼 그에겐 하나같이 죽은 것이 되었다…… 갑자기 그는 멀리, 그에게서 이백 걸음쯤 떨어진 거리 끝 짙은 어둠 속에 사람들이 모여 웅성거리며 소리치고 있는 걸 알아챘다…… 사람들 사이에 마차가 한 대 서 있었다. 도로 한복판에 불빛이 반짝였다. '무슨 일이지?' 라스콜니코프는 오른쪽으로 돌아 모여 있는 사람들에게로 걸어갔다. 그는 그렇게 아무것에나 매달렸고, 자신이 경찰서에 가기로 이미 확실히 결정했고, 곧 모든 것이 끝나리라는 사실을 잘 알기에 그러는 거라는 생각에, 싸늘하게 미소 지었다.

7

거리 한복판에 마차가 서 있었는데, 사나운 회색 말 두 필을 맨 호사스러운 귀족 마차였다. 승객은 없었고, 마부는 마부석에서 내려와 근처에 서 있었다. 말에는 재갈이 물려 있었다. 주위는 많은 사람들로 북적거렸고, 경찰들이 맨 앞에 있었다. 그중 한 명이 불을 밝힌 등을 손에 들고 몸을 숙여 바퀴 바로 옆 도로 위에 있는 무언가를 비추고 있었다. 모두들 웅성대고, 소리치고, 한숨을 내쉬었다. 마부는 어쩔 줄 모르겠다는 듯 가끔씩 같은 말을 되풀이했다.

"이런 변이 있나! 세상에, 이런 변이 있나!"

라스콜니코프는 사람들을 최대한 헤치고 나가 마침내 이 모든 소동과 호기심의 대상을 발견했다. 몹시 남루하지만 '고상하게' 옷을 입은 사람이 방금 말에 짓밟혀 온통 피투성이가 되어서는 땅바닥에 누워 있었는데, 의식을 잃은 것 같았다. 얼굴과 머리에서 피가 흘렀다. 얼굴은 온통 만신창이로 찢어지고 뭉개져 있었다. 제대로 밟힌 모양이다.

"여러분!" 마부가 흐느껴 울었다. "이런 일이 생길 줄 어찌 알았겠어요! 말을 마구 몬 것도 아니고 저 사람에게 소리를 지르지 않은 것도 아니고, 서둘러 몬 것도 아닙니다요, 일정한 속도로 몰았다고요. 모두들 보셨지요. 사람은 실수하는 법이고 나도 그렇고요. 취한 사람은 양초도 똑바로 세우지 못하는 법이지요. 다 아시잖아요!…… 보니까 길을 건너는데 거진 넘어질 정도로다 비틀거리더라고요. 한 번, 두 번 그리고 세 번 소리를 지르고 말을 멈췄지요. 근데 저 사람이 말 다리 바로 밑에 쓰러지잖아요! 일부러 그런 건지 아니면 된통 취해서 그런 건지…… 말들이 어리고 겁이 많아놔서, 갑자기 날뛰기 시작하니까 저 사람이 비명을 지르고, 그러니까 말들이 더 놀라서 그만…… 그래서 이런 변이 생긴 겁니다."

"정말 그랬어요!" 사람들 사이에서 목격자가 대꾸하는 소리가 들렸다.

"마부가 소리질렀어요, 진짜로요, 세 번이나 저 사람한테 소리쳤어요." 다른 사람이 맞장구를 쳤다.

"정확히 세 번이었어, 다 들었다고!" 세번째 사람이 외쳤다.

하지만 마부는 그다지 낙담하지도 겁을 먹지도 않았다. 분명 마차는 어딘가에서 그가 도착하기를 기다리는 부유하고 영향력 있는 사람의 소유 같았다. 물론 경찰들은 방금 일어난 이 상황을 어떻게 처리해야 할지 적지 않게 고심했다. 마차에 치인 사람을 수습해 지역경찰서나 병원으로 옮겨야 했다. 누구도 그의 이름을 알지 못했다.

그러는 동안 라스콜니코프는 사람들을 헤치고 좀더 가까운 데로 가서 몸을 굽혔다. 갑자기 등불이 불운한 사람의 얼굴을 환하게 비췄다. 그는 그 사람을 알아보았다.

"제가 이 사람을 압니다, 알아요!" 사람들을 밀치고 맨 앞으로 나서며 그가 외치기 시작했다. "이분은 퇴역관리이자 9등문관인 마르멜라도프예요! 여기 살아요, 근처 코젤네 건물에…… 어서 의사를 불러요! 돈은 제가 내지요, 자요!" 그는 주머니에서 돈을 꺼내 경찰에게 보여주었다. 그는 놀랄 만큼 흥분해 있었다.

경찰들은 마차에 치인 사람이 누군지 알게 되자 만족스러워했다. 라스콜니코프는 자신의 이름을 불러주고 주소도 알려준 후, 마치 자기 아버지 일인 양 의식이 없는 마르멜라도프를 빨리 집으로 옮기도록 온 힘을 다해 설득했다.

"건물 세 채 지나 바로 저기예요." 그가 부산을 떨었다. "코젤 건물인데, 부유한 독일인이에요…… 방금 이분은 분명 취해서 집에 가고 있었을 거예요. 제가 이분을 알거든요…… 술주정뱅이지요…… 거기 가족이 살고 있어요, 부인과 아이들, 큰딸도 하나 있지요. 병원에 데려가기 전에, 분명 저 건물에 의사가 있을 겁니다! 돈은 제가 내지요, 제가 낼게요!…… 어쨌든 가족이 보살필 거고, 지금 도와야지 안 그러면 병원에 가기 전에 죽을 겁니다……"

심지어 그는 눈에 띄지 않게 경찰 손에 돈을 찔러주기까지 했다. 하지만 일은 명백하고 합법적이었으며, 어쨌든 도움을 받기에도 집이 더 가까웠다. 마차에 치인 사람을 들어올려 옮겼다. 사람들이 도와주었다. 코젤네 건물은 삼십 걸음 정도 떨어져 있었다. 라스콜니코프는 마르멜라도프의 머리를 조심스레 받치고 뒤에서 따라가며 길을 알려주었다.

"이리로, 이리로요! 계단에서는 머리를 위로 해서 옮겨야 해요. 돌리세요…… 예, 그렇게요! 돈은 제가 낼게요, 사례를 하겠습니다." 그가 중얼거렸다.

카테리나 이바노브나는 언제나 그렇듯이 짬이 나자마자 가슴에 팔짱을 꽉 끼고는, 혼잣말을 중얼거리고 콜록거리면서 창문에서 페치카까지 작은 방안을 앞뒤로 서성이기 시작했다. 최근에 그녀는 열 살 먹은 큰딸 폴렌카와 더 자주, 더 많은 이야기를 하기 시작했고, 소녀는 아직 이해하지 못하는 게 많았지만, 대신 엄마에게 필요한 게 뭔지 아주 잘 알았기에 커다랗고 영리한 눈으로 늘 엄마 뒤를 좇으며 전부 이해하는 것처럼 보이도록 온 힘을 다해 애썼다. 지금 폴렌카는 하루종일 몸이 좋지 않던 남동생을 잠자리에 눕히기 위해 옷을 벗기고 있었다. 소년은 오늘밤 빨아야 하는 셔츠를 누나가 갈아입혀주길 기다리면서 발뒤꿈치를 꼭 붙이고, 발끝은 벌린 채로 다리를 앞으로 쭉 뻗은 채 아무 말 없이 심각한 표정으로 꼼짝도 않고 의자에 똑바로 앉아 있었다. 재우기 위해 옷을 갈아입혀줄 때 영리한 소년들이 보통 다 그렇듯이, 소년은 입술을 뾰족하게 내밀고 눈을 크게 뜬 채 미동도 없이 앉아 엄마와 누나가 하는 말을 들었다. 소년보다 어린 여동생은 아예 누더기 같은 옷을 입고 칸막이 옆에 서서 자기 차례를 기다리고 있었다. 계단을 향해 난 문은 열려 있었는데, 다른 방에서 파도처럼 밀려와 가엾은 폐병쟁이 여인을 오래도록 고통스럽게, 그리고 쉴새없이 콜록거리게 하는 담배 연기에서 조금이라도 벗어나기 위해서였다. 카테리나 이바노브나는 이 한 주 동안 훨씬 더 여윈 것 같았고, 뺨의 붉은 반점은 전보다 더 선명하게 타올랐다.

"넌 안 믿길 거야, 상상도 못할걸, 폴렌카." 방안을 서성이며 그녀가 말했다. "외할아버지 집에서 우리가 얼마나 즐겁고 호사스럽게 살았는지, 그리고 그 주정뱅이가 어떻게 내 신세를 망쳤고, 너희 모두를 망치려는지 말이다! 외할아버지는 5등대령이셨고, 곧 현지사가 될 분이셨단다. 기껏해야 한 발짝 정도 남았었지, 그러니 모든 사람이 너희 외할아버지한테 와서 말하곤 했단다. '이반 미하일리치, 저희는 이미 당신을 저희 현지사로 여긴답니다'라고 말이야. 그때 난…… 콜록! 그때 난…… 콜록콜록…… 아, 저주받은 인생!" 그녀가 가슴팍을 움켜쥐고 가래를 뱉어내며 소리를 질렀다. "그때 엄마는…… 아, 단장님 댁…… 마지막 무도회에서…… 베제멜나야 공작부인이 나를 보시고는, 폴랴, 그분은 나중에 엄마가 네 아빠한테 시집갈 때 축복을 해주신 분이신데, 엄마한테 곧장 물어보시더구나. '졸업할 때 숄을 들고 춤추던 그 사랑스러운 아가씨 아니신가?'…… ('터진 데를 꿰매야겠구나. 바늘을 들고 내가 가르쳐준 대로 당장 기워야지, 안 그러면 내일이면…… 콜록! 내일이면…… 콜록콜록콜록!…… 더 터-지겠다!' 그녀는 소리를 지르다 켁켁거렸다.) 그때 또 황실 사관생도인 셰골스키 공작이 페테르부르크에서 막 도착했단다…… 나랑 마주르카를 추고는 다음날 청혼하러 오려고 했지. 하지만 엄마가 직접 좋은 말로 감사를 표하고 오래전부터 다른 사람을 마음에 두고 있다고 말해줬지. 그 다른 사람이 네 아빠였단다, 폴랴. 외할아버지는 엄청 화를 내셨지…… 근데 물은 준비됐니? 자, 윗도리를 이리 다오. 양말은?…… 리다," 그녀는 작은 딸을 향해 말했다. "오늘밤엔 윗도리를 입지 말고 어떻게든 좀 자보렴…… 그리고 양말은 곁에 벗어두고…… 같이 빨게…… 이 거지 같은 양반은 왜 안 오는 거야, 주정뱅이! 셔츠를 입어도 무슨 걸레처럼 너덜너덜 누더기로 만들고…… 이틀 밤을 연달아 고생하지 않으려면 한꺼번에 다 해놓는 게 낫겠다! 세상에! 콜록콜록, 콜록콜록! 아니, 또! 이게 뭐야?" 문간에 모여든 사람들과 그들을 비집고 뭔가를 들고서 방으로 들어오는 사람들을 보고 그녀가 비명을 질렀다. "뭐예요? 뭘 들고 들어오는 거죠? 세상에!"

“어디에 눕힐까요?” 피투성이가 되어 의식을 잃은 마르멜라도프를 방으로 들이고는 경찰이 주위를 둘러보며 물었다.

“소파에요! 소파에 똑바로 눕히세요, 머리를 여기로 하고요.” 라스콜니코프가 가리켰다.

“거리에서 마차에 치였어! 취해서!” 문간에서 누군가가 외쳤다.

카테리나 이바노브나는 온통 하얗게 질린 채 우뚝 서서 힘겹게 숨을 몰아쉬었다. 아이들은 겁에 질렸다. 어린 리도치카는 비명을 지르며 폴렌카에게 달려들어 언니를 껴안고 온몸을 바들바들 떨었다.

라스콜니코프는 마르멜라도프를 눕히고 카테리나 이바노브나에게 급히 다가갔다.

“제발 진정하세요, 놀라지 마시고요!” 그가 빠른 어조로 말했다. “길을 건너다가 마차에 치였는데, 걱정하지 마세요, 깨어나실 겁니다, 제가 이리로 모시자고 했어요…… 당신 집에 온 적이 있는데, 기억하시는지…… 깨어나실 거예요, 돈은 제가 낼게요!”

“기어이!” 카테리나 이바노브나가 절망적으로 외치며 남편에게 달려들었다.

라스콜니코프는 그녀가 이런 상황에서 바로 기절해버리는 부류의 여자가 아님을 금방 알아차릴 수 있었다. 순식간에 이 불운한 남자의 머리 아래에 베개가 놓였는데, 미처 아무도 생각지 못한 것이었다. 카테리나 이바노브나는 자기 자신은 다 잊은 채, 바르르 떨리는 입술을 깨물고 가슴에서 터져나오려는 비명을 애써 누르며 그의 몸을 살펴보기 위해 옷을 벗기며 분주하게 움직였고, 결코 당황하지 않았다.

그러는 동안 라스콜니코프는 누구든 의사를 불러와달라고 부탁했다. 듣자 하니, 의사가 한 건물 건너에 살고 있었다.

"의사를 부르러 사람을 보냈어요." 그가 카테리나 이바노브나에게 반복해서 말했다. "걱정 마세요, 돈은 제가 내겠습니다. 물은 없나요?…… 냅킨이나 수건이나, 뭐라도 주세요, 어서요. 얼마나 다쳤는진 아직 몰라요…… 다쳤지만 죽지는 않았어요, 정말입니다…… 의사가 뭔가 말해주겠죠!"

카테리나 이바노브나는 창가로 달려갔다. 거기 한쪽 구석에 놓인 찌그러진 의자 위에 물이 담긴 커다란 질그릇 대야가 놓여 있었는데, 밤에 아이들과 남편의 속옷을 빨려고 준비해둔 것이었다. 카테리나 이바노브나는 적어도 일주일에 두 번, 때로는 더 자주 밤에 손수 빨래를 했는데, 이미 진작부터 식구마다 속옷이 딱 한 벌밖에 없어 갈아입을 옷이 거의 없는 지경에 이르렀지만, 카테리나 이바노브나는 불결함을 견디질 못하는 성미라, 집에서 더러운 꼴을 보느니 차라리 자기 몸이 괴롭고 힘에 부치더라도 식구들이 다 잠든 밤에 빨래를 해서 방에 쳐둔 빨랫줄에 젖은 속옷을 널어 말린 다음, 아침에 깨끗한 것을 내주는 게 낫다고 생각했기 때문이다. 그녀는 라스콜니코프가 청한 대로 대야를 가져가기 위해 들었다가 하마터면 그대로 넘어질 뻔했다. 하지만 라스콜니코프는 이미 수건을 찾아내 물에 적셔 마르멜라도프의 피 묻은 얼굴을 닦기 시작했다. 카테리나 이바노브나 역시 고통스럽게 숨을 고르고 가슴을 두 손으로 누르며, 거기 서 있었다. 그녀 역시 도움이 필요한 상황이었다. 라스콜니코프는 마차에 치인 사람을 이리로 옮기자고 설득한 게 어쩌면 잘못일지도 모른다는 생각이 들기 시작했다. 순경 역시 어찌할 바를 모르고 옆에 서 있었다.

"폴랴!" 카테리나 이바노브나가 외쳤다. "소냐에게 달려가거라, 어서. 만약 집에 없거든 일러두기라도 해, 아빠가 말에 치였으니 돌아오는 대로…… 즉시 이리로 오라고 말이야. 어서, 폴랴! 자, 여기 머리에 수건 쓰고!"

"디게 빨리 달려가!" 의자에 앉아 있던 소년이 갑자기 소리를 질렀는데, 이 말만 하고는 다시 눈을 크게 뜨고, 발끝을 벌려 뒤꿈치를 앞으로 내밀고, 말없이 몸을 바로 세운 채 앉아 있던 원래의 자세로 돌아갔다.

그러는 동안 방은 사과 하나 떨어질 자리도 없을 정도로 사람들로 가득찼다. 경찰은 한 명 빼고 다 떠났고, 잠시 남은 한 명은 계단에서부터 밀려든 사람들을 다시 도로 계단으로 쫓아내느라 애를 먹고 있었다. 대신 립페베흐젤 여사의 집에 사는 거의 모든 세입자가 안쪽 방들로부터 쏟아져나왔고, 처음에는 문간에서만 북적거리더니, 나중에는 떼를 지어 방안까지 밀어닥쳤다. 카테리나 이바노브나는 극도로 흥분했다.

"죽을 때만이라도 편히 가게 해줘요!" 그녀가 모인 사람 모두에게 소리쳤다. "무슨 구경거리라도 났어요! 담배까지 물고! 콜록콜록콜록! 왜, 모자도 쓰고 오지 그래요!……아이고, 정말 모자를 쓰고 온 양반도 하나 있네…… 나가요! 죽은 시체라도 존중할 줄 알아야지!"

기침 탓에 숨이 막혔지만 윽박지른 것은 먹혀들었다. 분명 카테리나 이바노브나를 무서워하는 것 같았다. 세입자들은 묘하고 내밀한 만족감을 느끼면서 서로 밀치며 하나둘씩 문 쪽으로 도로 물러났는데, 그 만족감은 가까운 사람에게 갑작스레 불행이 닥쳤을 때 그 가장 친한 사람들에게조차 늘 나타나는, 아무리 진실한 연민과 동정심을 가지고 있다 한들 그 누구도 예외 없이 피해갈 수 없는 그런 감정이었다.

그런데 문 뒤에서 병원에 보내라느니, 괜히 여기서 불편을 끼쳐서는 안 된다느니 하는 말이 들렸다.

"여기서 죽으면 안 된다니!" 카테리나 이바노브나는 이렇게 외치고는 그들에게 한바탕 퍼부어대려고 문을 열어젖히려 달려들었다가, 불행한 소식을 막 전해듣고 기강을 바로잡으려 달려온 립페베흐젤 부인과 문에서 딱 맞닥뜨렸다. 그녀는 엄청나게 시끄럽고 제멋대로인 독일 여자였다.

"아이고 맙소사!" 그녀가 손뼉을 딱 쳤다. "남편이 취해서 말에 짓밟혔다면서요. 병원으로 데려가요! 여긴 내 집이에요!"

"아말리야 류드비고브나! 부탁인데, 자기가 무슨 말을 하는지 생각 좀 하세요." 카테리나 이바노브나가 도도하게 말을 시작하려 했다(그녀는 집주인과 말할 때면 상대가 '자기 분수를 알도록' 늘 도도한 말투를 썼고, 심지어 지금도 그런 만족감을 거부할 수 없었다). "아말리야 류드비고브나……"

"전에도 한 번 말했을 텐데, 감히 날 아말 류드비고브나라고 절대 부르지 말라고. 난 아말 이반이란 말이야!"*

"당신은 아말 이반이 아니라, 아말리야 류드비고브나예요, 왜냐면 저기 지금 문 뒤에서 웃고 있는 레베쟈트니코프 씨처럼 난 당신에게 비열하게 아첨이나 하는 사람이 아니니까요. (실제로 문 뒤에서 '한판 붙었구나!'라고 외치며 웃어대는 소리가 울려퍼졌다.) 그러니까 나는 앞

* 이바노브나는 러시아 이름 이반에서 나온 부칭이고, 류드비고브나는 독일 이름 루트비히에서 나온 부칭으로, 후자는 아말리야의 독일 혈통을 명시하는 표현이다.

으로도 쭉 당신을 아말리야 류드비고브나라고 부를 거예요, 그 이름이 왜 당신 마음에 안 드는지는 도무지 이해할 수 없지만요. 세묜 자하로비치에게 무슨 일이 일어났는지 직접 한번 봐요. 죽어가고 있다고요. 부탁인데 당장 저 문을 잠그고 아무도 여기 못 들어오게 해줘요. 죽을 때만이라도 편안하게 해달라고요! 안 그러면, 장담컨대, 내일 당신 행동을 현지사이신 장군님도 알게 되실 거예요. 공작님은 내가 아직 처녀일 적부터 날 아셨고, 세묜 자하로비치도 아주 잘 기억하시고, 저 양반에게 은혜도 많이 베푸셨어요. 다들 알다시피, 세묜 자하로비치에겐 친구와 후원자가 많이 있어요, 다만 자신의 불행한 약점을 느끼고는 고고한 자존심 때문에 저 양반 스스로 멀리했을 뿐이에요, 하지만 지금 (그녀는 라스콜니코프를 가리켰다) 이 관대한 청년이 우릴 도와주고 있어요, 재산도 있고, 연줄도 있고, 세묜 자하로비치가 어릴 때부터 알고 지낸 사람이죠, 그러니 안심하세요, 아말리야 류드비고브나……"

카테리나 이바노브나는 이 모든 얘기를 굉장히 빠른 속도로 말했고, 하면 할수록 말은 더 빨라졌지만, 기침이 그녀의 웅변을 단숨에 중단시켰다. 이때 죽어가던 사람이 정신을 차리고 신음을 내뱉자, 그녀는 그에게 달려갔다. 환자는 눈을 뜨고, 미처 알아보지도 이해하지도 못한 채, 자신을 내려다보며 서 있는 라스콜니코프를 빤히 쳐다보기 시작했다. 그는 간간히 힘겹게 깊은숨을 몰아쉬었다. 입술 가장자리에서 피가 새어나오고 있었다. 이마에는 땀이 배어나왔다. 그는 라스콜니코프를 알아보지 못하고 불안해하며 눈을 옆으로 돌렸다. 카테리나 이바노브나가 슬프지만 엄격한 눈길로 그를 바라보았고, 그녀의 눈에서는 눈물이 흘러내렸다.

“세상에! 저 사람, 가슴을 온통 짓밟혔어요! 피가, 피가!” 그녀는 절망에 빠져 말했다. “윗도리를 전부 벗겨야겠어요! 세묜 자하로비치, 할 수 있으면 몸을 조금만 돌려봐요.” 그녀가 그에게 외쳤다.

마르멜라도프가 그녀를 알아봤다.

“신부님을!” 그가 쉰 목소리로 말했다.

카테리나 이바노브나는 창가로 가 이마를 창틀에 기대고는 절망에 빠져 탄식했다.

“오, 저주받은 인생!”

“신부님을!” 죽어가는 사람이 잠깐 침묵했다가 다시 말했다.

“데리러 갔-어-요!” 카테리나 이바노브나가 그에게 소리쳤다. 그녀가 외치는 소리를 듣고 그는 입을 다물었다. 그는 겁먹고 서글픈 눈길로 그녀를 눈으로 더듬어 찾았다. 그녀는 다시 그에게 돌아와 머리맡에 섰다. 그는 조금 진정했지만, 오래가지는 않았다. 곧이어 어린 리도치카(그가 가장 사랑한 아이였다)에게 눈길이 멈추었는데, 아이는 경기라도 일으키듯 구석에서 벌벌 떨며 어린아이 특유의 놀란 눈길로 그를 말끄러미 쳐다보고 있었다.

“아…… 아……” 그가 걱정스레 아이를 가리켰다. 무언가 말하고 싶은 모양이었다.

“또 뭐예요?” 카테리나 이바노브나가 소리질렀다.

“맨발이야! 맨발!” 그는 반쯤 정신이 나간 눈길로 아이의 맨발을 가리키며 중얼거렸다.

“입다물-어-!” 카테리나 이바노브나가 화가 나서 고함쳤다. “왜 맨발인지는 당신도 알잖아!”

"다행이다, 의사가 왔어요!" 라스콜니코프가 기뻐서 소리를 질렀다.

나이들고 단정한 독일인 의사가 미심쩍은 표정으로 좌우를 둘러보며 방으로 들어왔다. 환자에게 다가가 맥을 짚어보고, 주의깊게 머리를 만져보고, 카테리나 이바노브나의 도움을 받으며 온통 피로 젖은 셔츠의 단추를 풀어 환자의 가슴을 드러냈다. 가슴 전체가 온통 뭉개지고 짓이겨지고 찢겨 있었다. 오른편 갈비뼈 몇 대가 부서져 있었다. 왼편 심장 바로 위, 말발굽에 세게 차여 생긴 커다랗고 검노란 멍이 심상치 않았다. 의사가 얼굴을 찌푸렸다. 경찰이 의사에게 마차에 치여서 바퀴에 낀 채 빙빙 구르며 포장도로 위를 서른 걸음 정도 질질 끌려갔다고 이야기해주었다.

"다시 정신을 차린 게 놀랍소." 의사가 라스콜니코프에게 조용히 속삭였다.

"무슨 말씀이신가요?" 그가 물었다.

"곧 죽을 거요."

"정말로 가망이 아예 없나요?"

"전혀 없어요! 마지막 숨을 쉬고 있는 거요…… 게다가 머리의 상처도 아주 위험하고……흠. 어쩌면 방혈放血 요법을 시도해볼 수도 있겠지…… 하지만…… 소용없을걸요. 오 분이나 십 분 후면 분명 죽을 거요."

"그럼 방혈 요법이라도 해보는 게 좋겠군요!"

"어쩌면 그럴지도…… 하지만 미리 말해두겠는데 전혀 도움이 안 될 거요."

이때 들려온 또다른 발걸음소리에 문간에 있던 사람들이 길을 내주었고, 머리가 희끗한 나이든 사제가 비상용 성찬을 들고 문턱에 나타났다. 경찰 한 명이 길에서부터 그를 따라왔다. 의사는 즉시 사제에게 자리를 내주고는 의미심장한 눈길을 교환했다. 라스콜니코프는 의사에게 조금만 더 기다려달라고 부탁했다. 의사는 어깨를 으쓱하고는 자리에 남았다.

모두가 물러났다. 고해성사는 그리 길지 않았다. 죽어가는 사람은 아무것도 제대로 이해하지 못했다. 단지 띄엄띄엄, 알 수 없는 소리만 내뱉었을 뿐이다. 카테리나 이바노브나는 리도치카를 데리고 소년을 의자에서 내려오게 한 뒤 구석 페치카로 가 무릎을 꿇었고, 아이들도 자기 앞쪽에 무릎을 꿇고 앉게 했다. 소녀는 떨고만 있었다. 반면 소년은 맨 무릎을 꿇고 앉아 일정한 리듬으로 손을 들어올려 크게 성호를 긋고, 이마가 땅에 부딪치도록 절을 했는데, 이런 행동에 독특한 만족감을 느끼는 듯했다. 카테리나 이바노브나는 입술을 깨물고 눈물을 참았다. 그녀도 기도를 올렸고, 이따금 소년의 셔츠를 바로잡아주기도 하고, 일어서지 않고 계속 기도하면서 장롱에서 숄을 꺼내 훤히 드러난 소녀의 어깨를 덮어주기도 했다. 그러는 사이 호기심에 찬 사람들이 안쪽 방들로 통하는 문을 다시 열기 시작했다. 구경꾼들, 각 층에 사는 세입자들이 문간에 훨씬 더 빽빽하게 모여들었지만, 그래도 문턱은 넘지 않았다. 오직 타다 남은 양초 하나만이 모든 장면을 비출 따름이었다.

이때 언니를 데리러 갔던 폴렌카가 문가에서 사람들 사이를 빠르게 헤치고 들어왔다. 소녀는 급히 뛰어갔다 오느라 가빠진 숨을 간신히 고르며 방으로 들어와 머리에 쓴 수건을 벗고, 엄마를 눈으로 찾아 다가와서 말했다. "오고 있어요! 길에서 만났어요!" 어머니는 소녀를 자기 옆에 무릎을 꿇려 앉혔다. 한 아가씨가 소리 없이 겁먹은 모습으로 군중 사이를 헤치며 들어왔는데, 이 방, 극빈과 누더기, 죽음과 절망 한가운데에서 그녀의 갑작스러운 등장은 기묘한 느낌을 자아냈다. 그녀 역시 누더기를 걸치고는 있었다. 복장은 싸구려였지만, 거리의 여자에 어울리게, 그 고유하고 독특한 세계에 형성된 취향과 규칙에 따라, 천박하고 치욕적인 목적이 드러나도록 화려하게 치장하고 있었다. 소냐는 현관 문턱 바로 앞에 멈춰 서서 문지방을 넘지 못하고 당황한 듯 주위를 살폈는데, 못해도 네 명은 거쳤을 법한, 이런 자리에 어울리지 않고, 아주 길고 우스꽝스러운 치맛자락이 달리고, 문 전체를 다 덮을 정도로 잔뜩 부풀린 알록달록한 비단 드레스도, 밝은색 장화와 밤에는 필요 없는데도 들고 있는 양산도, 타는 듯한 화려한 색 깃털이 달린 우스꽝스러운 둥근 밀짚모자도 다 잊은 채, 아무것도 의식하지 못하는 듯했다. 소년처럼 삐뚜름하니 쓴 모자 아래로 여위고 창백하고 놀란 얼굴이 보였는데, 두려움에 차 눈 한번 깜빡이지 못하며 입을 벌리고 있었다. 열여덟 살쯤 돼 보이는 소냐는 키가 작고 말랐지만, 푸른 눈이 몹시도 아름다운, 상당히 예쁜 금발의 아가씨였다. 그녀는 침대를, 신부를 뚫어져라 바라보았다. 그녀 역시 급하게 걸어오느라 숨을 헐떡이고 있었다. 이윽고 사람들이 수군거리는 몇 마디 말이 아마도 그녀의 귀에까지 날아든 것 같았다. 그녀는 고개를 떨구고 문지방을 넘어 방으로 한 걸음 들어섰지만, 여전히 문 근처를 벗어나지는 못했다.

고해성사와 성찬식이 끝났다. 카테리나 이바노브나는 다시 남편이 누워 있는 침대로 다가갔다. 신부는 물러나 떠나면서 카테리나 이바노브나를 향해 두어 마디 작별인사와 위로의 말을 하려고 했다.

"이제 이것들은 어찌할까요?" 그녀가 어린것들을 가리키며 화난 목소리로 날카롭게 신부의 말을 가로막았다.

"하느님은 자비로우십니다. 전능하신 그분의 도움을 바라십시오." 신부가 말을 꺼내려 했다.

"흥! 자비는 무슨, 우리에겐 닿지도 않는걸!"

"그건 죄예요, 죄를 짓는 겁니다, 부인." 신부가 고개를 내저으며 지적했다.

"이건 죄가 아니고요?" 카테리나 이바노브나가 죽어가는 사람을 가리키며 소리질렀다.

"어쩌면 본의 아니게 원인을 제공한 분들이 부인에게 보상해주마 동의해줄 수도 있겠지요, 하다못해 수입 손실분이라도요……"

"말귀를 못 알아들으시네요!" 카테리나 이바노브나가 손을 내저으며 화가 나서 소리질렀다. "대체 무슨 보상이요? 저 양반은 취해서 제 발로 말 밑으로 기어들어간 거라고요! 무슨 수입이요? 저 양반한테서는 들어오는 게 없었어요, 오직 고통만이 있었죠. 주정뱅이라 다 마셔 없앴다고요. 우리 돈을 훔쳐서 술집에 갖다바쳤죠, 저 아이들과 내 삶을 술집에서 탕진했다고요! 죽어서 다행이에요! 잃을 게 적어질 테니까!"

"죽기 전에 용서하셔야지요, 그건 죄예요, 부인, 그런 감정은 커다란 죄입니다!"

카테리나 이바노브나는 환자 주위에서 바쁘게 움직이며 물을 먹이고, 머리의 땀과 피를 닦아주고, 베개를 바로 해주고, 일하는 사이사이 이따금 신부에게 몸을 돌려 그와 이야기를 나누곤 했다. 하지만 지금 갑자기 극도로 흥분해 그에게 달려든 것이다.

"아이고, 신부님! 말은 단지 말일 뿐이에요! 용서하라고요! 오늘 저 양반이 마차에 치이지 않았다면 잔뜩 취해서 돌아왔을 테죠, 누더기처럼 닳아빠진 셔츠 한 장 걸치고 쓰러져 늘어지게 잤을 거예요, 그럼 난 새벽까지 철벅철벅 손을 물에 담그고서 저 양반과 아이들의 누더기를 빨고, 그러고 나서 창밖에 널어 말렸겠지요, 새벽 동이 틀 때쯤 터진 데를 기우고 앉았을 거고요. 그게 제가 밤마다 하는 짓이랍니다!…… 이런 데다 대고 무슨 용서 운운이세요! 용서야 진작에 했지요!"

깊고 무시무시한 기침이 그녀의 말을 중단시켰다. 그녀는 손수건에 가래를 뱉어낸 후, 한 손으로는 고통스럽게 가슴을 움켜쥐고 다른 한 손으로는 손수건을 내밀어 신부에게 보여주었다. 손수건은 온통 피에 젖어 있었다……

신부는 고개를 떨구고 아무 말도 하지 않았다.

마르멜라도프는 마지막 임종의 고통을 맞고 있었다. 그는 다시 자기 위로 몸을 굽힌 카테리나 이바노브나의 얼굴에서 눈을 떼지 않았다. 그녀에게 계속 뭔가를 말하려 했다. 그는 간신히 혀를 움직여 알아듣지 못할 몇 마디 단어를 웅얼거리며 말을 하려 했지만, 카테리나 이바노브나는 그가 자신에게 용서를 구하고 싶어한다는 걸 알아차리고 즉시 그에게 명령조로 외쳤다.

"입다-물-라니까! 필요없어!…… 무슨 말을 하고 싶은지 다 알아!……" 그러자 환자는 잠잠해졌다. 하지만 그 순간 방황하던 눈길이 문에 가닿았고, 그는 소냐를 발견했다……

그때까지 그는 소냐의 존재를 깨닫지 못했다. 소냐는 구석 그늘진 곳에 서 있었다.

"저게 누구야? 누구야?" 갑자기 그가 쉰 목소리로 헐떡이며 말하더니, 극도의 불안과 공포가 깃든 눈길로 딸이 서 있는 문 쪽을 가리키며 몸을 일으키려 애썼다.

"누워! 누우-라-고!" 카테리나 이바노브나가 소리를 질렀다.

하지만 그는 초인적인 노력으로 팔을 짚어 몸을 일으킬 수 있었다. 얼마 동안은 딸을 못 알아보겠다는 듯 놀란 표정으로 꼼짝없이 바라볼 뿐이었다. 그런 옷을 입은 딸을 아직 한 번도 본 적이 없었던 것이다. 문득 그는 그녀를, 멸시당하고 짓밟히고, 한껏 치장한 채 부끄러워하며, 죽어가는 아비와 작별하기 위해 온순하게 자기 차례를 기다리는 딸을 알아보았다. 한없는 고통이 그의 얼굴에 어렸다.

"소냐! 내 딸아! 용서해다오!" 그는 이렇게 외치며 그녀에게 팔을 뻗으려 했지만, 중심을 잃고 소파에서 고꾸라져 그대로 얼굴을 바닥에 박으며 쿵하고 굴러떨어졌다. 사람들이 달려와서 그를 들어올려 소파에 뉘었지만, 그는 이미 숨이 넘어가고 있었다. 소냐는 가냘픈 비명을 지르며 달려와 그를 부둥켜안았고, 그렇게 아버지를 껴안은 채 꼼짝 못하고 굳어버렸다. 그는 소냐의 팔에 안겨 숨을 거두었다.

"기어이 소원을 풀었군!" 남편의 시신을 보며 카테리나 이바노브나가 외쳤다. "아, 이제 어쩌나! 무슨 돈으로 장례를 치르나! 저것들은 어떻게, 내일부터 저것들을 어떻게 먹여 살리나?"

라스콜니코프가 카테리나 이바노브나에게 다가갔다.

"카테리나 이바노브나." 그가 말하기 시작했다. "고인이 되신 부군께서 지난주 제게 자신의 인생과 모든 사정을 이야기해주셨습니다…… 당신에 대해서는 열광적인 존경심을 품고 말씀하시더군요, 믿어주세요. 전 그분이 불행한 단점에도 불구하고 여러분 모두에게 얼마나 헌신적이었으며, 특히 카테리나 이바노브나 당신을 얼마나 존경하고 사랑했는지 잘 알게 되었고, 그날 저녁, 바로 그날 저녁부터 우리는 친구가 되었지요…… 이제 제가…… 고인이 된 친구에게…… 의무를 다할 수 있도록 허락해주십시오. 자, 여기…… 20루블쯤 될 겁니다. 당신에게 도움이 된다면…… 저는…… 그러니까, 다시 들르지요. 꼭 들르겠습니다…… 어쩌면 내일 또 올지도 모르고요…… 안녕히 계세요!"

그러고는 서둘러 사람들을 헤치면서 황급히 방에서 계단으로 나갔다. 하지만 인파 속에서 불행한 사태를 알고 몸소 해결하러 온 니코딤 포미치와 갑자기 딱 마주쳤다. 경찰서에서의 사건이 있은 후로 만난 적이 없었는데도 니코딤 포미치는 단박에 그를 알아보았다.

"아니, 당신이군요?" 그가 물었다.

"돌아가셨어요." 라스콜니코프가 대답했다. "의사가 왔고, 신부님도 오셨고, 모든 게 잘 처리되었어요. 불쌍한 여인을 너무 괴롭히지는 마십시오, 그러지 않아도 폐병을 앓고 있으니까요. 가능하다면 어떻게든 부인에게 용기를 주십시오…… 당신은 좋은 분이잖아요, 전 압니다……" 상대의 눈을 똑바로 바라보면서 그가 가만히 웃으며 이렇게 덧붙였다.

"한데 온통 피에 젖으셨군요." 등불 아래 라스콜니코프의 조끼 여기저기에 묻은 선명한 핏자국을 알아본 니코딤 포미치가 한마디했다.

"네, 그러네요…… 온통 피투성이네요!" 라스콜니코프는 어쩐지 독특한 표정을 지으며 이렇게 대답한 후, 미소를 짓고 고개를 까딱하고는 계단을 따라 아래로 내려갔다.

그는 온몸에 열이 났지만 그걸 의식하지도 못한 채, 서두르지 않고 조용히 걸어내려갔는데, 어떤 새롭고 무한하며, 갑자기 밀어닥친 충만하고 강렬한 생명의 느낌으로 가득차 있었다. 그 느낌은 사형선고를 받은 사람이 느닷없이 뜻밖의 사면을 받았을 때의 느낌에 비견할 만한 것이었다. 계단을 반쯤 내려갔을 때 집으로 돌아가는 신부가 그의 뒤를 따라왔다. 라스콜니코프는 그와 무언의 인사를 나누며 잠자코 길을 내주었다. 그런데 그가 이미 마지막 계단을 디뎠을 때쯤, 문득 뒤편에서 다급한 발소리가 들렸다. 누군가 그를 쫓아오고 있었다. 폴렌카였다. 소녀는 그의 뒤를 쫓아 달려오면서 "잠깐만요! 잠깐만요!" 하고 불렀다.

그는 소녀에게로 몸을 돌렸다. 소녀는 마지막 계단을 달려내려와 그의 바로 앞, 한 계단 위에 멈춰 섰다. 마당에서 어슴푸레한 빛이 비쳐들었다. 라스콜니코프는 자신을 향해 미소 지으며 명랑하고 천진하게 바라보는 소녀의 야윈, 하지만 사랑스러운 얼굴을 찬찬히 바라보았다. 소녀는 심부름을 하러 달려왔는데 그 일이 자기 마음에도 쏙 드는 모양이었다.

"잠깐만요, 아저씨 이름이 뭐예요?…… 그리고 어디 사세요?" 소녀는 할딱이는 목소리로 서둘러 물었다.

그는 소녀의 어깨에 양손을 올리고 알 수 없는 행복에 젖어 소녀를 바라보았다. 소녀를 보고 있자니 너무나 기분이 좋았다. 왜 그런지는 자신도 알 수 없었다.

"누가 보냈지요?"

"소냐 언니가 보냈어요." 소녀가 한층 더 명랑하게 웃으며 대답했다.

"나도 그럴 줄 알았어요, 소냐 언니가 보냈겠지요."

"엄마도 시키셨어요. 소냐 언니가 보내려고 하니까 엄마도 오셔서 말하셨어요, '어서 뛰어갔다 오너라, 폴렌카!'라고요."

"소냐 언니를 사랑해요?"

"최고로 사랑해요!" 폴렌카는 유난히 단호한 태도로 이렇게 말했고, 소녀의 미소 역시 갑자기 더 진지해졌다.

"나도 사랑해줄래요?"

대답 대신 그는 소녀의 얼굴과, 그와 입맞추기 위해 천진하게 쏙 내민 볼록한 입술이 다가오는 것을 보았다. 갑자기 소녀가 성냥개비처럼 가는 두 팔로 그를 꼭 끌어안고는 그의 어깨에 머리를 기대고, 얼굴을 점점 더 세게 비비며 소리죽여 울기 시작했다.

"아빠가 불쌍해요!" 잠시 후 눈물에 젖은 얼굴을 들고 두 팔로 눈물을 훔치며 소녀가 말했다. "요즘 자꾸 이렇게 불행한 일들이 일어나잖아요." 소녀는 유난히 의젓한 표정으로 느닷없이 이렇게 덧붙였는데, 아이들이 문득 '어른'처럼 말하고 싶어질 때 애써 지어 보이는 그런 표정이었다.

"아빠가 사랑해줬어요?"

"아빠는 우리 중에 리도치카를 최고로 사랑했어요." 소녀는 웃지 않고 아주 진지하게, 완전히 어른이 말하듯이 말을 계속했다. "그애는 아기니까 사랑하신 거예요, 게다가 아프거든요, 그래서 늘 그애한테 과자를 가져다주셨어요, 우리한테는 읽는 걸 가르쳐주셨고, 저한테는 문법과 교리를 가르쳐주셨고요." 소녀가 의젓하게 덧붙였다. "엄마는 암말도 안 하셨지만, 엄마도 아주 좋아하신다는 걸 우린 다 알고 있었어요, 아빠도 아셨고요, 근데 엄마는 제게 프랑스어를 가르쳐주고 싶어하세요, 저도 벌써 교육을 받을 나이가 됐거든요."

"그럼 기도할 줄 알아요?"

"아이, 그럼요, 할 줄 알아요! 벌써, 벌써부터요. 전 완전 어른처럼 혼자 속으로 기도하는걸요, 콜랴랑 리도치카는 엄마랑 같이 소리내서 하고요. 처음엔 〈성모송〉을 읽고요, 그다음엔 '하느님, 소냐 언니를 용서하시고 축복하소서' 하고 기도를 하나 더 드리고요, 그다음엔 '하느님, 우리 두번째 아빠를 용서하시고 축복하소서'라고 해요, 왜냐면 우리 옛날 아빠는 벌써 돌아가셨고요, 지금 아빠는 두번째 아빠거든요, 옛날 아빠를 위해서도 기도하고요."

"폴레치카, 난 로디온이라고 해요. 언젠가 나를 위해서도 기도해줘요. '당신의 종 로디온도요'라고 하면 돼요. 더는 필요 없어요."

"앞으로 평생 아저씨를 위해 기도할게요." 소녀가 열렬하게 말하더니, 갑자기 다시 웃으며 그에게 달려들어서는 한번 더 그를 꼭 껴안았다.

라스콜니코프는 소녀에게 자신의 이름을 말해주고 주소를 알려준 후 내일 꼭 들르겠다고 약속했다. 소녀는 이 말을 듣고 뛸듯이 기뻐하며 집으로 갔다. 거리로 나왔을 때는 열시가 넘은 시각이었다. 오 분 후 그는 다리 위, 아까 여자가 몸을 던진 바로 그 자리에 서 있었다.

"됐어!" 그가 결연하고 엄숙하게 말했다. "신기루야 사라져라, 거짓된 공포도 사라져라, 환영이여 사라져라!…… 삶이 있다! 나는 지금 살아 있지 않은가? 내 삶은 아직 늙은 노파와 함께 죽어버리지 않았다! 하늘의 왕국이 노파에게 임했으니 그걸로 되었다, 노파여, 이제 편히 쉬시라! 이제 이성과 빛의 왕국이, 그리고…… 의지와 힘의 왕국이 도래하리니…… 어디 두고보자! 한번 겨뤄보자고!" 어떤 어두운 힘을 향해 도

전하듯 그가 오만하게 덧붙였다. "난 이미 1아르신의 공간에서 사는 데 동의하지 않았던가!"

"……지금 나는 너무 약해졌어, 하지만…… 병은 다 지나간 것 같다. 아까 집에서 나올 때 병이 지나갈 거라는 걸 이미 알고 있었어. 마침 포친코프의 건물이 여기서 두 발짝이로구나. 두 발짝이 아니라도 라주미힌에게 꼭 가야겠다…… 내기에서 이기게 해주자!…… 그걸로라도 위안 삼게. 아무것도 아닌데, 뭐, 그렇게 해주자!…… 힘이, 힘이 필요하다. 힘 없이는 아무것도 가질 수 없어. 힘은 힘으로 얻어야 하는데, 저들은 그걸 모르지." 그는 오만함과 자기확신에 차서 이렇게 덧붙이고, 간신히 발을 옮겨 다리를 떠났다. 자신감과 자기확신이 매 순간 마음속에서 자라났다. 다음 순간 이미 그는 예전의 그가 아니었다. 하지만 그럴 만큼 특별한 무슨 일이 일어난 걸까, 무엇이 그를 이렇게 변하게 했을까? 그 자신도 알지 못했다. 지푸라기라도 잡는 심정으로 문득 '살 수 있다, 아직 삶이 남아 있다, 내 삶이 늙은 노파와 함께 죽어버린 건 아니다'라고 느끼게 된 것이다. 어쩌면 지나치게 성급한 결론인지는 모르지만, 그 점에 대해서는 생각하지 않았다.

'그런데 당신의 종 로디온을 위해 기도해달라고 부탁했지.' 문득 머릿속에 그 생각이 떠올랐다. '뭐, 그것도…… 만일을 위해서!' 그는 이렇게 덧붙이고는 자신의 어린애 같은 행동에 웃음을 터뜨렸다. 기분이 너무나 좋았다.

그는 라주미힌의 집을 쉽게 찾아냈다. 포친코프 건물에 사는 사람들은 새로 이사 온 사람을 이미 알고 있었고, 수위가 곧장 그에게 어딘지 가르쳐주었다. 계단을 반쯤 올라가자 벌써 사람들이 많이 모여 왁자지껄 떠드는 소리, 활기차게 대화를 나누는 소리를 구별해낼 수 있었다. 문은 계단 쪽으로 활짝 열려 있었다. 고함소리와 논쟁하는 소리가 들렸다. 라주미힌의 방은 꽤 컸고, 열다섯 사람 정도가 모여 있었다. 라스콜니코프는 현관에 멈춰 섰다. 칸막이 뒤에서 주인집 하녀 두 명이 주인집 부엌에서 날라온 커다란 사모바르 두 개와 술병들, 피로그와 안주가 담긴 접시와 그릇 주변에서 부산하게 움직이고 있었다. 라스콜니코프는 라주미힌을 부르러 사람을 보냈다. 그는 뛸듯이 기뻐하며 달려왔다. 얼핏 보기에도 그가 엄청 많이 마셨다는 걸 알 수 있었는데, 물론 라주미힌은 아무리 마셔도 거의 취하지 않는 사람이긴 했지만, 이번엔 뭔가 달랐다.

"들어봐." 라스콜니코프가 서둘렀다. "난 단지 네가 내기에서 이겼다는 얘기랑 사람에게 무슨 일이 일어날지는 정말이지 아무도 모른다는 얘기를 해주러 왔어. 하지만 들어가진 못하겠어. 너무 기운이 없어서 금방 쓰러질 거 같거든. 그러니 인사만 하고 갈게! 내일 우리집에 와줘……"

"그럼 내가 집에 바래다줄게! 자기 입으로 기운이 없다고 말할 지경이니 말이야……"

"그럼 손님들은? 저 곱슬머리는 누구지, 방금 이쪽을 힐끔 쳐다본 사람 말이야?"

"그 사람? 알 게 뭐야! 분명 삼촌이 아는 사람일 텐데, 아니면 그냥 온 사람일 수도 있고…… 손님들은 삼촌한테 맡기지, 뭐. 삼촌은 진짜 복덩어리라니까. 지금 네게 소개해줄 수 없다니 안타깝다. 어쨌든 모두들 알 게 뭐야! 저 사람들은 지금 나까지 신경쓸 겨를이 없어, 나도 바람 좀 쐬어야겠고, 그러니까 친구, 넌 때맞춰 잘 온 거야. 이 분만 더 늦었으면 난 저기서 주먹다짐을 했을지도 몰라, 정말이라니까! 그런 엉터리 같은 말을 지껄이다니…… 넌 인간이 결국엔 어디까지 헛소리를 꾸며댈 수 있는지 상상도 못할 거야! 하긴 상상 못할 것도 없지? 우리라고 뭐 헛소리 안 하나? 그래, 헛소리들 하라고 해. 그러다 말겠지…… 잠깐 앉아 있어, 조시모프를 데려올게."

조시모프는 어쩐지 탐욕스럽다 싶을 정도로 라스콜니코프에게 달려들었다. 뭔가 특별한 호기심을 품고 있는 것이 분명했다. 곧 그의 얼굴이 밝아졌다.

"바로 주무셔야 해요." 환자를 가능한 한 찬찬히 살펴본 후 그가 결론을 내렸다. "밤에는 약을 한 봉지 드시면 좋겠는데. 드실 거죠? 아까 제가 조제해둔 게 있는데…… 가루약 한 봉지입니다."

"두 봉지라도 먹지요." 라스콜니코프가 대답했다.

그는 그 자리에서 가루약을 먹었다.

"네가 직접 데려다준다니 아주 좋은 일이야." 조시모프가 라주미힌에게 말했다. "내일 상태는 그때 가서 보도록 하자, 하지만 오늘도 전혀 나쁘지 않아. 아까와는 상당히 달라졌는데. 이러니 평생 공부하라는 거겠지……"

"방금 우리가 나올 때 조시모프가 나한테 귓속말로 뭐라고 했는지 알아?" 거리로 나오자마자 라주미힌이 불쑥 말했다. "친구, 그냥 다 터놓고 말할게, 저 녀석들은 바보니까 말이야. 조시모프가 가는 길에 너랑 말을 많이 하고, 네가 말을 많이 하게 만든 다음 나중에 자기에게 이야기해달래, 왜냐면 그놈은…… 네가…… 미쳤거나, 그 비슷한 상태라고 생각하거든. 무슨 말도 안 되는 소리야! 첫째로 너는 그 녀석보다 세 배는 더 똑똑해, 둘째로 네가 정말 미친 게 아니라면, 그놈이 머릿속에서 그런 실없는 생각을 하건 말건 퉤 하고 침이나 뱉어줘. 셋째로 그 고깃덩어리가 자기 직업은 외과의사면서 지금 정신병에 미쳐 있거든, 근데 결정적으로 오늘 네가 자메토프와 나눈 대화가 너에 대한 그 녀석 생각을 뒤집어버렸어."

"자메토프가 너한테 다 말했구나?"

"전부 다, 그리고 아주 잘된 일이지. 난 이제 숨은 진실을 속속들이 이해하게 됐어, 자메토프도 그렇고…… 뭐, 그러니까 한마디로 로쟈…… 문제는…… 나 지금 좀 취했다…… 하지만 괜찮아…… 문제는 그런 생각이…… 알겠냐? 정말로 저자들 머릿속에 떠올랐다는 거지…… 이해하겠냐? 그러니까 저 인간들 중 누구도 감히 그 생각을 입 밖에 꺼내지는 못한 건데, 정말 어리석기 짝이 없는 엉터리인데다, 특히 그 칠장이를 잡았을 때 그 모든 게 펑 하고 터져 영원히 사라졌거든. 그런데 저치들은 왜 저렇게 바보인 걸까? 아까 내가 자메토프를 몇 대 패줬어. 이건 우리끼리 하는 얘기야, 친구. 제발 아는 척도 하지 마라. 그 녀석이 까다롭다는 건 라비자네 집에 갔을 때 알아챘지. 하지만 오늘, 오늘, 모든 게 명백해졌어. 문제는 그 일리야 페트로비치야! 그 작자가 그때 네가 경찰서에서 기절한 걸 이용한 거야, 나중에 본인도 창피해했다지. 난 잘 알아……"

라스콜니코프는 탐욕스럽게 귀를 기울였다. 라주미힌은 취해서 무심결에 많은 말을 했다.

"내가 그때 기절해서 쓰러진 건 숨막히게 갑갑한데다, 칠냄새가 진동해서야." 라스콜니코프가 말했다.

"더 설명할 게 뭐 있어! 게다가 칠냄새뿐이겠어. 한 달 내내 병이 진행되고 있었잖아. 조시모프가 증인이야! 근데 자메토프 그 애송이가 지금 얼마나 기가 죽었는지 넌 상상도 못할걸! '난 그 사람 발뒤꿈치도 못 따라가요!'라고 하더군. 그러니까 너 말이야. 가끔 그 녀석이 착해질 때가 있거든, 친구. 오늘 네가 '수정궁'에서 그 녀석에게 준 교훈, 그 교훈은 완벽의 극치였어! 처음엔 겁을 주더니 경련이 일도록 몰고 갔더군! 상대가 그 모든 추악한 엉터리를 다시 한번 거의 확신하게끔 만들어놓고는, 그다음에 갑자기 혀를 쑥 내밀며 '잡은 줄 알았지!' 한 거지! 완벽해! 지금 그 녀석은 완전히 제압당해 뻗어버렸어! 넌 고수야, 맹세컨대 저놈들은 그렇게 다뤄야 해. 에이, 내가 그 자리에 없었다니! 방금도 그 녀석은 네가 오길 끔찍이도 기다렸어. 포르피리 형도 너랑 알고 싶어하고……"

"아…… 그 사람도…… 그런데 왜 내가 미쳤다고들 생각했지?"

"그러니까 미쳤다는 건 아니고. 친구, 내가 너한테 너무 많이 지껄인 거 같다…… 아까 네가 오로지 하나에만 관심을 보이니까 조시모프가 충격을 받은 거야. 왜 그랬는지 지금은 확실하지. 모든 사정을 다 아니까…… 그때 그게 얼마나 너를 자극했는지, 게다가 동시에 병까지 얽혀서…… 친구, 난 조금 취했어, 단지, 알게 뭐야, 그 녀석에겐 자기만의 생각이 있는 거 같더라고…… 정신병에 미쳤다고 내가 말했잖아. 넌 그냥 퉤 하고 침이나 뱉어줘……"

두 사람 다 삼십 초쯤 침묵했다.

"이봐, 라주미힌." 라스콜니코프가 말을 시작했다. "네게 솔직하게 말하고 싶어. 한 관리가 죽어서 방금까지 난 그 집에 있었어…… 거기다 내 돈을 모두 줘버렸어…… 그뿐 아니라 방금 한 존재가 내게 입맞춤을 해줬어, 만일 내가 누군가를 죽였다 해도 역시 그렇게 해줬을 거야…… 한마디로, 난 거기서 또다른 존재도 보았어…… 불꽃 같은 깃털을 단…… 근데 내가 너무 횡설수설이구나. 너무 힘이 없어, 나 좀 부축해줘…… 이제 곧 계단이야……"

"무슨 일이야? 너 왜 그래?" 불안해진 라주미힌이 재차 물었다.

"머리가 좀 어지러워, 문제는 그게 아니라 너무 슬프다는 거야, 너무 슬퍼! 꼭 여자같이…… 정말 그래! 어, 저게 뭐지? 저것 좀 봐! 보라고!"

"뭔데?"

"정말 안 보여? 내 방에 불이 켜져 있잖아, 보이지? 문틈으로……"

그들은 이미 마지막 계단 앞, 주인집 방문과 나란히 서 있었고, 정말로 라스콜니코프 골방의 불빛이 밑에서도 확실히 보였다.

"이상하네! 나스타시야인가보지." 라주미힌이 말했다.

"이 시간에 그 여자가 내 방에 있을 리 없어, 게다가 진작 잠들었을 테고, 하지만…… 상관없어! 잘 가!"

"뭐야, 너? 바래다주는 거니까 같이 들어가자!"

"같이 들어가야 하는 건 알지만, 난 여기서 악수하고 여기서 너랑 헤어지고 싶어. 자, 손을 줘, 안녕!"

"왜 이래, 로쟈?"

"아무것도 아니야. 그럼 들어가자. 네가 증인이 되겠지……"

그들은 계단을 오르기 시작했고, 조시모프가 옳을지도 모른다는 생각이 언뜻 라주미힌의 머리를 스치고 지나갔다. '에이! 내가 너무 지껄여대서 이 친구를 헝클어놓았구나!' 그는 속으로 중얼거렸다. 문에 다가가자, 문득 방에서 여러 사람의 목소리가 들려왔다.

"대체 안에 무슨 일이야?" 라주미힌이 외쳤다.

라스콜니코프가 먼저 손잡이를 잡고 문을 활짝 열어젖히더니, 못박힌 듯 문턱에 우뚝 서버렸다.

그의 어머니와 동생이 방 소파에 앉아 벌써 한 시간 반이나 그를 기다리고 있었던 것이다. 그들이 곧 이리로 출발할 것이고, 오는 중이며, 금방 도착할 거라는 소식을 심지어 오늘까지도 몇 번이나 들어놓고도, 도대체 어째서 그는 다른 사람이 아니라 그들일 거라고 전혀 예상하지도 못하고, 그들을 떠올리지도 못했을까? 그 한 시간 반 내내 그들은 앞다투어 나스타시야에게 자세히 물어보았고, 지금도 그들 앞에 서 있는 나스타시야가 벌써 모든 것을 낱낱이 얘기해준 참이었다. 그가 병이 난 채로, '오늘 몰래 뛰쳐나갔다'라는 말을 듣고 그들은 너무 놀라 어쩔 줄 몰랐다, 더구나 전해들은 얘기에서 알 수 있듯이 분명 제정신이 아닌 상태로! '세상에, 그애에게 무슨 일이 일어난 걸까!' 기다리는 그 한 시간 반 동안 두 사람은 눈물을 흘리며 십자가에 못박힌 듯한 고통을 겪어야 했다.

기쁨과 환희에 찬 비명소리가 라스콜니코프를 맞았다. 두 사람 모두 그에게 달려들었다. 하지만 그는 죽은 사람처럼 서 있었다. 갑작스레 찾아온 견딜 수 없는 자각이 벼락처럼 그를 내리친 것이다. 그들을 껴안으려 손을 들어올리지도 않았다. 그럴 수 없었다. 어머니와 동생은 그를 꼭 껴안고, 입을 맞추고, 웃다가 울다가 했다…… 그는 한 걸음 내딛고는 위태롭게 몸을 휘청거리다가 기절해 바닥으로 쿵 쓰러졌다.

공포, 두려움에 가득찬 비명과 신음소리…… 문턱에 서 있던 라주미힌이 날듯이 방으로 들어와서는 억센 팔로 환자를 안아 순식간에 소파에 눕혔다.

"괜찮습니다, 괜찮아요!" 그가 어머니와 동생에게 외쳤다. "기절한 거예요, 아무것도 아닙니다! 방금 의사가 훨씬 좋아졌고 완전히 건강하다고 말했어요! 물 좀! 자, 벌써 정신이 돌아오고 있어요, 자, 보세요, 정신을 차렸어요!……"

그는 거의 팔을 뽑아버릴 듯한 기세로 두네치카의 손을 꽉 잡고 몸을 숙이게 해 '벌써 그가 정신을 차렸다'는 것을 보여주었다. 어머니와 동생은 하느님을 보듯 감동과 감사의 마음을 담아 라주미힌을 바라보았다. 바로 그날 저녁 두냐와 내밀한 이야기를 나누며 풀헤리야 알렉산드로브나 라스콜니코바가 직접 명명한 그대로 이 '민첩한 청년'이 병이 난 내내 그들의 로쟈에게 어떤 존재였는지 나스타시야에게 이미 들어 알고 있었던 것이다.

제3부

1

라스콜니코프는 몸을 일으켜 소파에 앉았다.

그는 흥분해서는 온갖 말로 두서없이 어머니와 동생을 위로하는 라주미힌을 제지시키기 위해 힘없이 손을 흔들고는, 두 사람의 손을 잡고 이 분가량 아무 말 없이 그들을 번갈아가며 찬찬히 바라보았다. 그의 시선이 어머니를 몹시 놀라게 했다. 고통에 가까운 강렬한 감정이, 그러나 동시에 심지어 광기와도 같은 확고한 감정이 그 시선 속에서 내비쳤다. 풀헤리야 알렉산드로브나는 울음을 터뜨렸다.

아브도티야 로마노브나는 창백했다. 그녀의 손이 오빠의 손안에서 떨고 있었다.

"숙소로 돌아가세요…… 저 친구하고." 라주미힌을 가리키며 그가 띄엄띄엄 말했다. "내일 봐요. 내일 모든 걸…… 도착한 지 오래되셨어요?"

"저녁에 도착했단다, 로쟈." 풀헤리야 알렉산드로브나가 대답했다. "기차가 많이 연착했거든. 하지만 로쟈, 난 이제 무슨 일이 있어도 네 곁을 떠나지 않을 거야! 여기 네 옆에서 밤을 보내야겠다……"

"절 괴롭히지 마세요!" 신경질적으로 손을 내저으며 그가 말했다.

"저 친구 옆엔 제가 남아 있을게요!" 라주미힌이 소리쳤다. "단 일 분도 저 친구를 혼자 내버려두지 않겠습니다, 저희 집 손님들 모두 될 대로 되라지요, 엄청 화를 내겠지만 그러라지요, 뭐! 거기선 삼촌이 주인 노릇을 하고 있으니까요."

"뭐라고, 뭐라고 감사의 말씀을 드려야 할지!" 다시 한번 라주미힌의 손을 꼭 잡으며 풀헤리야 알렉산드로브나가 말을 이으려 했지만, 라스콜니코프가 또다시 그녀의 말을 끊었다.

"참을 수가 없군, 참을 수가." 그가 신경질적으로 되풀이했다. "괴롭히지 마세요! 이제 됐으니 가세요…… 못 참겠어요!……"

"가요, 엄마, 방에서라도 잠깐 나가요." 놀란 두냐가 속삭였다. "보세요, 우리가 오빠를 힘들게 하고 있어요."

"그래도 삼 년 만에 만났는데 정말이지 쳐다보지도 못한단 말이냐!" 풀헤리야 알렉산드로브나가 울기 시작했다.

"잠깐만요!" 그가 다시 그들을 불러세웠다. "저도 머리가 뒤죽박죽인데, 자꾸 말을 막고 그러시면…… 루진은 보셨어요?"

"아니, 로쟈, 하지만 우리가 도착한 걸 그 사람도 이미 알고 있단다. 로쟈, 표트르 페트로비치가 친절하게도 오늘 널 방문했다고 들었는데." 풀헤리야 알렉산드로브나가 조금 겁먹은 얼굴로 덧붙였다.

"그래요…… 아주 친절했죠…… 두냐, 내가 아까 계단에서 밀어버리겠다고 말하고 루진을 내쫓아버렸어……"

"로쟈, 그게 무슨 말이냐! 너, 설마…… 진심으로 하는 말은 아니겠지." 풀헤리야 알렉산드로브나가 너무 놀라 뭔가 말하려다가 두냐를 보고는 말을 멈췄다.

아브도티야 로마노브나는 오빠를 뚫어지게 바라보며 다음 말을 기다렸다. 나스타시야가 자기가 이해해 전할 수 있는 만큼 다 말해줘서 둘 다 이미 그 싸움에 대해 알고 있었고, 의혹에 휩싸인 채 마음 졸이며 그를 기다리던 참이었다.

"두냐." 라스콜니코프는 힘겹게 말을 이었다. "난 이 결혼을 바라지 않아, 그러니까 너도 내일 당장 루진의 청혼을 일언지하에 거절하도록 해, 그자가 얼씬도 못하게 말야."

"맙소사!" 풀헤리야 알렉산드로브나가 소리를 질렀다.

"오빠, 오빠가 무슨 말을 하고 있는지 생각 좀 해봐!" 아브도티야 로마노브나는 발끈해서 말을 꺼내려다 이내 자제했다. "오빠는 지금 상태가 안 좋은 거 같아, 지친 거야." 그녀가 부드럽게 말했다.

"내가 헛소리하는 거라고? 아니야…… 넌 나를 위해 루진에게 시집가려는 거야. 하지만 난 희생을 받아들이지 않겠어. 그러니까 내일…… 거절하는 편지를 써라…… 아침에 내가 읽게 해주고, 그걸로 끝이야!"

"그럴 순 없어!" 모욕당한 아가씨가 외쳤다. "무슨 권리로……"

"두네치카, 너도 참 발끈하기는, 그만두렴, 내일…… 너 정말 안 보이니……" 몹시 놀란 어머니가 두냐에게 달려들며 말했다. "아, 차라리 가는 게 낫겠구나!"

"헛소리하는 겁니다!" 취한 라주미힌이 외쳤다. "아니라면 어떻게 감히 저런 말을! 내일이면 이런 어리석은 짓거릴랑은 싹 그만둘 거예요…… 하지만 오늘 이 친구가 그 사람을 내쫓은 건 사실입니다. 정말로 그랬어요. 그랬더니 그 사람도 화를 내더군요…… 여기서 일장연설을 늘어놓고 자기가 아는 걸 과시하더니, 꼬리를 내리고서 가버렸지요……"

"그럼 그게 사실이군요?" 풀헤리야 알렉산드로브나가 소리쳤다.

"내일 봐, 오빠." 연민어린 말투로 두냐가 말했다. "가요, 엄마…… 안녕, 로쟈 오빠!"

"알겠지, 동생아." 그는 마지막 힘을 모아 뒤에 대고 되풀이해서 말했다. "난 헛소리하는 게 아냐. 이 결혼은 비열한 거야. 난 비열하다고 치자, 하지만 넌 그러면 안 돼…… 누구든 하나면 족해…… 설령 내가 비열한 놈이라 해도 그런 동생은 동생으로 여기지 않을 거야. 나야, 루진이야! 이제 가봐……"

"미쳤구나, 너! 이런 폭군 같으니!" 라주미힌이 으르렁거렸지만, 라스콜니코프는 이미 대답하지 않았고, 어쩌면 대답할 힘도 없는 것 같았다. 그는 소파에 누워서는 완전히 기진맥진해 벽 쪽으로 몸을 돌렸다. 아브도티야 로마노브나는 호기심어린 눈으로 라주미힌을 바라보았다. 그녀의 검은 눈동자가 빛났다. 라주미힌은 그 눈길에 몸을 덜덜 떨기까지 했다. 풀헤리야 알렉산드로브나는 충격을 받은 듯 서 있었다.

"무슨 일이 있어도 난 못 떠나요!" 그녀가 라주미힌에게 거의 필사적으로 매달리며 속삭였다. "난 여기 남아 있겠어요, 아무데라도 상관없어요…… 두냐를 좀 데려다주세요."

"그러시면 일을 다 망치십니다!" 울컥하며 라주미힌 역시 속삭였다. "계단으로라도 나가시지요. 나스타시야, 불 좀 밝혀줘! 제가 맹세하겠습니다." 계단에 나와서도 반쯤 속삭이며 그가 말을 이었다. "저 친구가 아까 저희를, 그러니까 저와 의사를 거의 칠 뻔했다니까요! 아시겠어요? 다름 아닌 의사를 말입니다! 그래서 자극하지 않으려고 의사는 물러나 가버렸고, 저는 지켜보려고 아래에 남은 겁니다, 근데 저 친구가 옷을 입더니 슬그머니 나가버린 거지요. 계속 자극하시면 다시 사라져버릴지 몰라요, 이 밤중에 말입니다, 게다가 자신에게 무슨 짓을 할지도 모르고요……"

"아니, 그게 무슨 말씀이세요!"

"더구나 아브도티야 로마노브나가 어머님 없이 여관방에 혼자 있어서는 안 됩니다! 두 분이 묵는 곳이 어떤 곳인지 생각해보세요! 대체 그 비열한 표트르 페트로비치가 두 분에게 좀더 좋은 숙소를 얻어줄 수는 없었는지…… 아, 아시다시피 제가 좀 취해서요, 그래서…… 욕을 좀 했네요. 신경쓰지 마십시오……"

"그럼 내가 여기 주인여자에게 가볼게요." 풀헤리야 알렉산드로브나가 고집을 부렸다. "나하고 두냐하고 오늘밤 여기 어디 구석에라도 머물 수 없는지 애원해봐야겠어요. 저애를 저렇게 내버려둘 순 없어요, 못해요!"

이런 말을 나누며 그들은 계단 층계참, 주인여자 방 바로 앞에 서 있었다. 나스타시야는 몇 계단 아래에서 그들에게 불빛을 비춰주고 있었다. 라주미힌은 평상시와 달리 몹시 흥분해 있었다. 삼십 분 전에 라스콜니코프를 집으로 바래다주면서 스스로도 인정했듯이, 그는 오늘 저녁 쓸데없이 말이 많긴 했지만, 그래도 술을 지독하게 퍼마신 데 비해서는 아주 활기찼고 정신도 거의 말짱했다. 그런데 지금은 심지어 황홀하다 할 만한 상태인데다, 그와 동시에 마신 술이 한꺼번에 다 다시, 게다가 두 배는 더 머리 꼭대기까지 오르는 듯했다. 그는 두 여자와 함께 서서 그 둘의 손을 잡고 놀랄 정도로 솔직하게 이유를 제시하며 그들을 설득했는데, 아마도 더 잘 설득하려는 듯 한 마디 할 때마다 거의 매번 두 사람 손을 정말 세게, 쥐어짜듯이 아프도록 꽉 잡았고, 조금도 거리낌없이 아브도티야 로마노브나를 삼킬 듯 바라보았다. 그들은 아파서 그의 큼직하고 뼈마디가 울퉁불퉁한 손아귀에서 이따금 손을 빼내려 했지만, 그는 뭐가 문제인지 눈치채기는커녕 그들의 손을 자기 쪽으로 한층 더 세게 잡아당겼다. 만일 그들이, 우리를 위해 당장 머리를 거꾸로 처박고 계단에서 몸을 던지라고 명령했다면, 그는 따지거나 의심할 것도 없이 바로 그렇게 했을 것이다. 풀헤리야 알렉산드로브나는 로쟈에 대한 걱정으로 온통 근심에 휩싸인 상태에서도 이 젊은이가 아주 별나고 너무 아프게 손을 잡는다고 느끼긴 했지만, 그가 구세주나 다름없었기 때문에 이 별난 점들을 세세히 다 마음에 담아두려 하지 않았다. 하지만 아브도티야 로마노브나는 겁이 많은 성격도 아닌데다 어머니만큼이나 근심하고 있는데도, 사나운 불꽃처럼 번뜩이는 오빠 친구의 눈길과 마주칠 때마다 너무 놀라 경악하기까지 했는데, 나스타시야가 해준 이야기가 불러일으킨 한없는 신뢰 하나만으로, 어머니를 데리고 이 이상한 사람으로부터 도망치고 싶은 유혹을 참아낼 수 있었다. 지금은 이 사람으로부터 절대 도망칠 수 없다는 사실도 아마 알았을 것이다. 하지만 십 분 정도가 지나자 그녀는 상당히 진정되었다. 라주미힌은 어떤 기분이건 단숨에 모든 걸 털어놓는 성격이었기에, 그를 상대하는 사람은 누구든 그가 어떤 사람인지 아주 금방 알 수 있었다.

"집주인에게 가다니 안 됩니다, 정말 지독하게 말도 안 되는 얘기예요!" 그는 풀헤리야 알렉산드로브나를 설득하며 외쳤다. "어머니라 해도 부인께서 옆에 남아 계시면 저 친구는 미쳐버릴 겁니다, 그럼 무슨 일이 벌어질지 누가 알겠어요! 들어보세요, 제가 이렇게 할게요. 지금 저 친구 방에 나스타시야를 앉혀놓고 제가 두 분을 숙소에 모셔다드릴게요, 두 분이서만 거리를 다니시는 건 안 될 일이니까요. 여기 페테르부르크는 이런 점에서는…… 뭐, 상관없는 일이고요!…… 그러고 나서 제가 두 분 숙소에서 이리로 곧장 달려왔다가, 맹세합니다, 십오 분 후에 두 분에게 보고드리러 갈게요. 저 친구가 어떤지, 자는지 안 자는지, 기타 등등 모두요. 그러고 나서는, 들어보세요! 그러고 나서는 두 분 집에서 단숨에 저희 집으로 가서, 거기 손님들이 와 있는데 모두 취해 있지요, 조시모프를, 이 친구는 저 친구를 치료하는 의사고, 지금 저희 집에 있는데 안 취했어요. 이 친구는 취하지 않아요, 절대 취하는 법이 없지요! 그 친구를 로디카한테 끌고 갔다가 곧바로 두 분에게 데려가겠습니다, 즉 한 시간 동안 두 분은 저 친구에 대한 소식을 두 번 듣게 되는 거지요, 더구나 의사에게서요, 아시겠어요, 의사한테 직접요. 저한테서 듣는 거랑은 완전히 다르지요! 맹세합니다, 만일 상태가 안 좋으면, 제가 직접 두 분을 이리로 모셔올 거고, 만일 상태가 좋으면 그땐 주무시면 되죠. 하지만 저는 밤새 여기 문간에 남아 있을 거고, 저 친구는 아무 소리도 듣지 못할 겁니다, 조시모프에게는 언제든 손을 쓸 수 있게 주인여자 방에서 묵으라고 할 거고요. 자, 이제 저 친구에게 뭐가 더 좋을까요, 어머님일까요, 의사일까요? 의사가 더 쓸모 있지요, 그렇고말고요. 자, 그러니 숙소로 가시죠! 주인여자에게 가는 건 안 됩니다. 전 되지만, 두 분은 안 돼요. 못 들어오게 할 겁니다, 왜냐면…… 그 여잔 바보니까요. 저 때문에 아브도티야 로마노브나를 질투할 거예요, 굳이 말씀드리자면, 어머님도 질투할 거고요…… 하물며 아브도티야 로마노브나한테는 틀림없지요. 그 여자는 완전히, 완전히 예측 불가능한 성격이거든요! 하지만 저도 바보라서…… 다 쓸데없는 말이지요! 갑시다! 절 믿으세요? 자, 절 믿으십니까, 안 믿으십니까?"

"가요, 엄마." 아브도티야 로마노브나가 말했다. "이분은 약속한 대로 꼭 그렇게 해주실 거예요. 이미 오빠를 구해주셨고, 만일 정말로 의사가 여기 묵기로 한다면, 그보다 좋은 일이 어디 있겠어요?"

"그러니까 당신은…… 당신은…… 절 이해하시는군요, 왜냐면 당신은, 천사니까요!" 라주미힌이 환희에 차 소리를 질렀다. "갑시다! 나스타시야! 당장 위로 올라가서 그 친구 옆에 앉아 있어, 불을 켜고 말이야. 난 십오 분 후에 돌아올게……"

풀헤리야 알렉산드로브나는 완전히 믿을 수는 없었지만, 더는 버틸 수도 없었다. 라주미힌은 두 사람의 팔짱을 끼고 계단에서 끌어당겼다. 그래도 그녀는 그가 불안했다. '민첩하고 착한 사람이지만 약속한 걸 지킬 수 있을까? 더구나 저런 상태로!……'

"아, 압니다, 제가 이런 꼬락서니라 그러시는 거죠!" 라주미힌이 그녀의 생각을 짐작하고 끼어들면서 엄청나게 넓은 보폭으로 성큼성큼 인도를 따라 걸었는데, 두 여자가 간신히 따라가고 있는 것도 알아차리지 못했다. "별거 아닙니다! 즉…… 전 바보천치처럼 취했지만, 문제는 그게 아니에요. 전 취했지만 술 때문이 아닙니다. 두 분을 보는 순간 머리를 한 대 얻어맞은 탓이지요…… 저 같은 건 상관 마십시오! 신경쓰지 마세요. 제가 헛소리를 하고 있죠. 두 분은 제게 과분해요…… 너무나 과분해요!…… 두 분을 바래다드린 후 곧장 여기 운하에서 머리에 물 두 통만 끼얹으면 그만이에요…… 단지 제가 당신 두 분을 얼마나 사랑하는지 알아주신다면!…… 비웃지도, 화내지도 마세요!…… 모든 사람에게 화를 내시더라도 제게는 화내지 마세요! 전 로쟈의 친구니까 두 분의 친구이기도 하잖아요. 그랬으면 좋겠고요…… 그런 예감이 들었죠…… 작년에 한번 그런 적이 있었거든요…… 아니, 절대 예감했다고는 할 수 없겠군요, 왜냐면 두 분은 하늘에서 뚝 떨어진 것 같으니까요. 아마 전 밤새 잠을 이룰 수 없을 겁니다…… 아까 조시모프는 그 친구가 미친 게 아닐까 걱정했습니다…… 그를 자극하면 안 되는 이유가 바로 그거죠……"

"무슨 말씀이세요!" 어머니가 소리쳤다.

"정말 의사가 직접 그렇게 말했나요?" 아브도티야 로마노브나가 몹시 놀라서 물었다.

"말은 그렇게 했는데, 그런 건 아니에요, 전혀 아닙니다. 그 친구가 가루약 같은 것도 줬어요, 제가 봤어요, 그런데 두 분이 여기 오시는 바람에…… 에이!…… 내일 오셨더라면 더 좋았을걸! 우리가 나가준 건 잘한 겁니다. 한 시간 후에 조시모프가 직접 모든 걸 두 분께 보고해드릴 거예요. 그 친구는 전혀 취하지 않았으니까요! 그리고 저도 술이 깰 거고요…… 그런데 저는 왜 이렇게 취한 걸까요? 논쟁에 휘말려들어서 그래요. 나쁜 놈들! 논쟁 따위는 절대 안 하겠다고 다짐했는데!…… 그렇게 엉터리 같은 헛소리를 하다니! 하마터면 주먹다짐을 할 뻔했다니까요! 전 거기 삼촌을 남겨두고 왔습니다, 대표 격으로요…… 저, 믿으실지 모르지만 그놈들은 완전한 몰개성을 요구하고, 거기서 대단한 만족을 얻지요! 어떻게 하면 자기 자신이 아닐 수 있을까, 어떻게 하면 자신과 가능한 한 닮지 않을 수 있을까 하면서요! 더구나 그런 거짓말이라도 자기가 생각해내는 거라면 모르겠는데, 이건 당최……"

"저기요." 풀헤리야 알렉산드로브나가 소심하게 말을 끊었지만, 이 행동은 그의 열기를 더 부추겼을 뿐이다.

"무슨 생각을 하시는 겁니까?" 라주미힌이 목소리를 한층 더 높여 소리쳤다. "그자들이 거짓말을 해서 제가 이런다고 생각하십니까? 말도 안 돼요! 전 사람들이 거짓말하는 걸 좋아합니다! 거짓말은 모든 유기체 앞에서 인간이 가진 유일한 특권이지요. 거짓말을 하다보면 진실에 다가가기 마련이거든요! 그러니까, 거짓말을 하니까 나도 인간이다, 이겁니다. 앞으로 열네 번쯤, 아니 어쩌면 백열네 번쯤 거짓말을 하지 않고는 단 하나의 진실도 얻어낼 수 없고, 그건 그 나름대로 존경할 만하지요. 자, 그런데 우리는 자기 머리로는 거짓말조차 지어낼 줄 몰라요! 내게 거짓말을 해봐, 단 네가 생각해서 말이다, 그럼 입을 맞춰주마. 자기 생각으로 거짓말하는 것, 정말 이게 다른 사람을 흉내낸 진실보다 더 나을 수 있습니다. 전자의 경우 그는 인간이지만, 후자의 경우 단지 앵무새일 뿐이죠! 진실은 사라지지 않겠지만, 삶이란 걸 때려잡을 수가 있다, 이겁니다. 그런 예들이 있어왔어요. 자, 지금 우리는 어떻습니까? 과학, 발전, 사상, 발명, 이상, 소망, 자유주의, 이성, 경험 등 모든, 모든, 모든, 모든, 모든 분야에서 우리 모두, 모두 다 예외 없이 아직도 김나지움 1학년 예비반에 앉아 있지요! 남의 생각으로 근근히 견디는데 만족하다 타성에 젖어버린 겁니다! 그렇지 않습니까? 제 말이 맞지 않나요?" 두 여인의 손을 꼭 잡고 흔들어대며 라주미힌이 외쳤다. "그렇지 않습니까?"

"오 세상에, 난 몰라요." 가엾은 풀헤리야 알렉산드로브나가 말했다.

"맞아요, 그 말씀이 맞아요…… 전부 다 동의할 순 없지만요." 아브도티야 로마노브나는 진지하게 덧붙였다가, 이번엔 그가 아프게 손을 꽉 쥐는 바람에 이내 비명을 질렀다.

"맞다고요? 맞다고 말씀하시는 건가요? 그렇게 말씀해주시다니 정말 당신은…… 당신은……" 환희에 가득차 그가 소리를 질렀다. "당신은 선과 순결과 이성과…… 완벽의 샘물입니다! 당신 손을 제게 주십시오, 주세요…… 어머니도 손을 주세요, 두 분 손에 입맞추고 싶습니다, 여기서, 당장, 무릎을 꿇고서요!"

그리고 그는 인도 한복판에서 무릎을 꿇었는데, 다행히 때마침 아무도 없었다.

"그만해요, 부탁이에요, 뭐하는 거예요?" 극도로 당황한 풀헤리야 알렉산드로브나가 소리를 질렀다.

"일어나세요, 그만 일어나세요!" 두냐 역시 난감해하며 웃었다.

"손을 주시기 전에는 절대로 그럴 수 없습니다! 그렇지요, 이제 됐습니다, 일어났어요, 가시죠! 전 불행한 바보천치입니다, 당신에게 어울리지 않고, 술도 취했고, 부끄럽습니다…… 당신을 사랑할 자격이 없습니다만, 당신 앞에 무릎을 꿇는 것은 순전히 짐승이 아닌 다음에야 모든 사람의 의무입니다! 그래서 저도 무릎을 꿇었지요…… 자, 두 분이 묵으실 여관에 다 왔군요, 저거 하나만으로도 아까 로디온이 당신의 표트르 페트로비치를 쫓아낸 건 마땅하지요! 어떻게 감히 이런 여관방에 두 분을 묵게 할 수 있나요? 추문이나 다름없는 일이죠! 여기 어떤 사람을 들이는지 아세요? 하지만 당신은 약혼녀라고요! 약혼녀요, 그렇지 않습니까? 이런 짓을 하다니 당신 약혼자는 비열한 사람이라고 말씀드리고 싶군요!"

"저기, 라주미힌 씨, 당신은 제정신이 아닌 것……" 풀헤리야 알렉산드로브나가 말을 시작하려 했다.

"네, 그래요, 맞습니다, 전 제정신이 아니에요, 부끄럽습니다!" 라주미힌은 퍼뜩 정신을 차렸다. "하지만…… 하지만…… 이런 말을 한다고 제게 화를 내시면 안 됩니다! 그러니까 진심에서 드린 말씀이지…… 다른 이유로 그런 건 아니거든요. 흠! 그랬다면 비열한 거죠. 한마디로 그런 이유는 아니에요, 그러니까 제가 당신을…… 흠!…… 뭐, 좋아요, 됐습니다, 이유는 말씀드리지 않겠습니다, 감히 그럴 수가 없군요! 아까 그가 방에 들어섰을 때 우리 모두, 이 사람은 우리 부류가 아니로구나, 금방 알아챘어요. 그 사람이 이발소에서 머리를 말고 와서도 아니고, 자기 지성을 과시하는 데 급급해서도 아니고, 그가 염탐꾼에 투기꾼이기 때문입니다. 구두쇠에 광대니까요, 훤히 보이던데요. 그 사람이 똑똑하다고 생각하세요? 아닙니다, 그 사람은 멍청이예요, 멍청이! 자, 그 사람이 당신 짝일까요? 맙소사! 보세요, 여러분." 이미 여관방으로 향하는 계단을 오르던 그가 갑자기 멈춰 섰다. "제 방에 와 있는 사람들은 모두 취했지만, 대신 모두 정직합니다, 거짓말을 하기도 하지만, 그러니까 저 역시 거짓말을 하지만, 거짓말을 하다 결국 진실에 이르곤 합니다, 왜냐면 우리는 고결한 길에 서 있기 때문이지요, 하지만 표트르 페트로비치는…… 고결한 길에 서 있지 않아요. 방금 제가 제 방에 와 있는 사람들을 욕해가며 험담했지만, 전 정말이지 그네들을 다 존중합니다. 자메토프조차 존경하지는 않지만 사랑하지요, 풋내기거든요! 조시모프 같은 짐승도 사랑해요, 정직하고 자기 일을 잘 아니까요…… 하지만 그만하죠, 전부 말했고, 용서도 받았고. 용서받은 거 맞지요? 그런가요? 자, 가시지요. 전 이 복도를 압니다, 와봤거든요. 저기 3호실에서 소동이 있었어요…… 근데 두 분은 지금 어디 묵고 계시지요? 몇 호실인가요? 8호실이요? 자, 그럼 밤새 문을 잠가두시고, 아무도 들이지 마세요. 십오 분 후에 소식을 가지고 돌아오겠습니다, 그러고 나서 또 삼십 분 후에는 조시모프를 데리고 오지요, 두고보세요! 그럼 안녕히 계세요, 뛰어갔다 올게요!"

"세상에, 두네치카, 이러다 어떻게 되는 거냐?" 풀헤리야 알렉산드로브나는 불안해하며 겁을 먹은 채 딸을 향해 말했다.

"진정하세요, 엄마." 모자와 망토를 벗으며 두냐가 대답했다. "저 신사분은 하느님이 직접 우리에게 보내주신 분이에요, 비록 어딘가 술자리에서 바로 오긴 했지만요. 저분은 믿어도 돼요, 제가 보증할게요. 오빠를 위해 저분이 이미 해준 것도 모두……"

"아, 두네치카, 저 사람이 올지 안 올지 어떻게 알겠니! 내가 어쩌다 로쟈를 내버려둘 마음을 먹었을까!…… 그애가 그런 모습일 줄은 정말이지, 정말이지 상상도 못했단다! 어찌나 냉정하던지, 우리가 반갑지 않은 것 같더구나……"

그녀의 눈에 눈물이 그렁그렁 고였다.

"아니에요, 그렇지 않아요, 엄마. 내내 우시느라 제대로 보지도 못하시고선. 큰 병이 나서 기분이 몹시 안 좋은 거예요. 다 그래서 그런 거라고요."

"아, 병이라니! 무슨 일이 터질 것만 같구나, 그럴 것 같아! 게다가 그 애가 네게 말하는 투 하며, 두냐!" 딸의 속내를 다 읽어내보려 소심하게 눈치를 살피던 어머니는 두냐 역시 로쟈를 두둔하는 걸 보니 오빠를 용서한 모양이로구나 생각하고는, 이미 반쯤 안심하며 이렇게 말했다. "내일이면 그애도 마음을 고쳐먹을 거라고 엄마는 믿는다." 그녀는 딸의 마음을 마지막까지 떠보느라 이렇게 덧붙였다.

"전 오빠가 내일도 그 문제에 대해서…… 똑같은 말을 할 거라고 확신해요." 아브도티야 로마노브나는 딱 잘라 말했는데, 이 일은 물론 골치 아픈 문제이기도 했고, 풀헤리야 알렉산드로브나가 지금 너무 두려워 말도 꺼내지 못하는 대목이기 때문이었다. 두냐는 어머니에게 다가가 입을 맞췄다. 어머니는 아무 말 없이 딸을 꼭 끌어안았다. 그러고 나서 라주미힌이 돌아오길 초조하게 기다리며 자리에 앉아, 마찬가지로 그를 기다리며 팔짱을 끼고 혼자 생각에 잠겨 방을 앞뒤로 서성이는 딸의 모습을 겁먹은 눈길로 좇기 시작했다. 생각에 잠겨 방을 이 구석 저 구석 서성이는 것은 아브도티야 로마노브나의 평소 버릇이었고, 그럴 때면 어머니는 늘 생각에 잠긴 딸을 방해할까 왠지 두려워했다.

물론 라주미힌이 술에 취해 느닷없이 아브도티야 로마노브나를 향해 열정을 불태우기 시작한 건 우스꽝스러운 일이었다. 하지만 아브도티야 로마노브나를 본다면, 특히 지금처럼 팔짱을 끼고 슬픈 얼굴로 생각에 잠겨 방안을 서성이는 그녀를 본다면, 그의 별난 상태에 대해서는 군이 말할 것도 없이, 아마 많은 사람들이 그를 용서하게 될 것이다. 아브도티야 로마노브나는 빼어나게 아름다웠다. 키가 크고, 놀랄 만큼 늘씬한데다, 어떤 동작에서도 강인함과 자신감이 넘쳤지만, 그렇다고 해서 이 점이 그녀의 자태에서 풍기는 부드러움이나 우아함을 조금도 앗아가지는 못했다. 얼굴은 오빠와 닮았지만, 충분히 미인이라 할 만했다. 머리카락은 짙은 황갈색으로 오빠보다는 좀 밝았다. 검은색에 가까운 반짝이는 눈동자는 자존심이 강해 보였지만, 동시에 가끔 순간적으로 몹시 선해 보이곤 했다. 얼굴은 창백했지만, 병적일 정도는 아니었다. 그녀의 얼굴은 생기와 건강함으로 빛났다. 입술은 조금 작았는데, 생기 넘치는 붉은 아랫입술이 턱과 함께 조금 앞으로 튀어나와 있었다. 이것이 이 몹시도 아름다운 얼굴의 유일한 결점이었지만, 오히려 독특한 개성과 특히나 오만함 같은 것을 얼굴에 더해주었다. 표정은 명랑하다기보다는 늘 좀 심각하고 생각에 잠긴 듯했다. 그 대신 이 얼굴에 미소가 얼마나 잘 어울리는지, 명랑하고 젊고 천진한 웃음이 얼마나 잘 어울리는지! 그러니 열정적이고 솔직하고 순박하고 정직하고 무사처럼 강한데다, 이 비슷한 모습을 한 번도 본 적 없는 술 취한 라주미힌이 첫눈에 정신을 잃은 것도 이해할 만했다. 더구나 마치 일부러 그런 것처럼 우연히도 두냐가 오빠를 만나 사랑과 기쁨이 넘치던 멋진 순간에 처음 보게 됐으니 말이다. 그후 뻔뻔하고 부당하며 가혹한 오빠의 명령에 대한 답으로 그녀의 아랫입술이 분노로 파르르 떨리는 것을 보고, 그는 더는 버틸 수가 없었다.

하지만 방금 전 그가 취한 채 계단에 서서 실없이 한 말, 즉 라스콜니코프의 별난 집주인 프라스코비야 파블로브나가 자기 때문에 아브도티야 로마노브나뿐만 아니라, 어쩌면 풀헤리야 알렉산드로브나까지도 질투할 거란 말은 사실이었다. 풀헤리야 알렉산드로브나는 이미 나이가 마흔셋이었지만, 그녀의 얼굴은 예전 미모의 흔적을 여전히 간직하고 있었고, 더구나 맑은 영혼, 생기어린 감수성, 정직하고 깨끗한 마음의 열정을 나이들어서까지 간직한 여인이 거의 항상 그렇듯, 자기 나이보다 훨씬 젊어 보였다. 내친김에 말하자면, 그 모든 것을 간직하는 것이 늙어서도 아름다움을 잃지 않는 유일한 방법이다. 머리카락은 이미 희끗해지고 숱도 줄기 시작했고, 이미 오래전부터 눈가에는 잔주름이 졌고, 볼은 걱정과 슬픔으로 푹 꺼지고 야위었지만, 그럼에도 그녀의 얼굴은 무척이나 아름다웠다. 앞으로 튀어나오지 않은 아랫입술의 생김새만 제외하면, 어머니의 모습은 이십 년 후 두네치카의 얼굴을 초상화처럼 보여주고 있었다. 풀헤리야 알렉산드로브나는 감수성이 예민했지만 지나치지 않았고, 소심하고 쉽게 양보했지만 어느 선까지만 그랬다. 그녀는 많은 것을 양보할 수 있었고, 많은 것에, 심지어 자기 신념에 반하는 것에도 동의할 수 있었지만, 정직이나 원칙, 최소한의 신념과 같은 선은 늘 존재했고, 어떠한 상황에서도 그 선을 넘지 않았다.

라주미힌이 떠난 지 정확히 이십 분 후, 조용히, 그러나 서둘러 문을 두드리는 소리가 두 번 들렸다. 그가 돌아온 것이다.

"들어가진 않을게요, 시간이 없어서요!" 문이 열리자 그가 서둘러 말했다. "완전히 곯아떨어져서 편안히 잘 자고 있어요, 제발 그렇게 열 시간쯤 푹 잤으면 좋겠는데 말입니다. 곁에는 나스타시야가 있고요. 제가 갈 때까지 나가지 말라고 당부해뒀습니다. 이제 조시모프를 끌고 올게요, 그 친구가 두 분께 보고드릴 겁니다, 그런 다음 두 분도 주무셔야지요. 보니까 몹시 지치셨네요."

그러고는 그들을 떠나 복도를 따라 급히 달려갔다.

"어찌나 민첩하고…… 헌신적인 젊은이인지 모르겠구나!" 풀헤리야 알렉산드로브나가 몹시 기뻐하며 감탄했다.

"정말 좋은 분 같아요!" 아브도티야 로마노브나가 다시 앞뒤로 방을 서성이며 조금 열을 올리며 대답했다.

한 시간쯤 지나 복도에 발소리가 울리고 다시 문을 두드리는 소리가 났다. 이번엔 두 사람 다 라주미힌의 약속을 전적으로 믿고 기다리고 있었다. 그는 정말로 조시모프를 끌고 왔다. 조시모프는 술자리를 버리고 라스콜니코프를 보러 가는 데는 즉각 동의했지만, 여자들에게 오는 것은, 술 취한 라주미힌을 믿지 못해 영 못 미더워하며 따라온 참이었다. 하지만 그의 자존심은 단박에 보상받았고, 그는 심지어 우쭐해지기까지 했다. 선지자를 기다리듯이 정말로 자기를 기다렸다는 사실을 알게 된 것이다. 그는 앉은 지 정확히 십 분 만에, 풀헤리야 알렉산드로브나를 설득하고 진정시키는 데 완전히 성공했다. 그는 예사롭지 않은 관심을 보이며, 그러나 중요한 상담을 하는 스물일곱 살 먹은 의사 역할에 딱 맞게 애써 진지하고 절제된 태도로 단 한 마디도 주제에서 벗어나지 않았고, 두 여인과 좀더 개인적이고 사적인 관계를 갖고 싶다는 욕망은 손톱만큼도 드러내지 않았다. 그 역시 방에 들어서자마자 아브도티야 로마노브나가 눈부시게 아름답다는 것을 알아챘지만, 이내 그녀에게 눈길조차 주지 않으려 노력하며, 거기 있는 내내 오로지 풀헤리야 알렉산드로브나만을 상대했다. 이 모든 것이 그의 마음속에 극도의 만족감을 더해주었다. 환자에 대해서는 현재 아주 만족할 만한 상태라는 표현을 썼다. 그의 진찰에 따르면, 환자의 병은 최근 몇 달간의 열악한 물질적 상황 말고도 몇 가지 다른 정신적 원인이 있으니, '말하자면 정신적, 물질적 영향과 불안, 우려, 근심, 몇 가지 생각…… 등 많은 것이 복합적으로 작용한 결과'였다. 조시모프는 아브도티야 로마노브나가 유심히 귀를 기울이는 것을 얼핏 눈치채고는 이 주제에 대해 좀더 장황하게 늘어놓았다. 풀헤리야 알렉산드로브나가 '약간 정신이상이 의심된다'라고 한 점에 대해 불안해하며 겁을 먹고 물어보자, 태연하고 솔직하게 웃으며 자기 말이 너무 과장된 거라고 대답했다. 조시모프 자신은 현재 매우 흥미로운 이 의학 분야에 특별한 관심을 갖고 추적하고 있기에, 물론 환자에게서 편집증의 특징인 어떤 강박관념이 뚜렷이 나타난다고는 할 수 있지만, 거의 오늘까지도 환자가 헛소리를 했다는 사실을 기억할 필요가 있으며, 그리고…… 물론 가족이 도착한 일이 그에게 힘을 주고 신경을 분산시켜서 건강에 유익하게 작용하겠지만, '단지 특별히 새로운 충격을 피할 수 있다는 전제하에서' 그럴 거라고 의미심장하게 덧붙였다. 그러고는 일어나 의젓하고도 정중하게 인사를 하자 그에게 축복과 뜨거운 감사와 간청의 말이 쏟아졌고, 자기가 청하지도 않았는데 아브도티야 로마노브나가 그에게 악수하자고 손을 내밀기까지 했기에, 그는 이 방문과 무엇보다 자기 자신에게 극도로 만족하며 방을 나섰다.

"이야기는 내일 하기로 하죠. 지금은 주무셔야 합니다, 어서요!" 조시모프와 함께 떠나며 라주미힌이 다짐을 받았다. "내일 가능한 한 빨리 보고 드리러 오겠습니다."

"그나저나 저 아브도티야 로마노브나는 정말 매혹적인 아가씨인

걸!" 두 사람이 거리로 나오자 조시모프가 거의 입맛까지 다시며 말을 꺼냈다.

"매혹적이라고? 매혹적이라 했겠다!" 라주미힌이 으르렁거리더니 갑자기 조시모프에게 달려들어 멱살을 잡았다. "만일 언제가 됐든 네가 감히…… 알겠어? 알겠냐고?" 그는 조시모프를 벽에 밀어붙이고 옷깃을 잡아 흔들며 고함을 질렀다. "알아들었어?"

"알았으니 놔줘, 이 술 취한 악마야!" 조시모프는 몸부림쳤고, 라주미힌이 놓아주자 그의 얼굴을 뚫어지게 바라보더니 갑자기 배를 잡고 웃어댔다. 라주미힌은 팔을 축 늘어뜨린 채 어둡고 심각한 얼굴로 생각에 잠겨 그 앞에 서 있었다.

"물론 난 바보천치지." 먹구름이 낀 듯 어두운 얼굴로 그가 말했다. "하지만…… 너도 마찬가지잖아."

"글쎄, 난 아닌데, 친구, 마찬가지는 무슨. 난 어리석은 일 따윈 꿈도 꾸지 않는다고."

두 사람은 아무 말 없이 걸었고, 라스콜니코프의 집에 거의 다 와서야 라주미힌이 몹시 걱정스러운 얼굴로 침묵을 깼다.

"이봐." 그는 조시모프에게 말했다. "넌 괜찮은 녀석이야, 하지만 다른 모든 나쁜 점은 둘째치고라도 바람둥이잖아, 난 알고 있어, 그것도 더러운 바람둥이 중 하나지. 넌 신경질적이고 허약한 건달에, 변덕스러운데다 피둥피둥 살만 쪄서 조금도 자제하질 못해. 그런 걸 두고 더럽다고 하는 거야, 왜냐면 그러다 진창으로 직행하게 돼 있거든. 넌 너무나 안일함에 빠져서, 고백하자면, 그 모든 점에도 불구하고 네가 훌륭하고, 심지어 헌신적인 의사일 수 있다는 게 도저히 이해가 안 될 정도야. 깃털 이불을 덮고 자다가도(의사가 말이야!) 밤마다 환자를 위해 일어나다니! 한 삼 년만 지나도 환자를 위해 자다 일어나는 일은 없어지겠지만…… 뭐, 좋아, 제기랄, 문제는 그게 아니니까. 문제는 오늘 네가 주인여자 집에서 자야 한다는 거야(간신히 여자를 설득했다고!). 난 부엌에서 잘 거고. 네가 그 여자와 더 빨리 친해질 수 있는 기회야! 네가 생각하는 그런 건 아니고! 친구, 이건 그런 게 조금도 아니라고……"

"나야말로 그런 건 생각도 않는걸."

"이봐, 친구, 그 여자의 부끄러움, 침묵, 수줍음, 고집스러운 순결, 거기다 한숨까지, 그러면 양초처럼 녹지, 아주 녹아버린다고! 날 그 여자에게서 구해줘, 제발! 아주 매력적인 여자야! 나중에 단단히 갚을게, 갚는다고!"

조시모프가 아까보다 더 심하게 웃기 시작했다.

"어이구, 왜 이렇게 난리야! 대체 그 여자를 내가 왜?"

"내가 보장할게, 별로 걱정할 거 없어, 그냥 내키는 대로, 아무 말이나 지껄이기만 해, 옆에 앉아서 말만 하면 된다고. 게다가 넌 의사니까, 뭐라도 치료를 시작해봐. 맹세코 후회 안 할 거야. 그 여자 방엔 피아노가 있어. 너도 알다시피 내가 좀 뚱땅거리잖아. 거기서 내가 즐겨 치던 노래가 하나 있는데, '뜨거운 눈물을 흘리네……'라고, 진짜 러시아 노래야. 그 여자는 진짜 노래를 좋아해. 뭐, 노래로 일이 시작된 셈이지. 근데 넌 피아노의 대가, 권위자, 루빈시테인*이잖아…… 절대 후회 안 한다니까, 장담해!"

* 러시아의 작곡가, 피아니스트 안톤 루빈시테인.

"너 그 여자한테 무슨 약속이라도 한 거야, 그래? 형식을 갖춰 서명이라도 했어? 결혼하기로 약속했는지도 모르겠군……"

"아니야, 아니라니까, 그런 건 절대 아냐! 더구나 그 여잔 그런 여자가 전혀 아니라고. 여자한테는 체바로프가 전에……"

"그럼 그냥 내버려둬!"

"그럴 순 없어!"

"왜 못하는데?"

"글쎄, 왠지 그럴 수가 없어, 그뿐이야! 이런 일에는, 친구, 끌어당기는 게 있다고."

"그럼 그 여자를 대체 왜 유혹한 거야?"

"절대 내가 유혹한 게 아니야, 거꾸로 내가 바보 같아서 유혹당한 건지도 몰라, 하지만 결단코 그 여자한텐 나든 너든 상관없어, 그냥 누군가 곁에 앉아 한숨만 쉬어준다면 말이야. 친구, 여기엔 말이지…… 이걸 어떻게 표현할 수가 없네. 자, 수학 잘 알지, 지금도 여전히 공부하는 거 알아…… 그러니까 그 여자하고 적분부터 시작하는 거야, 맹세코 농담이 아니야, 진지하게 말하는 거라고, 그 여자한테는 전혀 상관없다니까. 그 여자는 널 바라보고 한숨을 쉬며 일 년이라도 계속 그러고 있을 거야. 내가 이틀인가 연달아 주구장창 프로이센 상원에 대해서 얘길 해줬는데(달리 그 여자와 할말이 뭐가 있겠어?) 그 여자는 그저 한숨만 내쉬며 땀을 뻘뻘 흘리더라고! 단, 사랑에 대해서는 아예 말도 꺼내지 마. 경련이 일어날 정도로 부끄러워하거든. 곁을 못 떠나겠다는 시늉이라도 해봐. 그걸로 충분해. 엄청 편안해. 완전히 내 집같이 말이야. 책을 읽든, 앉아 있든, 누워 있든, 쓰든지 하라고…… 심지어 입맞추는 것도 가능해, 조심만 하면……"

"내가 뭐하러 그 여자한테 그러냐고?"

"휴, 아무리 해도 너한테 설명할 수가 없구나! 자, 봐봐. 너희 두 사람은 서로 완벽하게 어울려! 전에도 네 생각을 했어…… 어차피 너도 그렇게 될 거야. 좀 빠르든 늦든 너한텐 아무 상관 없잖아? 친구, 거기서 깃털 이불 같은 게 시작된다고. 휴! 깃털 이불 하나만이 아니지! 끌어당기는 게 있다니까. 세상의 끝, 닻, 조용한 안식처, 지구의 배꼽, 세상을 떠받친 세 마리의 물고기가 있고, 블린*과 기름진 파이, 저녁의 사모바르와 조용한 한숨소리, 따뜻한 조끼와 불을 지핀 페치카 위의 침상, 이런 것들의 정수精髓가 있어. 그러니 넌 꼭 죽은 것 같기도 하고 동시에 살아 있는 것 같기도 할 거야, 일거양득이지! 이런 제길, 친구, 내가 헛소리만 잔뜩 해댔군, 이제 자러 가야겠다! 이봐. 난 밤에 가끔 일어나서 그 녀석을 살펴보러 갈 거야. 괜찮아, 별일 없이 다 괜찮을 거야. 너도 특별히 걱정할 건 없지만 원한다면 한 번쯤 들러보든가. 가령 헛소리를 한다든가 열이 난다든가, 아니면 뭐라도 낌새가 보이면, 바로 날 깨워줘. 뭐, 그럴 리야 없겠지만……"

2

이튿날 일곱시가 넘어, 라주미힌은 근심에 싸인 심각한 기분으로 잠

---

* 팬케이크와 비슷한 러시아 전통 요리.

에서 깨어났다. 이날 아침, 그에게 예상치 못한 새로운 의혹들이 갑자기 많이 생겨난 것이다. 이런 상태로 깨어날 수도 있다는 것을 예전에는 상상조차 해본 적이 없었다. 그는 어제 일어난 일을 아주 세세한 부분까지 다 기억하고 있었고, 평소와 다른 뭔가가 자기에게 일어났음을, 지금까지 전혀 알지 못한, 이전에 경험한 것들과는 차원이 다른 어떤 인상을 받았음을 깨달았다. 동시에 자신의 머릿속에 타오르기 시작한 꿈이 절대 이루어질 수 없다는 것을, 그런 꿈을 품었다는 게 부끄러울 정도로 실현 가능성이 없다는 것을 확실히 자각하고는, 서둘러 '저주스러운 어제' 이후 자신에게 남겨진 좀더 시급한 다른 걱정거리들과 의혹들로 생각을 돌렸다.

가장 끔찍한 기억은 어제 그가 '비열하고 추한' 모습을 보였다는 것인데, 단지 술기운 때문만이 아니라, 어리석고 성급한 질투심 때문에 두 사람 사이의 관계나 오간 약속은 물론 그 사람에 대해 잘 알지도 못하면서, 두냐의 처지를 이용해 그녀의 약혼자를 면전에서 욕했던 것이다. 대체 무슨 권리로 그렇게 성급하고 경솔하게 그를 비판했단 말인가? 누가 심판해달라고 청하기나 했나! 게다가 과연 아브도티야 로마노브나 같은 존재가 돈 때문에 가치 없는 인간에게 자신을 맡기겠는가? 그러니까 그에게도 그럴만한 가치가 있다는 뜻이다. 여관은? 사실 그곳이 그런 여관이라는 걸 그 사람이 실제로 어떻게 알 수 있었겠는가? 살 집도 준비하고 있다지 않은가…… 휴, 이 모든 게 얼마나 비열한가! 취했다는 게 변명이 될 수 있겠는가? 어리석은 핑계는 그를 한층 더 낮출 뿐이다! 술 속에 진실이 있고, 그 진실이 모조리 드러났으니, '다시 말해 질투심 강하고 난폭한 그의 심성이, 그 더러운 것이 모조리 드러난 것이다'! 그러니 그런 꿈이 그에게, 라주미힌에게 과연 가당키나 하단 말인가? 그런 아가씨에 비해 그는 어떤 사람인가, 술 취한 망나니에다 어제 같은 허풍쟁이 아닌가? '이런 파렴치하고 우스꽝스러운 대비가 대체 가능하기나 한가?' 이런 생각을 하며 라주미힌이 절망에 빠져 얼굴이 벌게진 바로 그 순간, 공교롭게도 어제 자신이 계단에 서서 주인여자가 자기 때문에 아브도티야 로마노브나를 질투할 거라고 말한 일이 갑자기 생생하게 떠올랐다…… 도저히 견딜 수가 없었다. 그는 주먹으로 부엌 페치카를 있는 힘껏 내리쳤고, 벽돌 하나가 부서지면서 손을 다치고 말았다.

'물론,' 잠시 후 그는 자기비하에 빠져 속으로 중얼거렸다. '물론 이제 와서는 결코 그 모든 비열한 짓을 지워버리거나 씻어낼 수는 없다…… 그러니 거기에 대해서는 아무것도 생각하지 말자, 그러니까 아무 말 없이 나타나…… 해야 할 일을 하는 거야…… 아무 말도 하지 말고, 그리고…… 용서도 구하지 말고, 아무 말도 하지 말자, 그리고…… 그래, 물론 이제 모든 건 끝장났다!'

하지만 그러면서도 그는 옷을 입으며 평소보다 더 꼼꼼히 차림새를 살폈다. 다른 옷은 없었고, 있다 해도 아마 입지 않았을 것이다. '그래, 일부러라도 안 입었을 거야.' 하지만 어떤 경우든 부끄러운 줄도 모르는 더럽고 지저분한 사람으로 남을 수는 없다. 그에겐 다른 사람의 기분을 망칠 권리가 없으며, 그를 필요로 해 불러주는 사람이라면 더욱 그렇다. 그는 옷을 솔로 꼼꼼히 털었다. 반면 셔츠는 늘 그렇듯 그럭저럭 괜찮았다. 이것만큼은 특히 청결에 신경을 쓰고 있었기 때문이다.

이날 아침, 그는 부지런히 씻었다. 나스타시야에게 비누를 받아와 머리카락과 목, 특히 손을 열심히 닦았다. 빳빳하게 자란 수염을 면도하느냐 마느냐 하는 문제에 이르자(프라스코비야 파블로브나는 자르니친 씨가 고인이 된 후에도 훌륭한 면도칼을 보관하고 있었다) 고집스럽게도 하지 않기로 결정을 내렸다. '그냥 내버려두자! 혹시 내가…… 그래서 면도를 했다고 생각할 거야. 그래, 분명 그렇게 생각할 거야! 세상이 두 쪽 나도 절대 그럴 순 없지!

그리고…… 그리고 중요한 것은 나란 놈은 거칠고, 지저분하고, 술집에나 어울리는 그런 행동을 하는 놈이란 사실이다. 게다가…… 게다가 내가 조금쯤은 점잖은 사람이라 친다 해도…… 점잖은 게 뭐 그리 자랑할 일인가? 누구나 점잖아야 하는 거고, 게다가 더 깨끗해야 하고, 그리고…… 그리고 그런데도 (그는 기억하고 있다) 그런 짓을 저질렀으니…… 부정직한 일은 아니라 해도, 그래도!…… 속으로 했던 생각은 또 어땠고! 흠…… 그러고도 아브도티야 로마노브나와 나란히 서려 하다니! 제기랄! 그럼 어때! 일부러라도 지저분하고 추잡하고 술집인 것처럼 굴 테다, 상관없어! 더 그럴 거야!……'

이렇게 그가 혼잣말을 하고 있는데 프라스코비야 파블로브나의 거처에서 밤을 지낸 조시모프가 찾아왔다.

집으로 떠나기 전에 환자에게 들러보려고 서둘러 온 것이다. 라주미힌은 그에게 환자가 겨울잠 자듯 깊이 잠들어 있다고 알려주었다. 조시모프는 스스로 일어날 때까지 깨우지 말라고 지시했다. 그러고는 열시 넘어 들르겠다고 약속했다.

"그 친구가 집에 있기만 하면 말이지." 그가 덧붙였다. "휴, 제길! 자기 환자 하나 맘대로 못하면서 치료를 한답시고! 그 친구가 그분들한테

갈지, 아니면 그분들이 이리로 올지 알아?"

"내 생각엔 그분들이 올 거 같은데." 질문의 의도를 파악하고 라주미힌이 대답했다. "그러곤 물론 집안일에 대해서 말을 나누겠지. 난 자리를 뜰 거야. 물론 넌 의사니까 나보다는 권리가 많지."

"내가 무슨 고해신부라도 되냐. 왔다가 금방 갈 거야. 그분들 말고도 일이 많아."

"한 가지가 걱정이야." 얼굴을 찌푸리며 라주미힌이 말을 끊었다. "어제 오는 길에 내가 술김에 그 친구에게 별별 허튼소릴 다 지껄였거든…… 오만 가지…… 무엇보다 그 친구가…… 미친 것 같다고 네가 걱정한다고 말이야……"

"어제 여자분들에게도 똑같이 지껄이더라."

"멍청했다는 거 알아! 때리려면 때려! 그런데 진짜 너한테 무슨 확실한 생각이 있긴 한 거야?"

"말했잖아, 다 헛소리야. 확실하긴 뭐가 확실해! 사실 그 친구가 편집증 환자 같다고 한 건 너잖아, 네가 날 그 친구한테 데려왔을 때 말이야…… 뭐, 어제 우리가 기름을 들이부은 거지, 그러니까 네가 말이야, 네가 그런 이야기를…… 칠장이 이야기를 하는 바람에 말이지. 잘했다, 안 그래도 그 친구가 그 일 때문에 정신이 확 돌아버린 마당에! 만일 그때 경찰서에서 무슨 일이 있었는지를, 거기서 웬 악당 같은 놈이 그런 의심을 해서 그 친구를…… 모욕했다는 걸 내가 정확히 알았더라면! 흠…… 어제 그런 얘기를 하도록 내버려두진 않았을 텐데. 사실 이런 편집증 환자들이란 물방울 하나로 바다를 만들어내는 법이거든, 있을 수도 없는 일을 눈앞에서 실제로 본다고…… 내가 기억하는 한, 어제 자메토프가 해준 이야기로 사태의 절반은 명확해졌어. 바로 그거야! 내가 아는 사례로는, 마흔 살 된 우울증 환자가 식사시간에 매일 여덟 살 난 꼬마에게 놀림을 받다 견디지 못해 그애를 찔러죽인 적도 있었어! 그런데 이번 같은 경우, 온통 누더기 같은 옷을 걸쳤지, 경찰서에는 웬 파렴치한이 있지, 병은 막 시작되려는 차지, 그런 마당에 그런 의심을 받다니! 극도로 흥분한 우울증 환자가! 광기어린 엄청난 자존심까지 가진 사람인데 말이야! 그러니 발병의 모든 원인은 여기에 있는지도 몰라! 그런 셈이지, 제기랄!…… 그건 그렇고 그 자메토프란 친구는 진짜 귀여운 녀석이던데, 단지 흠…… 어제 괜히 그런 말들은 해가지고. 지독한 수다쟁이더라!"

"또 누구한테 얘기했는데? 나하고 너한테 한 거잖아?"

"포르피리한테도 했어."

"포르피리 형한테 말한 게 뭐 어때서?"

"그건 그렇고, 너 그분들, 어머니와 동생에게 말이 좀 먹히냐? 오늘은 그 친구한테 좀더 조심했으면 좋겠는데……"

"알아서들 하겠지." 라주미힌이 마지못해 대답했다.

"그런데 그 친구, 그 루진이라는 사람한테는 왜 그러는 거야? 돈푼깨나 있겠다, 동생 쪽도 싫진 않은 것 같던데…… 더구나 그분들, 땡전 한 푼 없잖아? 안 그래?"

"뭘 그리 캐묻는 거야?" 라주미힌이 화를 내며 고함을 쳤다. "땡전 한 푼 없는지 있는지 내가 어떻게 알아? 네가 직접 물어봐, 그럼 알게 되겠지……"

"휴, 가끔 넌 너무 바보 같다니까! 어제 마신 술이 덜 깼군…… 나중에 봐. 재워줘서 고맙다고 프라스코비야 파블로브나에게 나 대신 전해주고. 문틈으로 *봉주*르라고 인사하는데도 방문을 걸어 잠그고는 대답도 않더군, 정작 본인은 일곱시에 일어났고, 부엌에서는 복도로 그 여자에게 사모바르를 가져다주더구먼…… 난 감히 얼굴을 뵙는 영광도 누리지 못했다고……"

정확히 아홉시에 라주미힌은 바칼레예프 여관에 나타났다. 두 여자는 한참 전부터 초조하게 안절부절못하며 그를 기다리고 있었다. 그들은 일곱시쯤, 아니 그보다 더 일찍부터 자리에서 일어나 있었다. 그는 캄캄한 밤처럼 어두운 표정으로 들어가 어색하게 고개를 숙여 인사를 했고, 그것 때문에 이내 화가 났다. 물론 자기 자신에게 말이다. 공연한 걱정을 했던 것이다. 풀헤리야 알렉산드로브나는 그에게 달려들어 양 손을 붙잡고 입이라도 맞출 기세였다. 그는 겁먹은 눈길로 아브도티야 로마노브나를 바라보았다. 하지만 그녀의 고고한 얼굴에도 그 순간 (비웃음어린 눈초리와 감추려 해도 쉽게 감춰지지 않는 경멸 대신!) 감사와 우정, 그가 예상하지 못한 존경을 가득 담은 표정이 나타나는 바람에, 정말이지 차라리 욕을 먹는 게 마음이 더 편하겠다 싶을 정도로, 그는 몹시 당황해버렸다. 다행히 얘깃거리가 준비되어 있어서 그는 서둘러 거기 매달렸다.

'아직 일어나지 않았으며' '모든 게 아주 좋다'라는 말을 듣고 풀헤리야 알렉산드로브나는 차라리 더 잘됐다고, '왜냐면 미리, 꼭, 꼭, 꼭 의논해두어야 할 일이 있기 때문'이라고 밝혔다. 차를 마셨느냐는 질문이 이어졌고, 그들은 함께 차를 마시자고 청했다. 그들도 라주미힌을 기다리느라 아직 차를 마시지 않은 것이다. 아브도티야 로마노브나가 종을 울리자, 더럽고 남루한 옷을 입은 사람이 부름을 듣고 나타났고, 그에게 차를 주문하자 마침내 차가 제공되었지만, 두 여인이 무안해할 정도로 더럽고 격식에 맞지 않았다. 라주미힌은 여관을 맹렬히 욕하려다가 루진을 떠올리고는 당황해서 입을 다물었고, 이윽고 풀헤리야 알렉산드로브나가 쉴새없이 연달아 질문을 퍼붓기 시작하자 그는 뛸듯이 기뻐졌다.

대답하는 도중 계속 말을 자르고 되묻는 통에, 그는 사십오 분 동안이나 질문에 대답해야 했고, 결국 로디온 로마노비치의 최근 일 년간의 생활에 대해 그가 알고 있는 대로 가장 중요하고 필요한 사실들을 모두 전할 수 있었으며, 병과 관련된 정황을 이야기해주면서 말을 마쳤다. 하지만 생략해야 할 많은 부분, 그중에서도 경찰서에서 일어난 사건과 그 이후 모든 일은 다 건너뛰었다. 두 여자는 그의 이야기를 무척이나 열심히 들었다. 하지만 그가 이미 말을 마치고 경청자들도 만족했으리라 생각했을 때, 두 사람은 아직 시작도 안 한 거나 다름없다는 사실이 드러났다.

"어떻게 생각하시는지 말씀해주세요, 네?…… 아, 죄송해요, 아직까지 당신 이름도 모르네요?" 풀헤리야 알렉산드로브나가 허둥댔다.

"드미트리 프로코피치입니다."

"그렇군요, 드미트리 프로코피치, 난 정말, 정말 알고 싶어요…… 대체로…… 그 아이가 요즘 어떻게 사물을 바라보는지요, 그러니까, 내 말은, 이걸 어떻게 말씀드려야 하나, 그러니까 이렇게 말씀드리는 게 낫겠군요. 그 아이가 뭘 좋아하고, 뭘 싫어하나요? 항상 그렇게 신경질적인가요? 그애는 어떤 바람을, 뭐랄까, 이렇게 말해도 된다면, 어떤 꿈을 가지고 있죠? 요즘은 주로 어떤 것에 특히 영향을 받나요? 한마디로 내가 알고 싶은 건……"

"아이, 엄마, 갑자기 어떻게 거기에 다 대답을 해요!" 두냐가 지적했다.

"아, 세상에, 그애를 만났을 때 그런 모습이리라고는 전혀, 전혀 생각지도 못했어요, 드미트리 프로코피치."

"그건 아주 자연스러운 일입니다." 드미트리 프로코피치가 대답했다. "저는 어머니가 안 계시고, 뭐, 삼촌 한 분이 매년 여기 오시는데 거의 매번 저를 못 알아보시죠, 겉모습조차도요, 똑똑한 분인데도 말입니다. 그런데 어머님 경우엔 삼 년이나 떨어져 계셨으니 얼마나 많은 변화가 있었겠습니까. 자, 어머님께 무엇부터 말씀드려야 할까요? 로디온을 알고 지낸 지는 일 년 반 정도 됐습니다. 우울하고 어둡고 오만하고 자존심이 강한 친구지요. 최근엔(아니 어쩌면 훨씬 전부터) 의심도 많아지고 우울증 환자처럼 굴더군요. 너그럽고 착하긴 하지만요. 자기 감정을 드러내는 걸 싫어하고, 말로 마음을 표현하기보다는 오히려 모질게 구는 편이지요. 하지만 가끔은 우울증 환자 같기는커녕 몰인정할 정도로 냉정하고 무정해서, 마음속에서 상반된 두 성격이 차례로 교차하는 것처럼 느껴지는 게 사실이에요. 때로는 지독하게 과묵하고요! 항상 시간이 없다, 전부 방해만 된다 하면서도 정작 본인은 누워서 아무것도 안 합니다. 비꼰다거나 하지도 않는데, 재치가 부족해서라기보다 그런 쓸데없는 일에 신경쓸 시간이 없어서인 것 같아요. 사람들이 하는 말을 끝까지 듣지도 않지요. 그때그때 모두들 재미있어하는 일에는 절대 관심을 가지지 않습니다. 자기를 지독하게 높이 평가하죠, 그럴 권리가 없는 것 같지는 않지만요. 글쎄, 또 뭐가 있을까요?…… 제 생각에는 두 분의 도착이 그 친구에게 아주 유익한 영향을 미칠 것 같습니다."

"아, 제발 그랬으면!" 풀헤리야 알렉산드로브나가 아들 로자에 대한 라주미힌의 평가에 괴로워하며 외쳤다.

한편 라주미힌은 이윽고 한결 기운차게 아브도티야 로마노브나를 바라보았다. 대화를 나누는 동안 그는 그녀를 자주 쳐다보긴 했지만, 아주 잠깐 힐끗 보고는 금방 눈길을 돌려버리곤 했다. 아브도티야 로마노브나는 탁자 옆에 앉아 라주미힌의 말을 열심히 듣다가 일어나서는, 다시 평소 버릇대로 팔짱을 끼고 입술을 꽉 다문 채, 이따금 질문을 던지면서 생각에 잠겨 방안을 이 구석에서 저 구석으로 멈추지 않고 걸어 다니기 시작했다. 그녀 역시 남의 말을 끝까지 듣지 않는 버릇이 있었다. 그녀는 어두운색의 얇은 드레스를 입고, 안이 비치는 흰색 스카프를 목에 매고 있었다. 여러 정황으로 미루어 두 여자가 몹시 곤궁한 처지라는 것을 라주미힌은 금방 알아차렸다. 아브도티야 로마노브나가 여왕처럼 차려입었다면 아마 그는 그녀가 전혀 두렵지 않았을 것이다. 그러나 그녀가 이렇게 남루하게 차려입고, 그 궁색한 처지를 그가 모두 알아차린 지금, 어쩌면 바로 그 때문에 그의 마음속에 공포가 자리잡으면서 말 한 마디, 동작 하나하나를 두려워하게 됐는데, 그러지 않아도 스스로를 믿지 못하는 사람에게는 자연 숨이 턱 막히는 일이었다.

"당신은 오빠 성격에 대해 흥미로운 얘기를 많이 해주셨어요, 더구나…… 편견 없이 말이에요. 좋은 일이네요. 전 당신이 오빠를 숭배한다고 생각했거든요." 아브도티야 로마노브나가 미소를 지으며 말했다. "그리고 오빠 곁에 틀림없이 여자가 있을 거라는 말씀도 맞는 것 같아요.” 생각에 잠긴 그녀가 덧붙였다.

“그런 말씀을 드린 적은 없지만, 어쩌면 그 점에선 당신이 맞을 수도 있지요, 다만……”

“뭐죠?”

“그 친구는 누구도 사랑하지 않아요. 어쩌면 앞으로도 그럴 거고요.” 라주미힌이 딱 잘라 말했다.

“그러니까 사랑할 능력이 없다는 말씀이신가요?”

“그거 아십니까, 아브도티야 로마노브나, 당신은 오빠와 지독히도 닮았어요, 심지어 모든 점에서 말입니다!” 갑자기 그는 스스로도 예상치 못한 말을 불쑥 내뱉었는데, 방금 자신이 그녀의 오빠를 두고 한 말을 바로 떠올리고는 몹시 당황한 나머지 얼굴이 새우처럼 시뻘게졌다. 아브도티야 로마노브나는 그를 보고 웃지 않을 수 없었다.

“로쟈에 관해서라면 둘 다 틀렸을 수도 있어요.” 풀헤리야 알렉산드로브나가 약간 발끈해서 말을 받았다. “방금 한 말에 대한 얘기가 아니란다, 두네치카. 표트르 페트로비치가 이 편지에 쓴 내용이나…… 너랑 내가 추측한 게 어쩌면 사실이 아닐 수도 있어, 하지만 당신은 상상도 못할 거예요, 드미트리 프로코피치, 그 아이가 얼마나 공상적이고, 어떻게 말해야 할까, 얼마나 변덕스러운지요. 그 아이의 성격에 대해 난 한 번도 안심해본 적이 없다오, 그애가 겨우 열다섯 살일 때도요. 난 확신해요, 지금도 그 아이는 누구도 절대 생각조차 못할 그런 일을 불쑥 해치워버릴 아이예요…… 멀리 갈 것도 없지요. 일 년 반 전에 그애가 별안간 그, 이름이 뭐더라, 자기 집주인인 그 자르니치나의 딸과 결혼한다고 해서 날 얼마나 혼비백산하도록 뒤집어놓고 죽도록 맘고생을 시켰는지 혹시 아나요?"

"그 일에 대해 뭐 좀 자세히 아는 게 있으세요?" 아브도티야 로마노브나가 물었다.

"당신은," 풀헤리야 알렉산드로브나가 열을 내며 말을 이었다. "그때 그애가 마음을 접은 게, 내가 울고불고 애원하고 죽도록 걱정하다가 병이 나서, 혹은 우리 형편이 찢어지게 가난해서라 생각하나요? 아마 그애는 모든 장애물을 아주 태연하게 뛰어넘었을 거예요. 대체 그애는, 정말로 그애는 우리를 사랑하지 않는 걸까요?"

"그 일에 대해서는 한 번도, 어떤 얘기도 저와 나눈 적이 없습니다." 라주미힌이 조심스럽게 대답했다. "하지만 자르니치나 부인에게 직접 얘기를 좀 듣긴 했어요, 그 여자도 나름대로 말수가 적은 편이긴 한데, 들어보니 어쩐지 좀 이상하기도 하더군요……"

"무슨 얘기, 무슨 얘기를 들으셨는데요?" 두 여자가 한꺼번에 물었다.

"아니, 뭐 그렇게 특별한 건 아닙니다. 단지 거의 성사될 뻔했다가 약혼녀가 죽는 바람에 결혼이 무산됐고, 자르니치나 부인 자신도 그 결혼이 아주 내키지는 않았다고 하더군요…… 그 밖에도 약혼녀가 인물도 별로고, 그러니까 심지어 못생겼다고들 하고…… 골골했던데다가 또…… 또 성격도 별나고…… 하지만 몇 가지 장점도 있었겠지요. 분명 뭔가 장점이 틀림없이 있었을 겁니다. 아니라면 도통 이해 안 되는 일이니까요…… 지참금도 전혀 없었고, 하긴 그 친구가 지참금 따위를 계산했을 리 만무지만요…… 대체로 그런 일은 판단하기가 쉽지 않지요."

"전 그녀가 그럴만한 아가씨였을 거라 확신해요." 아브도티야 로마노브나가 짧게 언급했다.

"하느님, 저를 용서하소서, 하지만 그때 난 그 아가씨의 죽음을 기뻐했다오, 두 사람 중 누가 상대를 망쳤을지는 잘 모르지만요. 그애가 아가씨를 망쳤을까요, 아니면 아가씨가 그애를 망쳤을까요?" 풀헤리야 알렉산드로브나가 말을 맺었다. 그러고는 조심스럽게 뜸을 들이면서 끊임없이 두냐의 눈치를 보며 그녀에게 분명히 기분 나쁠 화제인, 어제 로쟈와 루진 사이에 일어난 사건에 대해 다시 캐묻기 시작했다. 그녀에게는 다른 무엇보다도 이 사건이 두려움에 벌벌 떨 정도로 걱정되는 모양이었다. 라주미힌은 모든 걸 다시 상세히 이야기해주었으나, 이번에는 자신이 내린 결론도 보탰다. 그는 라스콜니코프가 표트르 페트로비치를 모욕하려고 이미 작정하고 있었다고 직접적으로 비난했으며, 이번에는 병이 난 탓이라는 말도 거의 하지 않았다.

"병이 나기 전부터 그럴 작정이었던 겁니다." 그가 덧붙였다.

"나도 그렇게 생각해요." 풀헤리야 알렉산드로브나가 비탄에 빠진 표정으로 말했다. 하지만 이번엔 라주미힌이 표트르 페트로비치에 대해 아주 조심스럽게, 존경심마저 품은 듯 표현하는 것을 보고 몹시 놀랐다. 아브도티야 로마노브나도 마찬가지로 몹시 놀랐다.

"그럼 당신은 표트르 페트로비치에 대해 어떻게 생각하나요?" 풀헤리야 알렉산드로브나가 참지 못하고 이렇게 물었다.

"따님의 남편이 될 분인데 제게 무슨 다른 의견이 있겠습니까." 라주미힌이 확고한 태도로 열을 내며 대답했다. "속되게 예의를 차리느라 이러는 게 아닙니다, 그러니까…… 그러니까…… 아브도티야 로마노브나 본인이 자발적으로 그분의 가치를 인정해 선택하셨다는 것 하나만으로도 충분하지요. 제가 어제 그분을 그렇게 욕한 건, 더럽게 취한 데다가…… 정신이 나가서입니다. 그래요, 정신이 나갔었죠, 생각도 없이 완전히 돌아버렸거든요…… 그래서 오늘은 부끄럽습니다!……" 그는 얼굴이 빨개져 입을 다물었다. 아브도티야 로마노브나도 얼굴이 확 달아올랐지만 침묵을 깨지는 않았다. 그녀는 루진에 대한 말이 나온 바로 그 순간부터 한 마디도 하지 않았다.

한편 풀헤리야 알렉산드로브나는 딸의 동의 없이는 결정을 내리지 못하는 것 같았다. 그녀는 끊임없이 딸의 눈치를 살피다가 마침내 지금 한 가지 상황이 몹시 걱정스럽다고 더듬더듬 말했다.

"저기, 드미트리 프로코피치……" 그녀가 이야기를 시작했다. "두네치카, 드미트리 프로코피치에게 완전히 털어놓고 말해도 되겠니?"

"물론이에요, 엄마." 아브도티야 로마노브나가 힘주어 말했다.

"문제가 뭐냐면요." 걱정을 털어놓아도 된다는 허락을 받자 태산 같은 시름을 던 듯한 표정으로 그녀가 서둘러 말했다. "어제 우리가 도착한 걸 알렸더니 그에 대한 답으로 오늘 아주 일찍 표트르 페트로비치가 쪽지를 보냈어요. 약속대로라면 사실 어제 기차역에서 만났어야 했지요. 대신 여기 여관 주소와 함께 우리에게 길을 안내할 하인을 하나 역으로 보냈는데, 하인 말로는 표트르 페트로비치가 오늘 아침 이리로 직접 올 거라고 하더군요. 그런데 오늘 아침 그 사람 대신 여기 이렇게 쪽지가 도착했네요…… 직접 읽어보는 게 제일 좋겠어요. 너무나 걱정스러운 내용이 들어 있어요…… 어떤 건지 곧 직접 알게 되겠지요, 그리고…… 당신의 솔직한 의견을 말씀해주세요, 드미트리 프로코피치! 당신은 누구보다 로자의 성격을 잘 아니까 누구보다 좋은 조언을 해줄 수 있을 거예요. 그전에 말해두려는데, 두네치카는 이미 모든 걸 결정했어요, 읽자마자요, 하지만 난, 난 어찌해야 할지 아직 알 수가 없네요, 그래서…… 그래서 당신을 꼬박 기다렸어요."

라주미힌은 어제 날짜가 적힌 쪽지를 펴고 다음과 같은 내용을 읽었다.

친애하는 풀헤리야 알렉산드로브나 부인, 갑자기 생긴 일이 지체되어 기차역으로 직접 마중을 나갈 수 없게 되었으며, 그 같은 이유로 매우 민첩한 사람을 보내드렸다는 점을 삼가 알려드립니다. 마찬가지로 미룰 수 없는 원로원 관련 사무를 처리해야 하는데다, 부인과 아드님, 아브도티야 로마노브나와 오빠의 가족 상봉을 방해하지 않기 위해 내일 아침 두 분을 만날 수 있는 영광을 스스로 사양하는 바입니다. 대신 내일 저녁 정각 여덟시에 부인의 숙소로 방문하여 인사드리는 영광을 얻고자 하오며, 더불어 감히 간절하고도 완강한 청을 덧붙이고자 하오니, 우리 모두가 만나는 자리에 로디온 로마노비치가 참석하지 않도록 해주시기를 바라는바, 이는 어제 제가 병석의 그를 방문했을 때 그가 저를 비할 바 없이 무례하게 모욕했기 때문이며, 이것 말고도 특정한 사안과 관련해 개인적으로 부인께 반드시 설명해야 할 상황이 있고, 그에 대한 부인의 해명을 직접 듣고자 하기 때문입니다. 만일 이런 부탁에도 불구하고 로디온 로마노비치를 그 자리에서 만나게 된다면 저는 즉시 물러날 수밖에 없으며, 그땐 이미 스스로를 탓하셔야 함을 미리 알려드리게 되어 송구합니다. 제가 방문했을 때 그렇게 아파 보이던 로디온 로마노비치가 두 시간 후 갑자기 멀쩡해졌으므로, 어쩌면 밖으로 나가 두 분께도 들렀을 수 있겠다는 가정하에 이 글을 씁니다. 어제 그가 말에 치여 죽어버린 한 주정뱅이 집에 나타나 행실이 소문난 처자인 그의 딸에게 장례식을 핑계로 25루블에 달하는 돈을 주는 것을 제 눈으로 직접 확인하고서, 당신이 얼마나 고생해 구한 돈인지를 아는 저로서는 놀라움을 금할 수 없었습니다. 더불어 존경하는 아브도티야 로마노브나에게 각별한 경의를 표하며, 저의 정중한 충정을 받아주시기를 청하는 바입니다.

당신의 온순한 종

P. 루진

"이제 난 어쩌면 좋을까요, 드리트리 프로코피치?" 풀헤리야 알렉산드로브나가 거의 울먹이며 말을 꺼냈다. "내가 어떻게 로쟈에게 오지 말라고 할 수가 있겠어요? 어제는 그애가 그렇게 완강하게 표트르 페트로비치를 거절하라고 요구하더니, 이번엔 또 그 사람이 그애를 아예 들이지도 말라네요! 이 사실을 알게 되면, 그애는 일부러라도 올 거예요, 그럼…… 그땐 어떻게 될까요?"

"아브도티야 로마노브나가 결정한 대로 하시지요." 라주미힌이 침착하게 바로 답했다.

"아, 세상에! 저애 말은…… 저애 말은 신만이 이해하실 거예요, 왜 그런 말을 하는지는 설명해주지도 않고! 얘는 로쟈 역시 일부러라도 오늘 여덟시에 와야 한다고, 둘이 반드시 만나야 한다고, 그게 더 낫다고, 그러니까, 더 나은 게 아니라, 뭣 때문인지 몰라도 꼭 그래야 한다고 말하네요…… 하지만 나는 그애에게 편지조차 보여주고 싶지 않아요, 어떻게든 꾀를 내서, 당신 도움을 받아, 그애가 여기 안 오게 했으면 싶은데…… 워낙 신경질적인 아이잖아요…… 게다가 도대체 거기 무슨 주정뱅이가 죽었다는 건지, 거기 그 딸은 또 누군지, 그애가 어쩌다가 마지막 남은 돈을 모조리 그 딸에게 주었다는 건지 난 도무지 이해가 안 되네요, 그 돈은……"

"엄마가 너무나 힘들게 마련한 돈이에요." 아브도티야 로마노브나가 덧붙였다.

"어제 그 친구는 제정신이 아니었어요." 라주미힌이 생각에 잠겨 말했다. "어제 그 친구가 저기 술집에서 무슨 말을 지껄여댔는지 부인께서 아신다면, 물론 똑똑하기도 했지만…… 흠! 사실 제게도 어제 집으로 가면서 어떤 죽은 사람과 무슨 아가씨에 대해 뭐라 뭐라 하긴 했는데, 한 마디도 못 알아듣겠던걸요…… 하지만 어제는 저도……"

"오빠에게 직접 가보는 게 제일 좋겠어요, 엄마, 확실해요, 거기 가면 뭘 어떻게 해야 할지 금방 알게 될 거예요. 더구나 그럴 만한 시간도 됐고요. 세상에! 열시가 넘었네!" 그녀는 화려한 에나멜칠 금시계를 들여다보고 소리를 질렀는데, 그녀의 목에 걸린, 가느다란 베네치아식 줄이 달린 시계는 다른 옷차림과는 지독하게 어울리지 않았다. '약혼자가 준 선물이로구나.' 라주미힌은 생각했다.

"아, 그래, 가야겠다!…… 가야 할 시간이야, 두네치카, 가자꾸나!" 풀헤리야 알렉산드로브나는 불안해하며 허둥거렸다. "우리가 어제 일로 화가 나서 이렇게 오랫동안 나타나지 않는다고 생각할 거야. 아이고, 맙소사!"

이렇게 말하면서 그녀는 안달하며 망토를 걸치고 모자를 썼다. 두네치카도 옷을 입었다. 라주미힌은 그녀의 장갑이 낡다못해 너덜너덜한 것을 눈치챘지만, 가난이 그대로 드러나는 이런 옷차림은 두 여자에게 남루한 옷마저도 제대로 걸칠 줄 아는 사람에게 늘 나타나기 마련인 어떤 독특한 품위 같은 것을 부여했다. 라주미힌은 경외감을 담아 두네치카를 쳐다보았고, 그녀를 모시는 일에 자랑스러워졌다. '그 여왕*은,' 그는 속으로 생각했다. '감옥에서 자기 양말을 깁는 순간에도 진정한 여왕으로 보였다지, 가장 화려한 의식이나 행차 때보다 오히려 더 말이야.'

"맙소사!" 풀헤리야 알렉산드로브나가 외쳤다. "내 아들을, 사랑스러운, 사랑스러운 로쟈를 만나러 가면서 지금처럼 무서워하게 될 줄이야!…… 난 무섭구려, 드미트리 프로코피치!" 그녀는 겁먹은 얼굴로 그를 바라보고는 이렇게 덧붙였다.

"무서울 거 없어요, 엄마." 그녀에게 입을 맞추며 두냐가 말했다. "오빠를 믿는 게 좋겠어요. 전 믿어요."

"아, 세상에! 나도 믿기야 하지만, 밤새 잠을 이룰 수가 없더구나!" 가엾은 여인이 외쳤다.

그들은 거리로 나갔다.

"얘야, 두네치카, 아침에 설핏 잠이 들었는데, 죽은 마르파 페트로브나가 갑자기 꿈에 나타났단다…… 온통 하얀 옷을 입고…… 내게 다가와 손을 잡더니 나를 향해 고개를 젓더구나, 아주 엄격하게, 마치 비난

* 프랑스 루이 16세의 왕비 마리 앙투아네트를 말한다.

하듯이 엄격하게 말이다…… 이게 길몽일까? 아, 맙소사, 드미트리 프로코피치, 당신은 아직 모르지요. 마르파 페트로브나가 죽었답니다!"

"아니, 모르는데요. 마르파 페트로브나가 누군가요?"

"돌연사였어요! 상상해보세요……"

"엄마, 나중에 하세요." 두냐가 끼어들었다. "마르파 페트로브나가 누군지도 아직 모르시잖아요."

"아, 모르나요? 당신이 이미 모든 걸 다 안다고 생각했어요. 용서하시구려, 드미트리 프로코피치, 요즘 들어 정신이 그냥 오락가락한다오. 사실 난 당신이 꼭 우리 구세주 같아서, 그래서 이미 전부 다 안다고 확신해버렸어요. 당신이 내 아들 같아서…… 이렇게 말한다고 화내지는 마요. 아니, 저런, 오른손이 그게 뭐예요!"

"네, 좀 다쳤습니다." 라주미힌이 행복에 겨워 중얼거렸다.

"내가 가끔 너무 지나치게 털어놓는 편이라 두냐가 바로잡아주곤 하지요…… 하지만 세상에, 그애는 정말 어쩜 그런 골방에 산다니! 근데 일어나기는 했을까요? 집주인이라는 여자는 그걸 방이라고 준 건가요? 저기, 그애가 속내를 털어놓는 걸 싫어한다고 했지요, 그럼 이 단점 때문에…… 그애가 나한테 싫증내지 않을까요?…… 좀 가르쳐주겠어요, 드미트리 프로코피치? 그애를 어떻게 대하면 될까요? 난 정말 어쩔 줄을 모르겠네요."

"그 친구가 얼굴을 찌푸리거든 뭐든 너무 캐묻지 마세요. 특히 건강에 대해서 절대 묻지 마시고요. 싫어하거든요."

"아, 드미트리 프로코피치, 어미 노릇 하기가 얼마나 힘든지 모르겠어요! 벌써 그 계단에 다 왔군요…… 정말 끔찍한 계단이야!"

"엄마, 얼굴까지 창백하네요. 진정하세요. 우리 엄마." 두냐가 어머니를 다정하게 달래며 말했다. "엄마를 보면 오빠는 분명 행복해할 텐데, 왜 그렇게 자신을 괴롭히세요." 그녀는 눈을 반짝이며 덧붙였다.

"잠깐 기다려주세요, 일어났는지 제가 먼저 들여다보고 올게요."

두 여인은 앞장서 계단을 오르는 라주미힌을 조용히 뒤따랐는데, 4층에 있는 주인여자 집의 문 앞까지 왔을 때, 그 문이 살짝 열려 있고 두 개의 검은 눈동자가 어둠 속에서 두 사람을 재빨리 훑어보는 것을 알아챘다. 눈길이 마주치자 문이 갑자기 쾅 닫혔고, 풀헤리야 알렉산드로브나는 그 소리에 너무 놀라 하마터면 비명을 지를 뻔했다.

3

"건강합니다, 건강해요!" 조시모프가 들어오는 사람들을 향해 쾌활하게 외쳤다. 그는 벌써 십 분쯤 전에 도착해 어제 앉았던 소파 한쪽 구석에 앉아 있었다. 라스콜니코프는 맞은편 구석에 앉아 있었는데, 옷을 제대로 갖춰 입었을 뿐 아니라 꼼꼼히 씻고 머리까지 빗은 상태였으며, 이는 이미 오래도록 없던 일이었다. 방이 순식간에 꽉 차버렸는데도 나스타시야는 기어코 손님들 뒤를 따라 들어와 이야기에 귀를 기울이기 시작했다.

정말로 라스콜니코프는 특히 어제와 비교하면 거의 건강을 되찾은 것 같았는데, 다만 안색이 몹시 창백했고 멍하고 침울해 보였다. 겉으로 보기엔 부상을 당했거나 어떤 극심한 육체적 고통을 참고 있는 사람 같았다. 눈썹을 찌푸리고 입술은 꽉 다물었으며 눈길은 타오르는 듯했다. 그는 억지로, 혹은 의무를 수행하듯 마지못해 몇 마디 말을 내뱉었고, 이따금 불안정한 무언가가 행동에 나타나곤 했다.

가령 팔에 붕대를 감거나 손가락에 호박단琥珀緞이라도 싸매고 있었다면, 손가락이 아주 심하게 곪았거나 팔에 타박상을 입었거나, 아무튼 영락없이 그런 종류의 부상을 입은 사람 같아 보였을 것이다.

그렇다 해도 이 창백하고 침울한 얼굴 역시 어머니와 동생이 들어오자 빛이라도 비춘 듯 순식간에 환해졌지만, 멍하고 근심에 싸인 듯했던 조금 전의 모습 대신 좀더 응축된 고통의 표정이 더해졌을 뿐이다. 빛은 이내 사라지고 고통만이 남았으며, 이제 막 치료 일을 시작한 젊은 의사의 온갖 열정으로 환자를 관찰하고 연구해온 조시모프는 가족이 도착한 후 그가 기뻐하는 게 아니라, 결코 피할 수 없는 한두 시간의 고문을 견뎌내리라 남몰래 고통스레 다짐하는 것처럼 보이는 데 놀랐다. 곧이어 대화가 시작되고 나오는 거의 모든 말이 환자의 상처 어딘가를 정확히 건드려 자극하는 것을 눈치챘다. 하지만 동시에 아주 작은 말 한마디에도 광기에 빠져버릴 것 같던 어제와 달리, 오늘은 환자가 용케 자신을 제어하며 어제의 편집증적인 감정을 숨기고 있다는 점에도 다소 놀랐다.

"그래요, 제가 봐도 이제 거의 나은 것 같아요." 라스콜니코프가 어머니와 동생에게 친절하게 입을 맞추며 말하자, 풀헤리야 알렉산드로브나의 얼굴에는 금방 화색이 돌았다. "벌써 어제 같은 말투도 아니잖아." 그는 라주미힌에게로 몸을 돌려 다정하게 손을 잡으며 덧붙였다.

"저도 오늘 이분을 보고 깜짝 놀랐어요." 십 분 만에 벌써 자기 환자와 얘깃거리가 바닥난 조시모프는 사람들이 오자 매우 반가워하며 말을 시작했다. “이대로만 가면 사나흘 뒤에는 완전히 예전처럼 될 겁니다, 그러니까 한 달 전이나 두 달…… 아니면, 석 달 전쯤처럼? 오래전에 시작돼 진행돼온 병이니까요…… 그렇죠? 어쩌면 당신 잘못도 있을 수 있다는 걸 이제 인정하시죠?” 여전히 뭔가로 그를 자극할까 두려운 듯 조심스럽게 웃으며 그가 덧붙였다.

“그럴 가능성이 높죠.” 라스콜니코프가 차갑게 대답했다.

“그래서 드리는 말씀인데요.” 조시모프가 한결 고무되어 말을 이었다. “현재 완쾌 여부는 무엇보다 전적으로 당신 자신에게 달려 있다는 겁니다. 이제는 이미 대화를 나눌 수 있게 됐으니 주지시켜드리고 싶습니다만, 최초의, 그러니까 당시의 발병에 영향을 미친 근본적인 원인을 제거해야 한다는 거죠, 그리고 치료를 받으세요, 안 그러면 더 나빠질 수도 있습니다. 그 최초의 원인이 무언지 저는 모르지만, 당신은 분명 아시겠지요. 현명한 분이니 당연히 진작부터 스스로를 관찰해오셨을 겁니다. 제가 보기에 병의 시작이 당신이 대학을 그만둔 시점과 부분적으로 일치하더군요. 일 없이 지내시면 안 됩니다, 그러니까 제 생각엔 일과 명확하게 설정된 목표가 당신에게 큰 도움이 될 수 있어요.”

“그래요, 그래, 당신 말이 전적으로 옳아요…… 가능한 한 빨리 대학에 돌아갈 겁니다, 그럼 모든 일이…… 순조롭게 풀리겠지요……”

조시모프는 어느 정도는 여자들 앞에서의 효과도 노리고 현명한 조언을 시작한 거라, 말을 마치고는 자기 말을 듣고 있는 라스콜니코프를 힐끗 쳐다봤다가 그의 얼굴에 비웃음이 뚜렷이 나타난 걸 눈치채고는 당연히 조금 당황했다. 하지만 그건 잠깐이었을 뿐이다. 풀헤리야 알렉산드로브나는 조시모프에게 곧바로 감사의 말을 꺼냈고, 어젯밤 여관을 방문해준 일에 특히 고마워했다.

"아니, 이분이 그 밤에 두 사람에게 갔다고요?" 라스콜니코프가 놀란 듯 물었다. "그러니까 그 먼길을 오고도 두 사람도 그때까지 안 주무셨다는 거잖아요?"

"아, 로쟈, 그래봐야 겨우 두시 전이었는걸. 나와 두냐는 집에서도 두시 전엔 잠자리에 드는 법이 없단다."

"저 또한 어떻게 감사드려야 할지 모르겠네요." 라스콜니코프는 갑자기 얼굴을 찌푸리고 눈을 내리깔며 말을 이었다. "돈 문제는 그렇다쳐도, 이런 얘기를 꺼내 죄송합니다만(그는 조시모프를 향해 말했다), 저는 정말 모르겠습니다. 제가 당신이 그렇게 특별히 관심을 가질 만한 가치가 있는지요? 정말 이해가 안 가요…… 그래서…… 그래서 이해가 안 가서 부담스럽기도 합니다. 솔직히 털어놓고 말씀드리는 거예요."

"뭐, 신경쓰실 것 없어요." 조시모프가 억지로 웃었다. "당신이 제 첫 환자라고 생각하시면 됩니다, 이제 막 진료일을 시작한 우리 동료들은 첫번째 환자를 자기 자식처럼 사랑하거든요, 어떤 사람들은 거의 사랑에 빠지기도 하지요. 더구나 전 환자도 별로 없어서요."

"이 친구에 대해선 정말이지 더 말할 것도 없고요." 라주미힌을 가리키며 라스콜니코프가 덧붙였다. "마찬가지로 내가 준 건 모욕과 고생 말고는 아무것도 없는데 말이에요."

"에이, 무슨 헛소리야! 너 오늘은 감상적인 기분인가보다, 그런 거냐?" 라주미힌이 소리쳤다.

그에게 조금만 더 통찰력이 있었다면 거기엔 결코 감상적인 기분 따위가 아니라, 오히려 완전히 반대되는 무언가가 있다는 것을 알아차렸을 것이다. 반면 아브도티야 로마노브나는 그 사실을 눈치챘다. 그녀는 불안해하며 유심히 오빠를 살폈다.

"어머니, 어머니께는 감히 드릴 말씀이 없네요." 아침부터 외워둔 과제를 암송하듯 그가 말을 이었다. "어제 여기서 제가 돌아오길 기다리며 얼마나 괴로우셨을지 오늘에야 조금이나마 생각이 미쳤어요." 이렇게 말하더니 갑자기 그는 말없이 미소 지으며 동생에게 손을 내밀었다. 하지만 이번의 이 미소에는 꾸며내지 않은 진실한 감정이 어른거렸다. 두냐는 기쁘고 고마운 마음에 바로 오빠가 내민 손을 얼른 잡아 뜨겁게 꼭 쥐었다. 어제 다툰 이후로 그가 처음으로 동생에게 말을 건넨 것이다. 오빠와 동생이 한마디 말도 없이 완전히 화해하는 모습을 본 어머니의 얼굴은 더없는 기쁨과 행복으로 빛났다.

"바로 이래서 제가 이 친구를 좋아한다니까요!" 뭐든 과장하기 일쑤인 라주미힌이 힘차게 의자에서 몸을 돌리고는 이렇게 속삭였다. "녀석에겐 이렇게 감동적인 구석이 있단 말이죠!……"

'저 아이는 어쩜 저렇게 모든 걸 잘 풀어낼까.' 어머니는 속으로 생각했다. '저 고상한 감정 표현 하며, 어제 동생과 생긴 오해를 어쩌면 저리 간단하고도 세련되게 해결해버리는지, 단지 적절한 때 손을 내밀면서 기분좋게 바라보는 것만으로 말이야…… 눈은 또 얼마나 예쁜지, 얼굴은 또 얼마나 잘생겼는지!…… 두네치카보다도 더 나은 것 같구나…… 하지만 세상에, 옷이 저게 뭐람, 정말 끔찍하게도 입었네! 아파나시 이바노비치네 가게 배달부 바샤도 저보단 잘 입었겠어!…… 지금

이대로, 이대로 저애에게 달려들어 껴안고…… 울기라도 했으면. 하지만 무서워, 무서워…… 아이가 좀 이상해, 세상에!…… 부드럽게 말하고 있긴 하지만, 무서워! 대체 난 뭐가 무서운 걸까?……'

"아, 로자, 넌 믿기지 않을 게다." 그녀는 서둘러 아들의 말을 받아 불쑥 답했다. "어제 두네치카와 내가 얼마나…… 불행했는지 말이다! 지금은 이미 다 지나가고 끝나 우리 모두 다시 행복해졌으니 말해도 되겠지. 상상해보렴, 널 안기 위해 기차에서 내려 곧장 이리 달려와보니 저 여자분이, 그래, 바로 저분이야! 안녕하세요, 나스타시야!…… 저분이 대뜸 네가 열병에 걸려 누워 있다가 의식도 온전치 않은 상태로 방금 의사 몰래 밖으로 도망쳤다고, 그래서 널 찾아 이리저리 뛰어다녔다고 하더구나. 우리가 어떤 기분이었는지 넌 믿지 못할 게다! 포탄치코프 중위가 얼마나 비참하게 죽었는지 머릿속에 바로 떠오르더구나, 로쟈 넌 기억 못할 거야, 우리가 알고 지낸 네 아버지 친구인데 그분도 열병에 걸려서 너처럼 뛰쳐나갔다가 마당 우물에 빠져서 다음날에야 끌어낼 수 있었지. 물론 우리가 상황을 훨씬 더 심각하게 받아들였던 거야. 당장 표트르 페트로비치를 찾으려 했으니 말이다, 그 사람 도움이라도 받으려고…… 우린 둘뿐이었으니까, 오로지 둘뿐이었으니 말이다." 그녀는 애처로운 목소리로 말을 길게 끌다가, '모두 이미 다시 완전히 행복해졌다 해도' 표트르 페트로비치에 대해 말하는 건 아직 너무 위험하다는 걸 떠올리고는 갑자기 입을 딱 닫아버렸다.

"그래요, 그래…… 전부 다 당연히 속상할 일이죠……" 라스콜니코프가 중얼거리며 대답했지만, 완전히 방심한 듯한 거의 관심 없다는 태도여서 두네치카는 깜짝 놀라며 그를 쳐다보았다.

"내가 또 무슨 말을 하려고 했더라." 그는 애써 기억을 더듬으며 말을 이었다. "그래, 어머니 그리고 두네치카 너도, 오늘 두 사람에게 제가 먼저 찾아가기 싫어서 이리로 오길 기다리고 있었다고 생각하지는 마세요."

"아니, 그게 무슨 말이냐, 로쟈!" 풀헤리야 알렉산드로브나 역시 놀라서 외쳤다.

'오빠가 왜 저러지, 의무감 때문에 우리 말에 대답해주고 있는 건 아닐까?' 두네치카는 생각했다. '화해를 하고 용서를 구하는 게 마치 임무를 수행하거나 외운 걸 읊는 것 같아.'

"방금 일어나서 가려고 했는데 옷 때문에 시간이 걸렸어요. 어제 이 사람에게…… 나스타시야에게…… 여기 피를 닦아달라고 하는 걸 잊었거든요…… 그래서 이제야 옷을 다 입을 수 있었어요."

"피라니! 무슨 피 말이냐?" 풀헤리야 알렉산드로브나는 깜짝 놀랐다.

"그게 그러니까…… 걱정하지 마세요. 이 피는, 어제 제가 정신이 좀 온전치 못한 상태로 헤매다가 마차에 치인 사람을 발견했거든요…… 어떤 관리인데…… 그때 그런 거예요."

"정신이 온전치 않았다고? 하지만 다 기억하고 있잖아." 라주미힌이 끼어들었다.

"그건 맞아." 라스콜니코프가 왠지 특별히 주의를 기울여 이 질문에 대답했다. "다 기억나, 아주 사소하고 세세한 것까지, 그런데 놀라워. 내가 왜 그런 짓을 했고, 거길 왜 갔으며, 그런 말은 왜 한 걸까? 그건 도대체가 잘 설명할 수가 없어."

"아주 흔한 현상입니다." 조시모프가 끼어들었다. "가끔 일을 빼어난

솜씨로 절묘하게 처리해놓고도, 행동을 통제하는 힘이나 그 동기는 뒤죽박죽인 채 여러 가지 병적인 인상에 좌우되는 경우가 있어요. 꿈을 꾸는 것과 흡사하지요."

'이자가 날 거의 미친 사람으로 여기는데, 어쩌면 잘된 일인지도 모르겠다.' 라스콜니코프는 생각했다.

"그건, 저, 건강한 사람들도 그럴 수 있잖아요." 조시모프를 불안한 눈길로 바라보며 두네치카가 지적했다.

"다분히 옳은 지적이십니다." 그가 대답했다. "그런 의미에서 사실 우리 모두 다 거의 미친 사람이나 다름없을 때가 아주 흔하게 있죠. '아픈 사람들'은 우리보다 좀더 미쳤다는 작은 차이가 있을 뿐이고요, 선을 그을 필요는 있으니까요. 그러니 조화로운 인간이란 사실 아예 없는 거나 마찬가지라고 봐야죠. 수만 명 중 하나, 아니 어쩌면 수십만 명 중 하나 만날까 말까고, 그것도 아주 빈약한 표본에 불과합니다……"

조시모프가 자신이 좋아하는 주제에 대해 지껄이다 조심성 없이 '미친 사람'이라는 말을 내뱉자 모두들 눈살을 찌푸렸다. 라스콜니코프는 창백한 입술에 야릇한 미소를 띠고 아무 관심도 없다는 듯 생각에 잠긴 채 앉아 있었다. 그는 계속 무언가 생각하고 있었다.

"근데 그 마차에 치였다는 사람은 어떻게 됐어? 내가 네 말을 끊었구나!" 라주미힌이 급히 외쳤다.

"뭐?" 그는 꿈에서 깬 듯했다. "응…… 그 사람을 집으로 옮기는 걸 돕다가 피가 잔뜩 묻은 거야…… 참, 어머니, 제가 어제 용서받지 못할 짓을 하나 저질렀어요. 정말 제정신이 아니었죠. 어제 어머니가 부쳐주신 돈을 몽땅 줘버렸어요…… 그 사람 부인에게요…… 장례식에 쓰라고요. 이제 과부가 되어버린, 폐병을 앓는 불쌍한 여자예요…… 아버지를 잃은 어린 자식 셋은 굶고 있고…… 집엔 아무것도 없고…… 딸이 하나 더 있긴 한데…… 아마 보셨다면 어머니라도 주셨을 거예요…… 하지만 전 그럴 자격이 전혀 없지요, 인정할게요, 더구나 그 돈을 어머니가 어떻게 마련하셨을지 잘 알면서. 돕기 위해서는 먼저 그럴 자격을 갖춰야지, 그러지 않으면 *'못마땅하면 뒈져버려라, 개자식들아!'* 거든요." 그는 큰 소리로 웃어대기 시작했다. "안 그러니, 두냐?"

"아니, 그렇지 않아." 두냐가 단호하게 대답했다.

"이런! 너도…… 나름대로 생각이 있겠지!" 그는 증오에 가까운 표정으로 동생을 쳐다보고 냉소적인 웃음을 띠며 중얼거렸다. "내가 그걸 생각했어야 했는데…… 뭐, 어쨌든 칭찬할 만한 일이야. 네게도 그편이 더 나을지 모르고…… 어느 선까지 가서 그걸 뛰어넘지 않으면 불행해지겠지만, 선을 넘으면 어쩌면 훨씬 더 불행해질지도 모르지…… 하지만 다 바보 같은 얘기야!" 그는 자기도 모르게 이야기에 몰두한 것이 화가 나는지 신경질적으로 덧붙였다. "전 단지 어머니께 용서를 구하고 싶었을 뿐이에요." 그가 퉁명스럽고 무뚝뚝하게 말을 맺었다.

"이제 됐다, 로쟈, 난 네가 하는 일은 모두 다 아주 좋은 일이라고 확신한단다!" 어머니가 기뻐하며 말했다.

"그렇게 확신하지 마세요." 그는 일그러진 미소를 지으며 대답했다. 침묵이 뒤따랐다. 이 모든 대화와 침묵과 화해와 용서에는 어떤 팽팽한 긴장감이 감돌았고, 모두가 그것을 느꼈다.

'날 무서워하는 것 같아.' 라스콜니코프는 눈을 치켜뜨고 엄마와 동생을 힐끗 쳐다보며 속으로 혼자 생각했다. 사실 풀헤리야 알렉산드로브나는 침묵이 길어질수록 더욱 겁이 났다.

'떨어져 있을 때는 정말 사랑하는 것 같았는데.' 그의 머릿속에 이런 생각이 어른거렸다.

"로자, 알고 있니, 마르파 페트로브나가 죽었단다!" 풀헤리야 알렉산드로브나가 불쑥 말을 꺼냈다.

"마르파 페트로브나가 누군데요?"

"아이고 맙소사, 그 마르파 페트로브나 말이다, 스비드리가일로프의 부인! 그 여자에 대해서는 이미 편지에 잔뜩 써서 보내줬잖니."

"아-아-아, 맞아요, 기억나요…… 죽었어요? 아니, 정말이에요?" 그는 잠에서 깨어난 듯 갑자기 부르르 몸을 떨었다. "정말로 죽었단 말이에요? 어쩌다가요?"

"글쎄, 갑자기 죽어버렸단다!" 풀헤리야 알렉산드로브나는 아들이 관심을 보이자 용기를 얻어 서둘러 말했다. "그때 네게 편지를 써 보낸 바로 그즈음에, 심지어 바로 그날 그랬다는구나! 생각해보렴, 어쩌면 그 끔찍한 인간 때문에 그 여자가 죽었는지도 몰라. 그 작자가 지독히도 두들겨팼다고 하더구나!"

"그 사람들은 정말 그렇게 살았니?" 그가 동생을 향해 물었다.

"아니, 오히려 반대야. 그 사람은 부인에게 항상 아주 참을성이 많았고 정중하기까지 했어. 부인 성격에 지나치다 싶을 정도로 관대한 경우가 많았어, 칠 년 내내 말이야…… 그러다 뭣 때문인지 갑자기 인내심을 잃은 거지."

"그러니까 칠 년을 참았다면 결코 그렇게 끔찍한 사람은 아니다? 두네치카, 너 그 사람을 변호하는 것 같구나?"

"아니, 아니야, 그 사람은 끔찍한 사람이야! 그보다 더 끔찍한 사람은 생각할 수도 없을 정도야." 두냐는 거의 몸서리를 치며 이렇게 대답한 후 눈썹을 찌푸리며 생각에 잠겼다.

"그 일은 아침에 그 사람들 집에서 일어났단다." 풀헤리야 알렉산드로브나가 서둘러 말을 이었다. "그 일이 있고 나서 그 여자는 바로 마차에 말을 매라고 시켰지, 밥을 먹고 곧장 시내로 나가려고 말이다, 그런 일이 있으면 늘 시내에 다녀가곤 했거든. 밥도 아주 맛있게 잘 먹더란다……"

"두들겨맞고서요?"

"…… 그래도 그 여잔 그게 늘…… 버릇이라서, 밥 먹자마자 늦지 않게 떠나려고 목욕탕으로 직행했는데…… 거기서 무슨 목욕 요법 같은 걸 받았거든. 거기 그 집에 차가운 샘이 있어서 매일 규칙적으로 그 물에 목욕을 했더랬는데, 물에 들어가자마자 갑자기 뇌졸중이 온 거야!"

"당연하죠!" 조시모프가 말했다.

"그러니까 그 사람이 부인을 그렇게 심하게 때린 건가요?"

"그건 상관없는 얘기야." 두냐가 반응했다.

"흠! 그런데 어머니, 그런 말도 안 되는 일을 뭘 그렇게 신나서 말씀하세요." 라스콜니코프는 자기도 모르게 신경질적으로 불쑥 이렇게 말해버렸다.

"아, 아가, 무슨 말을 꺼내야 할지 몰라서 그만." 풀헤리야 알렉산드로브나에게서 덜컥 이런 말이 튀어나왔다.

"뭐예요, 다들 제가 두려우세요?" 일그러진 미소를 띠며 그가 말했다.

"사실 그건 그래." 두냐가 엄격한 표정으로 똑바로 오빠를 보고 말했다. "엄마는 계단을 올라오시면서 겁이 나서 성호까지 그으셨어."

그의 얼굴이 경련이 일 듯 일그러졌다.

"아니, 두냐, 너 정말! 제발, 로쟈, 화내지 말거라…… 두냐, 넌 뭐하러 그런 말을!" 당황한 풀헤리야 알렉산드로브나가 말을 시작했다. "사실 이리로 오는 기차 안에서 줄곧 이 어미는 우리가 어떻게 만날까, 그간의 모든 일을 서로 어떻게 나눌까, 그런 모습을 꿈꿨단다…… 얼마나 행복하던지 어떻게 왔는지도 모르겠다! 내가 무슨 말을 하는 거지! 지금도 행복한데…… 두냐, 너는 쓸데없이! 로쟈, 너를 보는 것만으로도 난 행복하단다……"

"됐어요, 어머니." 그는 어머니의 손을 잡고 얼굴은 쳐다보지도 않은 채 당황해서 중얼거렸다. "실컷 이야기를 나눌 수 있을 거예요!"

그는 이렇게 말하고는 갑자기 당혹감에 빠졌고 얼굴은 창백해졌다. 다시 얼마 전 느낀 끔찍한 감각 하나가 죽음처럼 차갑게 그의 영혼을 스치고 지나갔다. 자신이 방금 끔찍한 거짓말을 했다는 것을, 이제 결코 실컷 말할 수 없을 뿐 아니라, 이제 이미 더는 어떤 것에 대해서도, 어느 누구와도, 절대로 말해선 안 된다는 사실을 갑자기 다시 한번 분명히 깨달은 것이다. 이 고통스러운 생각에 너무나 강렬한 인상을 받은 나머지, 순간 그는 거의 제정신을 잃고 자리에서 벌떡 일어나 아무도 쳐다보지 않은 채 방에서 뛰쳐나가려 했다.

"너 왜 그래?" 라주미힌이 그의 팔을 잡으며 소리질렀다.

그는 다시 앉아 아무 말 없이 주위를 둘러보기 시작했다. 모두가 의혹에 싸여 그를 바라보고 있었다.

"다들 왜 이렇게 따분한 겁니까!" 그는 전혀 예기치 못한 말을 불쑥 내질렀다. "무슨 말이든 해보세요! 대체 왜 그렇게 앉아만 계십니까! 자, 말씀해보세요! 이야기를 나눕시다…… 모여서는 입을 다물고만 계시니…… 자, 뭐든지요!"

"천만다행이야! 저애에게 어제 같은 일이 시작되려나 생각했네." 풀헤리야 알렉산드로브나가 성호를 긋고 말했다.

"로쟈 오빠, 왜 그래?" 아브도티야 로마노브나가 의혹에 찬 눈길로 물었다.

"아무것도 아냐, 그냥 뭐가 하나 생각나서." 그는 이렇게 대답하고 갑자기 웃기 시작했다.

"뭐, 그런 거라면 괜찮습니다! 아닌 게 아니라 저도 어떤 생각이 들어서……" 소파에서 몸을 일으키며 조시모프가 웅얼거렸다. "저는 이만 가봐야겠네요. 또 들를지도 모르겠습니다…… 뵐 수 있다면요……"

그는 인사를 하고 방을 나갔다.

"정말 훌륭한 분이야!" 풀헤리야 알렉산드로브나가 말했다.

"그래요, 훌륭하고 뛰어나고 교육도 많이 받았고 총명하죠……" 라스콜니코프가 뜻밖에도 빠른 어조로, 지금까지는 볼 수 없었던 생기를 띠고서 불쑥 말했다. "병이 나기 전에 저 사람을 어디서 봤는지 통 기억이 안 나네요…… 어디선가 만난 것 같은데…… 이 친구 역시 좋은 사람이죠!" 그가 고갯짓으로 라주미힌을 가리켰다. "이 친구가 마음에 드니, 두냐?" 그는 동생에게 이렇게 묻고는 무엇 때문인지 갑자기 크게 웃음을 터뜨렸다.

"아주 많이." 두냐가 대답했다.

"휴, 넌 대체…… 돼지 같은 녀석!" 라주미힌은 지독히 당황해 얼굴이 벌게진 채 한마디 내뱉고는 의자에서 일어났다. 풀헤리야 알렉산드로브나는 살짝 미소를 지었고, 라스콜니코프는 크게 하하 웃었다.

"어딜 가려고?"

"나도…… 가봐야 해."

"가기는 어딜 가, 그냥 있어! 조시모프가 가버리니 너도 가려는 거지. 가지 마…… 그런데 몇시지? 열두시네? 두냐, 시계가 참 예쁘구나! 왜 또 입을 다무시는 거예요? 계속 나만, 나만 말을 하고!……"

"마르파 페트로브나가 선물해준 거야." 두냐가 대답했다.

"굉장히 비싼 거란다." 풀헤리야 알렉산드로브나가 덧붙여 말했다.

"아-아-아! 정말 크네요, 여자 거 같지가 않아요."

"난 이런 게 좋아." 두냐가 말했다.

'그러니까 약혼자가 선물한 건 아니로군.' 그렇게 생각하니 라주미힌은 왠지 기뻤다.

"난 루진이 선물한 건 줄 알았다." 라스콜니코프가 말했다.

"아니, 그 사람은 아직 두네치카에게 아무것도 선물하지 않았단다."

"아-아-아! 근데 어머니, 제가 사랑에 빠져서 결혼하려고 했던 일 기억하시죠?" 그가 어머니를 바라보며 불쑥 이런 말을 꺼냈고, 그녀는 갑작스럽게 바뀐 화제에다 이 얘기를 꺼낼 때 아들의 말투 때문에 깜짝 놀라버렸다.

"아, 아가, 그럼!" 풀헤리야 알렉산드로브나는 두네치카와 라주미힌과 번갈아 눈짓을 주고받았다.

"흠! 그래! 어머니께 뭘 말해드린다? 기억도 잘 안 나네요. 몸이 많이 아픈 아가씨였어요." 그는 다시 돌연 생각에 잠긴 듯 눈을 내리깔고는 말을 이었다. "정말 몸이 아팠어요. 거지에게 적선하는 걸 좋아했고, 늘 수녀원에 가기를 꿈꿨지요, 한번은 제게 그 얘길 하면서 눈물을 흘리더군요. 그래요, 그래…… 기억나요…… 아주 또렷이 기억나요. 얼굴이 참…… 못생겼었죠. 제가 왜 그때 그 아가씨에게 끌렸는지 사실 잘 모르겠어요, 늘 아파서 그랬던 거 같아요…… 절름발이나 꼽추였다면 아마 훨씬 더 사랑했을 거예요…… (그는 생각에 잠겨 미소 지었다.) 그러니까…… 봄날의 몽상 같은 거였어요……"

"아니, 단지 봄날의 몽상만은 아니지." 두네치카가 생기를 띠며 말했다.

그는 긴장한 표정으로 유심히 동생을 바라보았지만, 그녀의 말을 듣지 못했거나 아예 이해하지 못한 것 같았다. 그러고는 깊은 생각에 잠긴 채 일어나 어머니에게 다가가 입을 맞추고는 자리로 돌아와 앉았다.

"지금도 그 아가씨를 사랑하는구나!" 풀헤리야 알렉산드로브나가 감동해서 말했다.

"그 아가씨를요? 지금요? 아, 그렇군요…… 그 아가씨 얘기를 하시는 거군요! 아니에요. 지금은 그 모든 게 꼭 딴 세상 일 같아요…… 오래전 일이네요. 게다가 주위의 일들이 다 여기서 일어나는 것 같지가 않네요……"

그는 유심히 그들을 바라보았다.

"지금도 여러분을…… 꼭 천 베르스타 밖에서 바라보고 있는 것 같아요…… 그런데 우리가 왜 이런 얘기를 하는지 모르겠군요! 그리고 왜 그렇게 캐물으세요?" 그는 화가 나서 이렇게 덧붙이고는 손톱을 깨물면서 다시 생각에 잠겨 입을 다물었다.

"네 방은 어쩜 이렇게 형편없니, 로쟈, 꼭 관 같구나." 풀헤리야 알렉산드로브나가 부담스러운 침묵을 깨뜨리며 불쑥 말했다. "네가 이렇게 우울증 환자가 된 것도 절반은 방 탓이란 확신이 드는구나."

"방이요?……" 그가 멍한 표정으로 대답했다. "그래요, 많은 게 방 때문이었지요…… 저도 그렇게 생각했어요…… 그런데 어머니, 지금 어머니가 얼마나 이상한 말씀을 하셨는지 아실까요." 그는 묘하게 미소 짓고는 불쑥 이렇게 덧붙였다.

이런 상황이 조금만 더 이어졌다면, 이 만남도, 삼 년 동안 헤어졌다 만난 가족도, 결코 어떤 이야기도 나눌 수 없는 상황에서 이런 식으로 이어지는 가족 간의 대화도 그는 결국 도저히 참을 수 없게 됐을 것이다. 하지만 미룰 수 없는 문제가, 어떻게든 오늘 반드시 해결해야 하는 일이 하나 있었다. 아까 잠에서 깨어났을 때 이미 그렇게 결심해두었다. 지금 그는 그 일이 탈출구라도 되는 듯 반가웠다.

"저기, 두냐." 그가 진지하고 건조하게 말을 시작했다. "물론 어제 일에 대해서는 사과할게, 하지만 중요한 점에 대한 내 입장만은 양보할 수 없어, 네게 다시 그걸 일깨워주는 게 내 의무니까. 나야, 루진이야. 난 비열하다고 치자, 하지만 넌 그래선 안 돼. 누구든 하나면 족해. 그런데도 만일 네가 루진과 결혼한다면, 난 그 순간부터 널 동생이라 여기지 않을 거야."

"로쟈, 로쟈! 정말 모든 게 어제랑 똑같구나." 풀헤리야 알렉산드로브나가 슬픔에 가득차 탄식했다. "게다가 왜 자꾸 자기를 비열한 사람이라고 하는 거니, 정말 견딜 수가 없구나! 어제도 똑같은 말을 하더니……"

"오빠." 두냐도 확고하고 마찬가지로 건조하게 대답했다. "이 일은 다 오빠 잘못이야. 뭐가 잘못된 건지 밤새 생각해보고 이유를 찾아봤어. 오빠는 마치 내가 누군가를 위해 누군가에게 자기를 희생하는 것처럼 여기는 모양인데, 바로 그게 문제야. 절대 그렇지 않아. 난 그냥 나를 위해 결혼하려는 거야, 내가 힘드니까. 물론 그래서 가족에게 도움이 된다면 기쁘겠지만, 내 결정의 가장 중요한 동기는 그게 아냐……"

'거짓말을 하고 있어!' 그는 화가 나 손톱을 물어뜯으며 속으로 생각했다. '자존심이 강해서 그래! 은혜를 베풀고 싶은 걸 인정하고 싶지 않은 거야! 오, 비열한 사람들! 나를 사랑한다고 하지만, 증오하는 거나 마찬가지야…… 오, 정말 난…… 저들 모두가 증오스럽다!'

"한마디로, 난 표트르 페트로비치와 결혼할 거야." 두네치카는 말을 계속했다. "왜냐면 두 가지 악 중에 차악을 선택하는 거니까. 그 사람이 내게 바라는 모든 걸 정직하게 이행할 생각이야, 그러니까 그 사람을 기만하지 않을 거란 얘기지…… 그런데 지금 왜 그렇게 웃은 거야?"

그녀 역시 발끈해서 눈에 분노가 어른거렸다.

"모든 걸 이행하겠다고?" 신랄하게 웃으며 그가 물었다.

"어느 선까지는. 표트르 페트로비치가 청혼한 태도나 형식을 통해 그 사람에게 필요한 게 뭔지 바로 알게 됐어. 물론 그 사람은 자신을 높이, 어쩌면 지나치게 높이 평가해, 하지만 그 사람이 나 역시 존중해주기를 바라…… 왜 또 웃어?"

"그러는 넌 왜 또 얼굴이 빨개지는 거지? 동생아, 넌 거짓말을 하고 있어, 일부러 거짓말을 하고 있다고, 오직 한 가지, 여자 특유의 고집

때문에, 내 앞에서 네 생각을 내세우고 싶은 거지…… 넌 루진을 존경할 수 없어. 난 그자를 만나봤고 얘기도 나눠봤어. 그러니까 넌 돈 때문에 자신을 파는 거야, 그러니 어떤 경우든 비열하게 행동하는 거라고, 그나마 기쁘구나, 최소한 네가 얼굴은 붉힐 줄 아니 말이다!"

"아니야, 난 거짓말을 하는 게 아니야!……" 두네치카는 완전히 냉정을 잃고 소리질렀다. "날 존중하고 소중히 여길 거란 확신이 없다면 난 그 사람하고 결혼하지 않아. 나 스스로 그 사람을 존경할 수 있다고 굳게 믿지 않는다면 결혼하지 않을 거라고. 다행히 이 점에 대해 난 분명히 확신할 수 있고, 심지어 오늘도 마찬가지야. 그런 결혼은 오빠가 말하는 것처럼 비열한 게 아냐! 만일 오빠가 옳고, 만일 내가 정말 비열한 짓을 하기로 결심한 거라 해도, 오빠란 사람이 정말로 내게 이렇게 무자비하게 말해도 되는 거야? 어째서 오빠는 오빠에게도 없을 그런 영웅적인 면을 내게 요구해? 이건 독재고, 이건 폭력이야! 만일 내가 누군가를 파멸시킨다면, 그건 단지 나 자신뿐이야…… 난 아직 아무도 해치지 않았어!…… 왜 날 그렇게 쳐다보는 거야? 왜 그렇게 창백해? 로자 오빠, 왜 그래? 로자 오빠!……"

"세상에! 얘가 오빠를 기절시켰구나!" 풀헤리야 알렉산드로브나가 비명을 질렀다.

"아니에요, 아니에요…… 별거 아니에요…… 괜찮아요!…… 머리가 좀 어지러워서요. 기절이라뇨……! 어머니는 걸핏하면 기절했다고 하세요! 음! 가만…… 무슨 말을 하려 했더라? 그래, 어째서 너는 오늘도 그자를 존경할 수 있다고 확신하는 거지, 그리고 그자가…… 널 존중한다고, 뭐랬더라, 네가 뭐라고 말했지? 오늘이라고 한 거 같은데? 내가 잘못 들었나?"

"엄마, 오빠에게 표트르 페트로비치의 편지를 보여주세요." 두네치카가 말했다.

풀헤리야 알렉산드로브나는 떨리는 손으로 편지를 넘겨주었다. 그는 호기심에 가득차서 그것을 받았다. 하지만 펼쳐보기도 전에 그는 갑자기 놀란 듯 두네치카를 쳐다보았다.

"이상하네." 문득 새로 떠오른 생각에 몹시 놀란 것처럼 그가 천천히 말했다. "내가 왜 이렇게 마음을 쓰는 거지? 왜 소리는 지르고 난리야? 누구하고 결혼하든 하고 싶은 대로 하라고 해!"

속으로 말한다는 것을 그만 소리내 말해버리고는, 그는 당황한 듯 잠시 동생을 쳐다보았다.

여전히 뭔가 이상하고 놀랍다는 표정으로, 그는 마침내 편지를 펼쳤다. 그리고 천천히, 주의깊게 읽기 시작해 내리 두 번을 읽었다. 풀헤리야 알렉산드로브나는 너무나 불안했다. 모두들 뭔가 특별한 일이 벌어지지 않을까 기다렸다.

"놀랍군." 그는 잠시 생각하더니 편지를 어머니에게 돌려주며 특별히 누구에게랄 것 없이 말을 시작했다. "정말 변호사 일을 하러 다닌다더니 말도 그런 식으로 하는군…… 버릇도 묻어나고. 그런데 정말 무식하게도 썼군."

모두가 움찔했다. 전혀 예상치 못한 반응이었다.

"그런 사람들은 다들 그렇게 써." 라주미힌이 더듬더듬 말했다.

"너도 읽었나보네?"

"그래."

"우리가 보여드렸단다, 로쟈, 우리가…… 아까 상의하느라고." 풀헤리야 알렉산드로브나가 당황하며 말을 시작했다.

"이건, 특히나 법원식 문체지." 라주미힌이 끼어들었다. "법원 서류는 아직까지 그렇게들 써."

"법원? 그래, 딱 법원식이네, 사무적이고…… 아주 무식한 건 아니지만, 아주 교양 있지도 않은. 딱 사무적인!"

"표트르 페트로비치는 가난해서 교육을 충분히 받지 못한 걸 감추지 않아, 오히려 스스로 자기 길을 개척한 걸 자랑스러워해." 오빠의 새로운 말투에 조금 기분이 상해 아브도티야 로마노브나가 말했다.

"뭐, 자랑스러워한다면 그럴 수도 있겠군. 반박할 생각은 없어. 동생아, 내가 편지를 다 읽고 이렇게 사소한 트집을 잡으니 기분이 상한 모양이로구나, 내가 화가 나서 고집을 피우려 일부러 이런 쓸데없는 걸 끄집어낸다고 생각하겠지. 실은 정반대로, 문체와 관련해 지금 같은 상황에서 절대 부차적일 수 없는 한 가지가 내 머릿속에 떠올랐어. 거기 이런 표현이 하나 있더구나. '스스로를 탓하시라'라는, 아주 의미심장하고 명확하게 제시된 표현이지, 그것 말고 협박도 있더군, 내가 오면 즉시 자리를 뜨겠다고 말이지. 자리를 뜨겠다는 건 만일 말을 안 들으면 두 사람을 내팽개치겠다는 협박이나 마찬가지야, 지금 이미 이렇게 페테르부르크로 불러들여놓고는 버리겠다는 말이지. 자, 어떻게 생각하니. 만일 저 친구나(그는 라주미힌을 가리켰다) 조시모프, 아니면 우리 중 누군가가 그렇게 썼다면, 루진이 쓴 표현만큼 똑같이 기분 나쁠까?"

"아-니." 두냐가 다시 기운을 차리고 대답했다. "그게 지나치게 투박한 표현이라는 건 나도 잘 알아. 그냥 글솜씨가 없나보다 그랬지……

오빠가 잘 판단했어. 난 생각도 못했어……"

"법원식 표현이고, 법원식이라면 달리 쓸 수도 없었을 테니, 어쩌면 그가 쓰고자 했던 것보다 더 거칠게 표현됐을 수도 있겠지. 하지만 난 널 좀더 실망시킬 수밖에 없겠다. 저 편지엔 또하나의 표현이 있는데, 날 겨냥한 아주 비열한 중상모략이야. 내가 어제 비탄에 빠진 폐병쟁이 과부에게 돈을 준 건 맞지만, '장례식을 핑계로'가 아니라, 정말로 장례식에 쓰라고 준 거야, 또 딸에게, 그의 표현에 따르면 '행실이 소문난' 아가씨(살면서 어제 처음 본 사람이야)에게 준 게 아니라, 바로 그 과부에게 줬어. 이 모든 것에서 나는 내 얼굴을 더럽히고, 우리를 이간질하려는 지나치게 성급한 욕망을 발견하게 되는구나. 마찬가지로 법원식 표현인 거지, 다시 말해 지나치게 노골적으로, 정말 단순할 정도로 성급하게 목적을 드러내고 있다는 거지. 똑똑한 사람인지는 몰라도, 똑똑하게 행동하기 위해서는 머리만으론 안 되는 거야. 이 모든 게 사람 됨됨이를 그린 듯이 보여주지, 그리고…… 그가 널 많이 존중한다는 생각도 안 든다. 오로지 충고 삼아 하는 말이야, 진심으로 네가 잘되길 바라니까……"

두네치카는 대답하지 않았다. 결정이야 이미 아까 내렸고, 저녁이 오기만을 기다리는 참이었다.

"그럼 넌 어떻게 할 작정이니, 로쟈?" 풀헤리야 알렉산드로브나는 갑작스레 아들의 말투가 사무적으로 바뀌자 방금 전보다 훨씬 더 불안해져 이렇게 물었다.

"그게 무슨 말씀이세요. '작정'이라뇨?"

"네가 저녁에 우리한테 오지 않았으면 한다고 표트르 페트로비치가

셨잖니. 네가 오면…… 자기가 나가겠다고. 그러니 넌 어떻게…… 올 거니?"

"그건 물론 제가 결정할 문제가 아니에요, 첫째로는 어머니가 결정하셔야 해요, 만일 표트르 페트로비치의 그런 요구에 어머니가 모욕을 느끼신 게 아니라면요, 둘째로는 두냐가 결정해야죠. 저애 역시 모욕을 느끼지 않는다면 말이죠. 전 두 사람이 원하는 대로 할 거예요." 그가 건조하게 덧붙였다.

"두네치카는 벌써 결정했단다, 그리고 난 이애 말에 전적으로 동감이고." 풀헤리야 알렉산드로브나가 서둘러 끼어들었다.

"로쟈 오빠, 난 오빠에게 부탁하기로 결심했어. 반드시 와서 만나야 한다고 꼭 부탁하기로 말이야." 두냐가 말했다. "와줄 거지?"

"갈게."

"전 당신도 여덟시에 저희에게 와주셨으면 좋겠어요." 그녀가 라주미힌을 향해 말했다. "엄마, 이분도 초대하려고요."

"그래, 아주 잘했다, 두네치카. 자, 너희가 결정한 대로 해보자꾸나." 풀헤리야 알렉산드로브나가 덧붙였다. "그렇게 해보자꾸나. 나도 그게 더 마음이 편하다. 꾸며대고 거짓말하는 건 싫구나. 진실을 모두 말해버리는 게 낫겠어…… 표트르 페트로비치가 화를 내든 말든 이젠 상관없다!"

4

이때 조용히 문이 열리더니 한 아가씨가 수줍게 주위를 두리번거리며 방으로 들어왔다. 모두들 놀라움과 호기심에 차 그녀를 바라보았다. 라스콜니코프는 처음엔 그녀를 알아보지 못했다. 그녀는 바로 소피야 세묘노브나 마르멜라도바였다. 그녀를 어제 처음 보았지만, 그런 순간, 그런 상황에서, 그런 옷을 입고 있었기에 그의 기억 속에는 전혀 다른 모습으로 남아 있었다. 지금은 검소하다 못해 초라하기까지 한 옷차림이었고, 아직 거의 소녀라 해도 될 만큼 앳돼 보였으며, 겸손하고 예의바른 태도에, 해맑지만 어쩐지 조금 겁먹은 듯한 얼굴이었다. 집에서 입는 옷인 듯 아주 평범한 드레스를 입고, 머리에는 낡은 구식 모자를 쓰고 있었다. 단지 어제처럼 양산을 손에 들고 있었다. 그녀는 뜻밖에도 방이 사람들로 꽉 차 있는 걸 보고는 당황한 정도가 아니라 완전히 어쩔 줄 몰라하며 어린애처럼 겁을 집어먹고 도로 나가려고까지 했다.

"아…… 당신이군요?……" 라스콜니코프는 몹시 놀라 이렇게 말한 뒤 갑자기 스스로도 당혹스러워했다.

이내 그는 어머니와 동생이 루진의 편지를 통해 '행실이 소문난' 어떤 아가씨에 대해 벌써 조금 알고 있으리라는 생각이 들었다. 방금 그가 루진의 비방을 반박하고, 그 아가씨를 난생처음 보았노라 말하자마자 바로 그녀가 불쑥 들어온 것이다. '행실이 소문난'이라는 표현에 대해서는 조금도 이의를 제기하지 않았다는 사실도 떠올랐다. 이 모든 생각이 한순간 어렴풋이 그의 머리를 스쳐지나갔다. 하지만 그녀를 찬찬히 살펴보다 이 멸시받는 존재가 이미 멸시받을 만큼 받았다는 것을 문득 깨닫고, 갑자기 그녀가 가엾어졌다. 그녀가 두려워 도망가려는 듯한 몸짓을 취했을 때, 그의 마음속에서 뭔가가 뒤집힌 듯했다.

"이렇게 오실 줄은 전혀 몰랐네요." 눈길로 그녀를 멈춰 세우며 그가 황급히 말했다. "부탁입니다, 앉으세요. 아마 카테리나 이바노브나가 보내셨나보군요. 아니, 이쪽이 아니라 저기, 그쪽에 앉으시지요……"

라주미힌은 라스콜니코프 방에 있는 의자 세 개 중 문 바로 옆에 놓인 의자에 앉아 있었는데, 소냐가 들어올 때 그녀가 지나갈 수 있도록 몸을 조금 일으켰다. 처음에 라스콜니코프는 조시모프가 앉았던 소파 구석자리를 그녀에게 권하려다가, 소파가 너무 격의 없는 자리인데다 침대로 쓰고 있다는 것을 깨닫고, 서둘러 라주미힌이 앉은 의자를 가리켰다.

"넌 여기 앉아." 그는 라주미힌을 조시모프가 앉았던 구석자리에 앉히며 이렇게 말했다.

소냐는 두려움에 떨며 자리에 앉아 겁먹은 눈길로 두 여인을 바라보았다. 자기가 어떻게 감히 그들과 나란히 앉을 수 있는지 스스로도 이해할 수 없는 것 같았다. 이런 생각이 들자 그녀는 너무 놀라서는 갑자기 다시 자리에서 벌떡 일어나 당황해 어쩔줄 몰라하며 라스콜니코프를 향해 말했다.

"저는…… 저는…… 잠깐 들른 거예요, 여러분께 불편을 끼쳐드려서 죄송해요." 그녀는 더듬거리며 말을 시작했다. "카테리나 이바노브나가 보내셔서, 달리 보낼 사람이 없었거든요…… 카테리나 이바노브나가 내일 아침 장례식에 꼭 참석해달라고 청하라 하셔서요…… 장례미사에요…… 미트로파니옙스키 성당*에서 있을 거예요, 그런 다음 저희 집…… 어머니 집에서…… 식사를 함께했으면 한다고…… 부디 그런 영광을 베풀어달라고…… 그렇게 청하라고 하셔서요."

소냐는 더듬더듬 말하다 입을 다물었다.

"꼭 가도록 할게요…… 꼭이요." 라스콜니코프는 마찬가지로 몸을 조금 일으키고, 마찬가지로 더듬거리며 대답했지만 말을 맺지 못했다…… "제발 부탁이니 좀 앉으세요." 그가 불쑥 말했다. "당신과 할 이야기가 있어요. 아마 시간이 없으신가본데, 부탁드립니다, 제게 이 분만 내주세요……"

그러고는 그녀에게 의자를 밀어주었다. 소냐는 다시 의자에 앉아서 여전히 겁먹은 얼굴로 안절부절못하며 황급히 두 여자의 눈치를 살피다가 갑자기 눈을 내리깔았다.

창백하던 라스콜니코프의 얼굴이 확 달아올랐다. 몸이 온통 뒤틀리는 듯했다. 눈동자도 이글이글 타올랐다.

"어머니." 그는 확고하고 완강하게 말했다. "이분은 소피야 세묘노브나 마르멜라도바라고, 바로 그분, 어제 제 눈앞에서 말에 밟힌 불운한 마르멜라도프 씨의 따님이세요, 제가 이미 말씀드렸죠……"

풀헤리야 알렉산드로브나는 소냐를 쳐다보고 살짝 눈살을 찌푸렸다. 그녀는 로쟈의 완강하고 도전적인 눈길에 매우 당혹스러웠지만, 이런 만족감을 거부할 수는 없었다. 두네치카는 진지한 표정으로 이 가련한 아가씨의 얼굴을 정면으로 뚫어지게 쳐다보며 의혹에 싸인 채 유심

---

* 이 성당이 있는 미트로파니옙스키 묘지는 가난한 관리나 군인, 수공업자 등 주로 빈민 계층이 묻히는 곳이었다.

히 살펴보았다. 자기를 소개하는 말을 듣고 소냐는 다시 눈을 들려고 했지만, 아까보다 한층 더 당황하고 말았다.

"여쭤보고 싶었어요." 라스콜니코프가 서둘러 그녀를 향해 말했다. "어떻게, 오늘 댁은 정리가 잘되었나요? 여러분을 곤란하게 하지는 않던가요?…… 예를 들어 경찰이라든가."

"아니요, 다 잘되었어요…… 어떻게 돌아가셨는지 너무 분명하니까요. 곤란한 일은 없었어요. 단지 같이 사는 사람들이 좀 언짢아하세요."

"왜요?"

"시신을 오래 놔둔다고요…… 요즘 날이 더우니까 냄새가…… 그래서 오늘 저녁 미사에 맞춰 묘지로 옮기고, 내일까진 그곳 성당에 모시려고요. 카테리나 이바노브나는 처음엔 싫어하셨지만 지금은 그분도 안 되겠다 생각하세요……"

"그러니까 오늘이죠?"

"어머니는 당신이 내일 성당에서 있을 장례식에 참석해주시면 영광이겠다고 하세요, 그런 다음 어머니 집에, 추도식에 와주십사 하고요."

"추도식을 여신답니까?"

"네, 간단히 먹을 것을 차리신대요. 어제 저희를 도와주셔서 너무 감사드린다고…… 당신이 아니었으면 장례를 치를 돈조차 없었을 거예요." 갑자기 입술과 턱이 떨리기 시작했지만, 그녀는 억누르려 애쓰며 다시 황급히 눈을 아래로 떨궜다.

대화를 나누는 동안 라스콜니코프는 그녀를 유심히 살펴보았다. 야윈, 정말 야위고 창백한 그녀의 얼굴은 균형이 썩 잘 잡혔다고 볼 수는 없었고, 뾰족하고 작은 코와 턱 때문에 어쩐지 날카로워 보였다. 미인이라고 할 수도 없었지만, 대신 푸른 눈이 무척이나 맑았는데, 그 눈에 생기가 돌 때면 표정이 몹시도 선하고 순박해져 끌리지 않을 수가 없었다. 이것 말고도 그녀의 얼굴과 전체적인 모습에는 한 가지 두드러진 특징이 있었다. 열여덟 살이라는 나이에도 아직 소녀처럼 보였고, 나이보다 훨씬 앳돼 꼭 어린애처럼 보이기도 해서, 가끔 그녀가 어떤 몸짓을 할 때면 우스꽝스러워 보이곤 했던 것이다.

"그런데 과연 카테리나 이바노브나가 그렇게 적은 돈으로 다 해결하실 수 있을까요, 더구나 먹을 것까지 차릴 계획이시라니?……" 고집스럽게 대화를 계속하며 라스콜니코프가 물었다.

"관은 정말 소박한 걸로 할 거고요…… 전부 다 간소하게 할 거라서 그렇게 돈이 들지는 않을 거예요…… 아까 카테리나 이바노브나와 함께 전부 계산해봤는데 추도식을 할 돈 정도는 남을 것 같아요…… 카테리나 이바노브나가 그렇게 하길 무척 바라셔서. 사실 어쩔 수가…… 어머니께 위안이 되니까요…… 아시다시피 그런 분이시라……"

"이해합니다, 물론 이해해요…… 그런데 제 방을 왜 그렇게 둘러보시나요? 방금 우리 어머니도 관 같다고 말씀하셨죠."

"어제 저희에게 모든 걸 주셨군요!" 소네치카는 갑자기 다시 고개를 푹 떨구고는 강하고 빠른 어조로 속삭이듯 불쑥 이렇게 대답했다. 그녀의 입술과 턱이 다시 한번 떨리기 시작했다. 그녀는 벌써 진작부터 라스콜니코프의 가난한 살림에 충격을 받았지만, 지금에서야 이 말이 자기도 모르게 불쑥 튀어나온 것이다. 침묵이 뒤따랐다. 두네치카의 눈이 웬지 한결 밝아졌고, 풀헤리야 알렉산드로브나마저도 소냐를 다정하게 바라보았다.

"로쟈." 그녀가 자리에서 일어서며 말했다. "당연히 밥은 함께 먹을 거지. 두네치카, 가자…… 로쟈, 넌 가서 산책이라도 좀 하고 누워서 쉬었다가 그리로 서둘러 오너라…… 우리가 널 괴롭힌 건 아닌지 걱정스럽구나……"

"네, 네, 갈게요." 그는 몸을 일으키며 서둘러 대답했다…… "그런데 전 일이 좀 있어요……"

"너 설마 밥도 따로 먹겠다는 건 아니겠지?" 라주미힌이 놀라서 라스콜니코프를 바라보며 소리쳤다. "대체 무슨 일인데 그래?"

"아니, 아니, 간다니까, 물론, 물론이지…… 근데 넌 잠깐 좀 남아봐. 이 친구는 이제 필요 없지요, 어머니? 아니면 제가 이 친구를 뺏는 건가요?"

"오, 아니다, 아니야! 드미트리 프로코피치, 당신도 식사하러 와요, 그래줄 거죠?"

"맞아요, 와주세요." 두냐가 부탁했다.

라주미힌이 고개 숙여 인사를 했는데, 표정이 온통 환했다. 갑자기 일순 모두가 어쩐지 이상스레 어색해져버렸다.

"잘 있거라, 로쟈, 그러니까 곧 만나자꾸나. '잘 있어'란 말을 하는 게 난 싫구나. 잘 있어요, 나스타시야…… 이런, 또 '잘 있어요'라고 해버렸네!……"

풀헤리야 알렉산드로브나는 소네치카에게도 인사를 하고 싶었지만, 왠지 그러질 못하고 황급히 방을 나갔다.

하지만 아브도티야 로마노브나는 차례를 기다리듯 어머니 뒤를 따라 소냐 옆을 지나면서 그녀에게 고개를 깊이 숙여 조심스럽고 정중히 인사를 했다. 소네치카는 당황해서는 몹시 놀라며 허둥지둥 몸을 숙였는데, 아브도티야 로마노브나의 정중함과 관심이 부담스럽고 괴로운 듯 얼굴에 고통스러운 느낌마저 드러났다.

"두냐, 잘 가!" 라스콜니코프가 이미 문간에 서서 소리쳤다. "손을 다오!"

"손은 아까 잡았잖아, 잊었어?" 두냐는 어색하니 그에게로 몸을 돌리며 다정하게 대답했다.

"뭐 어때, 한 번 더 줘!"

그는 동생의 손가락을 꽉 쥐었다. 두네치카는 오빠에게 미소를 지어 보이고는, 얼굴을 붉히며 재빨리 손을 빼고 어머니 뒤를 쫓아 나갔는데, 그녀 역시 왠지 아주 행복해 보였다.

"자, 아주 잘 끝났네요!" 그는 자기 자리로 돌아와 환한 얼굴로 소냐를 바라보며 말했다. "하느님이 죽은 자들에게 안식을 주시니, 산 자들은 여전히 살아야지요. 그렇죠? 그렇지요? 정말 그렇지 않습니까?"

소냐는 갑자기 밝아진 그의 얼굴을 놀란 표정으로 바라보았다. 그는 잠시 아무 말도 하지 않고 물끄러미 그녀를 쳐다보았다. 고인이 된 그녀의 아버지가 딸에 대해 해준 이야기들이 갑자기 한순간 모두 기억 속에 떠올랐다……

"맙소사, 두네치카!" 거리로 나오자마자 풀헤리야 알렉산드로브나가 말했다. "나오니 이제 살 거 같구나. 왠지 홀가분하기도 하고. 어쩜, 어제 기차에서 설마 이런 일에 기뻐하게 되리라고 생각이나 했겠니!"

"다시 한번 말하지만, 엄마, 오빠는 아직도 많이 아파요. 정말 모르시겠어요? 어쩌면 우리를 걱정하느라 몸을 망쳤는지도 몰라요. 너그럽게 대해야 하고, 많은 걸, 많은 걸 용서할 수 있어야 해요."

"하지만 너도 너그럽지는 못했잖니!" 풀헤리야 알렉산드로브나는 흥분해서 시샘하듯 바로 말을 가로챘다. "알고 있니, 두냐, 너희 둘을 보고 있자니 넌 완전히 그애 판박이더구나, 얼굴보다 성격이 말이다. 너희 둘 다 우울증 환자 같고, 둘 다 무뚝뚝하고 흥분 잘하고, 둘 다 오만하지만 둘 다 너그럽기도 하고 말이다…… 설마 그애가 이기적인 사람일 리는 없잖니, 두네치카? 그렇지?…… 근데 오늘 저녁에 우리에게 무슨 일이 벌어질지 생각만 해도 심장이 다 멈추는 것 같구나!"

"걱정 마세요, 엄마, 마땅히 있어야 할 일이 있겠지요."

"두네치카! 우리가 지금 어떤 처지인지 생각 좀 해보렴! 만일 표트르 페트로비치가 거절하면, 그럼 어쩐다니?" 가엾은 풀헤리야 알렉산드로브나가 조심성 없이 불쑥 말을 뱉어버렸다.

"그런 사람이라면 무슨 가치가 있겠어요!" 두네치카가 경멸어린 말투로 단호하게 대답했다.

"지금 그 방을 나오길 잘했다." 풀헤리야 알렉산드로브나는 황급히 말을 돌렸다. "그애는 어디 볼일이 있어 서두르는 모양이던데. 돌아다니면서 바람이라도 좀 쐬고 그래야지…… 방안이 끔찍하게 갑갑하더구나…… 그런데 여기는 바람 쐴 데가 대체 어디 있다니? 이렇게 밖에 나와도 환풍기 하나 없는 방에 있는 것 같구나. 세상에, 무슨 도시가 이렇담!…… 잠깐, 옆으로 비켜서거라, 마차에 치이겠다, 뭔가 나르는 모양이구나! 피아노를 싣고 가나본데, 그렇구나…… 어쩜 이리도 밀쳐대는지…… 난 그 아가씨도 너무 무섭더구나……"

"아가씨라니 누구 말이에요, 엄마?"

"왜 그 소피야 세묘노브나인가 하는 아가씨 말이다, 방금 왔던……"

"대체 뭐가요?"

"내 예감이 그렇구나, 두냐. 글쎄다, 네가 믿든 안 믿든 그 아가씨가 들어온 바로 그 순간, 문제가 바로 여기 있구나, 그런 생각이 들었거든……"

"있긴 뭐가 있어요!" 두냐가 화가 나서 외쳤다. "게다가 무슨 예감이니 뭐니 하세요, 엄마! 오빠는 겨우 어제가 되어서야 그 아가씨와 알게 되었다잖아요, 오늘 방에 들어왔을 때 알아보지도 못하던걸요."

"글쎄, 두고보렴!…… 난 그 아가씨가 마음에 걸려, 두고봐, 보면 알게 되겠지! 얼마나 놀랐던지. 그 아가씨가 날 볼 때, 쳐다보는데, 그 눈길이라니, 난 의자에 앉아 있기도 힘들더구나, 오빠가 그 아가씨를 어떻게 소개하기 시작했는지 기억나니? 게다가 이상해. 표트르 페트로비치가 그런 여자라고 썼는데도 우리에게 소개를 하고, 심지어 너한테까지 말이다! 그런 걸 보면 네 오빠가 아끼는 모양이야!"

"뭐라고 썼든 그게 중요한가요! 우리에 대해서도 사람들이 이러쿵저러쿵 말들을 하고 써댔던 거 다 잊어버리셨어요, 그런 거예요? 전 그 아가씨가…… 아주 좋은 사람이라고 확신해요, 그리고 그런 말들은 다 엉터리고요!"

"제발 그랬으면 좋겠구나!"

"표트르 페트로비치는 질 나쁜 모략가예요." 갑자기 두네치카가 딱 잘라 말했다.

풀헤리야 알렉산드로브나는 바로 잠잠해졌다. 대화가 끊어졌다.

"저기, 너한테 무슨 볼일이냐 하면……" 라스콜니코프가 라주미힌을 창가로 끌고 가며 말했다……

"그럼 카테리나 이바노브나에게 당신이 오실 거라고 전할게요……" 소냐가 떠나려고 인사를 하며 서둘렀다.

"잠깐만요, 소피야 세묘노브나, 비밀 얘기는 아니니까 당신이 방해가 되진 않아요…… 말씀드릴 게 두어 가지 더 있는데…… 그러니까." 그는 말을 다 끝내지도 않은 채 자르듯이 갑자기 라주미힌에게 말을 걸었다. "너, 그 사람 안다고 했지…… 이름이 뭐더라!…… 포르피리 페트로비치던가?"

"물론이지! 친척이야. 그런데 왜?" 호기심이 발동해서 그는 이렇게 덧붙였다.

"그 사람이 지금 그 일을…… 그러니까, 저기, 그 살인 사건 말이야…… 왜 어제 너희가 말했잖아…… 그 사람이 맡고 있다면서?"

"그래…… 그런데?" 라주미힌이 갑자기 눈을 부릅떴다.

"그 사람이 전당 잡힌 사람들을 심문했다던데, 나도 거기 전당품이 있거든, 그러니까 별건 아니고, 내가 이리로 떠나올 때 동생이 기념으로 준 반지하고 아버지 은시계하고. 전부 해서 5, 6루블 나갈까 말까 한 거지만 내겐 소중한 거야, 기념품이니까. 그러니 이제 내가 어떻게 해야 할까? 물건을 잃긴 싫거든, 특히 시계는. 아까 두네치카 시계 얘기가 나왔을 때 어머니가 그걸 보자고 하실까봐 겁나더라고. 아버지가 돌아가시면서 유일하게 남기신 물건이거든. 그게 없어지면 어머니는 병이 나실 거야! 여자들이란! 그러니 어찌해야 할지 좀 가르쳐줘! 경찰서에 신고해야 한다는 건 알아. 하지만 포르피리에게 직접 하는 게 낫지 않을까, 응? 어떻게 생각해? 가능한 한 빨리 처리해야 하는데. 두고봐, 이따 식사하기도 전에 어머니가 물어보실 테니!"

"절대 경찰서 말고, 반드시 포르피리 형에게 가야 해!" 라주미힌이 왠지 이상하리만치 흥분해서 소리쳤다. "이런, 얼마나 기쁜지 모르겠다! 뭐하러 여기 있냐, 당장 가자, 두 걸음이면 만날 수 있을 거야!"

"그래…… 가자……"

"너랑 알게 되면 형은 아주, 아주, 아주, 아주 기뻐할 거야! 내가 형한테 네 얘기를 많이 해줬거든, 여러 차례 말이야…… 어제도 얘기를 해줬지. 가자!…… 그럼 너 그 노파도 알겠구나? 바로 그렇군!…… 일이 전부 멋-지-게 반전됐어!…… 아, 맞다…… 소피야 이바노브나……"

"소피야 세묘노브나야." 라스콜니코프가 바로잡았다. "소피야 세묘노브나, 이 사람은 제 친구인 라주미힌이에요, 좋은 사람이지요……"

"지금 가셔야 한다면……" 소냐는 라주미힌의 얼굴조차 보지 않고 말을 시작하려 했으나, 그로 인해 한층 더 당황해버렸다.

"자, 갑시다!" 라스콜니코프가 결정을 내렸다. "오늘 제가 당신한테 들를게요, 소피야 세묘노브나, 어디 사시는지만 말씀해주시겠어요?"

그는 당황해서라기보다 서둘러서 그러는 것처럼 그녀의 눈길을 피했다. 소냐는 자신의 주소를 알려주고는 얼굴을 붉혔다. 모두 함께 방을 나갔다.

"정말 문도 안 잠그냐?" 라주미힌이 두 사람 뒤를 따라 계단을 내려가며 물었다.

"한 번도 그런 적 없어!…… 하긴 벌써 이 년째 쭉 자물쇠를 사고 싶긴 했지." 그는 되는대로 덧붙였다. "문을 잠글 일이 없는 사람은 행복한 거지요?" 그가 소냐를 향해 웃으며 말했다.

그들은 밖으로 나와 정문 앞에 섰다.

"당신은 오른쪽이지요, 소피야 세묘노브나? 그건 그렇고 절 어떻게 찾아내셨어요?" 그는 이렇게 물었지만, 뭔가 전혀 다른 얘기를 하고 싶은 듯했다. 그녀의 조용하고 맑은 눈동자를 계속 바라보고 싶었지만, 왠지 전혀 그렇게 되질 않았다……

"어제 당신이 폴레치카에게 주소를 말씀해주셨잖아요."

"폴랴? 아, 그렇지…… 폴레치카! 그…… 꼬맹이요…… 당신 동생이지요? 제가 그애에게 주소를 알려줬나요?"

"정말 기억 안 나세요?"

"아니…… 기억나요……"

"당신 얘기를 돌아가신 아버지에게서도 그때 이미 들은 적이 있어요…… 다만 그땐 아직 당신 성姓도 몰랐어요, 아버지도 모르셨으니까요…… 하지만 오늘은 여기 와서…… 어제 당신 성을 알았으니까요…… 오늘, 여기 라스콜니코프 씨가 어디 사시느냐고 여쭤봤어요…… 당신도 세입자에게 세들어 사시는 줄은 몰랐어요…… 안녕히 계세요…… 카테리나 이바노브나에게는……"

마침내 그들 곁을 떠나게 되어 그녀는 몹시 기뻤다. 그녀는 눈을 내리깔고 서둘러 걸어갔는데, 어떻게든 빨리 그들 시야에서 벗어나, 거리 오른편으로 접어드는 모퉁이까지 남은 스무 발짝을 어떻게든 빨리 걸어, 마침내 혼자 남아 거기서부터는, 누구도 보지 않고 어떤 것에도 신경쓰지 않아도 되는 상태가 되어, 오고간 말과 상황을 하나하나 생각하고 기억하고 판단하며 어서 걷고 싶었기 때문이다. 그녀는 이런 종류의 감정을 한 번도, 단 한 번도 느껴본 적이 없었다. 완전히 새로운 미지의 세계가 혼란스럽게 그녀의 영혼 속에 내려앉은 것이다. 문득 그녀는 라스콜니코프가 오늘 직접 그녀에게 들르고 싶다고 말한 것이 생각났는데, 어쩌면 오전중일 수도, 어쩌면 지금 당장일지도 모른다!

"오늘만 아니라면, 제발, 오늘이 아니라면!" 그녀는 두근거리는 마음으로 마치 어린애가 놀라 누군가에게 떼를 쓰듯 중얼거렸다. "맙소사! 내게…… 그 방에 오신다니…… 그분이 보게 된다니…… 오, 하느님!"

이러느라 당연히 그녀는 그 순간 어떤 낯선 신사가 자기 뒤를 밟으며 부지런히 따라오고 있다는 것을 눈치채지 못했다. 신사는 그녀가 정문에서 나올 때부터 그녀 뒤를 따라오고 있었다. 라주미힌과 라스콜니코프 그리고 그녀, 이렇게 세 명이 두어 마디 나누느라 인도에 멈춰 서 있던 바로 그때, 그들 옆을 지나가던 이 행인은 '라스콜니코프 씨가 어디 사시느냐고 여쭤봤어요'라고 소냐가 말하는 걸 우연히 언뜻 듣고는 갑자기 움찔하는 듯했다. 그는 그들 세 명 모두를, 특히 소냐가 상대하던 라스콜니코프를 재빨리, 그러나 유심히 살폈다. 그러고는 건물을 한 번 쳐다보고 머리에 새겨두었다. 이 모든 일은 걸어가며 순식간에 이루어졌고, 행인은 모습조차 보이지 않으려 애쓰며 마치 누군가를 기다리는 양 속도를 늦추면서 더 걸어갔다. 소냐를 기다렸던 것이다. 그들이 작별인사를 나누는 걸 보고, 이제 소냐가 어딘가 있을 자기 집으로 갈 거라고 짐작했기 때문이다.

'그런데 집은 어디야? 어디선가 본 얼굴인데.' 그는 소냐의 얼굴을 기억해내려 애쓰며 생각했다…… '알아봐야겠군.'

모퉁이에 이르자 그는 거리 반대편으로 건너가 몸을 돌렸고, 소냐가 조금도 눈치채지 못한 채 건너편 길을 따라 이제는 그의 뒤쪽에서 걸어오는 것을 보았다. 모퉁이까지 와서 그녀는 막 이쪽 길로 접어들려는 참이었다. 그는 건너편 인도에서 뒤따라 걸으며 그녀에게서 눈을 떼지 않았다. 쉰 걸음쯤 가서 그는 다시 소냐가 걷고 있는 길 쪽으로 건너가 그녀를 따라잡은 후, 다섯 걸음쯤 거리를 두고 그녀 뒤를 따랐다.

그는 쉰 살 정도 된 남자였는데, 평균보다 키가 크고, 몸집도 컸으며, 넓고 구부러진 어깨 때문에 등이 조금 굽은 듯한 인상을 주었다. 세련되고 편안하게 차려입어 거만한 지주처럼 보였다. 손에 멋진 지팡이를 들고서 걸을 때마다 인도에 부딪트려 딱딱 소리를 냈고, 새 장갑을 끼고 있었다. 광대뼈가 튀어나온 넓적한 얼굴은 꽤 보기 좋은 인상이었고, 혈색이 좋았으며, 페테르부르크 사람 같지는 않았다. 아직도 숱이 꽤 많은 머리카락은 완전한 금발로 흰머리가 아주 조금 섞여 있었고, 삽처럼 늘어진 넓고 무성한 턱수염은 머리색보다 훨씬 더 밝았다. 눈은 파랬고, 눈빛이 냉정하고, 주의깊고, 생각에 잠긴 듯했다. 입술은 붉었다. 전반적으로 자신을 아주 잘 관리한, 나이보다 훨씬 젊어 보이는 사람이었다.

소냐가 운하 쪽으로 나오자 인도에는 그들 둘만 남았다. 그녀를 관찰하면서 그는 그녀가 깊은 생각에 빠져 방심한 상태라는 것을 알아챌 수 있었다. 소냐가 집에 다 와 정문 쪽으로 몸을 돌리자, 그녀의 뒤를 따르던 남자는 좀 놀란 듯했다. 그녀는 마당으로 들어가 자기 집으로 가는 계단이 있는 오른쪽 구석으로 향했다. '이런!' 낯선 신사는 이렇게 중얼거리고는 그녀의 뒤를 따라 계단을 오르기 시작했다. 그제서야 소냐는 그의 존재를 눈치챘다. 그녀는 3층으로 올라가 복도 쪽으로 방향을 틀어 문 위에 분필로 '재봉사 카페르나우모프'라고 써놓은 9호 집 종을 울렸다. '이런!' 이상한 우연의 일치에 놀란 낯선 사람은 다시 한 번 탄성을 지른 후 바로 옆 8호 집 종을 울렸다. 두 문은 서로 여섯 걸음 정도 떨어져 있었다.

"카페르나우모프 씨 댁에 사시는군요!" 소냐를 보고 웃으며 그가 말했다. "그 사람이 어제 제 조끼를 수선해줬는데 말이죠. 전 여기, 당신 옆집, 게르트루다 카를로브나 레슬리흐 부인 댁에 삽니다. 어떻게 이런 우연이!"

소냐는 그를 유심히 쳐다보았다.

"이웃이로군요." 왠지 그는 유달리 쾌활한 태도로 말을 이었다. "이 도시에 온 지 고작 사흘째랍니다. 자, 그럼 또 뵙지요."

소냐는 대답하지 않았다. 문이 열리자, 그녀는 숨듯이 집으로 들어갔다. 왠지 부끄러웠고, 겁도 나는 듯했다……

포르피리에게 가는 길에 라주미힌은 유난히 흥분한 상태였다.

"친구, 정말 잘됐어." 그는 몇 번이나 같은 말을 되풀이했다. "그리고 난 기뻐! 기쁘다고!"

'대체 뭐가 기쁘다는 거야?' 라스콜니코프는 속으로 생각했다.

"너도 노파 집에 전당품을 맡겼을 줄은 꿈에도 몰랐어. 그리고…… 그리고…… 그게 오래전 일이야? 그러니까 오래전에 노파에게 갔었냐고?"

'정말 바보처럼 순진한 친구야!'

"언제더라?……" 기억을 더듬으며 라스콜니코프는 잠시 걸음을 멈쳤다. "노파가 죽기 사흘 전쯤* 거기 갔었던 거 같아. 하지만 지금 난 물건들을 다시 사오려고 가는 건 아냐." 그는 어쩐지 서두르며 물건이 특히 걱정스럽다는 듯 말을 받았다. "다시 내겐 다 해봐야 은화 1루블밖엔 남지 않았거든…… 빌어먹게도 어제 정신이 나가서 말이지!……"

정신이 나갔다는 대목을 그는 특히 힘주어 발음했다.

"그럼, 그렇지, 그렇고말고." 라주미힌이 왠지 허둥대며 맞장구를 쳤다. "그러니까 바로 그래서 네가 그때…… 충격을 받았던 거구나…… 아는지 모르겠는데, 네가 헛소리하면서 무슨 반지랑 목걸이 얘기를 계속 했거든!…… 그렇군, 그래…… 명백해, 이제 모든 게 명백해."

'이것 봐라! 그러고 보니 정말로 그자들에게 스멀스멀 그런 생각이 들었던 거군! 이 친구는 정말로 나를 위해서라면 십자가에라도 매달릴 친구야. 내가 왜 반지에 대해 헛소리를 해댔는지 설명이 되니 저렇게나 기뻐하는군! 그치들 모두 그렇게 확신하고 있었던 거야!……'

"근데 그 사람을 만날 수 있을까?" 그가 소리내어 물었다.

"만날 수 있어, 만날 수 있고말고." 라주미힌이 서둘렀다. "친구, 그 형은 아주 훌륭한 남자야, 보면 알 거야! 좀 둔하기는 하지만 사교적인 사람이기도 하고. 그러니까 내가 둔하다고 한 건 다른 점에서 그렇다는 얘기야. 똑똑한 남자야, 똑똑하고 전혀 어리석지 않아, 단지 생각하는 게 좀 특이하지…… 의심 많고, 회의적이고, 냉소적이고…… 남을 속이는 걸 좋아하고, 아니 속인다기보다는 놀려먹는 거지…… 뭐, 또 물증을 따지는 낡은 수법을 구사하고…… 하지만 일을 아주 잘하지, 잘

* 실제로 라스콜니코프가 답사차 노파에게 간 것은 살인 이틀 전이다.

해…… 작년에 어떤 사건을 밝혀냈는데, 증거가 거의 다 사라져버린 살인 사건인데도 그랬어! 그 형은 너를 알게 되기를 몹시, 몹시, 몹시 바라고 있어!"

"왜 그렇게 바라는데?"

"그러니까 그래서가 아니라…… 있잖아, 최근에 네가 병이 나고 나서 내가 네 얘기를 많이 하게 됐어…… 뭐, 형이 듣고서는…… 네가 법학 전공인데 사정 때문에 과정을 못 마친다는 걸 알고 '참 안됐군!' 그러더라. 내가 결론도 내려줬지…… 그러니까 그것 하나만이 아니라, 그런 모든 게 다 섞여 있다고 말이야. 어제 자메토프가…… 저기, 로쟈, 어제 내가 취해서 뭐라뭐라 떠벌려댔잖아, 집에 가면서 말이야…… 그러니까 나는, 친구, 네가 과하게 생각하지나 않을까 걱정이 돼, 있잖아……"

"뭘 말이야? 다들 날 미쳤다고 생각하는 거? 그래, 어쩌면 사실인지도 모르지."

그는 부자연스럽게 웃었다.

"그래…… 그래…… 그러니까, 제길, 아니야!…… 그러니까 내가 말한 건 전부 다(다른 것도 마찬가지야) 엉터리고, 취해서 그런 거야."

"뭘 그렇게 변명을 하고그래! 이 모든 게 정말 지긋지긋하다!" 라스콜니코프는 과장해서 짜증을 내며 고함을 쳤다. 어느 정도는 일부러 그런 것도 있었다.

"알아, 안다고, 이해해. 내가 이해한다는 걸 믿어줘. 말하기도 부끄럽다……"

"부끄러우면 말하지 말든가!"

두 사람 모두 입을 다물었다. 라주미힌은 환희 이상의 감정 상태였고 라스콜니코프는 거기에 혐오감을 느꼈다. 라주미힌이 방금 포르피리에 대해 한 말도 그를 불안하게 했다.

'그 사람에게도 신세한탄을 해야겠군.' 창백하게 질린 채 심장이 두근거리는 것을 느끼며 그는 생각했다. '그것도 더 자연스럽게 해야 해. 제일 자연스러운 건 아무것도 하지 않는 거다. 억지로라도 아무것도 하지 말자! 아니, 억지로 하면 마찬가지로 부자연스러울 거야…… 그래, 가서 상황이 어떻게 돌아가는지…… 한번 지켜보자…… 지금…… 이렇게 가는 게 잘하는 일일까, 아닐까? 나방이 스스로 불에 날아드는 셈이지. 심장이 뛴다, 좋지 않아!……'

"저 회색 건물이야." 라주미힌이 말했다.

'무엇보다 중요한 건, 어제 내가 그 마귀할멈 집에 갔었다는 걸…… 그리고 피에 대해 물어봤다는 걸 포르피리가 아느냐 모르느냐다. 바로 알아내야 해, 들어가자마자, 단번에 얼굴만 보고 바로 알아내야 해. 안-그-러면…… 무슨 일이 있어도 알아내고 말 테다!'

"근데 너 그거 알아?" 갑자기 그가 교활하게 미소 지으며 라주미힌을 향해 말했다. "친구, 너 오늘 보니 아침부터 왠지 평소랑 다르게 흥분해 있던데? 맞지?"

"흥분이라니 무슨? 절대로 조금도 흥분 안 했어." 라주미힌이 얼굴을 찌푸렸다.

"아니야, 친구, 내 말이 맞아, 눈에 훤히 보이던걸. 아까 의자에 앉아 있을 때도 평소엔 안 그러더니, 의자 끝에 엉덩이만 걸치고 앉아 있더라, 경련하는 것처럼 계속 몸을 움찔거리면서 말야. 뜬금없이 벌떡벌떡 일어났다 앉았다 하고. 화를 내다가는 갑자기 무슨 일인지 낯짝이 아주 달콤한 알사탕처럼 돼가지고. 심지어 빨개지기도 하고 말이야. 특히 식사에 초대받았을 때 지독하게 시뻘게지던걸."

"안 그랬어. 무슨 헛소리야!…… 대체 뭘 보고 그런 말을 하는 거냐?"

"뭐야, 너, 초등학생같이 안절부절못하고! 이런 제길, 또 빨개졌군!"

"이런 돼지 같은 녀석!"

"뭘 그렇게 당황하는데? 로미오! 가만, 오늘 이 얘기를 어디다가 퍼뜨린다, 하하하! 이걸로 어머니를 웃겨드려야지…… 그리고 또 누구도 말이야……"

"이봐, 잠깐, 들어봐, 정말 심각하군. 이건 정말…… 그런 말을 해서 어쩌려고, 제기랄!" 라주미힌은 소름 끼칠 정도로 두려운 마음에 그만 어찌할 바를 몰랐다. "그분들에게 무슨 얘길 하려고? 난, 친구…… 휴, 돼지 같은 녀석!"

"완전히 봄날의 장미로군! 너한테 얼마나 잘 어울리는지 좀 알아야 할 텐데. 키가 10베르쇼크*인 로미오라! 오늘은 세수도 말끔히 하고, 그러고 보니 손톱도 깎았네, 응? 이게 얼마 만이야? 맙소사, 머리에 기름칠도 했잖아! 어디 고개 좀 숙여봐!"

"돼지 같은 놈아!!!"

라스콜니코프는 도저히 스스로를 제어할 수 없는 것처럼 웃어댔고, 그렇게 웃으면서 포르피리 페트로비치의 방으로 들어갔다. 바로 그런 게 라스콜니코프에게 필요했다. 그들이 웃으면서 들어와서는 입구에

---

* 약 187cm.

서도 여전히 하하 웃어대는 소리를 방에서도 들을 수 있을 테니까.

"여기선 아무 말도 하지 마, 안 그러면 내가 널…… 아주 박살을 내줄 테다!" 미친 듯이 화가 난 라주미힌이 라스콜니코프의 어깨를 움켜쥐며 속삭였다.

5

라스콜니코프는 이미 방안으로 들어서고 있었다. 그는 어떻게든 웃음을 터뜨리지 않으려고 있는 힘을 다해 참는 듯한 모습으로 방으로 들어갔다. 그의 뒤를 따라 라주미힌이 완전히 속이 뒤집혀 사나워진 표정을 하고, 부끄러워 작약꽃처럼 빨개진 얼굴로 흐느적거리며 어색하게 따라 들어왔다. 이 순간 그의 얼굴과 모습은 전부 다 정말로 우스꽝스러워서, 라스콜니코프가 웃을 만도 했다. 미처 소개받기도 전에 라스콜니코프는 방 한가운데 서서 그들을 의아한 눈초리로 쳐다보는 방주인에게 인사를 하고, 팔을 내밀어 그의 손을 잡았는데, 그러면서도 여전히 즐거움을 참으려 갖은 애를 쓰며 최소한 자신을 소개하는 두세 마디 말이라도 해보려는 듯한 모습이었다. 하지만 진지한 표정을 짓고 중얼거리며 뭔가 말하려는 찰나, 갑자기 자기도 모르게 라주미힌을 다시 한번 쳐다봤고 더는 참지 못했다. 참았던 웃음이 지금까지 참았던 만큼이나 더 크게, 도저히 누를 수 없을 정도로 터져버린 것이다. 이 '꾸밈없는' 웃음에 라주미힌은 별스럽게 사나운 반응을 보였고, 그 결과 이 모든 장면이 진실로 유쾌하면서, 무엇보다도 자연스러워 보였다.

라주미힌이 일부러 그러기라도 한 것처럼 일을 도와준 셈이다.

"휴, 빌어먹을!" 그가 손을 휘저으며 으르렁거리다가, 그만 다 마신 찻잔이 놓인 둥글고 작은 탁자를 치고 말았다. 모든 게 사방으로 날아가며 와장창 소리를 냈다.

"아니, 의자들은 왜 부수고 그러십니까, 여러분, 국고 손실입니다!"* 포르피리 페트로비치가 명랑하게 외쳤다.

장면은 이런 식이었다. 라스콜니코프는 방주인의 손을 잡고 있다는 것도 잊고 실컷 웃었지만, 정도를 지켜야 한다는 생각에 이 상황을 자연스럽게 빨리 마무리할 순간을 기다렸다. 탁자가 넘어지고 잔이 깨지는 바람에 완전히 당황한 라주미힌은 그 파편들을 침울하게 바라보다 침을 탁 뱉고는, 창 쪽으로 거칠게 몸을 돌리고서 사람들을 등지고 잔뜩 찌푸린 얼굴로 창밖을 바라보며 서 있었지만, 아무것도 눈에 담지는 않았다. 포르피리 페트로비치는 한바탕 웃고도 더 웃고 싶어했지만, 분명 무슨 일인지 설명해주기를 바라는 눈치였다. 구석 의자에는 자메토프가 앉아 있었는데, 손님들이 들어오자 몸을 조금 일으켜 서서 기다리며 입꼬리를 옆으로 당겨 미소 지었지만, 이 모든 장면을 의아하게, 심지어는 의심스러운 듯 바라보고 있었고, 라스콜니코프를 향해서는 어쩐지 곤혹스러운 표정마저 지었다. 자메토프가 있으리라고는 예상하지 못했던 라스콜니코프는 몹시 놀랐고 불쾌해졌다.

'이건 좀더 생각해봐야겠는걸!' 그는 생각했다.

"죄송합니다, 정말." 억지로 당황한 척하며 그가 말을 시작했다. "라

---

* 고골의 희곡 『검찰관』에 나오는 대사.

스콜니코프라고 합니다……”

“별말씀을요, 대단히 반갑습니다, 더구나 그렇게 유쾌한 모습으로 들어오시니…… 근데 저 친구는 아예 인사도 하기 싫은가보군요?” 포르피리 페트로비치가 라주미힌을 턱으로 가리켰다.

“정말이지 제게 왜 저렇게 심하게 화를 내는지 모르겠네요. 전 단지 오는 길에 저 친구보고 로미오 같다고, 그리고…… 그리고 그 증거를 댔을 뿐, 그 이상은 아무 일도 없었던 거 같은데 말이죠.”

“돼지!” 라주미힌이 돌아보지도 않고 이렇게 반응했다.

“말 한마디에 저렇게 화를 내는 걸 보면 아주 심각한 이유가 있긴 있는 게로군요.” 포르피리는 크게 웃었다.

“뭐야, 형! 누가 예심판사 아니랄까봐!…… 됐어, 둘 다 꺼져버려!” 라주미힌이 딱 잘라 말하더니 갑자기 너털웃음을 터뜨리고는 아무 일도 없었다는 듯 명랑해진 얼굴로 포르피리 페트로비치에게 다가갔다.

“이제 그만하지! 모두들 바보 같군. 용건으로 돌아가자고. 여긴 내 친구 로디온 로마니치 라스콜니코프인데, 첫째로는 형 얘기를 듣더니 인사하고 싶다고 하고, 둘째로는 형한테 작은 볼일이 좀 있대. 어! 자메토프! 여긴 어쩐 일이야? 둘이 서로 아는 사이던가? 오래전부터 친했어?”

‘이건 또 뭐지!’ 라스콜니코프는 불안한 생각이 들었다.

자메토프는 당황한 것 같았지만, 아주 그래 보이지는 않았다.

“어제 너희 집에서 알게 됐어.” 그가 허물없이 말했다.

“그러니까, 소개비를 아꼈다 이거군. 지난주에 포르피리 형, 형을 소개해달라고 지독히도 졸랐거든, 근데 나 없이도 서로 친해졌단 말이지…… 형, 담배는 어디 있어?"

포르피리 페트로비치는 집에서처럼 실내용 가운을 걸치고, 아주 깨끗한 셔츠를 입고 해진 슬리퍼를 신고 있었다. 나이는 서른다섯 살 정도로, 평균보다 좀 작고 뚱뚱하고 배도 불룩 나온데다, 콧수염이나 구레나룻 하나 없이 말끔히 면도를 했고, 머리카락은 바짝 쳤으며, 뒤통수가 유난히 볼록 튀어나온 머리는 크고 둥글었다. 약간 들창코에다 통통하고 둥근 얼굴은 병색이 돌아 칙칙하고 누렇게 떠 있었지만 충분히 활기가 넘쳤고, 비웃는 것 같은 표정을 띠고 있었다. 누군가에게 윙크하듯 연신 깜박이는 흰색 속눈썹에 덮인, 물기로 멀겋게 번들거리는 눈동자가 만들어내는 표정만 아니라면 선량해 보일 수도 있을 얼굴이었다. 그 눈초리는 어딘가 아낙네 같은 그의 전체적인 모습과 이상하게 어울리지 않았고, 첫눈에 짐작하게 되는 것보다 훨씬 더 진지한 느낌을 주었다.

포르피리 페트로비치는 손님이 자기에게 '볼일'이 있다는 말을 듣자마자 당장 소파에 앉기를 청하고는, 자신은 소파 다른 쪽 끄트머리에 앉아 어서 용건을 말해주길 기다리며 꼼짝 않고 손님을 쳐다보았는데, 그렇게 지나치게 진지하고 집요한 관심은, 특히 초면인 경우, 또 말할 내용이 자신에게 쏟아지는 이례적일 만큼 대단한 관심에 전혀 어울리지 않는다고 생각할 경우, 시작부터 부담과 당혹감을 느끼게 할 만한 것이었다. 하지만 라스콜니코프는 용건을 짤막하고 조리 있는 말로 분명하고 정확하게 설명했고, 스스로도 거기에 만족해 포르피리를 충분히 잘 관찰할 수 있었다. 포르피리 페트로비치 역시 내내 한 번도 그에게서 눈을 떼지 않았다. 같은 탁자 반대편에 자리를 잡은 라주미힌은 쉴새없이 두 사람을 번갈아 바라보며 라스콜니코프가 용건을 설명하는 걸 열심히, 초조하게 살피고 있었는데, 이미 약간은 지나칠 정도였다.

'바보 같으니!' 라스콜니코프는 속으로 욕을 했다.

"경찰에 신고서를 제출하셔야 합니다." 포르피리가 아주 사무적인 태도로 대답했다. "이러이러한 사건, 다시 말해 그 살인 사건에 대해 통고를 받았고, 이러이러한 물건이 당신 것이라 돈을 내고 다시 찾기를 원하니, 그 사건을 위임받은 예심판사에게 알려줄 것을 당신 쪽에서 먼저 청한다고요…… 아니면 거기서…… 아무튼 알아서 신고서를 써줄 겁니다."

"바로 그게 문제인데요, 제가 지금," 라스콜니코프는 가능한 한 더 당황한 것처럼 보이려 애썼다. "한푼도 없어서요…… 그런 푼돈조차도 어떻게 해볼 도리가 없어서…… 그래서 말인데, 지금은 그 물건들이 제 거라고, 나중에 돈이 생기면 어찌어찌하겠다, 라고 그냥 신고만 하면 좋겠는데요……"

"그것도 마찬가지입니다." 포르피리 페트로비치는 돈 문제에 관한 해명에 냉정하게 반응하며 대답했다. "하지만 원하신다면 신고서를 직접 내게 써 보내셔도 됩니다, 같은 내용으로, 그러니까 이러이러한 사건에 대해 통보를 받았고, 이러이러한 물건이 내 것이라 신고하니 처분 바랍니다, 이렇게요……"

"그냥 보통 종이에 써도 될까요?" 다시 돈과 관련된 부분에 관심을 보이며 라스콜니코프가 서둘러 끼어들었다.

"오, 그럼요, 그냥 보통 종이에 쓰시면 됩니다!" 그러더니 갑자기 포르피리 페트로비치가 분명 비웃는 표정으로 눈을 가늘게 뜨고는 찡긋 윙크하듯 그를 쳐다보았다. 하지만 순식간에 일어난 일이라 어쩌면 라스콜니코프에게만 그렇게 보였을지도 모른다. 최소한 그 비슷한 일이 있긴 있었다. 라스콜니코프는 그가 자기에게 눈을 깜빡였다고 맹세할 수 있었지만, 왜 그런 행동을 했는지는 알 수 없었다.

'알고 있구나!' 이런 생각이 머릿속을 번개처럼 스치고 지나갔다.

"이런 하찮은 일로 폐를 끼쳐서 죄송합니다." 그는 조금 갈팡질팡하며 말을 이었다. "다 해봐야 5루블 정도밖에 안 되는 물건들이지만, 제게는 특별히 소중한 거라서요, 그걸 준 사람에 대한 추억 같은 거니까요, 그래서 고백하건데 사정을 알고서는 무척 놀랐습니다……"

"그래서 어제 내가 조시모프에게 포르피리 형이 전당 잡힌 사람들을 탐문하고 있다고 떠드니까 그렇게 벌떡 일어난 거구나!" 라주미힌이 속이 뻔히 들여다보이게 끼어들었다.

이쯤 되니 이미 참을 수 없었다. 라스콜니코프는 더는 참지 못하고, 잔뜩 화가 나서 그를 향해 분노로 타오르는 검은 눈동자를 번뜩였다. 그러다가 곧 정신을 차렸다.

"야, 날 비웃는 것 같은데?" 그는 교활하게 화난 척하며 라주미힌을 향해 말했다. "너한테는 내가 그런 하찮은 물건을 지나치게 걱정하는 것처럼 보일 수도 있겠지, 이해해. 하지만 그렇다고 날 이기주의자나 인색한 사람으로 여기면 안 돼, 그 보잘것없는 물건 두 개가 내게는 결코 하찮은 게 아니란 말이야. 좀전에도 너한테 말했잖아, 몇 푼 안 되는 그 은시계가 아버지가 남기신 유일한 물건이라고. 날 비웃어도 좋아. 하지만 어머니가 오셨으니까." 그는 갑자기 포르피리 쪽으로 몸을 돌렸다. "어머니가 아시면," 떨리는 목소리를 내려고 특히 애쓰며, 그는 다시 서둘러 라주미힌에게 얼굴을 돌렸다. "그 시계가 없어진 걸 아시면, 어머니는 분명 절망에 빠지실 거야! 여자들이란!"

"절대 아니야! 난 절대 그런 뜻으로 말한 게 아니야! 완전히 반대라고!" 라주미힌이 괴로워하며 소리쳤다.

'잘하고 있나? 자연스럽나? 너무 과장하는 것 같진 않았을까!' 라스콜니코프는 속으로 떨었다. "여자들이란'이란 말은 왜 했을까?'

"어머니가 오셨나요?" 무슨 이유에서인지 포르피리 페트로비치가 물었다.

"네."

"언제 오셨죠?"

"어제저녁에요."

포르피리는 생각에 잠긴 듯 잠시 침묵했다.

"당신 물건들은 어떤 경우에도 없어졌을 리 없습니다." 그가 차분하고 냉정하게 말을 이어갔다. "사실 난 벌써 오래전부터 여기서 당신을 기다리고 있었어요."

그러더니 그는 아무 일도 없었다는 듯, 담뱃재를 양탄자에 마구 떨고 있는 라주미힌에게 재떨이를 자상하게 챙겨주었다. 라스콜니코프가 흠칫 몸을 떨었지만, 포르피리는 여전히 라주미힌의 담뱃재를 신경 쓰느라 보지 못한 것 같았다.

"뭐-어? 기다렸다고! 그럼 저 친구도 거기 전당품을 맡겼다는 걸 형은 알고 있었던 거야?" 라주미힌이 외쳤다.

포르피리 페트로비치는 정면으로 라스콜니코프를 바라보았다.

"당신이 맡긴 물건 두 개, 그러니까 반지와 시계 다 종이 한 장에 싸여 노파 집에 있었고, 종이에는 연필로 당신 이름이 분명하게 적혀 있었죠, 노파가 당신에게 물건을 넘겨받은 달과 일자도 마찬가지고요……"

"무척 주의깊은 분이시군요?……" 포르피리의 눈을 똑바로 바라보려 유독 애를 쓰며 라스콜니코프는 어색하게 미소를 지어보려 했다. 하지만 참지 못하고는 불쑥 이렇게 덧붙였다. "그러니까 방금 이런 생각이 들었거든요, 분명 전당품을 맡긴 사람이 아주 많았을 텐데…… 그러니 그 사람들을 다 기억하기란 어려운 일일 텐데요…… 그런데도 전부 그렇게 분명히 기억하시는군요, 그리고…… 그리고……"

'바보같이! 약해빠져서는! 이런 말은 뭐하러 덧붙인 거야!'

"현재 전당품을 맡긴 사람들은 거의 다 밝혀졌고, 당신 혼자만 안 오셨으니까요." 보일 듯 말 듯 비웃음을 띠며 포르피리가 대답했다.

"건강이 좀 안 좋았어요."

"그러시단 얘긴 들었습니다. 심지어 무슨 일 때문인지 정신이 아주 혼란스러우셨다고요. 지금도 창백하신 듯합니다만?"

"창백하기는커녕…… 반대로 아주 건강합니다!" 라스콜니코프는 갑자기 말투를 바꿔서 거칠고 표독스럽게 딱 잘라 말했다. 마음속에 적의가 들끓었고, 그것을 억누를 수가 없었다. '증오심으로 입을 잘못 놀릴지도 몰라!' 다시 이런 생각이 스쳐갔다. '어째서 저자들은 날 괴롭히는 걸까!……'

"아주 건강한 건 아니지!" 라주미힌이 말을 받았다. "그런 거짓말을 하다니! 어제까지도 거의 의식을 잃은 채 헛소리를 해댔잖아…… 이봐, 포르피리 형, 믿어져, 자기 발로 제대로 서지도 못하던 사람이, 어제 우리가, 그러니까 나하고 조시모프가 잠깐 한눈을 판 사이 옷을 챙겨입고 몰래 도망쳐서 자정이 다 되도록 어디선가 난리를 쳤다고, 형이니까 하는 말인데, 그것도 완전히 제정신이 아닌 상태로 말이지, 상상이나 할 수 있겠냐고! 정말 대단해!"

"정말 완전히 제정신이 아니었나요? 말씀 좀 해주시죠!" 포르피리가 어딘가 아낙네 같은 동작으로 고개를 흔들었다.

"에이, 무슨 말도 안 되는 소리야! 믿지 마세요! 하긴 이런 말 안 해도 어차피 안 믿으시겠지만!" 라스콜니코프는 너무나 화가 나서 말을 마구 내뱉었다. 하지만 포르피리 페트로비치는 이 이상한 말을 알아듣지 못한 것 같았다.

"제정신이었다면 어떻게 밖으로 나갈 수 있는데?" 라주미힌이 갑자기 열을 올렸다. "왜 나간 거야? 뭐하러?…… 더구나 왜 그렇게 몰래? 그때 네 정신이 온전했다는 거냐? 위험한 상황이 다 지나갔으니 이제 네게 단도직입적으로 말해야겠다!"

"어젠 저 친구들이 정말 지긋지긋했어요." 라스콜니코프는 뻔뻔스럽고 도발적인 미소를 띠고는 포르피리를 향해 불쑥 말했다. "그래서 저 친구들이 절 찾지 못하도록 다른 집을 구하러 도망친 겁니다, 돈을 한 움큼 집어들고요. 저기 자메토프 씨가 그 돈을 보았지요. 자메토프 씨, 내가 어제 제정신이던가요, 아니면 헛소리를 하던가요, 논란을 해결해 주시죠?"

그는 이 순간 자메토프의 목이라도 조를 수 있을 것 같았다. 그의 시선과 침묵이 정말로 마음에 들지 않았다.

"제 생각에 당신은 아주 이성적으로 말했고, 교활하기까지 했어요, 단지 지나치게 신경질적인 것 같긴 했습니다." 자메토프가 건조하게 견해를 밝혔다.

"오늘 니코딤 포미치가 말하더군요." 포르피리 페트로비치가 끼어들었다. "어제 아주 늦은 시간에 마차에 치인 어떤 관리의 집에서 당신을 만났다고요……"

"그 관리만 해도 그래!" 라주미힌이 말을 받았다. "그 관리 집에서도 그럼 네가 제정신이었냐? 마지막 남은 돈을 장례식에 쓰라고 과부에게 다 줘버리다니! 그러니까, 돕고 싶었어도 15루블만 주거나, 20루블만 주고 하다못해 3루블이라도 남겨뒀어야지, 25루블을 그렇게 몽땅 다 줘버리다니!"

"내가 어디서 보물이라도 찾아냈을지 네가 어떻게 알아? 그래서 어제 돈을 펑펑 썼다, 왜…… 내가 보물을 찾아낸 건 저기 자메토프 씨가 알고 있지!…… 당신껜 정말 죄송합니다." 그는 입술을 파르르 떨며 포르피리를 향해 말했다. "이런 하찮은 일로 우리가 선생님을 반시간이나 괴롭히고 있군요. 정말 지겨우시죠, 네?"

"당치도 않으십니다, 그 반대입니다, 반-대-예요! 내가 당신에게 얼마나 관심이 많은지 모르시지요! 보는 것도, 이야기를 듣는 것도 흥미롭습니다…… 그리고 솔직히 말씀드리자면 이렇게 드디어 찾아와주셔서 정말 기쁩니다……"

"그럼 차라도 줘! 목이 바짝 타는군!" 라주미힌이 소리를 질렀다.

"아주 좋은 생각이야! 다들 같이 마시면 되겠군요. 차를 마시기 전에 뭔가 요기라도…… 하는 건 어떨까요?"

"차려오기나 하라고!"

포르피리 페트로비치는 차를 시키러 밖으로 나갔다.

라스콜니코프의 머릿속에서 생각이 회오리처럼 소용돌이쳤다. 그는 지독하게 초조했다.

'중요한 건 심지어 숨기려 들지도 않는다는 점, 격식을 차리려고도 하지 않는다는 점이다! 어떤 경우든 날 전혀 모른다면, 니코딤 포미치와 내 얘기를 했겠어? 그러니까, 개떼처럼 내 뒤를 쫓고 있다는 걸 숨기려고도 하지 않는 거야! 이렇게 대놓고 낯짝에 침을 뱉다니!' 그는 광포한 분노로 몸을 떨었다. '자, 고양이가 쥐를 데리고 노는 짓은 그만두고 그냥 직접 치시지. 정말 무례하기 짝이 없군, 포르피리 페트로비치, 더는 당신을 용납 못할 것 같군!⋯⋯ 일어나 모두의 낯짝에 대고 진실을 전부 말해버리자. 그럼 내가 너희들을 얼마나 경멸하는지 알게 될 거다!⋯⋯' 그는 간신히 호흡을 가다듬었다. '하지만 나만 그렇게 느끼는 거라면? 이게 신기루고, 내가 다 틀렸고, 경험이 없어서 분통을 터뜨리며 나의 비열한 역할을 감당하지 못하는 거라면? 전부 다 아무 의도 없는 것일 수도 있잖아? 저자들의 말은 다 평범하지만, 그 속엔 뭔가가 있어⋯⋯ 다 언제든 할 수 있는 말들이지만, 뭔가가 있다고. 왜 그는 대놓고 '노파 집에'라고 말했을까? 어째서 자메토프는 내가 교활하게 말했다고 덧붙였을까? 어째서 저자들은 그런 말투를 쓰는 거지? 그래⋯⋯ 말투⋯⋯ 라주미힌은 여기 앉아 있으면서도 대체 왜 아무것도 못 느끼지? 저 순진한 얼간이는 절대 뭘 느끼는 법이 없지! 다시 열이 난다!⋯⋯ 좀전에 포르피리가 내게 눈을 깜빡였나, 아닌가? 아마 아무것도 아닐 거야. 저 사람이 왜 눈을 깜빡이겠어? 내 신경을 자극하거나 날 놀리려고? 모든 게 신기루거나, 그게 아니면 다 알고 있는 거야!…… 자메토프마저도 건방지게 구는구나…… 자메토프가 건방진 건가? 자메토프는 밤사이 생각을 바꿨어. 생각을 바꿀 거라는 건 나도 예감했지! 저자는 여기 처음 와봤으면서 자기 집처럼 굴고 있어. 포르피리는 저자를 손님으로 여기지 않아, 저자에게 등을 돌리고 앉아 있잖아. 친해진 거야! 분명 나 때문에 친해진 거라고! 우리가 오기 전에 내 얘기를 하고 있었던 게 분명해!…… 그 집에 간 건 알고들 있을까? 서둘러야 할 텐데!…… 어제 내가 다른 집을 얻으러 도망쳤다고 말했을 때, 그는 덥석 달려들지 않고 흘려들었지…… 집에 대한 얘기는 교묘하게 잘 끼워넣었어. 나중에 쓸모가 있을 거야!…… 제정신이 아니었다고 했지!…… 하하하! 포르피리는 어제저녁에 일어난 일을 모두 알고 있다! 어머니가 오신 건 몰랐지만!…… 그런데 그 마귀할멈이 날짜까지 연필로 적어놓았다니!…… 거짓말이야, 넘어가지 않을 거야! 아직은 아무것도 사실이 아니야, 단지 신기루일 뿐이야! 그러지 말고 사실을 내놓으란 말이다! 집에 대한 얘기도 사실이 아니라 헛소리일 뿐이지. 그들에게 뭐라고 해야 할지 난 알아…… 그 집에 간 건 알고 있을까? 알아내지 않고는 가지 않을 테다! 내가 뭐하러 왔을까? 어쩌면 지금 내가 이렇게 분통을 터뜨리고 있다는 바로 이것이야말로 사실일지 모른다! 휴, 내가 왜 이렇게 신경질적일까! 어쩌면 좋은 일일 수도 있어. 병자 역할을 하는 거지…… 저자는 날 시험하고 있어. 날 혼란에 빠뜨릴 거야. 내가 왜 왔을까?'

이 모든 생각이 번개처럼 그의 머릿속을 스쳐갔다.

포르피리 페트로비치는 금방 돌아왔다. 왠지 갑자기 명랑해 보였다.

"동생, 어제 너희 집에 다녀온 후부터 머리가…… 온통 진이 다 빠져 버렸어." 그는 라주미힌을 보고 웃으며 완전히 다른 말투로 말하기 시작했다.

"어때, 재미있었어? 어제 내가 제일 흥미진진한 대목에서 나가버렸잖아? 누가 이겼어?"

"물론 아무도 못 이겼지. 영원히 끝나지 않을 문제에 달라붙어서 허공을 날아다닌 셈이야."

"로쟈, 어제 어떤 일에 달라붙었는지 알아? 범죄가 존재하느냐 않느냐, 그거였어. 엄청나게 헛소리들을 해댔다고!"

"놀랄 게 뭐 있어? 평범한 사회문제인걸." 라스콜니코프가 관심 없다는 듯 대답했다.

"문제가 그런 식으로 제기된 건 아니었어요." 포르피리가 지적했다.

"맞아, 완전히 그런 건 아냐." 늘 그렇듯이 서두르고 열을 내며 라주미힌이 즉각 동의했다 "자, 로디온. 듣고 의견을 말해줘. 네 의견을 듣고 싶거든. 어제 사람들과 필사적으로 싸우며 널 기다렸어. 그들에게 네가 올 거라고 말해줬지…… 논쟁은 사회주의자의 관점에서부터 시작됐어. 잘 알려진 관점 말이야. 범죄는 사회구조의 비정상성에 대한 항의라는 거지. 단지 그뿐, 더이상 어떤 것도, 어떤 이유도 허용되지 않는다는 거야, 아무것도!……"

"정말 말도 안 되는 소리야!" 포르피리 페트로비치가 외쳤다. 그는 눈에 띄게 활기를 띤 채 라주미힌을 보며 연방 웃어댔고, 그것이 한층 더 라주미힌을 자극했다.

"아-아무것도 허용되지 않는다는 거야!" 라주미힌이 열을 내며 그의 말을 가로챘다. "내가 꾸며낸 게 아냐!…… 너한테 그자들의 책을 보여줄게. 그자들에겐 모든 것이, 그러니까 '환경 탓'이야. 그 이상은 아무것도 없어! 그놈들이 좋아하는 문구지! 만일 사회가 정상적으로 조직된다면 모든 범죄가 단숨에 사라질 거라는 결론이 바로 여기서 나오는 거야, 왜냐면 항의할 게 없어지니까, 그리고 모두가 한순간에 경건해진다는 거야. 본성은 고려하지 않아, 본성은 추방되고, 그게 존재한다고 여겨지지도 않는다니까! 그네들 말에 따르면, 인류가 역사의 살아 있는 길을 따라 마지막까지 발전해 마침내 저절로 정상적인 사회로 변하는 게 아니라, 반대로 사회체제가 어떤 수학적 머리에서 출발해 즉각적으로 전 인류를 정비하고, 단숨에 인류를 경건하고 죄 없는 존재로 만든다는 거야, 모든 살아 있는 과정을 경험하기도 전에, 역사적이고 생생한 여정을 전부 거치기도 전에 말이야! 바로 그래서 그 작자들은 본능적으로 역사를 안 좋아해. '그 속에는 오직 추악함과 어리석음만이 있을 뿐'이고, 오로지 어리석음 하나만으로 모든 게 설명된다는 거야! 그러니 마찬가지로 삶의 살아 있는 과정도 좋아하지 않지. 살아 있는 영혼은 필요 없대! 살아 있는 영혼은 삶을 요구하고, 살아 있는 영혼은 기계학에 순종하지 않으며, 살아 있는 영혼은 의심하고, 살아 있는 영혼은 반동적이라는 거야! 반면 이쪽은 시체 냄새를 풍길지라도 고무로 사람을 만들 수 있다는 거지. 대신 살아 있지 않고, 대신 자유의지가 없으며, 대신 노예근성이 있어 반역을 일으키지 않지! 그러니 결과적으로 모든 것은 오직 하나, 팔랑스테르*에 벽돌을 쌓고 복도와 방을 배치하

* 공상적 사회주의자 푸리에가 제안한 이상적 주거공동체.

는 문제만으로 귀착되는 거야! 허나 팔랑스테르가 준비됐지만 그 팔랑스테르를 위한 본성은 아직 준비되지 않았고, 삶을 바라지만 삶의 과정은 아직 완결되지 않았으니, 무덤으로 가기엔 이르지! 논리만으로 본성을 껑충 뛰어넘을 수는 없어! 논리는 세 가지 경우만 예측할 수 있지만, 그런 경우라는 게 백만을 헤아리니까! 백만 가지 경우를 다 쳐내버리고, 모든 것을 안락함이라는 문제만으로 귀착시키다니! 문제를 너무 쉽게 해결하려는 거지! 유혹적일 만큼 분명한데다, 생각할 필요도 없거든! 중요한 건 생각할 필요가 없다는 거야! 삶의 온갖 비밀을 인쇄된 종이 두 장에 남김없이 담는 셈이니까!"

"저렇게 퍼부어대다니, 아주 봇물이 터졌구먼! 손을 묶어둬야겠군." 포르피리가 웃었다. "생각해보세요." 그는 라스콜니코프 쪽으로 고개를 돌렸다. "어제저녁에 여섯 사람이 한방에 모여 바로 저렇게 떠들어댔다니까요, 더구나 미리 펀치까지 취하도록 마셔놓고요. 상상이 되십니까? 아니, 동생, 네 말은 틀렸어. 범죄에서 '환경'은 많은 걸 의미해. 그건 내가 보증하지."

"많은 걸 의미한다는 건 나도 알아, 하지만 그럼 한번 설명해봐. 마흔 살 먹은 남자가 열 살 먹은 계집아이를 욕보였다면, 환경이 그자에게 그걸 강요한 거겠어, 엉?"

"뭐, 엄격한 의미에서는 환경이라고도 할 수 있지." 포르피리는 놀랄 만큼 근엄하게 말했다. "소녀에게 가해진 범죄는 '환경으로' 아주아주 잘 설명할 수 있어."

라주미힌은 화가 나서 거의 미칠 지경이 되었다.

"좋아, 원한다면 내가 당장 결론을 내려주지." 그가 으르렁거렸다. "형

속눈썹이 하얀 건 이반 대제 종루의 높이가 35사젠*이라는 단지 그 이유 하나 때문이야, 이 결론을 확실하고, 정확하고, 진보적이며, 심지어 자유주의적인 뉘앙스로 내려줄까? 해주지! 자, 원한다면 내기라도 하자고!"

"그러지, 뭐! 어떻게 결론 내는지 한번 들어나보자고!"

"항상 저렇게 꾸며댄다니까, 제길!" 라주미힌이 이렇게 소리치고 자리에서 벌떡 일어나 손을 내저었다. "뭐, 형하고는 말할 가치도 없어! 형은 항상 일부러 저래, 넌 아직 형이 어떤지 모르지, 로디온! 어제도 형은 그 작자들 편을 들었어, 단지 모두를 놀려주느라고 말이지. 게다가 어제 한 말이라니, 맙소사! 근데도 사람들은 형 말에 좋아라 하더라니까!…… 정말이지 2주라도 저러고 버틸 수 있다고. 작년에는 무슨 바람이 들었는지 수도사가 되겠다고 우겼어. 두 달이나 고집을 부렸다니까! 얼마 전에는 생각해낸 게, 결혼하겠다고, 이미 결혼식 준비까지 모두 마쳤다고 우기는 거였어. 예복까지 새로 맞췄다니까. 우리는 축하해주기 시작했고. 하지만 약혼녀도, 뭐도 없었어. 몽땅 꾸며낸 일이었어!"

"무슨 터무니없는 소리야! 옷은 그전에 지어둔 거야. 새 옷을 핑계로 너희 모두를 속여넘겨보자는 생각이 든 거지."

"정말 그렇게 꾸며대는 걸 좋아하세요?" 라스콜니코프가 건성으로 물었다.

"아닌 거 같습니까? 잠시만 기다리세요, 당신한테도 한번 해보죠. 하하하! 아닙니다. 저기, 당신에겐 진실만을 말하겠습니다. 이 모든 문제

---

* 미터법 시행 전 러시아의 길이 단위. 1사젠은 약 2미터.

들, 범죄니 환경이니 소녀니 하는 것들과 관련해서 방금 든 생각인데, 하지만 내게는 늘 흥미로웠어요. 당신이 쓴 소논문 하나가, 「범죄에 대하여」던가요…… 아니면 뭐더라, 제목을 잊었군요, 기억이 안 나네요. 두 달 전에 『정기논단』에서 읽을 기회가 있었어요."

"제 논문이라고요? 『정기논단』에서요?" 라스콜니코프가 깜짝 놀라 물었다. "사실 반년 전 학교를 그만둘 때 어떤 책과 관련해서 논문을 하나 쓰긴 했지만, 그때 전 『정기논단』이 아니라 『주간논단』이라는 신문* 에 투고했는데요."

"『정기논단』에 실렸어요."

"『주간논단』이 발행이 중단돼서 그때 인쇄도 못했는데……"

"맞아요. 하지만 『주간논단』이 발행이 중단되면서 『정기논단』과 통합됐고, 그래서 두 달 전 당신 논문도 『정기논단』에 실린 거지요. 모르셨습니까?"

실제로 라스콜니코프는 아무것도 몰랐다.

"이런, 그쪽에 원고료를 요청하실 수도 있는데요! 그나저나 당신 성격도 참! 자기랑 직접 관련되는 이런 일도 모른 채 그렇게 은둔생활을 하신단 말입니까. 아무튼 사실이에요."

"브라보, 로디카! 나도 몰랐는걸!" 라주미힌이 외쳤다. "오늘 당장 열람실에 달려가서 그 호를 신청해야겠군! 두 달 전이라고? 발행일자는? 아무튼 찾아봐야겠어! 정말 사건인데! 그런데도 말도 안 하고!"

"그런데 제 논문이라는 건 어떻게 아셨나요? 이니셜로만 서명했는데

---

* 당시 보통 잡지보다 얇고 더 자주 발행되며 '신문'이라는 부제를 단 형태의 잡지가 흔했는데, 이를 보통 '잡지신문'이라 불렀다.

요."

"요 며칠 전에 우연히요. 편집자를 통해서요. 아는 사람이거든요…… 아주 흥미로웠습니다."

"기억나네요, 범죄의 전 과정이 진행되는 동안 범죄자의 심리 상태를 고찰했지요."

"그렇지요, 그리고 범죄 행위가 늘 병을 동반한다고도 주장하셨고요. 아주, 아주 독창적이에요, 하지만…… 개인적으로 당신 논문에서 흥미로웠던 건 그 부분이 아니라, 유감스럽게도 논문 말미에 생략된 채 어렴풋이 암시만 된 어떤 생각이었습니다…… 기억하실지 모르지만, 한마디로 세상에는 어떤 폭력이나 범죄도 저지를 수 있는…… 아니 저지를 수 있다기보다, 그럴 수 있는 완전한 권리를 가지며, 법조차 적용되지 않을 수도 있는 그런 사람들이 존재한다는 일종의 암시였지요."

자기 생각을 고의적으로 지나치게 왜곡하자 라스콜니코프가 피식 웃었다.

"뭐라고? 그게 무슨 소리야? 범죄에 대한 권리라니? 아니, '환경 탓'이 아니고?" 라주미힌이 너무나 놀라며 물었다.

"아니, 아니, 완전히 그런 건 아니고." 포르피리가 대답했다. "핵심은, 이분 논문에서는 모든 사람이 어떻게든 '평범한 사람'과 '비범한 사람'으로 분류된다는 거지. 평범한 사람은 순종하며 살아야 하고, 법을 뛰어넘을 권리를 갖지 않아, 왜냐면 알다시피 그들은 평범하니까. 반면 비범한 사람은 온갖 범죄를 저지르고 온갖 방법으로 법을 뛰어넘을 권리를 갖는데, 그건 그들이 말 그대로 비범하기 때문이야. 내가 틀린 게 아니라면, 그렇게 쓰신 것 같은데요?"

“어떻게 그럴 수 있어? 그럴 순 없어!” 라주미힌이 의혹에 싸여 중얼거렸다.

라스콜니코프는 다시 한번 피식 웃었다. 문제가 무엇인지, 자신을 어디로 몰고 가려 하는지 단숨에 알아차린 것이다. 그는 자신의 논문을 기억하고 있었다. 그는 도전을 받아들이기로 마음먹었다.

“제 논문 내용이 꼭 그런 건 아닙니다.” 그는 간결하고 겸손하게 말을 시작했다. “하지만 인정하지요, 당신은 논문 내용을 거의 정확하게 말씀하셨어요, 심지어, 원하신다면 완전히 정확하다고 말씀드릴 수도 있고요…… (그는 완전히 정확하다고 동의해주는 게 기분좋은 듯했다.) 단지 차이가 있다면 말씀하신 것처럼 제가, 비범한 사람이 반드시 늘 온갖 폭력을 행사해야 한다거나, 그럴 의무가 있다고 주장한 건 결코 아니라는 점입니다. 그런 논문이었다면 게재가 허락되지도 않았을 테지요. 전 정말로 단지 암시했을 뿐입니다, ‘비범한’ 사람은 권리가 있다고…… 그러니까 공식적인 권리가 아니라 스스로의 양심에 따라…… 다른 장애물을 뛰어넘을 권리를 갖는다는 거죠, 더구나 오로지 그의 사상을 실현하는 데(때로는 전 인류를 구원할 만한 것일 수도 있지요) 그게 필요한 경우에 한에서만요. 제 논문이 불분명하다고 말씀하셨지요. 전 당신에게 가능한 한 상세히 설명해드릴 용의가 있습니다. 당신도 그걸 바라는 것 같다고 여긴다면 제가 틀린 걸까요. 좋습니다. 제 생각엔, 만일 케플러나 뉴턴의 발견이 어떤 복합적인 결과로 이 발견을 방해하거나 그 과정에 장애가 되는 한 명, 열 명, 백 명 또는 그 이상의 목숨을 희생하지 않고는 절대로 사람들에게 알려질 수 없다면, 뉴턴은 자신의 발견을 전 인류에 알리기 위해서 이 열 명 또는 백 명의 사람들을……

제거할 권리가 있으며, 심지어 그럴 의무까지 있을 수 있다는 겁니다. 하지만 그렇다고 해서 뉴턴이 아무나 내키는 대로 온갖 사람을 살해할 권리가 있다거나, 매일 장터에 나가 도둑질을 할 권리가 있다는 결론이 도출되는 건 결코 아닙니다. 나아가 제가 기억하기로, 논문에서 저는 모두…… 그러니까 가령 고대로부터 시작해 리쿠르고스*, 솔론**, 마호메트, 나폴레옹 등으로 이어지는 인류의 입법자들과 법 제정자들은 모두 하나같이 범죄자였다, 왜냐면 새로운 법을 내놓음으로써 사회에서 신성하게 존중되고 조상 대대로 전해져 내려온 오래된 법을 파괴했기 때문이며, 또한 만일 피를 흘리는 것만이(때로는 오래된 법을 위해 아무 잘못 없이 용감하게 피를 흘리는 경우도 있지요) 자신에게 도움이 된다면, 피를 흘릴 일을 앞에 두고도 당연히 멈추지 않았다는 그것 하나만으로도 이미 그렇다는 주장을 펼쳤습니다. 심지어 인류의 이런 은인과 법 제정자 대부분이 특히 끔찍한 유혈 사태의 장본인이었다는 점은 주목할 만하지요. 한마디로 제 결론은, 모두가, 위대한 사람은 아니더라도, 조금이라도 궤도에서 벗어난 사람들은, 그러니까 뭔가 새로운 걸 말할 능력이 조금이라도 있는 사람들은, 물론 정도의 차이는 있겠지만, 본성상 반드시 범죄자일 수밖에 없다는 겁니다. 그렇지 않으면 궤도에서 벗어나기 힘드니까요, 하지만 그들은 당연히 궤도 안에 남는 것에 동의하지 못해요, 이 역시 본성 때문이죠, 제 생각엔 심지어 그들은 거기에 동의하지 않아야 합니다. 한마디로 당신도 지금까지 제가 한 말에 특별히 새로울 게 조금도 없다는 걸 아실 겁니다. 이런 생각은 수천

---

* 고대 스파르타의 입법자.

** 아테네의 정치가이자 개혁가로, 고대 그리스 7대 현인(賢人) 중 한 사람.

번이나 인쇄되고 읽혀왔잖아요. 사람들을 평범한 사람과 비범한 사람으로 나눈 것에 대해서라면, 그게 어느 정도 자의적이라는 데는 동의합니다만, 사실 제가 정확한 수치를 대며 주장하는 것도 아니니까요. 저는 다만 저의 주된 사상을 믿을 뿐입니다. 그 핵심은, 사람은 자연의 법칙에 따라 대체로 두 가지 부류로 구분된다, 이겁니다. 열등한(평범한) 부류, 그러니까 말하자면 오직 자신과 유사한 종을 생산하는 데만 쓰이는, 재료가 되는 사람과, 자신이 처한 환경에서 새로운 말을 할 수 있는 재능이나 능력을 소유한 사람으로 말이죠. 여기서 분류를 더 세분화하자면 물론 한이 없겠지만, 두 부류를 구별짓는 특징은 상당히 뚜렷합니다. 첫번째 부류, 즉 재료가 되는 부류는 대체로 본성상 보수적이고, 예의바르고, 순종적으로 살고, 순종하기를 좋아합니다. 제 생각에 그들은 순종해야 할 의무가 있기도 해요, 왜냐면 그게 그들의 본분이니까요, 그러니 이 점이 그들에게 모욕적일 건 전혀 없지요. 두번째 부류에 속하는 사람들은 모두 자신의 능력에 따라 판단해, 법을 뛰어넘고 파괴하거나 그런 성향을 가집니다. 물론 이 사람들의 범죄는 상대적이고 다양합니다. 그들은 대부분 더 나은 것을 위해 현재를 파괴할 것을 요구하고, 아주 다양한 방식으로 선언합니다. 하지만 자신의 사상을 위해 시체가 됐든 피가 됐든 넘어서야 할 필요가 있다면, 그런 경우 그는 내면의 양심에 따라 피를 넘어서도록 스스로에게 허용할 수 있다는 것이 제 생각입니다, 단 사상과 그 규모로 판단해서요, 이 점에 주목해주세요. 제가 논문에서 범죄에 대한 그들의 권리를 말한 것도 단지 이런 의미에서입니다. (우리가 법률적인 문제에서 시작한 건 기억하시지요.) 하지만 그렇게 걱정하실 건 없어요. 대중은 그들의 이런 권리를 인정하는 법이 거의 없으며, 그들을 사형에 처하고, 교수대에 매달고(정도의 차이는 있지요), 그럼으로써 지극히 정당하게 자신의 보수적인 사명을 수행하지만, 다음 세대에 가서는 바로 이 대중이 처형당한 자를 우러러 받들며 그들에게 절을 하게 되지요(정도의 차이는 있지만요). 첫번째 부류는 항상 현재의 주인이고, 두번째 부류는 미래의 주인이지요. 첫번째 부류의 사람들은 세계를 보존하고 그 수를 늘립니다. 두번째 부류의 사람들은 세계를 움직이고 목표로 인도합니다. 이 부류도, 저 부류도 완전히 똑같이 존재할 권리를 가집니다. 한마디로 제가 보기에는 모두가 동등한 권리를 가진다는 겁니다. *영원한 전쟁이여 만세*인 거지요, 물론 새로운 예루살렘*에 이를 때까지요!"

"그럼 어쨌든 새로운 예루살렘을 믿는다는 말씀입니까?"

"믿습니다." 라스콜니코프는 단호하게 대답했다. 이렇게 말하면서 그는 장황하게 말을 이어가는 내내 그랬듯, 바닥에 깔린 양탄자의 한 점을 골라 내려다보고 있었다.

"그-러-면 신도 믿으십니까? 죄송합니다, 너무 궁금해서요."

"믿습니다." 눈을 들어 포르피리를 보며 라스콜니코프가 반복했다.

"그-럼 라자로의 부활도 믿으시고요?"

"믿-습니다. 왜 그런 걸 다 물으시죠?"

"문자 그대로 믿으시는 건가요?"

"문자 그대로요."

"그렇군요…… 너무 궁금해서요. 죄송합니다. 하지만 방금 전 이야기

* 『요한의 묵시록』 21장에 나오는 새로운 지상낙원.

로 돌아가서, 사실 그들이 항상 처형되는 건 아니잖아요. 어떤 사람들은 반대로……"

"살아서 승리를 거둔다? 오, 그렇습니다, 어떤 사람들은 살아생전 목적을 달성하고, 그러면……"

"자기 쪽에서 처형하기 시작하지요?"

"그게 필요하다면요, 그리고 아시겠지만 심지어 대부분 그렇지요. 대체로 당신 지적은 예리하네요."

"감사합니다. 그런데 말씀 좀 해주세요. 이 비범한 사람들을 평범한 사람들과 대체 어떻게 구별할 수 있나요? 무슨 표시라도 달고 태어나나요? 더 정확한 게, 말하자면 좀더 겉으로 드러나는 확실한 게 필요하지 않나 해서 말씀드리는 겁니다. 죄송하지만, 실제적이고 온건한 사상을 가진 사람으로서 자연스레 불안한 생각이 드는데, 예를 들어 특별한 옷을 걸친다든가, 뭐라도 지닌다던가, 무슨 표지라도 찍혀 있다거나, 뭐 그럴 수는 없는 겁니까?…… 그러니까, 동의하시겠지만, 만약 혼동이 일어나서 어떤 부류의 사람이 자기가 다른 부류에 속한다고 생각하고, 당신이 극히 적절히 표현하신 대로, '모든 장애를 제거하기' 시작하면, 그럼 그땐 정말……"

"오, 그런 일은 매우 자주 일어나지요! 아까보다 훨씬 더 예리한 지적이십니다……"

"감사합니다……"

"별말씀을요. 하지만 그런 실수는 첫번째 부류, 그러니까 '평범한' 사람(그리 적절한 것 같진 않지만, 제가 그렇게 불렀죠) 쪽에서만 가능하다는 점을 고려해주세요. 순종적인 경향을 타고났음에도 암소조차 피해갈 수 없는 자연의 어떤 장난 탓에, 그들 중 아주 많은 사람들이 자신을 선구자나 '파괴자'로 여기고 '새로운 말'을 떠올리기 좋아하지요, 그것도 완전히 진심으로 말입니다. 하지만 동시에 사실 그들은 매우 자주 새로운 사람들을 알아보지 못할뿐더러, 그들을 시대에 뒤처지고 모욕적인 생각을 하는 사람으로 여겨 경멸하기까지 합니다. 하지만 제 생각에 그건 그다지 크게 위험할 리 없고, 그러니 사실 당신도 걱정하실 게 없어요, 왜냐면 그들은 절대 멀리 못 가니까요. 물론 그런 집착에 대해 자기 분수를 알라고 가끔 채찍질해줄 수는 있겠지만, 그 이상은 아닙니다. 그런 경우 채찍질을 해줄 사람조차 필요 없어요. 그들 스스로 자신을 채찍질할 테니까요, 왜냐면 원래 착한 사람들이거든요. 서로서로 그런 봉사를 해주는 사람들도 있고, 제 손으로 자기를 때리는 사람들도 있지요…… 게다가 다양한 방법으로 공개적으로 참회하는 벌을 자신에게 내리기도 하고요. 멋지고 교훈적인 결론이 나기 마련이니, 한마디로 전혀 걱정할 게 없다, 이겁니다…… 법칙상 그래요."

"그럼 최소한 그 점에 대해서는 어느 정도 안심이 되는군요. 하지만 곤란한 점이 하나 더 있습니다. 부디 말씀해주시죠, 다른 사람을 죽일 권리를 가진 사람이, 그런 '비범한' 사람들이 많은가요? 물론 저야 비범한 사람에게 몸을 굽힐 준비가 되어 있습니다만, 당신도 동의하실 텐데, 그런 사람이 너무 많으면 끔찍하지 않겠습니까, 그렇지 않나요?"

"오, 그 점도 걱정하지 마세요." 라스콜니코프가 같은 어조로 말을 이었다. "대체로 새로운 생각을 가진 사람, 조금이라도 새로운 걸 말할 능력이 있는 사람은 예외적일 정도로 적게 태어납니다, 이상할 정도로 적죠. 단지 한 가지 분명한 사실은 이 모든 부류와 그 하위 부류에 속하는 사람들이 태어나는 질서는 어떤 자연의 법칙에 의해 아주 확실하고 정확하게 결정되어 있는 게 틀림없다는 점입니다. 물론 지금까지 밝혀지지 않았지만, 저는 그런 법칙이 존재하며, 나중에 밝혀질 거라고 믿습니다. 엄청난 수의 사람들, 그러니까 재료에 해당하는 사람들이 세상에 존재하는 이유는 결국은 오로지 어떤 노력을 통해, 지금까지 밝혀지지 않은 비밀스러운 과정을 통해, 종과 혈통 간의 모종의 교차를 통해 온 힘을 써서, 단지 천 명 중 한 명이라도 조금이나마 독립적인 인간을 세상에 생산해내기 위해서입니다. 좀더 대범하게 독립적인 사람은 아마 만 명 중 하나 정도 태어날 겁니다. (쉽게 알 수 있도록 예를 들어 말하자면요.) 그보다 더 독립적인 사람은 십만 명 중 하나고요. 천재적인 사람은 수백만 명 중 하나꼴로 태어나고, 인류의 완성자인 위대한 천재는 아마도 수십억 명을 헤아리는 사람들이 이 땅을 거쳐간 다음에나 가능하겠지요. 요컨대 이 모든 것이 발생하는 증류기 속을 제가 들여다본 건 아니에요. 하지만 특정한 법칙은 반드시 존재하며, 또 그래야 합니다. 여기에 우연이란 있을 수 없어요."

"두 사람 다 농담하는 거야, 뭐야?" 결국 라주미힌이 흥분해서 소리를 질렀다. "둘이서 무슨 말놀음이야? 서로 놀려대고 앉았군! 너 진심이야, 로자?"

라스콜니코프는 창백하고 슬퍼 보이기까지 하는 얼굴을 그를 향해 조용히 들어올리고는 아무 대답도 하지 않았다. 이 조용하고 슬픈 얼굴을 마주하자 라주미힌은 노골적이고 집요하게 자극하며 가시 돋힌 말을 무례하게 해대는 포르피리가 이상하게 여겨졌다.

"그러니까 친구, 그게 정말 진심이라면, 그건…… 네 생각이 전혀 새롭지 않고, 우리가 천 번이나 읽고 들은 거랑 비슷하다고 한 네 말은 물론 맞아. 하지만 그 모든 것 중에서 정말로 독창적인 건, 게다가 끔찍하게도 정말로 오로지 네게만 속한 생각은, 그건 그럼에도 불구하고 피를 양심에 따라 허용한다는 거야, 게다가, 이런 말을 하긴 미안하지만, 심지어 그렇게 광신적일 정도로 말이야…… 그러니까 네 논문의 주된 사상도 거기에 있는 거지. 양심에 따라 피를 허용하는 건, 그건…… 내 생각에 그건 피를 흘리는 걸 공식적으로, 합법적으로 허용하는 것보다 더 끔찍해……"

"정말 맞는 말이야, 더 끔찍하지." 포르피리가 맞장구를 쳤다.

"아니야, 넌 어쩌다보니 지나치게 몰두한 거야! 그래서 실수한 거야. 내가 읽어보지…… 넌 너무 몰두한 거라고! 네가 그렇게 생각할 리 없어…… 읽어봐야겠어."

"논문엔 그런 내용은 전혀 없어. 단지 암시만 되어 있을 뿐이야." 라스콜니코프가 말했다.

"그렇죠, 그래요." 포르피리는 가만히 있지 못했다. "당신이 범죄를 어떻게 바라보시는지 이제 거의 확실히 알겠군요, 하지만…… 부디 내 집요함을 용서해주십시오. (당신을 너무 괴롭히는군요, 스스로도 부끄럽습니다!) 보세요. 방금 두 부류가 잘못 혼동될 경우에 대해서는 당신 덕분에 마음이 푹 놓이는데요, 그런데…… 여전히 실제적이고 다양한 경우들이 역시 걱정되네요! 어떤 남자나 젊은이가 자기가 리쿠르고스나 마호메트라 여기고…… 물론 미래에 말이지요, 거기에 방해되는 것들을 모두 제거하기 시작하면 어쩌지요…… 원정도 해야 할 거고, 그러려면 원정자금도 필요할 테고…… 그래서 원정을 위해 자금을 조달하기 시작한다면 말입니다…… 무슨 말인지 아시겠지요?"

자메토프가 구석 자기 자리에서 갑자기 픽 웃었다. 라스콜니코프는 그에게 눈길조차 돌리지 않았다.

"당연히 동의합니다." 그는 침착하게 대답했다. "그런 경우가 실제로 당연히 있겠지요. 어리석고 허영심 많은 자들이 특히 그런 함정에 빠지기 마련입니다. 젊은 사람이 특히 그렇고요."

"그렇다니까요. 그럼 그땐 어떻게 합니까?"

"그러라고 하세요." 라스콜니코프가 피식 웃었다. "그게 제 잘못은 아니잖아요. 그런 일은 언제나 일어나며, 일어날 수 있습니다. 방금 저 친구가(그는 라주미힌을 턱으로 가리켰다) 제가 피를 허용한다고 말했지요. 그래서 대체 뭐가 어쨌다는 겁니까? 사회는 사실상 유형, 감옥, 예심판사, 징역 들로 지나치리만큼 보호되고 있어요. 근데 걱정할 게 뭡니까? 도둑이나 잡으시지요!……"

"그래서, 잡으면요?"

"그자에겐 자업자득이지요."

"아주 논리적이시군요. 그럼 그 사람 양심은요?"

"그게 당신과 무슨 상관입니까?"

"그저 인도적인 차원에서요."

"양심이 있으면 괴로워하겠죠, 자신의 잘못을 인정한다면요. 그것도 그에겐 벌이 될 겁니다, 징역과는 별도로요."

"그럼 정말로 천재적인 사람들은," 얼굴을 찌푸리며 라주미힌이 물었다. "찔러 죽일 권리가 주어진 사람들은 심지어 피를 흘리고도 전혀 괴로워하지 않아야 한다는 거야?"

"여기서 그래야 한다는 말이 왜 나오지? 거기엔 허락도, 금지도 없어. 희생자가 가엾다면 괴로워하라고 해…… 광대한 의식과 심오한 마음에 고통과 아픔은 늘 필연적인 거야. 내 생각에 진실로 위대한 사람은 세상의 위대한 슬픔을 느껴야 해." 돌연 깊은 생각에 잠긴 듯 그는 대화를 나누던 때와 전혀 다른 어조로 이렇게 덧붙였다.

그는 눈을 들어 생각에 잠긴 얼굴로 모두를 바라보면서 미소를 짓고는 모자를 집어들었다. 방금 전 방으로 들어올 때에 비해 지나치게 차분해졌고, 그도 이것을 느꼈다. 모두가 일어섰다.

"뭐, 날 욕하시든 말든, 화내시든 말든 다 좋습니다만, 참을 수가 없군요." 포르피리 페트로비치가 다시 한번 결론 내리듯 말했다. "하나만 더 물어보게 해주세요. (내가 당신을 너무 괴롭히는군요!) 사소한 생각인데 그냥 지나칠까도 했습니다만, 그저 잊어버리지 않으려고 말이죠……"

"좋습니다, 생각을 말씀해보시죠." 라스콜니코프는 진지하고 창백한 얼굴로 그 앞에 서서 질문을 기다렸다.

"그러니까 말입니다…… 사실, 어떻게 하면 더 잘 표현할 수 있을지 모르겠습니다만…… 그놈의 생각이란 게 너무 경박한 거라서요…… 심리적인 거고요…… 그러니까, 당신이 그 논문을 작성할 때, 당신 스스로 자신을, 뭐 아주 손톱만큼이라도, '비범한' 사람으로, 새로운 말을 하는 사람으로 생각했을 리는 없을까요, 헤헤! 그러니까 당신이 말한 그런 의미에서요…… 그렇지 않습니까?"

"충분히 그럴 수 있죠." 라스콜니코프가 경멸스럽다는 듯 대답했다.

라주미힌은 몸을 움찔했다.

“만일 그렇다면, 혹시 당신 스스로, 살면서 겪는 어떤 실패나 압박 때문에, 또는 전 인류에 도움이 되기 위해서 장애를 뛰어넘겠다고 결단을 내릴 수도 있지 않았을까요?…… 뭐, 예를 들어 살인이랄까, 강도랄까?……”

그러더니 그는 갑자기 다시 한번 그에게 왼쪽 눈을 깜빡이고는, 소리 없이 웃음을 터뜨렸는데, 아까와 똑같았다.

“만일 제가 장애를 뛰어넘었다면, 물론 당신에게 말하진 않았겠지요.” 라스콜니코프는 도전적이고 오만한 경멸을 담아 이렇게 대답했다.

“아니, 난 단지 개인적으로 당신 논문을 잘 이해해보려고 관심을 가진 것뿐입니다, 단지 학문적 관점에서요……”

‘휴, 이건 너무나 노골적이고 뻔뻔하다!’ 라스콜니코프는 혐오스러움을 느꼈다.

“한 가지 말씀드리고 싶습니다.” 그는 건조하게 대답했다. “전 자신을 마호메트나 나폴레옹으로 여기지 않습니다…… 그 비슷한 누구로도요, 따라서 그들이 아니니 저라면 어떻게 행동했을지 당신이 만족할 만한 설명을 드리지는 못하겠군요.”

“자, 그만합시다, 지금 우리 루시*에서 자신을 나폴레옹이라고 여기지 않을 사람이 대체 어디 있겠습니까?” 포르피리가 갑자기 지독하게 친근한 태도로 말했다. 심지어 방금 그 억양에는 유달리 분명한 뭔가가 담겨 있었다.

“지난주에 우리 알료나 이바노브나를 도끼로 살해한 자도 그런 미래

* 러시아의 옛 명칭.

의 나폴레옹은 아닐까요?" 구석에서 자메토프가 느닷없이 이렇게 지껄여댔다.

라스콜니코프는 침묵한 채 단호한 표정으로 포르피리를 뚫어지게 쳐다보았다. 라주미힌은 침통하게 얼굴을 찌푸렸다. 좀전부터 뭔가를 느끼기 시작한 것 같았다. 그는 분노에 차서 주위를 둘러보았다. 음울한 침묵의 순간이 흘렀다. 라스콜니코프는 떠나려고 몸을 돌렸다.

"벌써 가시려고요!" 포르피리는 몹시 친절하게 손을 내밀며 상냥하게 말했다. "만나뵙게 돼서 아주, 아주 기쁩니다. 부탁하신 일에 대해서라면 조금도 걱정하지 마세요. 말씀드린 대로 이러이러하게 쓰세요. 거기 내가 있는 곳으로 직접 들르시는 게 제일 좋겠군요…… 조만간 언제라도…… 내일이라도요. 아마 열한시쯤이면 거기 있을 겁니다. 일을 모두 처리하고…… 이야기도 나누고요…… 당신이 그곳에 마지막으로 다녀간 사람 중 한 명이니, 뭔가 우리에게 도움이 될 얘기를 해주실지도 모르지요……" 그는 너무나 선량한 모습으로 이렇게 덧붙였다.

"절 공식적으로 심문하려는 겁니까, 모든 것을 갖춰놓고서?" 라스콜니코프가 날카롭게 물었다.

"뭐하려요? 아직 그럴 필요가 전혀 없습니다. 잘못 이해하셨군요. 보세요, 난 기회를 놓치지 않아요, 그리고…… 그리고 전당품을 맡긴 모든 사람과 이미 이야기를 나누었어요…… 어떤 사람에게는 진술도 받아냈고요…… 하지만 당신은 마지막으로 다녀간 분이니까…… 아참, 마침 잘됐군요!" 웬지 갑자기 아주 기뻐하며 그가 소리를 질렀다. "마침 생각이 났어요, 원, 나도 참!……" 그는 라주미힌을 향해 몸을 돌렸다. "그때 네가 그 니콜라시카 얘기를 귀에 못이 박히도록 했지…… 나도 알아, 안다고." 그는 라스콜니코프에게 몸을 돌렸다. "그 젊은이가 결백하다는 걸 말이지요, 그러니 대체 이걸 어쩝니까, 이제 미티카를 괴롭힐 수밖에요…… 바로 이게 문제예요, 문제의 핵심이지요. 그때 계단을 지나가시면서…… 잠깐만요. 다녀가신 게 일곱시가 좀 넘어서였나요?"

"일곱시가 좀 넘어서였어요." 라스콜니코프는 대답했지만, 바로 그 순간 이 말은 하지 않아도 됐을 거라는 느낌이 들어 불쾌해졌다.

"그러니까 일곱시가 좀 넘어 계단을 지나시다가 2층에 있는, 문이 열린 셋집에서, 기억나세요? 두 사람이 일하는 모습이라든가, 아니면 그 중 한 명이라도 보진 않으셨는지요? 거기서 칠을 하고 있었다는데, 못 보셨어요? 이건 그 사람들에게 아주, 아주 중요합니다!"

"칠장이들요? 아니, 못 봤는데요……" 라스콜니코프는 기억을 더듬듯 천천히 대답했지만, 바로 그 순간 그는 함정이 과연 어디 있는지, 뭔가 놓친 건 없는지 서둘러 파악하느라 온몸이 팽팽히 긴장했고 고통으로 심장이 멎을 듯했다. "아니요, 못 봤습니다, 그리고 그 열려 있다던 집도 보지 못했어요…… 하지만 4층에서 (그는 이미 함정이 뭔지 완전히 파악하고 승리감을 느꼈다) 어떤 관리가 이사하는 걸 본 게 기억나네요…… 알료나 이바노브나 맞은편 집이었어요…… 기억나요…… 그건 똑똑히 기억합니다…… 군인들이 무슨 소파 같은 걸 내가느라 저를 벽 쪽으로 밀어붙였거든요…… 하지만 칠장이는, 아니요, 칠장이들이 있었던 기억은 없습니다…… 게다가 문이 열린 집은 아무 데도 없었던 것 같은데. 그래요. 없었어요……"

"형, 대체 뭐야!" 라주미힌이 퍼뜩 정신을 차린 듯 생각을 해내고는 버럭 소리를 질렀다. "칠장이들이 칠을 한 건 살인 사건이 일어난 바로 그날이잖아, 하지만 저 친구는 사흘 전에 거기 갔다고? 형은 대체 뭘 묻고 있는 거야?"

"허! 헷갈렸네!" 포르피리가 자기 이마를 탁 쳤다. "제기랄, 이 사건 때문에 정신이 들락날락하는군요!" 그는 미안하다는 듯이 라스콜니코프에게 말했다. "일곱시가 좀 넘은 시각에 그 집에서 그 친구들을 본 사람이 혹시 없는지 알아내는 게 우리에겐 정말 중요한 일이라서요, 게다가 방금 당신이 도움이 될 말을 해주실 수도 있을 거란 생각이 들어서…… 완전히 헷갈려버렸군요!"

"그러니 좀더 조심해야지." 라주미힌이 언짢아하며 지적했다.

마지막 말들은 이미 현관에서 오갔다. 포르피리 페트로비치는 몹시 친절하게도 그들을 바로 문 앞까지 배웅해주었다. 두 사람 모두 어둡고 침울한 얼굴로 거리로 나와 몇 걸음 걷는 동안 한 마디 말도 하지 않았다. 라스콜니코프는 깊은숨을 내쉬었다……

6

"……못 믿겠군! 믿을 수 없어!" 라주미힌은 라스콜니코프의 논거를 반박하기 위해 안간힘을 쓰면서 곤혹스러운 표정으로 같은 말을 반복했다. 그들은 이미 풀헤리야 알렉산드로브나와 두냐가 오래전부터 기다리고 있을 바칼레예프의 여관에 거의 도착한 터였다. 라주미힌은 길을 걸으면서 대화를 하다 열을 내며 끊임없이 멈춰 섰고, 그 일에 대해 두 사람이 터놓고 얘기한 게 처음이라는 사실 하나만으로도 이미 당혹스러워하며 흥분했다.

"믿지 마!" 라스콜니코프가 차갑고 태연하게 미소 지으며 대답했다. "넌 언제나처럼 아무것도 눈치 못 챘지만, 난 한 마디 한 마디를 헤아려 봤어."

"너야 의심이 많으니까 그랬겠지…… 흠…… 사실 포르피리 형의 말투가 꽤 이상했다는 건 나도 동의해, 특히 자메토프, 그 비열한 놈!…… 네 말이 맞아, 그자 마음속엔 뭔가 있었던 거야. 하지만 왜? 어째서?"

"밤사이 생각이 바뀐 거야."

"그렇다면 오히려 반대지, 반대야! 만일 그 인간들이 그런 얼빠진 생각을 하고 있었다면 그걸 숨기고, 자기 카드를 감추려 안간힘을 썼을 거야, 나중에 덮치려고 말이지…… 하지만 방금은 뻔뻔하게 군데다 조심하지도 않았잖아!"

"만일 그자들에게 물증, 그러니까 진짜 물증이 있거나 혐의에 조금이라도 근거가 있었다면, 실제로 계책을 감추려 애썼겠지. 더 많이 얻어내길 바라며 말이야. (그나저나 벌써 진작에 가택수색을 했을지도 몰라!) 하지만 그들에겐 물증이 없어, 단 하나도. 모든 게 신기루고, 모든 게 양날의 칼이고, 언제든 변할 수 있는 생각일 뿐이야. 그러니까 그렇게 뻔뻔하게 굴어서 사람을 거꾸러뜨리려는 거지. 물증이 없으니 절로 울화통이 터지고 화가 나 폭발한 건지도 몰라. 어쩌면 어떤 의도가 있는지도 모르고…… 똑똑한 사람 같던데…… 자기가 알고 있다고 날 겁주고 싶었는지도 모르지…… 친구, 여긴 나름의 심리학이 있어…… 어쨌든 이런 걸 전부 다 설명하는 게 혐오스럽다. 그만두자!"

"게다가 모욕적이야, 모욕적이라고! 널 이해해! 하지만…… 기왕 터놓고 말하게 됐으니(마침내 터놓고 말하게 돼서 정말 좋다, 기뻐!), 이제 솔직하게 고백할게, 그놈들이 그런 생각을 하고 있다는 걸 난 오래전에 눈치챘어, 근래 들어 쭉, 물론, 아주 미미한 정도로만, 바닥에서 기는 정도랄까, 하지만 바닥에서 기는 정도라도 도대체 왜 그러냐 이거야! 어떻게 감히 그럴 수 있어? 그 근거가 어디에, 어디에 숨어 있냐고? 내가 얼마나 미친 듯이 화를 냈는지 알아! 어떻게 그럴 수가! 지독한 가난과 우울증으로 몰골이 말이 아닌 가난한 대학생이, 의심 많고 자존심 강하고 자신의 가치를 알면서 반년 동안이나 아무도 만나지 않고 방구석에 처박혀 있던 그 대학생이, 어쩌면 몸속에서 이미 시작되었을지 모를, 의식을 잃을 정도로 심한 병이 나기 직전에(새겨들어!), 누더기를 걸치고 밑창도 없는 신발을 신고, 경찰관들 앞에 서서 그자들의 폭언을 참고 있는 거야. 여기다 생각지도 못한 빚을 코앞에 들이밀지, 7등문관 체바로프의 기한이 지난 어음에다, 퀴퀴한 칠냄새, 30도의 날씨와 숨이 막힐 것 같은 공기에, 사람들은 북적대지, 거기다 자기가 바로 전날 방문했던 사람이 살해됐다는 이야기를 듣게 된 거야, 더구나 이 모든 게 공복 상태에 밀어닥친 거지! 이런데 어떻게 기절하지 않을 수 있겠어! 그런데도 거기에, 바로 거기에 모든 혐의를 두다니! 빌어먹을! 네가 억울하다는 거 잘 알아, 하지만 로디카, 내가 너라면 놈들 면전에 대고 껄껄 웃든지, 아니면 이게 더 좋겠군. 모두의 면상에 침을 뱉-어-줄 거야, 그것도 걸쭉한 걸로, 그런 다음 양쪽 볼때기를 정신이 번쩍 나게 스무 번쯤 날려주겠어, 언제나 그렇지만 그런 놈들은 그렇게 해줘야 해, 그래야 일이 끝나. 침이나 뱉어줘! 기운 내고! 다들 부끄러운 줄 알아야지!"

'그런데 이 친구, 설명하는 게 제법인걸.' 라스콜니코프는 생각했다.

"침이나 뱉어주라고? 내일이면 다시 심문하려 들 텐데!" 그가 비통한 얼굴로 말했다. "정말 내가 그자들에게 일일이 설명해야 할까? 어제 술집에서 자메토프 때문에 비참해진 것도 분한데……"

"빌어먹을! 내가 직접 포르피리 형에게 가야겠군! 친척끼리 하듯이 쥐어짜내야겠어. 모든 걸 내게 낱낱이 털어놓게 하고 말 테다! 근데 자메토프는……"

'마침내 눈치를 챘군!' 라스콜니코프는 생각했다.

"잠깐만!" 갑자기 그의 어깨를 움켜쥐며 라주미힌이 소리쳤다. "잠깐만! 네가 잘못 생각했어! 곰곰 생각해보니 네가 잘못 생각한 거야! 그러니까 무슨 계략이 그러냐고? 일꾼들에 대해 물어본 게 계략이라고 했지? 생각해봐. 자, 만약 네가 그 일을 저질렀다면, 집을 칠하는 걸 봤다고…… 일꾼들을 봤다고 털어놓을 리가 없잖아? 오히려 반대지. 봤다 해도 아무것도 못 봤다고 하겠지! 누가 자기에게 불리한 사실을 인정하겠냐?"

"내가 그 일을 저질렀다면, 난 분명 일꾼들도, 집도 봤다고 했을 거야." 내키지 않는 듯 혐오감을 드러내며 라스콜니코프가 대답을 계속했다.

"대체 왜 자기에게 불리한 진술을 하지?"

"무지렁이나 아무 경험 없는 애송이들이나 심문을 받을 때 계속해서 전부 아니라고 딱 잡아떼는 법이니까 그렇지. 반면 조금이라도 성숙하거나 노련한 사람이라면 외적이고 불가피한 사실에 대해서는 분명 가능한 한 다 인정하려고 할 거야. 단지 그것들에 다른 이유를 갖다붙이고, 완전히 다른 의미를 부여해주는, 자신만의 독특한, 다른 사람이 예상 못할 점을 끼워넣어 그것들을 다른 각도에서 제시하겠지. 포르피리는 분명 내가 그렇게 대답할 거라고, 그럴듯하게 보이기 위해 분명히 봤다고 대답하고, 거기다 뭔가를 더 얹어 설명할 거라고 예상했을 거야……"

"그럼 형은, 사건이 나기 이틀 전에는* 일꾼들이 거기 있었을 리 없으니, 그건 살인 사건이 나던 날 일곱시가 넘은 시각에 바로 네가 거기 있었단 뜻이로구나, 하고 당장 말하려 했던 거군. 허점을 잡아 한 방에 때려눕히려고!"

"그리고 이런 것도 고려했겠지, 내가 제대로 판단하기 힘들 거라고, 좀더 그럴듯하게 대답하려고 서두르느라 사건 이틀 전엔 일꾼들이 거기 있을 수 없었다는 것을 잊을 거라고 말이야."

"대체 그걸 어떻게 잊을 수 있지?"

"그건 아주 쉬운 일이야! 교활한 사람들은 그렇게 제일 사소한 걸 제일 쉽게 헷갈리거든. 교활한 사람일수록 사소한 일이 자기를 거꾸러뜨릴 수 있다고는 생각 못하니까. 가장 교활한 사람은 바로 그렇게 가장 단순한 걸로 꺾어버려야 해. 포르피리는 결코 네가 생각하는 것만큼 그렇게 어리석지 않아……"

"그렇다면 비열한 놈이고!"

라스콜니코프는 웃지 않을 수 없었다. 하지만 그 순간, 이전까지는 자신이 우울과 혐오감을 느끼면서, 분명 어떤 목적과 필요 때문에 대화

---

* 작품에는 라스콜니코프가 답사차 그 집에 간 날이 사건 이틀 전과 사흘 전으로 혼재되어 적혀 있다. 시간과 돈에 쫓기며 글을 써야 했던 작가의 실수로 보인다.

를 이어왔던 것과 달리, 방금 설명할 때는 생기 있게, 스스로 내켜서 했다는 사실이 이상하게 여겨졌다.

'내가 특정한 대목에 열중하고 있구나!' 그는 속으로 생각했다.

하지만 거의 그와 동시에 전혀 예기치 못한 불안한 생각에 충격을 받은 듯, 갑자기 불안해졌다. 불안은 커져갔다. 이미 그들은 바칼레예프 여관 입구에 도착해 있었다.

"먼저 들어가." 라스콜니코프가 불쑥 말했다. "금방 돌아올게."

"어딜 가려고? 벌써 다 왔는데!"

"가봐야 해, 가야 해. 일이 좀 있어…… 삼십 분 후에 돌아올게…… 가서 말 좀 해줘."

"마음대로 해, 난 널 따라갈 테니까."

"뭐야, 너도 날 괴롭히고 싶은 거야!" 그가 너무나 절박한 눈길로 너무나 비통하게 화를 내며 소리쳤기에, 라주미힌은 그만 팔을 축 늘어뜨리고 말았다. 그는 잠시 현관에 서서 라스콜니코프가 자기 집이 있는 골목 쪽으로 빠르게 걸음을 옮기는 것을 침통한 표정으로 바라보았다. 마침내 그는 이를 악물고, 주먹을 불끈 쥐며, 당장 오늘이라도 포르피리를 레몬처럼 꽉 쥐어짜내야겠다고 맹세하면서, 오랫동안 그들이 오지 않아 이미 불안해하고 있을 풀헤리야 알렉산드로브나를 안심시키기 위해 위로 올라갔다.

집에 도착했을 때 라스콜니코프는 관자놀이가 땀으로 흠뻑 젖은 채 힘겹게 숨을 헐떡이고 있었다. 그는 서둘러 계단을 올라가 잠그지 않고 나간 자기 방으로 들어가서는 바로 문고리를 걸었다. 그러더니 겁에 질려서는 미친 듯이, 구석으로, 전에 물건을 넣어두었던, 벽지에 난 바로 그 구멍에 달려들어 안에 손을 집어넣고 구석구석, 벽지 틈새까지 뒤져 가며 뭔가를 몇 분간 꼼꼼히 더듬어 찾았다. 아무것도 나오지 않자 그는 일어나서 깊은숨을 내쉬었다. 방금 전 이미 바칼레예프의 현관에 도착했을 때, 갑자기 어떤 물건, 무슨 목걸이나 단추, 아니면 노파가 손으로 뭔가 적어둔 물건 포장지가 그때 자기도 모르게 딸려와 어느 틈에라도 떨어져 있다가, 나중에 반박할 수 없는 의외의 증거물이 되어 자기 앞에 불쑥 나타날 수도 있다는 생각이 들었던 것이다.

그는 생각에 잠긴 듯 우두커니 서 있었고, 입술에는 비굴하고 반쯤 넋이 나간 듯한 묘한 미소가 어른거렸다. 마침내 그는 모자를 들고 조용히 방을 나갔다. 생각이 어지럽게 엉켰다. 생각에 잠긴 채 그는 정문으로 내려왔다.

"마침 저기 오네요!" 누군가 큰 소리로 외쳤다. 그는 고개를 들었다.

수위가 좁은 수위실 문간에 서서 키가 크지 않은 어떤 사람에게 그를 똑바로 가리켰는데, 소시민 같아 보이는 외모에, 실내용 가운 비슷한 걸 입고, 조끼를 걸친 모습이 멀리서 보면 영락없이 여편네 같았다. 기름때에 전 제모를 쓰고 머리를 푹 숙이고 있어서 전체적으로 등이 굽은 것처럼 보였다. 축 늘어지고 주름진 얼굴은 쉰 살은 넘어 보였다. 작고 부은 눈은 음울하고 엄격하고 불만에 찬 듯했다.

"무슨 일이죠?" 라스콜니코프는 수위에게 다가서며 물었다.

소시민은 그를 곁눈으로 힐끗 쳐다보더니 서두르는 기색도 없이 그를 뚫어져라 유심히 살폈다. 그러고는 천천히 몸을 돌려 한마디 말도 없이 건물 정문에서 거리로 나갔다.

"대체 뭡니까!" 라스콜니코프가 외쳤다.

"저 사람이 여기 대학생이 사느냐면서 당신 이름을 대고는, 누구 집에 사느냐 묻더라고요. 마침 당신이 내려오길래 알려줬는데 그냥 가버리는군. 나 원 참."

수위 역시 조금 의아해했지만, 아주 그런 건 아니었는지, 잠깐 더 생각하다가 몸을 돌려 좁은 수위실로 다시 기어들어갔다.

라스콜니코프는 소시민 뒤를 따라 내달렸고 이내 그를 발견했는데, 그는 거리 맞은편에서 좀전처럼 서두르지 않는 규칙적인 발걸음으로 땅을 뚫어져라 내려다보며 무언가 생각에 잠긴 모습으로 걷고 있었다. 그는 곧 소시민을 따라잡았지만, 얼마 동안은 뒤에서 따라갔다. 마침내 나란히 걷게 되자 라스콜니코프는 옆쪽에서 그의 얼굴을 힐끗 쳐다보았다. 그도 금방 눈치채고 재빨리 라스콜니코프를 훑어봤다가 다시 눈을 떨궜고, 그렇게 그들은 얼마 동안 나란히, 아무 말 없이 걸었다.

"저에 대해…… 수위에게 물으셨다고요?" 마침내 라스콜니코프가 말을 시작했지만, 왠지 아주 작은 목소리였다.

소시민은 아무 대답도 하지 않았고, 아예 쳐다보지도 않았다. 두 사람은 다시 침묵했다.

"당신 뭡니까…… 와서 물어보고는…… 아무 말도 없다니…… 대체 이게 뭐하는 짓입니까?" 라스콜니코프의 목소리는 띄엄띄엄 끊어졌고, 왠지 말도 분명히 나오질 않았다.

이번에는 소시민도 눈을 들어 불길하고 어두운 눈길로 라스콜니코프를 쳐다보았다.

"살인자!" 조용하지만 분명하고 또렷한 목소리로 그는 불쑥 이렇게 말했다……

라스콜니코프는 그의 옆에서 걷고 있었다. 갑자기 다리에서 힘이 쭉 빠지고, 등줄기가 싸늘해지더니, 순간 심장이 멈추는 것 같았다. 그러다 고리가 벗겨진 듯 심장이 갑자기 마구 날뛰기 시작했다. 그렇게 그들은 백 걸음쯤 나란히, 그리고 다시 아무 말 없이 걸어갔다.

소시민은 그를 쳐다보지 않았다.

"대체 당신…… 뭡니까…… 누가 살인자라는 거요?" 라스콜니코프가 거의 들릴 듯 말 듯 한 목소리로 중얼거렸다.

"네놈이 살인자지." 그는 한층 더 또박또박 힘주어 발음하고는 증오에 가득찬 승리의 미소를 짓는가 싶더니, 다시 라스콜니코프의 창백한 얼굴과 초점 잃은 눈동자를 똑바로 쳐다보았다. 두 사람은 때마침 교차로에 이르렀다. 소시민은 길 왼쪽으로 돌아 뒤도 돌아보지 않고 앞으로 걸어갔다. 라스콜니코프는 그 자리에 남아 오래도록 그의 뒷모습을 바라보았다. 쉰 걸음쯤 더 가서 몸을 돌리더니 여전히 꼼짝없이 같은 자리에 서 있는 자신을 바라보는 그 사람의 모습이 보였다. 잘 보이지 않았지만, 라스콜니코프에게는 이번에도 그 사람이 차갑고 증오어린, 의기양양한 미소를 짓는 것처럼 보였다.

라스콜니코프는 힘없이 조용한 발걸음으로 무릎을 후들후들 떨며 꽁꽁 얼어붙은 것 같은 모습으로 집에 되돌아와 자신의 골방으로 올라갔다. 그는 모자를 벗어 탁자에 놓고 십 분 정도 꼼짝 않고 그 옆에 서 있었다. 그러고는 힘없이 소파에 쓰러져 고통스럽게 얕은 신음을 토해내며 몸을 뻗었다. 눈이 감겼다. 그렇게 삼십 분가량 누워 있었다.

그는 아무 생각도 하지 않았다. 어떤 생각들, 생각의 파편들, 상념들이 무질서하고 두서없이 떠올랐다. 아직 어릴 때 본 사람들의 얼굴, 아니면 어디선가 단 한 번 마주친, 그래서 결코 기억조차 나지 않을 사람들의 얼굴이 떠올랐다. V성당의 종루, 어느 술집의 당구대와 당구대 옆에 선 장교, 지하 담뱃가게의 궐련 냄새, 술집, 칠흑같이 어둡고 구정물이 흥건하고 계란 껍질이 잔뜩 널린 뒤쪽 계단, 그리고 어디선가 들려오는 주일 종소리…… 사물들이 교차하며 회오리처럼 소용돌이쳤다. 더러 마음에 드는 것도 있어서 거기에 매달려보기도 했지만 이내 사라져버렸고, 대체로 내부에서 뭔가가 그를 짓눌렀지만, 그리 심하지는 않았다. 가끔은 기분이 좋기까지 했다…… 가벼운 한기가 남아 있었지만, 그 역시 거의 기분좋게 느껴질 정도였다.

라주미힌의 다급한 발소리와 목소리를 듣고, 그는 눈을 감고 자는 척했다. 라주미힌은 문을 열고는 망설이듯 잠시 문턱에 서 있었다. 그러고는 가만히 방으로 들어와 조심스럽게 소파로 다가갔다. 나스타시야의 속삭임이 들렸다.

"내버려둬요. 푹 자게. 나중에 먹겠죠."

"정말로 그래야겠군." 라주미힌이 대답했다.

두 사람은 조심스럽게 방을 나가 문을 닫았다. 다시 삼십 분이 지났다. 라스콜니코프는 눈을 뜨고, 머리 뒤로 두 손을 넣어 깍지를 끼고는 역시나 고개를 위로 하고 반듯이 누워 있었다……

'그자는 누구지? 땅에서 솟아난 그 사람은 누굴까? 어디에 있었고 뭘 봤을까? 그자는 모든 걸 봤어, 틀림없다. 대체 그때 그는 어디 있었고, 어디서 보고 있었을까? 왜 이제야 땅에서 솟아난 걸까? 어떻게 볼 수 있었을까, 그게 가능하기나 한가?…… 음……' 차가워진 몸으로 부들부들 떨면서 라스콜니코프는 계속 생각했다. '니콜라이가 문 뒤에서 발견했다는 상자. 그것도 과연 가능한 일일까? 증거? 10만 분의 1쯤 되는 단서라도 놓쳐버리면, 이집트 피라미드만한 증거물이 된다! 파리가 날고 있었는데 그놈이 본 걸까! 과연 이게 가능한가?'

그는 갑자기 자신이 약해진 것에, 육체적으로 쇠약해진 것에 극도의 혐오감을 느꼈다.

'이걸 알았어야 했어.' 그는 쓰라린 냉소를 머금고 생각했다. '나 자신을 잘 알면서, 자신을 예감하면서, 어떻게 감히 도끼를 들고 피투성이가 될 수 있었을까! 미리 알았어야 했다…… 아! 정말이지 난 미리 알고 있지 않았던가!……' 그는 절망감에 이렇게 속삭였다.

때로는 어떤 생각 앞에 꼼짝없이 머무르기도 했다.

'아니, 그 사람들은 그렇게 만들어지지 않았다. 모든 것이 허용되는 진정한 군주는 툴롱을 파괴하고, 파리에서 학살을 자행하고, 이집트에서 군대를 버리고, 모스크바 원정에서 50만의 목숨을 낭비하고, 빌뉴스에서 그 일을 말장난으로 넘긴다.* 그런데도 그가 죽은 후에 우상을 세워 그에게 바친다. 그러니까 그렇게 모든 것이 허용되는 것이다. 아니, 그들은 분명 살이 아니라 청동으로 된 사람들이다!'

전혀 관련 없는 생각 하나가 뜬금없이 떠올라 그는 거의 웃음을 터뜨릴 뻔했다.

'나폴레옹, 피라미드, 워털루, 그리고 말라비틀어지고 추한 14등문관의 과부, 노파, 침대 밑에 붉은 궤를 둔 고리대금업자라니, 포르피리 페트로비치라도 이걸 어떻게 소화한단 말인가!…… 도대체 그자들이 어

---

* 나폴레옹의 행적을 순서대로 서술한 것. 말장난은 나폴레옹이 "영광과 굴욕은 종이 한 장 차이다"라고 말한 것을 가리킨다.

떻게 소화한단 말인가!…… 미학이 방해할 것이다. 나폴레옹이 '노파'의 침대 밑으로 기어들어간다고! 아, 정말 쓰레기 같다!……'

순간순간 의식을 잃을 것만 같았다. 그는 열병과도 같은 희열 속에 빠져들었다.

'노파 따위는 아무것도 아니야!' 그는 발작적으로 흥분하며 생각했다. '노파는 어쩌면 실수일지도 몰라, 문제는 노파가 아냐! 노파는 한낱 질병 같은 거야…… 난 어서 빨리 넘어서고 싶었어…… 난 사람을 죽인 게 아니라 원칙을 죽였어! 원칙을 죽이고도 넘어서는 걸 넘어서지 못하고, 이쪽 편에 남았지…… 죽일 줄만 안 거야. 그것조차도 결국은 제대로 해내지 못했고…… 원칙이라고? 아까 바보 같은 라주미힌은 무엇 때문에 사회주의자들을 욕했을까? 근면성실하고 장사에 능한 족속 인걸. 그들은 '공공의 행복'에 전념하지…… 아니, 내게 삶은 한 번밖에 주어지지 않아, 더이상은 결코 없을 거야. 나는 '모두의 행복'을 기다리고 싶지 않아. 나 자신 역시 살고 싶고, 그러지 못한다면 죽는 게 더 나아. 대체 그게 어때서? 난 그저 '모두의 행복'을 기다리느라 주머니에 돈을 꽉 움켜쥔 채, 배고픈 어머니를 외면하고 싶지 않았을 뿐이야. '모두의 행복을 위해 한 장의 벽돌을 나르고 그걸로 마음의 평안을 느낀다'*라고. 하하! 어째서 너희는 나를 빼놓은 거냐? 난 고작 한 번 살기에, 나 역시 살고 싶단 말이다…… 아, 나는 미학적 이蝨다, 그 이상 아무것도 아니야.' 그는 갑자기 미친 사람처럼 웃음을 터뜨리며 덧붙였다. '그래, 난 정말로 이蝨다.' 그는 자학적인 기쁨을 느끼면서, 그 생각

* 프랑스의 공상적 사회주의자 콩시데랑의 저작에 유사한 표현이 나온다.

에 매달려, 그걸 들이파고, 가지고 놀고, 그걸로 위안받으며 생각을 이어갔다. '왜냐, 첫째로 지금 내가 날 이蝨라고 생각한다는 이것 하나만 봐도 이미 그렇다. 둘째로는 자신의 육신과 욕망을 위해서가 아니라 위대하고 유쾌한 목적을 위해서 그 일을 하려 한다고, 한 달 내내 자애로운 신을 증인으로 불러내어 괴롭혔다는 점에서 그래, 하하! 셋째로는 일을 실행하면서 가능한 한 공정함을 지키겠다고 결심하고서, 무게를 달고, 치수를 재고, 셈을 했다는 점에서 그렇다. 모든 이蝨 가운데 가장 쓸모없는 이를 골라내 죽이고는, 첫걸음을 위해 더도 덜도 말고 딱 내게 필요한 그만큼만 그 이로부터 취하려 했다는 점에서(그러니 남은 건 유언장에 따라 수도원으로 가겠지, 하하!). ……그러니까, 그러니까 나는 결국 이다.' 이를 갈며 그가 덧붙였다. '왜냐면 살해당한 이蝨보다 어쩌면 내 자신이 훨씬 더 추악하고 혐오스러운지도 모르니까, 그리고 죽이고 난 후 스스로에게 이런 말을 하게 될 거라는 걸 난 이미 진즉에 예감했으니까! 과연 이런 공포에 비할 만한 것이 있을까! 오, 저속함이여! 오, 비열함이여!…… 오, 나는 칼을 차고 말을 탄 '예언자'를 너무나 이해한다. 알라가 명하니, 복종하라, '떨고 있는' 피조물이여!* 거리를 가로막아 훌-륭-한 포병대를 세우고, 설명할 기회조차 주지 않은 채, 옳은 자건 죄 있는 자건 싹 날려버릴 때, 그 '예언자'는 옳다, 옳다! 복종하라, 떨고 있는 피조물이여, 그리고 바라지 마라, 그것은 네 일이 아니다!…… 오, 무슨 일이 있어도, 무슨 일이 있어도 노파를 용서하지 않겠다!'

---

* '떨고 있는 피조물'은 코란에 나오는 구절이며, 도스토옙스키에게 큰 영향을 미친 러시아의 대문호 푸시킨이 이 구절을 연작시 「코란의 모방」에서 인용하기도 했다.

그의 머리카락은 땀으로 흠뻑 젖었고, 떨리는 입술은 바싹 타들어갔으며, 시선은 흔들림 없이 천장에 고정되어 있었다.

'어머니와 동생, 내가 그들을 얼마나 사랑했는가! 그런데 어째서 지금은 그들을 증오하는가? 그래, 난 그들을 증오해, 육체적으로 증오한다, 옆에 있는 걸 견딜 수가 없어…… 아까 어머니에게 다가가 입을 맞췄지, 기억나…… 안고서 생각했어, 만일 어머니가 아시게 된다면, 그러면…… 그땐 어머니에게 말씀드려야 할까? 나라면 그렇게 하겠지…… 음! 어머니도 나와 똑같은 존재임이 틀림없다.' 그를 덮쳐오는 망상과 싸우듯 생각을 놓치지 않으려 애쓰며 덧붙였다. '오, 지금 난 노파가 너무나 증오스럽다! 다시 살아난다면 한번 더 죽일 것만 같다! 가엾은 리자베타! 어째서 거기 나타난 걸까!…… 그런데 이상하다, 어째서 나는 그 여자에 대해서는 거의 생각조차 안 하는 걸까, 마치 죽이지도 않은 것처럼?…… 리자베타! 소냐! 온순한 눈을 지닌 불쌍하고 온순한 사람들…… 사랑스러운 사람들!…… 어째서 그들은 울지 않을까? 어째서 신음하지 않을까?…… 그들은 모든 걸 내어준다…… 온순하게, 조용하게 바라보기만 하며…… 소냐, 소냐! 조용한 소냐!……'

그는 얕은잠에 빠져들었다. 자기가 어쩌다 거리에 나와 있는지 기억나지 않아 의아했다. 이미 늦은 저녁이었다. 어스름이 짙어가고, 보름달이 온통 환하게, 환하게 빛나고 있었다. 하지만 왠지 공기가 유난히 숨막혔다. 사람들이 무리를 지어 거리를 걸어가고 있었다. 수공업자들, 일하는 사람들은 집으로 흩어졌고, 거리를 어슬렁대는 사람들도 있었다. 석회와 먼지, 고인 물 냄새가 났다. 라스콜니코프는 슬픔과 근심에 싸여 걷고 있었다. 어떤 목적이 있어 집에서 나왔다는 것, 서둘러 무언가 해야 한다는 건 아주 잘 기억났지만, 그게 대체 뭔지는 기억나지 않았다. 문득 멈춰 서니 한 사람이 거리 맞은편 인도에 서서 자기에게 손을 흔드는 것이 보였다. 거리를 건너 그를 향해 가는데 갑자기 그 사람이 몸을 홱 돌리더니, 고개를 숙이고는 아무 일도 없었던 것처럼, 마치 그를 부른 적조차 없다는 듯 돌아보지도 않고 걸어가기 시작했다. '나를 부른 게 맞나?' 라스콜니코프는 잠시 그런 생각이 들었지만, 그를 쫓아가기 시작했다. 열 걸음도 채 못 가, 그는 문득 사내를 알아보고 소스라치게 놀랐다. 똑같은 실내용 가운을 입고, 똑같이 등이 굽은, 방금 전의 소시민이었던 것이다. 라스콜니코프는 멀리서 따라갔다. 심장이 뛰었다. 두 사람은 모퉁이를 돌았다. 사내는 여전히 돌아보지 않았다. '내가 뒤에서 따라가는 걸 알고 있을까?' 라스콜니코프는 생각했다. 소시민은 어떤 큰 건물의 정문으로 들어갔다. 라스콜니코프는 서둘러 정문으로 다가가 살펴보기 시작했다. 그가 뒤돌아보지는 않을까, 나를 부르지는 않을까? 실제로 그 사람은 정문을 지나 어느새 마당으로 들어선 후, 갑자기 몸을 돌려 다시 그에게 손을 흔드는 것처럼 보였다. 라스콜니코프는 즉시 정문으로 들어갔지만, 소시민은 이미 마당에 없었다. 그러니까 방금 저 첫번째 계단으로 올라간 것이다. 라스콜니코프는 급히 뒤를 따랐다. 정말로 두 계단 위에서 규칙적이고 서두르지 않는 누군가의 발소리가 여전히 들려왔다. 이상하게도 계단이 낯익은 것 같았다! 바로 저기 1층에 창문이 있다. 유리창을 통해 달빛이 슬프고도 비밀스럽게 스며들었다. 이제 2층이다. 이런! 이건 일꾼들이 칠을 하던 바로 그 셋집이구나…… 어떻게 바로 알아보지 못했을까? 앞서 걸어가던 사람의 발걸음소리가 잦아들었다. '아마 멈췄거나, 어딘가로 몸을 숨긴 모양이다.' 이제 3층이다. 더 올라가볼까? 저긴 너무 조용하구나, 무서울 정도야…… 하지만 그는 더 올라갔다. 자기 발소리에 놀라 불안해졌다. 세상에, 너무나 어둡다! 분명 소시민은 여기 어딘가 구석에 숨어 있겠지. 아! 셋집 문이 계단 쪽으로 활짝 열려 있다. 그는 잠깐 생각하고는 안으로 들어갔다. 현관은 아주 어둡고 인적이라고는 없이 텅 비어 있는 것이, 물건을 다 내간 것 같았다. 그는 조용히, 발끝으로 걸어 거실로 들어갔다. 달빛이 방 전체를 환하게 적시고 있었다. 모든 게 예전과 똑같구나. 의자, 거울, 노란 소파와 액자 속의 그림들까지. 크고, 둥글고, 구릿빛으로 붉은 달이 창문으로 방을 빤히 들여다보고 있었다. '달 때문에 이렇게 고요하구나.' 라스콜니코프는 생각했다. '아마 지금 달이 수수께끼를 던지는 모양이다.' 그는 서서 오래도록 기다리고 기다렸으며, 달이 고요할수록 그의 심장이 더 세게 뛰어 아플 지경이었다. 그렇게 너무나 고요하다. 한순간 갑자기 나뭇조각이 부서지는 듯 메마르게 바스락거리는 소리가 들리다가 다시 사방이 조용해졌다. 잠에서 깬 파리가 갑자기 날아오르다 유리창에 부딪쳐 애처롭게 웽웽거렸다. 바로 그때 작은 장롱과 창문 사이 구석진 벽에 여자 외투 같은 것이 걸려 있는 것을 발견했다. '저기 왜 외투가 있을까?' 그는 생각했다. '전에는 없었는데……' 조용히 다가가보니, 외투 뒤에 누군가 숨어 있는 것 같았다. 조심스럽게 외투를 손으로 걷어내자, 의자가 놓여 있고, 의자 모서리에 노파가 앉아 있는 것이 보였는데, 갈고리처럼 몸을 잔뜩 웅크리고 고개를 숙이고 있어서 아무리 해도 얼굴을 알아볼 수는 없었지만, 그 노파였다. 그는 노파 앞에 섰다. '두려워하고 있어!' 그는 이렇게 생각하며 조용히 고리에서 도끼를 벗겨내 노파의 정수리를 한 번, 또 한

번 내리쳤다. 그런데 이상한 일이다. 내리치는데도 노파는 마치 나무토막처럼 미동조차 하지 않았다. 그는 너무 놀라 몸을 더 가까이 숙이고 노파를 찬찬히 살피기 시작했다. 하지만 그럴수록 노파도 더 아래로 고개를 숙였다. 그래서 그는 거의 바닥에 닿을 정도로 몸을 숙여 아래에서 노파의 얼굴을 쳐다보았고, 그러고는 죽은 사람처럼 창백해졌다. 노파가 앉아서 웃고 있었다. 그가 자기 웃음소리를 듣지 못하게 있는 힘을 다해 참으며, 조용히 소리 죽여 자지러지게 웃고 있었던 것이다. 문득 침실 문이 조금 열리는가 싶더니 거기서도 웃고 속삭이는 소리가 들리는 듯했다. 광폭한 분노가 그를 사로잡았다. 그는 온 힘을 다해 노파의 머리를 치기 시작했지만, 도끼를 내리칠 때마다 침실 쪽에서 나는 웃음과 속삭임은 한층 더 크고 선명하게 울려퍼졌고, 노파는 그렇게 온몸을 흔들며 킬킬거렸다. 도망치려고 몸을 내던졌지만, 현관 전체가 이미 사람들로 가득찼고, 계단으로 향한 문이 활짝 열린 채 층계참에도, 계단에도, 그 아래에도 온통 사람들이 머리에 머리를 맞대고서 모두 그를 바라보고 있다. 모두들 숨어서 말없이 기다리고 있다…… 심장이 조여왔고, 땅에 붙박인 것처럼 다리가 움직이지 않는다…… 그는 비명을 지르려다 꿈에서 깨어났다.

그는 무겁게 숨을 토해냈다. 하지만 이상하게도 꿈이 여전히 계속되는 것 같았다. 방문이 활짝 열려 있고, 전혀 모르는 사람이 문턱에 서서 그를 유심히 살펴보고 있었다.

라스콜니코프는 완전히 눈을 뜰 새도 없이 순간 다시 감아버렸다. 그는 고개를 위로 하고 미동도 없이 누워 있었다. '꿈이 계속되는 걸까.' 이렇게 생각하고는 눈에 띄지 않게 아주 살짝 속눈썹을 다시 들어올려 살펴보았다. 낯선 사람은 같은 자리에 서서 여전히 그를 살펴보고 있었다. 갑자기 그 사람이 조심스레 문지방을 넘어와서 뒤로 살며시 문을 닫고는 탁자로 다가와 잠깐 기다렸다. 그러는 동안에도 쭉 그에게서 눈을 떼지 않았다. 그러고는 소리내지 않고 조용히 소파 옆 의자에 앉았다. 모자를 옆쪽 바닥에 놓아두고 지팡이에 양손을 괴더니 턱을 그 위에 내려놓았다. 분명 한참이라도 기다릴 태세였다. 속눈썹을 깜박이며 살펴본 바로는 이미 젊지 않은 나이에, 체격이 건장하고, 숱이 많고 거의 흰색에 가까운 밝은색 턱수염을 기른 남자였다……

십 분가량이 흘렀다. 여전히 환했지만, 날은 이미 저물었다. 방에는 완전한 정적이 흘렀다. 계단에서조차 어떤 소리도 들려오지 않았다. 단지 커다란 파리 한 마리가 날아오르다 유리창에 부딪쳐 웽웽거리며 파닥거릴 뿐이었다. 더이상 참을 수 없었다. 라스콜니코프는 벌떡 일어나 소파에 앉았다.

"자, 말씀해보시죠. 무슨 일이십니까?"

"당신이 자지도 않으면서 그런 척하고 있다는 건 나도 알고 있었습니다." 낯선 사람이 태연하게 웃으며 야릇한 어조로 대답했다. "아르카디 이바노비치 스비드리가일로프라고 하오, 인사드리겠소이다……"

(2권으로 이어집니다)

문학동네 세계문학전집 발간에 부쳐

세계문학은 국민문학 혹은 지역문학을 떠나 존재하는 문학이 아니지만 그것들의 총합도 아니다. 세계문학이라는 용어에는 그 나름의 언어와 전통을 갖고 있는 국민문학이나 지역문학의 존재를 인정하면서 그것을 넘어서는 문학의 보편적 질서에 대한 관념이 새겨져 있다. 그 용어를 처음 고안한 19세기 유럽인들은 유럽문학을 중심으로 그 질서를 구축했지만 풍부한 국민문학의 전통을 가지고 있는 현대의 문학 강국들은 나름의 방식으로 세계문학을 이해하면서 정전(正典)의 목록을 작성하고 또 수정한다.

한국에서도 세계문학 관념은 우리 사회와 문화의 변화 속에서 거듭 수정돼왔다. 어느 시기에는 제국 일본의 교양주의를 반영한 세계문학 관념이, 어느 시기에는 제3세계 민족주의에 동조한 세계문학 관념이 출현했고, 그러한 관념을 실천한 전집물이 출판됐다. 21세기 한국에 새로운 세계문학전집이 필요하다는 것은 명백하다. 우리의 지성과 감성의 기준에 부합하는 세계문학을 다시 구상할 때가 되었다.

문학동네 세계문학전집은 범세계적으로 통용되는 고전에 대한 상식을 존중하면서도 지난 반세기 동안 해외 주요 언어권에서 창작과 연구의 진전에 따라 일어난 정전의 변동을 고려하여 편성되었다. 그래서 불멸의 명작은 물론 동시대 세계의 중요한 정치·문화적 실천에 영감을 준 새로운 작품들을 두루 포함시켰다.

창립 이후 지금까지 한국문학 및 번역문학 출판에서 가장 전문적이고 생산적인 그룹을 대표해온 문학동네가 그간 축적한 문학 출판 경험을 바탕으로 새로운 세계문학전집을 펴낸다. 인류가 무지와 몽매의 어둠 속을 방황하면서도 끝내 길을 잃지 않은 것은 세계문학사의 하늘에 떠 있는 빛나는 별들이 길잡이가 되어주었기 때문이다. 우리가 자부심과 사명감 속에서 그리게 될 이 새로운 별자리가 독자들의 관심과 애정에 힘입어 우리 모두의 뿌듯한 자산이 되기를 소망한다.

문학동네 세계문학전집 편집위원

민은경, 박유하, 변현태, 송병선, 이재룡, 홍길표, 남진우, 황종연

세계문학전집 188
죄와 벌 1

1판 1쇄 2020년 5월 20일
1판 6쇄 2024년 2월 20일

지은이 표도르 도스토옙스키 | 옮긴이 이문영

책임편집 박신양 | 편집 이희연 김경은 | 독자모니터 조혜영 송윤경
디자인 김마리 최미영 | 저작권 박지영 형소진 최은진 서연주 오서영
마케팅 정민호 서지화 한민아 이민경 안남영 왕지경 정경주 김수인 김혜원 김하연 김예진
브랜딩 함유지 함근아 고보미 박민재 김희숙 박다솔 조다현 정승민 배진성
제작 강신은 김동욱 이순호 | 제작처 영신사

펴낸곳 (주)문학동네 | 펴낸이 김소영
출판등록 1993년 10월 22일 제2003-000045호
주소 10881 경기도 파주시 회동길 210
전자우편 editor@munhak.com | 대표전화 031)955-8888 | 팩스 031)955-8855
문의전화 031)955-1927(마케팅), 031)955-3560(편집)
문학동네카페 http://cafe.naver.com/mhdn
인스타그램 @munhakdongne | 트위터 @munhakdongne
북클럽문학동네 http://bookclubmunhak.com

ISBN 978-89-546-7177-4 04890
978-89-546-0901-2 (세트)

www.munhak.com

1, 2, 3 안나 카레니나 레프 톨스토이 | 박형규 옮김
4 판탈레온과 특별봉사대 마리오 바르가스 요사 | 송병선 옮김
5 황금 물고기 르 클레지오 | 최수철 옮김
6 템페스트 윌리엄 셰익스피어 | 이경식 옮김
7 위대한 개츠비 F. 스콧 피츠제럴드 | 김영하 옮김
8 아름다운 애너벨 리 싸늘하게 죽다 오에 겐자부로 | 박유하 옮김
9, 10 파우스트 요한 볼프강 폰 괴테 | 이인웅 옮김
11 가면의 고백 미시마 유키오 | 양윤옥 옮김
12 킴 러디어드 키플링 | 하창수 옮김
13 나귀 가죽 오노레 드 발자크 | 이철의 옮김
14 피아노 치는 여자 엘프리데 옐리네크 | 이병애 옮김
15 1984 조지 오웰 | 김기혁 옮김
16 벤야멘타 하인학교 - 야콥 폰 군텐 이야기 로베르트 발저 | 홍길표 옮김
17, 18 적과 흑 스탕달 | 이규식 옮김
19, 20 휴먼 스테인 필립 로스 | 박범수 옮김
21 체스 이야기 · 낯선 여인의 편지 슈테판 츠바이크 | 김연수 옮김
22 왼손잡이 니콜라이 레스코프 | 이상훈 옮김
23 소송 프란츠 카프카 | 권혁준 옮김
24 마크롤 가비에로의 모험 알바로 무티스 | 송병선 옮김
25 파계 시마자키 도손 | 노영희 옮김
26 내 생명 앗아가주오 앙헬레스 마스트레타 | 강성식 옮김
27 여명 시도니가브리엘 콜레트 | 송기정 옮김
28 한때 흑인이었던 남자의 자서전 제임스 웰든 존슨 | 천승걸 옮김
29 슬픈 짐승 모니카 마론 | 김미선 옮김
30 피로 물든 방 앤절라 카터 | 이귀우 옮김
31 숨그네 헤르타 뮐러 | 박경희 옮김
32 우리 시대의 영웅 미하일 레르몬토프 | 김연경 옮김
33, 34 실낙원 존 밀턴 | 조신권 옮김
35 복낙원 존 밀턴 | 조신권 옮김
36 포로기 오오카 쇼헤이 | 허호 옮김
37 동물농장 · 파리와 런던의 따라지 인생 조지 오웰 | 김기혁 옮김
38 루이 랑베르 오노레 드 발자크 | 송기정 옮김
39 코틀로반 안드레이 플라토노프 | 김철균 옮김
40 어두운 상점들의 거리 파트릭 모디아노 | 김화영 옮김
41 순교자 김은국 | 도정일 옮김
42 젊은 베르테르의 슬픔 요한 볼프강 폰 괴테 | 안장혁 옮김
43 더블린 사람들 제임스 조이스 | 진선주 옮김
44 설득 제인 오스틴 | 원영선, 전신화 옮김
45 인공호흡 리카르도 피글리아 | 엄지영 옮김
46 정글북 러디어드 키플링 | 손향숙 옮김
47 외로운 남자 외젠 이오네스코 | 이재룡 옮김
48 에피 브리스트 테오도어 폰타네 | 한미희 옮김
49 둔황 이노우에 야스시 | 임용택 옮김
50 미크로메가스 · 캉디드 혹은 낙관주의 볼테르 | 이병애 옮김

51, 52 염소의 축제 마리오 바르가스 요사 | 송병선 옮김
53 고야산 스님·초롱불 노래 이즈미 교카 | 임태균 옮김
54 다니엘서 E. L. 닥터로 | 정상준 옮김
55 이날을 위한 우산 빌헬름 게나치노 | 박교진 옮김
56 톰 소여의 모험 마크 트웨인 | 강미경 옮김
57 카사노바의 귀향·꿈의 노벨레 아르투어 슈니츨러 | 모명숙 옮김
58 바보들을 위한 학교 사샤 소콜로프 | 권정임 옮김
59 어느 어릿광대의 견해 하인리히 뵐 | 신동도 옮김
60 웃는 늑대 쓰시마 유코 | 김훈아 옮김
61 팔코너 존 치버 | 박영원 옮김
62 한눈팔기 나쓰메 소세키 | 조영석 옮김
63, 64 톰 아저씨의 오두막 해리엇 비처 스토 | 이종인 옮김
65 아버지와 아들 이반 투르게네프 | 이항재 옮김
66 베니스의 상인 윌리엄 셰익스피어 | 이경식 옮김
67 해부학자 페데리코 안다아시 | 조구호 옮김
68 긴 이별을 위한 짧은 편지 페터 한트케 | 안장혁 옮김
69 호텔 뒤락 애니타 브루크너 | 김정 옮김
70 잔해 쥘리앵 그린 | 김종우 옮김
71 절망 블라디미르 나보코프 | 최종술 옮김
72 더버빌가의 테스 토머스 하디 | 유명숙 옮김
73 감상소설 미하일 조셴코 | 백용식 옮김
74 빙하와 어둠의 공포 크리스토프 란스마이어 | 진일상 옮김
75 쓰가루·석별·옛날이야기 다자이 오사무 | 서재곤 옮김
76 이인 알베르 카뮈 | 이기언 옮김
77 달려라, 토끼 존 업다이크 | 정영목 옮김
78 몰락하는 자 토마스 베른하르트 | 박인원 옮김
79, 80 한밤의 아이들 살만 루슈디 | 김진준 옮김
81 죽은 군대의 장군 이스마일 카다레 | 이창실 옮김
82 페레이라가 주장하다 안토니오 타부키 | 이승수 옮김
83, 84 목로주점 에밀 졸라 | 박명숙 옮김
85 아베 일족 모리 오가이 | 권태민 옮김
86 폭풍의 언덕 에밀리 브론테 | 김정아 옮김
87, 88 늦여름 아달베르트 슈티프터 | 박종대 옮김
89 클레브 공작부인 라파예트 부인 | 류재화 옮김
90 P세대 빅토르 펠레빈 | 박혜경 옮김
91 노인과 바다 어니스트 헤밍웨이 | 이인규 옮김
92 물방울 메도루마 슌 | 유은경 옮김
93 도깨비불 피에르 드리외라로셸 | 이재룡 옮김
94 프랑켄슈타인 메리 셸리 | 김선형 옮김
95 래그타임 E. L. 닥터로 | 최용준 옮김
96 캔터빌의 유령 오스카 와일드 | 김미나 옮김
97 만(卍)·시게모토 소장의 어머니 다니자키 준이치로 | 김춘미, 이호철 옮김
98 맨해튼 트랜스퍼 존 더스패서스 | 박경희 옮김
99 단순한 열정 아니 에르노 | 최정수 옮김

100 열세 걸음 모옌 | 임홍빈 옮김
101 데미안 헤르만 헤세 | 안인희 옮김
102 수레바퀴 아래서 헤르만 헤세 | 한미희 옮김
103 소리와 분노 윌리엄 포크너 | 공진호 옮김
104 곰 윌리엄 포크너 | 민은영 옮김
105 롤리타 블라디미르 나보코프 | 김진준 옮김
106, 107 부활 레프 톨스토이 | 박형규 옮김
108, 109 모래그릇 마쓰모토 세이초 | 이병진 옮김
110 은둔자 막심 고리키 | 이강은 옮김
111 불타버린 지도 아베 고보 | 이영미 옮김
112 말라볼리아가의 사람들 조반니 베르가 | 김운찬 옮김
113 디어 라이프 앨리스 먼로 | 정연희 옮김
114 돈 카를로스 프리드리히 실러 | 안인희 옮김
115 인간 짐승 에밀 졸라 | 이철의 옮김
116 빌러비드 토니 모리슨 | 최인자 옮김
117, 118 미국의 목가 필립 로스 | 정영목 옮김
119 대성당 레이먼드 카버 | 김연수 옮김
120 나나 에밀 졸라 | 김치수 옮김
121, 122 제르미날 에밀 졸라 | 박명숙 옮김
123 현기증. 감정들 W. G. 제발트 | 배수아 옮김
124 강 동쪽의 기담 나가이 가후 | 정병호 옮김
125 붉은 밤의 도시들 윌리엄 버로스 | 박인찬 옮김
126 수고양이 무어의 인생관 E. T. A. 호프만 | 박은경 옮김
127 맘브루 R. H. 모레노 두란 | 송병선 옮김
128 익사 오에 겐자부로 | 박유하 옮김
129 땅의 혜택 크누트 함순 | 안미란 옮김
130 불안의 책 페르난두 페소아 | 오진영 옮김
131, 132 사랑과 어둠의 이야기 아모스 오즈 | 최창모 옮김
133 페스트 알베르 카뮈 | 유호식 옮김
134 다마세누 몬테이루의 잃어버린 머리 안토니오 타부키 | 이현경 옮김
135 작은 것들의 신 아룬다티 로이 | 박찬원 옮김
136 시스터 캐리 시어도어 드라이저 | 송은주 옮김
137 고독한 산책자의 몽상 장자크 루소 | 문경자 옮김
138 용의자의 야간열차 다와다 요코 | 이영미 옮김
139 세기아의 고백 알프레드 드 뮈세 | 김미성 옮김
140 햄릿 윌리엄 셰익스피어 | 이경식 옮김
141 카산드라 크리스타 볼프 | 한미희 옮김
142 이 글을 읽는 사람에게 영원한 저주를 마누엘 푸익 | 송병선 옮김
143 마음 나쓰메 소세키 | 유은경 옮김
144 바다 존 밴빌 | 정영목 옮김
145, 146, 147, 148 전쟁과 평화 레프 톨스토이 | 박형규 옮김
149 세 가지 이야기 귀스타브 플로베르 | 고봉만 옮김
150 제5도살장 커트 보니것 | 정영목 옮김
151 알렉시 · 은총의 일격 마르그리트 유르스나르 | 윤진 옮김

152 말라 온다 알베르토 푸겟 | 엄지영 옮김
153 아르세니예프의 인생 이반 부닌 | 이항재 옮김
154 오만과 편견 제인 오스틴 | 류경희 옮김
155 돈 에밀 졸라 | 유기환 옮김
156 젊은 예술가의 초상 제임스 조이스 | 진선주 옮김
157, 158, 159 카라마조프가의 형제들 표도르 도스토옙스키 | 김희숙 옮김
160 진 브로디 선생의 전성기 뮤리얼 스파크 | 서정은 옮김
161 13인당 이야기 오노레 드 발자크 | 송기정 옮김
162 하지 무라트 레프 톨스토이 | 박형규 옮김
163 희망 앙드레 말로 | 김웅권 옮김
164 임멘 호수 · 백마의 기사 · 프시케 테오도어 슈토름 | 배정희 옮김
165 밤은 부드러워라 F. 스콧 피츠제럴드 | 정영목 옮김
166 야간비행 앙투안 드 생텍쥐페리 | 용경식 옮김
167 나이트우드 주나 반스 | 이예원 옮김
168 소년들 앙리 드 몽테를랑 | 유정애 옮김
169, 170 독립기념일 리처드 포드 | 박영원 옮김
171, 172 닥터 지바고 보리스 파스테르나크 | 박형규 옮김
173 싯다르타 헤르만 헤세 | 권혁준 옮김
174 야만인을 기다리며 J. M. 쿳시 | 왕은철 옮김
175 철학편지 볼테르 | 이봉지 옮김
176 거지 소녀 앨리스 먼로 | 민은영 옮김
177 창백한 불꽃 블라디미르 나보코프 | 김윤하 옮김
178 슈틸러 막스 프리슈 | 김인순 옮김
179 시핑 뉴스 애니 프루 | 민승남 옮김
180 이 세상의 왕국 알레호 카르펜티에르 | 조구호 옮김
181 철의 시대 J. M. 쿳시 | 왕은철 옮김
182 카시지 조이스 캐럴 오츠 | 공경희 옮김
183, 184 모비 딕 허먼 멜빌 | 황유원 옮김
185 솔로몬의 노래 토니 모리슨 | 김선형 옮김
186 무기여 잘 있거라 어니스트 헤밍웨이 | 권진아 옮김
187 컬러 퍼플 앨리스 워커 | 고정아 옮김
188, 189 죄와 벌 표도르 도스토옙스키 | 이문영 옮김
190 사랑 광기 그리고 죽음의 이야기 오라시오 키로가 | 엄지영 옮김
191 빅 슬립 레이먼드 챈들러 | 김진준 옮김
192 시간은 밤 류드밀라 페트루솁스카야 | 김혜란 옮김
193 타타르인의 사막 디노 부차티 | 한리나 옮김
194 고양이와 쥐 귄터 그라스 | 박경희 옮김
195 펠리시아의 여정 윌리엄 트레버 | 박찬원 옮김
196 마이클 K의 삶과 시대 J. M. 쿳시 | 왕은철 옮김
197, 198 오스카와 루신다 피터 케리 | 김시현 옮김
199 패싱 넬라 라슨 | 박경희 옮김
200 마담 보바리 귀스타브 플로베르 | 김남주 옮김
201 패주 에밀 졸라 | 유기환 옮김
202 도시와 개들 마리오 바르가스 요사 | 송병선 옮김

203 루시 저메이카 킨케이드 | 정소영 옮김
204 대지 에밀 졸라 | 조성애 옮김
205, 206 백치 표도르 도스토옙스키 | 김희숙 옮김
207 백야 표도르 도스토옙스키 | 박은정 옮김
208 순수의 시대 이디스 워턴 | 손영미 옮김
209 단순한 이야기 엘리자베스 인치볼드 | 이혜수 옮김
210 바닷가에서 압둘라자크 구르나 | 황유원 옮김
211 낙원 압둘라자크 구르나 | 왕은철 옮김
212 피라미드 이스마일 카다레 | 이창실 옮김
213 애니 존 저메이카 킨케이드 | 정소영 옮김
214 지고 말 것을 가와바타 야스나리 | 박혜성 옮김
215 부서진 사월 이스마일 카다레 | 유정희 옮김
216 사람은 무엇으로 사는가 레프 톨스토이 | 이항재 옮김
217, 218 악마의 시 살만 루슈디 | 김진준 옮김
219 오늘을 잡아라 솔 벨로 | 김진준 옮김
220 배반 압둘라자크 구르나 | 황가한 옮김
221 어두운 밤 나는 적막한 집을 나섰다 페터 한트케 | 윤시향 옮김
222 무어의 마지막 한숨 살만 루슈디 | 김진준 옮김
223 속죄 이언 매큐언 | 한정아 옮김
224 암스테르담 이언 매큐언 | 박경희 옮김
225, 226, 227 특성 없는 남자 로베르트 무질 | 박종대 옮김
228 앨프리드와 에밀리 도리스 레싱 | 민은영 옮김
229 북과 남 엘리자베스 개스켈 | 민승남 옮김
230 마지막 이야기들 윌리엄 트레버 | 민승남 옮김
231 벤저민 프랭클린 자서전 벤저민 프랭클린 | 이종인 옮김
232 만년양식집 오에 겐자부로 | 박유하 옮김
233 이상한 나라의 앨리스 루이스 캐럴 | 존 테니얼 그림 | 김희진 옮김
234 소네치카 · 스페이드의 여왕 류드밀라 울리츠카야 | 박종소 옮김
235 메데야와 그녀의 아이들 류드밀라 울리츠카야 | 최종술 옮김
236 실종자 프란츠 카프카 | 이재황 옮김
237 진 알랭 로브그리예 | 성귀수 옮김
238 말테의 수기 라이너 마리아 릴케 | 홍사현 옮김
239, 240 율리시스 제임스 조이스 | 이종일 옮김
241 지도와 영토 미셸 우엘벡 | 장소미 옮김
242 사막 르 클레지오 | 홍상희 옮김

● 문학동네 세계문학전집은 계속 출간됩니다